KUWEI

酷威文化

图书 动漫

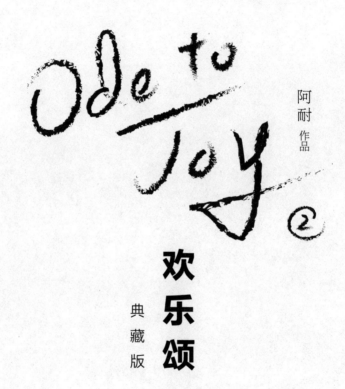

Ode to Joy 2

阿耐 作品

欢乐颂

典藏版

四川文艺出版社

第 27 章

　　安迪到办公室时，看到谭宗明已喝着一壶咖啡等候。谭宗明咖啡瘾大，寻常的美式咖啡在他眼里淡而无味，他只喝高压做出来的意式浓缩，而且一喝就是六人份。因此他从来很识相地跟人说，来一壶咖啡，而不是来一杯咖啡。去咖啡店则是一次性要六杯浓缩，合计一壶。

　　安迪熟悉谭宗明的德行，进门就问："有什么事，不可以电话里说？"

　　"放你办公桌上的几张请帖，你最好都去一下。老魏一大早给我打电话，问能不能说服你去追悼会。"

　　"我说呢，你这么早出现，不大正常。我等会儿答复他，不去。你会不会为难？"安迪坐下看请帖，都是行业内的各种年会，说到底就是业内人士的年终交流会。当然有必要去，尤其是她已初露锋芒。

　　"不会。但听说你最近情绪低落……"

　　"与那边的人无关，是感情问题。我正想讨教，元旦三天想去热带旅游，晒太阳去，海市这鬼湿冷天气让人抑郁。要求是：直飞，温度高于 30℃，海边，旅游设施成熟，元旦前一天走，一个人。"

　　谭宗明想了想，打电话给他助理，让立刻着手去办。"你的感情问题，有什么需要我帮忙的吗？"

"没有，已经解决了。你今天来就为这事？小题大做了吧。"

"有没有良心。我要是关心你每天怎么操作，怎么被你打出去都不知道。除了小题大做一下我还能做什么？"安迪微笑，笑了会儿，才看着刚打开电脑上助理的提示，道："首先，你把本该属于我的一壶咖啡喝了。其次，我接下来很多事情，你可以走了。"谭宗明攀住沙发扶手哀哀地道："再让我说件事。大家向我求情，求你别把午餐整成餐会了，被你一个个问题逼问，大家会得胃病的。"

"刘、关、张三位？提示式的简单问题也会有压力？可以递辞呈了。我不会亏他们年终奖。"安迪边说，边吩咐助理请包奕凡进来。"我也这么跟他们说。"谭宗明笑嘻嘻地走了。走到门口，先截了包奕凡，肉麻地拥抱起腻打了几下，才握手道别。安迪挑着眉毛看穿西装的包奕凡进门，"显然是昨晚到的，为什么不随时打电话联络呢？"

"昨晚一下飞机就给你电话，关机。想你可能已经休息了，不打扰。亲自专程送一包资料来，这态度怎么样？"安迪却问："跟老谭拥抱，不肉麻？"心里则想到，好巧，昨晚只关了半小时的手机，就把包奕凡的来电给隔绝了。包奕凡只是笑，"中午一起吃饭？"

"中饭已经被我定为工作餐例会，简单总结上午情况，部署下午安排。晚上……"她翻出一张邀请函看了看，"可以携带一名陪同……你有空吗？我借花献佛请你吃饭。"

"没空，我大约晚上七点的飞机回去。"包奕凡意味深长地看着安迪，刚想说几句私底下的话，安迪抢着道："你显然今天行程安排得紧张，我不占用你宝贵时间。这包资料我会利用晚上时间尽快看完，然后我提前三天跟你约个时间，好好谈谈具体操作。甚至可以模拟一下。"

"我很失望。行了，你忙，不干扰你。送你一串贝壳项链，小玩意儿，请笑纳。"

"别走，别走，我打开看看。"

"你以为我行贿？喜欢吗？像是小孩子玩的小玩意儿。"

安迪牵出一串色彩斑斓的"贝壳"，绕在手指上凑到台灯下瞧。她一向不喜欢那种花花绿绿的东西，对这个却是一见倾心，"亿万年前鲛人的眼泪——彩斑菊石。"

"我不懂这是什么，只懂送错东西会挨打的。"包奕凡嬉皮笑脸地，"元旦有安排吗？"

"已经有了。"

"春节呢？元宵呢？"

"我春节有点事去美国处理。"

"总之我提前一个多月跟你约，你得让我做跟班。订机票时候别忘加上我的名字。"包奕凡笑嘻嘻地站起来走了。该人的态度早已写在脸上了。因此还是知趣点儿，别赖着要人给答复了。

安迪举起手中的菊石项链，从项链圈圈里看着包奕凡走出去，也不禁一笑。还好，穿上西装的包奕凡没有肉腾腾的性感，容易相处得多。

曲筱绡起床时候压根儿就把昨晚写字条贴2202的事儿扔到脑后。她只是搜肠刮肚地回忆赵医生那个诡异的笑容，继续怀疑笑容后面的各种可能性。直到钟点工阿姨一声大叫才将她从浴室镜子面前拖走，她当然清楚钟点工叫什么，走出去拿出两百块钱放茶几上，什么都不用说，回镜子面前戴美瞳贴睫毛。

过了会儿，钟点工敲门，"曲小姐，这张纸你要不要留着？"

"什么纸？"曲筱绡眨巴着眼睛走出来，到钟点工面前的时候已经完全适应眼睛内外的一切累赘，所以毫不费力地看清钟点工手中字条上的字，记忆恢复了，"嗳，不能扔。"曲筱绡连忙将字条抢回，但已经看到钟点工脸上偷偷的笑。

曲筱绡走到窗前看字条，一边看一边翻白眼，可翻着翻着戴着美瞳的眼睛不舒服，只能不翻。而且她也看出安迪写得系统全面，有许多想法正是她的揣测。曲筱绡翻来覆去看了三遍，小心收进包里，带去公司，准备闲的时候好好对照。至于其他人写的内容，她的眼睛一掠而过，都没记住。

到了公司，曲筱绡以前拜访过的配套商来电话，问她去不去参加A市一项市政工程的招标，如果去，两家可以联手。曲筱绡毫不犹豫问配套商认不认识招标办的人。配套商说一个都不认识，这个消息是他一个老战友传递给他。招标商很直接地跟曲筱绡说，如果曲筱绡也跟他一样不认识内部的人，他得赶紧找其他人合作，时间不等人。

曲筱绡当即大叫一声："我认识当地地头蛇。给我一天时间，我看能不能通过他找到人。"放下电话，曲筱绡立即找出安迪的号码，但看看手表，只能等待。不到十一点半就打安迪电话等于找死，因为那时安迪正忙碌工作。

曲筱绡焦急等待的时候，一个朋友的电话打进来，"曲曲，睡醒没？"

"废话，早坑蒙拐骗一上午了。"

"打算评劳模？我借你几把扫帚，这玩意儿一般清洁工和淘粪工最能评上。"

"这几把扫帚你自己用，你骑上都不用化烟熏妆就整个儿一巫婆。你什么事？胆儿这么肥，肯定事情跟我有关。"

"没错，刚听说一件事，你那俩哥哥刚从农村出来吧，怎么什么都不知道就敢凭几把钱硬闯我们圈子混，早晚被人斩死了，他们还特冤大头特开心。跟你说一声，最近那两人很大手笔地做期货，你看着他们点儿，就那刚洗干净泥腿子的实诚劲儿，准落入圈套。"

"你帮我问问，他们拿多少本金做期货。"

"你注册资金的三倍。哈哈，我很好奇哦。"

"什么？"曲筱绡蹦跳起来，在办公室里左冲右撞，"你没看错？"

"怎么会看错。你那注册资金又不多，他们两兄弟拿那点儿钱做期货，不算劲爆新闻。我们只是昨晚议论一晚上，为什么他们手头的钱比你的多，哈哈哈。"曲筱绡被朋友取笑得火冒三丈，但她真火了的时候，反而不骂人了，"知道了。改天请你，好好谢谢你。喵的，我被蒙在鼓里了啊。"

曲筱绡在办公室里冲撞了十分钟，立马打电话给她妈妈，询问究竟是怎么回事。她妈说这是她装大度划出去的钱，让那两个儿子学习投资。曲筱绡听说这是她妈的计划，便不问了，只是道："你不心疼吗？那两个现在被人怎么笑话，你知道吗？土财主！他们拿着钱去投资期货，被人连骨头渣子都啃掉。"

"舍不得孩子套不住狼。这事儿你别管，你要觉得不公平跟你爸嚷嚷几声就行了。"

"什么意思，搞什么飞机，我家的钱给那两个乱花……啊，不跟你说了，我要打个重要电话。"正好手表上时间指到十一点半，该安迪了。"昨天跟小刘怎么样……"曲母才问到一半，那边电话就咔嚓了，只得无奈摇头。曲筱绡那边飞快拨通安迪的电话，"安迪，问你要包总的电话。我在那边有个项目，需要请他帮我引荐几个人。"

"很巧，早上刚来过我这儿，晚上飞走。你赶紧找他还来得及。"安迪报号码让曲筱绡记下，"赵医生究竟是怎么回事。"

"我也想不出来,一会儿贱兮兮,一会儿又高深莫测。你觉得你写的够全面吗?"

"我情场经验怎么跟你比,我怀疑赵医生也是个跟你差不多的老手,你自己看着办吧。"

"对哦,他读大学时候已经很热爱做什么有趣的事了,不会比我差劲……我再想想。可是我好后悔昨晚上没杀回来看一眼,他等在我家门口的样子一定很贱。"

"我有录像,替你存着。"曲筱绡当即尖叫,异常欢乐。安迪翻着桌上刚送来的度假资料,道:"我刚定下元旦普吉岛悦榕庄的行程,四天三夜,你想不想一起去?带泳池的房间。"

"非常怜悯地跟你说,度假怎么能跟同性一起去呢?不是你被我烦死,就是我被你闷死。拜拜喽,我看只有你一个人去了。"安迪打开悦榕庄的网页,放弃劝说曲筱绡。也好,一个人去,随便怎么横着竖着都行。

曲筱绡一个电话立刻找到包奕凡那儿,扯的当然是安迪的名头。包奕凡一下子就回想起来,"哦,那天中午吃饭时候,我看你一直在玩小人偶。"

"呵呵,那是樱桃小丸子,当然只有与工作不相关的时候才会拿出来玩。包总,你在哪儿,我想找你请你帮个忙。"

"哦,我正跟朋友吃饭,今天安排很紧,改天好吗。"什么改天,这种话曲筱绡说得最顺口,都是对她看不上的追求者说的。"我知道包总很忙,难得来趟海市。但我跟你交换,我有安迪元旦单独出行的行程,你,帮我介绍个关键人物,我要参加贵市的一场招标。"

"不如……下午五点,你送我去机场,我们路上谈。"曲筱绡做个鬼脸,"您可真不客气哦。嘻嘻。"包奕凡也是嘻嘻一笑,谁都没觉得有什么不妥。然后,曲筱绡就一个电话打给她的配套商,提前通知:搞定!连她自己都没想到能这么顺利。毫无疑问,包奕凡愿意下血本跟她交换有关安迪的信息。公子哥儿她见多了,跟魏渭那种靠自己双手做出来的不同,包奕凡等公子哥儿舍得也敢于赤裸裸地献媚,只要他当时认为值得。

当然,曲筱绡笑嘻嘻地想到,魏渭和赵医生那种人,则是敢于做出到女友门口苦等之类的苦肉计。花钱少,回报高。

　　关雎尔向顶头上司递交年终总结后，一直惴惴不安地等待上司的评价。而终于等上司召见了她之后，她变得更加惴惴不安。上司说她的总结写得太实在，缺乏渲染的总结总是与枯燥挂钩，枯燥的总结又如何打动考核者的心呢。上司关切地让她考虑修改。

　　吃中饭时候，关雎尔打电话问樊胜美，人事究竟喜欢什么样的述职报告，简洁的，还是华丽的，或者事无巨细。樊胜美热爱举例说明，"你想，人都是一眼被他人的美貌吸引，才有兴趣探究那个人的内心。以此类推，你想想你该如何写你的总结。"

　　关雎尔想到安迪教她的工作关系论，"公司雇用我，是看中我为公司盈利的能力。因此是不是人事拿到年终总结，注意力直奔工作能力而去呢？那么我的报告应该更强调工作能力。可那么做又会不会招致吹牛嫌疑？"

　　"谁都说娶老婆的要求是宜家宜室，可最终都奔美女而去。所以你说呢？"

　　"哦，写得漂亮是第一要求。"

　　但关雎尔不同于邱莹莹，若是邱莹莹，一准完全照樊胜美所说去做了。自打22楼出现安迪之后，关雎尔心中有了对比，因此樊胜美的建议只是提醒她一个现实，那就是人事很难通过一份总结就精准量化一个人在公司的价值，人事的判断受太多非理智因素的影响，因此个人总结必须如顶头上司说的，不能写得太老实头。但关雎尔却不认为，写得华丽是打动人事的第一要素。毕竟他们公司的人事看上去非常专业，不可能像打了激素的发情男只要看到美女就可以忽略美女是不是妖精所变。

　　不用考虑太多，关雎尔把最终答案押注在与安迪的通话中。可惜安迪的电话一直不是忙碌就是关机，关雎尔却等不到安迪下班才问，因为一年新人考核对她太重要，她必须全力以赴，分秒必争，使出浑身解数。

　　安迪接到关雎尔电话的时候就笑了，"你和小曲都很厉害，我上午才刚结束工作，水都还没喝一口，小曲电话就进来了。现在刚结束餐会，人才刚站起身呢，你的电话来了。很要紧的事？"

　　"我……可能有点小题大做。我的年终总结写得很辛苦，人事将就此对我进行考核，还要面谈。可今天我上司说我写得不够亮眼，我想你肯定写了大大小小无数考核报告，该怎么打动人事呢？樊姐是资深 HR，她跟我说，要有美貌，才能让人愿意探究内在。"

　　"小樊这个办法可能适用于不大职业的人事，据我跟我们人事的交谈，他们会抓住几点要素快速审核总结，这几点要素很难用花言巧语掩饰过去。你首先需要分辨你们人事在日常工作中的讲话，提取其中透露出的他们关注的重点要素。根据这些要素，我一向采取的方针是先入为主。先入为主是人的认知缺陷，包括看见美貌就忘了其他就是其中的一种。而我们在职业中所采取的先入为主，我建议还是职业一点为好。我的办法是在总结的最开始，用强劲而洗练的语言灌输符合人事所需要素的要点 ABC，让看报告的人不由自主地顺着你给的思路框架走。你看看你能不能做到。"

"我肯定做不到你的强势，但我会尝试。你这一说我想到了，我写得太婉转。"

"这是你的性格。"

"是的，真不好意思。可我已经改了不少。"

"绵里藏针对你可能更合适。至于先入为主的办法，以后你会接触很多对内对外的文案，都可以用到。总结起来无非是摸透对方的需求，让他接受你的思想。意思就是这些，我上班了。"关雎尔才放下手机，一位刚吃中饭回来，可能听到下半段的同事闪着眼睛问："老大跟你谈话了？你向李朝生搬救兵？"

"外面很冷哦，你鼻子都冻红了。中饭吃点儿什么？"同事与关雎尔同年，一样充满忐忑不安，见关雎尔回避话题，又紧盯着问："李朝生怎么说？"关雎尔翻出手机给同事看，"你看这是李朝生的号码？"同事却说："李朝生换手机了？"关雎尔无语。为了这个年终考评，一年工龄的这帮人风声鹤唳，几乎互相倾轧，繁重的工作压力之外，更是心理压力巨大，每个人似乎都失去平和。进去办公室，关雎尔看到刚才那同事走进她隔壁的包厢后，快手快脚查阅李朝生的手机号码，几乎是堂而皇之地当着关雎尔的面来做。关雎尔不禁偷偷翻白眼。

安迪下班，与同事一起走到地下车库公司买下的停车位取车。她的车子是很骚包的橙色，即使在昏暗中也很容易辨识，而她更看见车尾靠着一个人。不是奇点是谁。她与同事说了一声，发现同事的眼神似乎是对奇点不以为然。倒是不出所料，奇点的长相确实挺不张扬。

若是曲筱绡看到此情此景，定然捧腹大笑。安迪则是走过去，先冲奇点笑笑，赶紧打开车后盖，拿了一瓶矿泉水。她也不怕奇点看出她的心烦意乱。"安迪，我在我们第一次见面吃饭的饭店订了位置。我们这就过去？"

"不去。你是那么理智的人，为什么一直不承认现实？再见面，两个人都没完没了啦。"

奇点不答，定定地看着安迪。安迪被看得浑身毛躁，扭开瓶盖喝了一口水，转身钻进自己车里，迅速锁上所有车门，点火启动。奇点想不到安迪一点不留商量余地，拍窗喊道："安迪，别走，别走……"心里却知里面肯定听不到，这车隔音做得非常扎实。而安迪则是似乎失去理智地将车直直倒出车位，全然不顾奇点就在后面。奇点下意识地急忙避走，跳到一根柱子后边。却看到安迪的车子经过他身边时，安迪嘴角似笑非笑。

奇点当即领悟安迪似笑非笑的意思。是，他躲什么。正常人怎么可能放着一个大活人不管，真的压上来。可他下意识地躲了。他真的连想都没想过，完全是下意识地猛躲。仿佛眼前的女人真的会脸一翻就精神失常。在脑袋转得比他更快的安迪面前，他猝不及防，完全暴露连他自己都不大清楚的潜意识。

奇点呆呆地看着车子离他远去。

安迪在堵塞的车龙里驱车慢慢爬行，趁机给谭宗明打电话，要求换车，以免以后又被守株待兔。

邱莹莹拿塑料袋拎着一盒巧克力下班，浑身轻快得像失去地心引力。只是路上接到樊胜美一个电话，要求她在地铁某个站点下车等候，一起去看一家酒店。邱莹莹一口答应，她先到一步，站在约定的宽敞地方等候。她很有耐心，因为时不时可以啃一口巧克力。她总想一颗巧克力慢慢地啃，可总忍不住两口就囫囵下肚了。

但等看到樊胜美时，邱莹莹还是大方地递去盒子，让樊胜美一起吃。樊胜美识趣，说她一到晚上就不敢吃东西，尤其是热量如此高的巧克力，怕肥。但还是在邱莹莹的坚持下，吃了一颗。

樊胜美领邱莹莹来到一家五星级酒店面前，指着灯火辉煌的整座大厦，道："我请猎头朋友帮忙推荐，朋友推荐我来应聘这家酒店的人事部经理。我先来踩点，摸清他们经理人员的服装，面试穿上与他们风格类似的，可能比较容易被认同。"

"哇，经理耶，樊姐你发达了，以后与安迪并肩了。"

樊胜美一笑，"这年头的头衔都给得高，越是门面风光的，职务越是夸张，这家店负责人事的，最高职位是总监。我还是坐老位置，工资也相差无几，不过就在市中心，以后回家逛店都方便。王柏川不在的时候，可以考虑帮他看顾一下公司。我们进去吧。低调，别让他们的员工注目。"

邱莹莹跟樊胜美穿过街道，但樊胜美立刻发现了异常，让邱莹莹收起塑料袋，宁可抱着密封盒，也比拎着塑料袋更上得了台面。邱莹莹听凭樊胜美摆布，她除了跟安迪在五星级高档酒店住了一宿吃了几顿之外，平时想都不去想那种高档地方，反正那不属于她，她也不妄想。但邱莹莹抱着密封盒跟樊胜美穿过酒店雪亮的玻璃门，擦着衣服笔挺的门童进去里面大厅，第一次油然生出心虚来。不像跟着安迪，有什么事安迪肯定扛得起。而樊胜美与她差不多，那些闪亮的茶几，宽大柔软的真皮沙发，还有书架上的时尚杂志，她都不敢乱碰，免得有人跳出来问她收钱。

樊胜美则是经常出入高档场所，拉着邱莹莹在一张双人沙发上坐下，取个好角度，正好可以看清饭店工作人员的人来人往。她见邱莹莹缩着双肩，笑道："放心，越是这种大饭店，免费的项目越多。大堂坐着没人赶你，去厕所也没人管你，手纸小毛巾什么的随便用。"樊胜美边说，便想夺过邱莹莹怀里的密封盒，让邱莹莹随意着点儿，可邱莹莹紧紧抱着不放，仿佛密封盒里的是核按钮，身子则是与沙发背离得远远的。

樊胜美无奈，只能任由邱莹莹浑身见不得大世面的样子。但有邱莹莹陪着，樊胜美好歹不落单，可以大大方方地坐着细心观察。

邱莹莹坐了会儿，却受不了了，温暖的环境里，她特别容易饿，肚子早长一声短一声地叫开了。只是为了义气，忍饥挨饿陪着樊胜美。她前阵子找过工作，知道找工作的艰难，樊姐有这么好的机会，她当然全力帮忙。与樊胜美专注于酒店员工制服不同，邱莹莹就是漫无目的地乱看。忽然，她见到一抹熟悉的身影。"安迪！"邱莹莹差点儿跳起来，终于有点儿兴奋。

樊胜美顺着指点看去，果然安迪穿着笔挺的套裙，身姿婀娜，与一名男子站在大堂一个远离人群的角落热烈交谈。她连忙阻止蠢蠢欲动的邱莹莹，"别过去打扰，人家在谈工作。"

"不是魏兄，那就肯定在谈工作啦。我不过去，我给她发条短信。"

樊胜美笑道："你可以打好字，但千万等人家谈完转移场地的时候，再发出去。"

邱莹莹根本不听，"一条短信又没什么的。发，立即发。"

樊胜美微笑，但心里忽然生出点儿酸意，看邱莹莹这会儿高兴的，像小老鼠看见油瓶一样。

安迪看到手机短信，抬眼四处找，看到休息等候区的两位邻居。但她正与人谈重要工作，只是举手向两人示意一下，继续交谈。邱莹莹接到信号，这才放松下来，将怀里的盒子放到身边，懒洋洋靠到沙发背上。仿佛肚子也不怎么饿了。

不到一个小时，樊胜美基本上摸清这家酒店制服的套路，起身拉邱莹莹离开。邱莹莹这回却坐着不走了，"要不要打个电话给安迪问她什么时候走，要是她也很快走，我们等等她。"

"她正忙着呢，你电话过去，倒是害她惦记着我们回家，不能与人好好交流了。"

"晚上不能让她落单啊。她有时候看上去傻傻的心不在焉的，好像不大会照顾好自己。"

樊胜美扭头偷笑，忍住笑，才道："你放心，她开着车呢，一块铁包着她，安全。"

邱莹莹这才跟着樊胜美走。在樊胜美最后回头欣赏酒店水晶宫般繁华的时候，邱莹莹看看依然在与人热烈讨论的安迪。

与一个月前，甚至几星期前的酒会不同，才几天时间，安迪在业内的名头越来越响亮，不断有人上来自我介绍。于是酒会结束，又有咖啡桌边的私聊。直到十一点多，安迪看看手表，说她撑不住了，才被同行放行。

谭宗明换给她的果然是低调得多的商务车，看车尾是辉腾，看车头，都会误以为是帕萨特。安迪坐上车，一想到换车的原因，不禁长吁短叹，情绪低落。她呆呆坐了会儿，打开GPS背熟回家路径，有点儿魂不守舍地开回家去。不出所料，她迷路了。当然她有老办法。她叫了一辆出租车，跟司机说地址的时候，鬼使神差的，她报出奇点住的小区的名号。

出租车司机很快就带安迪到了奇点住的小区。如同许多小区，一到晚上周围停车停得针插不入。安迪在很远的地方才找到车位，一个人慢腾腾地往小区走。但稍微接近，就止步了，抬头数着楼层，寻找属于奇点家的窗户。窗户里透出灯光，显然奇点在家。在看书吧，还是上网？

安迪站在行道树下胡思乱想，早年还是网友时候的聊天，后来两人的接触，一幕一幕，纷至沓来。想得出神的时候，忽然，灯熄灭了。他睡了？安迪又是站了会儿，面无表情地往远处的车子走。眼泪却是又不听使唤地落了下来。她现在克制不住自己的情绪，很差劲。

回到欢乐颂 22 楼，才出电梯，便听见有歇斯底里的饶舌歌从关闭的楼梯间门传出。安迪心中生出一丝警惕，偷偷走近楼梯门，确定声源就在 22 楼的楼梯间。而这声音是如此古怪，听似熟悉，安迪却是想来想去与 22 楼的所有人对不上号。她终于下定决心，小心地拧开楼梯间门锁，往里一看，傻了，昏黄路灯下竟然是皱着眉头捏着拳头忘情投入饶舌的关雎尔。因为戴着耳机，关雎尔没听到有人开门，安迪看了几秒，又轻轻将门关上，回到自己家里。她怀疑关雎尔卡在年终总结那儿了。一个总结，一次面谈，有这么磨人吗？

这一想，安迪发现自己在事业方面着实幸运，似乎从来不用担心考核问题，都是上司主动将她提前提拔或者涨薪了。可见每一个人有每一个人的烦恼。被关雎尔的饶舌歌一打搅，安迪脑袋放松了一点。她揭了门口一张字条进屋，看清是曲筱绡所写，要求安迪回家不管多晚都抽时间给她看录像。安迪打了个电话给曲筱绡，果然，不到一分钟，敲门声响起。

安迪动手在台式机上刻录录像，曲筱绡连这点儿时间似乎都等不住，在安迪身后跳来跳去。很快刻录完成，曲筱绡却要坐在安迪家里看。安迪早在刻录的那点儿时间里打开手提电脑上的邮箱，收看电邮。见曲筱绡赖着不走，她也无所谓，只顾着自己看。

录像从赵医生敲门起，曲筱绡开始变得激动。然后，便模仿赵医生的各种坐姿，不断跟安迪说，赵医生爱她，爱惨了。安迪当作耳边风，专心致志看她的报告。遇到有不满的，当即发电邮给同事。早上被她点名的"刘关张"中的一员刘斯萌又将数据张冠李戴，安迪看完，用黄色标出错误，发邮痛斥，"只要有一个关键数据出错，整篇报告作废，你却错误百出。市面上多的是你所专注领域的分析报告，唯有前三才有人看，其余都是垃圾。而你的这份报告，你以为是什么？我需要在明早八点钟之前看到修正版。"

曲筱绡课间休息，扭头看一眼安迪的屏幕，正好看到这几句，笑道："老实头吧？我回国做老板才发现，我在老实头那儿受的气，比在滑头那儿受的还多。我就是硬生生被老实头急死，急死前是先跳脚死。可你还不能骂老实头，谁跟老实头作对谁就是恶魔，因为大家都知道老实头是好人。"

安迪只能耸耸肩，"我很奇怪，一个人怎么可以把同样的错误一犯再犯。我还真不敢骂他，其实我更想写的是：你这份报告，连垃圾都排不上。唉。劝他自动辞职，怎么暗示都不见效果。"

"明示，怕什么。只要补偿谈好，什么不能做。"

"从人事到我，一面对面，他大男人那一张愁眉苦脸，谁都不忍心。我都不好意思说他了，还是电邮最好，不见面，还能说上几句。就希望他能快起来，准确起来。"

"不说你的事，没劲。你还记得你写给我的几条吗？我白天还怀疑，赵医生那一笑背后肯定有阴谋，没那么简单。可看看这儿，录像，有图有真相啊。你想他是多骄傲的人，他就这么在你们眼皮子底下等，他得多爱我才做得出来啊。安迪，他的笑肯定是硬挤出来的，肯定的，想留给我潇洒而走的好印象。"

安迪将信将疑，但她对此水平麻麻，只能问一句："确定？"

"当然。我明天找他去。你也加油抓住包总，帅哥是稀缺资源，现在不抓紧找个帅哥谈恋爱，老了就变成养小白脸了。"安迪翻个白眼，"刘帅哥怎么办？"

"继续办！"安迪只能继续翻白眼，但手拉鼠标翻到下一页面，一看邮件名称，就道："你可以走了，回家自己看去。"曲筱绡扑过去，"是不是有绝密挣钱消息？让我看看嘛。我保证不透露出去。"

"呵呵，自己都保管不住，还怎么指望别人。"安迪将笔记本电脑合上，"回家吧。"曲筱绡趁热打铁，"换种说法，凡是你告诉我的，都不是什么需要保密的？"

"有所指？"

"指什么？"曲筱绡笑嘻嘻地跑了。安迪这才翻开笔记本电脑，继续看电邮。这部分消息由谭宗明负责收集分析。安迪越来越感觉到，这部分消息在她工作中的指导作用，比她的科学分析更重要。

樊胜美买好早餐，在小区门口等来王柏川的车子。见王柏川脸上有点儿浮肿，一问，果然又是应酬到很晚。海市好玩的太多，而时间太不够，客户一来，便需要王柏川全陪到底，不过因此感情深厚，促进生意，王柏川当然踊跃亲力亲为。"我打算换个工作，眼下有个比较合适的意向，后天面试。如果成了，以后几站地铁可以上下班，你就不用浪费睡眠时间接送了。"

"后天什么时间，我送你过去，保证你最佳状态。"

"等着你问这句话呢。后天上午十点，我这儿可以九点出发。面试出来，我还是去上班。你只要把我送到面试地点就行了。"

"我在外面等你好消息，给你打气。"樊胜美微笑，心中有浑厚底气沛然而生。后天，她一定会成功。

邱莹莹才刚走出地铁站，便接到快递一个电话，邱莹莹吩咐让店里的人帮忙签收，心里则是狐疑，她这阵子省钱没网购，哪来的快递。而且爸爸妈妈也还没进化到用民间快递。等到了店里一瞧，挺大一只纸箱，上面写得明明白白的就是给她邱莹莹。邱莹莹不禁又快乐又纠结，一准儿是哪家淘宝店的程序走偏了，别人的东西附上了她的地址，让她白捡了一票。拆开箱子一看，满满的都是零食，邱莹莹更加快乐而纠结，这么多好吃的牛肉干鱼片干鱿鱼丝猪肉脯，可是这玩意儿值不少钱，真正的买家会很吃亏，她昧下会挺害人的。

邱莹莹对着一箱子好吃的，呜呜呜地哼了几声，"留着你，晚上我回家再找那家店问清楚。就让我假装我有那么多好吃的吧，假装一白天。整个白天千万别有人打电话讨还，老天保佑，老天保佑。"

结果，邱莹莹这一天都特别馋，口水多得说话都不利索，不得不偶尔踢桌底下的纸盒两脚。

关雎尔跳出安迪的车子，两位与她同年的同事似乎有备而来。"小关，你知道昨晚你忽然被要求加班是怎么回事吗？请看。"关雎尔往同事的手机一看，照片上不正是同组的同事吗？再仔细一看，同桌吃饭的还有上司的上司，以及合伙人。"昨天？……"关雎尔脱口而出，又很快哑了，只会干瞪眼。那些你追我赶的套路她并非不知道，从小耳濡目染得多了。在有比例淘汰机制下，同一起跑线上的其中一个人与上司的上司及上司的上司……上司混成亲朋好友，她的年度总结报告即使写得再好，又有什么用呢。竞技场早就不公平了。

"对，昨天。我们同是一个大组的，一个人做手脚，其余人的淘汰率就倍增。我们怎么办？不能坐视不公平。"

另一位同事道："我们联名群发邮件给公司全体中高层，把潜规则摊在阳光下，让阴谋无法得逞。你如果同意，请加入邮件签名。"

"受影响最大的是你，你跟她隶属同一小组。昨晚你已经因为她而被加班了。"

关雎尔无奈地道："我刚睡醒，让我想想好吗？"

两位同事颇为失望，悻悻而走，寻找另一位刚走近大厦的同事。关雎尔迷惘着眼睛走进大门，心里想到很多。联名群发确实可以将潜规则摊在阳光下，可万一那位同事的后台很硬，关系很铁，联署就是得罪上司，给自己找罪了。给她看手机的两位同事显然太自信了点儿。

关雎尔决定将此事压在心底，在公司里不提。只是心里忍不住叹息。

安迪放下关雎尔，刚进入地下车库，就接到曲筱绡的电话。她想曲筱绡找她又没啥大事，就等车停稳了，尤其是将车尾朝里了，才回拨给曲筱绡。"这么早起床了？"

"你比我爸妈还狠毒，我爸妈刚接到我电话，还只问我这么早上班了呢。我刚问我妈，该拿我们昨晚讨论过的那种老实头怎么办。我妈说，恶人自有恶人磨，往人事部门放一个特爱较真特教条又特自以为是以为自己看的书最多的女文青。那老实头不是人人心中的好人吗？但那种女文青眼里的好人标准更高。那种女文青心里有一大堆好人应该怎样怎样的标准框框，老实头肯定够不上，让那女文青去跟老实头谈转职谈解雇，我妈说，那真是硬石头撞硬石头，一准撞出结果来。嘻嘻，其实我妈说的是爱看书不懂交际的小姑娘，我一想，那不正是网上鼎鼎大名女文青吗？所以我想，那个女文青还一定要瘦，看上去比老实头还可怜还好人。哈哈哈。"

"我们公司人事办公室挂着一条横幅，是我提倡的奥卡姆剃刀原则：如无必要，勿增实体。你这条建议很好，不过暂时不考虑。谢谢你这么早挂心着我这件事。""那是，我对你可好啦。你不加人就不加人啦，反正我妈说，她那儿就养着这么个狠角色女文青，有需要硬着头皮上的人事工作，就让她去作解释。"

"樊胜美显然不是。"

"哈哈哈。"

安迪在曲筱绡的笑声中走进公司，感觉气氛异常，而她的助理很反常地匆匆跑过来。"刘斯萌今晨三点多在家跳楼自杀身亡。是谭总的助理来电。"

安迪一愣。今早吃饭时候查邮箱，没看到刘斯萌修改后的报告，她还腹诽了一下，但没发邮件催，准备中午餐会时批评。想不到人家那时已在天堂了。她当即下令助理，"通知下去，所有员工不得以公司名义对媒体发表看法，不得以公司员工名义在微博、博客、BBS等网络载体上发布消息。此事统一交由谭总处理。"

但坐进办公室，安迪好生发了一会儿呆。直到一杯咖啡下去，才立刻一个电话打给关雎尔，"小关，今晚下班后你有没有一个小时吃饭时间？如果有，我有事找你，一起吃顿便饭。"

"有的。我肯定又得加班。"

安迪回想昨晚关雎尔放弃淑女形象，一个人钻楼梯间唱饶舌，又追上一句："我一直想跟你说的一句话，上班只是挣钱，不要寄托太多感情和理想在上面。具体晚上再说。"关雎尔放下电话，发了一分钟的呆，心里暖暖的。她不知道安迪怎么忽然打电话来说这些，可有人及时地关心她一下，她心里好受了许多。

这边，安迪电话一个让人事过来谈话。人事进门就急着表态："我最近都没敢在刘斯萌面前经过，怕他敏感……"

"这件事让谭总处理。我有两个计划，其一是年终奖之后辞退几个业务不佳的人，你现在可以开始物色新手接替关张王等三位的位置。宁可新人经验不足，甚至滑头，但一定要智商高，反应果断，性格开朗。其余条件照旧。其二是人事新添一个名额……"安迪一边回想，一边将曲筱绡的描述原封不动地复述给人事。

"这种人容易找，只要去大学找个没入任何社团的大四女生就行，找到立刻让过来实习。我会找个二类大学，自我感觉比较好，长相一般的。"

"你需要创造环境，保持她的风格。元旦后全靠她了。"安迪请人事出门。等静下来，才有空好好思考刘斯萌自杀那件事。也克制不住地想到，如果昨晚她没发邮件让刘斯萌重做报告呢，如果在电邮中没有彻底否定刘斯萌的工作呢？如果……

一上午的工作异常沉闷，大伙儿都声音小了许多。午餐时分，安迪难得民主了一把，请大家无记名投票，看要不要废除午餐会，让白天时间稍微宽松一点，大家有精神放松的两小时。她避嫌，走开了。可当场开票结果，居然是继续午餐会以压倒多数胜出。她这才心中少了一点点儿内疚。

而邱莹莹的中饭吃得前所未有的好。她正在楼上吃中饭，应勤的电话打进来。邱莹莹看到屏幕上显示的是应勤，心里莫名地开心，接通就自来熟地问："中饭吃了吧，我正吃呢。"

"哦，那你先吃饭，我过十分钟再打给你。"

邱莹莹看看才吃了几口的饭盒，忙道："没事儿，你说吧。我都快吃完了。我今天没吃腊肉饭，你不用馋哦。"

应勤笑了，"我已经吃完了。我们这儿一堆饿狼，不到吃饭时间都开始嗷嗷叫。我刚上网看到物流已经改成你签收了，才敢跟你说一声，那些牛肉干什么的是我送你的……"

"啊，我还以为是谁送错了呢。你怎么这么客气，这样挺不好的，我才送你一盒腊肉饭啊。唔，我拿回去给你吧，这么一大箱太多了。"

"汗，我同事已经说过我了，说我下单全是荤的，像是给我吃的，不是给女孩子吃的。你……你千万别送回来，让我们同事看见，我会糗死。你慢慢吃，吃完了给我个电话，我再下单。你喜欢吃什么类型的？"

邱莹莹忽然脸红了，扭扭捏捏地道："我不说。你也不许再给我买了。"

"哦。要不，你不方便说的话发电邮给我？我挺喜欢买给你吃的。你要是觉得不好意思，你再做腊肉饭给我吃？"

"哎呀，对啊，对啊，我早上也想过了呢，可再想想，我要是再送你腊肉饭，又没借口的，会不会被你笑话死。好吧，我以后都做两份，一份给你。"

"你早上真的想过了？我也想呢，可我也没好意思再问你要饭吃。好像送你礼物后才能理直气壮点儿。"

邱莹莹听得捂着嘴笑，怕笑太大声了吓倒应勤。等电话打完，饭都快凉了，可邱莹莹吃得特甜美。

曲筱绡虽然起得没 22 楼其他人那么早，她打扮的时间也特别长，可总算按时出门。去西饼店买早餐，见柜员捧一个硕大的卡布奇诺蛋糕入货架，她觉得美味，索性整个都买了，拎去公司与同事分享。

曲筱绡的公司同事除了财务稍微偏中年，其余都是年轻人，包括做技术的也不到三十岁。她打开蛋糕一招呼，大家山呼"老板万岁"，顷刻间，蛋糕灰飞烟灭。曲筱绡小嘴埋在咖啡奶油里，目瞪口呆，有半分钟时间无法动弹。

才刚擦擦嘴以示吃完，包奕凡一个电话打来，"你应该已经上班了吧？方便谈公事吗？"

曲筱绡笑道："看不起人，我都来公司好久了。你以为我上班就是玩小丸子吗。怎么样？"

"帮你联络到一位关键人物，他很爽快，答应今晚一起吃饭。既然是他大忙人开口约定时间，我不便提出反对意见。我帮你查了一下，有两班飞机可以在晚饭前赶到。建议你千万穿正装。"

"放心，我当然穿正装，就怕穿不出老气呢。我立刻出门，谢谢你，谢谢你……"

"先别谢，我还担心一件事。你可以带上一名技术人员，虽然这一次吃饭只是见面熟悉一下，可如果……你得考虑介绍人我的面子。"

"包总你又看不起人了，我这个公司是我一手开启的，至今已经做了几个大项目，盈亏早已打平有余了。不信你今晚看着，如果我表现不佳，你只管照顾你的面子，当着大伙儿的面把我拎出包厢扔掉。"

包奕凡听到这儿倒是笑了，又关照届时会派车到机场迎接，曲筱绡一听笑道："包总，你已经进入姐夫角色，赞。"

"留着你的马屁晚上用。"

曲筱绡哈哈大笑结束通话，但手下一点没犹豫，飞快地走出她小巧的总经理办公室，向同事分派今明两天工作，然后立刻下楼飞车回欢乐颂取永远收拾好待命的行李，直奔机场。

小 Polo 有它个头小巧的好处，再加上曲筱绡十来年的车技，在城市道路上分外适合争分夺秒。直到开上机场高速，曲筱绡才有空余的脑细胞想到一个严重问题，前天晚上，赵医生临别时神秘一笑。此后，她一直在追寻这一笑背后的含义，而赵医生在昨天到今天这段时间里又在想着什么呢，是不是等待着她的反应。按常规，今晚正是最佳碰撞时刻。可她与赵医生的关系总是非常不巧，第一次，她也是因为投标错过接触的机会，不得不绞尽脑汁用短信维持赵医生对她的印象。这一次，她真担心，她因出差而久久不在赵医生面前露面，会使翘首等待的赵医生非常失望，会不会失望之余，出门寻觅烂桃花？

但曲筱绡义无反顾地奔向机场，甚至连一丝丝回头的想法都不曾冒头。不过，她下车进入候机室，便开始自拍上传到微博。爱死她的赵医生怎可能不偷看她的微博，那么看吧，她工作缠身，无法兼顾儿女私情，请赵医生千万深明大义。

谭宗明拐到安迪的办公室，未进门便看见一只纸箱糊出来的捐款箱，他估计是给刘斯萌捐款用，忍不住捧起来摇了摇，竟然听到有硬币撞击的声音。谭宗明撇了下嘴，敲门进办公室，直接问："你捐了多少？"

　　安迪正翻看钱包呢，"我才忙完，正找钱呢，身上好像现金不多。"她将所有百元大钞拿出来数。谭宗明道："你别急着捐款，先听我说刘家情况。你有点麻烦，要有心理准备。我给你打预防针来了。"

　　安迪放下手中的钱，奇道："我？"

　　"对，你。这件事闹得蛮轰动，当时跳楼者家属还没找到，记者已经赶到现场，许多市民拿手机拍照也已经上传到网上。等家属来到现场，记者顺藤摸瓜进刘家采访，正好看见刘斯萌家客厅里保存完好的工作现场，电脑页面正是你的训斥电邮，毫无疑问你成了罪魁祸首。偏偏刘家境况不好，已婚，太太居家，儿子才幼儿园，农村来的父母跟他挤一个两室一厅的房子，上老下小还有二十年房贷，活生生人到中年百事哀的版本，更加煽情。我那儿办公室已经被记者包围，我回不去了。你这儿还没被发现吧。消息已经在晚报见报。报纸唯恐天下不乱，你要做好被人指指戳戳的准备。"

　　"会被人砸板砖吗？"

　　"这个应该不会。但对你的名声影响很不好。我提议你这段时间什么都别说，不给一条争论，他们的新闻就无法做下去。这事很快被其他社会热点掩盖。"

　　"没人身威胁就好。其他，该来的来，没什么可隐藏的。"

　　"未必人人都是善意，你别太自以为是。"

　　"我忍住好奇不看报纸便是。该我承担的我还是得承担。"谭宗明看看安迪，有点不放心。他倒不担心安迪的情绪，在工作问题上安迪不大会受精神刺激。只是以前两人合作时，安迪如果遇到不合理待遇，往往坚持事实，越挫越勇，不惜玉碎。可有些事还真不是能讲理的，比如在有人自杀的情况下。但既然安迪说了，他知道劝不回，"外面捐款箱里好像捐款不大积极。"

　　"拎不清的小财务发起的捐款，据说跟刘斯萌同组的有一位掏出一把硬币捐了，其余则是不闻不问，全公司最多的据说只捐了200。他们那组吃足刘斯萌苦头，连意思意思表现一下都不愿意。我早知是这结果，只是小财务善意提出来，不便反驳。"

　　助理电话进来，有财经类记者来采访谭总，是谭总助理筛选下来的人选。安迪看着谭宗明道："记者来了。你走吧，你对外，需要公众形象，你撇清。"

　　谭宗明愣了一下，打电话给助理问为什么自作主张，听了助理解释的理由，确实有些彼此勾结的媒体朋友的面子没法不给。他虽有些担心，可还是起身走了，将现场交给安迪。工作就是工作。

　　记者跟着助理进来，安迪将桌上的钱收进抽屉迎接。"我是 Andy。我向谭总申请这个出头露脸的机会，请原谅人员调包了。也请原谅我对采访全程录音。"

　　记者当然最想采访的就是电脑上那份训斥邮件的主儿，因为刘家家属都认定刘斯萌是被安迪逼死。记者看着眼前这么一张年轻的脸，虽犹豫了一下，但很快就老到地切入采访。安迪给记者介绍刘斯萌所从事的工作，平时的工作量，以及隶属关系。但记者要求评价这件事这个人时，安迪拒而不谈。

　　"我的任何议论都有误导嫌疑，还是请您自己判断。"

　　"我进来看到，办公室空空荡荡。请问与早上这件事有关吗？"

　　"没有关联。我们的工作时间很弹性，早上九点半到下午三点在场就行。其余时间由员工随意调节。只要晚上八点之前把今天的分析报告交到我邮箱，一般情况下我十点之前回复。如果对自己的报告有信心，交了报告之后就可以不理我的回复，爱干啥干啥去。"

　　"一般这样的报告需要多少时间完成。"

　　"我们有固定格式。每个人完成他今天工作的总结和明天预测。以他承担的工作范围，如果我来做，不到二十分钟可做完。"

　　"可他太太说，刘先生每天整个晚上都在做报告，吸很多烟，喝很多咖啡，工作强度太大。"

　　"我也想知道为什么，以便帮他改进。"

　　"我们看到刘先生电脑上用黄色标出的错误不少。请问，这样的报告出错率是多少。"

　　"数字是死的，数据是活的，数据之间彼此关联，我想不出为什么出错。因此我审阅刘先生的报告总是花不少时间，必须倒推出他得出那数据的原因才敢画出黄色，明确他的思路是错误。同事普遍报告出错率不高，数据都是关联的，出错有点难度。"

　　"刘先生报告的出错率是多少。"

　　"我给你看已发邮件留底。里面有我给所有同事报告的所有回复，只要没错的，邮件主题都是一个 GOOD，省得他们还费时间打开邮件。我们让事实说话。"

　　记者当即取笔统计。等二十天的统计数据出来，连记者看向安迪的眼神都充满怜悯。经常是一夜打回两三次。难怪刘太太说他工作强度太大。"你们曾提出让他辞职吗？"

"我接任不久，我没有提出。他是由前任安排在那位置上的。"

"为什么不提出？"

"他看上去非常努力非常辛苦。"

"他自己为什么没提出辞职？看报告错误率，他应该不胜任这项工作。"

"我也很想知道为什么，请您发掘下去。"记者问到这儿，只会拿眼睛看着安迪，答案早明明白白。做财经的，还能不知道这是怎么回事。安迪便提出去看看刘斯萌工作的地方。等一圈走下来，安迪对记者道："就这些了。需要我开车送您回去吗？"

记者却有些恍惚，"呵，我有车。谢谢。"

"请问采访可以什么时候见报。我希望第一时间拜读。"

"我怀疑没有见报的可能。这件事的真相没有新闻价值。"

"现实很残忍。"每天大事层出不穷，即使是一个人的自杀都无法构成新闻价值。

"现实对活人更残忍。根据对死者家属单方面采访写出的晚报新闻，网络已经把你塑造成女魔头形象。"

"对，晚报的采访才有噱头。"安迪很是无奈。送走记者，她还有大把时间工作，才到与关雎尔约吃晚饭时间。但接下来她根本无法工作，关切的电话四面八方地打来，因为晚报送到订报户手上了，而有人这个时间稍微有空浏览一下报纸，并传播八卦。安迪更加无奈，预计今晚派对上她也会被蜂拥而至的类似问题淹没。安迪真是希望刚才那位记者的采访能够登报，能够呈现事实，可是这样的事实没有新闻价值。这就是现实。

连樊胜美也在上班时间偷偷从网络上看到网友对安迪的鞭挞，她第一时间来电安慰安迪。对于同行的慰问，安迪都是表示一下对死者的同情和惋惜，也表示她很难过，希望能如何如何之类的外交辞令。等樊胜美来电，安迪才摘下假面，叹了一声气，说出实话。"我本来很为这件事难过，也内疚。事情发展到现在，已经完全不知道说什么才好了。市面上只有读者喜闻乐见的内容，没有完整的真相，也没人愿意发掘真相。越传越离谱，听到我耳朵里的已经有三种传闻版本了，而且都言之凿凿，但有一点相同，我十恶不赦。我刚刚隐隐约约想到，事实是第四个版本，可人们未必相信。连业内人士都能传出三种版本，还怎能要求外行人的传闻。"

"没办法，人们都只相信他们愿意相信的。网络上还有你的照片上传。我建议你这几天别到公众场合单独行走，也别上网，网上有些言论很闹心。"

"不上网做得到，不去公众场合做不到，今晚就有活动要参加。会出现什么情况？"

"难说，有人网上说了，网下动作。我让王柏川腾出这几天晚上的应酬，让他做你保镖。"

"这个不用，非常感谢。我让老谭给我派保镖。"

上班时间，樊胜美不便多说，安慰几句就结束通话。她也想不出有什么办法灭火。老话说见血三分亏，何况已经死人。那么造成别人死亡的人，当然是恶贯满盈。

关雎尔专心上班，直到进入饭店，看见安迪身边有强壮男子陪伴，并听安迪解释原因之后，才知道这顿饭来之不易。而吃饭过程中，大家都留意到有一个陌生人对安迪举起手机拍照。安迪只是看那人一眼，阻止保镖行动。安迪本来想跟关雎尔谈心，为关雎尔宽解，可眼下众目睽睽，她还怎么说话，只能随便聊几句，吃完饭，跟老谭打个招呼，索性不去酒会了，直接回家关门大吉。樊胜美回到家里，便拉着正吃晚饭的邱莹莹一起来到2201。她俩见到沙发面前茶几上放着打开的电脑，便知安迪正工作。邱莹莹大大咧咧地坐下就问："安迪，要不要给魏兄打个电话。"

樊胜美想阻止都来不及了，真是哪壶不开提哪壶啊。安迪叹气，"不打。不给机会。"

才说完，安迪手机响。安迪反射性地往沙发里钻，"别是说曹操曹操就到。"

邱莹莹帮安迪一看，笑道："曲曲的赵医生。"

安迪才松一口气，拿起电话，赵医生在那头就道："看到网络上的传闻了。好吗？"

"没敢上网看。其他不受影响。你也请别传达那些传言。"

赵医生一笑，"拥有丰富经验的黑心医生建议你，龟缩几天，做几天孙子，事情很快过去。"

安迪有点哭笑不得，"你应该指责我丧尽天良。"

"作为一个见多生老病死甚至横死的冷静人，只要反证一下就知道网络传言不可能。你那儿不是集中营，你们那儿工作的人也不是无知小儿，做不下去可以辞职，你哪有本事迫害到家。放松点儿，如果需要，我给你介绍心理医生。我也看过几本心理学的书，现在便可咨询。"

"这事就像高速公路上以正常速度撞到违规横穿高速路的行人，虽然明知自己无过错，可心里不好受。"

"你是个理智的人，这种事只能靠你自己不断催眠自己，与你无关，与你无关。"

樊胜美听到这儿，想到安迪这几天本来就因为与魏兄分手情绪低落，听邱莹莹讲，还独自酗酒。如今真不知该是雪上加霜，还是分散对魏兄的注意力。樊胜美怀疑，理智的人反而不容易混淆感受，结果应是雪上加霜。樊胜美不知道的是，不久前还有安迪外公何云礼的死亡。邱莹莹这才忽然想起，她答应保管安迪的那些酒。等安迪打完电话，她就动手搬酒。反而樊胜美道："今天破例，喝几口吧，喝了早点睡觉。"

邱莹莹又觉得樊胜美说得对，"那我去拿鱼片干牛肉干来，我今天收到好多，应勤送的。"安迪看看酒瓶，做了个艰难的决定，"不喝。我会克制。"

樊胜美有生以来第一次觉得克制不是好东西。可也无法多劝，看邱莹莹抱一箱酒出去，拿两袋零食回来。她便问邱莹莹究竟与应勤是怎么回事。这一问，邱莹莹就激动开了，跟两位邻居详细说应勤这个人。虽然她与应勤也就通了几个电话，见面没几分钟，可邱莹莹一张嘴，滔滔不绝。

安迪一边看同事发来的电邮，一边听邱莹莹吹牛。只觉得头痛欲裂，疲倦异常。终于，第一次，她没看完电邮就将笔记本电脑关了，跟樊胜美说累了想睡觉。樊胜美毫不犹豫地道："我打地铺陪你。你放心，不会靠近你。"

"真的需要。我有点怕……"

邱莹莹和樊胜美都以为安迪怕鬼，却不知安迪怕自己情绪波动之下，做出精神失常的事情来。安迪没敢说明，只将老谭的电话号码交给樊胜美，洗了把脸，自己先在卧室打了地铺，让樊胜美和邱莹莹睡床上。

等关雎尔收到消息洗漱后也来到2201作陪，见安迪已经趴在枕头上睡着。三个人挤在安迪宽大的大床上，邱莹莹悄悄问关雎尔："你知道鬼怕什么吗？"

樊胜美轻斥："晚上别瞎说。"

关雎尔虽然外强中干地说"没有鬼"，可心里寒颤颤的，不由自主地往中间樊胜美的方向挤。邱莹莹也挤到樊胜美身边，三个女孩子挤在一起嘴巴说着不怕不怕，却怎么都睡不着。反而当事人安迪睡得安安稳稳。

Chapter 28

第 28 章

　　宴请时候，曲筱绡接到朋友对包奕凡的调查报告，可正经事在身，曲筱绡急得抓耳挠腮，为无法立即阅读那些有趣的八卦而坐立不安。等吃完饭，宾主皆欢，送走招标主事人，包奕凡打算送曲筱绡回宾馆，曲筱绡却尖叫一声，飞一样地跑进厕所。机不可失，时不再来，新鲜资讯必须活杀现做，才有滋味。她猫在洗手间里紧急看完朋友传来的八卦，才心满意足地走出去与包奕凡会合。

　　包奕凡大剌剌地道："表现还行，没给我丢脸。"

　　"那当然，绝对不会比你刚出道时候差。"

　　"你肯定是西太博士，我只得一个 MBA，硕士，你比我强，强得多。"

　　"哈哈，猜对了，可我只买了个西太学士，要求不高。包大哥去普吉的机票买了吗？"

　　"买了。"

　　"我忽然想到，万一你人品挺坏，我会不会害了安迪呢？我有几个严重问题要问你，比如那个美院校花……"

　　"不要以为可以过河拆桥，你在我这儿还有售后服务。"

　　"有还是没有嘛，一个字的事儿，要这都不肯回答，我只好去安迪那儿自首了。

我才不会害她。我因为看你俩合适才撮合你们，要当中有个美院校花夹着，我知情不报，那我不成出卖安迪了？"

"我有那么多钱放在安迪手里，你说我敢不敢对安迪怎么样。"曲筱绡其实也知道这一层利害，只是朋友传来的八卦太强大，她只有明知故问，可惜包奕凡并不让她如愿。曲筱绡在包奕凡的车子里更坐立不安。此时曲筱绡的狐朋狗党又发来一条短信，告知安迪成了逼人跳楼的罪魁祸首。曲筱绡赶紧去电问是怎么回事，朋友将晚报内容添油加醋说了一通，曲筱绡当即联想到昨晚正是她发着花痴与漏夜工作的安迪在一起，她们曾讨论到令人头痛的老实头问题。就这么逼死了一个人？

曲筱绡嘴上跟朋友否定，"不可能，昨晚我跟她在一起，她做完工作我才离开她家，没见她发火什么。一封电子邮件能逼死人？神话！你见过哪个员工被你骂几句就跳楼的？现在反而多的是跟你对骂的，和一转身就辞职的。胡说八道，我不信，我跟她是好朋友好邻居，我最了解她，你也帮我宣传。"可曲筱绡心里却想到，安迪真做起事来火力强大，这事儿还真难说。

"安迪？"

"是啊。昨晚我跟她一起待到十二点呢，怎么会出这事。"曲筱绡给安迪拨打电话，可接通半天，就是没人接，"才几点钟，难道睡觉了？为什么不接我电话。"她便又给22楼其他人打电话，先打给最容易说话的邱莹莹，"咦，你怎么停车？"

"你叫个朋友上门找她。她是个认真人，我怕她想不开。"

"用得着你说吗，我在找另外几个邻居。死鬼邱，怎么还不接电话……接了。小邱，安迪怎么回事。"

"睡下了，心情很不好。我们三个都在2201陪着她。"

"心情有多不好？哭了？还是诉苦？"

"没哭，就是心情不好，话少，头痛。你那个赵医生也来过电话，跟她说好几句。我们这边还是樊姐跟她说得最多。"曲筱绡转达给包奕凡，问包奕凡要问什么。包奕凡摇头，她便跟邱莹莹说了晚安。"你们还真是不错的朋友。"

"呸，你以为我真出卖她？你后天见她时候问她，她周围唯一支持你的人是谁。"

包奕凡将曲筱绡送到宾馆，先不忙开走，给安迪发了一条短信。有内奸跟没内奸就是不一样，要不然这种远在海市发生的事他不知得猴年马月才能知道。第二天曲筱绡回家，包奕凡送了个大大的土特产礼包，让司机帮忙送上飞机。

　　安迪依然是 22 楼最早醒来的人。前所未有地整整睡了十个小时，让她起床时候有些儿恍惚。尤其是发现她竟然躺在地上，她顿时吓得浑身冷汗，一跃而起，难道昨晚发疯了？这一折腾，人便立刻清醒，昨晚发生的事儿历历在目，果然，三位邻居挤一块儿，睡在她旁边的大床上，都还睡得沉沉的呢。

　　捂着怦怦乱跳的胸口，安迪借着夜灯的光温柔地看着床上的三个女孩。她们陪了她一晚上。

　　她看了会儿，轻轻走出卧室，关上门，才敢深深地呼吸，抚平刚才的惊吓。而手机里不出所料有好几个短信和来电，她看到奇点有好几个电话短信，还有谭宗明的来电，谭宗明让她无论什么时候看到短信都立刻回话。还有包奕凡的短信。都很关心她。安迪晓得谭宗明是个夜猫子，这个时候不打算吵醒他，索性群发了一条短信给昨晚关心她的人，她很好，情绪稳定。

　　唯有包奕凡在这个大清早是醒着的，包奕凡气喘吁吁地立刻打来电话，"还好？"

　　"你在干什么？跑步？"

　　"今天灰大，在跑步机上跑。昨晚从小曲那儿听到消息。"

　　"没事，我们圈儿大起大落，压力太大，什么事都会发生。从业十多年见多了。谢谢关心。"

　　"相信你能处理好，不过昨晚打电话没人接的时候，还是挺担心你的状态。现在干什么？"

　　"我做早餐。昨晚邻居三个陪我，她们还睡着，我做早餐给她们吃。"

　　"我也想飞过去蹭早餐。"

　　"速冻饺子，三明治，乏善可陈，我只会这些。"包奕凡哈哈大笑，"提个建议，饺子可以水煎，生煎包子似的做，比水里煮出来的好吃多了。学名叫煎饺。"

　　安迪当即上网寻找煎饺的做法。等樊胜美起床出来的时候，她已经煎出第一锅废品，以及第二锅靓丽的正品。"做菜不难。"安迪以充满自信的一句话，代替早安。

　　樊胜美有点儿拗不过来，愣愣看了安迪会儿，道："你恢复得还真快。昨晚看你睡得很香。"

　　"有你们在，我睡得很安心。现在什么都可以应付，没有什么大不了。"

　　"但我有个建议，这几天你宁可沉闷点儿，看上去苦恼点儿，更人性，也更容易让别人放弃对你的指责。"

"你的建议会很好地保护我不受伤害。但我不能采纳。我需要保持一贯的强势和主动，甚至借此推出新方案。你放心，我工作那么多年，见过的类似政治正确的处理很多，都有差不多的套路：表示非常悲痛，表示优厚处理，推出新规则增强员工幸福感，以及，没有什么可以改变既定方针。"

"身段柔软一点儿，可能更容易让人接受，也培养更好的合作环境。"

"是啊，我用悲痛和优厚处理的表态表达公司对每一位员工的重视，但你得看到，我是第一责任人，他们更需要一个坚强的引导者，而不是一个容易被一件事击垮的小女人。说到底，做戏。"

樊胜美沉默地看着安迪一会儿，才道："这世道，愣是把女人当成男人使，把男人当成牲口使。晚上如果有需要，五点之前打个电话，我飞了王柏川来陪你。"

"都不知怎么谢你们。"

"自家姐妹这么说就见外了。"

两人相视微笑。此时，清晨的第一缕阳光透过东窗照射进来，一扫昨晚的阴霾。

奇点打来电话时，安迪与关雎尔刚刚出门上路。她一看见显示就将手机交给关雎尔。"你帮我接一下，就说路况不好，我不便接听。"

奇点却是一时没听出那声"喂"不是安迪，上来直接就道："安迪，我在你们小区门口，你出门时候降下车窗，让我看看你气色好不好就行。昨晚一直联系不到你，联系谭总也说联系不到你，我担心一夜。"

"魏总，我是小关。安迪在开车，现在路上很挤，她不敢接电话。"

奇点愣了一下，"哦，小关，早上好。你们这么早出门了？到哪儿了？"

"才出门呢，今天我们都起得早，就早点儿出门了。刚路过地铁口。"奇点更是发愣，那说明他应该看到安迪出小区大门的，他怎么可能错过那抹艳橙色。他将疑问压在心里，再问："安迪现在好不好？"

关雎尔真想临阵脱逃，将手机还给安迪。她硬着头皮回答："昨晚没接电话，是因为我们都聚在安迪家，都早早睡了。今天什么都好，安迪还给我们做了一顿丰盛早餐。"

"幸亏有你们在。请你帮我跟安迪说一下，有什么吩咐，尽管给我电话，我这几天都不出去，随时待命。"

关雎尔直听得回肠荡气，真想壮胆问一句"你们到底怎么啦"，可这两位大朋友的事她不敢插手，她只能精准复述奇点原话给安迪。可是看着安迪漠然的神色，她终于忍不住问："你想把魏兄怎么样？你们不是很好的吗？他那么担心你。"

"我……你说对了，是我的问题。而且是不可调和的问题。他知道。"

"他知道就不会等在小区门口，只求你降下车窗看你一眼了。"安迪心说，我还半夜蹲在他的楼下数窗户呢。但她咬着嘴唇，什么都不说。

由着关雎尔责怪她。良久，见关雎尔不再说，才道："你昨天说的联署邮件，我认为你不能参与。这事有些捕风捉影，你们几个小同事风声鹤唳了。你到公司后把总结发给我看看。"

"不麻烦你了，你最近麻烦事接二连三的。"

"有麻烦事彼此帮忙，才没有麻烦。"

"我怎么觉得我们22楼比大学宿舍还和谐呢。"

"小樊说我们22楼像《西游记》里的盘丝洞，我得找时间翻翻《西游记》。"关雎尔听了笑，可笑容有点儿辛苦。考评，这个压在她心头的秤砣啊。通过之前，她不会开心。偏偏下车，两位同事又堵过来。"小关，考虑好了吗？我们打算上班就群发邮件。"

关雎尔道："这么做，会不会对同事打击太大。万一没状况呢。"

"哈哈，别以为只有你谨慎，给你看补充说明，昨晚上的，我们这叫忍无可忍。"同事又摸出手机，给关雎尔看清晰照片，那是一对男女搂抱着进入一幢公寓楼。作为每天上班接触的同事，关雎尔一看就认出其中的女孩是谁。但她迅速将手机屏幕翻转，看清左右无旁人，道："你们考虑过群发后果没有。万一公司投鼠忌器，为了保全重要高层，索性将所有我们这些无足轻重的知情人……"她没说出口，做了个手起刀落的姿势，"我绝不是威胁。"

"小关，你不要为了不肯联署而耸人听闻。"

"我不会故作惊人之语，我熟悉官场，我懂得牺牲谁放弃谁上面都是有考量的。而我们真的是最无足轻重的人。"

"可是我们是群发，让所有人都知道。"

"所有人都有可能装聋作哑。"

"我们就这么偃旗息鼓，忍气吞声吗？其实想明白了，群发是被牺牲掉，不群发是被潜规则掉，我宁愿轰轰烈烈。"但这位同事的声音已经低落了，显然，不群发还有机会，群发可能更没机会。

"可能有第三条路。"另一位同事咬牙切齿地道，"我们不能忍了这口气。"

这一回，两位同事没有撇下关雎尔，而是三人一起进大楼上班。但关雎尔心里很郁闷，阻止了两位同事，等于保护了这两位同事，她又多了竞争对手。而不阻止，则是另一位同事剥夺了她的其中一份机会，她还得因为那同事加班。总之她两头吃亏。真难，怎样才能活得长袖善舞，游刃有余呢。

但坐下工作才半小时，刚才门外拦住她的同事之一给关雎尔短信发来一个网址，并故意借倒咖啡的机会经过关雎尔身边做了个眉飞色舞的轻松鬼脸。关雎尔连忙用手机上网，打开那网址，见到也是手机发送上去的八卦爆料帖。标题异常噱头，内容更是狗血。果然见下面已有跟帖。关雎尔不得不佩服同事的创意和手段，果然是排名前三的一流大学出来的毕业生，脑子的确好使。而她虽然早已想到不能这样不能那样，却一天一夜里面打破头都没想到借刀杀人这一招。跟一流大学的人竞争真是辛苦。

于是，关雎尔毫不犹豫将年终总结发给安迪，请脑袋更好使的安迪助她一臂之力。

安迪走出电梯，就发现自家公司所在楼层异乎寻常地热闹。她毫不犹豫地在电梯门合上之前缩回电梯，面不改色地继续往上走。电梯又升了六个楼层，她才出来，打电话问助理是怎么回事。果然她的直觉没出错，刘斯萌的家人打上门来了。于是安迪早上打好的腹稿完全作废，她原本打算开工前做个简短讲演，将昨天的事做个了结。

不管来人只是老少妇孺，安迪都不准备下去冒险，耐心等待谭宗明派保镖过来。助理问她怎么处理，她说要么就在门口随便他们闹，要么让保安把他们请进小会议室，只要管住他们不让砸了东西就行，还能怎么办。这种事让老谭过来处理。

耐心等了足有半个小时，老谭来电，他来了。安迪这才下楼。老谭带来不少孔武有力的人士，将刘家家属包围在一个小范围内，安迪经过的时候，挨了很多骂，当然，头上还被扔了一部手机，撞得她脑袋生疼。此时，安迪对刘家家属的同情，只停留在政治正确层面上了。

安迪原以为同事会同病相怜，没想到有同事直指，闹到公司来无非是为了多争取一些来自公司的补偿。原来并没有人会觉得兔死狐悲。安迪揉揉被手机撞出一个包的额头，装作若无其事地工作。

在午餐会上，她完全否决原本的腹稿，也撇开工作不提，更是完全不提公司在刘斯萌自杀方面该担负的责任，而是装傻："刘斯萌事件之前，我完全忽视刘家家庭负担重，家庭环境不佳，以及心理负担重等私人问题。我们公司工作节奏快，单打独斗多，工作压力大，这些因素凑在一起，本来就容易影响心理健康。因此刘斯萌事件提醒我，我们是不是该考虑聘请专门心理医生，插手关注每个员工的家庭私生活？"

此议案如此弱智，令全桌中高管们面面相觑。有业绩很好的一个年轻员工提出，"怎么关注？怎么操作？每人先向人事部门递交家庭成员名单，家庭收入支出，然后由心理专家分别谈话？碰到我们这种单身又生活作风不正的人，又该如何操作？是否侵权？"

众人有暗笑的有明笑的，安迪也跟着笑。但笑完就道："你以为荒唐，有人不觉得荒唐，要不然刘家家属怎么会找到公司来？显然社会伦理对公司有这么一层要求。既然公司需要承担责任，公司就得声张相应权利。公司争取以后多关心员工，公司付费，以后每人每月一次免费心理咨询。"

"自愿吧，别强制。"

"不行，有心理问题的人最讳疾忌医，等亡羊补牢，悔之晚矣。而且你们肯定还会说，以后留意多关注部下心理便是，但刘斯萌事件告诉我们，我们对他知之甚少，关注更是无从谈起。事情现在不做，以后也未必会做。幸好我们不是富士康那样的劳动密集型企业，公司可以负担心理咨询费。"

又有人跳出来，"即使公司规定必须关注部下私生活与心理健康，这条我也反对。我有保留隐私的权利，而且我最讨厌有人打着朋友的旗帜来关注我的私生活。总之各自修为，公司不能干涉人身自由。有人要跳楼，连他身边睡着的女人和生他养他的父母都拦不住，关我们同事们什么事。"

安迪继续装傻面对大伙儿七嘴八舌的反对，心里回想以前老谭反反复复对她的教育。刚工作的时候她完全不讲婉转，她读书时的天才头脑也让导师们纵容她的直来直去，老谭不得不手把手教育她，有些事虽然有理但是政治不正确，政治不正确的底线千万不能碰，但你可以创造荒唐话题触犯别人的权利，让大伙儿为了维护自己的权利而不知不觉地将可能导致政治不正确的坎儿跳过去。

　　争辩结果，大家为了自身权利不受侵犯，一致认定公司与事件无关，同事也与事件无关，当然安迪与刘斯萌隔着两个层阶，更与事件无关。

　　樊胜美长羽绒服里面是一身深蓝色西装套裙，露着两条穿薄袜的腿，站在寒风中等来王柏川的车子。王柏川见面就道："你穿这么少不会冷？早该跟我说一声，我到门口时候再给你电话，省得你等半天。"

　　"没事，昨晚在安迪家里过夜，她家暖气打得像夏天，把我全身焐透了，我出来站这么久还完全感觉不到冷。不过大包里有替换衣服，等面试结束，换了厚衣服上班去。"

　　王柏川不敢提面试这件事，可着劲儿与樊胜美东拉西扯谈八卦，以免增添樊胜美的心理压力。到了酒店停车场，樊胜美上电梯去了，王柏川看看时间，等过了五分钟樊胜美还没出来，便开车走回头路，找一家刚才瞄到的花店，买了大大一束花，放在后备厢。如果樊胜美顺利通过面试，他才敢将花拿出来，要不然就成嘲笑了。

　　回到酒店地下停车场，一来一回时间过了二十分钟，樊胜美还没下来，王柏川怀疑事情有门。但他还是不敢将后备厢的花拿出来，以免弄巧成拙。

　　又过了二十分钟，终于见到樊胜美走出电梯。王柏川跳出车门迎接，却见到一张恍惚的脸。

　　"HR 总监亲自面试，可是跟我谈了会儿，却强烈提议我去前厅做副经理，他认为我的素质更适合前厅，经过专业培训后，可望升级。问题是我连前厅这个名词都才第一次听说。我暂时没法答应，他让我元旦假期后回复。但月薪比 HR 高三千左右。你别回头看，我换衣服。"

　　王柏川索性站在车外等待，等樊胜美换好衣服从后座出来，他才道："前厅是指总台那块？要三班倒吗？"

　　"我也问了，总监说包括前台，最初会让我去前台等处熟悉工作环境，学习工作程序，跟着三班倒几天，以后就不用一直站大厅里了，他的目标是把我培养成前厅经理。他还说前厅是酒店的窗口，是通往更高层的捷径。不过这话也不能全信，我也常拿这种美好愿景忽悠应聘者。"

　　王柏川一时不知该不该将花拿出来，"起码说明一点，那位总监非常认可你，

"哎呀，这么辛苦干什么呢，有些事让下面员工去做嘛，你了解个大概过程就行了，不用精通到自己能跑。"

"不行，我要省钱啊，公司里人少用一个是一个，能自己做的事情自己做，最好十八般武艺都齐活。"

"当然你什么都会最好，但你也不能一个人当三个人用。爸爸心疼。"

"切，你别心疼了。你才给我这点儿资本金，我不省着点儿用怎么办。难道去炒期货挣钱养公司？"

"哦，你怨爸爸不公平？"

"不怨，但我得自知之明，学会独立不依赖，反正爸爸重男轻女眼里只有儿子，连妈妈都不管我，我不指望你们。我就安分把这间公司打理好，以后吃肉喝汤全靠它了。"

"爸爸怎么会不管你，你是爸爸的小宝贝。要么爸爸给你两个哥哥多少，合计起来，你这儿也给多少，你拿双份。"

"不要，我有骨气，我只要自己能挣钱，就不拿你们的。我早说过了，如果一年内我做不出利润，养不活自己，我才会认命，看死自己无能，以后就让你养两个儿子一样养我。"

曲父只能尴尬地笑，心知理亏，忙道："你妈跟我明天去香港，说是百达翡丽新出女表很漂亮，打算给你买一块。"

"这个可以有。"曲筱绡欢乐地扑上去亲爸爸一口，"谢谢你，臭老爸。但是臭老爸欸，我提醒你，你和妈妈都不能买百达翡丽，你听啊，百搭飞了，百搭飞了，明白我意思了吗？搓麻将必输啊。"

曲父这才放心地笑了笑，摸摸女儿的头，问起新竞标的事儿。得知女儿竟然这么快已经联络上主事者，而且绝对是有效联络，当即刮目相看。他问是怎么搭上关系的，曲筱绡死活不说，只得意扬扬地说她有自己的朋友圈。曲父又忍不住开心得要请女儿庆功酒，可是曲筱绡心里挂念着赵医生，哪有时间陪老爹。飞了她的爹，直奔赵医生的医院。

紧赶慢赶来到医院，可突袭的愿望落空，赵医生竟然今天准时下班了。曲筱绡呆坐在办公室门口走廊上，这才觉得今天一天累透了，两条腿俨然僵尸家的零部件。她把玩着手机，思考半天，决定不给赵医生打电话。那家伙鬼，须得突袭才测试得出他的真实态度。

关雎尔今晚不要加班，回家便立刻上网，啃着各种各样的零食，关注网络上的变局。她发现有 ID 一直在引导舆论，一点一滴透露更噱头的真实。甚至有人还自称是合伙人太太的朋友，与引导的 ID 吵起来。一时，该帖变得越来越狗血，越来越红火。本来，上班时间，该帖也就是个寻常小三帖而已，这一下，完全戏剧化了。关雎尔很怀疑，争吵的两个 ID 背后就是那两位一流大学出身同事的身影。她们可真有能力。

而已经有跟帖从蛛丝马迹中揭露她公司的名称。关雎尔关注得觉都不想睡了，握紧拳头浑身紧张。仿佛投入网络战争的是她自己。

渐渐地，关雎尔心中有一丝领悟。有些事，她可以曲线救国地解决，也可以自己完全不出手，置身事外。她这回竟然不经意地做到了。

安迪在临时保镖的护卫下，在刘家家属不屈不挠的谩骂声中下班了。她不敢去地下车库取车，怕又遇到守株待兔的奇点，只好让保镖将她的车开到上面来接她。她问保镖有没有人在她的停车位边等待，保镖回忆了一下，说那时候取车的人络绎不绝，没留意，似乎没有。安迪不知怎的，心里有点儿失落。

她还是又去参加了同业的聚会，硬着头皮被人问好多八卦问题，又是头痛欲裂地回家。可她还得收拾行李箱，她明天出发普吉岛。她恨不得现在就可以起飞，早日逃离这鬼地方，晒足三天太阳，捡拾一地正常才回家。

可坏事总是接踵而至，谭宗明来电告诉她，刘家母亲拿头撞玻璃，撞得头破血流，送医急救。安迪想想早上一面之缘的农村妇女，似乎砸肿她额头的手机就是刘家母亲掷出。安迪问谭宗明究竟得怎样才能安抚，谭宗明说遇到这种事反正他怎么做，家属都不会满意，他索性趁把人送到医院兵荒马乱，关掉手机拔脚溜了。只有等家属节后平静下来再谈公司纯粹出于道义而非法规的慰问金。

唯有樊胜美是最开心的，她既然做出决定，王柏川自然是下班后第一时间送上早上买的一大捧鲜花，和高级餐厅的鹅肝大餐。这一夜，樊胜美让王柏川吻了她。

而且，樊胜美不得不很务实地想到，等拿了现在公司的年终奖跳槽，她的每月工资将多了三千块。多么令人开心的事啊。

但很不幸，樊胜美深夜回家，走进电梯便撞见同是夜归人的曲筱绡。几乎是条件反射，樊胜美心里一抽，担心有什么晦气事要发生。但曲筱绡只是懒洋洋地拿眼睛打量一下樊胜美，老三老四地道："嗯，口红都吻糊了。"看都懒得看大捧鲜花一眼，说完又疲倦地耷拉下眼皮，似睡非睡。

樊胜美搂紧花束，无言以对，唯恐吵醒了曲筱绡，又是劈头盖脸的扫兴刻薄话。可她还是忍不住道："我要换工作了。"曲筱绡微微抬起眼皮，但都没看向樊胜美，又有气无力地耷拉下去，"换来换去还不是打工。"

"22 楼五个，除了你特殊点儿，谁不是打工？"

"我，也是打工。但只有你，打的是牛工。"电梯门开，曲筱绡摇摇摆摆地出去。她最烦看到樊胜美面露得色，就像小老鼠偷到点儿油，满脸小家子气，忍不住讽刺。可心底却又生出点儿内疚来，倒退几步，撞到气得脸色僵硬的樊胜美身上，"忘了说，恭喜你。早该换了。你属于大城市的市中心。"

"咦，你怎么知道，小邱告诉你的？"被曲筱绡说中，樊胜美转怒为喜，任由曲筱绡靠在她身上。"再不换到市中心，你好去死了，白长这一身貌端体健。"曲筱绡说完，费力地直起身走了，"哇，好困哦，明天还得赶早班飞机去哈尔滨看冰灯滑雪。"樊胜美哭笑不得，"跟刘帅一起去？"

"什么跟不跟啊，是我恩准他跟我去。一个电话，一声招呼，OK。他一年都是我御用。"

樊胜美看着曲筱绡撞进门去，不一会儿，2203 传来一声轰响，一声尖叫，又是几声踢门声，樊胜美只会摇头，钻进她的小黑屋。面对镜子，樊胜美摸着光滑美丽的脸，心想，她属于大城市的市中心？曲筱绡为什么这么说？虽然疑问着，镜中人却微笑了，是的，她属于市中心。

关雎尔下了安迪的车，这回同事没有迎上来。但在电梯门前遭遇时，彼此传递了一个眼色，心照不宣地缄口不语，说点儿你们组元旦加班不加班的话题。到了自己的办公桌，关雎尔一抬眼就见到绯闻女主角竟然早早上班，只是脸色灰败，神色不宁。关雎尔连忙低下头去，装作不闻不问，专心做事。但一整天下来，什么事都没有发生。偶尔躲进洗手间用手机浏览一下那八卦网页，依然跟帖如潮。公司里却风平浪静，完全不受影响。关雎尔下午去茶水间倒咖啡，见到发动她联署的同事也在。那同事顺手替关雎尔放了一块糖，轻轻地道："没反应。为什么？"关雎尔退出门看看周围，"算了，命中注定。"

"都已经转到人人网去了，有人把她的毕业照都贴出来……"

"别多想了，安心做事，该咋就咋，逃不过。"同事斜睨关雎尔一眼，大约觉得话不投机，扔下一声"切"，离开茶水间。

关雎尔咬紧嘴唇，阻止自己反唇相讥，深呼吸三下，将咖啡一饮而尽，若无其事地回去办公桌边继续做事。中饭后，安迪将修改后的总结传来。关雎尔此前一直在想如何将总结写得能让上司，上司的上司，以及人事都被她煽动得先入为主，看了安迪修改后的文章才知道，这一招她学不来。用的是同样英文，可安迪的笔下挥斥的是只有天才才敢的舍我其谁。如此气概，当然先入为主，关雎尔甚至自己都错觉她这一年工作所做的那些事原来是如此熠熠生辉，无比重要了。

但关雎尔显然不敢将修改后的总结直接递交上去。她下班待在办公室里，一边等下班后驱车赶来海市团聚的父母，一边将原稿与安迪修改版对照，找出其中的差别，有些其实只有一字之差，便读来完全不同。她先反复领会了安迪文笔的不同之后，还是忍痛将安迪修改版再修改了，以便语气稍微与她的接近。因为同样一句话，被安迪说出来是自信，她觉得被她说出来就是言过其实的夸张了。修改后这才发给上司。

不料，没多久上司就叫她过去。"开窍了。这份写得好。有压力了吧？看起来还有潜力可以发掘。"

"一直都有压力，从上班第一天起就想着考评。"

"我是指网上那些传闻。你听说了？"

关雎尔点头，但不吱声了。

上司点头，"保持沉默是对的。每天反复讲团队建设，真正遇到压力，心里立马没了立场，立马同室操戈，还谈什么团队。公司最忌讳。这件事肯定会明察暗访调查个水落石出，我特别关照你关键时刻不要急功近利。但想来你不是那种性格。"

关雎尔连连点头答应，走出上司办公室，感觉浑身都冒冷汗。原来整个白天平静的只是表面，桌面底下早已暗流汹涌。他们这些新进员工自以为聪明灵活，其实一招一式全都落在上司们的眼里。还是本分为上。

安迪这一天班上得如坐针毡，尤其是机票在手，行李打包，更是一刻都不愿面对现实的残酷。耳边是被堵在门外的刘家亲属无休无止地喊口号，要打倒她安迪。还有魏国强打电话来说元旦来海市参加什么会议，要求见面吃饭。还有奇点的短信与电邮给她描绘的元旦旅游规划，邀请她同行。她都不理。等下午工作告一段落，她立马在保镖保护下直奔机场。宁可早早到机场等着起飞，她再也不愿提心吊胆地待在办公室，随时可以被任何人活捉。

　　果然有人想活捉她。她才刚上车不久，接到赵医生电话，赵医生嘻嘻哈哈地道："我特意提前下班到你们公司楼下停车场等你一起吃个小年夜饭。给个面子吧。我们几个朋友聚一餐，完了打牌，通宵，我不信打不趴你。"

　　"我快到机场了啊，早就安排的出游。对不起。"

　　"耶。有人要失望了。可不可以透露去哪儿？"

　　"有人让你问？那就不说了。再次对不起。"

　　"不要这样嘛，有人蛮可怜的，他……"

　　"呵呵，小曲跟我说，她忙过这阵子，回头找你，问你……"

　　"我们不提她，不提。好，好，祝你玩得愉快。但你什么时候离开公司的？"难道他们早就等在地下车库？安迪喘了口大气，才道："现在非常时刻，我们公司周围热闹得很，我有专人保护接送。不走寻常路。"

　　"安迪，男人其实也挺可怜的，不像外表装的那么坚强。"

　　"请你转达有人，不要成为我的麻烦。谢谢。"此后，安迪一路上不断看后视镜，生怕有人追到机场来。直到办完所有手续，舒舒服服坐下，才放下心来。但曲筱绡的电话打了进来。安迪以为她也成了说客，劈头就道："不要试图劝说我。"

　　"劝说你什么？我飞哈尔滨看冰灯，你也来？你不是飞普吉吗？"

　　"哦，不是，还以为你被赵医生收买了。他找我打牌什么什么的。我已经在机场。"

　　"他有没有提起我？你有没有向他提起我？"

　　"我一向他提起你，他就转话题，一句都不肯提起你。"

　　"啊，这就叫爱之深恨之切！陶醉。安迪，我给你念打听来的八卦，包兄的。"

　　"不要听，我现在遁世。"曲筱绡没听懂，径直笑着念给安迪听："包兄这家伙挺风流，带出来有名有姓的女朋友据说加起来有一打了。江湖上有传说，看见包兄老家出来的美女，追之前务必先问一句认不认识包奕凡，要不然恐怕捡了包兄用剩的，哈哈。等我回家后问问樊美眉认不认识包兄。"

"瞎编的吧，有这么闲？"

"女朋友都有名有姓，回头我传给你，你可以查证我是不是胡说。最近的一位是一个美院校花，非常漂亮，还没毕业。老包老牛吃嫩草啊。听说气质极好，许多人追这个校花，最后不知怎么被包兄得手了。"

"死心了吧，这下你以后不用在我面前提起包兄了吧。"

"怎么可以不提，挑逗风流鬼才是最好玩。你想啊，这事儿就像登山，有人一辈子只登门前那座山，没劲透顶，即使我是那座山也被他登烦了。可有人背着包见山就登。而碰巧你就是珠穆朗玛峰，他第一次来，你刮一阵风，第二次来，你下几片雪，你越是不让他得逞，他越死心塌地，到死，最后吐出一句含糊不清的话也是珠珠。神马美院校花，都是浮云，这才是真的好玩。"

安迪听到"珠珠"的时候，终于忍不住笑了，眼波流转之际，见包奕凡冲着她大步走来。"曲筱绡……"

"啊……"曲筱绡一听就知道那边现场终于出状况了，她欢快地尖叫着挂断电话，又死命关机免得被安迪抓包。曲筱绡开心得在屋里乱蹦，她真是太天才了，两个自命不凡的全都掉进她的圈套，真是弹无虚发，百发百中。

而安迪，直着眼睛看包奕凡走过来，头痛欲裂。

包奕凡走过来，嬉皮笑脸地坐下，没皮没脸地冲着安迪笑。"你被小曲出卖了。"

第 29 章

　　果然是曲筱绡。安迪没力气去想曲筱绡刚才又为什么打电话罗列包奕凡的八卦经历，她只是有气无力地看着自说自话坐到她身边的包奕凡，道："我很累，只想躲起来睡觉晒三天太阳，拜托你。"

　　包奕凡笑道："完全一致。我只比你多出一条心愿，随时抬头可以看见心爱的姑娘。"

　　安迪被雷得一个哆嗦，直直看着遥远的虚无，懒得回答。好在包奕凡拎得清，此后没再跟安迪没话找话，而是戴上耳机闭上眼睛舒适地听音乐，偶尔摇头晃脑张开嘴唇无声地跟几句。安迪见此，正好舒舒服服地打盹。等广播登机，安迪便起身欲走，但看看摇头晃脑的包奕凡，只得做做好事，拍了拍包奕凡的肩膀。包奕凡立刻睁开眼睛一跃而起，抓起安迪的双肩包，与安迪并肩登机。

　　但未等落座，包奕凡更是还忙着跟人协商换位置，安迪收到一条来自奇点的短信。她想不打开，可人都已经躲到飞机上了，绝对安全，还是打开吧。打开，却是一张照片，正是她和包奕凡并肩登机。安迪的脑袋顿时吱吱地疼，似有冲击钻往她脑袋里打洞。她关掉手机，要了一张毛毯，什么都懒得管，卷裹起来睡觉。

　　包奕凡花言巧语地与人换好位置，心满意足地来到安迪身边，却见一筒毛毯裹成春卷状，搁那位置上，里面的人只露出头顶一簇头发，连鼻子眼睛都看不到。包奕凡只能无奈地一笑。人家不得罪他，但人家不愿搭理他。

　　奇点的好友在机场将安迪与包奕凡的一连串照片发给奇点，至此，奇点方寸大乱。他自以为对安迪很有把握，因此安迪说她各种不能，她逃避，他都理解，他自己也考虑过很多实际问题，也有退缩逃避，但他又很快意识到自己放不下。只是，考虑到他与安迪面临的是实实在在的问题，他不能太紧逼，逼得安迪又握着刀发呆，保不准哪天真往手腕割了下去。他只好放缓脚步。想不到，被人钻了空隙。

　　朋友摄影的站位有些远，但可以看出，那个男人穿着得体而时尚，而身高——他的致命伤，那男人站起来却还比安迪高，最后一张两人登机的背影，看得奇点心头滴血。再往前翻，是安迪以前给他的短信，"心病无药可治，这辈子已经考虑妥当：不害别人，不害自己，不害后代。"对此，奇点原本深信不疑，他也愿意接受安迪因自身心理问题做出的拒绝，愿意慢慢回旋。可照片告诉他，今天，安迪与其他男人出发普吉岛度假。安迪骗他。

　　是可忍孰不可忍。奇点当即想到安迪身边唯一可以被收买的人，曲筱绡。

　　曲筱绡正与刘歆华，以及其他四个朋友一起吃东北菜，接到奇点电话有点儿吃惊，"魏大哥小年夜没出去哈皮啊？"

　　"我非常悲惨。请了赵医生，结果还没出发，赵医生就被医院一个电话找去，说是有位重要人物需要急诊。想邀请的两位女主角，安迪电话不通，怎么回事？你似乎已经热闹上了吧？"

　　"啊……魏大哥你怎么不早说，你只要早说半天，我让机票作废，说什么都陪你吃饭。现在只有你一个人高兴了，对不起哦。"

　　"哦？你怎么知道我一个人？你知道我该怎么找到安迪吗？"

　　"哈哈，你死心吧，安迪度假去了，元旦后才回来。现在时间还不算太晚，你赶紧找其他朋友组饭局吧。"

　　"哦，跟安迪一起度假的那男人是谁？"

　　"呀，魏大哥好阴险，刚才揣着明白装糊涂呢。那个男人谁也不是，只是一个强悍的追求者，各方面条件非常优秀，最让我欣赏的一点是，那男人光明磊落。"说到这儿，曲筱绡忍不住对身边的刘歆华做个鬼脸。

奇点脸一热，发现自己气急败坏了，而想不到嘻嘻哈哈的曲筱绡有猫一样的锐利爪子。"你认识他？"

"我不认识他。对不起哦，魏大哥。"

"我们可以商量个条件。"

"不是我没商量，而是我真不知道。整个 22 楼只有我见过那位兄弟，可安迪不介绍，我也没办法啊。只知道是帅哥，到此为止了。"

"可你刚才说那人各方面都优秀。"

"哈哈，魏大哥你可真没劲，揭穿我吹牛皮很害我下不了台呢。"好不容易奇点答应结束通话，曲筱绡在这边长呼一口气，"好恐怖，我硬是做了个艰难的决定，没在巨大诱惑面前低头哦。"她只是不便在刘歆华面前说出那个诱惑乃是赵医生，她可以赵医生为条件与奇点谈判。但她曲筱绡并非什么都能出卖，她有原则。

刘歆华闷笑，"等对方自动抛出更大优惠吧。"曲筱绡有点儿不自信地想了想，"还真不是。我好像挺仗义的。"可这话说得如此不自信，连她自己都笑出来，与刘歆华笑成一团。

奇点却如热锅上的蚂蚁，团团转了几圈，想到他还可以找 22 楼的另一位，樊胜美。可他只有通过王柏川才能找到樊胜美，此时，樊胜美正与王柏川飞驰在回老家的高速路上。

可奇点很快就从通话中得出判断，樊胜美比曲筱绡知道得更少，樊胜美甚至不知道安迪与人一起出去度假，樊胜美还以为安迪一个人走。当然，樊胜美更不可能知道那男人是谁了。

但樊胜美感激奇点，不忘安慰，"可能是误会，魏总别太担心。安迪最近心情一直很不好，也几乎没有空闲的时候，不会有闲情逸致谈恋爱，起码我们 22 楼都没见有其他男人过来拜访安迪。或许那男的只是个机场巧遇的熟人？"

"可小曲似乎知道有这么个人，还知道安迪与那人一起出游。"

"我在小曲背后说句难听话，小曲喜欢让人不自在，尤其擅长在别人脆弱的时候往伤口撒盐。"樊胜美这句话很好地安慰了奇点。不错，曲筱绡很多时候完全是毫不利己地恶作剧，没事的时候可以看着一笑，真到有事的时候，还真被她刺个正着。奇点稍微有点儿放心了。再翻出手机里朋友传来的照片，远看这两个人坐在一起的时候是各顾各，一个打盹，一个打盹加听音乐。但奇点转而又患得患失，如果是巧遇的熟人，总得搭讪几句吧，这么互不搭理似乎不够礼貌，似乎不是熟人。可如果是恋人，那得多老夫老妻，才能坐一起无话可说，唯有打盹，显然也不是恋人。究竟是什么？奇点这个元旦过得七上八下，什么游玩的心思都没有了。决定等安迪回来，不管不顾地杀上门去。

关雎尔好不容易等到爸妈来电，她连忙拎起包欢快地下班出门。到了电梯口，犹豫了一下，又跑回洗手间，对着镜子将原本熨帖的头发又稍稍整理了一下，左转右转，感觉形象一丝不苟了，才匆匆去乘电梯。

下楼，却发现等来两辆车子，前面一辆是爸爸的车，关雎尔认识。后面一辆……不是说元旦三天只是一家三口的团聚吗。后面那辆黑色奥迪车显然不属于她的任何亲戚。但关雎尔没多想，一头扎进车子，欢快地与爸妈见面。毫不意外，爸爸非常开心，而妈妈见面就唠叨，"唉，脸上又好多违章建筑，每天提醒你吃青瓜，看来你又阳奉阴违。"

"从没忘记吃青瓜，可这几天等着考评，压力大死了。而且公司空调太热，每天一到下午就上火。咦，后面那辆车是谁？"

"噢，妈妈同事马阿姨一家，正巧他们的孩子也在海市工作，今晚聚一起吃个饭。"

关雎尔轻轻嘟哝，"又是变相相亲，我们说好的，我考评结果出来前别让我分心。"

但关母还是听得清楚，"只是见个面，你别太排斥。而且妈妈也不会给你找个乱七八糟的人来干扰你的考评。唉，只是这一脸痘痘……真破相。囡囡你早该告诉我又痘痘爆发，妈妈可以早点儿催促你吃清火食物。这可怎么办呢，只能掩盖。"关母说到做到，费劲地从前座挤到后座，一头摔进关雎尔的怀里。但她很快揉揉脖子起身，掏出化妆袋，一把揪住躲闪的女儿，强行给女儿"整容"。

关雎尔除了嘀嘀咕咕嘴巴里提出反抗，拿强悍的妈妈没办法。"还说只是见个面，还说呢。"

"第一印象才最重要。你别扭来扭去，妈妈给你上点儿遮瑕膏。"

"又不是没人要，着急什么呢。"

"上回来我们家的那个小伙子，叫林渊？我们看着不错，你又不要，跟你一说你就烦。今天吃饭你可不许露出一脸不耐烦，马阿姨是妈妈同事，马阿姨丈夫是我领导舒行长，人家一家给我们面子才见面吃饭。记住啊。"

"不要再给囡囡施压了，我们说好的，孩子的事看缘分，别做作。"关父在前面打圆场。

关雎尔只能干瞪眼，要是爸妈来前就跟她说明，需要跟什么舒行长马阿姨一家吃饭，她准找各种借口逃脱。可知女莫若母，妈妈早料到她会来这一招，才会先斩后奏，将她逮上车了再说，看她还能往哪儿跑。关雎尔不禁想到，曲筱绡会跟她父母尖叫，闹得她父母无可奈何，也会动员 22 楼全体将屋子弄得一团糟，吓退相亲团，若是曲筱绡遇到这种事会怎么办。

她趁妈妈正聚精会神收拾她的痘痘们，赶紧悄悄发一条短信问曲筱绡，"请教，我被爸妈押着相亲，该怎么逃脱。"

"把钱、钥匙、卡、手机都揣兜里，对方不帅，瞅准机会拔腿就溜。只要对方是帅哥，对胃口，你只管谈恋爱。管他们大人怎么想。"

关雎尔发现问了是白问。正好邱莹莹一个人待寝室里闲着无聊，一个个地给大伙儿发短信问干什么。关雎尔无奈地回一条：每逢佳节被相亲，我爸妈来了。邱莹莹看到短信笑得打跌。

等妈妈终于收拾完，关雎尔赶紧拿镜子照照，还好，妈妈的审美一向强大，雕琢了那么久，化妆的痕迹反而比她上班时候讲究的淡妆还淡了点儿，而脸上的非法建筑似乎被粉刷得有点儿隐形。关母得意扬扬地端详着作品，道："妈妈还能害你？妈妈做什么都是为你好，可你这孩子就是不相信。"

关雎尔心中拼命抵抗，可真到了聚餐的饭店，下了车，两家面对面，关雎尔便适度微笑，微微低头，被妈妈紧紧挽在身边，做十足乖乖女状。自始至终，关母都没问女儿一句，喜不喜欢这个舒展。

王柏川驾车在黑暗中疾驰。可漫长的高速路无聊得让人想打瞌睡，他不得不要求樊胜美帮他开一罐红牛，喝了提神。樊胜美没给开红牛，她觉得那玩意儿好比浓咖啡，喝了晚上睡不着，便摸出自己的香烟，给王柏川点了一支，也给自己点了一支。好在两人志同道合，谁也不嫌谁的烟味熏人。王柏川忽然想到，"你想不想学开车？我元旦这几天可以教你。"

　　"不学，有你在呢。"王柏川开心地笑道："啊，对，对，我给你当一辈子的车夫。心甘情愿。"

　　"那当然。"樊胜美也不客气。在王柏川面前，她什么都敢提，最自由自在。

　　直到飞机开始降落，包奕凡才伸手推醒安迪，"你晚上还睡得着吗？"安迪从毛毯的一个尽头慢慢钻出头来，睡眼惺忪地四周打量一番，最终聚焦在包奕凡脸上，"你是不是打算告诉我，半夜三更，你没预订房，无处可去？"

　　"哈，睡一觉果然长力气，全恢复了。是啊，我预定，他们说没房间。求收留，求投靠。"说话的时候，包奕凡贪婪地盯着安迪看，刚睡醒的安迪脸上迷迷糊糊的，全无锐利，只有浓浓的小女人味。

　　"对半分摊房费？"

　　"我全付。"

　　"不，五五开。"正好飞机停稳。安迪打算钻出毛毯，包奕凡眼明手快地替安迪打开安全带。安迪愣了一下，背转身在毛毯里面脱掉外套，等包奕凡起身退出座位取行李，她才钻出毛毯，将衣服抱在胸前，又等包奕凡取了双肩包给她，她才将衣服全塞入包里，直起身来。她特别受不了这肉包子的注视。"你明天找房子去，我拒绝合住。不方便。"

　　"不打扰你。我白天睡室外晒太阳，晚上睡客厅沙发。你拿我当家具便是。"

　　"拒绝。"

　　"好好好，全依你。我没脾气。走吧，小心，我走前面。"安迪在包奕凡后面翻白眼，凭直觉，包奕凡不可能明天另外找房子去住。明天怎么赶走他呢？或者，她走？安迪很头痛。唯一能肯定的是，包奕凡对她不可能有恶意，要不然她可以恶意"处理"包奕凡的钱。看包奕凡在前面打开手机，安迪很不情愿地想起登机时奇点发来的短信。回短信解释还是不回？想了会儿，决定不回。误解就误解呗，正好断绝藕断丝连。

　　但她也打开了手机。查看短信，有曲筱绡发来的，有樊胜美通报的，原来奇点方寸大乱。安迪开始心疼，心中怀疑，到底要不要这么对待奇点。但安迪无法多想，因为发现包奕凡几乎热烘烘地贴着她走，安迪只能大叫一声："你离我半米远，好不好？"

要不然面试不会那么久，也不会诚恳要求你改行。"一边说，手机一边叫，王柏川拿出手机跟同事说再等等再等等。

樊胜美想了会儿，道："把我扔在地铁口，你去忙吧。我想一个人安静想想。酒店里面暖气比安迪家还热，热得我快晕了，都没法动脑子。"

在樊胜美的坚持下，王柏川最终将樊胜美送到直达公司的公交车站，才肯放心离开。但终于没将花送出去。

樊胜美在公交起点站坐上车，抱着王柏川送她的机车包出神。可等两站过去，车子坐满，樊胜美便不得安宁了。后面是一个咳得肝肠寸断的人，害得樊胜美总担心带流感菌的唾沫溅到她头发上。而前面则是一个晕车的人，上来就跟前后人等声明她要开窗，要不然会吐。车子一开，冷风扑面而来，冻得樊胜美牙关紧咬，赶紧拿围巾包住头脸。

樊胜美跟车上所有的人一样，没有一声怨言。因为这是公交车的常态。在手脚渐渐冻得僵硬之际，樊胜美越发留恋酒店里逼人的温暖。以及以后可以晚四十五分钟起床，早四十五分钟回家，一天多出一个半小时自由时间，她动摇了。不用等元旦后，答应，改行。

曲筱绡下了飞机，无论查手机还是微博，都无赵医生的痕迹出现。而赵医生的微博也似乎荒废了，这几天都无更新。曲筱绡不知是怎么回事，可再挂心赵医生也不能放弃上班，她还是得先直奔公司，将昨晚应酬得来的信息化为具体落实，分工安排大伙儿为新一轮的竞标忙碌起来。

而第一次中标货物刚刚到港，曲筱绡对这种报关之类的事儿一窍不通，让爸爸派一个老手过来帮忙，她亲自开车载着老手一张一张单子地填，一个一个窗口地跑，还得根据老手的指点，用她很不美观的字做笔记，记录每一处要点，更记录每个当事人的应对办法。

到傍晚累得精疲力竭地回公司，曲筱绡将车停在空荡荡的停车场上，不急着上楼，而是对着镜子将头发弄乱，将口红擦掉，将领子抓歪，才摇摇晃晃地踩着高跟鞋进电梯。办公室几乎人去楼空，只有她爸爸坐在大办公室沙发上等她。她爸是来询问新竞标的情况，但看见女儿累得披头散发，对金钱的关注度立马降低了，亲自起身去小办公室拿女儿专用杯子，给女儿倒茶。

包奕凡却是委屈地将眼睛从手机屏幕移开，"我没干坏事。"

看着包奕凡一个人背着两个人的包，一脸无辜地看着她，安迪只能归咎于自己的神经质，扭头再往外走。包奕凡在她身后咧嘴一笑，又是紧紧跟上。等行李的时候，安迪发现自己只要稍微倾斜，便可靠在包奕凡身上，而包奕凡的肉包子气味则如刚刚出笼般强烈，蒸腾围绕在她的周围，令她无法呼吸。

因此，到了酒店，安迪便一头钻进卧室，关门落锁，坚拒不出。包奕凡却异常快乐，洗完澡，光着膀子，开一瓶酒，打开音响，隔门问安迪想听什么情歌。不管安迪一声不吭，他就在外面一个人大声欢唱。夜深人静，没有什么能够阻挡外面一个疯子的胡闹，安迪只能皱着眉头看书，任由包奕凡的歌声连绵不断地传入她的耳朵。她听得出包奕凡唱的是《歌剧魅影》其中一首《All I ask of you》，毫无疑问，包奕凡将 Christine 改成 Andy，似乎变成对着安迪深情款款地指天画地地发誓天长地久永相随。安迪只能学曲筱绡尖叫，"我要睡啦，别吵啦。"

"没关灯，不算。"

"明天，不是你走，就是我走！"

"哈哈，古人老话，请神容易送神难啊。何况，你不出来，怎么走？"

安迪忍无可忍，翻身下床，冲出门以跳河姿势跳入泳池。

等安迪在短短的游泳池里折腾完一身火气，钻出水面，头顶传来包奕凡的声音，"我可以跳进来吗？"

安迪没搭理，靠着池壁喘气，与对岸的包奕凡凛然对视。该骚包男依然没穿上衣，下面穿的是长睡裤，背后的灯光洒在该男紧致的肌肤上，犹如洒上一层暗金。果然好看。可惜安迪心中更加排斥，鼻端仿佛可以闻到多年前那一个个罪恶黑夜的气息。

包奕凡不傻，见安迪真的怒了，两只脚连一滴水都不沾，乖乖回屋里取了一只盘子，端两只酒杯和一瓶酒出来。又替安迪的杯子斟上酒，搁盘子上，让盘子载酒，漂到安迪面前。见安迪取了酒，包奕凡才道："对不起，很想逗你理我，是不是做过火了？"

安迪喝一口酒，依然不语。包奕凡只得再道："我们国内学游泳，一般先学蛙泳。我跑到美国一看，那边小孩好像都从自由泳开始学，很高难度啊。你也是自由泳，在美国学的？看你简历，出国时候还很小。"

"请帮我找找有零食没，我飞机上没吃饭。"见包奕凡转身去找，又补充一句，

"可以披上一件上衣吗？"

夜空中传来"哧"的一笑，后面一个要求显然未被执行。

见包奕凡很周到地就着灯光将零食包装剪开，但依然将包装搁盘子上，方便辨识，如此细致，真不像是刚才那个疯闹搅局的。安迪这才回答："我凡是与吃喝玩乐享受生活有关的项目，都是在美国学的。"

"我就说，跟我一样，我的吃喝玩乐也是在美国学的。在国内我是苦命孩子，我爹信奉不打不成材。咦，想赖床不早跑？打！想不做完作业就睡觉？打！竟敢考第二名？打！钢琴考级前还没弹顺？打！暑假寒假在他公司做基础工。他自己开车上班，我得骑自行车赶四五十分钟的路上班。最可笑的是我爹如今到处宣传他的成功育儿经验，居然是苦口婆心，循循善诱。为我们没有游戏的童年干杯，哈哈，可找到同道了。"

"我跟你不同道。一、我是孤儿，在国内只有挣扎活命，到国外拿了奖学金才有闲情逸致。二、作为天才，拿第一是天经地义，不需要克扣休闲娱乐时光。"

包奕凡都不知道该哭还是该笑，这辈子从小到大被人奉承为天才，今天被人一巴掌给打醒了。本来想故作谦虚地吹吹兄弟我也是苦出身，结果显得浑身都是滑稽。"你……孤儿？不，你一定是外星人遗落在地球的孩子。"

"很多人都这么善意地安慰我，谢谢，我已经三人成虎了。看起来小曲没彻底出卖我。"

"是我君子，非礼不问。天才，会不会感觉高处不胜寒？"

"水里倒是有点儿寒。我……"

"天才，提醒一下，女孩子说冷，是婉转暗示身边男人可以伸手过来拥抱了。我确认一下，你是这个意思吗？"

"逻辑还能再差一点儿吗？"

包奕凡只能讪笑，再也不便调笑。而安迪则是有点儿惊讶地看着包奕凡，没想到这家伙心理挺皮实，没被一而再的故意打击惹毛。她喝完杯中酒，跳出水池回卧室去了。包奕凡扭头呆呆看着，忽然意识到，传说中那些田螺姑娘七仙女什么的都是小男人的意淫，真正的仙女，凡人谁吃得消。除非仙女克制着满脑子的学问装傻，但这可能吗，再好涵养，总有对身边人显露的时候。

　　包奕凡难得睡了个懒觉，睁眼之前，心中暗暗祈祷，最好那人已经起来，已经对着他看了半天，而且在他睡梦中还帮他掖了毛毯。但睁开眼睛一看，卧室门还关得严严实实。他走到院子里对卧室窗户偷窥，窗帘还拉得严严实实，显然那人也在睡懒觉。他煮了杯咖啡，喝完，卧室门还严严实实。游泳几圈，上岸一看，卧室门还是纹丝不动。饿得撑不住去湖边餐厅吃饭，回来卧室门依然紧闭。包奕凡看时间已近中午，实在忍不住去敲门。

　　"喂，不是说来普吉晒太阳吗？太阳都快落山了。"里面没有应答。包奕凡百无聊赖，只能联机上网。等安迪终于踉踉跄跄地出来，包奕凡已经工作两个小时。"你还真能睡啊。"安迪直奔咖啡机，倒了两杯，"活过来了。"一杯放到包奕凡手边。"你找房子了吗？"

　　"谢谢。明知故问。我这就叫车来接我们去外面吃饭？"

　　"我让送餐吧，吃完还能去沙滩边晒着太阳睡一个午觉。"

　　"还睡？"

　　"不让睡觉，做天才还有什么意思。你要吃什么？我一块儿订了？"包奕凡合上电脑，看着穿蓝白格麻纱短打的安迪，"天才会骑自行车吗？"

　　"天才饿得慌。"

　　"哦，原来天才不会骑车。本来我们可以骑车出去吃饭，一路还可以晒太阳。然后去镇上逛逛。"

　　"天才现在只想吃饭，吃完继续睡觉。"看安迪拨通电话叫送餐，包奕凡郁闷得嗷嗷叫，难道真是跟机场里说的一样，躲起来睡三天觉。他只能让再加一份，他吃。安迪打完电话，得意扬扬地笑道："趁天亮赶紧另找房子？"

　　"我跟定天才了，哪儿都不去。"

　　"哼。"安迪不理他，打开手机查看电邮和短信。回头再看看昨晚奇点发来的照片，以及谭宗明发来的有关刘家家属的处理结果，只觉得小事一桩而已。睡足了，毛顺了，看什么都顺眼。她给谭宗明打去电话，"老谭，我在普吉了。你的处理我有两点意见，一个是给刘家的慰问金得以你我的个人名义，从个人账户划拨，不能走公司账户。免得形成事实关系，万一刘家提起诉讼，可能会成为证据。而且慰问金需要特殊名目，比如作为小孩子的读书基金，而不能直接叫慰问金，免得以后有谁有样学样。富士康就有先例。二是你可以慰问金总数不变，我实际交给你的钱也不变，但对外显示我名义下的钱还是少点儿吧。以表明我无过，不需要与老大你出同样的慰问金。"

"第一条同意，但不需要你出钱，公司通过其他渠道支付，本来就与你个人无关。第二条你别纠缠细枝末节，听我的处理。住着还满意吗？"

"其他都满意，我也要求不高。唯一头痛的事，我们的客户包总，你认识的……"安迪斜包奕凡一眼，"赖着不肯走。"谭宗明哈哈大笑，"这人我满意，你向他转达一下，我支持他赖着。你把电话交给他，我给他鼓励。"

"不，拒绝，拜拜。"但放下电话，忍不住抱臂打量又打开电脑见缝插针做事的包奕凡，他有什么好，让老谭认可他。老谭以前一直不怎么认可奇点。为什么。"秀色可餐乎？"被盯了会儿，包奕凡头也不抬问了一句。"国色天香。"

"你为什么还无动于衷，是不是小曲也出卖了我？"

"呵呵，对。"

"小曲是不是说我一手制造出的秦香莲多得包公忙不过来？"

"听不懂，我中文水平很差。"见包奕凡不置信地回头瞧，安迪只能重复一遍，"真没听懂。"

"半拉子香蕉，原来。问帅哥还是问谷歌？"正好送餐敲门，包奕凡主动起身开门，给小费，送客。"谁都不问，吃饭。"安迪看看自己点的一份，再看看包奕凡的那一份，发现在吃的方面还是不如包奕凡，应该包奕凡点什么，她喊一声"Double"才是最佳选择。于是趁包奕凡关门送客，她不顾廉耻地抢坐包奕凡的那份面前，造成既成事实。

但包奕凡与奇点不同，包奕凡不会一笑作罢，疼爱地将好吃的让给安迪，他与安迪谈交易，以晚餐去外面餐厅吃泰国菜为交易。安迪则是笑嘻嘻地左一个听不懂，右一个中文不好，逼得包奕凡用英语，她又说没睡醒，硬是将面前的一份吞吃了。包奕凡手中筹码既失，自然无交易可谈，只得吃了安迪的那一份，准备死心塌地跟安迪去沙滩晒太阳睡午觉。可睡了十几个小时的安迪这会儿还真没法再午睡，终于妥协了一下，与包奕凡一起骑车出行。

不知是因为睡得很满足，还是太阳很温暖，安迪与包奕凡玩得很开心。两人一不怕苦二不怕死地骑了很多路，披挂着当地人的帽子包包回来，前去饭店的路上，安迪指着前面一棵树，道："刚才来的时候就想问，这红红的果子是什么啊，好像挺好吃的样子。"

"这就是传说中的赤果果吗？"

安迪大笑。这一回，吃饭点菜就全拜托包奕凡了。泰国菜好吃，但很辣，两人叫了一打冻啤酒。只是两人坐下，便谈开了公事。安迪此时心中已经有了成熟的方案，一步一步地演绎给包奕凡听。好在包奕凡对自家常用两家银行的资金转账时间了若指掌，与安迪对答如流，配合默契。不免，时时举杯表示一下惺惺相惜。

从饭店出来，两人都有些醉。包奕凡提议："天才，趁天黑路上没人，我想去摘几个赤果果玩玩。你打掩护。"

安迪完全同意，她也好奇。两人贼眉鼠眼地溜到赤果果树下，见四下无人，两人此起彼伏地跳上去够那果子。果子长得高，可总有被够着的几只，两人够着一只就欢呼一声，可直跳得筋疲力尽，地上存的还不够一堆。安迪蹲下去捡，包奕凡凑过来问："几只？"

安迪见包奕凡凑得太近，不由自主地往边上让了让，可腿上没力气，一让就坐到地上。包奕凡大笑，伸手拖安迪起来。

安迪自然是不会递手过去，包奕凡不由分说地抓起安迪两条手臂，强力拎了起来。不知是醉了还是加速度太大，安迪觉得腾云驾雾地有点儿晕，却又分外清晰地感受到两只外来大手传递来的热度在手臂上热辣辣地炙烤，肉包子变成了新疆烤包子。她下意识地后退挣扎，不巧一脚踩在好不容易偷来的赤果果上。而包奕凡一脸无辜地摊开手，奇道："你这么怕我？"

"嗳，赤果果被我踩烂了。"安迪逃避问题，她又不是只避包奕凡一个人，而是逃避所有人的接触。她假装自然而然地蹲下去查看，"踩了两脚，没有完整的了。"

"起来吧，踩烂了我再摘。只是好像近地的都被我们摘光了。"

但包奕凡说话的时候并未开始动手，而是规规矩矩地背着手静静地看着安迪。安迪无奈地道："别这么看着我。"

"我第一次感受到无缘无故被人厌恶。"

安迪耸耸肩，无可奉告，转身往回走，取自行车去。包奕凡在后面不远不近地跟上。"小曲究竟跟你说了些什么？除了我有很多女朋友，还有什么？"

"与小曲无关。"安迪顿了顿，绞尽脑汁才想出理由，"我跟前男友之间的关系……我还在处理，在结束之前，我需要信守两人之间的承诺。唉，不足为外人道。"

"噢。"包奕凡紧走几步，与安迪并列，但也没太靠近，"我跟前女友的关系已经结束。"

　　安迪听着觉得这氛围好暖昧，忍不住拐入一家商店，买了一打罐装啤酒一堆零食。包奕凡看了说："一打怎么够，还有明晚。再来一打。"

　　安迪没阻止，两人载着啤酒，乘着暖暖的夜风缓缓往回骑。只是白天飞扬的兴致到此结束，那一觉也白睡了，此时安迪万分想念奇点。到了别墅，她就一声不响跳进泳池，喝酒看天。星空异常璀璨，闪亮的星星就像她前几天晚上守候的那座大楼的窗，明明灭灭。而有一扇窗户后面的人正在恨她，她却不能解释。

　　包奕凡洗了澡又是光着膀子出来，直觉气氛不大对劲，走近了一瞧，果然泳池里发呆的那人脸上明显两条泪痕。包奕凡一愣，一脚踩空掉入泳池，浮出水面，连忙道："不是故意的。不过倒也符合贼心。"

　　安迪被惊扰，俯首钻进水里，索性打湿脸庞才出来，"喝酒。"又将载满零食的盘子推出去，"随意。"

　　包奕凡开了罐啤酒，一大口喝下去，仗义之心随泡沫奔腾而出，"告诉我，哪个混蛋对不起你。我回去就找他。"

　　"谢谢。我的问题。"

　　"胡说，我不是瞎子，看得出来。"

　　"你有没有见过这么一种情况，两个人相爱，却无法在一起，分开反而是最理性的选择。"

　　"这话要是那混蛋对你说的，就俩字：骗你。真爱的话，起码结婚前肯定是赴汤蹈火，死也要在一起。结婚后嘛，人都会变，再说。"安迪吃惊，照这理论，难道她爱得不够？"你不是搅浑水？每个人都有特殊情况呢。"

　　"谁家都有在别人看来芝麻大的事，对自己却是天大地大的事。可有人还是在绝症病人床前结婚。当然，分手时候把困难说得天大地大，彼此留一条后路，方便江湖重逢。最容易骗的其实是天才。"

　　安迪愣住，看起来出在她身上的问题不仅有遗传问题，难道还有她不够爱奇点？包奕凡察言观色，"看出那人混蛋了吧。告诉我那人是谁，回去替你揍他一顿。"

　　"做那混蛋事的是我。"包奕凡一愣，随即哈哈大笑，大大地灌了几口啤酒下去，"做出那种混蛋事，还一脸特委屈的样子，你可真天才。看不出，哈哈，刮目相看。我对你揍不下手，刚才豪言壮语作废。"安迪侧目怒视，可她的理由难道不是理由？

她不能害人一辈子。这也混蛋？"你呢？谈那么多恋爱，够不够超级混蛋？"

"没办法，人不是机械零件，没有国标什么的，只有相处了才知道。有些人明明长着一张聪明脸，起先表现出来也挺聪明，可处着处着，一个比一个蠢，你说我该怎么办？更有些人很奇怪的思维，以生活不能自理为可爱，以迷迷糊糊拎不清为可爱，你们女人还有这种标准？"

"我比你更天才，我怎么知道。我只是好奇一个问题，你遇到的怎么净是这种人？还是你的气质招这种人？"包奕凡咧嘴笑，"有什么办法，我还招非常现实的女人呢。害得我想追的女人普遍以为我是花花公子。干杯，我想追的女人。"

安迪与包奕凡远远碰了一下杯，叹了声气，又仰头看天。心中的积郁倒是散了一些。只是又很理性地想到，难道可以爱到奋不顾身地去害爱人吗？爱人又能那么心甘情愿奋不顾身地被害吗？显然都不行。想到这儿，安迪豁然开朗。问题不是出在爱不爱上面，而是她太坦白。她把丑话都说前头，两个人现在一见面她情绪稍一波动，两人就彼此提醒着想到那可预见的恐怖一幕，假装无视都不可能，谁还真正开心得起来。她和奇点想正常恋爱，已不可能。

她又叹一口气，再开一罐啤酒，猛喝。她可以死心塌地了。什么回纽约看心理医生也不用考虑了。

"作为一个负责任的男人，提醒你一句，如果想不被我占便宜，趁还没大醉自己跳出游泳池，呵呵。"

"呃，真小人。"安迪只觉得自己脑子还清醒得很，又慢慢喝完一罐啤酒，才转身上岸。可很不幸，两手使不上劲了。"呃，请帮我打电话，请管家来。"

"竟然这么无视我，令人发指。"包奕凡嬉笑，慢慢浮过来，犹如分花拂柳，来到安迪身边。但接近时候，不禁顿了顿，他知道会发生什么，他从来不是君子。但他还是义无反顾了。

安迪第三个"NO"还没喊出口，新揭锅的肉包子气雾团已将她团团包围，周围的空气被挤迫出去，安迪窒息，脑袋一片空白。

再度呼吸到新鲜空气的时候，安迪发现自己非常不堪地紧攀在包奕凡的光膀子上，她不禁尖叫，不知哪儿生出力气，大力推开猝不及防的包奕凡，竟然飞身上岸了。只是走了一步，便一脚软倒在地。她吓傻了。她想不到自己能这么失控，这么淫乱，这么无耻，这么轻易就投怀送抱意乱情迷，跟她妈一脉相承，疯了，真是疯了。强大的遗传。

包奕凡看到安迪的模样犯迷糊了，这算什么表情？既不是害羞也不是害怕，倒像是混乱，还有满眼空洞的绝望。他连忙跳出水，还未站稳，先开口道歉，"对不起，我太想爱你。安迪，安迪，回答我，我扶你起来，回屋休息。你听见我说没有，这回我不会乱来，我保证，刚刚我没保证，这回我保证不乱来，别怕，别怕。"

包奕凡不知安迪听着他说没有，但他稍微靠近，便听一声厉叫，"不！"包奕凡不知所措，但走近了，看清了，眼前的人在簌簌发抖。包奕凡第一个想法跳出来：天，不会是处女吧？太天才了。第二个想法接踵而至：她喝醉了，烂醉。

因此不顾安迪长一声短一声的拒绝，将她抱进卧室，扔到床上，才发现她四肢冰凉，似是吓死。

包奕凡转身去浴室拿来浴巾，却发现安迪浑身裹在床单里狂乱地盯着他。"包奕凡，求求你，快出去，出去，出去。"

包奕凡连连答应，将浴巾快速放到安迪身边，赶紧跳出卧室，死死地关上门。他发现自己也是酒精突突地上头，有点搞不清状况，连忙打开冰箱拿出冰可乐罐清醒脑袋，跑到院子里，隔着泳池往没拉上窗帘的卧室看。这一看，热血也突突地冲上脑袋，安迪在屋里费劲地背着窗脱下湿衣服，又迷迷糊糊地擦都没擦干，钻进被窝卷裹得紧紧地睡了。灯没关，窗帘没拉，就这么不管不顾地睡了。

包奕凡发了好一阵子呆，才呼出一口长气，慢腾腾走回客厅。可那卧室似有魔力，他想到，该给她拉窗帘关灯。但等等，等她睡着再说。他又换两瓶冰可乐，几乎将两边脸颊冻得僵硬，才总算"冷"静下来，走进卧室。但，卧室门才刚打开，便听一声"出去"。包奕凡连忙举起双手，"我替你拉窗帘，关灯，没恶意。"

"出去！"床上的人拉床单庇体，索性坐起来，两眼乌溜溜地盯着包奕凡的一举一动。但是，胸前抖动的双手泄露所有玄机。

"我完全没歹意，你镇静，镇静。"包奕凡小心翼翼地在安迪的紧盯下绕大圈走到窗边，将窗帘拉上。又绕回门边准备关灯，被喝止。包奕凡倒退着出门，但小心地道："你喝多了，我刚才拿可乐冻脑袋很灵光，你等我，冰箱里还有冰块。"他拿客卫的毛巾包了一包冰块，抢在安迪下床锁门之前飞快跑回卧室，不由分说，一手将冰块压在安迪头顶，一手紧紧控制安迪另一只没有抓住被单的手，又和身压上去，控制安迪的挣扎。

"出去，包奕凡，你再不出去我会发疯，求你。"

可包奕凡既不是奇点，也不是魏国强，他完全不把发疯的威胁当回事，"乖，没事，没事，以后不让你多喝，没想到天才酒品这么差。别动，感觉到冷了没有？头皮冻痛了跟我说。乖，没事了，没事了，闭上眼睛睡觉。"见安迪瞪着眼睛无可奈何地盯着他，包奕凡还觉得挺好玩的，终于仙女不完美了，哈哈哈。

安迪被肉包子熏得无法思想，混乱中只知道该抵抗，抵抗到底。可终于抵不过人有三急，即使仗着酒劲，也只能弱弱地道："你出去，我要上洗手间。"

"能行吗？"

"不行也不要你管。"

"嘿，宁可尿床？"包奕凡越来越觉得好玩，才不听安迪的，连床单一把抱起安迪扔到马桶边，顺手打开脸盆水龙头。过会儿，又把一脸臭屁的安迪抱回床。他也顺势倒床上，笑道："我累惨了，你别管我，睡觉。"说着，自说自话地关灯熄火，赖在床上不走了。他支撑到这会儿已是不易，才一躺下，醉意铺天盖地将他包围。

所谓恶人自有恶人磨，此时安迪再有揍人的力气，也不敢惹包奕凡。还不如攒足真气，滚到床的另一边，远远躲开这无赖。只是，听着黑暗中那一头传来的平稳的呼吸，安迪使足吃奶的力气，攒齐仅有的一点儿理智，在一头扎进黑甜乡之前最后想到：这算怎么回事？怎么有点出乎意料？

第 30 章

　　关雎尔整个假期被妈妈架着描眉画鬓地相亲，相无可相，相不出一个结果，妈妈才肯放手。站在欢乐颂小区门口看着爸妈的车离开，关雎尔看看手表，已是接近晚上十点。刚下过一场雨，天气又冷，地上又湿又滑，关雎尔小心地往租屋走，才走到拐弯，只听身后有跑步声接近，她下意识地让开，立刻警觉地转身面对，却发现跑近的人是邱莹莹。她忙喊一声："邱，小心路滑，地上可能有结冰呢。"

　　"呼……"邱莹莹扶着关雎尔站住，大口大口喘气，好一阵子才说出话来。关雎尔帮邱莹莹拍背顺气，"怎么了？谁追你？"

　　"呼，我快跑断气了。地铁上一个猥琐男，一直想靠近我，我一直躲。我下车他也跟下车。这个钟点本来人就不多了，今天又特别背，没看见一个警察，我只好跑。妈的，这种人怎么不死光光。每次看到这种人我就想，我们国家怎么不能买枪，我要有枪，见一个杀一个，宁可一命偿一命。"邱莹莹上气不接下气，断断续续地说完。

　　"慢慢说，别急。你又去跑业务了？"

　　"是啊，要不然你们都不在，我一个人多闷啊。多跑一个是一个，总之跑出来的都是我提成。可这条裤子明天不能穿了，溅得都是泥点。那畜生，天打五雷轰，不得好死。"关雎尔揽着邱莹莹往回走，"幸好你坚强，这么远的路，换我早跑不动了。"

"你以为我跑得动，还不是硬撑着。你扶紧我，我两腿真没力气了。"关雎尔将包斜背了，伸出双手半抱着邱莹莹回家。邱莹莹骂骂咧咧，可又忍不住不时回头恐惧地看一眼，直到进了灯火通明的大楼，才放下心来，依然半挂在关雎尔身上。

"关，我好气馁哦。"

"别气馁。其实很多人不了解你，你是最坚强的好女孩。"

"可我为什么不是最美丽，最多金，即使身材最好也好啊。唉，今天最倒霉了。先是中午被狗追，我逃了几步，生气了，转身大吼一声，狗反而被我吓跑。可回头一想，真不是滋味，我他妈这还是女孩子吗？"

"可你一手一脚挣生活，多值得自豪。不像我，又被我妈提着线做了一天木偶。他们不来，我又想他们，他们一来，唉，被他们烦死。那个相亲的也不知怎么想的，我一直自认差劲，自认撒谎，他却反而来劲，说以后约我。我头痛死了。真烦，烦死了。"

"那人钱多吗？钱多就介绍给我，老娘现在愿意卖身求多金男结婚。我现在想，等我有钱了，第一件事，买车，省得乘地铁总遇猥琐男。"

"那人肯定钱多。我妈工资已经不少了，那人爸爸是分行行长，妈妈跟我妈一个级别。以后有机会介绍给你。人也长得不错，见多识广的。"

"咦，你为什么不要？"

"不知道，我心思全不在这上面，我现在只想考核，只要考核通过，我才能活过来。"

"那给我。"

"好，给你。"两人这才都笑了，有一种分赃的小快乐油然而生。进了2202，邱莹莹直撞入自己的房间，四仰八叉地躺床上喘气。"嘿，你的脏衣服，床单都被你搞脏了。"

"我死了。谁也别拦我。"

关雎尔看着笑，从自己房间里找来几张白纸，一张一张费劲地垫到邱莹莹身下。

"关，我真的在想，要是哪个有钱人看上我，我真的结婚算了。真辛苦哦。"

"真这么想？"

邱莹莹呆呆看着天花板，认真地想了会儿，"凭我这长相，有钱人干吗看上我。

还是靠自己吧，别做梦了。"

"真这么想？"

"你只会说这四个字吗？好吧，我说实话，还是靠自己，踏实。"

"我就说呢，你才不会放弃努力。你肯定行的，你是我见过最努力的女孩之一。"

"钱多才算行，是吧？要不，再努力都是白搭。我想钱，我非常想钱，我赤裸裸地想钱。"邱莹莹终于有力气将手抬起来，垫到脑袋下面，"我经常幻想我的房子，我怎么装修，买什么家具。坐公交车最无聊的时候就想这些，这么一想，我就有动力了。哪天我自己买了房子，多美啊，我请你来我家住，爱住几天就几天。最好还有钱到冬天全屋开暖气，夏天全屋开冷气，我只要穿一件真丝睡衣就能打发。到那时候我每天就穿那种亮亮的薄缎子的睡衣，拖到地上的，哇。"

关雎尔忍俊不禁，但忍着不笑，大声表示非常认可。邱莹莹又躺着憧憬了好一会儿，等终于恢复力气，便两眼闪着金光，冲向电脑查看网店订购情况。就着订单计算出来的提成虽然与幻想相差甚远，但邱莹莹很满足。

反而关雎尔想不明白，她这也不喜欢，那也不喜欢，爸妈都说条件很好的舒展她也不喜欢，她究竟想要怎么样。

安迪半夜醒来，迷迷糊糊中忽然感觉身边有人，而且有什么压着她，顿时一身冷汗，吓醒了。醒来仗着依稀的夜灯光看见包奕凡趴在她身边酣睡，一条手臂不知是有意还是无意，搁在她腰上。安迪呆住，天哪，昨晚她喝醉发生什么了？后来她记忆模糊的时候难道……她又发现，自己全裸。她吓得发了半天呆，才稍微清醒地想到，此地不宜久留。于是裹上床单悄悄下床，穿上内衣内裤和睡衣，溜到客厅发呆。可怎么回想，都想不出昨晚怎么与包奕凡睡到一起，身上冷汗却越来越多。

可昨晚喝酒实在太多，坐着有点儿晕，她找了条毛毯披上，躺沙发上继续发呆。坐着坐着便又睡着了。再醒来，感觉天已大亮，但她懒得起身，继续昏睡。仿佛一起身就得面对一个可怕事实，她跟包奕凡昨晚怎么怎么了。

直到有人声从卧室那方向传来，安迪便转了个身，朝向沙发背，头全缩到毛毯里。无颜见人。包奕凡却是直接走到安迪身边，一屁股坐安迪头部的沙发上。"嘿，醒了没有。"

"昨晚怎么了，还记得吗？"

"不记得了，我只记得拿冰块给你醒酒，后来怎么会躺在床上了？醒来吓我一跳。我没怎么你吧。"

"你再想想，真的没……没……你再想想。"包奕凡发愣，没什么？"想不起来，你提示一下。不过你酒品可真够差的，哈哈，昨晚差点儿让你吓死。看见我像看见日本鬼子一样，我有那么差劲吗？我不坏啊。"

安迪在毛毯里听到这儿，总算舒了口长气，还好，似乎没发生什么事，她没疯狂到底，还总算有点儿自我约束。她依然裹着毛毯，高难度地跳下地，摸索着回卧室去了，进门，立刻将门紧闭。包奕凡看得哈哈大笑。想到昨晚透过窗户看到的香艳一幕，不禁做了个鬼脸，也去洗手间洗漱。

等安迪再出来，见包奕凡一边煮咖啡，一边随着电脑音箱里播放的音乐摇摆。安迪头痛地道："你今天出去找房子好不好，拜托拜托，这样不合适。"包奕凡摇摇摆摆地压出一杯咖啡，先递给安迪，"我喜欢跟你不合适。"

"好吧，我去找房子。还有一天一夜，我得给自己留条命回家。"她坐到沙发上，头又大了。

包奕凡拿着自己的咖啡，坐到安迪对面的茶几上，"别去找，我喜欢醒来就见到你。等喝完咖啡，我们去餐厅吃早餐，今天你想去哪儿，做 SPA，我都陪着你。如果你真找其他宾馆住下，我也陪你去那儿住。我喜欢你。追定你。"

安迪皱眉，不说了，再说还是那些，不如行动甩掉这个肉包子。但肉包今天穿一身蓝灰，看着不风骚，稍微顺眼。包奕凡则见安迪侧着身盘踞沙发上，看他一眼，喝口咖啡，笑道："在打什么鬼主意？"

"讨厌！"

包奕凡反而爆笑，拿来相机给拍了几张。安迪忍着，喝完咖啡，就飞奔入卧室取了墨镜和包，打算出门。包奕凡紧跟追拍，一起跳上预约的车子，还得意地道："完了，我什么都没带，你别抛弃我，要不然我只能讨饭回宾馆了。"

安迪郁闷，忽然想到，此人好动。于是，吃完早餐，原路返回，到院子里张开塑料充气袋，趴着晒太阳睡觉。果然，包奕凡一声惨叫。安迪得逞，"你赶紧挪窝，还来得及。"

"你慢慢晒，我回屋打网游。"

安迪心说，看谁耗得过谁。只要包子耐不住性子一出门，她立马打包包子的行李扔出去。这回绝不容情。

可度假时期精神松懈，又是宿醉未消，早晨的太阳又和煦温暖，安迪不知不觉睡去。只是总有什么扰人清梦，似乎有人靠近她，碰触她，无休止。安迪烦了，在又一次侵扰来袭时，伸手一把抓过去，不料，真的抓到一个实体。她顿时惊吓坐起，费力睁眼看清楚，果然手里抓着一只手，而包奕凡近在咫尺，摇摆便可撞到。她终于怒了，一跃而起。"以为你是绅士。请立刻搬出去。"

包奕凡委屈地递来一只信封，"有人忘了涂驱虫水，招蜂引蝶，热带地区物种又太丰富。"

安迪一把抓来信封，往里一看，吓得尖叫一声，将信封扔了出去，里面全是花花绿绿的虫子，有的已死，有的还在痛苦挣扎。原来她在好睡，包奕凡在她旁边守着替她抓虫子。安迪羞愧得无地自容，又感动得无以言表，通红了一张脸，只知道斜睨着包奕凡。包奕凡更是大打温情牌，"看你睡得香，不舍得叫醒你。还替你移了下位置，放心，拖着塑料垫移的，免得你被中午太阳晒伤。"

安迪扭头打量，果然她已被移到树荫底下。"呃……对不起。"

"看在我枯坐两个小时，两腿关节僵硬的分儿上，拉我一把？"

包奕凡的要求没有得到回应。安迪虽然没有很不给面子地走开，但反而将双手背到身后。包奕凡奇道："这么不待见我？"

"某些人总爱隐性显摆第二性征，令人敬而远之。"

包奕凡哭笑不得，继续赖在地上不起来，但依然伸着一只手，顽固地等安迪来拉。"提醒你，这只手有两枚手指又臭又脏，捏了好几只臭虫甲壳虫什么的东西，很恶心，一点不性感。"

安迪的良心被反复煎烤得内疚，翻个白眼，有生以来第一次主动伸手拉一个同龄男人，而且一步到位，拉的还是肉腾腾的男人。包奕凡当然并不需要借助外力，他不过是需要一个借口，他起身就顺势而为，张开双臂将安迪拥抱在怀里。

安迪记得她昨晚醉酒后似乎跟包奕凡又是拥抱又是亲吻，而且表现得非常饥渴，这回又不小心落到包奕凡的怀抱，她很清醒地想推开，可着力点都是肉包子皮，而且，她似乎被热包子烫融了，她沉浸……欢喜得无法思考。而包奕凡这回也学乖了，绝不再留给安迪思考反悔的时间，直将一吻演绎得此吻绵绵无绝期。

仿佛回到很久以前第一次拿到一笔很大的钱那一天，她做了一件疑惑好久的事，买了一大包棉花糖，买了一大堆巧克力，用竹签挑着棉花糖往加热得汩汩吐泡的巧克力一卷就往嘴里送，虽然烫得双脚乱跳，可她怎么都不舍得吐出来，香浓柔滑瞬间化作幸福的滋味，将整个身心包裹起来。原来女孩子们传诵的美食是这么个好味儿。她当时就将理智抛到九霄云外，不要命地吃了好多好多，直吃到浑身暖洋洋地倒在沙发上起不来，只会抱着肚子满足地吐气。此后钱越赚越多，想要什么基本能够满足，那种强烈冲击的感觉却不再光顾。

眼下，感觉又回来了。如排山倒海，如摧枯拉朽，如摩西开海，如天崩地裂……

等宇宙终于混沌初开，安迪凝视着包奕凡的眼睛，心里非常想不明白，为什么是这个包子，而不是奇点给她带来这种感觉。而她更是飞快一个接着一个地检索脑袋里每一个维稳程序：机票号还记得，说明记忆正常；老谭是最可信的人，说明理智也正常；扭开包子伸过界的爪子，说明自控也正常……一项一项地检测下来，似乎全都正常，唯有心中抑制不住地暖暖的懒懒的酥酥的感觉弥漫开来，让她又忍不住蜷入包奕凡的怀里。

可是，微微的罪恶感也渐渐从心底升起，安迪仿佛可以看见奇点责怪的眼睛。她痛下决心推开包奕凡，却是结结巴巴地道："谢谢你，我很开心，但我食言，我现在不能……我们停止，停止。"

包奕凡紧紧握着安迪双肩，傻傻地笑了很久，才肯放手，"理解。我非常开心，非常。"他又吻了一下安迪的额头，"我们进屋，现在太晒了。"

进屋的过程中，安迪又检测了一遍她的情绪控制系统：包奕凡的手臂此时放在她腰间，她喜欢，但是好在她有随时拉开这手的能力，对，只要拉下脸就可以做到，很好，说明没有失控到成为……花痴。于是她一个转身滑了开去，果断脱离包奕凡的手臂，看，成了。推理得到证明。她进去卧室盥洗，要不然信封里那么多死活爬虫的感觉一直存在。

至此，她才有暇想到，她对奇点很不公平。她对奇点以各种不能作为拒绝理由，却在包奕凡面前各种开戒全部通过。所有的理智，全部被感官打败。但世界哪有公平可言。她心存愧疚，但她不会回头，因为她与奇点在一起无法快乐。而前提是，她首先需要理顺一切，必须对得起奇点，才能交接。这是她的工作作风。

至于包奕凡，他有那么多女友，她也不会是唯一，那么她也不必对包奕凡有所坦白，她只要照顾好自己，不要失控至精神丧失就行。

事情就这么简单，大家不都是这么活着吗。

安迪从浴缸出来，却又不由自主去脸盆洗手，仿佛这双手还很肮脏。所有的想法都很理智，为什么心里觉得有什么不对劲。但心里再怎么不对劲，也阻止不了度假的最后时间，安迪与包奕凡玩得非常开心。

樊胜美在家的三天都在操劳。亲戚因她回家，自然不来帮手，她和妈妈两个一起照顾爸爸。在这种天寒地冻的天气里，所有的家务都是放大数倍的辛苦。有些脏衣服只能先去附近的河里粗洗，再回家里过水。这几天的河面结着薄薄的冰，伸手下河，手背皮肤锥心地疼，即使带着橡胶手套都阻挡不住冷气侵袭。可有什么办法，既然她这几天在家，总不能将这些事推给妈妈去做。不到一天，她的手指生出小小的冻疮。再勤快涂抹护手霜都没用。

但是她一再拒绝王柏川上门帮忙，不为别的，她只是不愿让妈妈知道，她现在有个手头还算宽裕的男友，有可以借到钱的地方。她不能让妈妈在钱的方面心存侥幸，以免一子落错，满盘皆输，又引狼入室，将她被放逐的哥哥找回来。

但樊兄是绝不会放过樊胜美回家的机会的。他打来电话，要妈妈当场传达给樊胜美，逼樊胜美拿出态度。樊母当然是哭着对女儿道："你哥都已逃出去好多天了，要吃苦也已经吃足，他以后一定会长记性了。你放他回家吧。"

樊胜美这回没有上回的火气，只有一说一，"放他回家不是我说了算。他要是觉得我能说了算，尽管回来。被人黑了我可不管，我也管不了。"

"你再跟人说说？你上回已经求人饶过我们，再求他们饶了你哥吧。"

"拿十万块钱给我，我立刻找人解决这事。没钱什么话都说不响，白搭。你还是让他在外面乖乖挣钱，挣足钱还了赔款，人家自然放过他。"

说完，樊胜美便转身走了，拎着便盆去河边洗刷，再不纠缠。她就是这么几条原则，翻来覆去有啥可多说的，没的又与妈妈生闲气，她妈已经够可怜了，这阵子操劳下来，人整整瘦了一圈，一张脸布满黄气黑气，一下子老了许多。

空余时间，樊胜美得去银行检查妈妈手头水费电费电话费卡里面的钱扣去了没有，还够不够用，去医院替爸爸开处方买药，还得求爷爷告奶奶让雷雷重回幼儿园读书。两天下来，从海市带回来的现金只剩下五十几块。她很是吃惊，开销竟然比预想的还多。这点儿钱，她还想明天走之前去菜场买点儿菜，让爸妈和雷雷在未来几天过得稍好点儿。可五十几块钱如今能买什么呢。

　　樊胜美回家之前，将所有的银行卡都留在海市，没敢带来。她就是唯恐自己一个心软，这儿超支一点儿，那儿超支一点儿，最终又将无底洞背在身上。她只能用这种最笨的办法控制自己，她不仅不放心妈妈，她更不放心自己的决心。可而今用到手头只有五十几块，还是有点儿令她头痛。看着妈妈过于苍老的脸，她一再地不忍心，总想让妈妈稍微吃得好一点儿。

　　王柏川想她，晚上一个接一个的电话和短信，终于将樊胜美约出去吃饭。两人不敢在县城吃，怕被熟人撞见，最终消息传到樊母耳朵里。王柏川带着樊胜美到邻县，进入饭店，王柏川想坐在樊胜美旁边，樊胜美不让，一定要他坐对面。王柏川笑道："这儿没熟人，而且这个位置偏僻。我们怎么像偷情一样。"

　　饭店很温暖，樊胜美摘下手套，将冰凉的手背贴在脸上，"不让你看我的手。你走开点儿。"

　　王柏川忙抓过樊胜美的手细看，"长冻疮了？痒不痒？"他将樊胜美的两只手贴在自己脸上取暖。

　　"有点痛，等冻疮消的时候才会痒呢。唉，我这才两天呢，我妈的手跟老树皮似的，好几处开裂见血，拿橡皮胶贴着。看着心会抽。"

　　"要不要请个全天保姆，我替你出钱。"

　　"不要，还不到那程度。"樊胜美摇头，虽然心中极度摇摆，"不过我这两天办事办得现钞见底，你借我两百吧，我明天菜场买点儿菜。"王柏川掏出皮夹，拿给樊胜美一叠。"宽着点儿用，也算是我送你妈妈的新年礼物。"樊胜美一愣，犹豫了会儿，只从王柏川手中抽出两张，其余推了回去。"别诱惑我。你还是留着本金，好好做生意，你还得买房子呢。"

　　"这点儿我还是拿得出的。"

　　"积少成多。我自己都还把持不定呢，你别再往我手里塞钱，我还指望你留点儿清醒阻止我再掉进无底洞呢。"说到这儿，樊胜美干脆将手里的两百块也塞回王柏川手里，"唉，这些也不要。我在我妈面前再装阔佬装下去，明天我哥就得抱着侥幸心理潜回家又让我替他们擦屁股了。真是只能咬牙切齿地下狠心啊。王柏川，不许你再婆婆妈妈，你得监督我。"

　　"我怎么舍得你吃苦。"

"你只要好好赚钱,赚得我问你借十万都不用眨眼皮的时候,我就不用可怜了。"王柏川吻着樊胜美手上刚长出来的一粒粒冻疮,发誓:"我一定更加努力,你尽管相信我。"

樊胜美想笑,"怎么有点儿贫贱夫妻百事哀的感觉呢?"可眼睛才弯起来,眼泪就忍不住掉了下来,落在两人紧握的手上,灼烧了王柏川的心。王柏川再一次在心里发誓,要担起男子汉的责任。

饭后回到车上,王柏川再次提出,只给两百块总可以,又被樊胜美拒绝。樊胜美铁了心,不能重蹈覆辙。

曲筱绡与刘歆华,及一干朋友吃喝玩乐得很开心,她与刘歆华的共同语言也越来越多。酒吧里,她都没怎么落座,一直挂在刘歆华的脖子上慢摇,灯红酒绿,意乱情迷。终于摇累了,回到位置上,她才喝一口单一麦芽,见刘歆华与她的同室窃窃私语,不禁一笑,伸腿踩住刘歆华的脚掌,慢慢地加大力气。刘歆华吃痛,笑着转过头来,"干吗?"

"别以为我不知道你在干吗,踩死你。"

刘歆华被踩得想叫,但坚持问曲筱绡同室要个答复。同室见不得这等苦肉计,终于答应,但条件是刘歆华喝下整威士忌杯的单一麦芽。刘歆华看看杯子,但等看看曲筱绡,就动力倍增。他举起杯子正要喝,曲筱绡一脚将踩着的脚掌踢飞,"傻帽儿,我又没答应,你喝什么。"

同室笑得倒入同伴怀里,"识破了?哈哈,笑死我了。"曲筱绡道:"真傻透了,还自以为做得保密呢。这么粗浅的道行也想来蒙我。"同室道:"就是啊,这么客气干吗,直接把门一关,把我锁在门外,我能拿你们俩怎么样。关键你得把曲曲降服啊,哈哈,书读太多了。"

"是啊,读了满肚子墨水,原来是个乌贼。"

"不,采花贼呢。"曲筱绡与同室你一言我一语,一起消遣刘歆华。刘歆华急了,用最原始的办法堵住曲筱绡的嘴:吻。曲筱绡忙于接吻,实在拖不过去,才接起已经不知响了多少次的电话。可若不是这电话由一心腹哥们儿打来,她还不愿放弃与刘歆华的厮缠。"喂,看到短信了,但画面这么暗,看不清楚啊。"

"给你解释一下,一个是你大哥,另一个是他最近猛追的三陪女,还没上手。

呵呵，我昨晚把三陪女叫出来吩咐，拒绝你大哥一次出台要求，歇工后乖乖回家睡觉，给五百。昨晚已经拒绝一次，今晚你大哥追得更猛。怎么样？完全遵照你的路径安排。"

"三陪女有本事拒绝一个月吗？"

"有钱拿，怎么不行。就怕再拒绝下去，你那个大哥没耐心了，你的钱白砸。"曲筱绡头痛得尖叫，"还有没有其他办法？一定要让三陪女钓上他，钓得他想跟三陪结婚，跟老婆离婚。"

"这个得靠缘分，还真没办法。"曲筱绡郁闷，可又想不出更好的办法来消遣她的两个哥哥。想来想去，只得短信给朋友，把朋友们酒后哄闹出来的这个计划取消，她心疼每天五百的钱有去无回。

曲筱绡猫在角落打完电话，才回到桌边，可是减了兴致。两个哥哥，始终是她心头大患。刘歆华问她怎么了，曲筱绡暂时还不想把家里事告诉刘歆华，只得装出开心样子，与大伙儿玩骰子喝酒。几杯酒下肚，又欢乐起来，暂时将烦恼抛到脑后。

同伴都去跳舞的时候，曲筱绡猫到刘歆华耳边，吹着气，笑嘻嘻地问："要我吗？"

"当然要。现在就走？"

"呸，贼没劲。一钓就上钩，偏不给你。"

"玩我？今晚还没玩够？"

"可你为什么这么老实？老实得我都想拿高跟鞋砸你脑袋。我最烦老实头。"

刘歆华被呛了，他又不是个真老实头，火一大，学东北汉子背媳妇，将曲筱绡像米袋似的往肩上一甩，抓起两人的大衣早退了。曲筱绡被甩得头晕脑涨，连声尖叫，开心地伸拳头砸刘歆华的背。被扔进出租车里，她依然尖叫，开心坏了，由着刘歆华拿她的大衣将她裹粽子似的裹起来，她再也无法反抗。

被刘歆华扛进宾馆的时候，好多人看着他们大笑，曲筱绡满不在乎，她觉得刘歆华够男人，很够男人。"歆歆，我爱你"，这是曲筱绡一晚上翻来覆去说得最多的话。

安迪与包奕凡同机回来。包奕凡答应安迪不再越界，但又怎么管得住手脚，转弯时候手臂挽一下，起来时候伸手扶一把，坐下则是忍不住探头探脑过去深嗅一气。安迪觉得很奇怪，她很不反感，甚至连不适应都没有，仿佛这个包奕凡就是上天为她专门创作的，但她严格把握分寸。

然而，她以为的分寸，在熟悉她性格的人看来，已是全无分寸。奇点度过最难熬的三天元旦长假，在第三天的夜晚，他估计安迪肯定乘这唯一一班直航飞机回来，便急切地驱车早早赶到机场等候。他却看到最惊心的一幕。透过玻璃，他老远就看到安迪与一男子说说笑笑地出来。等到门边，有工作人员拦住查看行李单，奇点看到，那位同行男子很自然地伸手在安迪肩上搭了一下，笑着附耳不知说了句什么，安迪也是笑着从大衣口袋里掏出行李单送检。原来是包奕凡调皮，半路上趁安迪上厕所，将单子偷偷从包里转到口袋，存心捉弄这个记忆超群的天才。然后两人旁若无人地出来了。安迪边走边看手机，与包奕凡一起随着人流，从奇点面前缓缓经过，神色轻松愉快。没有任何感应，当然也没有抬头对视。就这么走开了，走远了。

奇点像挨了闷棍似的看着，一句话都说不出来，只是看着，看着他们走远。因为他最清楚，即使熟悉如他，当他的手臂搭上安迪肩膀的时候，安迪都会神经质地全身僵硬一下，非得回头审视一眼，才能罢休。而那男子，究竟是何方神圣？

但毫无疑问，那个从他面前慢慢经过的男子是个……奇点非常不愿意承认，可事实就是事实，那男人是人群中的亮点。只是，当然，油头粉面。他愤愤地想，转身撤离等候的人群，往停车库走。心里烦躁，黑着脸想去买杯冰水。但好巧不巧，他寻去的店门口是扶着行李车的安迪。安迪依然看着手机，一边等人。只是身姿很是轻松，柔软地斜斜倚着行李车，一脚着地，一脚尖轻点，而非奇点常见的经过专门礼仪培训，随时可以拍证件照的矜持端正但同时也是绷紧的站姿。

所有的反常都落在奇点的眼里，不知为什么，奇点看得却心如刀割。但奇点还是坚定地走了过去，准备招呼。没等他走近，那个与安迪同行的男子出现在他的视线里，而那男子也注意到了他。两人同时止步，肃然对视。而包奕凡只沉默片刻，便招呼一声，"安迪。"等安迪抬头，包奕凡便指安迪往后看。安迪回头，看到勉强对她微笑的奇点。她一下子站直了。她都不知道说什么才好。

"我在转角等你。"包奕凡意识到这个男人是谁了，三秒钟之内，他把奇点掂量了一遍，便轻松让出空间，将一杯热可可交给安迪，推着装有两人行李的行李车，走到二十米开外的地方等待。经过奇点身边的时候，他还给予若无其事的微笑。奇点不得不将注意力分散了一下，也礼节性地微笑一下，看着包奕凡离去。再回头看安迪，站回标准姿势，两手握一只皮包，自然垂放在前面。

"我本来想机场晚上叫出租车不方便，也不安全，来接你一下。"

安迪心中早滚过无数疑问，她出来时候，奇点站哪儿，为什么在这家餐厅门口遇见，如果包奕凡不指点，奇点会不会招呼她，等等。以及，最重要的问题，他究竟为何而来。但她什么都问不出来，只呆呆看着满脸隐忍的奇点，一言不发，而且异常心酸。什么快刀斩乱麻的决心，什么一贯凌厉简捷的手法，完全抛诸脑后，只会发呆。而奇点也不再说话，神情复杂地凝视着安迪，等安迪自己开口。

安迪发呆半天，也没想出一个词，似乎每个字都不合时宜。她最终低下头去猛喝可可，不敢再看奇点，"我的车在楼下，他的车也在楼下，各自回家吧。谢谢。"

"请给我一个说法。"

安迪摇头，"跟你留下门卡和钥匙，没有写一个字一样，什么都不必说了。我们之间该说的，我都没有对你隐瞒。"

"我错了，请你原谅一个人面对人生最大抉择时刻的软弱。对不起，我只是个……普通男人。原谅我，别离开我，这三天我非常煎熬。有什么可以让我挽回，我都可以做到。"

"你干什么承认错误呢，你只做错一点，就是知道我是谁之后，还对我那么好。我才是个浑身都是错的人。"安迪再次抬眼，但视线一触及奇点，便忍不住又扭开脸去，却正好看到不远处看着他们的包奕凡，她再次低下头去，可旋即一口喝光可可，又抬头，却看着包奕凡，对奇点道："该说的，我早都对你说了。这三天又让我进一步弄清楚一点，遗传大神真是非常强大，我是指花痴。"

奇点脑袋嗡的一声，热血全部涌向脑袋，他脸色大变，即使现在心情混乱，也可了悟安迪言下之意。他也不由自主看向不远处的包奕凡。"不，你不是这种人。"他竟然结巴了。

"很悲哀，我是。"安迪定定看了完全失色的奇点会儿，"而且他相当性感……"

一个清脆的巴掌结束安迪的话，安迪惊住，而奇点也呆了，不由自主蜷起刚才甩出巴掌的那只手。本来旁观的包奕凡见此不妙，赶紧冲过来，但安迪连忙挡住包奕凡，两人撞了一个踉跄，包奕凡连忙扶住安迪。这一幕落在奇点眼里，却是英雄救美，美人投怀送抱，他蜷起的手掌不禁死死捏成拳头。安迪连忙死命推包奕凡离开，扭头留下一句："魏渭，我对不起你。再见。"

"你没对不起他。"包奕凡不肯罢休。

　　"闭嘴。"安迪边退边留意奇点，一直退入电梯，才一屁股坐在自己的行李箱上，开始呼哧呼哧大喘气。

　　这一刻，包奕凡彻底感觉自己乃是局外人一枚。但他还是拉起安迪，走出很快降到地下停车场的电梯。等他尽心尽责地将两人的行李搬出电梯，呆滞在电梯门边的安迪依然泥塑木雕似的一动不动。包奕凡感觉不妙，伸手摩挲安迪挨巴掌的侧脸，另一只手伸出两枚手指，"安迪，看我，我伸出几枚手指？"

　　安迪满心混乱，懒得说话，只抬手比画两枚手指，完了又垂头丧气。包奕凡验证没脑震荡后，见安迪有站电梯口打桩的意向，道："你一定不愿看我跟那人打一架。如果你还站这儿……"

　　安迪混乱的脑袋中顿时冒出一条头绪，那就等于守株待兔，等着奇点下楼，再干一仗。她沮丧地吐出两个字，"B5"，强打精神拎起背包，跟包奕凡去找车。找到车子，包奕凡才刚打开后备厢，安迪先窜上去，抓出两瓶冰凉的矿泉水，一瓶喝，一瓶抓手里备用。包奕凡不知安迪有怪癖，搁好行李，推安迪坐入车子，也不急着发动，先抽空问她："要不要跟我说说？"

　　喝了大量冰凉冷水后的安迪清醒了一点儿，将另一瓶水按在被扇耳光的侧脸冷敷，道："彻底结束了。"

　　"你抓我做壮丁，制造误会？这样也好，省得彼此藕断丝连拎不清。"包奕凡留意到安迪忽然专注起来，他顺着安迪的眼光看去，见一辆黑色奔驰从他们面前经过，包奕凡意识到，一定是那男人的车。他记下了车牌。但嘴里不忘损一句，"开一辆百万级奔驰，装点了门面，改不掉内心。还真对女人下得了手，畜生。"

　　"我自找的。走吧。"

　　"你再自找，他也不能打女人，而且在大庭广众，原则性问题。粗鄙。"

　　安迪听着刺耳，忍不住强打精神分辩，"他打得不重。而且他被我打击，对于一个用情至深的人而言，刺激太大。"

　　"你应该不是愚昧女人。你真这么想？"

　　"别问了，好吗？请你把我送去老谭，谭总家，我有事找他谈话。"安迪将老谭的地址写给包奕凡。

　　包奕凡见安迪说完就蒙住脸，不想再说也不想再有行动的样子，意识到安迪现在混乱之极，也意识到刚才争执的两个人，究竟谁更用情至深。包奕凡即使不明白安迪为什么要与那男人分手，也依然颇受刺激。但他还是很有章法地做事，找到自己手机中谭宗明的电话，拿安迪的手机拨打过去。老谭一下子就接了起来，包奕凡直截了当地道："我是包奕凡，跟安迪在一起。她遇到一些纠纷，情绪比较激动，想去您家找您谈话。我想问问您在家吗？我们在机场，如果您不在家，或许我们可以约个其他方便的地方。"

"我正好在城里，离安迪家近。你把她送到她自己家，我去找她。非常感谢你。"

"应该的。我这就出发。"

"啊，忘了提醒，请别再跟安迪说话。"

包奕凡不知道这句提醒是什么用意，忽然感觉，他对安迪的了解还很少很少，而关键是人家并不要求他参与，他心里更不舒服。而后，安迪也一直捂着脸，没有搭腔的意思，两人在一辆车里闷了一路。直到在欢乐颂门口，包奕凡将人交给谭宗明，而由谭宗明司机带包奕凡回机场取包的车。包奕凡心里非常想了解，安迪跟谭宗明准备谈什么。

其实安迪没想谈什么，她跟谭宗明就说了句："老谭，今晚守着我，我脑袋里在火山爆发，可能精神崩溃。"

老谭已经听包奕凡三言两语介绍过情况，等进了安迪的家门，他果断拿出两只杯子，各倒一杯酒，"边喝边说，今晚我陪着你。"

"事情很简单。他克服所有恐惧来爱我，我也是。可恐惧始终是横亘在两个人中间的荆棘，我们相处很沉重，我决定立刻停止错误，退出，我理该承担属于我的与生俱来的所有恐惧，放他回归正常。可退出并不容易，两个说话算数的人遇到感情问题都是夹缠不清，反反复复。我发现我完全控制不住自己的一张嘴两条腿，只好破釜沉舟。可没想到他会打我一个耳光。竟然……耳光。"

"嗯，说出来，都说给我听，我听着。你说了他什么，让他动手？"

"我即使激动得自己发疯，我也不会打他。我说什么都不是他打我的理由。总之我很心碎，什么都不想说了，也好，到此为止。"

谭宗明见安迪鸵鸟似的钻在臂弯里，趴在沙发扶手上，他见怪不怪，还是追根究底，不惜激将，"当时你们分手没分彻底，你却跟包度假回来让他撞上，这种事凡是男人看了都会发狂。你又故意制造误会，让他信以为真。他激动了。可我得说，魏动手不够男人。怎么说都是品德很差。你说得对，比如你，再激动你也不会打人，尤其是打弱者。"

安迪本来一直在臂弯里"唔，唔"地表示赞同，听到最后立马竖起头来反驳，"是我说得太刻薄，我跟魏从来没有……那个，但是我在暗示我已经跟包那个了之后，又故意加一句包很性感。他才爆了。"

谭宗明痛苦地扭过脸去，实在想笑，只能咬牙切齿地忍住，才敢回过头来，一本正经地道："你这一手够狠。不过我有一件事要提醒你，你今晚表现很正常，不用担心。"

"不用安慰我，我现在心里像刀扎似的，而且你也知道，我妈就是在那种感情转折时候疯的。我今晚很危险，你即使有天使等着你，也不许离开我一步。"

谭宗明旁观者清，听到这儿又想扭开脸去笑，感觉今天的安迪与过去的有点儿不一样，以前是真错乱，现在则是虚张声势。"一般遇到感情问题，心里刀扎似的时候，不管男女，都会流泪。我感觉你今天还好，不算太受打击，所以不担心你会步你妈后尘。"

安迪再度竖起头来反驳，"我尽顾着担心发疯了，这问题更严重。而且我当时还得拼命在包面前维持正常。"

谭宗明不再努力揭穿，以免火上浇油刺激安迪。但在他看来，一对熟男熟女谈了三个多月的恋爱却还没上床，这本身就说明有问题，尤其那魏渭一看就不是善茬，多的是社会打滚的历练，这样的人能无强烈要求？又不是清纯高中大学小男生。谭宗明能想到的理由只有一个，安迪坚决拒绝，魏渭在安迪眼里没有性魅力。所以谭宗明才一再地想笑，安迪那一句包很性感，实在是拿针往魏渭心口戳，精确犹如美军的斩首行动。谭宗明甚至觉得，今晚最有发疯倾向的反而是魏渭。

至于安迪，谭宗明懒得劝了。一直封闭感情的人偶尔给熟人一次机会，就像古代足不出户的小姐偶尔看见一个书生就墙头马上地闹私奔，都是见识不多闹的。至于今晚，他总之尽朋友之责，守护一夜。

而安迪心中乱开了锅，一边强烈担心自己发疯，因为她妈就是疯在感情问题上。一边又心碎奇点对待她的态度，他从此不再爱她疼惜她。想到这儿她就难过，甚至混乱地想到打电话跟奇点说明白，她不是真的花痴。可还好，理智总是在关键时刻冒头，她一再成功阻止了自己的冲动，坚决不解释真相。只是非常难过如此两败俱伤的分手，她真不愿。

　　因为有老谭在身边撑腰，又跟老谭说了会儿话稳定了情绪，她这时才悲从中来，泪流不绝。

　　谭宗明打开手机玩新上手的微博，一边毫无压力地看安迪无事生非地折腾，直等安迪折腾累了去睡觉，他也收拾收拾在客厅打地铺。谭宗明只是奇怪一件事，为什么安迪的情绪没有刚回来时候那么极端了。要换作过往，今天这等大事，他怀疑他得请医生过来随时准备给打针吃药。难道还是那个魏渭给治好的？谭宗明倒是有点儿弄不明白这两人的关系了。

　　幸好，第二天起来，谁都没疯。只是谭宗明出门时候经过开着门的 2202，被大伙儿都看见了。2202 的人们都没见过谭宗明，一下炸锅了：有男人在安迪家过夜。

　　樊胜美现在上班上得三心二意，只等着公司发了年终奖之后，她轻轻松松地一跳槽，以后就在市中心的中心工作。她与王柏川早约了晚上一起吃饭，可临下班的时候接到魏渭一个电话，魏渭说心情非常糟糕，希望跟她谈谈。樊胜美想到今早从安迪家走出来的男人，顿时非常理解魏渭的心情，一口答应吃饭，与王柏川说了抱歉。怎么说，魏渭也曾帮过她。

　　樊胜美下班与同事一起出门时，天色已经昏暗。而一辆在路灯映照下流光溢彩的高档车子缓缓滑到她的身边，有人从降下的车窗里喊她名字。她一看，原来是魏渭赶来她公司门口接她。她忙与同事道别，在同事们羡慕忌妒恨的眼光中坐进车里，心里有些许小虚荣。她当然不会解释，反正在此地工作也不久了。

　　"真不好意思，魏总不用走那么多路来接我的。"

　　"今天我全无心思上班，还是出来走走散心。元旦前我问你安迪身边有没有那么一个人，你说没有。结果我昨晚机场接机，看到了。她也承认。小樊，你元旦前是不是有意瞒我？"

　　"没有，元旦前我真不知道，我们全宿舍的都不知道。而且元旦前有好一段时间我家里出事，没顾得上别的。"

　　"恕我失礼，你这句话背后的意思是，你在我说出来之前，已经见到那人，或者是听说那人了？昨晚，还是今早？"

　　樊胜美想不到魏渭能从她话里捞出蛛丝马迹，可她又不能乱说安迪隐私，只得佯笑，"我不是这个意思。"

魏渭沉默了好一会儿，才道："昨晚你从老家回来，到海市已是半夜。你今早见那人的吧？"

樊胜美不敢吱声，没错，她就是今早看见有男人从安迪家出来。魏渭却是心中洞明，一拳头砸在方向盘上。他无法再开车，将车停到附近一块空地上。樊胜美不敢乱说，只是小心地问："我让王柏川打车过来给你做司机吧？"

魏渭在方向盘上趴了好一会儿，才直起身，"请求你一件事，给安迪打电话，跟她约个地方吃饭，好吗？"樊胜美看着满脸憔悴的魏渭，心里替他难过，但还是为安迪仗义，"我建议你们两个冷静几天。"

"你放心，我只想见见她而已，只是见见她。"

"魏总，今天你不会冷静，我很担心。见面会出事。"

"求你。你可以把22楼其他几位请上，监督我。我只想见她。"樊胜美都不忍心看魏渭，她最见不得大男人求人，而且只是如此卑微的小要求，她眼泪都在眼眶里打转了。她拿出手机，拨通安迪电话，而且打开免提，让魏渭一起听到。"安迪，下班了吗？"

"没。我比你下班晚一个小时，而且我今天有攒了四天的资料要看完。"

"怎么了，声音不大对劲。感冒了？"

"没，昨晚冰水喝太多，喉咙哑了。你这个时候来电话，有要紧事？"

"想请你和大伙儿吃饭。上回我爸住院，幸亏大家帮忙，我才渡过难关。今天正好有……"

"小樊，可以改天吗？我今天心情非常不好，请原谅，今晚哪儿都不想去。"樊胜美想就此结束通话，魏渭却在手背写字，打开顶灯让樊胜美看清。樊胜美勉为其难再问一句："怎么了？不是刚度假回来吗？"

"唉，孩子没娘，说来话长，我跟魏兄分了。今天看资料效率极差。"樊胜美想到今早从2202门口经过的男人，心中升起小小的怒火。她身边是憔悴可怜的被抛弃的魏渭，而安迪却还在拿可怜的魏渭做挡箭牌，以拒绝邀约。这回，不用魏渭提醒，她自发提问："你不是元旦前已经说跟他分了吗？当时大家都知道你心情很差。"魏渭更是屏息等待安迪的回答。安迪那边却是静音好久，才来了一句："小樊，求你别问了。"随即挂了电话。

第 31 章

　　但车里两个人都听得出，这最后一句是哭着说出来的。樊胜美一时迷糊了，扭头看向魏渭。而魏渭也是发呆，不知该如何解读。尤其是樊胜美想想早上从安迪家走出来的肥胖中年男，再看看眼前的魏渭，想不通安迪究竟打的是什么主意。而且既然已经花开两朵，又何必悲伤与魏渭分手。

　　魏渭更想不通，安迪昨天度假回来，在机场没遇见他之前，不是浑身轻松吗。怎么那男人在她那儿过了一夜，她反而声音沙哑，心情不好了呢。来找樊胜美之前，他还幻想昨天机场那一幕可能是安迪使苦肉计，可既然那男人都在安迪那儿过了一夜，那么说明安迪还真没骗他。她乐在其中，为什么还哭？

　　但毫无疑问，魏渭更愤怒了。他走出车门，在冰冷夜色中徘徊了好几分钟，人冻得冰凉，才稍微平静，继续开车回市区。樊胜美看看魏渭严峻的侧脸，也不敢说话，一路沉默。是樊胜美的手机响，打破车厢里的死寂。樊胜美拿出手机一看，"安迪的。"

　　"请随意。"魏渭嘴里这么说，心里却是狠狠一抽。

　　樊胜美这回没打开免提，安迪跟她说，曲筱绡约她一起去阿玛尼店血拼，问樊胜美要不要去，若去，正好与曲筱绡一起给她做场上指导。樊胜美对血拼当然雀跃，而且又是为别人花钱。可是，一听有曲筱绡在场，打死她也不敢去了。她去了却无毛可拔只能做观众，届时还不知怎么给曲筱绡挤兑呢。

魏渭只听了个大概，"哪家店？"

"魏总，你可以另想办法吗？我怎么觉得你现在去见安迪，很容易起冲突呢。"

"不会。你可以去现场监视我。我赞助你一套阿玛尼，不会让你师出无名。"

樊胜美当然不会卖友求衣，但见魏渭态度真诚，便告诉安迪与曲筱绡在哪家店会合，自己要求在地铁口下车，放魏渭赶紧上路。她非常感慨，一个男人得痴情到何种程度，才能无视女友与别人过夜，而紧追不舍，好生令人回肠荡气。尤其，魏渭还是那种拉出去有无数美女投怀送抱的那种。这个社会很现实。

落单的樊胜美一个电话便将王柏川招来身边，她实在忍不住想八卦安迪与魏渭的事儿，可又竭力忍住，觉得安迪朝秦暮楚不是回事儿。可几分钟后，她终于还是忍不住了，跟王柏川和盘托出。王柏川不停地惊叹"看不出，看不出"，既想不到安迪会做那事，又想不到魏渭能如此痴情。但听得魏渭去阿玛尼店会安迪，王柏川惊呼，"会不会打起来？哪个男人咽得下这口气？"

樊胜美当即想到自己曾与章明松的一段交往，便展开潜移默化的教育工作，"不管咽不咽得下这口气，魏总这方面做得很好，他发誓不会冲突。男人说什么，无论何时何地，都不能打女人。这是原则。"

王柏川当然连连说是，但心里却好奇魏渭究竟会怎么做。

魏渭最先到了店里，等了会儿，才见到曲筱绡推门而入。曲筱绡穿时下很潮的机车皮衣，踏一双高跟皮靴，手挽一只香奈儿荔枝皮包，进门先端起手机给自己来一张，然后旁若无人地投入战斗。曲筱绡如此做派，自然得到店员装作矜持而热情的招呼。很快，安迪也进门。很巧，安迪也是穿一件皮衣，这身皮衣全无曲筱绡那件的潮人元素，只是一件类似男装夹克的黑皮衣，若非宛如第二层肌肤的柔软皮质，还真不太起眼。再加安迪身上硕大电脑包，黑色圆领T恤，黑色长裤，黑色高跟鞋，以及高挑的身材，寸把长的头发，都很简约，但那感觉就出来了：老娘才懒得费劲装饰，老娘只图穿得舒服，因为老娘是安迪。进门站立找人，顿时气场强大袭人。

若在以往，魏渭准是满心喜悦，可今天想到佳人已属沙吒利，魏渭黯然。他毫不犹豫地走过去，在安迪与曲筱绡会师之前，来到安迪面前。走近，才看清，安迪眼皮肿胀，一向精灵一般的眼睛今日无精打采。

"安迪，这么巧。"安迪不由自主后退两步，即使当着曲筱绡的面也不打算敷衍，"小曲，你报的信？"曲筱绡已经感受到两人之间的剑拔弩张，她连忙撇清，"没，你可以查我手机通话记录。"

"我正好路过，打算买只包。你们尽管血拼，我替你们拎包。"安迪伸手按在昨晚挨巴掌的脸上，扭头对曲筱绡道："我打算先走一步，你呢？"

魏渭当然读得懂安迪手势背后的意义，低声下气地道："对不起，安迪，原谅我，不原谅我也行，只要你别走开。我在外面等，你们挑好了喊我一声，我来刷卡。"

"真嗒？有上限吗？"曲筱绡毫不客气地揩油。"只要安迪愿意。"魏渭勉强保持微笑，两眼一直看着安迪。安迪火气上头，野蛮地一把揪住魏渭的领带，拉到一边，低声怒道："你还想怎样，打也打了，骂也骂了，是不是把我逼疯才甘心？我昨晚已经请老谭陪我一夜，我已经濒临崩溃，求你放我一马。你想要什么，我全额赔偿。"

曲筱绡不知这两人闹什么，估计与包奕凡追着安迪去普吉度假有关，她不急着血拼，抱臂围观好戏。但她见到魏渭开心地一蹦三尺高，很情圣地握住安迪一只手狂吻，咦，难道好戏这么快散场？她郁闷得想尖叫。

魏渭原本一点都没怀疑安迪家今早走出来的男人就是昨晚机场遇见的那个，等一听说是老谭，他心中豁然开朗，昨晚辗转睡不着时的所有推测完全贯通，安迪昨晚骗他，而他当时铸下大错。刚刚的低声下气还有点儿忍气吞声，这会儿完全发自内心。安迪愣了会儿，大力将手抽回，跟曲筱绡说声"先走"，赶紧逃也似的窜出门去。魏渭也留下一句话，"小曲，帮我给安迪买个礼物，回头付款给你。"

"有上限吗？"但没人回答曲筱绡，两人早都跑远了。曲筱绡自言自语，"不说就是没上限。哈，此时不斩魏兄一刀，更待何时。"在店堂精心设计灯光的普照下，曲筱绡在疯狂血拼的物欲大道上一路向前。

魏渭很快追上穿高跟鞋走不快的安迪，张开手臂拦在面前，满脸都是由衷的开心。安迪却是深深挫败，可看着魏渭那张欣喜若狂的脸，她不自禁地心痛，不忍细看，扭过脸去，才能狠下心来问："你还想做什么。"

"原谅我，安迪，原谅我。还没吃晚饭？我车在附近，我们去你喜欢的地方。安迪，我昨晚疯了，你可以去我家看，鞋架和冰箱都被我砸了，你看我的手，昨晚都砸得没知觉了。我真后悔对你出手，我最后悔竟然误解你。原谅我，你要是就此离开，我会一辈子无法宽恕自己。"因为安迪浑身都是排斥，魏渭不便走得太近，只能大声说话，引得来来往往购物人群纷纷侧目。

安迪深吸一口气，从包里拿出小瓶矿泉水喝了一口，"你没误解。昨天与我同行的叫包奕凡，承包的包，凡人的凡，当中那个奕字，请使用 google 联想功能。你可以搜出来看照片，看我有没有撒谎。"

"不看，也不会再相信你的误导，我只相信你一贯为人。安迪，为什么要推开我？人非圣贤，我有做错的地方，请原谅我。我们找个僻静地方，我让你看，我心里全是你。安迪，看看我，头转回来看看我，别这么狠心。"

安迪继续喝水，继续眼睛看着别处，有条有理地道："真的没误导你。我还以为你留下钥匙和门卡意味着结束了，以后再有一些联系也只是藕断丝连。所以……他追到普吉，我答应，就这样。只是没想到你还有其他意思，我脑子简单没想太多，真对不起，我也很不愿意伤害你，但我已经开始新的一段。我非常希望能弥补你。倒是昨天你的愤怒让我有点儿解脱。你今晚尽管继续愤怒。"

即使听得扎心，魏渭还是逼出一脸笑容可掬，"我不会再上当。我们就在楼上吃一顿饭，你也可以理解为最后一顿饭。你让我也说几句，你听着。"

"叫上小曲，我怕挨揍。"

曲筱绡在电话里回一句，"你们先吃，我买舒服了就来。"

魏渭大喜，拉起安迪的手就上楼。安迪想挣脱，但挣不开，只好勉强被拉着，心里满是疙瘩。进入餐厅，魏渭又帮脱外套，拉椅子，即使遭遇白眼也不罢手。等安迪看菜单时候，他又抢了安迪左手亲吻。安迪不敢看，一个平日里心高气傲的男人低三下四成这样，她早一颗心软得稀泥一样，只怕再多看一眼就呼啦啦散架了。而魏渭就是摆出一副姿态，不管你怎样，我情到深处不自量了，追你到底。

安迪唯有拿右手端冰水猛喝。她根本就是不知所措了，她知道可以拿针戳心，可是面对这样全无反抗的男人，怎么戳得下手。而且，她更心痛她把好好的一个人害成这样子，她怎么就是个天生的祸害精呢。

也不知混沌了多久，曲筱绡来了。魏渭看见曲筱绡就大使眼色，希望她别做灯泡。可曲筱绡当没看见，请店员将购物袋拎到桌边，得意扬扬地道："魏大哥，付钱。这些都是你说送安迪的。哇，我真饿死了。"一边将账单拍在魏渭面前。

安迪看见数字，斜了曲筱绡一眼，"不要。"

"不要白不要，某人态度摆这儿呢。"魏渭只能放开安迪的手，取出随身背着

的电脑，即时转账给曲筱绡。要不然这妖精会捣乱到底。而曲筱绡却笑道："魏大哥别忘了加上 10% 的劳务费

哦……"

"小曲，你带着包奕凡的名片没，给他看，他死活不相信这个人。"曲筱绡一愣，"我会不会挨揍？"

"要打也是打我。你拿吧。"曲筱绡小心地挪到安迪身后，从包里翻出包奕凡的名片，但不是直接交给魏渭，而是交给安迪。安迪再转手交给魏渭。"就是他，我不可能演戏给你看。"

"不用看，我只相信你为人。"魏渭接了名片，没看一眼，就翻面贴着桌子送回曲筱绡面前。安迪头痛，问曲筱绡："摆在我面前的事实是，我喜欢包奕凡，但魏渭不放手，我该怎么办。"

曲筱绡想不到安迪如此直白，吃惊地看了她一眼，又看向魏渭，两人脸上表情都复杂得看不透。曲筱绡忽然感觉这两人都疯了。她当即拍板："我打电话给包总，让他过来当场对决。"再看魏渭一眼，"但我现在决定逃命。你们慢用。"她尖叫一声，很没义气地跑了。难道她还留着等魏渭对她动刀子吗。再说安迪又不是她徒弟邱莹莹那种傻大个儿，用不着她操心。

安迪快疯狂了，"你到底要怎么样才相信，你昨天也看到人了，他很帅，也很性感，而且智商高，会玩，很阳光，我喜欢他，跟他在一起更开心。一定要逼我说出侮辱性语言吗？"

"不信。昨晚是猝不及防，但后来我深思熟虑，不再相信，所以今天来找你。"

"不是偶遇？樊胜美？"

魏渭重重点头。但他心里一幕幕地回放昨晚机场上那男人与安迪的亲密接触，以及安迪的一切放松姿态，他能不信吗，但他只能装作不信。即使心如刀绞。

"为什么？你能找到比我更好的，更正常的，不会拖累你的，能给你生健康孩子的，能让你父母接受的女孩。干吗始终缠着我。"

"不知道。我只知道我要守护你，爱你，至死不渝。每次动摇、离开你的时候，我的体会更深一层。我对你的爱不是冲动，而是一次次牢牢地加固。我甚至自己也不相信能这么爱一个人。"

"何必呢。跟你在一起我真的不开心，你也不开心，阴影已经存在了。而且，

我体会过后也知道一个事实，你对我没吸引力。动手吧，脸在这儿。是事实，我从不回避。"

魏渭这回终于低下高傲的头颅，颤抖的手将手中杯子滑到桌上。"你结一下账，我走了。任何时候有需要，你都可以打电话给我。"他起身摇晃了一下，俯身在昨晚甩耳光的脸颊吻了一下，一步三回头地走了。

效果是达到了，但安迪也傻了，心中滋味只有比昨晚更痛。

回去，安迪整了一车行李，飞奔老谭家求投靠。反正不管老谭在不在，她投靠定了。

于是，老谭又被安迪折腾了一夜。老谭的女友郁闷得吐血。

即使是忙碌的清晨，樊胜美也没放过从敞开的大门口传来的嗒嗒嗒的高跟鞋声。她奇怪曲筱绡怎么起得那么早。还没等她想明白，她听到曲筱绡敲2201门的声音。过会儿，嗒嗒嗒的高跟鞋声又传了回来。

"你们见安迪没有？谁看见了？她电话也没开着，昨晚到现在一直打不通。"

樊胜美吃惊，顿时从梳妆镜前跳起来，冲出来问："怎么回事？"曲筱绡看看樊胜美，再看看其他两个睡眼惺忪的，盯着樊胜美问："你似乎知道点儿什么，怎么回事？"

樊胜美心慌，不答，拿出自己手机拨打安迪电话，果然，没通。而曲筱绡依然不依不饶盯着她。她犹豫之下，拨打了魏渭的电话。"魏总，安迪一夜未归，请问……"

"不在我这儿。抱歉。"曲筱绡怒道："有这么问的吗？明摆着碰壁去。"但她也没好办法，只得噔噔噔回自己家去。这边，樊胜美的脸都黄了，想到昨晚魏渭的愤怒，不知，后来发生了什么。她忽然想到报警。曲筱绡进家门不久，便接到魏渭一个电话，"小曲，安迪在她老朋友那儿，你们不用担心。"曲筱绡不明白魏渭为什么电话打给她，而不是刚才询问的樊胜美。"你们昨天怎么了，你怎么了安迪？"

"没怎么。以后安迪有需要帮忙的，你可以直接找我。谢谢。"曲筱绡这才放心。但侧目看了一下2202的方向，懒得多走几步出去通知。可又想到关雎尔平时都坐安迪的车上班，她还是好心一下通知关雎尔吧，那小家伙是她喜欢的。但曲筱绡刚出门，便听到2202里面传出的问题，是心直口快的邱莹莹问樊胜美："樊姐，安迪这事，与昨晚那胖男人在2201过夜有关吗？"

"我不知道。"关雎尔的声音，"可是只有我们三个看见胖男人，谁跟魏总说的？安迪自己？"

曲筱绡止步，背手在外面听着，暗中为关雎尔叫好，不枉她多走几步出来通知一声。但听得有男人，而且是胖男人，而不是包奕凡在安迪家里过夜，曲筱绡有点儿吃惊。再回头想昨晚安迪与魏渭刚见面时剑拔弩张的场面，以及后来魏渭看似转怒为喜赔礼道歉的场面，心中有了头绪。她最先还以为两人剑拔弩张是因为包奕凡呢，看来不全是。

樊胜美道："我不知道啊。"

曲筱绡强势抢入，"樊大姐，别赖了，你不知道还有谁知道呢？昨晚只有你我和安迪知道安迪去哪儿，可为什么魏总比我和安迪更早一步守在阿玛尼店呢，不是你大嘴巴说出去，还有谁？你到底还跟魏总说了点儿什么？"

邱莹莹与关雎尔一起看向樊胜美，这种事怎么能说。曲筱绡更进一步，"樊大姐你再说你不知道啊，再说啊。"

关雎尔听曲筱绡又恢复叫樊大姐，便转移话题，以免争吵，"小曲，昨晚你也在场？安迪还好吧？"

"好什么好，能好吗，我差点吓死，要不然大清早会去2201查人？刚才魏总打电话给我了，安迪在老朋友家，没出事。小关你赶紧上班去，今天没人送你。"

曲筱绡说了这些转身回2203，但走出两步想起，怎么能如此偃旗息鼓。她转身回去，"樊大姐，谁屁股都不干净，你做了些什么，咱都门儿清。你昨天能跟魏总大嘴，我今天也能跟王总大嘴，你走着瞧。做人别太不上路。"

"我说了安迪去阿玛尼，可我真的没说有男人从安迪家出来。"

"你放聪明点儿，昨天一半时间我在场，你赖给谁听。好啊，我也学你的，我今天跟王总见面了，但我没跟王总说你怎么捞。我呸，以为转个身就可以从良，那么容易。"

关雎尔加紧收拾，但仍不忘喊了一声："小曲，过了。"

"哼，有些人做过什么，自己心里有数。"曲筱绡买关雎尔面子，高跟鞋嗒嗒嗒地走了。

关雎尔当即缩回自己房间，樊胜美面前只有溜着大眼睛吃惊的邱莹莹，樊胜美红着脸道："我真没说，是魏总自己猜的。"

邱莹莹奇道："魏总干吗猜这个？好吧，我也不知道。魏总这人火力很强的，最好安迪没事。"被曲筱绡一阵闹，邱莹莹心中了然，但不忍心揭发樊胜美，只好一笔带过。

关雎尔今天没专车，必需早走，她拎一包吃的，喊着"借过，借过"，从樊胜美与邱莹莹之间杀出门去。樊胜美留意到，关雎尔都没看她一眼。连关雎尔都如此，曲筱绡又将如何。想到这儿，樊胜美心惊肉跳。

王柏川来接樊胜美上班，樊胜美看着王柏川一直担心。王柏川觉得樊胜美早上神情有点儿怪，樊胜美犹豫之下，说跟曲筱绡吵了一架。王柏川对曲筱绡的印象很不好，山庄那次与樊胜美闹翻，完全是曲筱绡从中大力作梗。即使以后曲筱绡跟着一起送樊父回老家，王柏川虽然脸上并未露出什么不快，心中着实并不拿曲筱绡当朋友。"小曲这个人，仗着手头有几个钱，无法无天。你还是离她远点儿，免得吃亏。"

"哪那么容易，她是大活人，我离再远，她也会找上门。找我倒也罢了，就怕她又找你的碴儿。"

"第一次找碴儿，给她面子才让她得手。我又不是傻瓜，再给她第二次机会。"

"她有你手机号，她有本事让你接了电话不放手，她真能找人七寸。去年小邱的男朋友就是被她几个电话给拐走了，害小邱非常难过。"王柏川笑道："你放心啦，不接电话多的是借口。既然她跟你不愉快，我也就没必要给她面子。你们楼道就她一个人最让人头痛。"

"是啊，有什么办法呢。我们住群租房，本来通风就不好，现在小邱又在屋里做菜，每天人在的时候要是不开门通风，里面的气味简直不能闻。尤其是早上。门开着吧，遇到小曲这种人，等于开门揖盗。"

"你们女孩子多的地方事儿多，不像我们男人，看不对眼？好，打一架。"

"小邱跟她打过一次呢，可真让人生气，小邱竟然还不是她对手。"

"她到底怎么回事，怎么谁都招惹？"

"她招谁惹谁需要理由吗？我们穷，这就是一万个理由。"

"对。"王柏川毫不犹豫地想到那次在山庄里，曲筱绡招招式式就是为了揭穿他们的穷，"遇到这种人还真是头痛。别气了，我加油工作。谁都不是天生穷命。"

"你又不穷，只是比上不足而已。唉，不过住群租房，我们2202里面这么团结，已经很好了。"

　　王柏川听了，唯有在心中第一百次地发誓，拼命挣钱，早日买房。可惜现在海市房地产出限购政策，外地人买房条件异常刻薄，而且银行首付也大大提升。一套看得上眼能做婚房的房子，首付得得百把万，可他总得留点儿做生意的本钱吧。"辛苦你再忍几天，今年中，我想办法。"

　　"欸，我不是这意思。你瞧我口不择言的，我只是……22楼要是没小曲就好了。"

　　"只要你别生气了。啊，对了，我晚上不能去接你了，有客户要陪。这回好像不用我结账。"

　　"嗯，你忙你的，我晚上又没事做，尽管慢慢回家好了。只是一想到回家又要撞见小曲，头痛。"

　　"这种人，富二代的名声都让这种人自己败坏的。离远点儿。"樊胜美这才放心了。王柏川见女友下车时候神色已经恢复正常，心里开心。

　　想到樊胜美与曲筱绡的矛盾，他想，难道没有缓解的办法？由他出手去揍曲筱绡一顿，让她从此老实点儿，显然不地道。但其他办法呢，他不愿他的爱人总是受欺负，心情不愉快。他不能坐视不理。

　　邱莹莹和关雎尔也不能对早上的事坐视不理。关雎尔匆匆搭地铁赶到公司，发现早到了不少。她便不急着上去，给邱莹莹打电话，"邱，你刚才听小曲吵架说的那些，她会不会真的去找王柏川？"

　　"我也担心呢。可又怕问了曲曲，反而提醒她干坏事。怎么办？或者我们晚上下班一起跟她说？"

　　"小曲做事一向快手，只怕没等我们下班，她已经跟王柏川谈完了。我给她电话，不行你再上，你威胁她不听话以后见面就熊抱。"邱莹莹听着不禁一笑，曲筱绡还真最怕她的大熊抱。她没跟关雎尔抢谁先打电话，她也看得出曲筱绡对关雎尔挺友好。关雎尔拨通曲筱绡电话，曲筱绡抢着问："见到安迪了？"

　　"没，我打算上班时间再给安迪发短信。小曲，我很认真跟你谈一件事。"

　　"什么事？安迪的事？不是我害的。"

　　"我是说你打算向王柏川揭发樊姐的事。何必呢，他们才复合，樊姐的爸爸还躺床上，樊姐活得焦头烂额的，你就放过樊姐吧。人情记我头上，等我考核通过，请你吃饭。"

　　"心领了。你没几个钱，吃饭还是我请。樊大姐那事儿吧，我是恨她大嘴巴，我最看不起敢做不敢当的人，早上当众揭穿她的画皮，让她下不了台，算给她一个警告，打打她的气焰，别以为她是 22 楼所有人的大姐，有我在就轮不到她说话。没真打算揭发她，瞧把你急的，你这人就爱瞎操心。"

"哦，原来你只是过过嘴瘾，吓我一跳。谁让你一向行动能力这么强呢。"

曲筱绡被吹捧得乐不可支，"我行动能力再强，也不能总把时间花在跟樊大姐这种人计较上面啊，那叫胜之不武。对她嘛，口头警告足够了。多了她受不起，她就是个外强中干的。嘻嘻，我有江湖味儿吗？"

"你就是个捣糨糊的。"

关雎尔转告给邱莹莹，邱莹莹也松了一口气。关雎尔忙着上班了，便由邱莹莹转告樊胜美。樊胜美更是大大地松了一口气，一张脸顿时泛出盈盈笑意。

曲筱绡挺高兴，她今早的话搅得大伙儿都提心吊胆。那么再接再厉，趁今天早起，去医院逮赵医生去。只是在医院停车场趴车的时候，情不自禁地想起刘欢华。刘欢华虽然不如赵医生那么帅，但她跟刘欢华有共同语言，而且她可以欺负刘欢华，不像她跟赵医生在一起的时候总是被赵医生欺负，在赵医生面前她显得特弱智。曲筱绡手臂支在方向盘上转溜着眼睛想了一分钟，决定抛弃赵医生，不等他。

可赵医生上班停下车，却一眼看见曲筱绡。他见曲筱绡没有下车的意思，便走过去敲敲车窗。曲筱绡吓了一跳，降下车窗看见赵医生清晨刚刮干净胡子的帅气的脸，不禁痴迷了，"你干吗又来招惹我？"说出这话，她忍不住牙根一酸，这种蠢话只有邱莹莹才说得出口。

"来看我，还是来看病？"

"你就是病。"说完，曲筱绡扭头做呕吐状。

"心病？"

曲筱绡忍不住伸手，摸摸赵医生青郁郁的下巴，然后立即强迫自己收手，大笑道："OK，调戏完毕。上班去。今早好开心啊。"

赵医生惊得眼睛滚圆，伸手一把拉开车门，将曲筱绡揪了出来，"你又干吗来招惹我？"

曲筱绡尖叫，引得赵医生的同事纷纷看过来。赵医生只能放手。曲筱绡才理直气壮地道："本来我都要走了，想想还是贤惠地守着男朋友得了。可一看见你就想脚踩两条船。你真妖孽。奇怪，难道还有男狐狸精？"

赵医生差点儿吐血，"知道我上次为什么去你家吗？"

"我们早分析过了。你等等，我找出来给你看，你自己对号入座。"

赵医生看到曲筱绡拿出来的保存完好的字条，再次差点儿吐血，因为他看到安迪 abcd 的分析了。"脸红了！说明必有一款适合你，哈哈。知道你还爱着我，我老就放心了。拜拜。你要再敢拦我，我就尖叫。"赵医生拿着字条，眼睁睁看曲筱绡得意扬扬而走。轮到他想尖叫。见到这小妖精，才发现这小妖精越来越美丽。可是，妖精变狡猾了。

出了医院大门，曲筱绡闷在车里得意地尖叫，她开心坏了，有史以来第一次，与赵医生对决取得完胜。当然，更是把樊胜美的那点儿破事扔到脑后去了。她现在只有一件事非常烦恼，怎么办，刘歆华非常好，赵医生也非常好，让她该如何选择才好。而显然，脚踩两条船是万万不行的，那两个都不傻。

但一开始工作，曲筱绡便不想那些风花雪月了。她才上手不久，许多事情她不得不亲历一遍，才能知道子丑寅卯。亲历第二遍，才能不会走错。再走三遍四遍，可以发现窍门。今天她得在仓库忙碌。一批货终于出关，她得先去取货，然后率领公司相关同事在包装上贴上她的公司的标志。别看只是取货，却是交单子验单子的又是一套乱七八糟程序。曲筱绡忙得披头散发的时候，王柏川来电。他干吗来电？

"王总啊？我在忙，你说话响亮点儿，听不清。"

"在忙？想不到。"

"想不到什么？你以为我的钱都是蹭爹娘的？什么事？"

"本来想中午请你吃饭，聊聊天，既然你这么忙就改天吧。"

"哈哈，你想出轨？随时欢迎啊。就今天中午，我在西郊，你过来。"

王柏川不禁皱眉，曲筱绡什么话都说得出口，当然也可能什么都做得出手，温柔的樊胜美怎么能是曲筱绡的对手呢。王柏川驱车前往西郊，心中秘密组织与曲筱绡的对话。他今天得搞定曲筱绡，让曲筱绡以后不愿或者不想，甚至不敢为难樊胜美。

魏渭这一夜睡得极差，躺在床上腰酸背痛，一味回忆今夜和昨夜的点点滴滴。他有很多想不通，很多不服气，很多心酸，可这些都不能与朋友交流，因最关键的那一句，他羞于跟任何人说出口。连着两夜折腾，到清晨才勉强睡过去。

　　可时间大神并不会照顾他的情绪，即使冬日里的白天再短，人们还是依照一贯的作息起床制造噪音，也开始给相熟的人发短信打电话。魏渭就被樊胜美的来电叫醒，而且吓得不轻，但他很快捡回理智，直奔谭宗明那儿寻找答案。果然，安迪投靠谭宗明去了。魏渭听了心情很复杂，原来她也心里难过，可惜她最信任的不是他。

　　躺在床上又迷糊了会儿，听到家门被人敲响。魏渭火大地跳下床，从猫眼看到外面的人是谭宗明，才收起火气，将门打开。"嗳，稀客，稀客，请里面坐，我去洗漱一下。"

　　谭宗明抱一堆阿玛尼购物袋进来，上来就说明，"我在这楼里有个朋友，所以没经过门禁就进来敲门了。"

　　魏渭心说难怪。等他飞速地盥洗完毕，换好衣服出来，谭宗明好整以暇地窝在沙发上笑道："有咖啡吗？这两天被你们两个整死了，早上没咖啡简直没法活命。"

　　魏渭当即明白谭宗明此来的主题。"安迪好吗？"他开始动手煮咖啡。

　　"怎么会好，你又不是不了解她。不瞒你说，我是瞒着安迪来的。所以不去你的公司，不去别的公共场所，来你家，越没人看见越好。你的咖啡不错。"

　　魏渭即使困得脑袋打结，还是立刻反应过来，"谭总亲自来，是为安迪的身世吗？你放心，我守口如瓶。"

　　"对。谢谢你，我放心了。你看上去也不大好，需要我帮忙吗？可以给我一大杯咖啡吗？"

　　魏渭将大杯的递给谭宗明，坐到对面，愣愣地看了谭宗明半天，才道："请跟安迪说我恢复得挺好。"

　　"魏总，你们这事吧，我知道得不具体，但能猜个大概。安迪的身世，你要是不知道，她就是个仙女，可你要是知道了……"谭宗明将咖啡杯往桌上一放，"比如说，我要是内心够强悍的话，这会儿就没你们这事了，我早近水楼台先得月。可谁能做得到？我理解你。在我看来，你们的事情走到这一步，完全是你们处得太好，导致你知道太多，结果反而玩完。所以请你原谅安迪，她承受的压力是你的双倍。"

　　魏渭将此话咀嚼了半天，颓然道："请跟安迪说我这会儿糟糕得一塌糊涂。

　　以后面一句为准。"

　　"好，我会转达。不打搅你，我走了。有需要尽管打我手机。"谭宗明走后，魏渭捧着咖啡杯发了很久的呆。

王柏川根据曲筱绡短信发来的地址，找到西郊的一处仓库。跟王柏川见过的其他很多贸易公司的工业品仓库差不多，外表看上去都挺简陋，起码空地上杂草丛生。门卫显然知道有他过来，喝止两只吵闹的大狗，让王柏川自己进去。

王柏川循着声音大步走进去，擦着一辆停在仓库门口卸货的货车进入仓库里，只见行车嗡嗡嗡地从头顶掠过，而地面诸位全部忙忙碌碌的样子。王柏川好不容易找到曲筱绡，他完全是凭着曲筱绡脚上的名牌北脸登山鞋往上推，才认出在仓库里窜来窜去忙碌的，穿着肥大蓝布工作服的中性人是曲筱绡。这一刻，王柏川有点儿震惊。这真是娇滴滴的富二代大小姐曲筱绡吗？

曲筱绡看见王柏川，"嘿"了一声，"你等我几分钟，去那边等，别坐，椅子很脏。这车货卸完我才有空。有一个半小时可以跟你吃饭说话，然后下一车货到我又得忙了。有问题吗？"

"没问题。"

"OK。"但曲筱绡一扭头就尖叫，"再吊起来，放错了，这个放 B 堆。别碰坏包装。"

"是你忘了说。"工人听了埋怨，"只只看着都一样，老外标个中文字会死啊。"

"你生下来你妈往你额头上刻字没有？她怎么没把你跟你兄弟搞错啊。跟你妈学，别光顾着埋怨，早做完早吃中饭。"

左右的人听着都笑，王柏川还没走开，听着也不禁一笑。原本是曲筱绡分心招呼王柏川导致的失误，经曲筱绡一歪缠，反而都赖到工人头上，可工人听了这话却只能跟着旁人一起笑，回不了嘴。王柏川若有所悟。

终于装卸完毕，时间已经挺晚，大伙儿闹哄哄地准备出去吃饭，曲筱绡从工装口袋摸出二百元递给组长，"加餐，我请客。"有人起哄道："老板，不够吃。现在物价贵。"于是众人一起起哄敲竹杠。

"嘿，你们等着。"曲筱绡笑着，剥下手上的第一层防腐手套，再剥下第二层白纱手套，最后又剥下一层手术用橡胶手套，才用纤纤玉手从里面衣服的口袋里摸出钱包，掏出五十块，嘻嘻哈哈地拍到组长的手掌上，"再凑五十，二百五，哈哈，你们自找的。"

众人哭笑不得，拿着钱走了。王柏川一声不吭在边上看着，他也经常与那帮仓库里的装卸工们打交道，小公司仓库只养着尽可能少的人，忙碌时候得外面临时请人。特殊情况下，比如装卸货延误下班之类的，做小公司的老板常得有所表示，表示多了老板自己心疼，表示少了当场就可能没脸，以后装卸更会大做手脚，一个货损就抵许多钱。重不得轻不得。王柏川看得出，曲筱绡最擅长嘻嘻哈哈之间将矛盾解决，但绝不肯多掏一分钱，而且坚持底线坚持得明明白白。他当时就领悟了，这种在锱铢必较中磨炼出来的嘴皮子，岂是办公室钩心斗角磨炼出来的能媲美的。曲筱绡既然面对一帮大男人游刃有余，又岂会屈服于他王柏川的软硬兼施。

王柏川还对着一帮远去的工人思考呢，后面曲筱绡笑嘻嘻地道："王大哥你可以回头了，我已经换下工作服了。你可真够绅士。那么中饭由绅士请客？"

"还用说。你知道附近有稍微好点儿的饭店吗？"曲筱绡看看手表，"这儿是农村，没干净饭店。其实我不想吃中饭，中午打算跟车的，既然你来，那就随便找个地方吃饱呗。看你一脸心急火燎的，别跟我客气啦，有话直说吧。"

王柏川笑道："边走边说。我进来的时候看见一家稍微干净点儿的饭店，就在不远。"曲筱绡走到阳光下，眯着眼睛叉着腰不走了，"来替女朋友讨回场子的？"王柏川也只好不走，"怎么会。只是早上接胜美上班，看她不大高兴，有点担心，找你请教。"

"以为我欺负你女朋友？"

"话怎么说得这么难听。我想你们邻里之间也不至于闹到哪儿去，但和为贵嘛，有什么不如意，我替胜美向你赔个不是。这下可以去吃饭了吗？"

"得了吧。你要真觉得是小事，还不是一笑了之？

女孩子叽叽喳喳吵几句，你又不是那些没见过世面的，你能特特意意赶来？但既然你来了，我告诉你，今天这事儿，借樊大姐一百个胆儿，她也不敢让你来找我喝讲茶。是你自说自话要来。我很想知道，到底樊大姐跟你说了些什么，让你这么生气？我是不是被冤枉了？你如果请我吃饭，你就得告诉我樊大姐早上跟你说的话，要不然，回去吧。"

王柏川虽然心里生出一个疑问，但依然面不改色，"不好意思了，还真是我小心眼，看到胜美不开心就心急了，急着帮她解决矛盾。风这么大，你没给吹冻死吗？赶紧吃点儿热的去。"

曲筱绡微笑得眼睛更弯了，"唉，王大哥，你是好人。你要么先请示请示樊大姐，问她，你能不能跟我吃饭，还有啊，女朋友之间的隐私事儿能不能跟外人乱说。

快问，快问。不问清楚我才不敢跟你吃饭去，晚上回家樊大姐会杀了我的。"

王柏川微笑道："请你吃一顿饭有这么难吗？一顿饭而已嘛。"

"那当然，江湖上有规矩，不能随便跟女友的男朋友吃饭，要吃也得先跟女友申请。要不然会被当成奸夫淫妇。"

"好好好，不吃就不吃，我给你带个盒饭来，冬天不吃对胃不好。"

"啊，王大哥你是真关心我啊，我吃我吃，我请客都可以啊。我还以为你上门来揍我呢，那我是说什么都不敢走出自家地盘跟你走的。"

王柏川忽然隐隐感觉自己也给二百五了。

吃饭时候，曲筱绡趁王柏川去洗手间，偷偷拍了一张王柏川刚离桌的背影，上传到了微博。"我跟王总吃中饭。猜猜谁买单。"

樊胜美上班偷偷上外网，一看见这条跳出来，一张脸顿时黄了。她抓起手机就想给王柏川打电话，可又不敢，怕让王柏川起疑。可不打这个电话，樊胜美又坐立不安，就像凳子上长满了刺。斟酌再三，她还是不敢打这个电话，只能当作不知道，观察王柏川的后续反应之后再说。

王柏川从洗手间里回来，索性放下一切，真诚地跟曲筱绡道："胜美最近家里事多，还都是糟心事。这回元旦回老家就整整忙碌三天，一双手冻得开裂，还在她妈妈面前落不下一个好。她若是最近情绪不大好，有得罪的地方，还请你谅解，我替她赔罪。我有个不情之请，你段位高，火力强大，真开起火来，没人吃得消你。看我面上，可以让让胜美吗？你可以找我消气。"

曲筱绡只能伸手不打笑脸人，"虽然我不知道樊大姐怎么跟你编排我，但既然王大哥这么说，那么我就怎么做，没说的。谁让樊大姐有这么好的男朋友呢。啊，要是我男朋友也这么好就好了，我最想看的就是男朋友替我出头找人打架，WOW……"

"欸，我可没来找你打架。"

"对啊，我当然知道。可很多男人放着女朋友的要命小事不管，说起来什么男人都是做大事的，问题是世上哪儿来什么大事啊，真大事来了他们也顶不住。送花送巧克力之类的谁不会做啊，唯独帮女朋友解决小问题，世上有几个男朋友做得到。王大哥真是模范，国家级模范。"

王柏川被迷魂汤灌得晕乎乎地离开饭店上路，只觉得心里很不踏实，找曲筱绡解决问题看似有点落到实处，但又看似曲筱绡这个人随时都会变卦。而心中反而生出好多新的疑问，为什么借樊胜美一百个胆子也不敢让他来找曲筱绡。他得找个地方一个人理理头绪，他总觉得曲筱绡话里有话。

关雎尔吃完中饭，去安迪公司。到门口接待，才打电话进去问有没有时间见一面。安迪忙出来将关雎尔接了进去。安迪以为关雎尔遇到考核难题了，见面就仔细打量关雎尔神色。关雎尔当然被早上一闹知道安迪这边出大问题，更是仔细观察安迪神色。两人眉来眼去。

"安迪，小曲早上敲你门，得知你没回家，我们都挺担心你。我没别的事，过来看看你好不好。"

"我昨晚住老友家。这几天情绪不大好，前天请老友过来照顾我，但我家小，老友来了没地方睡。昨天还是拎包去他家吧。对不起，心烦意乱的，都忘了跟你说一声早上没法跟你拼车。"

原来昨天早上从安迪家出来的是安迪老友。关雎尔感觉安迪可能背了黑锅，这事儿得解释清楚才好。"我没耽误，小曲特意来告诉我早点上班。可能有些误会，是不是跟魏总解释一下，昨天早上从你家出来的人是老友。这种事最容易产生误会。"

安迪惊讶，"你们……谁跟魏兄说这件事了？"她当即想到，昨晚魏渭本来是一脸严肃地来找她，在她揪住魏渭领带说她濒临崩溃求助于老谭后，魏渭忽然变得欣喜若狂，她当时还搞不清楚是怎么回事，经关雎尔一提，才丝丝入扣地贯通了，"樊胜美？"

"早上小曲与樊姐吵了一顿，好像就是为这事。小曲威胁要把樊姐的绯闻告诉王柏川。但樊姐否认她向魏总透露，可能另有隐情吧。我想，当务之急是跟魏总解释一下，结束由误会引发的矛盾。"

安迪将昨晚的回忆再往前推，推到她下班之前樊胜美意外来电请她吃饭，说是道谢。意外的事情背后总隐藏着特殊的因由，难道也是与魏渭有关？昨晚所谓阿玛尼店"偶遇"的肇因是老谭从她家门口走出来？

关雎尔本来就怀疑樊胜美，但见安迪脸色肃穆陷入思考，忙打岔道："樊姐是资深 HR，我们应该相信她还不至于……"

"可是昨晚在她下班时间忽然提出约我晚饭，说是答谢我们前阵子对她的帮助。

我再回忆……没错，确实说约我和大伙儿。她打电话给你没有？"

关雎尔摇头。毫无疑问，忽然约安迪吃饭事出有因。这下，她深信不疑了。安迪也深信不疑。"真遗憾。"

"她应该不是这种人。或许是无心之失？"

"希望是。我还好，这几天我还会住在朋友家，谢谢你关心我，你回去上班吧。别迟到。这件事你别插手，尤其不要让小曲知道太多，她会惹事。"

关雎尔心里并不觉得安迪会还好，她更感觉有什么事要在 22 楼发生。但她必须上班去。

等关雎尔一走，安迪才刷地拉下脸来。看起来她的人品有问题。先是曲筱绡出于曲筱绡的理由出卖她，现在是樊胜美不知出于什么理由出卖她。她难得敞开怀抱交往朋友，结果朋友都这么对待她。反正老谭家里大，她暂时不想回自己家了，不想看见那些所谓的朋友。

关雎尔很想逃避，可偏偏今晚不用加班。才刚到下班时间，就接到邱莹莹来电，说看到曲筱绡微博上发了曲筱绡与王柏川中午一起吃饭的照片。关雎尔心里忽然觉得一点儿痛快的意思。她与邱莹莹约欢乐颂大门口有要事面谈，叮嘱邱莹莹先别忙着回宿舍。

邱莹莹猜测曲筱绡与王柏川见面必无好事，而且一定是曲筱绡违背诺言，主动找上王柏川去惹是生非。她给曲筱绡去电，"你跟小关说得好好的，为什么还去找王总？"

"我才没去找，我今天忙得都没回办公室坐半分钟。是王总求着我一起吃饭，懂吗？"

"王总有事没事干吗求你吃饭？没理由。"

"我好看，我性感，不行吗？你说你得多歹毒，才会怀疑我违背自己的誓言，去找王总兴风作浪？还是朋友吗？"

"这没办法，谁让你平时净干坏事，不怀疑你，怀疑谁？你说你何必呢。"曲筱绡还在仓库，不过这时她正监督发货，偷空跑到仓库外空地上接电话。

听到邱莹莹理直气壮地怀疑她，她在黑暗中瞪圆了眼睛，"靠，臭莹莹，你敢不敢打赌。看你没钱，我只跟你赌一个硬币，干不干？"

"耶，真不是你干的？但王总干吗去找你？"

"你问我，我问鬼啊。我还想问呢，是不是樊胜美在背后恶人先告状。肯定是，否则王总干吗凶巴巴找上我来。你说这什么女人啊，怎么净背后干些龌龊事。我做人光明正大，跟王总吃饭就向大家汇报，没什么可瞒的。"邱莹莹有点儿相信了，"那你有没有跟王总说起樊姐的事？"曲筱绡刚要否认，但立马刹车了，眼珠子在黑暗中骨碌碌地转了几圈，"你猜呢，你猜我这个平时净干坏事的，会不会说出去。"

"都什么时候啦，你还卖关子。你说了还是没说。"

"靠，什么破事，不就睡个把男人吗，说了又怎么样。"曲筱绡说完就断了通话，忙她的发货。邱莹莹再来电话，她不接。

邱莹莹与关雎尔在大门口碰面，将两人白天的见闻一交流，两人都认为，以曲筱绡一贯唯恐天下不乱的人品，一定跟王柏川说了。既然关雎尔也认可，邱莹莹跺脚急了，"怎么办，他们好不容易才恢复关系。"

关雎尔道："少安毋躁。我想小曲说的也有道理，可能对有些人而言，睡个把男人不过是件小破事。樊姐如果真当大事，就不会把安迪家早上走出男人的事跟魏总说，她是有分寸的人，对别人的分寸与对自己的分寸应该相同。可能我们在这儿急死，她自有降服王总的办法。"

邱莹莹没听出言外之意，只是想了想，道："可能哦。那我放心了，回家吧，外面冻死人了。可是，好像安迪跟魏总两个不是这种人呢，安迪冤枉死了。"

"是啊，安迪说这几天住朋友家，她伤心了。进去吧。"

邱莹莹牵挂着樊胜美，关雎尔牵挂着安迪，两人走回22楼。2202的门开着，两人走出电梯看见的时候，不由得对视一眼，樊胜美在家呢。

两人进去，见樊胜美在小黑屋里对着镜子卸妆，情绪稳定。樊胜美还抢先说了句："你们回来了？难得一起回嘛。"

关雎尔见樊胜美什么事都没有，而中午看到的安迪却是眼圈墨黑，神色憔悴，她没回答，径直回自己屋去了。只邱莹莹驻足道："樊姐上微博没有，曲曲中午与王总一起吃饭。我刚打电话问曲曲，她好像说了些什么。"

樊胜美正思忖关雎尔的态度，听邱莹莹这么一说，再也没精力关心关雎尔怎么没打招呼了，"她说了什么？"

"她说睡个把男人又怎么了，有什么不能说的。想想也是啊，樊姐看得开，不用搭理曲曲，她自己还不是一样。"

樊胜美嘴里说"对"，心里乱了，那么说，王柏川已经知道了？难怪一下午都没来电话。"嗳，你怎么还不烧饭？"

"替你们操心。真不省心啊，你们这些大姐。安迪那边也很不好，她被魏总误会了，昨天她出来的那男人是她老朋友，来帮忙的，这几天安迪就住她老朋友家了。安迪这件事，樊姐，你做得不对，你该向魏总说清楚，也向安迪道歉。"

"我真没跟魏总说。我昨天什么都没说，魏总就自己猜出来了。就是这么回事。"

关雎尔一直在自己屋里侧着耳朵听外面，听到这儿实在忍不住了，"樊姐，说到这儿我倒是要问一句，魏总凭什么精准地猜到昨天早上有男人从安迪家出来？诱导算不算什么都没说？默认算不算什么都没说？点头呢？选择题呢？别再跟我们玩文字游戏了。其实即使你说了也没什么大不了，安迪既然做得出来就该担当，做人就该自作自受。那么你也请有点儿担当好不好，不要一味推卸责任了好不好？你去看看安迪现在那样子，你能安心吗？你说你没说，你敢扪心自问吗？请问你昨晚借口报答前阵子我们大家对你的帮助，约安迪吃饭又是怎么回事？"

"不是你以为的那样子……"

"我唾弃你。"关雎尔一反常态，果断地打断樊胜美无聊的辩解，"可怜安迪还不让我跟小曲说，怕小曲更加惹事。而你呢？我再一次唾弃你。"说完，关雎尔将自己屋的房门摔上，戴上耳机不再理樊胜美。

樊胜美想不到一向温柔沉静的关雎尔变得如此激烈，她扭头看向邱莹莹，见邱莹莹也是瞪着眼睛满脸不认可，可她发现，被关雎尔这么一闹，她更是欲辩不能。"小邱，一言难尽，总之我不会故意陷害安迪。我只能说，魏总太厉害，我即使什么都不说，他都能从我这儿套出所有答案。"

这回，邱莹莹也摇头了，"樊姐，魏总没使老虎凳辣椒水吧。你这话连我都不信呢。"

樊胜美气结，一摊双手，欲言又止，回自己屋里继续卸妆。可才卸完，又重新化妆。她还有更重要的事情要处理。去王柏川那儿，她必须今晚就见到王柏川，不能让整件事经过一夜发酵，变得不可收拾。

出门，才进电梯，她就给安迪打电话。可惜，安迪不接。她只能发去一条短信，"我为昨晚的言行向你道歉。我愿意向魏总说明一切情况。但其中误会请你有空听我解释，昨晚的事情完全脱离我的控制。"

安迪看完短信就删了。当然没有回信。

樊胜美等了会儿，一直走到小区大门口，还没等到安迪的回复。只能心里一声暗叹。

可是非常不巧，曲筱绡正好发完货，筋疲力尽地回家来。两人在小区门口相遇，曲筱绡一看樊胜美的脸色，相信是她误导邱莹莹乱报军情害樊胜美着急了，她再困再累，也得降下车窗，伸出舌头，给樊胜美做个鬼脸，才肯走开。她得意扬扬地想，这下有好戏看了。哈哈，自投罗网！可不能怪她，她什么都没说，是樊胜美心虚，才会自乱阵脚。她就是什么都没跟王柏川说。我呸，这种不说一句话的把戏，谁不会玩。

上了22楼，见2202的门开着，邱莹莹正做菜做饭。曲筱绡站在门口，都懒得走进去，笑道："我小区大门口撞见樊大姐了。"

因为樊胜美离开2202，已经摘了耳机开了门的关雎尔听到曲筱绡此话，走出来严厉地道："我们都别再议论邻居是非，到此为止，别再让事态扩大。"

邱莹莹喃喃地道："小关今天接连发飙。"

曲筱绡吃惊，关雎尔发飙？她顿时偃旗息鼓，吐吐舌头，双手放耳边，对着关雎尔做个小兔子乖乖的动作，回自家屋里歇息去了。她长这么大，今天又是收货又是发货，站了一天没休息不说，还得跑来跑去跳上跳下地指挥，她累瘫了。

2202里面，不仅邱莹莹惊讶，连关雎尔自己也惊讶了：曲筱绡一个字都没反抗？两人都想不到曲筱绡那娇小姐是累趴下了，还以为曲筱绡违背承诺中午已经见了王柏川而狡计得逞，晚上自然不再跟她们计较些许得失。

邱莹莹回过神来，问："关，你怎么了？今天火气这么大？"

"我心里难过。"关雎尔才一说出这句，眼泪不由自主地掉了下来，"才几天前我们还都那么好，有什么事大家互帮互助，你爸妈寄来腊肉，不忘提醒你送我们一起吃；樊姐家出事，大家全都尽力帮忙；小曲不肯相亲，我们帮她一起闹……可今天呢？大家都在做些什么？做事前都不记得别人过去施予的情谊了，人怎么可以这样？恨死我了。"

邱莹莹无话可说，她也心烦，非常心烦。

第 32 章

　　老谭吃饭应酬回家，见安迪住的客房还亮着灯，就过去敲门，"安迪，开门让我看看你脸色。"安迪乖乖打开门，"在做事。别打扰我。"

　　"早点休息，你这两天都没睡好。"老谭看看安迪挺平静，便放心了。"这几天都没好好做事，欠了一屁股工作债。唉，要是打字速度能赶上脑子运转速度就好了。你去睡吧。"老谭现任女友站在边上看着，完全不能理解这两个人的关系。但，不敢问。老谭只是看似和蔼而已。老谭却跟女友挥挥手，让她先去楼上。等女友的脚步声离开很远，老谭才问："再问一个问题，什么时候搬回去？"

　　"为什么？不可以嫌我烦。再让我住几天。"

　　"行。但再住几天后你得搬回去，不是嫌你烦，你这么安静的人，多住几个我也不会觉得。我看你那小区住着蛮好，你现在事儿挺多，总算活得像个普通人。其实我更见不得你在我家里窝着，又变得冷冷清清的像个嫦娥。"安迪瞪目，"我快被 22 楼那几个小姑娘烦死了。宁可自闭，我需要几天安静时间处理工作。"

　　老谭呵呵一笑，"小姑娘们嘛，再烦也都是些芝麻绿豆大的事儿，你真在意？还是这几天心情不好，才会嫌那些小姑娘们烦？"

　　"不是嫌她们烦……好吧，我矛盾了，我挺头痛朋友越界臧否……好吧，我擦枪走火伤及无辜。这就收拾了回家。"

"也不用这么急的，我喝酒了，懒得送你。司机也不在，你一个人又开不回去。再住几天吧，过了周末再回。"

"这就走。能行，右拐，到丁字路左拐，开到热闹地段，找辆出租车带路。老谭，你就是嫌我烦。"老谭看安迪跳起身有条不紊地收拾，躲在门外阴影中偷笑。刚才那句，他有没有听错啊，怎么听着像撒娇，这可不是安迪一贯风格，可这样才像个大活人。

安迪既然已经与魏渭说开，那么现在可以不用躲躲闪闪，又换回她的宝马M3代步。对于回22楼这件事，安迪一想到就头痛。最担心的还是一回去就被追着嘘寒问暖，被追着道歉赔不是，被这个被那个。若都像关雎尔该多好。

安迪这回终于没向出租车求助，独立自主地将车开回了家。见2202的门缝透出灯光，她犹豫了一下，敲开了门。来开门的是两个人，关雎尔与邱莹莹一起紧张地站在门里面。安迪迟疑了一下，决定多事一把，问："怎么回事？小关，明天继续一起上班，你可以晚点儿起床。"

关雎尔含蓄地道："好，谢谢。很高兴你回来。"

安迪见邱莹莹欲言又止，而关雎尔在邱莹莹身后做小动作不让邱莹莹说，她决定听关雎尔的，微笑一下道别，什么都不问。她还有好多工作要做，不能顾此失彼。

等安迪进门，这边2202也关了门，关雎尔才松开背后捏邱莹莹的黑手。邱莹莹道："你干什么不让我说。我想代樊姐向安迪道歉，安迪也去跟魏总解释清楚，事情不都解决了吗？多简单的事，干吗搞得这么复杂。"

"不要越姐代庖。你凭什么替樊姐道歉，你知道她想道歉吗？她都没觉得自己做错，干吗道歉？"邱莹莹被问住，但忍不住道："你太偏心安迪了。又不是什么大事。"

"出卖朋友是最差的人品之一。睁着眼睛说瞎话则是差人品之一。这还不够？难道还要大奸大恶杀人越货？"

"关，你太上纲上线了。其实樊姐已经受到惩罚了，小曲向王柏川告状，够狠，这不是拆散两个人吗。小曲怎么……"

"你要是觉得樊姐对安迪的所作所为不是大事，小曲对樊姐的也算不了什么。你试着一碗水端平，再想想？不是我偏心，而是你偏心。"

　　"可是不一样啊，安迪的事是误解，可以解释清楚，最后没事。樊姐的不是……"但邱莹莹说到这儿挺迷惘，樊姐究竟有什么不对，她倒也说不上来。但关雎尔不接话，等着邱莹莹说下去，邱莹莹想了会儿，道："樊姐是真的跟别的男人过夜了，所以她才那么紧张。"

　　关雎尔差点儿噎住，不过邱莹莹的逻辑一向与她的不对路，关雎尔知道再解释也没用，只得将解释含血吞下，淡淡地道："都什么年代了，没跟王柏川在一起的时候，跟个男人过夜也没什么。即使小曲一五一十都说了，樊姐只要一口咬定小曲血口喷人，咬定小曲一向声誉不佳，王柏川难道能拿她怎么办，又不是捉奸在床。她是自己……"关雎尔将"做贼心虚"四个字硬生生咽了下去，不愿背后出口伤人。"她自乱阵脚。"

　　邱莹莹听了却是眼睛一亮，"对哦，樊姐干吗吓得方寸大乱啊，有的是解决办法。她不应该自乱阵脚，对，应该以静制动。我打电话跟她讲。"

　　关雎尔想不到邱莹莹能把她的话理解到岔路上去，只得翻个白眼，回自己屋里闭门睡觉。临睡前看手机，却见到一条不知什么时候进来的短信。打开，却是曲筱绡的。"嘿嘿，小关关，偷偷告诉你，我没跟王柏川说任何樊大姐的事。别生我的气了哦。"关雎尔一时哭笑不得。

　　樊胜美不舍得打车，可外面又冷又黑危机四伏，她当然不敢闲庭信步，而是走得又快又急，小跑似的冲进地铁站。等进了地铁站，还有点儿刹不住脚步，一不小心稍稍冲撞到前面的男子，踩到前面男子的鞋跟。樊胜美忙赔笑想道歉，但一时上气不接下气的说不出口。前面那三四十岁斯文白领男子回头厌恶地看她一眼，依然带着厌恶转回头去下楼梯，一点儿客气都没有。

　　樊胜美惊住，前面男人怎么可以拿这种神情对她，从未有男人如此看待她，在那男人眼里她似乎是个粗俗打工妹。她边走边在包里摸粉盒，没等走到光亮处，先打开镜子细瞧。只是剧烈喘息未平，一口气呵到镜面，镜子一时变得糊里糊涂看不清楚，樊胜美急得在楼梯一脚踏空，差点儿摔下楼梯，结果又是撞在前面那个男子身上。那男子险险稳住，没有一起摔下楼梯，但那男子依然没骂，只是更加厌恶地看樊胜美一眼。樊胜美这回终于有气儿说出"对不起"，但前面男子厌恶地扭头又走了。樊胜美愤然将再跌跤也不肯扔掉的粉盒举到面前，查看前面男人为什么厌恶自己。一看，手中粉盒差点儿掉落：眼前这个神色慌乱，口吐粗气，披头散发的婆娘是自己吗？

樊胜美心里冒出的第一个念头是：这么个鬼样子，还怎么去见王柏川，怎么说服王柏川。她在转角处踯躅了。机械地刷卡进去，却面对着一辆接着一辆开过去的地铁，没敢上车。直到喘息止住，她对着小镜子收拾好头脸，左右看看，逮到三名以上平头整脸男子偷窥的眼光，她才放下心来，上了下一班地铁。已经过了客流高峰，地铁车厢人不算多，樊胜美避开人群站立，以免弄乱衣服和头发。

出了地铁，离王柏川住的地方还有一段路。可这回樊胜美说什么都不肯跑步了，她被进地铁时候那男子厌恶的眼神吓到。连危机四伏的黑夜都没男人厌恶的眼神可怕。但说不怕是不可能的，这一段路，樊胜美一个人走得提心吊胆，腿肚子打战。好不容易来到王柏川所住单身公寓，面对紧闭的房门，樊胜美有点儿小悔。元旦从老家回来路上，王柏川想交一把公寓钥匙给她，她坚拒不要。一个女孩子家不明不白拿了王柏川的钥匙，算什么呢，不够尊重。可不拿钥匙的后果就是在门口站等，又冷又累，还得忍受单身公寓来来往往川流不息住户的瞩目。樊胜美又不便打王柏川电话，催促他赶紧回来，因王柏川正忙于应酬，应酬就是工作，她怎能打断王柏川做正经事。

樊胜美耐心地倚门等待，先是两只脚落地，然后转成左脚支地，让右脚歇息会儿；再换成右脚支地。她原想看手机里的电子书打发时间，可心慌意乱，怎么也看不下去，脑袋总是不由自主地挖掘中午曲筱绡与王柏川对谈的内容，想象王柏川当时的表情。她忍不住调出手机里存储的那张照片再看，可是小曲之可恶，不仅在于背后告密，而且还只给王柏川的背影，不让别人看清王柏川正脸上的表情。樊胜美都无从判断王柏川当时究竟怎么想。她越看手机里的图片，越是心乱如麻。因她可以想象得到，曲筱绡这人狗嘴里吐不出象牙，平时曲筱绡当着她的面都能胡说八道，背着她还不是更加信口雌黄。以曲筱绡算计到连拍照都只取王柏川背影的险恶用心，樊胜美可以断定，曲筱绡的告密一定掐准了她的七寸，也掐准了王柏川的七寸。王柏川听了究竟怎么想，怎么想，怎么想……樊胜美焦虑得几乎脑袋停摆。

邱莹莹电话进来的时候，樊胜美有气无力地道："你们睡吧，给我留着门。"

邱莹莹忙大喊大叫："樊姐你见到王总没有？赶紧回来。快，赶紧走，别等他了。"

说曹操，曹操就到，樊胜美被邱莹莹大喊惊到，头一抬，却见王柏川从电梯那儿走过来。樊胜美顿时一阵紧张，"为什么，长话短说，他来了。"

"小关提醒，反正小曲这个人平时信誉不怎样，你只要装作一切正常，王总问起来也是死无对证，总之就是咬定没小曲说的那回事就行。越自然越好，切不可自乱阵脚。"

邱莹莹的话如醍醐灌顶，浇得樊胜美心中风清月白。是啊，邱莹莹是她教出来的徒弟，她怎么反而惊慌失措了呢。可是，邱莹莹的电话晚了一步，王柏川早已站到她的面前，看到她惊惶的神色。其实王柏川看到樊胜美大半夜的站在他门口，涌上心头的不是柔情蜜意，而是惊讶。再等走近看清她惊慌的脸，更是心中一沉，不由自主地想到曲筱绡中午曾经提起，借樊胜美一百个胆儿，都不敢放他与曲筱绡吃饭。为什么？王柏川心中自然想到很多，可又不敢深想。但见到樊胜美一反常态半夜等在他门前，他不得不心惊，害怕听到一些什么不好的坦白。

樊胜美结束与邱莹莹的通话，便将一张脸转为妩媚的笑，"啊，你可总算回家了。吓死我了。"

王柏川也不敢主动提中午与曲筱绡见过面，还吃过饭，忙也笑道："我还以为我眼花了。快进门，冻着没有？"

看到王柏川笑容满面，樊胜美放下一半的心，"这么晚，不进门了，怎么好意思呢。我走了，你送我。"

王柏川莫名其妙，"怎么来了又走了呢？话都没说，而且你等到这么晚……"

"才没等多久呢，刚才跟他们玩牌算命，算到……算到……反正我心惊肉跳，赶来看你回家才放心。你只要送我上出租车，其他你不用管了。今晚总之我不放心你开车。"

王柏川这才弄清楚樊胜美这么晚站他门口的意思，可能算命算到他晚上开车回家出问题，非得亲眼来看了才放心。王柏川听了激动，拥抱的手臂自然更加用劲了。他一直想趁吻得天昏地黑的时候将樊胜美抱进屋去，可樊胜美硬是不许，两人拉扯的时候，樊胜美的手机又响。樊胜美见又是邱莹莹来电，忙将王柏川推开，"走开，呼哧呼哧的，让小邱电话里听见多不好。"

王柏川听说是邱莹莹的，只得克制自己让开点儿。樊胜美退后几步，靠在门背上才接通电话："小邱，我很快就回。"

"樊姐，阿弥陀佛，你最好什么都没说，小曲刚才向小关短信坦白，她什么都没跟王总说。"

"嗳……好吧。你们别反锁。"随即对王柏川眉毛一掀，"走吧，送我打车去。"

王柏川无奈，只能拥着樊胜美下楼。"小邱还管催你回家？天哪。"

"我们2202交情好啊，谁要是晚归，总得打电话催一下。都是一个女孩子在海市打拼，大家互相照顾着点儿，省得有所闪失。我来前跟她们说好留门的，她们见我这么晚……寻我开心呢。"

王柏川小声道："何不让她们心想事成呢？"

"呸，胡说。就不该过来等你回家，早知你会轻贱我。"

王柏川连连道歉，樊胜美才肯罢休。等上了出租车，将王柏川关在门外，樊胜美才长长地松了一口气。才有时间细想，难道曲筱绡真的什么都没说，可能吗，不可能吗。但幸好，她总算没头脑发昏祸从口出。

王柏川送走樊胜美回家，被冷风一吹醒了头脑，不禁又有点儿狐疑，可心里更多的还是幸福。他爱了那么多年的人惦记着他，牵挂着他，为他操心奔波，做人真是夫复何求。

樊胜美回到2202，见其他两个房间都已黑灯，便蹑手蹑脚钻进洗手间洗漱。忍不住一再检视两只生冻疮的手，离家已有好几天，都不知道这些冻疮什么时候能退，这几天她总是不好意思在别人眼皮子底下伸出手来，怕人看见她手上的冻疮。最担心的还是将一手的冻疮带入新单位五星级宾馆。那种长年温暖如春的地方，恐怕连洗手间工作人员手上都不会有冻疮。樊胜美特意冲了一只热水袋暖手，带入被窝里。

一时无眠。回想刚才的惊险，樊胜美不得不想到，曲筱绡今天没说，能保证明天后天以后一直不说吗。当然她可以抵死不认，可最好办法应是防患于未然。

可如何防患？其实搬家是最好的办法。只是一想到一屋子的家什，搬家岂是容易之事。再说……王柏川已经信誓旦旦今年中买房子。那么她很快就要搬离出租房，还是别折腾了。在这短短的半年时间里，还是想方设法屈就一下，与曲筱绡搞好关系吧。没办法，哪儿都有这种人。

樊胜美心中叹一口气，求神拜佛保佑王柏川事业顺利，赶紧兴旺发达。第二天清晨，樊胜美等了好久，才等到关雎尔揉着眼睛走出房门。樊胜美镇定自若道："小关，昨晚谢谢你提醒。"关雎尔还没醒过来呢，闻言又走了一步，才迷惘地停下来，好一会儿回过神来，两只眼睛睁到平常程度，"不客气，樊姐。很抱歉我昨天态度过激。"

樊胜美保持微笑，但小心留意着灯光下关雎尔的神色，见关雎尔一脸没睡醒，倒也看不出什么别的。"昨天什么事都挤在一起，我心慌意乱了。等下安迪锻炼回来，我准备向她道歉呢。"

关雎尔又是神色迷惘地发了会儿呆，"哦。谢谢你。"说完摇摇晃晃进了洗手间。樊胜美看看边穿衣服边站在门口围观的邱莹莹，苦笑一下，走过去抱抱她，"最感激你。"

"嘿，樊姐，你再肉麻，我会被你吓死，这又不是什么大事，这么庄重干什么，你帮我那么多我都还没说呢。"邱莹莹叽叽呱呱一顿说，才让樊胜美释怀。但邱莹莹指指门口，"安迪回来了。"樊胜美连忙重整微笑，赶紧冲出去，"安迪，请留步。请接受我的道歉。"安迪本想偷偷窜回家，别给2202的人看到，以免被捉住接受道歉，但还是避免不了。既来之则安之，她只能止步，微笑，"不客气。再跟三位知会一声，我跟魏渭彻底结束了。小樊，与你无关。"安迪说完回房间去了，留下2202一室惊讶。樊胜美直到上了王柏川的车子才想到，关雎尔与安迪两个一前一后，都对她说的是"不客气"。前后的一致，说明的是什么？

而关雎尔今天是清醒着坐入安迪的车子。她没多嘴问安迪的私事，而是严肃地道："我今天得面对 HR 与上司们的面对面考核。很担心很担心。"

"别怕，到这会儿了，都已经内定，你平时工作接触的上司起最关键的作用。除非你今天表现得特别好或者特别差。"

"你早年遇到这种场合会怎么表现？"

"我没被内部这么考核过。不过我常面对客户，紧张的是在预先准备阶段，真正上场了就有什么说什么，只要不紧张就是最好的发挥。"

"唉，我的问题就是紧张。今天过后，要么十日被保安押着卷包走人，要么十日拿到工资，又可以获得一年合同，等待来年考核。工作好紧张，就像当年读书时候，见天的小测验期中考期末考，以前还以为工作后可以放松了呢。"

"听这意思，原定考核后才肯考虑的恋爱问题又得往后推了。呵呵。"

"我想推，我妈还不让呢，早已元旦给我安排了相亲。这几天舒展……他叫舒展，总是打电话来约我一起吃晚饭，我总说没时间，要加班，要过考核关。等考核之后就没借口了。"

安迪听了非常感慨，"谈恋爱太费时间。生活节奏完全打乱，很多时间段身不由己，需要配合另外一个，真受约束。"

"可我妈硬是不答应，她说人家一边结婚生孩子一边做女强人呢。反正我有焦虑症，我不行。"安迪想了想，"我好像也不行。人得爱得多深，才肯与一个男人结婚生孩子，都想象不出来。"

"那也不是，有好多人相亲见面几次就结婚生孩子了，无非是搭伴过日子。不过你什么都有，对爱情的要求就纯粹点儿，也无可非议。"

"你也一样。"

"听说我们这种人最麻烦，很有剩女潜质。"两人都笑，觉得"剩女"这个名词挺讽刺，但讽刺的不是她俩自己。

邱莹莹上班时候收到应勤的短信，"今天太阳很温暖，有没有空中午一起吃饭？"邱莹莹回了一条，"我中饭时间不长啊。可是等我下班就没太阳了，真纠结。"

"我买好盒饭，在公园占好位置，好吗？公园喷水池边的石阶。"邱莹莹一到吃饭时间，便"耶"一声，冲去公园。果然在喷水池边见到应勤。不是周末，没有喷水，池子在太阳下静静地反射着冬日的阳光，照得人有点儿晃眼。但应勤还是第一时间看到邱莹莹到来，站起来欢迎。邱莹莹蹦跳了几下，站到应勤面前，有点不知说什么才好，只得没话找话，"老乡，你今天衣服总算穿得多了。呀，头发也理了。是不是项目做完了？"

应勤微笑地等着邱莹莹说完了，才道："项目昨天交付。今天光收拾办公桌，就整理出一堆垃圾。"

"哈哈，你们同事没把你也收拾进垃圾堆，真乃手下留情。我们开吃？盒饭呢？"应勤手忙脚乱地打开一件羽绒衣，从里面挖出两盒盒饭，一盒交给邱莹莹。

"肯定还没冷。"

"嘿，你拿好好的衣服包盒饭？这衣服还能穿吗？"

"没关系，回去扔洗衣机里洗一下就行。"

"羽绒服扔洗衣机？唔，老乡，我不批评你了，吃饭。哇，咖喱饭，还有西兰花……这白白的是什么？"

"西兰花瑶柱，白白的是瑶柱，你喜欢吃，真好。"

"我当然喜欢吃，你是在饭店里买的吧，而且是好饭店，太谢谢你了。但以后别买这种好贵饭店的哦，我白吃你的会内疚死。"

"这个没关系，你肯白吃我的，我高兴都来不及。"

"看老乡分儿上，大兄弟，提醒你一句，海市房子不便宜，你别吃光用光，不懂攒钱。唔，咖喱饭真好吃，这么好吃的咖喱……我回家就去超市买咖喱来，自己做。"

"我已经买房子了，还有一辆小 Polo 车，可都是按揭的，你说得对，要省着点儿花钱，每月还款压力很大。但跟你一起花钱很开心。"想到连樊姐家的王柏川都还在辛辛苦苦地挣房子的首付款，邱莹莹惊讶地看着眼前这个今天穿得虽然看上去用心，还系着领带，实则依然形象有点儿乱糟糟的应勤，好一阵子才道："你们工资这么高？哇。我怕你。难怪去你们公司有门禁，得打电话喊你下来。"

"我们工资不高，但我喜欢我的工作，我们领导也喜欢把项目交给我做，我就挣做项目的钱。真的不高，别怕，真的。还有一个问题你得留意了……"

邱莹莹听得一愣，心里毛毛的，紧张地抢着问："什么问题呀，这么严重？"应勤道："是个挺严重的问题，春节回家的火车票你考虑过没有？我现在起到春节放假都有空，我申请帮你买票，你只要给我一个回家的时间就行。这件事你别内疚，我也得回家。排队买一张票与买两张票一样。"

"咦，你为什么不自驾回家啊？还可以多带一些年货回去呢。"

应勤扭捏了，"我车技……几乎就是个本本族，常把车子扔小区里，地铁上下班。路上开起来顾此失彼，看了路牌就忘了看路面，要么你跟我一车回，帮我看地图指路……这个想法好，怎么样？油费过路费都不要你出，由我来。路线也不需要你考虑，我会搜来最详细直观的路线。如果一天到不了家，旅店费也由我来。"

"那不行，不能乱揩油。要不油费过路费我承担一半……"但邱莹莹说的时候心里又毛毛了，她不知道回家要多少油费车费，万一比火车贵好几倍呢，万一要了她一大半工资呢。那就事儿大了，"太麻烦，还是火车回家吧。强烈申请帮我买票，硬卧，最好中铺上铺。我明天拿钱给你。如果买不到硬卧就硬座哦，千万别软卧，我坐不起。"

"好，我也喜欢硬卧。其实现在想想开车回家也挺好，你任务艰巨，得监督着我开车，当然你不用承担一半费用……"

"嘿嘿，工科生，你花言巧语的水平很差劲哦。你还得负责开车呢，究竟谁任务艰巨呢？哎哟，时间不够了，我加油吃饭，可别迟到了。"

应勤果然不再找话与邱莹莹说，安静地边吃饭边偷看邱莹莹。反而邱莹莹嘴巴闲不住，一会儿说这好吃那好吃，一会儿说太阳光真温暖，还得加油吞咽，非常辛苦。没办法啊，冬天难得这么好的大太阳，人想心情不好都不可能，什么叫放飞心情啊，就是晒着太阳吃饭的这种时候。

吃完，邱莹莹就赶紧着回店里了。应勤陪着一起回去。半路上，应勤又红着脸从羽绒服里变出一束精致小巧的粉红玫瑰花球，还有一盒巧克力，做贼似的递给邱莹莹。邱莹莹惊呆了，两腿一个急刹车，看着应勤发愣。于是应勤更脸红了，想了一晚上的表白，吭哧吭哧说不上来，只会两只手伸得笔直，将鲜花和巧克力递到邱莹莹面前。

一瞬间，三个月前刚刚经历的一场恋爱闹剧在邱莹莹眼前闪过，邱莹莹忽然有点儿怕，怕再次遭受从身心到事业的双重伤害。"你……你……你想干什么？"

"我……我没干什么，真的，没……没干什么，只……想送你花。"

"为什么送……我花？"

"你……你是我……见过最……最……最可……爱的人。"

由于应勤比她还结巴，邱莹莹表示谨慎地放心，接受了鲜花与巧克力。但立即清醒地想到上班在即，惨叫一声，赶紧往回跑，谢谢与再见齐飞，将面红耳赤的应勤丢在街上。等到了店里，邱莹莹却越想越开心，将花球小心翼翼地收起来，时不时看一眼。这是她有生以来收到的最美丽的花了。

傍晚下班，应勤已经等在门口。邱莹莹捧着鲜花和巧克力走出去，脸红红地看应勤一眼，应勤连忙紧张地一笑。肃穆地上了应勤的车，邱莹莹没话找话，硬憋出一句话，还是问安迪学来的，"你衣服有股味儿，不好闻。"

应勤急忙申辩，"我昨天理发洗澡，一系列全做了，一个不落。"

邱莹莹权威地道："毛衣没换，上回见你也是穿这件。嘿嘿，不会是只有一件毛衣吧？"

"我妈有给我织……挺土，怕你笑话……只好从洗衣机里把这件捞出来再穿上。你真眼尖，要不吃完饭，你帮我去挑两件，你眼光比我好多了。"

邱莹莹心说，她买衣服都还得找樊姐帮眼呢。但她毫不犹豫地答应了。两人吃完赛百味，邱莹莹将应勤领到鄂尔多斯羊绒衫专柜，在应勤的要求下，买了两件。但应勤一定要邱莹莹也给她自己挑两件，才肯一起去付款。

邱莹莹看看那价格标签，当然不肯要，每件一千多，怎么好意思。连去赛百味吃晚饭都是她要求的，因为便宜。可应勤如此殷勤，邱莹莹说了好多"不要"他还坚持，她只能使出撒手锏了，"不行，拿了你这么贵礼物就得做你女朋友了，这不行。"

"这个行的。没关系，你拿着，你挑吧，我不会，你自己挑。"

"不可以。非亲非故，拿这么贵礼物就是……"邱莹莹脑袋里蹦出"受贿"两个字，可又知此词不准确，却看着眼前的应勤有点儿语塞，"反正不行。对，不能贪婪。"

"可你第一次见到我，非亲非故，只因为老乡就送我腊肉。还有第二次见我，非亲非故，大半夜打车送我腊肉饭，一顿饭就把我感冒治好了。你会不会觉得我当时很贪婪？"

"那不一样，完全不一样。还有，腊肉是我家里带来的，当然很高兴让老乡分享。"

"我也想送毛衣给喜……喜欢的人。"

邱莹莹再度果断而权威地道："现在不行。"为什么不行，邱莹莹却怎么也想不出来，只觉得心里非常欢喜，欢喜得想唱歌尖叫旋转，因为对面的这个人真的喜欢她。

应勤慑于淫威，只得放弃。但总觉得对不起邱莹莹，一个劲儿地买零食给她吃。直到坐上车子才想起来，"我吃了好几个酒心巧克力，会不会被警察抓住？"

两人于是决定放弃驾车，邱莹莹提议乘公交回家。应勤发挥了强悍的认路能力，他站在就近的一处公交车牌前，三下五除二便优化出一条最佳线路，与邱莹莹坐上了车。夜晚，车上人依然多，两人被挤得站一起。车子动静大了，应勤就伸手扶邱莹莹一把。邱莹莹最先大大咧咧地说不用，她站得稳，可后来就很受用了。有人对她这么好，她喜欢。一路上，邱莹莹叽叽呱呱唱独角戏，把自己住什么小区，群租，同室是谁，邻居又是谁，一股脑儿告诉了应勤。

最后在小区门口分手时候，邱莹莹发现应勤一直在大门口看着她，她都走得不自然，快不会走路了。直到转弯才恢复正常。她在冷风中长长呼吸一口，模仿曲筱绡轻轻一声尖叫，蹦跳着回家。

2202 却没一个人，樊姐正约会吧，小关又是加班，只有曲筱绡乘下一部电梯累得惨兮兮地回来。邱莹莹奋勇上去，兴奋地给曲筱绡一个熊抱，要不然她的高兴都没地儿使。曲筱绡懒得推开，翻着白眼问："干吗？有屁快放。"

"嘿，你问对了。"邱莹莹将晃来晃去的曲筱绡扶直了，"我要你帮我挣钱。我不能在人面前不平衡。"

"人？谁？"吃一堑长一智，邱莹莹这回当然不肯跟曲筱绡实说，"我同学，他们怎么工资比我高那么多呢。我都惭愧得抬不起头。"

"有鬼。我比你钱多得多，没见你在我面前抬不起头啊。谁？领来让我审核了，才帮你。"

"同学啦，真的是同学聚会。"曲筱绡将信将疑，"行，周末帮你，现在……放——开——我！"但邱莹莹才不怕曲筱绡的尖叫，她将曲筱绡扛回房间，硬按在椅子上。"你现在就行，真的，而且你是真行，水平高。我给你打开网页，我的销售记录，我都记着呢，凭这些计算提成。你帮我看看，我还可以怎么做。姑奶奶，我给您老倒水。"

曲筱绡挣扎着想起来，被倒水的邱莹莹一个箭步赶过来按回椅子上。"你，卑鄙无耻下流。"

"我肯定比您老良民。"邱莹莹将水杯放到曲筱绡手中，"看，这些是我一个月里面拿双脚跑出来的业绩。"曲筱绡累得半闭着眼睛呻吟，"我眼花，看不清。"

"我读给您老听。"曲筱绡只得索性全闭上眼睛，老太爷一样地听邱莹莹读。听到一半才扯着累哑的鸭嗓子问："这个价格怎么低了？"

"批发价，这个量大啊。"

"才这么点儿量就可以批发价？得，你也别拿提成了，直接批发来家里堆着，赚差价比你拿提成强多了。"

"这个量不小了，我一个月工资全拿出来都不够这个量。"

"反正我主意出给你了，你要是有心，自己找你老板拿货的源头，差价更大。反正做网络销售，反正……我睡着了。"曲筱绡打定主意死猪不怕开水烫，邱莹莹再怎么喊她都不搭理。邱莹莹无法，只能将曲筱绡扛回 2203。但曲筱绡的话她给记在心里了。她得好好考虑。而曲筱绡回到家里，放热水在泡泡浴中泡到水微凉，才总算捡回一条命来。

　　滚爬着上床，陷入昏迷前，检视了一遍电邮和微博，打着哈欠将电邮回复了，看微博的时候，真的是眼花缭乱了。唯有赵医生的微博让她的瞳孔稍微收缩了会儿，赵医生在微博上说，这几天工作繁重，每天都是连滚带爬地离开手术室。曲筱绡异常感慨，原来同是天涯沦落人啊，当然，很好，在她忙碌的时候，赵医生同样也没精力招蜂引蝶。于是曲筱绡积极动手，隔空抛了个小媚眼，"天天发货到虚脱，今晚竟然惨被妞泡，各种恨。"

　　邱莹莹翻转页面看到曲筱绡的这条微博，笑得前仰后合。正好进门的关雎尔看了奇道："怎么回事？"

　　"你看，你看，小曲最新微博，这个'妞'就是我。"

　　"你又熊抱她了？"一想到狡计百出、妖精一样的曲筱绡硬是折服于邱莹莹的熊抱，关雎尔也忍不住哈哈大笑。当然，她与邱莹莹一样，也有其他好心情打的底子。

　　邱莹莹得意地详细描述。关雎尔趁机给安迪打个电话，问有没有空说话。过了不到一分钟，安迪出现在2202门口，安迪看到关雎尔的笑脸，就了然地问："通过了？"

　　在邱莹莹有点儿惊讶的注视下，关雎尔笑道："当场的，上司的上司亲口跟我说，'恭喜你'。"

　　"非常好，恭喜你。虽然早知应该是这一结果。看来你上场没紧张。"

　　"紧张的，一上去就非常紧张。但后来很快发现他们提出的问题都很容易，我应付起来绰绰有余。当时就不紧张了。出来发现手心好痛，查看了才知道拳头握得太紧，指甲全抠肉里面了。"邱莹莹这时才插了一句，"原来你今天正式考核啊，都没跟我说一声。恭喜恭喜，大熊抱。这下工资大涨了。"关雎尔这才能体谅曲筱绡的恐惧，邱莹莹的大熊抱确实不容易消受。她满脸尴尬地道："昨晚今早……都想不到要说这一出了。"邱莹莹相当理解，"那是，昨晚今早谁还有心情。幸亏你通过考核，要不然樊姐又得向你道歉了。"安迪早意识到昨晚2202发生了些什么事，此时更加证实，但她没问，反而打断邱莹莹再往昨晚的事儿说。"问答顺利说明两个问题，一方面是你熟悉业务，另一方面是上司内定名单上有你，提问时手下留情，更说明你平日业务表现获得首肯。我倒是有个好奇，上回那个绯闻事件相关的人，今天遭遇如何。"

　　"绯闻女主角没异常，怎么进去怎么出来，但也没有我当场就获得好消息的激动。另外两位将绯闻捅上网的，出来都是面无人色，说提问简直惨无人道。她们随即又被请入 HR 办公室，最终被保安监视着卷包离开。可见真的如你所言，问题都是设计过的，给谁什么问题，不给谁什么问题，全由上司掌握。好险，如果一着走错，我今天就跟她们两个一样了。上司们都还真能憋得住气，一直憋到今天才找个岔子把她们名正言顺地打发。你们也是一样？"

"到处都一样，以免碰触劳动合同法的底线。要不要庆祝一下？我们几个去吃夜宵？我请客。"

邱莹莹前面一直听得懵懂，忽然感觉关雎尔简直是个小安迪，两人说话竟差不多的腔调。听到最后夜宵两个字才总算还魂，欢呼一声要去。关雎尔说应该她请客。一行人奋勇将已经睡下的曲筱绡闹出门，扛着曲筱绡去小店夜宵。曲筱绡真是欲哭无泪啊。没人看到邱莹莹的粉色玫瑰花球，她这回长记性了，将花球牢牢藏了起来，只给自己看。22 楼别人无所谓，唯独小曲，这个捣乱分子，说什么都不能再给小曲机会。

樊胜美约会回来，见 2202 没人，知道她们夜宵未回，但她不打算赶去聚会，那一桌除了邱莹莹，都让她不自在，还是别凑那个热闹了。只是，心中很有些不是滋味。一向人缘很好的她，怎么在 22 楼落得个孤家寡人的地步。而明天就是周五，周末两天她都有大把时间在 22 楼待着收拾一两个星期积累下来的家务。那种低头不见抬头见的滋味真是煎熬。

但包括樊胜美都没想到，22 楼的周五夜晚，她下班回来重新化妆打扮，等王柏川来接她的一小段时间里，竟然一个人影子都没出现。只有她一个人踩着高跟鞋进，又踩着高跟鞋出，空旷得与小区弥漫的红烧肉温暖的香气格格不入。

邱莹莹一下班就被应勤接走，两人吃着爆米花喝着可乐连看两场电影。从电影院出来的时候邱莹莹眼睛都花了，想不到连着看两场电影会这么辛苦，走到冰冷大街上头脑依然晕晕的像是会飘。但应勤一提议去大学街吃串串烧，邱莹莹立马又来劲了。她也最爱那旮旯好地方，真是一家接着一家的小美食店子，每家店都提供全市最价廉物美的小吃，邱莹莹最爱吃那儿的串串烧和烤翅，可惜关雎尔嫌东西脏不肯去，樊姐嫌地方乱不肯去，一个人去太突兀，她都好久没去那儿了，应勤真是与她一拍即合。

最悲惨的是关雎尔，旧人纷纷被解聘，许多工作分摊到了她的头上，暂时没有替代者。她做得头晕眼花，抬眼看一眼手表，手表的指针却有好几根，得眨上半天眼睛，才能好不容易看清两根指针形成的夹角。连她的顶头上司都顶不住了，驱赶大家先下班，明天再来。关雎尔收拾好桌子下班，大家又都纷纷跑去地下车库了，只有她一个人走上街头打车。意外的是，又见到久未谋面的李朝生。场景好生熟悉，仿佛昨日再来。

李朝生穿着件短羽绒服，他仿佛永远都是精力十足，走路似是脚底装了弹簧。"恭喜你！大家都说你是实力取胜。"李朝生从背后掏出一束花，是关雎尔非常喜欢的白色桔梗。

可关雎尔脑袋打结，直着眼睛反射性地道："谢谢，我累得稀软了，不去玩，不去。明天还得加班。"李朝生将鲜花塞给关雎尔，"理解。我送你回家。请跟我走几步路，我的车子停在那边。"关雎尔摇头，她很想婉转表达，但是脑袋超负荷运转之后停摆，由不得她。

"不好意思麻烦你，我打车很方便。谢谢。"

"你考核已经通过，我可以开始追求你吗？请给我机会。"关雎尔一再摇头，"我有喜欢的人。对不起。"李朝生微笑："你没有。上次你也这么说，但我会观察。"说着，李朝生微微蹲下身，"我很会观察的哦。"关雎尔不由得一笑。李朝生松了口气，道："路上冷，上车说吧。"

"不，你等等，别打扰我，让我想想该怎么表达。对不起。"关雎尔口气温和，但态度坚定，绝无妥协。可加班累得脑子实在不好使，组织几句话竟然得想好半天。好在李朝生倒是有耐心等待，而且自觉挪了位置，替关雎尔挡风。

关雎尔想好了，才道："对不起，让你久等。还记得我们几个月前一起玩了一个周末。虽然很愉快，可美中不足。到后来我才想明白为什么，如果有表达不清楚，请见谅。当时我们爬公园里的一座小山，对你而言，是山在那儿。但对我而言，是对着沿途一草一木一石一亭浮想联翩，想历史上的谁谁曾到此一游，面对此山此水曾作何感慨。你不停顿地往上爬，以征服为傲；我却流连忘返，并不在意登顶。这就是我们之间的差别，这种差别是原则性的。"

"你的意思是说，我嫌你拖拖拉拉，你嫌我不解风情？可反过来讲，这不正好互补？而且我不是不会流连忘返，而是跟你在一起，一不小心就给春风得意马蹄疾了。你看，你又笑了，说明我说中了。其实……哈哈，我如果围着你流连忘返，你可能又会说我娘娘腔十足，伪娘一个。"

"你还会仰望星空，说城市的天空也很美。"

"是啊是啊，没原则性差别了吧。小关，我保证，我是个很好的男人。你用一两天时间，真不够了解我这么个有深度的男人，真的，你起码再用半年，你会发现……哈哈，不剧透，让你自己去发现。"

"我不是小孩子，别用这种语气跟我说话。"

"你得原谅我没经验啊。而且我脸皮又这么薄……"

"你还……"关雎尔这才发现，她说着话，不知不觉地来到李朝生的车前。上当了，"你连手指甲上每一个半月板都透着厚颜无耻呢。"

"我从头到尾每一个毛孔都透着凛然正气。"李朝生嘻嘻哈哈地笑着，很绅士地请关雎尔上车。关雎尔皱着眉头，痛苦不堪地上了车。仿佛坐上的是老虎凳。但一坐进车子，冬日的寒冷便立刻挡在车外。即便如此，关雎尔还是白眼以待坐入驾驶座的李朝生。李朝生并不在意，打开音响唱起歌，在寒风中上路。辛辛苦苦才将关雎尔骗上车，李朝生这一路将车开得跟乌龟爬似的，异常"稳重"。

第 33 章

　　安迪下班就直奔机场，带着一行李箱的工作资料奔赴包奕凡所在的城市，她将利用周末两天与包奕凡及其他同行会面。飞机延误了半个小时，安迪没打算趁机吃饭，她今晚没做任何工作安排，打算到达后品尝酒店不错的甜品，在一个陌生的城市过个只有一个人的自由自在的周末，犹如当年未回国时。热闹久了，她亟须清静。可是，她的如意算盘在跳下飞机走到出口抬头看见包奕凡的时候，碎了一地的算盘珠儿。略一思索便得出结论，她发给包奕凡的行程表虽然有意抹去今天飞机到达的信息，但明天早上八点便开始的工作安排足够暗示，让一个聪明人顺藤摸瓜推知她必须今晚抵达，并且由此获取飞机航班信息。安迪只能无奈地看着包奕凡。更让她无奈的是，包奕凡也穿着黑色极简约皮衣，仿佛与她事先串通相约穿上情侣装。外人的暧昧反应，可以参考与包奕凡站一起接人的一位男同胞。

　　包奕凡笑得很邪恶，"你以为来我地盘一游，可以逃脱我的关照？我甚至还摸到你上回住过的宾馆打听，果然你又在那儿订房。我替你换了套间，方便我上门骚扰。别瞪我，我支付一半，行了吧？"

　　安迪只能看看旁边表示友邦惊诧的包奕凡朋友，她可说不出这么没脸皮的话。"不好意思，最近一段时间挺烦乱，本来想今晚放个假……"

"跟我在一起也是放假。"包奕凡接了安迪的旅行箱，与朋友打个招呼，一挽安迪就走。安迪只能又跳开，避免碰触。

包奕凡开来的是一辆亚光黑保时捷跑车。趁包奕凡放行李，安迪绕着车子转了一圈。不出所料，以包奕凡的骄傲，应该就是喜欢保时捷这款充满设计感的 Turbo S，拿这利器装作若无其事地跟人争起步。而不是拿那些马力大得无边无际的钢铁怪物起哄。

包奕凡耐心地等待，等安迪转到他面前，才道："我给你的安排。今晚一起吃烧烤，吃完送你去宾馆住宿。明后两天给你做两天专职司机。然后一起回海市，我周一在海市有两个会要参加。"

"包子，你亲眼见过，我最近麻烦不断，请你原谅我不想……怎么样。不好意思。"

"理解，我喜欢你的直率，有底气。我们还是保持普吉岛的相处风格？"

"谢谢。很过意不去。"

"嘿，你有没有点儿做美女的自觉？美女不需要道歉。传说中我们男人都上赶着求美女施虐。"

安迪喷笑，一路上看包奕凡一眼就想到这句话，又忍不住笑。天早暗了，堵塞的城市道路这时候稍微畅通了点儿，包奕凡一路无碍地领着安迪来到一家装饰豪华的烧烤店。似乎很多人认识包奕凡，从门口领座小姐，到店堂里的客人，安迪反正又把点菜大任拱手出让，自己去洗手间稍作整理。

等安迪回来，见她的位置上坐了一位中年妇女，她别的可以不认识，对于中年妇女身边那只很明显的爱马仕包还是熟悉，还有，谁都无法忽视那位女士手指上一枚鸽蛋大的钻戒。包奕凡原先一脸不耐烦，看见安迪回来，才转为平常，起身介绍："我妈，正好也在这边吃饭……"

安迪不禁想笑，这桥段好老套。她伸手过去，"您好，包太，我叫安迪。很高兴认识您。"

包太显然是没料到，虽然伸出手与安迪相握，却一时语塞，打了个噎，才道："原来是你啊，我已经看过你们在普吉的照片。我儿子还想赖。"

安迪顿时尴尬了，可手还是被包太紧紧握着，她不知所措，看向包奕凡。包奕凡无奈地低头看着胸前的两只手，只好动手将两只手分开。"妈，我回家再跟你说。

你放我们吃饭吧，我都饿得前胸贴后背了。"

"切，还想背靠背骗我？一屋子都是人家姑娘照片，刚才还瞒我是合作伙伴……"但包太很快就发觉不对，这下轮到儿子极其尴尬。

包奕凡连忙解释："印出来的照片送来的时候有点儿受潮，我挂得满屋子都是，晾干才发给你一份。我妈来我窝里看见，就给八卦上了，不好意思。"

包太当然知道实际情况乃是那姑娘的好几张照片装在镜框里，好好放在卧室，而不是挂起来晾干。但她忙笑道："小时候还能偷看儿子日记，等他长大，做贼一样什么东西都塞进电脑里，好不容易有挂出来的，又是迷魂阵。做妈越来越不容易啊。"包太一边说，一边豪放地将儿子拎走，占领儿子的位置，与安迪相邻。当妈的最知道儿子，毫无疑问，儿子吃瘪在眼前这个美女手里。而她喜欢眼前的女孩子，虽美而不妖，不像现在许多良家女孩脸上刷得看不出底色，头发则是花花绿绿什么颜色都有，就是没有黑色。而且又很有本事，跟她一样。她坐稳就顺手抓来安迪的手，两手捧着，笑眯眯地道："真人比照片上更好看，真是一脸都是聪明相。今晚住哪儿呢？"

安迪不习惯被人亲昵地抓着手，顿时毛骨悚然，不舒适感迅速从身上蔓延开来，露出的脖子和手腕都是鸡皮疙瘩。"还没入住，等吃完饭就去，已经预定了。"

包太看见安迪满身鸡皮疙瘩，更微笑了，好姑娘啊，这年头小姑娘只要长得稍有姿色的，早脸皮厚得百毒不侵，哪还怕别人触摸。"既然还没入住，不如住我们家吧。一星期工作下来，最辛苦了，看这一脸疲倦的，还是住家里睡得最好。明天早上我给你做一桌好吃的。"对面的厨师已经煎好一块牛排，分成三份，递给他们。包太又动手挑最大的一份换到安迪面前，这才松开两只手。"囡囡多吃点，平日工作辛苦，我看你只有周末才有点时间好好吃饭吧？可别减肥，女孩子太瘦对身体不好。哎呀，我没福生女儿，看见好姑娘真喜欢。"

包奕凡只能贴着他妈耳朵道："你想要儿媳还是女儿？别搅得我插不上嘴，被人当奶娃飞了。那就恭喜你帮我追来一个妹妹。"

包太扭头白儿子一眼，"怎么会？当你妈是小菜场阿婶？"

安迪却被"囡囡"两个字震撼了。正常人家当妈的难道就是这么对待自家孩子的？好像感觉挺不同的。她忙叉了一块牛排放进嘴里，不等全咽下，就赶紧表白给包太听，"很好吃。您也尝尝？"

包太是吃饱的，可还是吃了小小一口。桌子下面，得意地踢了儿子一脚。包奕凡奇了，安迪多少有点儿冷淡，今天怎么折在她妈手里。但转念一想，恍然大悟。安迪早跟他提起是孤儿出身，难道……他一时有点儿哭笑不得，那是说什么都不能再让妈妈加塞了。他再次附耳道："妈，你留下还是我留下？"

反而是安迪又接了包太递来的一块鹅肝，见此笑道："包总别做小动作。"

"你看？"包太得意地笑，"囡囡，明天你来公司路演，我们这边的负责人是我按你要求挑的，你要是用着不好，我明天也在，立刻换了他，你一点儿不用跟我客气，尽管提出，跟自己人一样直说。"

"好。我不会隐瞒。煎芦笋也不错。"

包奕凡看着妈妈与安迪相亲相爱，欲哭无泪了，可他又怎么可能走开。只好身份惨跌为配角，旁听着安迪被她妈骗得答应住他家去。他还听到许多他以前不曾了解的，比如安迪什么时候保送入大学，怎么去了国外，因为未成年而怎么住在学校委托的监护人家里……他见到妈妈眼睛亮得跟手指上的鸽子蛋一样，他知道妈妈心里想什么，大约已经在幻想抱一个天才孙子了。他小时候，她妈可不正是死命把他往天才里整。

安迪在包太温暖的关照下，吃得死撑。不过她对于所有问题都有一个底线，那就是不透露是哪儿人，不透露国内的名字。绝不。总之她的记忆都是从国外开始，国内的都以当时太小不记得打发了。吃完，各自上了车，去包奕凡的父母家。但包奕凡并不打算听话，到一处岔路口，他故意压低速度，等黄灯闪亮，才大脚一踩油门，仗着保时捷的快速起步冲过岔路，将后面妈妈的车子关在红灯里。

安迪不知有异，直到车子钻入宾馆地下停车场，才奇道："不是说去你妈妈家吗？"

"不能去，一顿饭吃下来，我差点儿吃出乱伦感觉。"在很不显眼的角落停下车子，包奕凡当即关了手机，"拜托，你也关手机吧，我妈很快会发现中计。住家里有什么好玩的，我拿脑袋保证，等你明早起床下楼，客厅已经坐满等着看你的三姑六婆。"

"危言耸听？"

"不信你试试。"

安迪连忙关了手机。包奕凡妈妈一个人已经热情得让她吃不消，虽然她心里又有点飞蛾扑火地向往这种温暖。那么一屋子的三姑六婆？简直是真心话大冒险。包奕凡这才放心，拎出安迪的行李，也拎出两瓶酒。安迪接过两瓶酒细看，一瓶显然是巴黎之花，即使停车场灯光昏暗都难掩其瓶子特色。另一瓶是 25 年芝华士，也是特征明显。"普吉回来我戒酒了，你这不是馋我吗？"

"所以给你带一瓶巴黎之花，这又不算酒。对面就是一家很好的酒吧，等下过去？别犹豫啦，你被我妈塞得这么饱，还能睡得着？"

"我吃饭时候是不是特傻？"安迪有点儿哭笑不得，她刚才坐在车上就不大坐得直，真吃撑了。

"总之提醒你当心我妈，那是个披着羊皮的狼。不过她对你是真好。我小时候，她可是操着棍子跟我爸站联合阵线一起压制我。"

"儿子有这么说妈的吗？"

"你又不是外人。"

安迪抬眼，见包奕凡含情脉脉地看着她。她避开眼睛，先走进电梯。房间已由包奕凡开好，他们直升房间。这是视野很好的一个房间，俯瞰，市中心的璀璨尽收眼底。包奕凡虽然信守诺言，没有动手动脚，但安迪总觉得包奕凡的手臂四面八方无处不在。到了酒吧，她破天荒，第一次与男人跳舞。酒精壮胆，反正周围也几乎漆黑一团，她有点儿僵硬地跟着 DJ 扭动。而包奕凡则是有条不紊循序渐进地最终将安迪搂入怀中。什么诺言，男女之间有些诺言根本就是谎言。

安迪闭上眼睛。似乎只要闭上眼睛，过去的那些黑暗记忆就不再干扰，她在舞动中脑袋可以一片空白，整个人如置身云里雾里：奇异而美妙绝伦的感觉。

但最终硬是拒绝包奕凡上楼，一个人站在宾馆卧室洗手间明亮的镜子前，安迪看到自己两片樱红肿胀的嘴唇和面颊两坨粉色飞霞，恨不得找棍子砸了镜子。记忆中她妈就是撕来红色大字报，用水浸一下，将嘴唇脸颊涂成类似的红，招引得小孩子在后面打骂，男人丢来色迷迷的眼光。现在，她都不需求助化妆，就这么一脸荡妇花痴样。惨不忍睹。她吓得赶紧从冰箱取出饮料罐，将脸颊冻得发麻，才终于让颜色消退。这酒，是再也不能喝了。

可是，两只眼睛依然亮得如能滴出水来。安迪只能哀号一声，索性冲入水帘下面，以水克水。可出来的结果却是欲盖弥彰。惊魂未定，门铃响起。安迪到门口一看，竟是包奕凡。她心惊肉跳地挂着保险拉开一丝门缝，只探出两只眼睛，轻问："干吗？"

包奕凡耷拉着脑袋，将手机屏幕展示给安迪看，上面是包太的短信，晚十点左右发的，"你把我儿媳妇藏哪儿去了？立即带人回家。"等安迪看完，"我无家可归。求收留。"

安迪看看包奕凡手中拎的旅行袋，"你可以下楼开个房间。"

包奕凡扑哧一笑，"开门么，我们说过普吉模式，我睡客厅。刚刚回我独自住的家，我妈电话一个接着一个，大半夜的，都不打算让我睡了。我只好逃出门。这下看清我妈面目了吧。"

安迪鬼使神差地拉开保险，开门揖盗。等包奕凡兴奋地跳进门，她又后悔。"离我一米，不许乱动。"一边说，安迪一边飞快窜入卧室，关门落锁。包奕凡看着卧室门呵呵地笑：心动，才会乱动。究竟乱动的是谁。

安迪心惊胆战地窜上床飞快睡觉。可隔壁时时有动静传来，门缝一直钻入灯光。好不容易门外灯灭了，她才迷迷糊糊睡过去。却梦见半夜有人敲门，打开，竟是魏渭。魏渭一脸鄙视，径直走进卧室揪出包奕凡——包奕凡不知什么时候竟然挪到了床上。安迪吓出一身冷汗，拥被而起，在黑夜中发了好一阵子的呆。

曲筱绡一早便接到刘歆华的电话，邀约共度周末。这是毫无疑问的，他们早在哈尔滨便已约定此后每个周末约会。曲筱绡当然一口答应了。可放下电话便幽幽地想起那个溜溜的他。她丢下工作，一个人关在小小的总经理办公室里溜着眼珠子想办法。不用想多久，她便贼笑着有了主意。她给赵医生发去一条短信，"下班，你们医院停车场碰头？"中午，赵医生才回了一条短信，"上午门诊，见谅。OK，不见不散。"

曲筱绡挥舞着手机在办公室闷笑。这一天，她简直心神不宁坐立不安，直等着太阳赶紧下山，她好快快出发。以致将刘歆华都差点儿忘到了脑后。

硬是挨到下班时间，而不提早出门。曲筱绡收拾妥当，先拿出手机打开照片，对着刘歆华的头像念念有词，"我是刘歆华女朋友，我是刘歆华女朋友……"念完好几遍，才戴上俏皮的绒线帽出门。

已过医院下班时间，停车场稍微有点空。曲筱绡进去便开始打量，果然见不远处一辆车子闪了几下车灯，她便打着方向盘靠过去，停在赵医生的车子旁边。她并不下车，而是打开车窗，伸出头去招呼。"我好想你哦。你总算有这么一次肯答应我见面，我算心满意足了。"

赵医生在曲筱绡的花痴眼注视下，坐入曲筱绡的车子。曲筱绡的眼睛犹如流星追月，跟着赵医生的身影转动，看着赵医生坐下。心里哀叹，真是帅到极致啊，怎么有人穿着棉嘟嘟的羽绒服都能帅气呢。

而在赵医生的眼里，今天的曲筱绡妖娆得惊人，偏又透出一股孩童的俏皮，这等矛盾的混搭在小小瓜子脸上闪亮的眸子里凝聚，令赵医生心底油然滋长从古到今所有书生都爱做的狐狸精之梦。

千钧一发之际，曲筱绡下班前念的咒语见效了。她伸出戴着手套的小手快狠准地阻截了赵医生意欲亲吻的唇，而且精致的意大利小羊皮手套不仅保证了男女授受不亲，又让她感受到赵医生的温度。曲筱绡压抑下心头的狂笑，认真地道："我现在不能了。我现在有了父母之命媒妁之言的正牌男朋友。可看到你我真高兴。"

赵医生呆在当地，却也无从质疑。"今晚……"

"对不起，对不起。请下车。我这就去会我的正牌男朋友。能再次见到你，我总算安心了。"

赵医生却也无可奈何，但他还是伸出手轻轻摸摸曲筱绡的脸蛋，才转身下车。等看着曲筱绡的车子消失不见，他低头发了一条短信，"今夜，你的眼睛是最亮的星。"

曲筱绡自车子启动便开始笑，你妹的赵医生，嫌老子不够聪明，今天究竟是谁不够聪明。被人骗了还帮人数钱，见过傻的，没见过这么傻的。曲筱绡觉得，至此，她总算彻底讨回了公道。

收到短信，曲筱绡还以为是刘歆华等不及了，她也不急于打开，等到饭店停了车，才打开手机看一眼。却不料这是赵医生的抒情。曲筱绡从小到大不知收到过多少情书情电邮情短信，早已见多不怪，还忍不住大笑一声，"哈，我今天戴着最亮的美瞳，赵医生你博古通今，可打破脑袋都想不到女孩子还有美瞳这种利器吧。"可等手机放入包里，曲筱绡却慢慢笑不起来，傻傻地坐在车里如中了定身大法。仿佛有赵医生那抹好听的声音在她耳边朗读那段短信。

直到再有电话响起，曲筱绡才回过魂来，看手机一眼，这次才是刘歆华的。她抽抽鼻子，有点儿意兴阑珊，不想赴约。可好汉做事好汉当，既然说了约会，她总得前去。

将赵医生迷得五迷三道的曲筱绡，自然也将刘歆华迷倒。刘歆华挽着曲筱绡入座，帮忙脱掉外套，非常绅士，非常体贴。可曲筱绡已经欢欣不起来了。菜单上来，她托腮看着刘歆华道："你点，你吃什么我也吃什么。"

曲筱绡经常脱离常规，刘歆华倒也不以为意，低头点菜。偶尔抬眼，却见曲筱绡怔怔盯着他。他点完菜，伸手在曲筱绡面前晃动，"怎么了？今天还发货？"

曲筱绡一掌扑掉眼前晃动的手，"纠结了，我遇见前男友了。"

"传说中好马不吃回头草。"

"我从来都是害群之马。怎么一碰到个人问题就变成好马了？"

"你打算回头？"

"你会不会打爆我的头？"

刘歆华默默看了曲筱绡会儿，忽然尖声道："我告你妈妈去。"但谁都笑不出来。他就一筷子将刚上来的冷盘里的豆腐一分为二，挖一半到自己盘子里默默猛吃。曲筱绡则是将冷盘端到自己面前淡定地吃。

刘歆华吃完，才道："我爱你，自第一眼看见你，不管你弄得一屋子脏，不管你当时垂头丧气，我爱你。我让你选择，对于你的选择我会愿赌服输，不会勉强。如果被你拒绝，我再爱你也只会拿刀子割自己的心，但绝不吃回头草。我给你三天时间思考。"曲筱绡震惊了。从来以为刘歆华脾气好，想不到今天说话如此血性。她呆呆看刘歆华了会儿，果断摸出手机，将赵医生的记录全部删了。心里想着赵医生的声音，有点失落，但删了就删了，到此为止。

刘歆华知道自己赢了，他凑过去，当着大庭广众亲吻曲筱绡，"我今晚要去你那儿。"

"学狗狗绕着自己的领地撒尿做记号吗？"

"你是我的。以后你是限制行为能力人，被我限制。"

曲筱绡想了会儿，才想到限制行为能力人是精神病人，她吊起眉毛，劈胸一把揪住刘歆华的领子，扯到自己面前，伸出另一只手拍拍刘歆华的脖子、捏捏刘歆华的膀子，踌躇满志地道："这么好的身胚，不熬成药渣有点儿可惜。"说完，曲筱绡先忍不住笑了，刘歆华也笑。但曲筱绡有点儿迷惘，这就选定了刘歆华吗？这就是爱吗？一辈子？

从饭店出来，曲筱绡看见隔壁一家概念餐厅落地大窗边坐着的樊胜美。为什么这么巧，她总是撞见樊胜美与男人勾搭。但再仔细一看，对面的是王柏川。两人面对面坐，各伸出一只手相握。刘欷华跟过来，顺着曲筱绡的眼光一看，"挺优美的哈。"

"我邻居樊大姐。她就爱那一套。干什么事都永远是摆姿势。"

"能一辈子摆到底，也算是功德圆满。问题是不累吗？"曲筱绡笑嘻嘻地问："你扛着我的时候，有想到累吗？呀，樊大姐真厉害，我们说了这么多话，他们的姿势还没变。欷欷，我支持你发展她做樊贵妃。"

"我敢吗我，你还不把我打成药渣泥。"曲筱绡大笑，一跳一跳地想跳到刘欷华背上去，可惜她不够高。刘欷华只能微微蹲下，让她趴上来，背着她走。曲筱绡将脸贴在刘欷华脸上轻轻地蹭。此时，总算有了点儿跟刘欷华长相厮守的决心。整个周末，两人未离开2203一步。这个冬天有点热。曲筱绡和刘欷华都不打算这么早跟家里说，免得影响他们自由自在的快乐。

但两家父母周日一通气，你家筱绡没回家，嗯，我家欷欷也没回，两个人的手机同时关机。有问题。四个家长心照不宣，虽心情澎湃，可表面都装得没事人似的，不敢打搅小两口，只敢静观其变。

安迪起床口渴，迷迷糊糊摸到客厅喝水。走到客厅中央，才想到有什么事不对劲，回头一看，果然是包奕凡还在沙发上呼呼大睡。她立刻醒了一半。犹豫了一下，看看自己一件灰色背心一条绸睡裤的样子还算保守，还是蹑手蹑脚地去倒水喝。但后面很快传来一个同样是迷迷糊糊的声音，"给我喝点儿。"安迪回头，见包奕凡在沙发上舒畅地伸懒腰。她有些哭笑不得，这个人在她面前怎么从来不像个包总呢。

她远远地将水递给包奕凡。但包奕凡抓住她的手腕，非要就着她的手喝水。两人僵持，安迪见包奕凡刚刚睁开的眼睛不怀好意地打量她的灰色背心，便转身想走。包奕凡顺势起身，张开身上的毛毯，将两人裹在一起。安迪犹如跌入装满肉包子的蒸笼，周边都是肉包子蒸了一夜的气息，又有两只游走的火烫的手将她浑身一片一片地点燃。有个声音在脑袋里大喊，"快跑，危险"，可有两条手臂紧紧钳制住她，她挣扎不成，无法逃离毛毯的卷裹，又被一口包子封住了她的唇。她无措了，等包子将她抱起的时候，她终于惊慌地伸手抱住包子，半推半就地，生涩地被剁成了包子馅儿。

再度睁开眼，迎面是包子欢畅的笑脸。安迪不禁脸红，软软地想逃开，但被包奕凡抱住。"别走。"安迪从沸腾的脑瓜子里勉强抓出四个字，"八点，开会。"

"嗯，我处理。"包奕凡伸手拿来茶几上的手机，打了一条短信让安迪看，"妈，我和安迪堵车一小时。会议推迟。"给安迪看了便按下发送。安迪迷迷糊糊感觉很不对，但又落入包奕凡的怀抱，让她无法思考。那个她忌讳了三十年的事，虽然一度让她痛彻心扉，却居然美好异常，在包子火热的怀抱里，安迪感觉身上一层一层的恐惧熔融了，掉落了。

终于又捡回一点儿理智，安迪惴惴不安地问："我是不是很差劲……太……疯狂？"

"唔，怎么会？你美好得像个天使。宝贝，你是我的天使。"

"说真话么。"

"你羞涩得像个孩子，怎么会想到疯狂这个词？十万八千里。"包奕凡又是亲吻，"我爱你，非常非常爱你。真希望以后的每一天都像现在这样。"

"你……怎么可以一直想这个……这个……"

"相爱的人有什么不可以。我们把你的行程表撕了吧，今天明天全部爽约。后天由我去一个个地道歉。"

"不要，太疯狂了。"

"要，还要。"包奕凡虽然耍着赖，可还是知道有正事等着他们。

安迪洗漱完出来，见包奕凡已经穿得西装革履，整个人一本正经，总算又有点儿年轻精英的样子。只是看见安迪出来展颜一笑，一身骚包味又回来了。两人从餐厅出来上车，安迪期期艾艾地道："附近有药店的话，停一下好吗？"

包奕凡愣了一下，连忙抓住安迪的手臂，"不要。我晚上跟你谈。"

安迪心头千头万绪，可无法跟包奕凡说，只能闭嘴。包奕凡打量了会儿，感觉放心了，才起步出发。赶到公司，正好"堵车一个小时"，远远看到会议室里人头攒动，安迪简直羞愧得想找条地缝钻进去。她真的是疯了。包奕凡却问她还好吗，她只能低声叮嘱："等下不要看我，别冲我笑，要不然会出事。"

包奕凡却是无声地笑，笑了有好几秒，才道："我会克制。放心。进去吧。"

但包奕凡不笑，却有包太在意味深长地微笑。安迪想到那条欲盖弥彰的短信，欲哭无泪啊。脑袋有点混乱，智商降低十分，不过依然够用，还是能把包太挑的人指使得鸡飞狗跳，把全场的包家三口与主要财务人员蒙得心服口服。她一个人消灭了五瓶矿泉水。答疑结束，安迪去另一个会议室休息，包家公司全体陷入讨论。

　　但包生迟疑地先与老婆儿子凑一起，轻轻问儿子："现在有不少漂亮女人凭美色拿业务……"包太立马横刀插入，"去，我没瞎，看得出来。"

　　包奕凡则道："应该是现在有不少男人凭美色让女人卖命。你看看这么麻烦的操作，你以为人家愿意？切。"

　　包生将信将疑。安迪则是捂紧黑色羊绒大衣养神。这种公司的立式空调怎么都不如中央空调，冻得她双脚冰凉。可她竟然养神着给睡着了。被包奕凡拍醒的时候，她有整一分钟时间没回过神来，只是傻傻地看着眼前这个还有点陌生的男人。直到包奕凡忍不住吻她一下，她才警觉地一缩身，"唔，你们开完会了？"

　　"我爸妈想跟你一起吃个中饭。方案当然是不用说的，完美。"

　　安迪顿时方寸大乱，"别……我们……不……"

　　"别担心，有我。"

　　"不要，我还没想过……不要。"

　　包奕凡眼中掠过一丝惊讶，他还是第一次遇到女孩子没想嫁他，可再一想释然，是他处心积虑浑身充满骚气地将生米煮成熟饭，可两人毕竟这才相处不到一百个小时。他转出门艰难地将爸妈打发了。尤其是他的妈，被他爸拉走的时候还一步三回头的，仿佛割舍了一个宝贝女儿。

　　回去的路上，安迪看到一家药店。她扭头盯着药店招牌看了好一会儿。毓婷，需要吗？可心中一股强烈的期待压到了所有的恐惧。她准备好了。

　　樊胜美周六约了王柏川一起去郊外吃农家菜。周六没别的事儿，她懒洋洋赖床许久才起床，见屋里一个人影子都无。她不知关雎尔今天周末也加班，而邱莹莹竟然有了爱慕者的追求，周末也有了节目。她只觉得最近22楼的气压很反常，大伙儿对她有情绪，当然可以表现为周末2202里面只有她一个人。

　　王柏川来电的时候，樊胜美正精心化妆，她让王柏川等着，依旧一丝不苟地将妆化完，才明媚照人地下楼。因此王柏川看着樊胜美勾画精美犹如熟透粉桃的唇，担心地请示："我可以吻你吗？"王柏川所料没错，樊胜美当然拒绝，"啊……不行，我花了好几分钟才得到最佳效果，漂亮吗？要让你看一天呢，不可以破坏哦。"望着樊胜美嘟得高高的娇嫩的唇，王柏川郁闷地道："这么漂亮又不让我吻，你知道这叫酷刑吗？"樊胜美娇笑，偏偏又凑到开车的王柏川面前轻轻摆动头发，"今天的香水好闻吗？"

"清朝十大酷刑，你打算挨个儿让我尝一遍吗？不带这样的，求求你了。"樊胜美得意地笑，在王柏川面前，她怎么都是美的。可偏偏此时，她的顶头上司打来电话。"小樊，一个好消息，一个坏消息，你想听哪个。"樊胜美最烦这种老套路的卖关子，可面对上司，她只能微笑着装出一脸急切，"当然要先听好消息啦。什么？什么？"说完冲王柏川做个鬼脸。"好消息是，周一上班发年终奖。呵呵。"樊胜美顿时只觉得眼前这个沉闷的冬季并不讨厌了，"哇，太好了。"当然是太好了，终于可以投奔 CBD 中的 CBD 了。"那个，坏消息呢？"

"坏消息是，你得过来和我加班两天。一方面是协助上头做分配表，另一方面我们得预备周一年终奖发放之后的大规模辞职潮。这就过来？呵呵，我中饭食堂请吃小炒。"樊胜美一口答应。结束通话，她长吁一口气，"终于发年终奖了，我可以跳槽了。可是今天得去加班不可。"

"啥，不去农家乐？那儿可是已经订桌的，好难抢到的。还有你想念好几天的牛奶草莓。"

"没办法，年终奖出来之前关键两天，只要表现稍有不慎，就有被划掉一个零的可能。等奖金到手，谁还管他们死活，立马递交辞呈。去我公司吧。唉，加班去。"樊胜美说着，拿出化妆盒，开始清理嘴唇。如此娇嫩性感的嘴唇，显然不适合上班用。

王柏川只得调头开往樊胜美的公司。不过更让他郁闷的是，樊胜美自觉清理了嘴唇上的障碍，却不是为他。他心里有点赌气，两人公司门口分别时候也不肯祭出吻别。可他还是约了其他朋友去那家农家乐，为的是樊胜美喜欢此时刚上市的牛奶草莓。王柏川打算多买一点儿，让樊胜美吃个痛快。

而樊胜美在公司里与顶头上司两个一起加班，虽然笑容一如既往，可工作态度还是有所变化的。这会儿还卖命的话，就有点儿傻了。

安迪一下午与同行喝咖啡聊天，包奕凡独自坐在另一角做事。其实包奕凡也认识那两个人，但安迪不让他做跟班，他只能照做。然后安迪换一个地方换一批人，他又是负责送到，等待，或者自己转开去办点儿事。他对安迪唯一的干扰只有一条短信，"千万别答应他们的晚饭邀约。"

安迪也很自觉，提高谈话效率，压缩聊天时间，等第二批会晤结束出来，包奕凡还在车上睡大觉。与安迪会晤的人正好与包奕凡一起玩车，一起出来见到包奕凡的骚包车停在咖啡店特许的车位上，就伸手敲了一下车窗。包奕凡惊醒，当即跳出来。熟人见此一笑，当即调整与安迪之间的距离，自觉再拉开半米。包太子临时充当司机常有，但长时间耐心等在车上，那就别有意味了。包奕凡收到朋友的好几句调戏。

等终于两人世界，包奕凡不急于开车，道："我爸妈再次要求跟你共进晚餐。"

安迪笑问一句："你爸妈一年要提出几次类似要求？"

"谁给你的这印象？这下非让你去不可，你看了便知。"

安迪不便将曲筱绡招供出来，再说她也不是太相信曲筱绡，便只是低头而笑，"不去。应付不来。"

"其实我早就跟他们说了你不去，只是知会你一下他们的诚意。我很矛盾，恨不得立即带你见爸妈，见爷爷奶奶外公外婆，和所有朋友同学，让我的亲朋好友都知道你是我的女人。可条件限制，我们两个在一起的时间太少，目前没法分一分一秒给别人，我要独占。"

"谁是你的女人，谁答应让你独……"安迪连忙刹住车，瞪包奕凡一眼，"你比我还疯。"

"你疯？"包奕凡哈哈大笑，想到两人早上的对话，安迪忧心忡忡地问他是不是太疯狂，这理科生真是读书读傻了。他启动车子，拐上马路，才道："你这点儿道行也算疯，我算什么？"很快遇到红灯，包奕凡轻声道："回去，疯一个给你见识见识？"安迪都不知道说什么才好，也说不出口，想到早上的疯狂，脸又烧得通红。等回到宾馆，走进电梯，面对镜子一般的电梯门，安迪指着镜子中的两个人道："两个衣冠禽兽。"

包奕凡很是哭笑不得，但电梯到了一楼有人进来，他只能忍着不说。走进房间，他一边脱掉外套，一边装傻，"如果去除衣冠，是不是可以理所当然地禽兽？"

"不可以。你别打搅我，我要做个笔记。"安迪忙着接通电源，打开电脑，坐下等待开机程序结束，见包奕凡拎了他的行李包进卧室，还真把她的房间当他的了。安迪没吱声，趁包奕凡没在眼前晃悠，抓紧时间脱了大衣和套装。等包奕凡换了家常衣服出来，她已经坐在沙发上打字。

包奕凡先关掉自己的手机，又将茶几上安迪的手机也擅自关了，便一纵身腻到同一张沙发里。于是什么笔记，安迪对于刚才的会晤一个字都记不起来，还记录什么。全身所有的触觉都被包奕凡侵占。不知不觉中，笔记本被包奕凡移除。

热吻之后，包奕凡问："晚饭，喜欢吃什么？你提要求，我考虑去什么饭店。"

安迪有点儿浑浑噩噩地转了下眼珠子，一时接不上话，好容易才有一丝理智回来，发现自己紧紧拥抱着某个人。她先忙着用那一丝理智在灵魂深处闹了半天革命，可不舍得放手，只能眼睛一闭，装作鸵鸟钻进某个人的怀里，"不去，哪儿都不去。"

包奕凡欢呼一声，拿起座机电话到餐厅定了上门送餐。安迪在包奕凡打电话的时候，抬头第一次近距离地仔细地而且是肆无忌惮地看包奕凡，近到可以看清他的每一个毛孔，以及说话时候脸部肌肉的牵动。她很想伸出手指触摸他，可终究是没有胆量，唯有看着，看着。包奕凡也感受到了目光的灼烧，他回过脸来也对着安迪凝视，等通完电话，他再度紧紧将安迪抱入怀中，但没打断两人之间的凝视。

"我终于看到你的心里有我。"他捏着安迪的一只手，贴到自己脸上。但安迪的手捏着拳头，犹豫了好一会儿，才舒展开来。用手指，触摸全新的感受。一种颤抖的感觉弥漫在两人之间，激荡出强烈的琶音，安迪几欲逃避，都被包奕凡紧紧按住。包奕凡捏着这只手离开他的唇的时候，才道："记住这是你的男人。"

"不仅仅是情欲？"

"两个如此骄傲的人走在一起，没有爱情，怎么情欲。"

安迪不禁再次想到包奕凡据说很辉煌的历史，脱口而出，"Where Beautycannot keep her lustrous eyes, Or new Love pine at them beyond tomorrow."（美人守不住明眸，新的恋情过不完明天。）

"反对截取最没营养的一句。应该是 But on the viewless wings of Poesy, Though the dull brain perplexes and retards. 我心已沦陷于你，我的女人，赏我一个吻。"（乘着诗歌无形的翅膀，尽管这混沌的头脑早已跟随你。）

"不好吧。"安迪反而条件反射地咬住嘴唇，可又清晰记得两人已不知吻了多少次，她这回答好生矫情。可她就是没有勇气主动。而包奕凡也不急，一直静静地等，用眼睛一遍遍地抚慰她，鼓励她。安迪终于闭上眼睛，横下一条心来。她主动了一回。当然，有一回的突破，便有第二回，第三回……

哪有什么理智呢？安迪觉得两人的相处模式就是衣冠禽兽。第二天，她有生以来第一次恨自己做的马不停蹄的工作安排表。她拿出吃奶的劲儿，才将工作做得依然完美。

第 34 章

　　曲筱绡与刘歆华在家昏天黑地了两天两夜。等刘歆华去门口取必胜客外送的晚餐，曲筱绡一个人坐在床上忽然觉得有点儿乏味。仿佛跟一个男版的自己做了两天的爱。刘歆华会做什么，不做什么，她全了如指掌。她只要提出要求，便是正好卡在刘歆华的七寸，那种毫无挑战的感觉回想起来，毫无意思。

　　"曲曲，你没有干净刀叉了。你赶紧洗洗手出来吃饭。"

　　曲筱绡心说，没刀叉不会用手？她洗手出去，果然见刘歆华已经双手左右开弓吃上了。曲筱绡当即扑过去，将刘歆华手中的比萨抢断，挖下边上卷起来的芝心给自己啃，她只爱吃这个。其实一只比萨的芝心饼皮够她吃，可她就喜欢虎口夺食。然而刘歆华没有反抗，曲筱绡隐隐有点儿失望。

　　"周末两天就这么过去了哦。好快。"

　　刘歆华以为曲筱绡脸色臭是因为周末快过去，"要不要给你放樱桃小丸子？"见曲筱绡首肯，刘歆华起身去打开电视，虽然他不爱看这个，可依然耐心陪着曲筱绡看。

　　曲筱绡却更不耐烦，"歆歆，你吃完回家吧。明天还要工作，你得做点儿准备。"

　　"哈哈，这么快进入贤妻角色？要不，你带上东西，一起去我家？明天我送你上班。"

"不去。"

"那我也不走。曲曲，我很搞不懂，你究竟是不是狐狸精变的？"

"我明明是女鬼，吸人阳气的。你吃完就走吧。再不走我快不耐烦了，把你吸成药渣。"刘歆华以为笑话，但看曲筱绡脸色并非玩笑，大惊，"你，不耐烦我？为什么？"

"不知道，我拎不清。"曲筱绡是真的说不清为什么情绪这么低落，刘歆华即使是另一个她又怎么了，他不是对她挺好，又门当户对，玩得到一起？她跳到沙发上蹲起来，一张脸埋入腿中抓头皮。很奇怪，为什么忽然看刘歆华不对眼了呢。

"是拎不清，还是不敢说？"

曲筱绡猛地抬头，"我有什么不敢说的？还是你多虑什么？你是钻进我肚子里的蛔虫，还是你心思阴暗？你怎么知道我不敢说？快走，要不然注定吵架。我不想跟你吵。"

"好吧，我道歉，说错话了。"刘歆华见曲筱绡生气，只得妥协，挤到沙发上拥抱抚慰。可曲筱绡只觉得烦，很不给面子地跳起来走开了。刘歆华只能强忍住郁闷，"答应我一件事，摸清楚原因，立即告诉我。要不然我会寝食不安，胡思乱想。"

曲筱绡点头，"我先告诉你一个原因，除了赚钱，其他事我都是三分钟热度。走吧，我送你到楼下。"

"押送就押送呗。"刘歆华当然不高兴，尤其是忧心，总感觉曲筱绡的忽然变调与前男友分不开。可再问估计真的是吵架，他只能换衣服回家。

曲筱绡果然说话算数，押送刘歆华下去。刘歆华一直想搞个吻别什么的，曲筱绡坚壁清野，不是尖叫便是投以一个鄙夷的眼光。电梯下到停车场，曲筱绡见到安迪的车子也在车位上。她眼尖，只凭借不亮的灯光，就看清车上有人，而且是两个人，两个人正热吻。她顿时惊呆了，"哇噻，野男人是谁？"

刘歆华见此，扔下手中行李箱，偷偷趁机将曲筱绡纳入怀里。但曲筱绡只屈服不到五秒钟，便死命钻出怀抱，趴到车上去瞧。瞧不清？她有办法，大力拍车子。果然，惊醒车里的人。她一看该野男人乃是包奕凡，不禁哈哈大笑，一扫心中阴霾。她早说，她早就认定包奕凡。她叉腰等在车外，等待里面两个人怎么尴尬地出来见她。

包奕凡先从驾驶座跳出来，镇定自若地对曲筱绡道："你们也刚回来？一起上楼吧。"安迪也很快出来，对曲筱绡一笑，"这么巧。"曲筱绡扭得像跳啦啦队舞，唱着饶舌的调子道："嘿，你们必须感谢媒人，你们必须感谢媒人，你们首先必须向我汇报走到哪一步。你们不许隐瞒，我已经看到你们亲吻。

蕾蕾，啦啦……哇噻！过夜？"曲筱绡惊讶，是因为她见到包奕凡竟然从后备厢取出两只行李箱，打算一起拖到楼上去。显然，一只是包奕凡的行李箱。

"嗯，我们这两天一直在一起。很好。"安迪只不过在面对包奕凡的时候很放不开，对其他人的时候一如既往。曲筱绡嘴巴撮成一个"O"，刘歆华见此微笑道："曲曲跟我一起待了两天两夜，烦了，正准备赶我走。你们……还不烦？"

"很好，怎么会烦？"包奕凡抢答，"兄弟，加把劲。我们先上去，下面太冷。"看到包奕凡的手臂揽到安迪的腰上，两人亲密无间地离开，曲筱绡不禁尖叫。太不可思议了，太快了。刘歆华不说话，也伸手一揽曲筱绡的纤腰，"你看，你烦得没道理。我们也上去。"曲筱绡被刘歆华推着走，走到电梯门前，她已经豁然开朗。"我明白了，歆歆，我俩没前途。"

"别说，你再好好想两天。周三我等你回话。"曲筱绡本想说她不需要多想，她已经明白。可看到刘歆华一脸黯然，她上去拥抱一下，拍拍刘歆华的脸，"你太出色了，害我都糊涂了。"

刘歆华变色，心中的猜疑得到印证，他轻轻推开曲筱绡的拥抱，转身走回去寻找他的车子。曲筱绡追上去，但看着刘歆华上车，一言不发。刘歆华上车后，降下车窗问："还有什么话？"

"一、不用周三了。二、我很抱歉。三、我不是故意。没了。"

"再让我吻一下。"

曲筱绡没有犹豫，隔着车门与刘歆华亲吻。刘歆华直把这一吻演绎得难舍难分。但一分开，刘歆华便闷声不响倒车出去，头也不回地走了。曲筱绡呆原地看着，也什么都不说，直看着刘歆华的车子上坡钻出停车库。她心里已经明白了，她爱赵医生。不管赵医生怎么对待她，对她好还是对她糟，她心里没日没夜地牵挂的唯有赵医生。

曲筱绡想通了这点，却使劲踢她车子的车屁股出气。为什么，为什么越折腾她的人，她越在意。而安迪上楼敲开2202的门，对开门出来的关雎尔道："重新介绍一下包奕凡。我的男朋友。"关雎尔比曲筱绡更目瞪口呆，她结结巴巴地，却只说出两个字，"谢谢。"安迪不由得笑了，"明天照旧一起上班，稍提早十分钟，我先送一下他。行吗？"关雎尔更猝不及防，再次只迸出两个字，"谢谢。"直到安迪与包奕凡离去，背对着她了，她才冒出一句囫囵话，"真替你高兴。"关雎尔是真的替安迪高兴。安迪不用春节去纽约看心理医生了。关雎尔还开着门呢，曲筱绡蔫蔫儿地回来了。曲筱绡指指2201，"看见了？"关雎尔不欲背后议论，"看见了。你怎么回事？"

"我心烦死了。我都想不到我这么爱赵启平那个混账王八蛋，我现在已经爱无能了，对谁都提不起兴趣。"

"赵……医生？"

"对，为什么？你说为什么？"

"这样的一个人，不知多少女孩为之疯狂。你应该高兴他起码看了你一眼。"

"看了我一眼？他凭什么？凭什么？小关，你也看见过他一眼，你喜欢他吗？"

"完全是不相干的人啊。"关雎尔违心地道，并不愿咄咄逼人的曲筱绡知道她的心思。

"就是，他也不是人见人爱，花见花开。我今天很烦，让他多活几天，回头去找他。啊，困死了。"

关雎尔无语，看着曲筱绡回2203。但她非常佩服曲筱绡。为什么曲筱绡有这等勇气，她却什么都做不出来？而眼下安迪也走出去了，她怎么办？可是李朝生真不是她的那杯茶。关雎尔不禁郁闷地想，她还年轻，是22楼最年轻的，愁什么。她30岁再恋爱也不迟。

可22楼似乎正走桃花运，伴随着邱莹莹进门的是购物袋落地的窸窸窣窣声。关雎尔正看书呢，听到声响出来一看，原来邱莹莹一口气买来好多水果。"哟，买这么多？怎么拎回家的？"

邱莹莹"嘘"了一声，示意噤声，快手快脚将门外的一只只购物塑料袋全拎入室内，赶紧用力将门关上。关雎尔笑道："躲谁呢？这么神秘的。"但眼见邱莹莹脸蛋绯红，眼睛里流淌着掩不住的笑意，这神情似曾相识，关雎尔一下子明白过来，"噢，躲小曲呢。还说呢，你这两天都不见人影，原来谈恋爱去了。是谁？我认识吗？这些水果是他替你买的？"

邱莹莹心有余悸，跃过水果堆，将关雎尔推到她的房间才敢说。"是我老乡……那个我和安迪曾半夜送腊肉饭去的那个，你还记得吗？我们就在一起聊聊天，吃吃饭，计划春节怎么回家，还没到恋爱那地步。等我礼拜一拿了工资，我准备回请他一顿，总吃他的挺不好意思。你千万别跟曲曲提起，千万，千万。樊姐那儿我会说，安迪那儿你帮我说，你跟安迪说的时候也千万提醒她不要跟曲曲说。"

"我记住了。嘿嘿……"关雎尔比出两枚手指，"两天都在一起，还不是恋爱？你骗你自己呢。瞧你两个脸蛋儿。"关雎尔拿起邱莹莹桌上的镜子举到邱莹莹面前，"早泄露天机啦。快去收拾水果吧。"

邱莹莹不急着收拾，摸摸自己有点儿烫的脸蛋儿，问关雎尔："我要不要拿到工资去把头发染一下？街上都是染头发的，显得我黑头发太孤独了。曲曲的头发颜色我喜欢，明天问她是什么色。关，你染不染？你下月开始也发财了。"

"我有好多计划，我要报一个跳舞班，买一张健身卡，头发不染，但想好好做做，我得问问安迪和曲曲在哪儿做。"

"唔，你这些计划要好多钱，我跟不上。我还是先去染发。你打算学什么舞？"关雎尔脸红了，嗫嚅了半天，才道："肚皮舞或者钢管舞。我太保守了，想刺激一下。"邱莹莹挺不给面子地大笑，又指指 2201 的方向，"你应该叫上安迪，她也应该刺激一下。"

"对了，安迪刚才特意来声明，她跟樊姐老家的那位包总走一起了。他们的进展可比你快多了，现在包总就在安迪家。"

"什么？不会吧？你亲眼见的？"

"安迪跟包总两个站在我们门口，亲口跟我说的。不信你去问小曲。"

"我才不会去找小曲，今天不敢惹她。可是……安迪不是才刚跟魏总分手吗？前几天一直还愁眉苦脸的，这就……太快了，我刚失恋都还煎熬了好几天呢，一个月都没恢复过来。"樊胜美刚好进门，闻言奇道："怎么了，怎么忽然提起过去那些事儿了，咱不提，不提。"

邱莹莹转身连忙将门后的水果抢救出来，顺便把安迪的事告诉樊胜美。樊胜美不禁想到前几天见到的为情所困的魏渭。但这件事上她已经得罪过人，她不便多评说安迪，只简单地道："魏总要伤心死了。"

"是哦，这么快就爱上别人，摆明了以前没爱魏总哦。魏总挺可怜的。"

关雎尔不语，回房间继续看书。邱莹莹拿着塑料袋跟进来，往关雎尔桌上放了几种水果同喜，邱莹莹依然忍不住点评："这事，我看安迪做得有点心急，发展得太快对她自己也不好，看不准对方的人品。我不是有血淋淋的教训在前吗。小关，你明天看见安迪跟她说说。"

"我不清楚，不过看安迪与包总在一起很开心。"

"我当初也很开心啊，可谁想得到啊，还是事先小心谨慎点儿为好，小心行得万年船。"

关雎尔沉着应答："比如有些人在你面前是恶棍，在小曲面前却是受害者。对方怎么样表现，还得靠自己怎么经营。我倒是不担心安迪。作为朋友，我看到她高兴就好。"

"那倒是的。可……挺伤魏总的。"

"安迪不是小曲，她不会去故意伤害，但爱情既然来了，她总不能拖着不要吧。两个人的事，我们外人少管。"关雎尔干咳了一声后，将这段话的声音放大了点儿，故意让樊胜美听到。

"嘻嘻，关，你哪来一套套的理论啊，挺对的。妞，给我看你看的是什么书，别都是爱情秘籍吧。"邱莹莹笑嘻嘻地扑上去抢关雎尔的书，一看封面，果然是《情爱论》，大笑，果然不出所料，要不然这小妞怎么能分析得头头是道。"给我看，我现在才是亟须补课的。哦耶。"邱莹莹抢了书就跑了。留关雎尔在屋里尖叫。

樊胜美对关雎尔的话充耳不闻，专心卸妆。邱莹莹抱着书来到樊胜美的小黑屋，扭扭捏捏地交代自己的感情问题。樊胜美一听，开心地道："好啊，老乡更能沟通哦。而且做技术的花花肠子少，对人实诚呢。恭喜你，小邱。"

"呜呜，樊姐先别说恭喜啦，八字还没一撇呢。我该怎么对他呢？他对我真好哦，我都不知道该怎么报答他。樊姐你帮我出出主意吧，我怎么做才好，别光说恭喜。"

樊胜美道："小邱啊，你是实在人，谈恋爱是奔着结婚去的吧？为了以后的日子他尊重你，该矜持的时候矜持点儿，节奏不要太快，慢慢来，坚持住。平时你也多关心他，女人嘛总该细致点儿，何况你们是同在异乡的同乡人。不过呢，有句话不知道该不该说，说出来挺伤感情：经济条件千万别忽视。"

邱莹莹又是哈哈大笑，"说到经济条件，还真歪打正着，我以前真不是冲着他什么去关心他的，真的，他看上去就像个还没毕业的大学生，不像是有钱人。可没想到他有辆车，还有一套正按揭的两室两厅。我都有点儿不好意思了，我跟他说了，我们在一起玩可不是贪图他什么。还好，他理解，真好。可他总买好多吃的给我，我会不会吃人的嘴软啊。关，你别总笑我，给我提建议。这回我要成功。"

关雎尔笑道："我觉得你跟那位真合得来，什么时候方便了，请来我们一起认识认识。不会敲诈他，我们AA。而且不请小曲。"

樊胜美心中却在翻江倒海，在海市有房有车？她桌上放的正是王柏川昨天送来的草莓，一只只硕大肥美，可再好的草莓，又怎么能跟有房相比呢？她现在满心呼叫的就是房子房子房子，即使还得按揭70%。听邱莹莹又问，樊胜美忙笑道："我们一起吃饭这事儿不急，我不给你压力，让你顺其自然发展。而且呢，说实话，男人即使已经发展成老公了，也最好别带来跟闺蜜混，这事是感情生活大忌。"

关雎尔脸上一热。邱莹莹连连点头。樊胜美看在眼里，并不乘胜追击。何况，她开始心烦。王柏川啊王柏川，没有房子，怎么而立，儿子都立不起来。白光鲜个外表，有什么用啊。

樊胜美的怨念一直持续到第二天上班路上，面对风雨无阻天天来接她上班的王柏川，她当然不好说什么，王柏川已经努力。"今天，等年终奖到手，我立刻递上辞职信。工作那么多年，终于要离开了，有点儿不舍呢。"

"千万别不舍得，每天上下班这么多路，你不辛苦我还觉得心疼呢。"

"是啊，以后你可以不用接我了，你早上可以多睡一个小时呢。休息好了最要紧。昨晚我们22楼双喜临门。小邱找到男朋友了，也是老乡，做IT的，两个人很配，我听着都替他们高兴呢。还有安迪也有了新男朋友，还记得包总吗？就是他，帮过我的那位。今早我还见了，又谢谢了他。"

"哟，包总什么时候走，我们请他吃饭，再感谢一次。"

"醉翁之意吧，想趁机再攀搭交情？他今晚就走，人家大忙人呢。那么你请不请小邱的男朋友吃饭呢？"

王柏川呵呵一笑，"行啊，你定日子，我来请客。"

"AA好了。别听外面都说什么IT民工，小邱男友有点实力，在海市还有房子呢，听说看上去像个大学生。小邱说起来挺好玩的。"

樊胜美说到这儿，才不经意地点了一下。王柏川当即心领神会，从脸上一直红到了脖子。樊胜美见效果达到，便体贴地道："你可别多心哦，要是你早点儿来海市发展，只有发展得更好，弄不好你还成炒房客了呢。"

王柏川点头，"我后劲十足，呵呵。"

安迪从浴室出来，见包奕凡在翻检冰箱。她挺不好意思地道："只有速冻食品和大前天的面包，我推荐湾仔码头的速冻牛肉面。"

"你煮咖啡，热牛奶，我来做早餐。干吗惊讶，早说了我是苦出身，我爸妈狠心到我上飞机去美国时，只往我口袋里塞了一千美元。还好学费什么的都全额给我的，生活费完全自理。被迫练就烧菜本领。"

"可是，在美国买面包牛奶解决三餐，比自己做菜还便宜啊。"

"跟你略有不同，我在家吃香喝辣还挑食，纯粹的中国胃怎么受得了天天啃面包。不过回国后几乎不大动手，手艺可能生疏，你将就着点儿。"

"可别还不如我这个新手哦。我来吧。"

包奕凡亲一下安迪的额头，"我来，给我心爱的女人做早餐，责无旁贷啊。你别看着，我心虚。"

安迪见包奕凡笨手笨脚地做事，还真有点儿不放心。她看看旁边的电视机，硬是忍着不打开，免得两人世界插入其他声音。等待的时候实在没事做，她趴在料理台上看包奕凡。男人下厨，居然也挺性感。只是，她忽然觉得，这屋子太空空荡荡了点儿，桌上的东西也太少了点儿，似乎有点儿冷落热情的包奕凡。

一会儿，有丝香气从抽烟机下逃脱出来。安迪走过去看，原来是面包蘸了掺有蒜蓉酱和培根丁的蛋液用植物油煎，难怪如此好闻。包奕凡说，这是改良法式吐司。安迪则心知，这是因为她冰箱里缺少丰富多彩的调料。包奕凡得意地道："还行，没生疏。你给脸偷吃吧。"

安迪大笑，站一边偷吃起来。确实好味，比她每天自以为做得不错的早餐好多了。昨天包奕凡在飞机上跟她讲起，他在美国的德资公司打工挣钱一边偷学管理招数，她还有点儿将信将疑，以为也就是走马观花一下，现在相信他真的做事了，要不然没人付工资给他。

包奕凡飞机上还说他的志向是做德国模式的行业尖端的中型非上市公司，只两三千人，只专注一块市场，专心一个领域的产品。每孵化一个企业，待时机成熟便独立出去，除技术共享，其他全部独立核算。目前一个正孵化成熟期，另一个刚通过并购加速孵化。这辈子若能做成两个如此尖端的企业，已经够成就。最难的是人才寻找，意识好的职业经理人凤毛麟角，花钱都难找，而且大多还不认可上市理念。因此他倍加辛苦。安迪当时感慨，她工作只有一个目标，赚钱，以保一辈子衣食无忧。显然不够有格。包奕凡承认他心理压力很大，接手父母现成的事业当然是好事，可他只能做好，稍好都不行，稍好就等于吃老本，否定自己的骄傲。其实也不大有格调。两人当时还惺惺相惜地握了一下手。

等包奕凡做完早餐，他得意地道："全能吧？"

"完美。包总，什么时候你们公司招聘，我应聘做前台接待吧，可以每天花痴你。"

"你们谭总会追杀我……电话，你的。"

安迪早蹦了出去，一看号码，她掐了。魏国强的，讨厌。包奕凡没问，两人快速吃完早餐，一起出发。但魏国强又来一条短信，说今天来海市看安迪。安迪咬牙切齿地删除，只是神情落在包奕凡眼里。包奕凡还以为是前男友来电呢，但见安迪神色不快，就主动道："要不要我出面跟他谈谈？"

安迪一愣，"你，怎么谈？哦，你想歪了。不是前男友的事。"究竟是什么事，安迪却犹豫了。犹豫了好一会儿，才道："忽然有人冒出来自称是我父亲，应该就是他，我不想认。"

"勒索？"

"没，他过得挺好。只是报应不爽，他膝下无子，想做我便宜父亲。没门。"

"对，我们都一把年纪了，不用为什么道义伦理活着，自己开心舒服就好。"

可是魏国强的短信又进来，安迪火死了，真想发作。可是，她身边有包奕凡。她只能克制再克制，将所有的情绪压制在内心里。等与关雎尔会合，她更不会说什么了。

关雎尔坐后座，有包奕凡在，她今天一路清醒。她最受不了的是前面两人趁红灯时候的对视，简直是目光的天雷勾地火。她羡慕。

安迪今天的上班脸上，每一个细胞似乎都透着笑意。她走出电梯，与同事打着招呼进门，忽然，斜刺里窜出一个中年女士，冲着安迪就是一个巴掌。安迪眼明手快地避开了。那中年女士又扑过来，安迪左右避让，幸好这儿是她的地盘，早有男同事冲上来将女士架住。保安也随即赶来。安迪奇了，国内的人怎么都喜欢拿巴掌打招呼，难道一个巴掌特别解气？而眼前这位女士还穿着名贵，仪态不错呢。

那女士被保安扭住，却并不慌张，而是厉声道："我是某某部魏国强的太太，放手。我今天就来打这狐狸精。"

　　"误会了。"安迪吩咐保安，"请送魏太离开。必须离开。如果可能发生人身伤害，请报警处理。"她说完头也不回离开了。进去里面，她一脸奇怪地道："我有必要做狐狸精吗？"

　　众人当然都见过魏国强来公司，但被安迪砸出去。而且确实，安迪没必要做狐狸精。但人们心中对于八卦问题都抱有无风不起浪的好奇，于是各种猜测在大伙儿脑海里发酵。但安迪当然不可能跟人透露她与魏国强的关系，她无法透露。这个关系是一条线索，只要谁有心，就可以顺着线索一路往下挖，直把她的根子挖出来。而这是她心中最大的恐惧。

　　她坐到办公室后第一件事是接通魏国强的电话。魏国强接起便直接道："你可算来电了。我……"

　　"你太太来公司打我耳光，说是打狐狸精。你处理一下。第二件事，你绝不可以对任何人泄露一句我与你的关系，你已经黑了良心害了我前半生，你往后扪着良心做事，想想泄漏我出生地会对我造成什么伤害。第三件事，不许再找我。"

　　"有数。知道了。我打你电话正为提醒你我太太的事。她翻我包和电话找到你的资料，又不知通过什么渠道找到你。我跟她解释你不是，但我因为没法说出你与我的确切关系，她一直不信。请你担待。"

　　"我只问你，我还要被你害到几时。你太太打出你的名头，谁敢得罪，难道我还得等着哪天挨闷棍？你还想怎么害我？"

　　"我不想害你，而且知道你是谁之后，只想好好补偿你。可……我最近有些家庭纠纷，我没想到会连累到你，很抱歉很抱歉。人过半百之后，已经觉得其他都是虚无，唯有自己的孩子……"

　　"你的问题，不要成为我的烦恼，OK？"安迪立马挂断了电话。心里隐隐猜到魏国强家可能起了家变，要不然他太太怎么可能疑心到如此地步，又撕破脸皮干出如此大举动，他们好歹是有身份的人，如此明火执仗，肯定是抱定鱼死网破的心了。安迪不禁仰天而叹，关她屁事啊，怎么又都落到她的头上。可分明又在挂掉手机前听到魏国强委屈辩解，"除了你，没人这么对我说话。"安迪回想，她确实态度很差。但她又有什么办法，她看见魏国强恨不得灭了他。

　　偏偏今天有点儿闲，又有一个熟人来电话，是王柏川。王柏川送走樊胜美之后，心里快快了一路。到了公司翻了半天行事历，决定冒险向安迪发出请求。

"安迪你好，听说包总在。我能不能拜见，半个小时或者一个小时就行。"

安迪道："你直接找他，告诉他你是谁就行。今天他有两个会，安排挺紧张。如果他今天没时间，你回老家时候去找他，应该逮得到。"

"非常难以启齿，包总名片上的电话都是秘书接听，这些我是谁谁的话可能不便说。真的很不好意思麻烦你来转达。现在生意很难做，竞争激烈。"

"他那儿有你的业务？"

"是啊。包总那儿有稳定的需求，一年细水长流下来，也有一定的量。我希望能在生意上拼一把命，夏天给胜美一个有房子的家。她非常渴望，今天又跟我提起。我压力挺大，只有请求朋友们帮忙。"

安迪答应帮他询问包奕凡。直到晚上接了不用加班的关雎尔一起回家，安迪才知原来事出有因，与邱莹莹的男朋友已经有房有车有关。

而包奕凡白天没时间给王柏川，但王柏川懂得见缝插针，申请送包奕凡去机场，并与包奕凡一起飞回家。包奕凡当然对王柏川另眼相待，耐心听了一路，体贴地要王柏川赶紧送样品过来，一定要春节前十天送到，免得到时候公司已没人。往往节前送到的样品如果通过，便可以加入一年的供货计划。王柏川一算时间，紧张得不行，他几乎是一刻都不能在家待着，得当即飞回海市处理业务，然后第二天去工厂盯着赶制包奕凡需要的样品。于是，他下了飞机便当即与包奕凡告别，买票原机返回。回家已经半夜。王柏川几乎筋疲力尽。

樊胜美早上领了工资和年终奖，上网查银行账户，已经空空荡荡了将近一个月的账户果然已经有进账，而且因为年终奖而数字不小，她心里非常开心。当即，她拿了辞职书，去找上司谈话。

凡是做 HR 的，当然知道辞职书上面的话不能作真。上司拿到辞职书都来不及打开，惊讶地道："小樊你在公司工作这么多年，辞职多可惜。做生不如做熟，如果待遇什么的没差多少，还是别跳。我可以当作没收到过这份辞职信。如果对工作有意见，我们私下交流。"

樊胜美忙笑道："我怎么会有意见，没有。有领导们的关心，我在公司一直很开心很顺利。只是我家最近出了点儿事，我爸现在瘫床上，我得回去老家处理，唉。没办法，家里得力的只有我一个人，不忍心看我妈一个人操劳。总请假也不好，可家里的事情又催得越来越紧。"

"那倒是。过去是父母为孩子操心，现在得孩子们顶上了。"

樊胜美点头，"提前人到中年了。下面还没有小，上面已经都老了病了要照顾了。"

"小樊，公司规矩你是知道的，两条，一是提前一个月申请，二是离开后公司不会再接收你。你可考虑周全了？"

"请求领导法外开恩，让我尽早回老家去。真没办法了，我妈一个人照顾几乎是植物人的爸爸。元旦我回家一次，两个人照顾我爸，我都忙得喘不过气来，想想我妈一个人……"

上司早知道樊胜美家里发生的事，樊胜美又是表现得情真意切，上司便答应破例高抬贵手，但要求樊胜美注意保密。在上司的协助下，樊胜美当天下午就办理完了所有手续，领了这个月十天的工资，提前下班，打道回府。

终于辞职，终于可以到CBD中的CBD工作，樊胜美走出公司大门，真是看天天是蓝的，看树树是绿的，肃杀的冬日犹如过了滤镜，怎么看怎么绚烂。只可惜王柏川忙着送包奕凡上飞机，她只能拎一只塞满这么多年积攒下来小东西的大包，辛苦赶去公交车站。走到半程手臂就酸了，可心里愉快，歇歇再走。

她当然不会跟上司说她急着去酒店上班。若是说了，恐怕就得被拖延到一个月后才得脱身。酒店还有没有耐心等她都难说。

樊胜美回到家，自然是先卸妆。完了便在宿舍里无事可做。但她现在账号里有钱了，她穿上羽绒服出门逛街，重拾久违的爱好。只是很遗憾，错过了元旦前的折扣大动作。好在樊胜美逛街并不一定只钻大商场，她有一双慧眼，她最能从街边外贸小店里面捡漏。

邱莹莹欢乐地盘算着有生以来拿到的最大一笔工资的花法，与应勤在老地方会合。她见面就提出她要请客。应勤很惊讶，得知原因后，平静地笑道："那也该我请客，我今天拿了项目提成，有五万左右。正打算跟你说呢，我们吃点儿好的庆祝。"

邱莹莹惊得两眼滚圆，这可是她以往一年的收入数目啊。她脱口而出："存着，别乱花。"

"当然不会乱花，但我们可以有比例地抽出一部分来庆祝。这次提成还行，我们的庆祝就可以隆重点儿。"

"可总是你请客也不好，今天我也拿提成，女士优先，我请。但我请客只能在小饭店，你可不许嫌弃。我跑咖啡店推销的时候看到一家老家菜的饭店，我都惦记好几天了，今天我们一起去吧。不可以说不去，不可以说你请客，要不就是嫌弃，嫌弃。"

"其实你不用跟我在这方面争，我钱多点儿，我请客，才是公平。再说我是心甘情愿。"

"可我第一次拿提成，意义不一样。"

"好吧，这回听你的。"

邱莹莹才刚开笑，忽然想到一个问题，又跑回店内，拿了一些样品塞进包里。那家老家菜饭店旁边有两家生意不错的大众型咖啡店，进的都是低档货，可上个月进货的量不小。邱莹莹既然人过去吃饭，当然要特意上门一趟，送去一点儿小恩小惠。人家从她这儿进货，那是帮她的忙呢，得领情。

说到领情，邱莹莹又想到一直罩着她的樊姐……当然樊姐可能与王柏川在一起，但不妨碍她去电话问一声。想不到樊姐正一个人逛街，她当即发出邀请，邀请主题是"认识应勤"。樊胜美一听说邱莹莹只请了她一个，以为邱莹莹请她过去做娘家人帮眼，开心地一口答应。等了好久，才等来应勤开的两厢POLO车，车子停下，两边车窗分别探出两只毛茸茸的脑袋，只是没人绅士地或者淑女地下车开门。樊胜美自己打开车门上车。然后，由邱莹莹指挥着道路，杀奔饭店。

樊胜美在后座微笑着看前面两位吵吵闹闹，感觉那个戴着黑框眼镜的IT男挺听邱莹莹的，而邱莹莹则是在IT男面前充满反常的权威。樊胜美很觉得有趣。等车子停下，樊胜美看见火红而简陋的店面，心里惊讶，那有房有车IT男这么抠门？

应勤自个儿找车位泊车去，邱莹莹拉樊胜美进店里，找一个位置刚想坐下，樊胜美就拉住邱莹莹，掏出纸巾将塑料椅子擦了一遍，才放心放邱莹莹坐下。邱莹莹连忙有样学样，拿了桌上的餐巾纸给应勤擦出一把空椅子来。樊胜美看着不禁感喟，这傻丫头，怎么就不懂得等应勤来了，当着应勤的面擦，那是完全不一样的效果。

邱莹莹抬起头等了不到一分钟，就道："怎么还没好？樊姐等会儿，我去旁边两家咖啡店送些样品。很快回来。你们先点起来吃起来。"

应勤进来时，正好见樊胜美扭头拿湿纸巾擦椅背，擦完又擦了一遍桌沿。应勤第一次意识到这种小饭店原来挺脏。樊胜美见应勤过来，微笑道："你坐那把橙色椅子，小邱刚才已经替你擦了。"

应勤差点儿应一声"是"，眼前这位姐姐太高档了。他将塑封的薄薄一张菜单推到樊胜美面前，客气地笑道："樊姐，你先点。大多是辣的，不知你吃不吃得惯。"

樊胜美仪态万方地微笑着将菜单挡回去，"吃你们家乡菜，当然该你点。我入乡随俗。"

应勤想了也是，对着菜单研究起来，省得抬头费力地与高贵姐姐说话。但点菜之前，他扭头看看周围桌上盘子里的菜量，计算着不能给邱莹莹浪费太多钱，不能吃剩太多，而点得恰到好处。他给三个人点了四样菜，一鱼一腊肉一肥肠一蔬菜。应勤点完，才抬头征求樊胜美意见，"樊姐喝点儿什么饮料？还需要补充别的菜吗？"

"这些够了。我们就喝热茶吧，天冷，喝别的不舒服。我听说 IT 行业经常加班，你们也一样吗？"

"看工作的。前几天就一直睡公司里，而且轻伤不下火线。"

"呵，想起来了，那天晚上小邱做好腊肉饭给你送去，你那时正在公司加班吧？真辛苦的。"

"辛苦是辛苦，不过我也只会做这行，做这行不用想太复杂，挺适合我。樊姐在哪儿工作？"

"樊姐刚辞职了吧？"邱莹莹进来，接了话头。应勤大大地松了一口气。

"对啊，明天开始新地方上班。可惜以后得穿他们统一工作服，今天逛店看着有些只适合上班穿的漂亮衣服，心里好不舍得哦，以后得跟它们说拜拜了。"

"那不正好，省心了啊，而且也省钱。以前我上班的地方没工作服，又要求穿职业装，我每个月工资花买衣服上面就好多，那些职业装太便宜的太穿不出去。现在有工作服了多好，只需要买自己喜欢的，不用看公司眼色。樊姐，吃腊肉，我在宿舍不敢炒腊肉，应勤点得真好，鲜大蒜鲜辣椒大油大火炒出来的才好吃呢。"

樊胜美一般晚上不吃饭，减肥，她意思意思地尝了一块腊肉，但绝不碰大蒜，免得明天上班第一天口气冲人。邱莹莹知道樊胜美晚上不大吃，就招呼应勤一起猛吃。应勤虽然从网上看到过女生节食，可面对真人，怎么都想不到樊胜美一向不吃晚饭，他还以为口味太辣太呛，冲撞了高贵姐姐，于是心中一直很内疚。

第二道上来的菜是肥肠，但这时樊胜美接到一个电话，是陌生座机打来。电话里一个男子用公事公办的声音对她说，她哥哥和嫂子在这次集中扫黄行动中被抓，要她过去办手续。扫黄？樊胜美惊得眼珠子都快掉下来。她嫂子卖淫？她看看邱莹莹两个，她可不好意思在两位面前提问，赶紧起身走出店外。"请问警官，他们怎么犯罪？"

"两个人专门负责贴广告，发名片，在车站饭店门口拉皮条。你们家人过来处理一下。"

樊胜美心里蹿火，但对警官说话，她依然好声好气，"真对不起警官，我爸上月刚中风，至今不能说话不能动弹，我妈没日没夜照顾他。我明天就得出国出差，也没法过去。我哥他们两个都是成年人，让他们自己担负责任，可以吗？"

警官道："他们会比较吃苦。"

"那是他们求仁得仁。请问会判刑吗？"

"会。具体如果你出差回来有空，过来处理吧。"

警官也见多家人甩手不管的，没对樊胜美多提要求。樊胜美结束通话就火大地打电话问妈妈有没有接到哥哥电话。果然，她妈妈先接到警官的电话，一个皮球踢到她这儿，让她出面处理。家里也就她能出面。

樊胜美举目遥望不远处灿烂的大厦身影，想想近在眼前的新工作，坚决地道："妈，我管不了，我抽不开身。警察说会判刑，反正他们自作自受吧。"

"不行啊，你哥他们连换洗衣服都没有，这么冷的天，会冻出病来。你无论如何请假去一趟吧。"

"我无法请假，再请会被开除。我被开除大家都没饭吃。"

"你怎么都得想想办法啊，你哥是你赶出去不让回家的，要是在家里待着，起码有口饭吃，怎么也不会去做犯法的事。你不能不管你哥啊。"

居然哥哥还是她赶走的？樊胜美无话可说，擅自中断了通话。要不然又得对她妈大吼大叫。但心里气极，王柏川又远在天边，她无处诉说，在室外生了会儿闷气，被冻得四肢冰凉，只能返回室内。她忍不住点燃一支烟，菜更吃不下去了。

应勤少见吸烟的女人，好奇地看一眼樊胜美，再看一眼邱莹莹。邱莹莹冲他摇摇头，才对樊胜美道："樊姐，怎么了？"

"家里的事，我哥又闯祸了。唉。"话音未落，手机又响。樊胜美看看电话号码来自家乡，但不是她家中来电，便接了起来，还以为是王柏川。不料来电是嫂子家人打来。嫂子家里更穷，一上来就大骂，生气女儿跟了樊家人吃苦，要樊家负责到底。樊胜美听了几句，知道那家人也没主意，无非是想逼她出面出钱，她就一声不响挂断电话，进而关机。她借邱莹莹的电话给王柏川发一条短信，扼要说明关机原因，让王柏川如有要紧事就发短信到邱莹莹手机上。

一支烟吸完，樊胜美脸上恢复平静，对应勤抱歉地道："对不起，影响你们的情绪。我家里有个亲哥哥，他爱闯祸，闯祸了要我收拾烂摊子。一般人家兄弟姐妹总是互帮互助的，偏我家出格。小应，你家有兄弟姐妹吗？"

应勤道："我跟小邱的年龄都赶上计划生育吧，都是独生子女。"

樊胜美差点儿口吐鲜血，他跟小邱的年龄……似乎他们与她已经形成代沟。邱莹莹没察觉什么，笑道："我们22楼只有樊姐家里有兄弟姐妹。我小时候可想有个哥哥姐姐了。樊姐，吃鱼吧，吃鱼不会长胖。这家饭店做得挺地道，真的，我刚才还跟应勤说以后再来呢。"

"好，闻着都香呢。"樊胜美勉强吃了几口，还是看着邱莹莹和应勤吃居多。等结账时，她见到居然是邱莹莹从花哨的小钱包里掏出几张钱，数出一张一百元的来付款，而应勤岿然不动。樊胜美吃惊了。

应勤见邱莹莹放下筷子，他开心地闪着眼光，问："你真不吃了？"见邱莹莹肯定地摇头，他哈哈一笑，"那我不客气了。我一直瞄着鱼面颊肉呢，还有鱼脑。本来还想你要是爱吃就让给你。"

邱莹莹睁大眼睛看应勤从鱼脸上夹出一片薄薄的瘦肉，奇道："好吃吗？"

"这个最好吃，鱼的精华呢。你试试看。"

应勤很顺手地将鱼肉夹到邱莹莹嘴边，邱莹莹想都没想就张嘴吃了。

但等鱼肉入嘴，忽然想到不对，脸红了，偷偷瞧樊胜美一眼。

应勤也意识到发生了突破性的大事，面红耳赤地很抱歉地看着樊胜美，仿佛等待樊姐训话。樊胜美虽然心里烦躁，可还是很配合地挤出一个笑，"呵呵，我没看见，我没看见。小邱，好吃吗？据说这种情况下会变得特别好吃。"

邱莹莹小声道："我都没吃出味道来。"应勤连忙将鱼一翻身，夹出另一块面颊肉，"这个，你再试试。"

邱莹莹偷看樊胜美一眼，忙伸出自己的筷子，拦截了那鱼肉，但一想，就放到应勤的盘子里，"一人一块。你最爱吃呢。鱼脑也你吃。"

　　樊胜美保持一脸微笑，看两个人亲亲爱爱，在一只小小鱼头上做文章。

　　如果王柏川也这么做，她会让王柏川再叫一只鱼头，出来吃饭别一脸抠门相。看来这个应勤不够大方。谈恋爱时候都能对女朋友抠门，那就别指望他以后大方了。跟着这种人吃苦。

　　等下车进入欢乐颂小区，只有两个女孩了，樊胜美若无其事地问："小邱，你们喜欢 AA 制吗？"

　　"我一直想 AA 制呢，可应勤总说他钱多点儿，他来。今天好不容易听我的，因为我拿了提成奖金了，真开心。"

　　樊胜美这才放心。她最担心邱莹莹没心没肺，不会看人，万一又遇上一个猥琐男，那就太打击了。还好。她真心诚意地道："小应挺配你的，对你也挺好，不错，你有眼力。"

　　得到樊姐的肯定，邱莹莹开心坏了，抱着樊胜美的胳膊蹦跳。"真的，这回没走眼？哈哈，樊姐看了就一定不会错啦。那我就可以放心大胆了……"

　　"你打算怎么大胆？"

　　"啊，樊姐你太坏了。"邱莹莹半挂在樊胜美胳膊上，蹦跳着回家。她恨不得立刻打电话告诉应勤这边的实况，告诉应勤樊姐对他的肯定。她凑在樊胜美耳朵边叽叽喳喳说个没完，樊胜美差点被她烦死。因为樊胜美心烦啊。

　　她进了 2202，还是打开手机给家里打了一个电话。难怪一直心惊肉跳地，果然没料错，嫂子家人刚刚打上门要人来了。樊母心惊肉跳地问："我该怎么办呢？我要是开门，他们会不会揍死你爸？"

　　"别开门。我跟你说一句，你大声跟门外的人学一句。你听着：这事我也不知情。说。……但再闹，我就传出去是你女儿卖淫被抓。说。"樊胜美听妈妈颤抖着对门外喊话，而电话里传来的是门外的拳打脚踢声。但等最后一句话说完，门外哑火了。她便再补充道："要脸就回家去。说。……等我女儿有空会去处理。说。"

　　随着最后一声踢门声消失，电话那头开始传来妈妈的哭喊声。樊胜美心烦意乱，又将手机关了。她还能怎么样呢。她现在亟须找人了解，哥哥现在被抓是怎么回事，可能判刑又是怎么回事，家属有多少事要做，有多少钱要出。起码……她总得有个了解吧。

　　樊胜美唯有唉声叹气，打电话遍找朋友咨询。

安迪回到家，还在忙碌做事的时候，接到谭宗明来电：魏国强元旦后即开始诉讼离婚。魏太上门打耳光果然事出有因。

安迪更是一边倒地憎恶魏国强，这男人从来没有担当。过去对她妈妈如此，现在对魏太如此。她倒是有点儿同情魏太，几十年夫妻，这么突然闹离婚，会不会也被逼得像她妈妈一样发疯。女人！

Chapter 35

第 35 章

　　樊胜美如愿以偿，傲然开步城市中心的工作。她此时有些后悔当年大学毕业时候的选择。那时高档宾馆的工作也曾对她展开怀抱，可因为宾馆不解决户口，又有长者告诉她宾馆工作是吃青春饭，以致她从业一开始走了岔路。如今做了那么多年的HR，她算是看清了。有青春的时候，不充分依仗每一寸天资，那简直是蠢猪。不过，一切为时未晚。进入宾馆，看着周围同事们一张张缺乏风霜雕刻的嫩脸，樊胜美感慨之余发誓，从现在开始为自己创造一个良好环境，爱护自己，保护自己，滋润自己，为自己永远娇嫩的容颜负责，一切都为自己。

　　当然，樊胜美清醒认识到，享受宾馆良好环境是有前提的。宾馆环境毕竟是为花钱的大爷提供。而她唯有好好工作提升宾馆环境，才能有办法待在这环境里享受下去。

　　樊胜美开始接受各种各样的基础培训。上班第一天，她几乎站足八小时。其他同事一下班就精神抖擞地作鸟兽散，樊胜美坐在更衣室差点儿起不来。也不知是不是错觉，她觉得脚踝都站肿了，都不愿站起身来回家。可惜，在她人生如此紧要的转折关头，王柏川却正在别处忙碌，无法来接她不说，而且无法分享她一天工作下来的心得体会。她需要找人说话，找人说说这一天站在一个全新角度旁观花钱大爷们嘴脸的新鲜感受。当她站在前台，学习接待服务，才知那些花了大钱以为自己是上帝的顾客受到了些什么样的愚弄。一天之内，看多形形色色的嘴脸。

因此，樊胜美喜欢这份工作，喜欢与那些虚张声势的来来往往的人周旋。即使两腿挺累。

想到这儿，樊胜美将刚脱下的西服又穿上，去找 HR 总监道谢。她告诉总监，她佩服总监的眼力，她确实适合这份工作。于是，樊胜美看到总监脸上泛出得意的笑。樊胜美这才脸上挂着圆满的笑容，拖着疲惫的身躯回家。

但即便是疲累，樊胜美也不会忽略这一路上，有好几个平头整脸的男子长久注目于她。回到家里对镜子细瞧，一天工作下来妆容当然已经不整，鼻梁左右泛着油光，唇线已经模糊，淡妆已经淡得如同乌有。可为什么反而今天注目她的人恢复到以前的盛况？

好在，王柏川在她刚放下镜子不久，体贴地来电了。樊胜美换上拖鞋走到 22 楼走廊，一边舒展站了一天僵直的身子骨，一边与王柏川说话。王柏川自然是以樊胜美为重，先询问樊胜美新工作第一天的感想。然后王柏川才说自己的。他依然没敢说出自己紧追着包奕凡拍马屁，才混来一笔生意的希望。因为他知道樊胜美最近对 22 楼的女孩子们有成见，有点儿赌气肯定不愿他接受了包奕凡的恩惠，而让樊胜美在安迪面前抬不起头。他只是对樊胜美说他追上一个好客户，他必须如何如何努力才能拿下起码一年的单子。而如果第一年的合作理想，那么未来就能成固定客户。

听得王柏川描述美好前景，樊胜美看看手表，打断王柏川抒情后的调情。"现在差不多晚饭时间，你还在工厂？我听到机器撞来撞去声。"

"呵呵，那是行车卸货。我得盯着他们在保证质量的前提下紧急出样。要加班呢，我刚刚还给师傅们派了一圈香烟。"

"你也还没吃饭吧。我看你别跟我说话了，赶紧去找家快餐店，给当班师傅们买些好菜。"

"不用这么客气，他们老板自己会计算他们加班费，我管发香烟。规矩一向如此。再说他们七点多发蓝工序完毕就下班回家。"

"你这就叫作掉以轻心了。既然这是一笔对你而言举足轻重的单子，你加倍做点儿笼络又能怎么了。赶紧干正事去，我这儿什么事都没有，只是站了一天有点儿累，你不用挂牵我这边。"

王柏川笑道："古人说一日不见如隔三秋，我今天才发现出差是个苦差事，看不见你比什么苦都难熬。别赶我去做事，我们多说会儿话吧，好不容易等到你下班呢。"

樊胜美脸上溢出甜蜜的笑，但毫不容情地道："不许拿惦记我做偷懒幌子，我才不会上你的当。赶紧的，做正经事去。"

王柏川的狡计被戳穿，只得悻悻然结束通话。

魏妻又来。这回倒是不闹，而是脸色苍白地坐在门口要求与安迪见面。安迪头痛，人家不动武，她自然没理由将人又出去。安迪便拖延着不下班，想将外面的魏妻耗死，让她自动求去。可直拖到晚上七点，她将手头的工作，甚至明天的安排都做完，饿得腹擂如鼓，魏妻依然守在门口，她只能出去见人。

偏生刚见到魏妻的身影，包奕凡的电话打来。安迪本就不想同魏妻说话，当然不愿立刻结束等了一天的电话，便站得远远地接听。包奕凡笑着告诉她今天发生的一桩糗事。他大学室友与妻子一起创业，妻子掌管财务。妻子生性严厉，因此同学拿不到一分私房钱。无奈之下，同学只得以信誉比较好的包奕凡名义从公司借出50万，存起来慢慢地用。他中午与客户吃饭，正好撞见过来出差的同学妻，同学妻当着客户的面责问包奕凡究竟什么时候才肯归还借用了已有两年的那50万。包奕凡有口难辩，替同学背了黑锅。还得回头跟客户解释是怎么回事，要不然，企业周转失灵，连50万现金都拿不出来，必给客户留下最坏印象。但同学苦苦哀求包奕凡继续遮掩，包奕凡只能继续背着黑锅。

安迪奇了，问道："有钱为什么不让用？"

"不是不让用，而是不让乱用，同学太太要求他有消费必拿回发票报销。从发票便可掌握同学的动态。"

"为什……"安迪问到一半便已想起男人为什么需要私房钱了，"噢，明白了。互不尊重，也无自尊，这样相处多没意思啊。"说到这儿的时候，她忍不住看看魏妻。离婚很难？

"两人既是夫妻，又是合伙人。既不容易分割家庭，更不容易分割财产。只能这么耗着呗。你还没下班？"

"唔唔，还得会见一个人，我施展拖延大法还甩不脱。"

"死皮赖脸的追求者？"

"除了你，真没见过别的死皮赖脸的。"安迪看一眼耐心遥望着她的魏妻，只能郁闷地道，"我去会见吧。真头痛。"

包奕凡在电话里传来几个飞吻，才作罢。安迪微笑，可去见魏妻的时候又只能克制。她强忍着好心情走到魏妻面前，看着一脸憔悴的魏妻，心中不忍，不禁想到当年被抛弃的妈妈。她站得远远地道："您保证不动手，我请您进会议室好好说话。"

魏妻看着安迪，"我昨晚回北京，早上办事，下午飞来海市就直奔你这儿。

我今天很累，已经没力气了。"

"里面请。请您进黑皮椅子的会议室，坐油画下面的那个位置。"魏妻这回没有反抗，漠然进到会议室，坐到安迪指定的位置。安迪这才放心过去，关门，占据距离魏妻最远，又离门最近的位置坐下。她不说话，等魏妻说了再解释。她也不敢给两个人倒水或者倒咖啡，免得水杯成为袭击工具。魏妻远远坐在长桌的另一端，淡漠地道："我早上在法院调解。你知道协议离婚与诉讼离婚的区别吗？"

"中国的婚姻法我还没开始研究。"

"你回去研究一下。魏国强一开始就不想跟我协议，直奔诉讼离婚。我早上去法院就是为此事。"

"你们离婚跟我无关。要怎么说您才能相信？我身家够用，不需要做什么狐狸精。"

"他想把老头子的巨额遗产全交给你，你说我该怎么相信你？你们根本就是串通一气想把我净身出户，拿着老头子的财产过你们两个的快活日子。"何云礼的财产？魏国强打算都交给她？安迪愣了，难道魏国强企图以钱弥补过去的亏欠？她喃喃地道："我什么都不知道。"

"你以为坐在你对面的人是傻瓜白痴？你们没有暧昧关系，凭什么魏国强那么殷勤地让何云礼写遗书将遗产全交给你？空口无凭，我已申请你跟何云礼做DNA比对，鉴定遗书中所谓你与老头子的血缘关系。你明天跟我去北京，别想拿一张所谓的公证遗书剥夺我的财产。我带来几个人，我进会议室的同时，他们已经上楼。希望你好自为之，自觉跟我走，不要与我对抗。"

安迪头痛，她最怕的就是血缘，最不愿提的也是血缘，她即使面对魏妻，也不愿提那一茬。"我钱够花，每年挣得不少。不会觊觎你们的钱。我跟你说了你也不会信，你反正有本事，自己去查我的年收入吧。国外的，国内的，请便。对于有些人打着我的旗号行离婚财产侵吞之实，我不予配合。这个表态可以了吗？"

"老头子是著名画家，家财丰厚，你既然作为遗产当事人不会不知，不用跟我装傻。我结婚几十年，从来只见老头子孤身一人被我们收留，忽然你一个年轻美女冒出来号称什么老头子的血亲，要全部拿走老头子的财产，骗鬼呢？拿走我全部家当，跟魏国强双宿双飞才是你最终目的。我不会让你们得逞。"

保安敲门进来，低声告诉安迪，有法院人士等在门口。安迪心说原来魏妻也是个有能量的，那两夫妻都不是善茬。魏妻请来"绑"她去北京的人来自强制机构。安迪看着魏妻，此时才真正在心中推起了沙盘。因她发现，此时她无法逃避了，只能硬着头皮面对。而魏妻则是冷漠地看着安迪，如同看着逃不出如来佛掌心的孙猴子。

安迪还在思索，魏妻冷冷地提醒一句，"逃避解决不了问题。现在跟我走还来得及。"

安迪不理，依然冷静地将事情前后考虑清楚，才道："到目前为止，有关你们离婚，以及老先生遗产等事项，我完全从你口中获得信息。我整理一下线索，有如下两个问题：一，你们离婚。二，老先生留下遗嘱将财产归我。我的陈述如下：我从工作场合认识魏先生，而从没见过你所说的老先生，对于老先生遗嘱将巨额遗产划归从未谋面的我的名下，我表示极大怀疑。有话说，天上不会掉馅饼，一般无缘无故送上门来的所谓馅饼，必与诈骗有关。因此，问题二被我强烈置疑。而你们离婚，在你拿不出我属于你们婚姻第三者的事实证据的前提下，你在公众场合口头指控我是你们婚姻的第三者，属于诽谤，我保留权利。同时，那么我与问题一也无牵涉。既然问题一、二都被否定，因此，我强烈怀疑你此行的动机。出于本人的安全考虑，我决定报警，请律师到场。眼下，恕不奉陪，因为我厌恶你对我的态度。"

安迪说完就起身离开，同时首先拨打"110"报警。安迪这一手，将魏妻惊呆了，发现事情难以收场。她面对的女孩根本就不受她的恐吓，不顺着她的诱导恐慌地跳入她精心设计的圈套，而是直接将她怀疑成骗子，将她报警。她当即大喝一声："住手。坐下。"

安迪站在会议室门口，大声快速地道："我不知道她是谁，她自称是某部领导的妻子，但没有出示任何证件。从她完全荒诞，甚至有诈骗嫌疑的言论来看，我怀疑有诈。门外还有几位号称法官的人士，也不知真假。从民事诉讼法来看，上午法院做离婚调解，下午法官亲自到海市强行提走证人的程序不合法，因此我同样怀疑有诈。请出警。我已请保安控制现场所有人。"

在魏妻醒悟过来扑上来之前，安迪逃到保安的保护圈里，吩咐保安控制局面。她又拨打老谭电话，让老谭请律师到场。老谭一听说，就决定自己也到场。而魏妻则是与同来的三名男子轻声紧张地商量，其中一名男子走过来靠近安迪，客气地道："我是戎法官……"

"您好，戎先生。这位太太说您是她带来的人，她和她带来的人将强制带走我，她的言论我全程录音。我认为这位太太此行为已违法。我已经报警。在有第三方到场并消除怀疑之前，我不与您对话。我无意冒犯，抱歉。"

然后，安迪躲在保安身后，对所有言语闭目塞听，不作响应。但她听见魏妻带来的人此起彼伏地电话寻找关系解决问题。她原本完全是站在憎恨魏国强的立场上，同情魏妻，可一席话听下来，她发现对方也不是好鸟。那么取消同情，该怎么办就怎么办。只是，继承何云礼的遗产？魏国强何以闹出这么一出？不是口口声声答应不对外泄露彼此之间的关系吗？可见此人猥琐之极。

很快，陆陆续续有人进来。最先到达的是警察。然后是老谭请来的律师。再然后是老谭。老谭之后到达的竟然是魏国强。此后则有魏妻那边请来解围的本地强人，居然与老谭认识而亲密，也与魏国强认识。而那法官与离婚官司无涉，只是魏妻的娘家亲属，被叫来帮忙。大家握手寒暄成一团，原本的当事人安迪反而置身事外围观。大家最终入座会议室，而警察被无功而返。安迪看着心说，难怪魏妻敢有恃无恐地闹事，原来她果然有特权，可免责。那么同样有特权的魏国强还打什么官司嘛，两夫妻比拼特权便是。安迪趁机打开身边桌上的电脑，赶紧放狗搜索继承法，很快，便胸有成竹，与众人一起走进会议室。

大家一时沉默，都不愿做提及魏家离婚案子的出头鸟。最终还是魏国强道："安迪，我通过各种渠道帮助何云礼老人找到你，他的亲生外孙女。何老先生得知此事后激动导致中风，日前抢救无效去世。他去世前立下遗嘱，将所有归属于他名下的动产与不动产全部交由你继承。我是他指定的遗嘱执行人。我今天将遗嘱送达，你必须于今天起的两个月内，做出接受或者放弃受遗赠的决定。"

魏妻不等安迪说话，当即抢先道："作为赡养何云礼老先生的人，我对遗嘱真伪提出异议。这件事必须解决，我已经与律师研究追加……"

"支持异议，支持魏太刚才单独跟我提出的要求，很简单，在权威机构及当事人在场的情况下，我同意取样做 DNA 比对。根据 1985 年 4 月 1 日公布的中华人民共和国继承法，只要遗嘱经过公证，而遗嘱先决条件通过 DNA 鉴定证伪或者证实，证明遗嘱是否表达遗嘱人的真实意图，是否在欺骗下立遗嘱，则事情解决。如果遗嘱无效，那么跟我彻底无关，大家都不用再莫名其妙跟我拉扯什么狐狸精外孙女之类的关系。如果遗嘱有效，那么跟你们彻底无关。"

不仅魏妻，连魏国强与谭宗明都惊讶地看着安迪，想不到安迪轻易答应 DNA 鉴定。还是魏妻问："你早先为什么不答应？现在又为什么答应？"魏妻心头疑云大增，安迪爽快得反常，按说他们狗男女联手作假，怕的该是 DNA 鉴定才是啊，怎么反而踊跃。

"你早晚会提起另一起诉讼，把我列为当事人。遗嘱官司打多久，我看你得天天追着我打狐狸精打多久。你累我也累，看看，大家也都跟着受累。而且太太，我还有名誉啊。我莫名其妙惹上这一出，我还是早死早超生吧，惹不起。我刚才只是不愿被你暴力胁迫，担心莫名其妙被失踪。你们找好法律承认的鉴定机构，我们约个时间吧，都到场，一次性解决，以后别再找我，拜托。"

魏国强面无表情地道："何老先生在天之灵一定很愿意看到他的遗产被交到合适的人手上。我看事情就这么解决。我请大家吃晚饭，感谢大家奔波一趟。"

魏妻反而看着魏国强，合适的人？他指的是谁？魏妻满眼疑虑。她与法官亲戚耳语一阵，责问："如果我没找到这儿，你是不是打算假装遗嘱已经通知安迪，但安迪两个月后不作回应，她当然无法回应，被当作自愿放弃继承，然后你顺手拿下全部遗产？"

"这是题外话，你可以提交法庭解决。今天这边的事已经得到圆满处置，我们走吧，别给人家公司添乱。"

大家当然都不愿意坐着看一对各有来头的冤家吵架，于是纷纷响应，站起身来。魏妻有点惊讶地一直凝视安迪，安迪早一溜儿先逃走了，免得被魏妻下黑手阴一下。谭宗明先提出不去吃饭，魏妻请来的强人也提出不给魏国强添堵，大家各自作鸟兽散。

谭宗明这才单独问安迪怎么可以答应做 DNA，这不是揭自己老底吗。老谭更是道："DNA 鉴定结果肯定无误，你必将单独继承巨额遗产，你以为本来对一半遗产志在必得的魏太太能甘心吗？你不怕她愤而揭你老底？"

"我刚才临时抱佛脚看了继承法，她作为赡养人有权对遗嘱提出异议，可以另起遗嘱涉嫌欺诈的诉讼，指控我和魏国强联合欺骗何老，冒充何老血亲，将我提为被告。届时根据我早先背诵过的民事诉讼法，谁主张谁举证，她提出所有证人证据都可以表明我早先与何老无任何瓜葛。而她的当庭质证，任何问题都可以让我的老底更被曝光。现在从两人的话语中我听出，魏国强没承认他与我的关系，而只承认何老与我的关系。何老的底子只有魏国强和我们几个人知道，不像魏国强的底子是透明的。我估计我还可以幸免于难。不过这也只是我的侥幸想法，谁知道呢，没有选择下的无奈选择。"

老谭想了会儿，点了点头。"好吧，回家。"

安迪可怜兮兮地道："你送我回家吧，我两腿打战，踩不来油门了。"

老谭不禁一笑，"刚才还装得挺彪悍的，蛮好。我最先担心死了，怕你情绪失控。"

"哎哟，我忘了喝水。难怪渴得要死。"

老谭笑视安迪一溜儿奔回办公室，拿着包和两瓶矿泉水出来。"你是不是还担心遗嘱官司打起来的话，狐狸精的风声传到包家耳朵里，对你不好？"

"不担心。我是什么人，包奕凡心里最清楚。但我无论如何都担心魏太，一个人财两空的离婚女人，届时会做出什么不理智举动来。看今天她的举动，她什么都敢做。唉，为什么魏国强给我惹事啊。"

两人到了停车场，谭宗明皱眉想了会儿，"我还想到一个问题，魏先生究竟打的是什么算盘。他拱手交出遗产，他难道不心疼吗？"

"本不是他的，他只能遵照遗嘱吧？"

谭宗明坐进车子里，将所有的门都关严实了，才道："他官不能算大，但他实干，也有实权。据说有人为了从他手底下过，特意高价购入何老的画作取悦于他。应该说，何老的财产有一半是他的。你见过哪个年富力强的父亲将大部分巨额财产归到只有血缘而无亲情的女儿名下的吗？还有他那样的人大张旗鼓地打离婚官司，也不正常。"

"难道真的如魏太所说，魏国强原本打算将遗产独吞？我只是被利用？"

"也是一种可能。疑窦丛生，你小心为上。"安迪汗毛倒竖，却反而心头火起，一根筋搭牢了。"那我偏偏一口独吞了遗产，一毛都不留给他。"

"边打边算，我会替你留意着。你只管好好打理工作。"

"我为什么感觉这事儿往下走，是个不可测的黑洞？魏国强为什么不事先跟我沟通？为什么感觉这事是他精心设计的陷阱？他把我拖进陷阱是为什么？"谭宗明也无法回答，同样觉得事情显得非常离奇。

曲筱绡一顿饭吃到十点多，兴奋得坐在车上依然忍不住蹦跶，很想找个人表衷心痛诉感想。她很运气，车到小区门口，恰巧看见邱莹莹从一辆车里跳出来，那辆车与她的一样，都是 POLO。曲筱绡高兴地冲过去，打开车窗大喊一声"邱莹莹"。邱莹莹正与应勤含情脉脉地告别，一听声音立刻脸上变色，急促地道："你快走，拜拜，拜拜。"

应勤不知其中奥秘，以为邱莹莹遇险，便毫不犹豫地跳出车来，挡在邱莹莹面前。于是，曲筱绡见识了应勤。曲筱绡看看似是没长大的邱莹莹，再看看同样似是个大学生的应勤，好心情的她顿时爆笑。而邱莹莹警惕地面对曲筱绡，紧张得说不出话。偏偏应勤看到娇媚的曲筱绡并不觉得是危害，还一个劲儿地问邱莹莹怎么了看到什么了。

曲筱绡好心替邱莹莹回答："小邱怕我勾引你。哈哈哈。可是小邱你疏忽了，忘了遮住你小男友的车号。"邱莹莹一个激灵，忙道："这不是我男朋友，是我客户送我回家。"

"我们还不是。"应勤感觉到邱莹莹的紧张，便帮助邱莹莹辩解。曲筱绡忍住大笑的冲动，一本正经地对应勤道："你们现在还不是，但我相信凭你的努力，很快你们就会是。真的。"

应勤连忙点头，刚想说话，但邱莹莹旁边看着急了，一把将应勤的嘴捂住。

顿时，两人都呆了，又都大惊失色，脸部表情千变万化。此情此景，看得曲筱绡目不暇接，伸出脑袋两只眼珠子转个不停，唯恐遗漏一丝一毫。"吻啊，吻她手心，那男的，加油，好机会啊，她自己送上门来的。"

邱莹莹"哎哟"一声，跟摸到烙铁一样地跳了开去，想钻进曲筱绡的车里避开尴尬。应勤醒悟过来已经来不及。可还好，曲筱绡飞快地将车门锁上，谢绝成为邱莹莹的避风港。"哈哈，小邱，你们慢慢搞，我先走咯。但是小邱，你上来得立刻来我 2203 报到，要不然，哼。"

邱莹莹看曲筱绡果真离去，松一口气。但应勤不解地问："怎么回事？这个人看上去还好啊。"

"她喜欢捣蛋……"邱莹莹虽然脱口而出，但不愿对曲筱绡做出刻薄评论，"经常做得过火，很伤人。可又常帮我，人不坏。反正暂时不想让你认识她。她也是我邻居。"

"小邱……"应勤被曲筱绡开窍，伸手将邱莹莹的一只手从口袋里拎出来，放到自己掌心里，合掌捧住，却激动得说不出话。好不容易才蹦出一句，"我们春节一起回家。"

邱莹莹扭捏地低头猛笑，半晌才回答一句，"不是早说好的吗？"可想来想去，又忍不住问，"刚才那个女孩，比我漂亮，是吧？"

"比你漂亮，而且会打扮。但你最可爱。"

"不是说情人眼里出西施吗？说明你心里不对劲儿。"邱莹莹心急了，她是一朝被蛇咬，三年怕井绳。

"没，真的没不对劲儿。实事求是讲她是真的长得漂亮。"应勤一急，手上来劲，将邱莹莹的那只小手揉面团似的甩来甩去。然后他意识到犯错误了，情急之下，连忙改口，"但你最漂亮。"

"真的？"邱莹莹高兴起来。

应勤有点儿没脸再做违心之语，但是面对邱莹莹的满脸期盼，他被逼上梁山又开窍了一把，"而且你最好。"

邱莹莹脸上乐开了花。她扑上去，亲了应勤脸蛋一口，挣扎着跑了。应勤一点儿不傻，撩起腿就追，很快追上。于是，两人在黑暗的小区里走了一圈又一圈，轮流地亲着彼此的脸蛋儿，幸福得什么话儿都不想讲了。邱莹莹一直等待应勤拥抱她。可走到第三圈，已经很晚很晚，应勤还没动手。两人即使依依惜别的时候，依然是执子之手。邱莹莹心里急得，但她忍住没再冲动。上次的教训教育她，冲动是魔鬼，不能轻易交出自己。

回去 22 楼，邱莹莹先给曲筱绡打个电话，"睡了没？有什么事要我报到？"

　　"你们刚才不是送到门口了吗，怎么又拖了这么长时间，在车里做什么？详细如实向我汇报。"

　　"说了不灵了。你到底什么事啊。"

　　"我今天跟一个网站的广告销售员谈，她太励志了，我听得激动，请她一起吃晚饭，又谈了一晚上。这姑娘毕业才三年，三年啊，小邱，跟你一样，也是销售，我一下就想到你了。她告诉我，她大四就开始做销售，跟你一样靠两条腿和一辆助动车跑公司，不知被人赶出来多少次，生意就这么一点一点地积累起来了。我又想到你。现在她忙得恨不得不睡觉，为了节约时间，她买一辆车，专门雇一个司机开车，这样上车就可以专心打电话，下车专心谈生意，什么都不耽误。你说她精不精。你来不来听我说？"

　　"要听，我已经在电梯里了。"

　　"快，已经给你开门。"

　　但等邱莹莹冲到 2203 门口，门虽然开着，却有曲筱绡曲线婀娜地把守大门，万夫莫开。"小邱，先说好，想听我这边的故事，你得拿你男朋友的故事来换。"邱莹莹一听，当即回头，"不换。谁知道你的故事是不是编的。"

　　"嘿，我再编也编不出雇司机为了打电话的段子啊，我都是耳机打电话。你这人真不懂事，我再让你选择一次。学做生意的事儿，那是学了好处一辈子的。

　　男朋友嘛，男人来来去去，看那么紧干吗。"

　　"我跟你不一样，我跟谁好，那是奔一辈子去的。不能跟你换别的。"

　　"别假纯了，又不是没见你分手过。算了，你不想听，我自己藏着独吞。"

　　"谁假纯了，你这话伤人，亏我刚才还在他面前说你好话呢……"2202 的门这时开了，樊胜美在门里面道："小邱忘带钥匙了？给你开门了呢。"

　　"樊姐我慢点儿进来。我那次跟那人又不是三心二意，可那人不好，你又不是不知道。反正我上回吃你的亏，吃了就吃了，我现在不跟你计较。但这回你要是故伎重演，我跟你不客气。他是实在人，经不起你乱闹。"

　　没等邱莹莹说完，曲筱绡早纤腰一闪，扭进门去，将 2203 的门重重关了。缺心眼儿地找个那么差的男人，自己不反省，反倒怪她闹事。要不是她闹一闹，还不知那差劲男人怎么缠死邱莹莹呢。若是跟着那差劲男人拖到今天，邱莹莹早被那差劲男人榨成破布烂花，刚才开车的那纯情小生哪还看得上邱莹莹。拎不清的人永远抓不住事情本质，拎不清的人永远以为他们自己没做错而是别人个个不怀好意阴谋陷害。她懒得敷衍，理都不要理。

吃饭时候听的励志故事？独享！难道还能憋死了她。她多的是朋友，一个电话打出去，朋友与她一起大呼小叫地感慨别人家小姑娘的刻苦，反省自己每天追求吃喝玩乐，游荡掉了多少时间，发誓一定要珍惜时间好好挣钱。

可反省归反省，曲筱绡依然与朋友通话到凌晨，才筋疲力尽地睡觉。邱莹莹被当面摔门，愤怒地回去自己房间。"樊姐你看，这种人。"樊胜美淡淡地道："所以开门让你进来嘛。"邱莹莹一拍脑袋，"我怎么没听樊姐的呢。刚才大门口，应勤送我回来，被小曲撞见了，还说记住应勤的车牌号了，回头查出应勤。威胁我呢。"

"她查得出的，她连外地车都查得到。以前她就查过王柏川的车。"

"啊，怎么办呢。她万一找上应勤呢。哎呀，怎么办呢，刚才应勤还说她漂亮呢。"

"三分长相，七分打扮，你以后也好好学习打扮。"关雎尔已经上床，她听得清清楚楚。若是在过去，她的想法与邱莹莹的一样，也认为小曲没有底线什么都做得出来。可接触那么多天，尤其是得知王柏川自己找上仓库忙碌里的曲筱绡，曲筱绡都能坚守承诺不跟王柏川透樊胜美的老底，关雎尔相信曲筱绡心里有条有别于众人的怪异底线。她今天不便插话，免得又驳了樊胜美的面子。明天她会跟小曲打个电话，要求小曲做个保证。

官员们办起私事来，那是相当的高效。第二天一早，安迪还没上班，就接到魏国强电话，约定三方共同见证的 DNA 鉴定时间，希望安迪提前安排。既然是单独通话，安迪问魏国强："你究竟什么意图。"

"你别把我想得太糟糕。我对于你母亲而言，确实比较糟糕。但对你不是，我还有挽回机会。该属于你的，应该属于你。而且这是何老的遗愿。他临终前说，他愧对你，不敢见你。"

"这种故事，如果遗产只有百把万，我信。但能让魏太如此疯狂的遗产，我不信你会如此圣人地一分不沾。我请你用这段时间准备好合适的，我能接受的，有逻辑有实证的说辞，我给你三十分钟面谈时间。否则，你可以领教我一天之内完全处理完这些遗产的功力，让谁也捞不到一分遗产的好处，包括我。"

"我很高兴你拥有接近冷血的理智，这大约是你从事你那工作的基本功。我不会跟你单独约谈三十分钟，抱歉，我没时间，而且我属于离婚敏感期，不方便。请你相信，即使我有各种各样的原因，让我一分不沾那些遗产，但等事过境迁，我也绝不会问你讨还。你尽管放心大胆坦然地使用那些遗产，那是你应得的补偿。"

"我从不接受糊涂账。"

"不要意气用事。"

魏国强说完就挂了电话。反倒是安迪发愣了许久，不知又该如何解释这一出。

宾馆上班必须化妆，但只能淡妆。说白了，就是你不能比客人炫。既不能比客人炫，又不愿放弃自己的美，那么只有一条路，那就是化出一个显得天生丽质的妆。樊胜美上班第一天回来，对着镜子百般尝试，试了整整一个晚上，将每次试验结果忠实拍摄出来，上传到微博。很快，王柏川就在后面有了评价。王柏川当然是对每一张照片都叫好。但樊胜美再问一句，哪种化妆更好，王柏川便哑口无言。他哪儿看得出每张脸的细微区别。那种偏太阳色的腮红与这种偏樱花色的腮红，如果不是樊胜美特意指出，王柏川还以为是照相机失灵之下的色差，哪想得到那么多。包括邱莹莹也看不出这个与那个的细微区别。樊胜美忙一晚上都没决定下来，第二天究竟该用哪一种化妆。

还是清早醒来看到的曲筱绡的留言一举解决了樊胜美的疑惑。因为曲筱绡看中的正好也是樊胜美心里最偏向的。樊胜美心中好生矛盾，居然与死对头曲筱绡的审美一致。可依然照着她和曲筱绡都选中的形象化了妆。看上去最简单的道姑头，扣上与发色一致的中号发包，脸上是精心勾勒出来的淡妆。于是出来的效果便是巴掌大的小脸，锥子般的下巴，天鹅般骄傲的头颈……樊胜美自己都感觉这装扮比真实年龄年轻了好几岁，好生清纯。

不幸，一出门就撞见也是赶着去上班的曲筱绡。曲筱绡斜睨樊胜美一眼，便知端的，意味深长地一笑，可因为缺眠，懒得说话。樊胜美也是尴尬地一笑。两人各自揣着不同意味的笑，并列等在电梯门口。很快安迪也出来敲了敲2202的门。于是，等在电梯门口的变成四个人。正好电梯下来，门开，里面站着的一个男子惊讶地看到四个美女鱼贯而入，将他一个臭男人包围。而且四个美女带来四种不同的香水味，熏得那男子不知今夕何年。

安迪则是俯视三位邻居，才发现大家都是长发，尤其是曲筱绡的长发如闪亮的缎子一般，一直飞泻到腰际。硬是把一个小妖精映衬得娇柔娴雅。关雎尔的长发只是及肩，乌黑顺滑，修剪得层次分明，正是金融区许多女性的形象。安迪还是第一次看到樊胜美将头发梳起来，简洁的发型减了些许妩媚，可令安迪想到芭蕾舞里面骄傲的天鹅。

　　"今天怎么都这么早？"还是安迪问了一句。

　　两双没睡醒的眼睛投向她。关雎尔是提前赶去与同事会合出差。曲筱绡有气无力地道："陪客户。"她得赶去宾馆陪几位客户吃饭，其中主要客户乃是一位女企业家，据说风格非常硬朗。

　　唯有樊胜美神清气爽地回答："我换了新工作，暂时八点上班，有点早啊。"

　　曲筱绡顿时精神一振，"真的到市中心了？早该这样。以后去你那儿消费，你给打折。你今天这身打扮很合适。"

　　樊胜美微笑道："谢谢哈。以后你来，给你打折。"

　　曲筱绡却在电梯开合之际偷偷一个诡笑，"你现在能给我的是什么折扣？能比我 VIP 卡的折扣大吗？"

　　一直恍恍惚惚没睡醒的关雎尔睁开了眼睛，头一偏，看向樊胜美，知道樊胜美又中曲筱绡的圈套了。樊胜美好虚荣，好包揽，曲筱绡专门捏着这道七寸耍。樊胜美道："VIP 卡据说号称冤大头卡。"说着，一楼到了，樊胜美微笑出去。

　　安迪问曲筱绡："是哪家宾馆？居然你知道，我们不知？"关雎尔则是问："你有他们宾馆的冤大头卡？"

　　曲筱绡与大伙儿一起走出电梯，不忙着各自寻车，笑道："我这就把客户拉到他们宾馆吃早餐去。就是这家。"她摸出樊胜美工作宾馆的 VIP 卡，给大家一看，都认识，新开没多久的国际连锁，不错的地方。

　　"别玩到人家工作场合去。"安迪留给曲筱绡一句话。但关雎尔想起一件事，"小曲，慢走，小邱担心你抢她新男朋友。"安迪不禁一笑，看着皱起眉头眼珠子骨碌碌转的曲筱绡道："小曲是我们 22 楼的鲇鱼啊。"

　　"我忙，谁理他们阿狗阿猫啊，我连找赵医生的时间都没呢。安迪，鲇鱼是什么意思？"

　　"自己放狗搜，鲇鱼效应。"关雎尔扔下这句话，跟着安迪跑了。曲筱绡翻个白眼，不能好好说话吗，非得转弯抹角才算有学问？似乎赵医生也是那种人，酸。

关雎尔坐进车子，跟安迪道："樊姐和小邱都很头痛小曲。"

"小曲不应该的。往弱者身上下手，即使只是她以为的寻开心，弄不好就是往骆驼身上压最后一根稻草。"

"有时候想多事，劝小曲别总得罪人。可承蒙她青眼，她总算一直没调戏我，我要是多嘴，她弄不好以后就玩到我头上。我笨嘴笨舌不是她对手。可鲇鱼对卖鱼的是好事，对一帮只想安安稳稳过日子的人而言，简直是讨厌透顶。"

"鲇鱼对活得醉生梦死的人也是件好事，不过过程比较痛苦。随她去吧，都是成年人。"

"我涵养还不够，有时挺看不下去。"安迪一笑，正好见曲筱绡的车子预热会儿后开出去，她在后面跟上。到一拐角，她一踩油门，闪到曲筱绡车子面前。她的车子性能遥遥领先，指哪打哪，硬是压着曲筱绡的车子减速，却又故意留出空门。曲筱绡好胜，被前车压速压得哇哇叫，一见前面有机可乘，就加速超了过去，但安迪不给机会，一轰油门爬上坡出去了。曲筱绡却发现事情麻烦，她的车子功率小，又被安迪调戏得车速过快，一时刹不住，冲到半坡就没了牵引力。她们小区车库的坡度特别陡，今早又有雨水飘落，路面稍稍有点儿湿润的冰，力气完全使不上。她急红了脸，在半坡手忙脚乱好一阵子，才终于又冲上去。后面跟车的喇叭早响成一团。她当时都没空往窗外竖中指，到出了小区才想起来，已经晚了，悔之莫及。

安迪直播她的鬼把戏，关雎尔好笑地往后看，果然很快不见了曲筱绡小车的踪影，她不禁大笑，"难怪小曲一直不敢得罪你，哈哈。"

"这种玩笑，小曲会一笑置之，若是玩到小樊头上，小樊会多心。小曲就是少了这么点儿分寸。"

果然没多久，关雎尔便接到曲筱绡来电，曲筱绡在电话那头又是臭安迪又是臭小关地又笑又骂，要两人走着瞧。关雎尔与安迪相视而笑，果然。

安迪提前出门送关雎尔到公司，导致她进公司的时候还一个人都没有。她不忙着做事，忍不住地翻来覆去地想何云礼遗产那件事。她想到了拒绝接受遗产。昨天纯粹是被魏妻闹的，闹得她火气上来，脑袋一根筋地只往接收那儿想，不让魏妻得逞。可现在回头想，接受遗产，无论怎么接受，都是烫手山芋，烫手的是她的身份可能因遗产而被查出来。魏妻会因为巨额遗产旁落而对她怀恨在心，弄不好找关系更深层次地挖掘她的身世，谁知道她那种有路子的人又能挖出什么来呢。而魏国强若是哪天心疼巨额遗产，只要使出一手最简单的招数，那就是威胁公布她的身世，她就得把遗产乖乖交回去。以魏国强一贯始乱终弃之性格，他又什么坏事做不出来呢。

差不多九点半的时候，一个陌生电话号码打入。安迪一接听就听得出是魏妻的声音。魏妻今天的声音恢复第一次见面时候的趾高气扬。

"我来跟你亲口确认一下，明天早上九点，我们在中心会面。希望某些人没有误导我。"

"嗯，刚说好。"

"我问的是你敢不敢来。给我一个准信。"

安迪不禁眉头一皱，刚刚的犹豫又被魏妻打了回去。"你调整一下态度，再跟我说话。"她将电话挂了。

但魏妻没再来电。安迪心想，根据继承法，她若是放弃继承权，那么何云礼的财产就全落到那对猥琐夫妻手里。她心有不甘。怎么能便宜那么样的两个人。她放弃考虑不接受遗赠，届时他们出什么花招，兵来将挡，水来土掩吧。大不了拿着遗产回美国去，届时谁还认识她。

第 36 章

　　曲筱绡赶到酒店，先打电话上去，想不到客户已经等不住，自己去了自助早餐厅。曲筱绡心说大事不好，这下献殷勤的计划落空。她连忙赶去早餐厅，只见客户已经开吃有段时间了。

　　主要女客户徐总工四十几岁，戴一副眼镜，全身收拾得一丝不苟，起码以曲筱绡1.5的好眼力看不到徐总工衣服上面有任何褶皱。这是曲筱绡第一次见到徐总工，她连忙端庄大方地递上名片，介绍自己。而徐总工很和蔼可亲地微笑道："啊，你就是小曲？这么年轻，难怪你一直让我叫你小曲。请坐。吃点儿什么？请自己拿，记到我们账上。"

　　曲筱绡与其他几位跟徐工一起来的人也交换了名片，才去拿吃的。回来坐下，连忙请罪。"出门时候被邻居摆了一道。邻居的车子性能好，使个花招把我的车子压在半坡，上不上下不下吊那儿。我车技又不算好，出了一身臭汗才总算没倒退回去再冲坡。结果耽误了路上的时间。迟到一步，真对不起徐总。"

　　徐工微笑道："又不是什么要紧事儿。你们年轻人喜欢晚睡晚起，能早上起来陪我们吃饭已经不错啦。小曲这么年轻就支撑一家自己的公司？父母有帮忙吗？"

　　曲筱绡忙道："父母帮了点儿忙，他们资金支持。但是这个 GI 品牌国内代理由我亲手拿下来。去年我刚留学回来，操办的第一件事就是与外商谈判。现在 GI 品牌的国内代理完全由我一手操作。可能还有些生疏，请徐工原谅。"

"哟，真看不出，这么年轻都已经留学回来，而且自己做了老板，人又这么美丽。让我们这些中年人情何以堪啊。小曲在哪个国家留学？"

"我在美国留学，高中毕业就去的。"徐工当即转为满口英语，曲筱绡辛苦地听着，大致是问她什么专业，读了几年，什么大学，那大学的领先科目是什么。曲筱绡读了那么多天，好歹这些问题还能流利回答，她也用英语。

但是徐工的问题越来越难，原来徐工去美国做过一阵子的访问学者。徐工因为没听说过曲筱绡读的大学，就开始很详细地询问大学究竟在哪儿什么性质之类的问题。以及曲筱绡的专业里面既然有管理这个词，她好奇高数需要学到什么程度才能学习这门管理学。曲筱绡顿时被问得结结巴巴了。

在场的人当即都心知肚明，这种所谓留学，不过是有钱人将考不上大学的草包孩子送到国外去混几年，美其名曰留学，其实就是在国外玩几年，连英语口语都未必能流利对付。因此什么亲手谈下 GI 品牌代理，都是谎言。等曲筱绡自以为很艺术地将话题转到生意上时，徐工挺不客气地道："我们不谈工作。"

"啊，不好意思，我怎么心急到在饭桌上谈工作呢。我已经订好会议室，请徐总在十点半的工作安排之前，给我们几分钟，听听我们的汇报。"

"GI 不错，不过我该了解的已经了解了。回头如果我们有需要，再通知你。

好吧？小曲你请回吧。辛苦你一早上。"曲筱绡脸红了，将产品介绍册掏出来，"请徐总给我们个机会……"徐工依然客气但不容置疑地道："我对项目负主责，不敢有丝毫疏忽懈怠，除产品之外，尤其需要挑剔供应商的资质。对不起，小曲，你不在我名单里。你慢慢吃，我们先走一步。"曲筱绡即使当场流泪，也无法挽留徐工的脚步。因为徐工是个女人，不会被曲筱绡的眼泪打动。等徐工一拐弯不见，曲筱绡当即收起眼泪，揽镜细细擦干。放下镜子，却见面前多了一个人，一个三十几岁的男子坐到刚才徐工的位置，正关切地看着她。

"小姐，需要我帮忙吗？"

曲筱绡惊讶地抬头看，该男子一身名牌，戴眼镜，举止儒雅精悍，大约是那种有名校毕业证的大企业的中高层。曲筱绡正被徐工呛得郁闷难耐，脱口而出，"被客户难看掉了，你帮不上忙。"话音未落，心里当即生出一团怒火，这鸟男人，想泡她？看她受灾受难想乘虚而入？

　　"办公室有句圣经：女上司是祸害。很抱歉，女客户同例。要不要来杯咖啡？"

　　"要。祸害，绝对祸害，哪有这种只看文凭不看实际的什么总工，她书读得再多也就做到总工，怎的，人家文盲还当大老板呢。她敢对煤老板们说不吗？狗眼看人低。"

　　"同性相斥嘛。中年妇女看着比自己青春美丽的同性，恐怕咬牙切齿的心都有了吧。恭祝她们三八节快乐。"

　　"哈，你说得对。"曲筱绡展颜，往刚送来的咖啡里加入两只奶球，两包糖。而旁边的那男子仔细看着，只是微笑。"要都是男上司就好了，我每天上班就跟天堂一样，多美。"

　　"呵呵，仅仅工作关系，何必对别人太僵呢。能问你索要一张名片吗？"

　　"嘿，我刚才匆忙出门，名片没带够，这也成了我刚才的罪名。你给我两张吧，我把自己的写你名片后面。"曲筱绡又腼腆地一笑，"我的字很难看哦，你要考虑后果。"

　　那男子原先可能还觉得掏名片的时机不成熟，可一看曲筱绡单纯地承认字难看，他当即将名片掏了出来，递给曲筱绡。曲筱绡一看，"哇"了一声，"自己做老板？陈家康先生，可你看上去有文化啊。精细化工，是做什么的？"

　　"呵呵，我做活性剂。你住海市？"

　　"我从小就长在海市。"曲筱绡接了陈家康的笔，在名片背后画她的名字。可是电话号码记不住，她只能掏出那张酒店 VIP 卡看一眼。

　　"樊胜美？樊小姐是海市土著啊，难怪这么美丽。噢，酒店管理人员，以后我可得去你们酒店拜访。"

　　"好啊，可欢迎了。以后你去我们酒店住就报我名字，我还能拿提成哦。先谢谢你。对不起，我还要赶回酒店拿名片，再跑下一家，以后有空约陈总哦。"

　　"我送送你。"

　　曲筱绡抿嘴歪歪脑袋一笑，耐心等待陈家康结了账，两人一起离开。电梯到了地下停车场，陈家康道："我车子在那边，樊小姐请。"

　　"咦，这么远的路，开车来？还是经常在海市活动？"

　　"樊小姐好聪明。我经常来海市，打车不方便，这边放一辆。"

"我有辆小破车，肯定比你的小，可停车费跟你的付一样的，好冤哦。不蹭陈总的车了，我得赶紧开走，一小时十几块呢，停不起。陈总，回见哦。"曲筱绡做个小丸子式的可爱鬼脸，小细腰一拧，飘去自己的小破车。那陈家康站在原地笑眯眯地看着，等曲筱绡发动车子在他面前缓缓开过，才笑眯眯地离开。海市的小姑娘果然嗲。

曲筱绡本来被徐工的坚壁清野呛得不快，跟那陈家康那么一闹，心情好了不少，才能静下心来想失败的原因在哪儿。可是，想这种事儿实在挠心，明摆着那徐工就是嫌她文化程度差嘛。可她……曲筱绡有自知之明，从小学开始，她就没好好念过书。最初是爸妈做生意没时间管她，后来是她爸妈管不着她，也拿她没办法。

不免，曲筱绡又想到前不久被赵医生甩了的理由。赵医生也是嫌她没文化。还什么借口有趣不有趣的，说到底还不是嫌她没文化。还有今早，安迪说什么鲇鱼，关雎尔立刻知道鲇鱼效应，她却是不知，都不知当时安迪与关雎尔心里怎么笑话她，难怪安迪在上坡时候玩她一手。

曲筱绡威风地坐在她小小的总经理室里，却有点儿垂头丧气。走出她原来活动的小圈子，才发现，原来没文化是个挺要命的事儿。她受打击了，打电话给关雎尔，"我查到鲇鱼效应是什么意思了。你以后直说捣蛋鬼不就行了。一起吃饭，我请客。"

"出差路上啊。有心事啊，你看我做得了你的知心姐姐吗？"

"樊大姐才爱做知心姐姐呢。你说你今年准备报什么学习班，报了没有？什么班？我要跟你去。"

关雎尔更惊讶，"我才调查了两家那什么舞培训班，你也想练？你用得着练吗？"

"不是，我说的是你提起过的 MBA，你报名了没有。我跟你一起去。"

关雎尔犹豫了一下，"要考的，面试。而且要有不错的英语基础，不过你有事业底子，这一条符合。已经开始报名，我正准备报名材料。报名之后，学校根据报名资料筛选。我有同事在读，听说学业不轻。你真决定了吗？你上回说看书，后来都没坚持下去呢。"

"坑爹的，现在谈生意都问你有没有文凭，西太啊夏威夷大学啊又都被揭穿了，弄个冷门的文凭还得被人问东问西。小关，我这个人有个好习惯，只要交了大钱，一定坚持读下去，读好读坏另说。就这么定了，我跟你读 MBA，晚上回去教我怎么报名。"

"最好，先看几本书，才去面试。我这儿有，原版的。"

"看！"

关雎尔将信将疑，心里基本上认定曲筱绡这一回就跟上次跟赵医生拗断时候一样，嚷嚷得满世界都知道她看小说，可都没看几篇吧，早偃旗息鼓了。关雎尔压根儿就没把曲筱绡的话当真。反正曲筱绡来要求，她顺手帮一下，仅此而已，多了没有。

樊胜美在上班，看了一天后，她的第二天不再完全是旁观，而是可以伸手帮忙，她领悟很快。有同事告诉她有位陈先生以她介绍的名义来订房，订的是行政房。樊胜美心说她都还没跟谁提起过，怎么就有人打着她的旗号来订房。她怀疑会不会是王柏川的朋友。

中饭后，樊胜美与同事在更衣室叽叽喳喳地补了妆，才回去继续上班。不久，一位同事招呼她过去，"樊主管，你的客人。"

樊胜美疑惑地看着眼前取出身份证登记的年轻斯文客人，而那客人也是惊讶地看着她。"您好，陈先生，我是樊胜美。"

客人正是陈家康。陈家康心里想着早晨小狐狸精一样的女孩，眼睛看着眼前天鹅似的樊胜美，当即领悟过来，受狐狸精的骗，上狐狸精的当了，看起来狐狸精也来过这家酒店，当然记得酒店工作女孩的名字，难怪当时写电话号码时候还翻出VIP卡。但他很快收起惊讶，微笑道："原来你是樊小姐。"他看看樊胜美的胸牌，还是临时的，上面还没有英文名。

"能不能请问，陈先生是哪位朋友介绍来的？"

陈家康当然不愿意说被狐狸精耍的糗事，只微笑道："我以前国外的校友介绍。很高兴认识你，樊小姐。以后再来，你得给我好折扣哦。"樊胜美立刻想到了安迪，感觉这位陈先生的气质应该是与安迪认识。她微笑道："朋友的朋友，当然应该打折了。"樊胜美的笑很妩媚，是个妩媚的天鹅。陈家康掏出名片，笑道："樊小姐得记住我，我下次还来住这儿。"

樊胜美等陈家康走后，翻看陈家康的名片，果然，年轻的老板，精英的模样，应该就是安迪的朋友。而显然该先生不愿提起安迪的名字，那么她也善解人意地不提。

　　邱莹莹发现，看上去很简单的应勤提出问题来一个接着一个，没完没了，也不知他脑袋里哪来那么多的十万个为什么。问题全部围绕着昨晚邱莹莹一见曲筱绡就如临大敌的那些反常表现。两个人吃晚饭的当儿，应勤几乎是一口饭，提一个问题，问得邱莹莹头大致死。可偏偏好奇宝宝应勤问个没完没了，"她为什么喜欢抢别人男朋友？她长得好看，不会自己去找？"

　　"我怎么知道啊。我要是知道原因，还需要防贼一样防着她吗？你怎么没完没了，是不是对她有贼心了？"

　　"没有。我只忠于你。"

　　"那就不许再问，我都怀疑你对她一见钟情了。"

　　"不会。像我这种钢筋水泥脑袋不可能一见钟情，我们需要把人数字化，编程，再转换为二进制机器码，测试通过，才能最终接受。可麻烦了呢。莹莹，你简直与我梦想中的虚拟情人一模一样。可是，你为什么怕我被那个小曲抢走？"邱莹莹两眼翻白，无力地一声哀号。"有先例，还不够吗？"

　　"苍蝇不叮无缝的蛋，我一看上去就是只无缝的蛋，未必与先例相同。"

　　"你是无缝的蛋，没错。可要把鸡蛋敲开一条缝，太容易了。敲开缝的鸡蛋，随便叮，人家就是有那爱好。"

　　"那倒是，有理。我离小曲远点儿。今天罚我陪你去远点儿的咖啡店跑业务。"邱莹莹反问："这不，你问了这么多，还不是承认我最初的结论？"

　　应勤抓抓头皮，"以后还是得听你的。可是，不弄懂原理，掌握的结论不扎实，终究最后又被混淆。不像现在搞懂原理了，以后举一反三，灵活应对，不用事事都来请教于你。"

　　邱莹莹被迫回答，"对，你说得对。以后，你还是继续问吧。今天，还有问题吗？"

　　"关于曲筱绡爱好创造条件叮鸡蛋的问题，我问完了。谢谢老师。"

　　"哈哈哈。"邱莹莹被逗得大笑，"我刚才都被你问急了，恨不得捂住你的嘴。"说到捂嘴，两人不约而同想到昨晚。饭桌上顿时风光旖旎，鸟语花香。

　　樊胜美下班回家，想跟安迪道谢。可等不到人。安迪下班便飞北京了。安迪与曾经帮她找到弟弟的严吕明一起去。谭宗明不放心她一个人，一定要让知情的严吕明跟着，以免安迪落单。飞机上，安迪说起自己的顾虑，担心以后被魏国强缠上，也担心魏太会不会顺藤摸瓜找出她的身世。她问严吕明，"根据魏太掌握的有关我的有限资料，她查得出我的身世吗？"

严吕明道："对魏先生的担心，我看你没必要。他既然早已知道你的身份和你现有的资产，无论你有没有继承遗产，你都是块肥肉，他如果有心勒索你，你继承不继承遗产一个样。魏太的问题，我得回去仔细查查你还有多少蛛丝马迹可以与你现在的身份牵涉到，现在还无法回答你。"

安迪叹息，严吕明言之有理。魏国强如果想勒索她，从知道她担心身世被泄露开始，便已将她掌握于股掌。她若继承遗产，他得等风平浪静后将遗产勒索回去，而且还得连本带利勒索回去，因为他知道她的恐惧。她若放弃继承，导致一半遗产被魏太瓜分去，魏国强得迁怒于她，总得将她的资产勒索走凑数才会甘心。所以她继承不继承遗产一个样。惹上这个人了，只能面对。

既然如此，无论魏太未来打算如何对付她，她也只能面对。注定了。

既然眼前只有一条路可走，反倒心中坦然。

可事情总是节外生枝。正在河北走访客户的包奕凡没等安迪抵达北京，已经问客户借车先一步来到安迪落脚的宾馆。安迪下飞机后本来只是遵嘱给包奕凡打个电话报平安，结果包奕凡在电话里得意地笑道："我跟客户沟通了一下，客户完全理解我重色轻友的行为。哈哈。宝贝儿，我已经深刻体会到一日不见如隔三秋和望穿秋水的滋味。我们很快见面。"

安迪顿时头大如斗，他来干什么。她没准备。即使思虑了一路，赶到入住酒店见到等在大堂的包奕凡，安迪依然打不定主意，要不要告诉包奕凡赴京实情。但见了面，才豁然想到，原来她这两天很想包奕凡，看见他是如此的欢喜。想念，就是冲动地挣脱所有心理约束，在大庭广众，当着严吕明的面，将行李一扔，就冲到包奕凡的怀里紧紧拥抱。

包奕凡欣喜开怀，"刚才，还有点儿担心你不高兴我来看你。"

"不是不想见你，而是这两天发生一连串的私事，一言难尽，见面不知跟你从何说起。"

两人不约而同看向去服务台办理登记的严吕明。包奕凡一眼就看出严吕明此人浑身掩藏着一股来自江湖的精气，看上去不像是安迪的同事。"如果不方便，我可以不问。但我不想放弃我们在一起的机会。"

安迪回眸，定定看了包奕凡一会儿，这一小段时间的沉默有丝儿沉重。"有一笔莫名其妙的巨额遗产找上门来。老谭请老严护送我明天去做个 DNA 鉴定。有关详情我也不甚了解，我只知道我从小就是孤儿。"

包奕凡想到周一早上安迪接到神秘电话时的神情，再看看严吕明，"明天我也陪你去，我不放心。"

"说实话，我不愿你一起去。明天不知会发生什么匪夷所思的事，我自顾不暇，不知又该怎么面对你的疑惑。"

"你不用费心面对我，我爱的是你，你这个人，其余都是附属，不影响宗旨。"

安迪不愿撒谎，只能心里暗叹一声，"我不很知道我是谁，我来自谁，我身上携带什么样的 DNA。就我目前了解的来看，不乐观。我今天来，是被迫，我宁愿什么都不知道，他们也别来找我，或者给我遗产。"

巨额遗产、安迪的智商与美丽以及连安迪这样的人都被迫，包奕凡立刻想到那些个深宅大院不可言传的秘密，以及三十年前动荡岁月中无数人的身不由己。他以为自己了然。"我只在你身后支持你，必要时候保护你。"

严吕明过来，将安迪的护照送回，微笑道："我出去见个朋友，你们请自便。"

包奕凡了然，笑道："谢谢严先生。"安迪则是讪笑："不好意思，老严。"严吕明笑笑，自顾自走了。安迪目送，等严吕明出门，才道："真对不起老严，你一来，就把他给扔了。我们上楼吧。"

包奕凡一笑，拉起安迪的行李，犹豫了一下，道："那边沙发上有个人，一直在关注我们。我从你进门就留意到，他跟我一起枯坐在沙发上等了有段时间。"

安迪看了一眼，不认识。她将行程通知了魏国强夫妻双方，她怀疑是其中哪方派人来盯梢。她还真是进门就眼中只有包奕凡，居然一点儿都没察觉。不过她此行就是打算公开，不作伪，那么，随便盯梢。但包奕凡握紧安迪的手，巨额遗产，够让许多人失去理智，他必须时刻警惕。安全起见，两人当晚没有离开酒店。

关雎尔短程出差回来，上司送她两张今晚的话剧门票。关雎尔试图弥补前段时间与樊胜美的龃龉，第一个电话先打给樊胜美，询问有没有兴趣一起去看。樊胜美惊讶关雎尔的邀约，但想了想，拒绝了，"小关，真对不起，我刚约了新同事去逛街。新同事不方便爽约。谢谢你记着我。需要我帮你带些什么回来吗？"

"好像没什么需要带的，谢谢樊姐。那我去问问小邱，不知道她肯不肯陪我一起去。"

樊胜美听了挺开心，看起来关雎尔是第一个通知她。关雎尔则是松了一口气，总算弥补了一个过失。她给邱莹莹打电话，果然，邱莹莹一找到男朋友，就又眼里只有了男朋友，专注得很。她只能抱着瞎猫撞死老鼠的心，不抱希望地找曲筱绡。想不到，曲筱绡一口答应，"同去。"

关雎尔反而心里不踏实了，"你好像说过不喜欢那种东西。"

"我当然不喜欢，但我现在要学装逼，你知道吗，我今天打听了一圈，发现很多人嘴里口口声声说什么古典乐经典管理，其实内心没比我懂多少，却会人前装逼。这一套我得学。你等着，我去接你。"

关雎尔不禁想到曲筱绡电话找她讨论报考 MBA，难道也是为了装逼？"等你一来一回，到剧院恐怕时间很赶了。你没吃饭吧，要不要我给你带吃的。我这附近有麦当劳和赛百味，你喜欢哪种？什么口味的？"

曲筱绡在车里翻白眼，"随便，你吃什么，给我同样来一份。"等两人见面，曲筱绡将方向盘扔给关雎尔，她吃，关雎尔开车。关雎尔见曲筱绡吃得专心，道："我还真担心你挑食。"

"你们这些所谓的正经人，都是心胸狭隘的刻薄人。我是富二代怎么了，富二代就一定挑食懒惰愚蠢残酷吗。"

"哪儿吃刀子了，到我这儿撒气，欺负我不是富二代吗。"

"你官二代呢，比我富二代还不堪。你才欺负我呢。不说了，抱歉，今天给气坏了。什么鸟人，有点儿文化怎么了，不过是书看多点儿。看书多有什么好神气的，小关你说是吧？"

"有些人只不过恰巧有些看书的爱好，因此多看了几本书，让爱好有个安静发泄的地方。如此而已，果然没什么了不起。何况还有'书上得来总觉浅'之说呢。"

"哼哼，关关宝贝你最好了。你这话吧，你书看得多，当然说出来理直气壮的。我说起来嘛，嘻嘻，就有点儿心虚了。好像看书还真有点儿像正经事。我还是读 MBA 去吧。"

"我一整天都没搞明白，你到底为什么去读 MBA 啊。有不少人抱着认识人的想法去读 MBA，你不会也是吧？"

"像我这么不单纯的傻富二代，怎么可能好好读 MBA 呢……"

"得，又找我发泄了。你有完没完。"

"没完，我今天郁闷。嘻嘻。说真的，我都不知道我能不能读得下来，我一向不爱读书。可是呢，你说的去结交一些朋友，是条路子，他们以前也跟我提起过。但我最想学点儿唬人的词儿。这世道啊，别人不会有耐心看你的真本事，也没几个人真懂，你只要能熟练玩几个高深莫测的词儿，把人唬住，什么事都好办。"

"安迪跟我说起过，做事，还是得靠日久见人心，纯粹唬人一把，只能玩得了一时。"

"你这书呆子。你要是一脸痘痘，即使你心灵再美，谁耐烦看你一眼？就像化妆是为了把人吸引过来了解我内心，我嘴边挂几个高深莫测的词儿也是为了把客户吸引过来看我实力。明白吗？我一早上想通的。比如你，你看都不想看我，以为我是个草包富二代。而你身为优秀员工，刚刚过五关斩六将留在公司，可你知道报关怎么报才最省钱吗，你知道运输线路怎么安排才又快又省钱吗，你知道怎么做才能保证货物货损率最低吗，你知道怎么约束配套供应商才能保证最终供货质量吗？你都不懂，是吧？我懂。因为我都亲手做过，我甚至跟车吃灰验证每一站的过路费。可你看得出来吗？你只知道我是娇滴滴的富二代，我还会挑食。妈的，都是成见。咦，宝贝关关，你脸上痘痘呢？"

"看起来今天还真受委屈了。我脸上痘痘……真的不明显了？"但是曲筱绡的手在黑暗中摸上了脸，关雎尔立马浑身起了鸡皮疙瘩，"你，住手。"

"正确，宁可被男人摸脸，也千万别让女人摸，太怪了。我看不清，摸一下，果然痘痘褪了。恭喜你，这事儿最要紧了。我脸上要是有个痘痘，晚上都睡不着。"

"你刚才说得那么激动，我差点儿以为上错车了。还好，你总算回来了。"

"哈哈，关关宝贝，你也会使坏吖。我告诉你我爸嘴里念叨一辈子的诀窍，对你最有用。做人真正经呢，自己最累。比如你；做人假正经呢，身边人最累。比如樊大姐；做人没正经，但只要有真本事，人家就说是真性情。比如安迪……"

"安迪哪儿没正经了？"

"安迪怎么正经了？她飙车，你敢吗？她酗酒，你敢吗？她找男朋友没几天就上床，你敢吗？换个角度，她跟我一样，太妹一个。她跟你不一样，你这人，年纪小小，框框很多，正经得我都替你累。安迪跟我一样没正经，心里没框框，做事只要不害人，就随心所欲了。"

"她的底线是不害人，你的底线是不害死人。不一样，好伐？"

"嘿嘿，我的底线要真是不害死人，你还敢这么跟我说话？你这家伙就是死板，枉我宝贝你一场。"

"我浑身鸡皮疙瘩。你呢，你也是不正经人？"

"哈哈，我没正经，这还有异议吗？看你好像要跟我争似的，又框框了吧。我还有一条没说呢，有人做人不正经，而不是没正经，就像臭臭以前的男朋友。这下明白了吧？没正经跟不正经不是一回事，书白读了吧？还是我爸草根有智慧吧，哈哈。"

关雎尔悻悻的，却越想越觉得曲筱绡说得有理。曲筱绡却趁机在认真听取讲座的关雎尔脸上摸一把，满足地道："总算有好孩子听我的话了。难怪人人都喜欢你关关宝贝，这招我得学了。就这么 45° 角仰望着说话的人，还得一脸严肃，换谁都愿意车轱辘的话全掏心掏肺地说给你听。"

关雎尔心中存满的感激顿时噬的一声全灭了，对曲筱绡这个人就是正经不起来。

樊胜美最近处于培训期，上班比较早。她收拾妥当出发的时候，正好关雎尔与邱莹莹起来抢卫生间。邱莹莹落后了一步，正好见到樊胜美婀娜多姿地走出小黑屋，就顺口问一句："王总这几天不在吗？"

"嗯，他出差呢。"

"哦，做生意经常要出差？好辛苦哦。"

"他们要是不出差，我们那种酒店给谁去住呢。有利有弊。"

"对樊姐显然是不利的。还是找个技术人员好，每天蹲办公室，天天能回家见到面。"

樊胜美了解邱莹莹，因此笑道："是啊，你的眼光相当好。这回打算带回家给爸妈看看吗？"

"正捉摸不定呢，要不要再考验考验他？樊姐，有没有什么好的法子，可以考验出他的真情假意。"

卫生间里面满嘴是牙膏的关雎尔笑得噗噗地乱喷泡泡，樊胜美在外面见怪不怪，"别考验了，人哪儿是经得住考验的。我走了，晚上有时间再聊。小关，再见。"

关雎尔在里面连忙大大地嗷一声，以免樊胜美听不见。邱莹莹却意犹未尽，趴在卫生间门口对关雎尔道："可是就这么轻易带应勤回家吗？如果有个万一呢？我知道我上次的事儿你们一定都还记忆犹新，要是这回闹到家里去，最后又不成了，不知得怎么让左邻右舍笑话呢。我真有压力。"

关雎尔忙将一口牙膏泡泡吐了，急着声明："我从没笑话过你，从没。"

"我是说我家里邻居啦，没说你们。那些人没事儿爱晒太阳嚼舌根，好事到他们嘴里都得嚼三嚼，我这事儿要是成了还好，要是有个三长两短，以后就不用回老家了。我们那地儿小，什么事儿没三天就传遍了，以后出门背后都是指指戳戳的人。难怪我爸让我一定要定居海市。"

"你只要努力跟应勤在一起，将事情成了，不就顺理成章留在海市了？话说，我真羡慕你，应勤与你是天作之合，没什么可担心的。人跟人在一起就是缘分，担心没用，努力也没用。"

"是啊是啊。"邱莹莹舒展了眉头，开心起来，"关，告诉你，简单就是好，真的。像我一样，简单点儿，想做就做，不要想太多，展示自己真实的一面，人家也把最真实的展示给我了。多好。"

关雎尔嘴里虽然应着"对对对"，心中却是大不以为然。人心叵测，如果没有练就一身金钟罩、铁布衫，邱莹莹所说的简单做人，那就像赤膊上战场，怎么死都不知道呢。比如邱莹莹上一回与白主管的交往便是。这回邱莹莹误打误撞着应勤这么个优秀青年，但特例不能说明问题。

邱莹莹却认真地以自己经历为经验，开始滔滔不绝教育关雎尔不要想太多了。关雎尔听得苦不堪言，但打开门看到邱莹莹真诚而幸福的笑容，她只好隐忍不反驳。

樊胜美换上工作服，才刚走进大厅，便一头撞见陈家康。她得稍微回想一下，才能将眼前这位微笑与她说"樊小姐早"的男人与"陈家康"这三个字联系起来。不过一个衣冠楚楚的男人过了一夜还记得她的名字，毕竟是件令人愉快的事。

总台里面正交接的时候，陈家康过来办续住手续，他直接找上樊胜美。樊胜美微笑道："对不起，陈先生，我在见习，有不熟练之处，请见谅。"

"正好拿熟人练手啊。不急，你慢慢来，我有耐心。"

熟人？樊胜美对于陈家康的出现一直有点疑惑，昨晚发短信问安迪，安迪回曰没听说过此人。那么谁会自来熟地以她的名字订房？樊胜美怀疑此人背后是个恶作剧。但她既然是酒店员工，当然得尽心尽力服务好客人。只是她不熟练地操作的时候，她感觉陈家康的眼睛一直在打量着她，更是搞得她手忙脚乱。好不容易将所有手续办完，她已一脸通红，浑身紧张。于是更显得一张巴掌大的小脸白里透红，娇媚欲滴。

陈家康接了樊胜美双手递回的房卡，微笑道："做得很好，没有出错。凡事总有第一回，不错。谢谢，回头见。"

樊胜美微笑目送，但等陈家康转弯，立马瘪了一下嘴，恢复淡漠。同事刚刚交接完，将一切看在眼里，满不在乎地道："那帮人吧，入住的时候攀交情图打折，闲着没事干的时候找我们调戏几句，有事了立马翻脸，哪有什么交情可言。"

"冷静地看他们做戏，我们的工作就是把他们捧出主角的良好感觉来，让他们迷恋上这个舞台。"

"哈，樊主管一针见血。"

樊胜美只是微笑，当然知道身边小姑娘的捧场是为以后铺路，她不久将是这些小姑娘的上司。

第 37 章

　　包奕凡开车，载安迪与严吕明去指定的鉴定中心。严吕明帮包奕凡一起找路，安迪只能乖乖地但心有不甘地一个人坐在后面。包奕凡的手机从八点开始便叫声此起彼伏，包奕凡解释，他平时八点上班，有工作联系一般都八点开始找他。包奕凡电话太多，安迪索性接手了方向盘。安迪正取笑包奕凡电话多，她的手机也冷不丁地响了。她抓出来一看，上面显示"包太"两个字，"你妈找我有什么事？"

　　"准没好事。你小心着点儿。"包奕凡捂住话筒提示一句。安迪想了想，又问："我该怎么称呼她？我不懂。"

　　"还是包太。别让她膨胀。"严吕明在一边听着笑了。安迪这才接通电话，"早上好，包太。不好意思，我正开车，接电话晚了。"

　　"哦，安迪，早上好啊。好几天没见了，挺想你的。嘿嘿，还叫我包太吗？该改口啦。"

　　"我对家庭的事儿不大熟悉，真不好意思。刚刚询问了包奕凡，他说不用改口。他就在我车上。"

　　"什么，他不是在河北转悠吗？原来跑海市去了……呃，好吧，儿大不由娘。我让人捎了点儿自家农场种出来的草莓蔬菜给你，算是有机蔬菜吧，样子不好看，吃着放心。你看送到你公司还是家里呢？人刚下飞机，问我要地址呢。我看你公司空调太热，蔬菜水果放着很快就蔫，不如你给我你家地址吧，我让人放保安那儿，天冷，不碍事，你下班取一下。"

"谢谢包太惦记。我正好也在北方，不在海市，太辜负您的美意了，很对不起。"安迪发现很难应付那种热烘烘贴过来的盛情，觉得自己的回答很见外，可又不知该如何微调。

包奕凡听了问："我妈什么美意？"

"你妈委托人捎给我一箱蔬菜瓜果，很可惜我正好不在海市。"

包奕凡闻言皱眉，"我来接听？"安迪连忙将烫手山芋交出。包奕凡在后面很不耐烦地道："妈，你想借故套出安迪的地址？可以问我……嗯，暂时不给你。没别的事了？……嗯，她跟我在一起，当然。好了……再见。"他将安迪的手机递回，笑道："我妈热心坏了，试图越过我找你培养亲情。"

安迪不由得想到第一次见包太的时候，包太擅自插入她和包奕凡中间，拉着她说个没完。若不是严吕明在车上，安迪真想问问包奕凡，包太是不是对他每一个女朋友都这样，是不是得了儿媳饥渴症。可一个管着公司的企业创始人兼高管不应该如此有闲。或者是她正中包太的下怀？"你妈……对我很好。"

"谁会不喜欢你呢？我妈有些越界，恋爱是我们两个人的事。"

安迪停好车，回眸一笑，但这一笑不长久，因为她看见魏国强和昨晚在酒店大厅注视她的那个男人一起走出车来。她指给严吕明看，"老严，那是魏国强，他旁边那个人昨晚盯着我们入住。"

严吕明往后看，包奕凡也跟着往后看。他看到一个气宇轩昂中流露出一丝儒雅的中年人，包奕凡感觉此男人似曾相识。他下意识地看向安迪，见安迪已经戴上墨镜。但他对安迪的脸多么熟悉，他回头之时已经意识到，安迪与那男人长得有那么点儿相似。上次与安迪一起出门时，有电话来骚扰安迪，安迪曾说起有人自认是她爸。包奕凡感觉到，秘密开始在他面前展开。此时，他眼前的安迪一脸严肃，全身紧绷，似乎蓄势待发。

包奕凡先下车，他打开驾驶座车门的时候，见到安迪明显吓一跳，看清是他，才勉强笑一下钻出车门。包奕凡没问，昨晚安迪已经说过，她不知从何说起。这种时候，他只看不说，以免安迪分心。

　　安迪皱眉看魏国强走过来。魏国强道："昨晚得知你入住顺利，就没去打扰你。"魏国强说话的时候，看看严吕明与包奕凡，最终眼光落在包奕凡脸上，深深看了会儿。那眼光，包奕凡感觉是照穿他的五脏六腑了。魏国强随即拿出名片，一张给包奕凡，一张给严吕明。安迪当即想到刚刚车上时候包太对她使的花招，但她没伸手阻止，她眼前只有一条路可走，她做任何努力都是弄巧成拙。包奕凡也立刻想到了，但在魏国强与他反常地紧紧握手之际，他还是将自己的名片拿了出来交换。而严吕明只是微微一倾身，介绍自己是安迪的保镖，便作罢。

　　一行往里走，没再说什么。尤其是安迪一张脸被大墨镜遮住一半，谁也不知道她的七情六欲。但包奕凡看清魏国强的名片后愣了一下。而魏国强则是摘掉眼镜，边走边仔细看包奕凡的名片，一点儿都不掩饰。包奕凡看在眼里，魏国强的举止几乎就是他妈妈刚才的翻版。

　　安迪很讨厌魏国强与包奕凡接触，但她昨天已经知道事态发展由不得她了。她走在包奕凡身边，直到在大厅里面看见魏妻，才再次给包奕凡与严吕明介绍："那位魏太太。魏国强目前的太太，正办离婚。"

　　闻言，魏国强不得不尴尬地看安迪一眼。包奕凡轻道："你顾自己做事，不用管我们。"

　　魏妻身边也有两个男人，见面都对安迪面色不善。

　　安迪心说幸好身边有两个大男人，要不然她得犯怵。女人在某些场合，总是遇到好汉不吃眼前亏的麻烦。她不顾他们冷冷的寒暄，径直插话，"我们赶紧取样吧。回头你们盯着结果，我直接去机场。"

　　魏妻冷冷地道："对。不耽误你。感谢你专程来一趟，取完样应该没你的事儿了。进去吧。"魏妻的眼光也在安迪身后的包奕凡与严吕明身上打了一个旋，但随即将此两人认定为安迪的随从或者陪同。当然，谁敢在巨额遗产重压之下单刀赴会呢。

　　一行人纷纷拥簇着自己人进去，八双眼睛齐齐盯着工作人员给安迪取样。等样本脱离安迪，六双眼睛的目光跟随样本而去，只有安迪与包奕凡对视一眼。安迪起身道："行了吗？"

　　魏国强回过头来道："行了。结果出来我通知你。"

　　魏妻的一个同行者走过来，道："我送一下。"严吕明不经意地挡住那男人，道："不客气。安迪，你们先走一步，我留下等结果。"

安迪想到老谭昨天跟她说的话，"不用跟他们客气，是你的就是你的，理直气壮地拿着，凡事我会处理"。她估计严吕明正忠实执行老谭的吩咐。她看看魏妻的反应，见魏妻脸上略带意外，她不禁心中一乐，但只与严吕明说了再见，转身就走了。

回到车上，安迪才道："你问吧。唉。"

"不问。我想你。刚才你没看着我，让我非常想你。"包奕凡没问，只是拥抱亲吻。他觉得其中关系太过错综复杂，而且看上去有些关系并不足为人道，他不打算勉强安迪，勉强没好处。虽然他心里很想了解。

安迪被这出乎意料的反馈惊住，又是想了好一会儿才想明白包奕凡这句话的意思。"谢谢你。"

"我早说了，我们，就是我跟你两个人。其他什么人什么事都不会影响我们，我们也拒绝他们插足。安迪，我想劫你去河北，好不好？"

"我心里很烦，对不起。我想自个儿静静。对不起，对不起。"

"安迪，我经常担心，我对你朝思暮想，你是不是没在想我。我有时觉得我是剃头挑子一头热，当然你是我软磨硬泡追上的，但我得寸进尺，你告诉我，即使我在你身边，你依然想我。"

没等安迪回答，车窗被敲响。包奕凡不耐烦地降下车窗，见外面站着的魏妻不怀好意地看着他们。魏妻等车窗稍微降下，就冷笑道："做戏给我看？小伙子，你头顶帽子绿油油了。你女朋友凭什么抢遗产你知道吗。"

"再绿也不会找你，你这把年纪已经过期作废。"包奕凡将车窗升上，懒得看外面魏妻的嘴脸。魏妻则是一个冷笑，既然扔下炸弹，那么功成身退即可。"你看，我这人麻烦不断。"

"你跟那种女人认真什么。离婚女人智商基本归零，如果找得到小三，别的正经事都不顾，只知道追着小三打，打完了才发现人财两空。如果找不到小三，就到处找假想敌，谁被她们惹到谁悲剧。碰到你还要跟她虎口夺食，你在她眼里就是典型小三，其他什么都不是，杀之而后快。今天幸好有我们两个人陪着你。

不过我看魏先生也有备而来，他带着人可能就是为防止冲突。"

"看，这就是我的麻烦。"

"你真是逼我说我家阴暗面，谁家不是一地鸡毛呢。我留学那阵子我爸有外遇，我妈想拉住我做后盾与我爸对抗，我当时不知内情，一心要走。结果他们两个在家里闹得鸡飞狗跳，最终奔离婚。你现在看我妈挺能干一个女强人吧？那时昏招迭出，怎么错怎么做。我本来毕业留在美国长见识，被他们闹得不得不回来摆平。最终人算不如天算，我爸得结肠癌，以为自己要死了，顿时什么想法都没了，立马回归家庭。我妈也跟着恢复正常。你现在看看我们一家三口很和美，是吧？"

安迪惊讶得无言以对，好容易才喃喃地道："你头顶绿帽子的说法不正确。"

"看得出。魏先生是你父辈。只有智商归零的才看不出。"

安迪再度咋舌，又不知说什么才好，哼哼了两声。可更大的"惊喜"等着她，只听得车尾一声闷响，两人齐齐地向前方撞去。包奕凡最惨，肋骨撞方向盘上，痛得他"嗷"了一声。安迪回过神来，回头见一辆车子撞上了他们。她当即跳出去，一看，后面驾车的正是魏妻。魏妻胡乱倒车，退出好几米，又冲着安迪而来。安迪想都没法多想，赶紧跳到另两辆车的缝隙躲避。但魏妻的车只是虚晃一枪，歪歪扭扭地擦着别的车扬长而去。

回头报警，去医院拍片，幸好包奕凡只是撞痛，并未撞断肋骨。包奕凡却是趁所谓受伤之际，黏着安迪大撒其娇。只要警察转身，他就要求安迪以吻以抱来安慰。安迪本来见了魏国强就心烦，被魏妻一顿搅和更心烦，这下子被包奕凡黏得只知道笑，甚至都拿不出正确对待伤员的态度来，想假装一下都不能。等检查结果出来表明只是虚惊一场，安迪欣慰之余，扭头问包奕凡："你要不要脸，一路装得跟断了所有肋骨一样，吓死我了。"

"你一路笑得没点儿同情心，我不是肋骨碎，我是心碎。这往后日子该怎么过啊。"

包奕凡在那边做挥泪状，安迪又很没同情心地笑。陪同来的交警接了许多电话，见两个当事人眉开眼笑的似很好说话，就趁机来问两人对此事的处理结果。

安迪当即转为严肃："停车场录像已经显示，那女人故意撞车，又蓄意撞人，明摆着丧心病狂。请你们秉公执法，若不，我们聘律师送她坐牢，花多少钱都坚决把官司打到底，没商量。"安迪补充，"考虑到我个人安全一再受其威胁，律师已经赶赴医院处理，很快就到。我们没有商量。"

包奕凡奇道："你什么时候请的律师？"

"你进 X 光室的时候，老谭在这边有御用律师。刚才被你搅得都忘了跟你说。"

"下手比我更辣。好样的，我喜欢。"

　　交警无奈，只能向上司汇报。一会儿，律师便到了。安迪签字委托，交接后与包奕凡离去。

　　路上，安迪告诉包奕凡，"我可以百分之百地确定，DNA 验证结果将保证我全收何云礼的遗产。目前魏太仅仅是以为我与魏国强串通谋财，而又认定我通不过DNA 验证，她唯一的担心只是有人串通验证人员作弊，仅仅是这些，她就能肆无忌惮地撞车撞人。很快等验证结果出来，她发现她人财两失，我会更危险。只能先下手为强，把她送进监狱里去冷静头脑。即使暂时送不进去，也得在她脚边放块绊脚石让她清醒清醒，不能放任她为所欲为。魏国强把这烫手山芋扔给我，我没办法，只能自卫。"

　　安迪开车送包奕凡。即使包奕凡肋骨没断，她也不能此时离开被撞出一大块乌青的包奕凡，包奕凡因祸得福。但包奕凡想了会儿，"从昨晚盯梢的人是魏先生派来保护你这件事来看，我怀疑所有的事背后都有魏先生一双手在操弄……"

　　"我不会联络他，即使可以事半功倍也不联络他。尤其是如果与他联手，让他达成什么目的，我会恶心一辈子。"

　　"我相信魏先生不会没考虑到你的这个心态。我还有一个怀疑，他这种身份的人，如此高调地离婚，不合常理。所以你离他越远越好是正确的，而且你最好，起码是近期，不要承认与他的任何关系。但又一想，以你的态度，即使你从不去想与魏先生合作，你也肯定离他远远的，而且是死活不愿承认与他的关系。他设计一件事可真懂得顺势而为。"

　　安迪只是稍稍地一前思后想，立马毛骨悚然，"他想干什么？"

　　"不知道。但就我目前观察，他对你不会有恶意。"

　　"嗯，你别观察了，你也最好别理他，我一点儿都不想见他，看见他我就眼前一黑，所有眼前美好完全消失。我对他深恶痛绝。"

　　"好。我也不再提起他。"安迪也只能如此。想到她所做的一切反应都逃不过魏国强的设计，安迪心里一阵凉。唯一好在，她身边有包奕凡，跟包奕凡在一起，她连苦闷的时间都没有。那家伙总是拽着她"堕落"，堕落得像个自由落体，最终摔碎身上所有的硬壳。她相信总有一天她也会如包奕凡那般惫懒。

　　但包奕凡问了安迪一句，"你好像从来没问过我为什么爱你。"

　　"咦，有必要问吗？"

"OMG，我还真多此一举。"

"不好意思打听一下，你以前女友都问？"

"你是唯一例外。"包奕凡心中则是嘀咕，此人得有多强大的自信啊，尤其是已过三十的女性，有几个还敢如此自信。谭宗明来电告诉安迪，魏妻已经被交警找到，正在处理，估计逃不掉罪责。

安迪忍不住问一句："有没有觉得处理得过于顺利？"

"我也有这感觉。你别打听了。你究竟什么时候回来？"

"包奕凡受伤，我得送他到他同事手里。"

"借口。他只是一点儿皮肉伤。"安迪本来说得理直气壮，被老谭一说，笑了出来。果然，包奕凡其实在她身边生龙活虎的，看上去可以上山打老虎。"明天早上上班一定准时。"

老谭"嗤"的一声，不予评价。安迪自觉地脸红到了脖子。彻底堕落，连一向最引以为傲的自律都打破了。包奕凡虽然不知老谭在那边说什么，但听到"明天早上"这四个字就笑了，他都还没来得及提要求，正在盘算着如何挽留安迪过夜呢。安迪的脸更红了。即使在高速路上，她还是必须咬牙切齿地腾出手去，拧得包奕凡哇哇叫。都是他害的。

樊胜美下班前，陈家康正好从外面回来。她又整整地站了一天，依然是站得腰酸背痛腿抽筋，恨不得立刻仆地。见到陈家康特意冲着她走来，樊胜美盼望地上忽然冒出一粒石子将陈家康绊倒，省得她还得迎上去扮笑脸。当然酒店大堂不可能冒出石子，樊胜美只能勉强打起笑脸，迎接陈家康。

"一天下来很辛苦啊。依然这么美丽。"樊胜美只能微笑说谢谢。陈家康却是顿了顿，才慢腾腾地道："早晚都见到你一次，这一天算是圆满了。"

樊胜美依然微笑，但抿嘴不答。陈家康又看了她会儿，微笑离去。她都不等陈家康转弯，就忍不住翻了一个白眼。同事一起嬉笑，有个同事道："我们班的班花前年为了到顶级奢侈品旗舰店应聘，简直无所不用其极。据说那些店的美女店员最终都落到来逛店的大款手里。"

另一位同事道："我们每天看着这帮人换着女人地进进出出，还会甘心落到这帮人手上？"樊胜美但笑不语。这不关甘心不甘心什么事，这关系到那帮人下的筹码够不够大。旗舰店的店员又何尝不是看着那帮人换着女人地进出。

　　她终于下班，去更衣室换了衣服出来，边走边打开手机，查看来电记录。当然有王柏川的。可樊胜美更喜欢王柏川此时在眼前，驾车接她回家。一天站下来，想到还要在地铁车站上上下下人挤人，她不寒而栗。不理他，先回妈妈的来电。知道肯定与哥哥有关，妈妈的电话无事不登三宝殿，可她不能不回。

　　"阿美，你把下礼拜的钱先划给我，我要用。"

　　"还没到时间啊。有什么意外开销了？"

　　"我要点儿钱你还问东问西的，我是你妈。今晚就划过来，明天我买菜钱都没了。"

　　"有什么意外开销了？"

　　"你爸买药。头痛药。"头痛药？樊胜美一听就知道妈妈撒谎。"医生开的处方药？叫什么名儿？今天医生来家里，还是送爸爸去医院了？爸爸能告诉医生他头痛？"樊母当然回答不出来，又被樊胜美揭穿，恼羞成怒。"到底我是你妈，还是你是我妈。我花点钱还得向你请示汇报？你明天划钱给我。"

　　"你不说出理由，我不给你。怕你又填了无底洞。我们家不是富翁，我没钱。"

　　"今天亲家过来，他们去处理你哥你嫂的事，问我要了些路费。我只能掏出这礼拜生活费，总不能看着你哥在牢里过春节吧。总算他们肯去，他们有人去总好过没人去，起码也捎个音信过来。"

　　"他们去有什么用，没钱找关系，也没钱保两个人出来，更没钱请律师。他们能不知道？恐怕连门都进不去，面都见不着呢。我看是找借口从你手里骗钱吧。你还真给他们。"

　　"我问你，我和雷雷明天没饭吃了，你看怎么办吧。"

　　"你送钱之前没想过吗？"樊胜美感觉身边有异常，扭头一看，却见一辆雪亮车子在她身边缓缓行驶，从打开的车窗看进去，是陈家康坐在驾驶位上，做手势请她上车。

　　樊母还在手机里喊："我和雷雷明天没饭吃了，你看着办。"

　　樊胜美本来就火，此时两边夹攻，她火上心头，一下挂了她妈妈的电话。可面对陈家康，这个酒店的客人，即使她已经下班，她也只能换上微笑，摆手走开。陈家康见她已经打完电话，就大声道："我没恶意，顺路送你回家。一天工作下来很累，别辛苦走路了。"

"谢谢，我坐地铁，很快就到。"樊胜美指指不远处的地铁站标志，拐开去了。且不说此人来历不明，不知从哪儿要来她的名字。而且樊胜美一向兔子不吃窝边草，工作时候不跟周围人谈情说爱，这条底线她向来遵守得很好。

陈家康见此只能失望地走了。但留下一句话，"希望下次能给我机会。"

樊胜美脸上笑笑，依然摆手作别。等陈家康不见，她才又拉下脸来，考虑妈妈要钱的事儿。正好王柏川来电，她将妈妈的事一五一十地说了。王柏川当然知道这事儿不能开口子，一开口子就有第二次第三次，樊家又会变成无底洞。但那边到底是樊胜美的妈妈，樊胜美若是真狠得下心，也就不会跟他委屈地倒苦水了。王柏川好生为难，无法回答。

樊胜美帮王柏川说了出来，"你是不是想说有一就有再？我也知道不能让我妈抱侥幸心理。可是他们明天就没饭吃了，而且你知道，他们经常为我哥的事儿问人借债，亲戚都让他们借怕了，我妈明天即使饿得两眼昏花去亲戚家借钱，也未必有人肯借给她。他们明天真的会饿肚子。"

王柏川为难地道："要不，我让个哥们儿明早给他们送点儿吃的去？只送吃的，解决基本生存。"

樊胜美刚想说这是好主意，可转念一想，就知道不对。"我妈只要知道我不会饿着他们，以后等我哥出来，她会把我划给她的每一分钱都交给我哥，转头再伸手问我要吃的。为了儿子，她伟大得只需要基本生存食品就能活下去。这点我爸稍有不同。"

王柏川只能道："总不能饿着他们吧。冬天饿肚子，尤其是还有小孩子……"

"王柏川，我是让你帮我一起解决问题，你倒好，还给我出难题。我都累一天了，站都站不稳，你倒是帮我好好动脑筋啊。"

"原本想，你如果每星期给他们500，可以考虑这回先给100，这100从下星期的定例里扣除，下星期只给400。可再想，既然你可以把原本定下的规矩作废，在你妈眼里你还有什么信用？真是左右为难。"

"废话不，我难道没想到这一层？再想。"

王柏川再想再想，支支吾吾地道："可能，我说的是可能，你妈买米不会是一天只买一天的量，应该是一次性买一包。可能她正好还存了大半包的米，够这礼拜剩余的时间吃饭。"

"拜托，这是什么废话。你还不如说家里还有皮带皮鞋可以煮汤，还有桌腿可以啃。我累得要死，你怎么总不在啊。需要你的时候，你怎么总是不见人啊。"樊胜美烦得再次一举恶性挂断电话。可面对地铁站的人山人海，她无法挂断什么，唯有奋力与男人们抢拼，才可以上车。

好不容易挤入第二班地铁，樊胜美挂着脸一直想，要不要给妈妈寄钱，要不要给妈妈寄钱。她恨死，恨妈妈屡屡挤逼她这个唯一挣钱的女儿，她恨永远闯祸的哥哥，她更恨没用的王柏川，他什么忙都帮不上，这样的男朋友，有等于无。

樊胜美一路恨着王柏川，越想越恨，下地铁的时候早已火冒三丈。妈妈那边？饿死算数！

赵医生下午坐门诊，他即使不看手表都知道已接近下班时间，因为身边簇拥着他的病人少了，走廊不是闹得一团糟了。但他拿起一本病历，一看封面的名字，愣住，果然，曲筱绡似笑非笑坐在他的侧面。

"又脚崴了？"赵医生一看清曲筱绡滴溜溜的眼珠子，便知准没好事。

曲筱绡趴过来，轻道："上次之后，怕你不肯见我，只好来这儿堵你。有事请教，今晚一起吃饭。"赵医生凝视了曲筱绡会儿，"停车场等我。"曲筱绡抽回病历，做出一个得意的鬼脸，一拧腰便飘出了门诊室。赵医生镇定地看着曲筱绡的一举一动，心中好多狐疑，伊为啥一再地出尔反尔。曲筱绡回到停车场，拿手机给自己拍一张，采取的正是神奇的45°角拍摄，旋即将照片上传到微博，文字说明：我一还魂就不想工作。怎么办？

等会儿，赵医生下班，持着手机上了曲筱绡的车，问她这一条微博是什么意思。曲筱绡将车门嗒的一声锁住，才软软地侧倚着车椅，道："意思是，我好想你，我要见你，委屈你当一回男小三。"

赵医生看一眼黑暗中曲筱绡的脸，那两只活络的眼睛给人的感觉就是没一句话是正经。"你们女人才有小三，男人那叫横刀夺爱，懂吗？"曲筱绡攀上去，附着赵医生的耳朵轻轻哈气，"那你为什么还不夺？我等你的实际行动哦。"

"我愿意跟你保持朋友关系，你很可爱，而且我越来越发觉你的特殊。但我不愿苟且。明白我的意思吗？"

"你为什么总怕我听不明白？你除了掉书袋时候我不明白，其他什么时候我听不明白了？我恨你。"曲筱绡说罢，一口往赵医生的脖子咬下去。赵医生在黑暗中镇定自若地道："你咬的部位正是颈动脉。"曲筱绡发现赵医生不吃她那一套，有点儿骑虎难下，但一分神，就发现更严重问题，赵医生手中把玩着她的手机，她的手机不知什么时候落到赵医生的手里。而且，赵医生状若不经意地给两人拍了一张合照。"很漂亮，敢不敢上传到你的微博？"曲筱绡刚想说"有什么不敢"，可很快就想到现实问题，刘歆华是她爸妈生意朋友的儿子，不能太刺激。而且刘歆华对她很好，她也不愿随意刺激。她伸手很轻易地抢回手机，将照片删了。于是，赵医生无奈地道："这就叫苟且。"曲筱绡被赵医生的语调激怒，她想到那个看不起她的徐工，原来赵医生与那鸟女人是一路货色。"你不要以为你书多看几本，就可以认为我无知。我知道什么叫苟且，也从来知道你不愿苟且。所以我跟人明明白白断了，又用一礼拜时间让我爸妈接受这件事，我把事情全部处理完，才来找你。你以为我是个没担当的人？你一向这么看我？滚蛋，不想再看到你，以后也不会再犯贱来找你。"

赵医生静静看着曲筱绡，耐心等她呼吸稍微平息，才道："你刚才让我做小三……"

"你不是号称智商很高吗？你不会分析判断吗？不懂开玩笑吗？你走不走？你不走我走。"

"你不知道你魅力四射，我见了你智商立刻低下到不及格，不知道你哪句话是真。唔，别说话，医院电话。"

曲筱绡见赵医生表情严肃，当即闭嘴。再说赵医生灌了她一杯蜜糖，她当即变得柔情似水了，乖乖静听赵医生接电话。但赵医生接完电话，就匆忙地道："高干病房有事，你先回家，我如果结束得早，就去找你。"

"就这么走？"曲筱绡看看赵医生扶在门把上的手。

赵医生停顿了一下，但只是深深地一个微笑，开车门出去了。

曲筱绡发现她又陷入混乱。以为对赵医生十拿九稳，可惜，赵医生的定力表明，她对赵医生无法把握。曲筱绡再次搞不懂赵医生深深一笑的含义。

一个人失落地回到家，看看过道灯下孤寂的2203的门，她忍不住敲响2202的门。不料，开门出来的是樊胜美。既然来开门的是2202的大牌樊胜美，说明邱莹莹和关雎尔都不在。但曲筱绡此时心烦，懒得与樊胜美说话，嘟嘴转身回自己家。

樊胜美也不吭声，她心里也是一团糟，看曲筱绡转身，就迅速将门关了。

曲筱绡听后面关门声响亮得毫不客气，飞速扭头定定看着 2202 的门，心中很有冲上去砸门的冲动，可还是忍了。忍的原因不是她息事宁人，而是因为现在 22 楼没有别人，只有两个当事人，拍再多巴掌也不响亮。

樊胜美不知门外有这么个小曲折，她心烦得都没心情想别的事儿。她想硬下心肠不去考虑爸妈的死活，可是，即使专心致志地拔眉毛的时候，她都忍不住想到，明天家里若真的没饭吃……

她如何忍心。

心烦意乱之下，樊胜美首先想到的就是王柏川。她一个电话过去，才一声硬邦邦的"喂"，王柏川立刻心惊肉跳，全身肌肉进入战备状态。王柏川低声下气地问："你妈妈那边有其他消息吗？"樊胜美却耳尖地听到手机里传来的人声音乐声，"你又在外面玩？"王柏川忙道："我跟客户在一起。胜美，无论你做什么决定，我都支持你。"

"你这话说着好听，说了等于白说。我要怎么办啊，啊，啊……"

"胜美，我客户在旁边，没法好好替你想个万全之策。等送走他们我立刻给你电话，好不好？让我再好好想想办法。"

"我要有用的办法！"

"一定，一定。"王柏川的客户与王柏川是多年老友，见他神色狼狈，不禁打听原委。王柏川一五一十跟老友说了。老友不禁笑道："你是当局者迷。你女朋友早已打定主意，不往家里寄一分钱。可这种事情即使再有理由，也理直气壮不起来。她心虚，要你说出反对寄钱，是你反对她寄钱，替她担起……嘿嘿，当我没说。"

王柏川恍然大悟。难怪樊胜美跟他闹了那么多的脾气，原来是要他担起饿死她爹娘的责任。他不禁心中一个寒战。"万一她家里有个三长两短，我不是要被她食肉寝皮吗？不过这年头出门讨口饭吃还是有的，怕的是她瘫痪在床的父亲，她父亲折腾不起。"

客户同情地看着王柏川，但不便再多说，只是道："你俩感情真好。"

王柏川当然明白客户说的是什么意思，他与樊胜美在一起，看樊胜美的意思，他就得背上樊家那个大包袱，而且关键是樊胜美并不给好脸色，他当然是感情很好，可樊胜美对他呢？他心中有点儿不快，给自己倒了杯酒。客户见此，同情地与他碰了一下杯，陪他喝下一整杯啤酒。

"美女吧？"

"美女。我从高中开始暗恋。"

"看不出你是个痴情种子。"

王柏川叹一口气，想到与樊胜美重逢之后的种种，忽然感觉自己有点儿自作

多情。明天，样品就可以拿出来，他将拎样品回去老家，交给包奕凡检测。本来他打算明天不管多晚，当天就飞回海市，他想到樊胜美就归心似箭，可现在有点儿疲，他怕樊胜美不给他好脸色，而这是必定的。

饭后，王柏川没敢给樊胜美打电话，他稍微有点儿喝醉，他仗着小酒劲儿用客户的口气在他手机上给樊胜美发条短信，"王嫂，小王喝趴下了，让我给你赔罪。你饶了他吧，小伙子不容易，今天差点把我们几个撂倒。你早点休息，别等他电话了。"

樊胜美收到王柏川的短信，气不打一处来。可回拨王柏川的手机，已经关机，她哪儿都无法撒气，只能拿自己手机出气，狠狠地也关了自己的手机。那没用的，有事的时候就指望不上他。

22楼同样生着一肚子闷气的是曲筱绡。赵医生来电说被高干缠住，脱不了身，只能奉陪一夜。曲筱绡竟然被她看中的男朋友放了鸽子。

樊胜美第二天没往妈妈的银行卡上汇钱。她这回打定主意做聋子。反正上班时候不能开手机，她正好耳不闻心不烦。

妈妈有打来电话，一天好几个电话，樊胜美看着来电记录，决定不闻不问。关机期间王柏川也有来电，樊胜美一看见屏幕上王柏川这三个字就来气，当然也不回电。但王柏川会发短信。王柏川说他送样品过去，得讨个准信才能回家。樊胜美当然也不回这条短信。她下班依然关机。

下班之前又看到陈家康。这回陈家康是与几位衣冠楚楚的男子一起进门。陈家康不便扔下同伴过来与樊胜美打招呼，但特意远远地对着樊胜美举手示意了一下，很是周到。

同样周到的是赵医生，赵医生在曲筱绡下班时候来条短信，说他熬了两天一夜终于得以下班，面色如鬼，已经打车回到家，准备睡觉了。曲筱绡搞不懂赵医生究

竟心里打的什么鬼主意，她只能忍耐，静观其变。

　　第三天，樊胜美下班打开手机，看到的竟是妈妈家对门邻居的来电。她曾偷偷向该邻居哭诉家门不幸，希望邻居帮忙，如果家里有什么三长两短，千万给她一个电话。她赶紧给邻居去电，邻居告诉她，她妈领着雷雷，这么大冷天的，在小区门口要饭。是真正的要饭，而不是要钱。因此饭倒是很快要到了，菜也要得到。但邻居说，一老一少，看着真是可怜得要命。

　　樊胜美听得当即落泪了，虽然邻居没说她什么，可她仿佛看到邻居责问的眼光。"阿姨，能不能请你送点儿吃的到对门我家，救急，只要救急一顿饭。我会立刻请朋友送钱过去。"

　　邻居道："小樊，不是我不想帮你。你家帮忙的亲戚说是不肯吃讨来的饭，已经一天没来帮忙。我这会儿要是去你家，你妈会求我帮忙收拾，我又好意思甩手不管？我今天只要伸一伸手，你知道的，你家事情那么多，你妈以后天天都会来敲我家的门，我就给你家做免费老佣人好了。这事我不答应你，我当初也只答应你给你通风报信。"

　　樊胜美叹息，她知道这是事实。她只能谢过邻居，说是另想办法。樊胜美不得不主动给王柏川打电话。

　　不料，王柏川见过包奕凡后，才刚上了回海市的火车，准备夕发朝至在火车上睡一觉回家，省点儿钱。王柏川在火车缓缓的出站节拍中接到樊胜美的电话，心里没来由地觉得轻松，仿佛逃过一劫。但他赶紧地抢在樊胜美说话之前表态。

　　"胜美，我今天一直打你电话打不通。你妈妈那儿有消息吗？没你指示我不敢过去，怕坏了你的计划。"

　　"你在哪里？还在老家吗？赶紧去我家一趟，我妈这两天领着雷雷在讨饭。"

　　王柏川目瞪口呆。"我……在回海市火车上。"心里不觉更加庆幸幸好坐了火车，要是乘飞机回家，这会儿飞机没起飞，他只能推迟回家，先处理了樊家的无底洞再说。

　　"你……你为什么总是……"

　　"别生气，别生气。我想办法。"

　　"你让朋友送点儿吃的用的过去吧。这么冷的天……呜呜……"

　　樊胜美一哭，王柏川的心立刻软了，"别哭，别哭，我立刻让朋友送过去。不会饿着你妈。"

"可是……可是……又白做规矩了……"

"别急，别急，我想办法，一定不让你妈知道是你授意送吃的上门。"

王柏川结束通话后，抓耳挠腮想了半天，才终于想出办法，请一长相凶蛮的朋友去超市买十斤大米和几斤猪肉上门，估计够樊家吃到樊胜美礼拜日如期汇钱过去。跟朋友联系上，与朋友对了好一阵子的台词：得凶巴巴地敲门问是不是在小区门口要饭的一老一少的家，再感慨终于没摸错门没打听错，再把吃的一扔，训几句你们家孩子怎么都不顾你们死活，然后转身就走，千万别进去喝茶或者留下电话。总之不留下痕迹，更不能与樊胜美搭上边。

等朋友上门送米之后来电汇报的当儿，王柏川不禁发呆。樊家发生的事匪夷所思到超出他的想象，樊母还真把钱都给了儿子，什么都没给自己留下，落得个冬天出门讨饭。怎么做得出来？王柏川不知道以后还能再发生什么事情，尤其是当樊胜美哥哥等风平浪静后回到老家，与樊母住到一起，届时，不知会产生多少更大的幺蛾子。想起来，王柏川不寒而栗。

曲筱绡等不到赵医生，夜长无聊，与老同学们一起泡吧。非常不巧，见到她的其中一个异母哥哥也在，与一帮人在另一个包厢喝酒玩乐。同学见她时时关注一个男人，问她是不是有意思。曲筱绡反问大家谁知道这个男人的底细。人多力量大，朋友问朋友，最终问到曲筱绡异母哥哥同桌朋友那儿。但反馈回来的信息让曲筱绡震惊了，她爸爸竟然在前不久瞒着她又往异母哥哥那个只见投入不见产出的无底洞里投资了八百万。

大家起哄要不要叫来那男子与曲筱绡速配的时候，曲筱绡愤怒地道："那是我爸前一次结婚生的儿子。"

老同学惊讶，可又一脸了然。一女同学道："儿子！关键是儿子！从小到大，我爸都最宝贝我。可一说公司继承，他十足偏心到儿子身上，权都移交给儿子，不给我。最恨的是，我爸还口口声声说最爱我，弄得哥哥以为我暗地里得到最多，一直对我没好脸色。其实我从家里拿点儿钱花，又能拿多少呢。公司的股权才是干货，我哥拿得比我多得多。"

曲筱绡郁闷地道："我家这种情况也不能例外？"

　　"当然不能例外。你爸一想到千秋基业，千秋啊，老早把你这宝贝女儿扔脑后去了。靠女儿怎么靠得住，非靠儿子不可，孙子生下来还是他的姓，你呢？外戚！"

　　又有同学问："你还守着那个小破公司？你爸没给你增资？"

　　这一问，问到曲筱绡的痛处，她跳起身，"不玩了，声讨去。反了，反了。"曲筱绡去拿了衣服出来，在外面被冷风一吹，头脑稍微冷静点儿。她跳上一辆出租车，上去就给家里打电话。"妈，爸爸在吗？我找他。"

　　"怎么回事，像是要跟你爸吵架？你爸出去应酬。"

　　"爸又给那边的其中一个儿子增资八百万，这事你听说过没有。"

　　"什么，你听谁说的，我怎么不知道。"

　　"我听那边儿子的朋友说的，亲口说的。今晚刚听到。这算怎么回事，爸爸怎么可以这么偏心？家里的财产是你和爸爸共有，爸爸凭什么私自资助那边的儿子？他这么做是侵占妈妈的份额。"

　　"那边两个儿子，说真话，眼界欠缺，我又纵着他们，挺不学好，你爸一直恨铁不成钢，怎么可能再投钱给他们打水漂。倒是你做得不错，你爸一直夸你，还说等你做再顺点儿，让你挑更大的担子，让你以后主抓出口。这事儿……你赶紧转头回你自己小窝里去，别急着找你爸尖叫，等我查清楚有没有这回事再说。"

　　"我让朋友调查出来的，你别不信。别小看我的朋友。"

　　"我信，我信，好了吧。你放心，那边两个的账本都是直通我电脑的，我做了手脚。上回你提示后我已经安排了。"

　　"什么？我这儿你有没有做手脚？"

　　"没大没小。你又没打算瞒我，从用人到管理都对我公开的，我还做什么手脚。不过你是对的，对那边两个儿子永远不要放松警惕。你现在调转车头回你自己窝里去吧。"

　　曲筱绡虽然听了她妈的话回自己的2203，可心里很不舒服。儿子，女儿，两者的区别，成了她的心病。她不是理想主义者，她在她的圈子里看得多了，大佬们托付企业的时候，绝大多数想到的是儿子，认为儿子才担当得起重任。女儿倒并不是因为是别人家的，而是怕柔弱的女儿担当不起。

　　曲筱绡想到，现在她做得比两个儿子好，这是没错。可是爸爸心里究竟怎么看呢。人，是很容易心存偏见的，在偏见面前完全没有道理可言。这个时候，曲筱绡压根儿没时间去想赵医生。她立刻联系相关方面的朋友，试图获取那边两个儿子有关资金方面的更多信息。此事她决不能怠慢，属于她碗里的一口菜，不能让别人抢走。

在北京的 DNA 鉴定结果，即使是三方都有人盯着鉴定全过程，鉴定结果依然完全出乎魏妻的意料，那就是安迪确实与何云礼有血缘关系。但这当然不出魏国强与安迪的意料。得到结果，魏国强当即委托专人，开始迅速向安迪转移遗产，以免夜长梦多。

安迪下班就与魏国强委托的律师及老谭在北京的律师一起签了好几份授权书，方便迅速接手遗产。她一下子拥有了北京豪宅一套，海南豪宅一套，甚至海市豪宅一套，以及许多存款及有价证券，何云礼的书画作品，何云礼的各种名贵收藏。看着长长的明细单，她脑筋再好，都有点儿晕。但起码清楚知道一件事，这些细碎到啰唆的东西，如果魏国强有意昧下，那是谁都看不出来的，甚至魏妻都未必抓得住魏国强的私藏。魏国强究竟什么意思。

安迪签完字回家，半路接到魏国强的电话。她不想接，可又知道电话肯定与遗产有关，不能不接。

魏国强并不在意安迪挺没好气的一声"喂"，他在电话里直奔主题。"刚才律师跟我说你们已经开完会。你已经拿到三套房钥匙了吧？房产证需要过户之后才能给你，再等等。我跟你说明一下。三套房门钥匙，只有北京那套我还保留一份钥匙，因为主要收藏和书画作品都放在北京的房子里，我替你看管着。虽说北京房子的安保很好，但日久天长若让人知道房子已经没人住，难保有人铤而走险。所以我建议你尽快将东西转移到海市的房子，我可以替你安排运输，到海市后你可以就近看管。你先去看看海市的房子吧，看需要安装些什么安保措施。这是第一件事。我需要你给我一个明确答复，方便我配合行事。"

"请问你有什么动机？"

"东西转移到你的身边，不是更方便你脱离与我的联系吗？你问的是不是这方面的动机？"

"对。你如果留下一把海市房子的钥匙，索性都转移好，安置好，万无一失，再移交给我，不是更省事方便更省得联络我？两人配合行事一向多龃龉，徒生不便。所以你的解释不符合逻辑。"

"呵呵，驳得很精彩，第一条就照你说的解决。第二条是有关那个交通肇事案子。人已经保出来，等待进一步审理。但据说人很不愿承认 DNA 鉴定结果，出来后一直在活动，我提醒你最近一段时间注意安全。毕竟遗产数额不小，没几个人能坦然面对失去。"

"我有个问题，你太太以前赡养过何老先生没有。如果有，什么程度？我可以考虑合理馈赠给她一部分遗产。"

"最早，老先生住教工宿舍，照顾探访等事都我一个人在做，毕竟只是远亲，我前妻没有赡养孝敬的义务。等老先生开始出名挣钱，他在我家附近租了房子住，依然没跟我住一起，但他生活不大会自理，包括画作经济都是我替他作决定。所以他后来跟着我定居北京。等老先生变得富贵，我前妻才开始与老先生接触，但两人不算投缘。你有心公平合理对待我前妻，是很好一件事。但从目前来看，暂时没有必要，我们都活得挺好，不需要揩你的油，我有分寸。如果以后有什么变故，方便的话，请你想起今天的对话，世事难料得很，但毕竟你年轻有更多出路。"

安迪听着，总觉得这些话只是解释了表面，可她该问的已经都问了，再问，就像是仗着什么身份为所欲为，她不愿。唯有一个问题，"有没有办法约束你太太对我的侵害？遗产问题已经结束，以后离婚是你们自己的事，可不可以请你帮个忙约束她？"

"我在做，可惜，她情绪太激动。这么晚，你还没吃饭吧？"

魏国强一表示关心，安迪立马反胃，赶紧结束了通话，还得趁红灯喝一口水才安心。

遗产的三套钥匙都在安迪手里。很不幸，海市那套豪宅正好与奇点的家在同一小区。那段路安迪可以不看 GPS，了然于胸。她让魏国强一手转移收藏，其实更多原因还是她不敢去那小区。她以前错会了爱情，她问心有愧。

但现在，她心中又蠢蠢欲动，饿着肚子就直奔那处豪宅。她好奇，她究竟继承了些什么东西。她只是，偷偷地去看看。

她连方便停车的地方都很清楚，离小区有点儿远，需要走一段路，经过一家KFC。她进去买一只鸡肉卷，啃着去看遗产。才走到小区大门，就意外接到奇点的电话。

"我没看错？刚从 KFC 走进小区的是你？"

"嗯，你也在？"

"正好也在吃快餐，我一向喜欢辣鸡翅。找我？呵呵，我有点自作多情。我刚赶上，就在你后面。"安迪回头，黑暗中，看到熟悉的身影。她一时失语，怔怔看奇点走近。而奇点仔细打量着安迪，没什么变化，只是，几天不见，头发变长了点儿。两人相对站了好一会儿，还是奇点笑道："我请你去我家喝咖啡，还是旁边找家咖啡店？"安迪忙摸出小区的门卡，解释误会，"我来看看刚刚归到我名下的房子。"奇点脸上五彩缤纷，"准备搬到这儿来住了？恭喜啊，别忘了分糖。"安迪刷卡进入小区，等着奇点手忙脚乱掏卡，忙乱中从口袋里带出一些不知什么，然后奇点蹲下去捡。安迪耐心等他忙完进小区，才道："乔迁新居需要分糖？海市的习俗？我没打算搬来住。只是房子忽然归到我名下，我总得见识一下。噢……"安迪很快意识到了问题所在，分糖，结婚的代名词，好久没接触这个词，差点儿忘记联想。也是，这误解很合理，住得好好的忽然置业，不是结婚又是为什么。"房子是遗产。"

奇点一愣，但随即明白过来，安迪还能从哪儿继承遗产呢。奇点随即微笑了，安迪肯告诉他这是遗产，说明她依然信任他。只是这种信任让人心中有点儿凄凉。奇点的脸上再次色彩纷呈。"需要我做随从吗？黑夜里第一次去那儿……"

"谢谢，需要。但不敢麻烦你。"奇点笑笑，"还是朋友，麻烦一下没什么。哪幢？"何云礼的房子在小区中心，景观比较好，相对安静，面积不小。摸索过去，连开灯的方位都找不到，但即使一室黑暗，也看得清里面没有装修，房间里一股萧索阴冷之气。安迪不禁紧了紧大衣，抵挡幽幽包裹上来的寒气，摸黑四处看了看。奇点没走动，等在门口。等安迪看了出来，才没话找话，"打算来住吗？"

安迪笑笑，"我即使要搬大房子，也是卖了这套买别处。"

"还好，要不然对我很残忍。呵呵，开玩笑的。"安迪也是笑笑，两人走到明亮的电梯门口，等电梯的当儿，不禁默默对视。

两人都是一脸复杂，但都未动弹分毫。即使电梯来了，两人也是分据电梯左右两边，远远相对。安迪先低下了头，不再看奇点。

两人依然是默默地走出小区，一左一右，离开近一米。奇点一直将安迪送到车门口，才道："我好几次以为见到你，再定神看才发现不是。今天最先以为又是眼花了。很高兴再见到你。"

安迪挤出微笑，但赶紧从车门又绕到后备厢，取出一瓶水，尴尬地笑笑，默默地上了车。奇点了然，看着安迪启动车子，缓缓离开。她将一只手印在车窗上，作别。

安迪等走出好远，才长长呼出一口气，浑身轻松。仿佛偿了一个心愿。原来她来此，看房子只是借口。

终于有了借口，终于有了了结。

只是包奕凡的来电让她心中打了个突儿。魏妻从交通事故处理那儿搞到包奕凡的资料，竟然有办法寻根究底，下午直接打电话到包奕凡的公司。两人都不知道魏妻想干什么，但知道肯定绝非好事。

樊胜美在宿舍里为妈妈那边的境况揪心，又担心王柏川办事不力，泄露出事情背后她的那只手。她在走廊吸了第二支烟。关雎尔出差回来，拎行李出电梯，见樊胜美吸烟，感觉有事，但没多嘴问。很不巧，樊胜美快吸完，电梯里撞出个曲筱绡。樊胜美心里只想赶紧扔掉烟头回房间，将门紧紧关闭。但既然人已照面，她不能输人，只得硬撑着。

曲筱绡满心郁闷，对樊胜美视而不见，却又对着2202的门大喊："关关宝贝，臭臭，找你们。"

关雎尔在屋里闷声道："重喊，肉麻死了。"

"哇，宝贝儿你可回来了，我想死你了。"曲筱绡不顾樊胜美的漠视，冲进2202，去找关雎尔，"关关，我被我爸鄙视了。我爸嘴上一套底下一套，没想到啊，他竟然重男轻女到这种地步，气死我了，气死我了。"

"你爸怎么鄙视你？他还想不想听人叫爸爸了？跟他斗争到底！绝食，绝交。"

曲筱绡有口难言，只能胡乱道："是啊是啊，可是你想出来的办法怎么都是折腾我呢？"

"苦肉计！"

樊胜美在门外眼睛一亮，但旋即心里否定。她妈还想不出苦肉计那办法，她妈又不知道她在周围安排了眼线。

曲筱绡则是在里面道："这个不可以有。我的苦肉计最多是趴到我爸耳朵边尖叫，叫到我喉咙哑为止。关关你去哪儿出差了？住什么酒店，有没有客户招呼你？我昨晚也来找你玩呢，你不在。我真失落。"

关雎尔听得满身鸡皮疙瘩。外面却传来安迪说话声。"你们都在？小曲又闲不住了？小樊，包奕凡跟我说，他回去就抓紧安排王柏川那些样品的检测，让你们别担心。"

"哟，王柏川倒是会抓住机遇。"曲筱绡这才放过关雎尔，走到门外，但不屑地看着樊胜美向安迪道谢，"樊大姐不是反对安迪跟包总在一起吗？怎么不有志气到底，一并反对王柏川利用安迪与包总的关系与包总做生意呢？"

安迪轻咳一声，"我跟魏兄之间已经说清楚，大家不用替我担心了，谢谢你们。"

樊胜美一直斜睨着曲筱绡，等安迪说完，才道："小曲你不用再找我碴儿，我已经心烦透顶。我现在没力气忍耐，你最好也别惹我。"

安迪与关雎尔都很意外樊胜美的反应，连曲筱绡都吃惊。"惹你又怎么样，三刀六洞？"但关雎尔扑上来，捂住曲筱绡的嘴，安迪出手协助，两人劫持曲筱绡去2201。

樊胜美冷眼看着，等2201的门关上，她才将地上踩灭了很久的烟蒂捡起，回到自己小黑屋。正好，王柏川的电话来了。

听到王柏川详细描述朋友上门送粮，终于解决妈妈冻饿之馁，又很巧妙地掩饰住她在背后操纵的手，樊胜美激动得热泪盈眶。"王柏川，你太好了，你真是太好了，我知道你肯定行的，托付给你肯定行的。你怎么想到的呢，你要是早告诉我办法，我可以少操半天的心。"

得到樊胜美的完全肯定，王柏川不禁在卧铺上挺了挺胸膛，心中阴霾一扫而空。"你的事就是我的事，我怎么能不尽心。幸好朋友帮忙，幸好你妈也没怀疑，都很凑巧。是你运气好，老天爷帮你忙。"

"不是，是你想出来的主意好。对了，安迪说，包总会安排尽快检测你的样品。"

"那是你的功劳，包总完全是看在你的面上。别哭了，事情已经顺利解决，你妈吃一堑长一智，饿上这么两天，以后大概再也不敢不留后路把钱都给你哥哥，她知道你决心了。"

"你要是早点想出这个办法……"

"她要是没出去要饭，我怎么找得到送粮上去的借口。"

"对，这下真放心了。天哪，王柏川，你……不能表扬你了，免得你翘尾巴。"王柏川心里如雪狮子向火，酥了半边。这会儿开始后悔乘火车了，要是坐飞机，这会儿当面邀功，会是什么待遇呢？那就叫趁热打铁啊。

　　这边，樊胜美大难得脱，欢欣鼓舞，握着手机与王柏川絮絮叨叨说情话。那边，曲筱绡被武力绑架进2201，大声抗议："我很烦，你们还跟我作对，是朋友吗？"

　　"你很烦就试图绑架整个楼层跟你一起烦，我们不愿意。我们也有烦恼，不想配合你，只好对你武力镇压。"安迪强力将曲筱绡压到沙发上坐下。"可是我爸重男轻女，大把的钱给我异母哥哥去挥霍，却让我守着个小公司苦哈哈挣钱糊口。你们说，公平吗？这跟樊大姐的爸妈有什么不同？"

　　"你面前有两个人，一个是小关，她如果留家乡发展，不仅有父母替她准备的房子车子，还有又闲又高薪的工作，可是她决定不依靠父母，自闯生路；另一个是我，孤儿，没人给我钱。你说我们会同情你吗？"

　　曲筱绡无言以对，正苦苦思索如何反驳，那边安迪已经扔下她，跟关雎尔道："我这两天路上看了几本书，这本不错。"关雎尔接了安迪递来的书翻看。安迪则是回头问曲筱绡："今天小邱不在啊？"

　　"你怎么不问跟她住一个房间的小关，却来问我？好书为什么不推荐给我？"曲筱绡问。"不想把你当中心，怕你累着，受不起。"

　　"你们都是坏人！一个个都是坏人！"曲筱绡虽然尖叫，却无行动，气馁地缩在沙发上，独自郁闷。关雎尔等曲筱绡制造的噪音散去，才跟安迪道："小邱有了男朋友。"大家都经历过邱莹莹有白主管的那段日子，原来一个人的风格很难改变。

Chapter 38

第 38 章

　　曲筱绡虽然对爸爸怨声载道，赚钱的活儿却一点儿不敢落下。客户一声号召，曲筱绡就赶紧收拾起皮箱，飞越千山万水。只是半路无聊时候想到，赵医生与她，究竟是怎么回事？她忙，忙得没时间想赵医生，为什么她表态之后，赵医生都没主动给她一个电话，是不是太阴了点儿。又想到，她不是安迪和关雎尔的中心，难道她也不是赵医生的中心？

　　安迪周末飞包奕凡那儿。本来说好是包奕凡来海市，但临时有好几件事凑一起压得包奕凡难以脱身，安迪就卷包自己凑上去。可两天时间，包奕凡的时间安排得很紧，只有晚上睡觉时候才得闲，包奕凡问安迪愿不愿意去办公室陪他。安迪觉得这提议很荒唐，包奕凡一边说要脱离家族企业的经营模式，一边又让女朋友陪去上班，简直倒行逆施。可她才否决不久，包太的电话追过来，问儿子安迪是不是没人陪，她可以带安迪一起玩。安迪立马吓得答应了包奕凡。

　　包奕凡的办公室很大，她就坐在一角看书喝茶上网看资料偷看包奕凡做事。发现此人平时不正经，做起事来倒是一本正经像个人样。而且她看到包奕凡是真的忙，连在办公室待着的时间也不多，她都想象不出来，一家制造型的公司竟然有那么多稀奇古怪的事情能一整天层出不穷地发生，而且许多还需要老板亲临拍板。不过也可能是包奕凡前几天出差压下来的工作。安迪看着觉得新奇，也很有兴趣，她在这两天里对包奕凡的了解更深，觉得两天这么过不算虚掷。与此同时，公司许多人目睹了老板的女友，果然，毫无疑问，有钱人的女朋友是美女。

只是，安迪承揽了一个小任务回家。王柏川提供给包奕凡的样品没通过检测。安迪听取质检工程师详细分析给她听的理由，作为一个外行人，问了好几个问题，才能生吞活剥地将理由完整无误地根据她的理解表述出来。她个人也是个从不放弃细节追求的人，她理解包奕凡的无情否决。包奕凡不想给安迪添麻烦，本想自己跟王柏川说声对不起，但安迪考虑到邻里关系，这事还是由她当面解决比较好，顺便也可以问问王柏川还有没有第二方案可供解决，再给王柏川一次机会。

樊胜美整个周末与王柏川在一起。这是王柏川与樊胜美交往以来最幸福的两天。这两天樊胜美柔情似水。温柔的樊胜美是如此的美丽，王柏川爱不释手，恨不得车子可以无人驾驶，他可以一整天都拥抱着心中的女神。

关雎尔的周末两天，持着问同事打听与上网查询得出的候选名单，亲临一处一处的现场，不仅观看各种舞蹈的教习，还得实地查看从住处和公司到教习场地的交通情况。当然有地铁直达才是最佳选项。

周六调研一天下来，由于现场跟着老师比画了几下，拉得全身肌肉酸痛。回到宿舍，还得画表格，做笔记，比较所调研三个场地的综合分。等她做完这一切，已是晚上十二点。她惊讶地发现，樊姐和邱莹莹都没有回家。她想到安迪飞去与包奕凡约会，这个楼层，今晚大约只有出差的曲筱绡与她一样，是孤独的。

即使关雎尔平日里话不多，今晚也寂寞得忍不住一个人在2202小小空间里徘徊了好几圈。最终，她很体贴地给两位室友留门，但没去电话询问要不要留门，以免干扰两位室友的美好夜晚。

这一夜，关雎尔想到从高中起，每一个追求过她的男人。

周一中午，关雎尔问安迪有没有时间去看看她认为比较合适的一家健身中心，她看中那家的肚皮舞教习，打算在那儿报名，春节后开始学习，当然最好是两人做伴去报名。

安迪很爽快，"你觉得好，就替我也报个名，回头我们一起去学。"

关雎尔道："我往你邮箱里发了三个选择，都是我觉得不错的。不如你先去看看环境和教程，我们商量后决定。"

"你的选择不会错。"

关雎尔惊讶，但随即就开心地笑了。前两天她拿做好的工作给上司，上司也是只粗粗看一下就签字放行。上司给她的理由与安迪的差不多，他们都相信她的工作。两边殊途同归的反馈，让关雎尔心里充满骄傲。

安迪一方面是信任关雎尔的仔细与品位，另一方面是她没时间。她今晚约了王柏川见面。当她中午打电话给王柏川，约请单独吃饭时，王柏川便立刻敏感地问是不是样品被否决。安迪让见面了再说，不是一句话能说清。

安迪约王柏川在一家会所吃饭。这家会所基本上不会接待无预约的人，两人不约而同地想到一个问题，那就是避免被樊胜美看见了误会。安迪一开始就没打算邀请樊胜美与席，而答应饭局的王柏川也没提出让樊胜美参与，两人是如此的心照不宣。安迪不禁想到她在过去的两天时间里全程旁观包奕凡的工作应酬，可见包奕凡需要有多么充足的底气。

但王柏川英俊潇洒地入席时，安迪还是说了抱歉。"对不起，今天没邀请小樊。"

"工作归工作，私生活归私生活。谢谢你的细致安排。是不是我的样品没通过？"

"是的。请你来，是想跟你学舌他们品管的一些我以为比较有借鉴作用的评点，如果你觉得这些评点可行，包奕凡建议你出第二次样，他会尽量安排机会给你。"

"哦，太好了。这一行如果能往包总公司长期供货，那就意味着品质保证了。谢谢你们。"王柏川很快将脸上的失望抹去，期待新的开始。但他忍不住讪笑一下，提了个小小要求。"还有一件事，呵呵，不好意思，我得趁记得先说了，免得等会儿忘记。可不可以别将样品被否决的事告诉小樊。"

"单独请你，就是怕你有这方面的顾虑。我们慢慢谈。"

安迪将死记硬背的评点说给王柏川听。王柏川听着听着，脸上越来越失望。安迪忍不住中断了一下，"怎么了？是不是我说得不对？对不起，我不内行，现学现卖只能表达个轮廓。"

王柏川摇摇头，"包总的要求非常高。我联系的两家工厂没有合适设备来达到他要求的加工精度。"

"他……是不是对你吹毛求疵？你不妨如实跟我说，我会质问。"

"不，不是。包总公司一向对供货商的质量要求很高。听说他经手之后不单纯走量，而是走高精尖路线。我只是想不到……包总公司要求的技术参数，一般别的公司也这么要求，但只要达到负公差就行。想不到……我都已经在现场盯着他们做到现有加工极限了啊。"

"你或许可以联络一下其他有加工能力的公司？"

"据我了解的几家有加工能力的公司，一般有一定规模，有客户门槛，有较强的营销部门。这个行业基本上是透明的，他们应该早已与包总有所接触，不需要通过我。唉……看来没希望了。"

"如果没希望，不如专心吃菜。我都不知道这家店的菜好不好。小王，包奕凡让我跟你说对不起。"

"啊，我还得谢谢包总给我机会呢，是我自己不争气。对了，请千万别跟胜美提起。"

"不提起有两种可能，小樊如果单纯问我样品有没有被否决啊，我会说没否决。但如果往后她再问我，合作愉快吗，我要是也说你和包奕凡合作愉快，来日方长……我别的不担心，只担心你有没有其他利润做出来，来显示你与包奕凡合作的成果，这很容易被识破。当然，我说一声合作很愉快很方便。"安迪心里其实想说的是，过去王柏川与樊胜美因为一起装，一个租车说是私家车，一个租房说是私宅，结果被曲筱绡当面揭穿下不了台。前车之鉴不远，她不想蹚这浑水，做他们再一次冲突的当事人。尤其她不是很愿意在樊胜美的事情上承担太多责任。

令安迪没想到的是，区区小事，王柏川竟然磨磨蹭蹭了好久，没给出明确答复。安迪只能在心中感慨一下，吸取教训这种话，很多时候只停留在口头。

直到吃甜点，王柏川才迟疑地道："请帮我隐瞒两个月时间。小樊对我要求比较高，也把很多希望寄托在我身上，我……"

安迪不便多说，她想到王柏川求她帮忙时候说的给樊胜美今年中买房子的承诺，只回答道："做男人挺辛苦的。"

不料，这句话打开了王柏川的话匣子。在"是的，男人需要负担很多"的引导下，王柏川滔滔不绝说出最近樊家发生的事，他的处理，和樊胜美的态度。安迪听得只会瞪着眼睛看着王柏川，樊家的事居然还没完，还有如此奇突的后续。等王柏川说出送粮上门那一段，安迪忍不住道："亏你怎么想出来的。"

"急中生智啦，要不然小樊都得跟我翻脸了。我现在很甜蜜，帮她解决问题之后我走蜜运。可是请你帮我想想，小樊现在五星酒店工作，酒店进出的都是些有实力的人，她见多识广，如果我今天去她面前承认一单大生意失败，我的蜜运立刻终止。我不能冒这个险啊。"

安迪欲言又止，忍得很辛苦。可王柏川看着安迪腮帮子一鼓一鼓，知道她很有话说，但是不便说。王柏川便替安迪说出来，"是的，我知道你怎么想。我从高中开始暗恋她，她是我的女神。能得到她是我做梦都想不到的事，我愿意尽我最大努力。你们肯定都觉得我配不上她，我只是个小商人，她是大美女，她看得上我是我的福气。我也很累，心里累，但我不愿放弃在我心中存了十多年的梦想。我这两天非常幸福，我要继续努力让她笑。你为什么这种脸色看着我，你放心，我皮实，你尽管直说。"

"你不差。生意才起步，你还想怎么样。你只是做常规生意，又不是贩卖军火，谁都不会指望你发横财，你自信点好了，我们22楼都说你是不错的人，真的，别看轻自己。"

王柏川见安迪被他动之以情，心中燃起一阵希望。他早已知道包奕凡不是他想见就见的人，他之所以这次能不费吹灰之力地攀上，完全是因为安迪，可见安迪在包奕凡心中的分量。可能他在这儿加一把油，包奕凡就对他高抬贵手，甚至，指定将这个零件的代理权交给他，让其他有加工能力的企业不得不从他这个渠道过，让他收一把过路费。即使这笔生意最终不成，只要攀着包奕凡，总有其他生意可行。"我以前也觉得我还不错，可……我怎么说呢，爱能让一个人卑微到尘埃。我不知道怎么能让胜美开心，发自内心的开心，脸上挂满幸福的笑容。她家让她受难太多，她心里很不开心，我知道。可是我竟没能力帮她解决问题，我很难过，我能力有限，非常有限。"

安迪像曲筱绡一样溜着眼珠子，想不通爱怎么能让一个人卑微到尘埃里，但看王柏川还真是这样，将樊胜美高高地捧起来做女神供着，他拼死拼活提供樊胜美精神和物质全方位的享受。如此不公平的关系，难道就是爱？安迪对爱情这种东西没有研究，但对王柏川的一厢情愿大为感慨。可惜，王柏川料错了，安迪对工作一向理智得不近人情，质量不达标，当然不行。她的同情最终落实在一个承诺上，"我替你隐瞒一个季度。"

但王柏川不死心，两人门口分手的时候，他告诉安迪，他还得回公司做事，将前几天出差的亏空补回来。半夜去接一个国外来的客户，连夜谈事儿，天明将老外送走。安迪听着，立刻想到圣诞那阵子大家一起送樊父回老家，当天夜晚，她和曲筱绡看见王柏川疲于应酬，无力地抱着行道树催吐，一转身又精神抖擞地回酒桌拼酒。当时连曲筱绡都可怜王柏川，答应不将此事告诉樊胜美。看起来，王柏川是真辛苦，非常辛苦。

安迪挺同情王柏川。

可是，大伙儿都忽略了美女的能量。虽然樊胜美因为经常求告同学搭手帮忙家里的事，让同学有点儿不胜其烦。但只要她不说家里的事，只是电话聊天，同学们还是很喜欢她。

樊胜美想到有个初中同学兼邻居就在包奕凡的公司工作，她这个年龄的同学，多多少少已经在一些岗位上坐到小头目位置。她心急王柏川的生意，就跟初中同学绕来绕去说了一夜电话。初中同学忍不住说公司最新鲜热辣的大八卦乃是小老板的女朋友来公司，大家都传说该女朋友人漂亮本事好，赚钱水平一流。樊胜美心说那不是说安迪吗。她不便说她与安迪是邻居，只说知道这个人。于是初中同学忙问那女朋友究竟是个怎么样的人。

樊胜美道："高智商，纯美女，钱多，根本不用稀罕你们包总的钱。追的人大把大把，随便出席一场晚宴，都有人一路飞车追到她家门口，只为送上一张名片。"樊胜美说的正是她亲眼见的包奕凡当初飞车追安迪送名片的一幕。

初中同学哇噻哇噻地如发掘到宝贝，说难怪包总破例到不能再破，将人带来公司，周末加班都黏在一起。

樊胜美趁热打铁，道："我知道她介绍个朋友给你们包总，好像是做什么配件的，这几天正测试能不能用上呢。你说你们包总敢不用吗？还测试什么啊。"

初中同学更加如获至宝，"啊，谁，什么产品，我立刻打听，我要打听。"

"你是不是暗恋你们包总啊，哈哈。"樊胜美一边取笑，一边将王柏川的产品报给同学。

同学不疑有它，立刻中断与樊胜美的通话，非得先打听清楚如此重大八卦问题不可。此八卦关系到小老板究竟有多爱女朋友，这可是独家消息。

樊胜美趁此空档，赶紧走出小黑屋，整理家务。她看一眼也在屋里的关雎尔，见关雎尔戴着耳机看美剧，就没去打扰。

很快手机响起，她还以为同学这么快就有了消息，忙跳回屋子接听，不料是王柏川的。"这么快就吃完了？"

王柏川道："刚应酬完，非常想你，赶紧来电话报备。想听好消息吗？"

"别卖关子，讨厌。"

"包总那儿的测试通过了。安迪帮了不少忙。"

"哦，我回头见了好好谢谢她，太好了。她周末两天就在包总那儿啊，包总能不看她佛面吗。"

"是啊，哈哈，这条路线就是捷径，你说，我当初怎么想到这条关系的，哈哈。胜美，你真是我的福星，通过你，我才能认识安迪，认识包总。呃，前面交警查酒驾，我回头再联系你。"

樊胜美放下电话，眉开眼笑，开心的感觉整个小屋子盛不下，她打开2202的门，放外面清爽的空气进来。真好，王柏川说过这笔生意很要紧，那么是不是说，王柏川买房子的许诺更踏实，而希望更接近了呢。王柏川真不错。

听到电梯门响的时候，樊胜美忍不住探出头去瞧，一看见是安迪回来，她虽然曾被曲筱绡指责，却还是讪讪地走出门去道谢。

安迪挺怕说谎，很想避开樊胜美，可没想到回家就立刻撞见。她连忙说应该的，应该的。幸好她拿着一箱从门卫取来的网购的书，她想借此逃跑。可樊胜美唯恐自己小气，又很想趁机修复与安迪的关系，拉着安迪道谢个不停。安迪好生心虚，只好说这都是王柏川自己的功劳，王柏川挺能干，云云。

直到樊胜美放在小黑屋里的电话响起，安迪才得逃脱。关上2201的门，安迪忍不住一声长吁。那两个人，又一步步回到最初的号称一个私家车一个私宅了。

樊胜美心中笃定地接起初中同学的电话，可是初中同学却在那头笑话她，"我们包总女朋友真那么神奇吗？品管说，样品给出局了呢，还是昨天出局的，当着包总女朋友的面，包总一点儿面子都没给。"

"得了吧，我刚听说的，通过了。你们品管大得过老总吗？只要老总点头，还不是一句话。"初中同学将信将疑，"要这样，老板的女朋友真神了，我们公司品管一向是说一不二，有尚方宝剑呢。"樊胜美哈哈大笑，"那得看老板女朋友是谁。"樊胜美心中相当愉快。她准备王柏川再来电的时候好好教育教育王柏川，别仗着她和安迪的关系不注意质量。

曲筱绡才下飞机就接到赵医生的来电，她顿时心花怒放。她给了一个最九曲十八弯的"喂"，听得周边群众纷纷表示毛骨悚然，但又紧紧地团结到曲筱绡的周围，与曲筱绡三贴近地等待行李。

在群雄环伺之下，曲筱绡一脸讥诮："您终于有空了？"赵医生微笑道："请您吃饭这件事，会不会太三俗？"

"吃饭才一件事，一俗。你还打算做哪两俗呢？"赵医生一时默然，此三俗非彼三俗。他顿了顿，才回："答应吗？"

"我在机场，刚回来，您这来电可真巧。说地方吧，我拎着行李披头散发地过去找您。"

"会不会太辛苦？我明天约你。"

"我只要保证形象正常，您反正早知道我脑袋不正常。就今天，容易吗，让您主动约我。"

曲筱绡出差时候一直有主动打电话联络赵医生的冲动，可一直争气地不予实施，她忍。她生气赵医生对她不阴不阳的态度。可她发现，谁忍谁知道，忍是对自己下杀手。若非远在外地出差，忙得焦头烂额，她早忍不住了。幸好，飞机一落地，就接到赵医生的电话，她怎能不第一时间赶去见面呢。坐在出租车上，全程，她只专心整理自己的一张脸。

跳下出租车，令曲筱绡感到意外的是，赵医生迎上来，帮她从后备厢取出行李，做出十足常规男友状。曲筱绡从未在赵医生手里享受过这等待遇，激动得将争气丢到脑后，才等赵医生将行李箱放到地上，她就扑上去，紧紧拥抱赵医生。让曲筱绡放心的是，赵医生同样紧紧拥抱她，那种力道，仿佛想将她挤碎了，与他融合在一起。

可等曲筱绡回过神来，第一件事便是劈胸揪住赵医生，"为什么才打我电话？"赵医生揽住曲筱绡往饭店走，"进里面慢慢说。"

"不嫌弃我了？"

"我不对，道歉，好吗？"听赵医生这么说，曲筱绡立刻释然，"嘻嘻，其实我也知道我文化程度不高，只要你回头，我原谅你这个说实话的好孩子。"曲筱绡主动贴在赵医生身边蹦蹦跳跳地往里走。她心花怒放，本来她就喜欢赵医生的帅气，这会儿更是情人眼里出西施，忍不住在短短一路上伸手摸了赵医生三次：左脸，右脸，满脸。而赵医生则是做出很经典的反应：你摸我左脸，我把右脸也伸给你。曲筱绡很容易就得逞了。

点菜，依然是曲筱绡的活儿。曲筱绡猫儿一样地蜷在赵医生怀里点菜，什么坐相不坐相的，对她而言没有意义。赵医生也无所谓，一副我想明白了豁出去了的样子。

等服务员一走开，赵医生就检讨。"对不起，我前几天一直在考虑我们俩的关系，所以没给你电话。"

"考虑什么呢？我没文化，我只知道，不管你怎么样，我都爱你，爱死你。我只要爱你，别的都不计较了。"赵医生本来一肚子的话，被曲筱绡一说，颓然，"概括起来就是这句话。你说得全对。"

"就是，又爱狐狸精，又要狐狸精会做家务会生孩子会琴棋书画会孝敬长辈，你以为你是穷书生做白日梦啊。"赵医生讪讪的，眼前这个人真是狐狸精。"我爱狐狸精，你到底爱什么？"

"我爱唐长老。"

"皮相！"

"嗯哼，不对吗？"在爱皮相这条路上，曲筱绡理直气壮，赵医生别别扭扭，但两人决定一条道走到黑了。赵医生感觉自己前所未有的堕落。可这种堕落，却带来许多解脱的快感。曲筱绡率性而为，敢做他一向觉得有趣，可只敢流连书本，又不大敢真做的事。这小家伙不懂得什么叫有趣，但她浑身，甚至连她的浑身缺点，都在实践着鲜活有趣。

曲筱绡本想请教赵医生，前几天与关雎尔一起看的话剧究竟想说的是什么意思。她一直觉得这个话题可能比较有档次，能引发赵医生的共鸣，能让他多刮目相看她几下。可此时她怎么都想不起看那话剧时候她的郁闷心情，她现在脑袋不够用，她脑袋里的每一个脑细胞现在都只有一件事可做，那就是默念"赵医生，赵医生，赵医生……"。但曲筱绡心底则是隐隐有危机感浮动，她最怕赵医生有一天又忽然像上次一样，看不起她，坚决求去了。她必须跟着关雎尔学上进，学那种知识分子该懂的知识，起码，得嘴巴里能胡诌几句。

吃完饭，曲筱绡得先赶去办公室，查阅资料之后，给客户发邮件回复。赵医生跟着去。他看见曲筱绡小妖怪似的走进总经理小办公室，忍不住想笑。他很想知道这家公司的风格，有什么样的员工，怎么能在小妖精的管理下有效运作呢。

办公室没别人，曲筱绡进入办公室就满脑门刻满"$"，接通电脑，到处寻找该用的资料。等她终于从高处找到卷宗，准备跳上凳子拿下来时，身后有双手伸过来，扶住她的腰。曲筱绡不禁尖叫一声，"放过我，兄弟，我答应客户十点之前给他邮件。"

"你尽管做事，不用理我。"

曲筱绡回头，却见赵医生眼睛里藏着戏谑。她扛起卷宗跳下来，将卷宗往桌上一扔，反而主动迎合上去，挂在赵医生身上狂吻。两人只吻得意乱情迷，天昏地暗，一起跌跌撞撞倒在外面的大沙发上，曲筱绡却将抽来的领带一扔，嘻嘻哈哈趁乱跳回总经理室，将门反锁。隔着玻璃墙眼看赵医生迷惘地回过头来找人，她伸出一枚中指，清清楚楚地亮明她的讥笑，然后将窗帘刷地拉上，勉强收敛心神做赚钱的事。

赵医生摊坐在沙发上，懒懒整理被曲筱绡掏得乱七八糟的衣服，只会笑。调戏，却被反调戏。只有曲筱绡才玩得出来。

清早，赵医生走出 2203 的门，准备回家一趟再上班去。却发现落入娘子军的海洋。2202 的门敞开着，有樊胜美颈光衣靓含笑款款地走出来，有邱莹莹在门口与樊胜美道别，有关雎尔刚从洗手间出来，往门口看一眼。而电梯口则走出个刚锻炼回来，手里拎着一袋面包的安迪。四个娘子军八只眼睛目送赵医生走到电梯边，赵医生简直如被捉奸在床。为了逃避娘子军们的检阅，赵医生尴尬地与安迪打个招呼，窜入安迪刚出来的向上的电梯。可等他曲线救国地再下来，电梯依然好死不死地又在 22 楼停下，樊胜美笑盈盈地走过来，与他打个肥肥的招呼。

众人等赵医生消失，便齐齐回头看向 2203。却见 2203 的门也洞开着，曲筱绡笑眯眯地抱臂倚在门口，接受大伙儿的品评。樊胜美看一眼便扭回头去，继续等电梯。但脸上也是笑眯眯的，她今天心情很好。关雎尔本来就没出来，她见赵医生进电梯，她也回了自己房间，心跳有点儿乱。安迪则是赞一声"牛"，她都不知道这两人怎么会又走到一起，但估计肯定是曲筱绡勇往直前地凑上去，将赵医生艰难攻克。

只有邱莹莹好奇得不计前嫌，忍不住问道："你们不是说早就分手了吗？你前两天还在闹失恋呢。"曲筱绡得意地道："昨天，我们和好了。啊，我爱惨了，我怎么能这么爱他呢，我爱他。"开门准备进屋的安迪扭头看看曲筱绡，浑身乱起鸡皮疙瘩，可非常佩服曲筱绡的大胆敢言。邱莹莹捂嘴咻咻地笑，"你爱他什么啊，有你这么乱嚷嚷的吗？"曲筱绡今天幸福得都懒得跟邱莹莹计较，依然开心地抒情，"只可意会，不可言传啊，啊，啊……"邱莹莹当即灵活地想到赵医生在 2203 的一夜。

她忍住笑，好心地对曲筱绡道："小曲……"

"你怎么不喊我曲曲了呢？"曲筱绡抛着媚眼，风情万种地问。2202的屋里，关雎尔听得直呕，这什么人啊。"好吧，曲曲。我跟你说，珍惜来之不易的破镜重圆，或许，洁身自好，别那么快又……比较好。"

"为什么？有必要吗？奸夫淫妇也是一对儿啊。"

"让男人尊重你，婚后会更幸福。真的，男人尊重洁身自好的女人，别看是现代社会，大家潜意识里还是很守旧的。"

"我谈恋爱呢，谁说结婚了？"曲筱绡今天脾气好得跟奶油一样，耐心与邱莹莹分辩。

"你不是说很爱很爱吗，很爱你还不结婚？不结婚，怎么证明你们爱到希望天长地久地厮守？"

"这个臭臭，你颠倒了。以结婚为目的的恋爱是功利的。爱到没力气折腾了，那结婚就结婚吧，这才是崇高的，是对爱最大的尊重。哈哈。免费给你启蒙。不跟你玩了，我今天上班不能迟到。"

"才不，不以结婚为目的的恋爱都是耍流氓。"

曲筱绡懒得再说，将门合上，洗漱煮咖啡。2202里面，邱莹莹依然坚持她的观点，关雎尔却觉得曲筱绡的观点令她耳目一新，她竟然与公认比较混乱的曲筱绡的恋爱观产生了共鸣。

邱莹莹一边做早餐，一边跟关雎尔道："小关，你怎么看小曲谈恋爱？"

"什么怎么看？"关雎尔虽然没心乱如麻，可也不愿谈这个话题。到底赵医生给她的影响并未太减弱。

"我说的是小曲跟男朋友这么快，好像太快了点儿。真的，凭我经验，男人虽然在外面口花花心花花，可都恨不得自己的女朋友是处女。即使不是，也希望女方很矜持。越难得到的东西，他们越珍惜。不信你以后看着，是不是这样。"

"你支持婚前性行为吗？"

"我以前不懂，但我现在不支持了。我有血的教训，真的，你们都看见过。你女孩子要是轻易交出自己的身体，男孩子就会轻贱你，连他家人都看不起你。谈恋爱还可以说是两个人的事，到了结婚可不同，结婚是与男方一家人结婚，全部人的态度太重要了。我真是为曲曲好呢。"

"不一定。樊姐周六晚上没回来，王柏川见了她还不是照旧捧在手心怕化了。看人的。"

"哈，我幸好每天都回家，原来你都知道的呢。"

关雎尔挺尴尬，赶紧喝牛奶吃蛋糕，打诨过去。

安迪中午接到包奕凡一个电话，说魏妻竟然曲折地找到包太，告安迪的状。包奕凡与安迪通气一下，无非是大家心里有底。他也没当回事，知道那是诬告。

但魏国强与安迪的血缘关系是安迪绝对禁止的话题，包奕凡不便在他妈面前松口。包太于是很纠结。她儿子，她的宝贝儿子，一个青年才俊，怎么可以沉迷于一个风评不佳的女人。谁能知道，哪天等儿子与那女人结婚，那女人施展手段将包家财产转入那女人名下呢。

可是包太又想到她亲眼见过的安迪，一个看上去不妖艳的女孩子，能力非常出众，却连被她握着手都能浑身起鸡皮疙瘩。但转而又想到，依然是这个看似清纯的女孩子，当晚就跟儿子上了床。速度堪比奔月火箭。说明本质并不清纯。只能说明此女心机极深，演技出众。

包太见过太多美女仗着身体优势获取丰厚报酬。即使包奕凡说安迪资产够多，不必通过勾引男人来获利，包太依然不大相信。因为魏妻跟她说过，跟魏国强搞好关系是如何的一本万利。这方面，包太有切肤之痛，她当年的婚姻就是差点儿毁在小妖精们的手里，那些小妖精为了点儿钱，完全可以不懂得廉耻，何况是在巨额遗产面前。她心有余悸。包太压在心底对狐狸精的恨，又被激发。

为了儿子，为了家产，包太决定偷偷展开调查。她通过业内人士打听安迪私生活的风评。这种事，宁可错杀，不可放过。尤其是为了她的宝贝儿子。当然，她只是偷偷地查，以免万一查出来没事，安迪最终成了她儿媳，被安迪知道她的调查，会伤了彼此和气。

不料，一查，还真有风声。都不需要花太多时间打听，上午委托，下午业内人士就带来消息。有传说近期魏妻上门打小三，打的就是安迪。也有传说魏国强曾狼狈地从安迪办公室出来。两人早有交往。包太心中冷笑了。原来一个看似多金看似能力超群的女金领，也是一个捞金女。难怪巨额遗产落到安迪的手里。果然，有几个女孩是凭真本事坐上高位呢，大多还是靠或多或少的桃色关系。枉她宝贝儿子对女孩一往情深。她得揭发。

包太当即便赶到儿子管辖的地盘，找到儿子，拖进内室，追着奉劝儿子小心狐狸精。无论包奕凡怎么为安迪辩解，包太坚持：狐狸精天生会做戏；处女膜这年头可以修补；拜金女什么代价都舍得出，对捞女而言，大钱小钱都是钱，都得捞；那种孤儿出身的人从小没有教养。包奕凡见老妈又变得不可理喻，拍桌子了。包太只得偃旗息鼓，但将此事藏在心里，回家与老头子商量如何解决。

可这回反而是包父相信儿子的选择。包父相信一个经历并不简单的男人懂得识别女人，他儿子经验丰富，这种事太容易识别。包太被丈夫劝得将信将疑，答应丈夫按兵不动。

中午时候，陈家康携行李到总台办理退房。樊胜美不是收银，她只是旁边看着。陈家康很大方地给每个在场的人派发小费，而樊胜美所得是别人的两倍。结账很迅速，陈家康几乎没时间与樊胜美说话。结完账，陈家康特意到樊胜美面前道别，深深看了一眼，才离开。同事不禁评论，"像是个正经人。一般花花肠子的人跟我们说再见的时候，一定伸出两只手来，跟你好好握上一分钟，把你十只手指头捏个遍。全是手汗的手心，恶心死。拒绝吧，他们转身就找各种理由投诉。这个陈先生不一样。"

"我有男朋友。"樊胜美骄傲地跟同事们表明她的立场。

但陈家康离开没多久，有跑腿的给樊胜美送来一束玫瑰。冬季难得一见的雪白肥硕的玫瑰，美丽得惊人。花朵间插着一张卡片，上面是漂亮的一手钢笔字，"非常高兴认识你　陈家康"。同事哄笑，打趣樊胜美将男朋友扔了。

樊胜美只是笑，并不当回事。她从小到大，收到的花多了。又不是没见识的小姑娘。但即便如此，收到这么一束美丽的花，还是让人开心的。

但是下班时候打开手机，樊胜美却怎么都高兴不起来了。初中同学发短信给她，经再次调查，包总女朋友介绍的生意确实没做成，样品没通过就是没通过，包总后来也没改变决定。樊胜美狐疑，怎么可能，昨晚王柏川亲口向她报喜，而安迪也对此不予否认。她赶紧打电话给同学。同学也正好下班，告诉她："我中午吃饭亲口问品管的老大，老大说还是他亲口跟包总女朋友解释的，得把原理解释清楚，女朋友才不会埋怨包总。包总对女朋友很好是毫无疑问了，但样品是确实没通过，生意黄了。你这消息是真灵光，果然那单生意是包总女朋友介绍的。你还了解些什么？

说说吧，说说吧。"

樊胜美变色。但她还是很好地敷衍了同学，才结束通话。在更衣室换好衣服，捧着花出来，樊胜美心事重重。究竟是王柏川骗她呢，还是同学搞错。但有样品名称在，同学又怎么可能搞错呢。尤其是同学还说品管老大亲自跟安迪解释。除非安迪还介绍了其他朋友给包奕凡，否则怎么能环环相扣，这么巧呢。

才刚走出酒店范围，身边就传来王柏川的叫声。她抬头见王柏川站她面前，她心神不宁，竟然没看见王柏川来接她。而王柏川看到樊胜美手中的漂亮鲜花，脸色一紧。樊胜美主动解释："客人退房时候送的。"

"哦，想抢我女朋友啊，不行。"樊胜美当即将花甩到王柏川手里，"那就给你，让他抢你，省得你担心。"王柏川接了花，恨不得扔了再踩上两脚。他只能倒提着算是泄愤。"老色狼？"

"切，小看我。比我们大两三岁的，长相可以，年轻有为，自己做老板，开着一家好像做化工的工厂。忌妒吧，吃醋吧？哼。你跟包总的生意怎么样？"

"我打算这两天安排一个时间过去签合同。内线啊，还是内线最牢靠。"

"为什么我听说没成呢？说是样品没通过。"樊胜美坐入车子，在王柏川给她关上车门前，扔出最重磅的炸弹。然后她看着王柏川在车窗外笑容变僵硬，掩饰地低下头去，匆匆转过车头，坐上驾驶座，将花扔到后座。她皱起了眉头。原来同学说的是真的。

但王柏川还是坚持笑道："你哪儿听说的。有这么强大的内线在，怎么可能不通过。对了，我过几天去，你有什么需要带回家的？"樊胜美皱着眉头，"给你一个机会，你是自己说呢，还是我让事实说话。或者我再问安迪，看她怎么说。"

王柏川认真地道："我不知道你从哪儿打听来的。样品检测确实一波三折，但通过安迪帮忙，包总另外给我机会，可以说是起死回生吧。不信你问安迪。她传达给我改进工艺的办法，让我提供改进思路。就这样。我跟包总那边都是内行人，思路一说通，大家很容易就领会，知道可行。你怎么这么不信任我。即使不相信我，这儿还有个双保险呢。你问安迪。"

樊胜美紧紧盯住王柏川看，试图从王柏川的脸上找出蛛丝马迹。而王柏川的脸果真不是太自然，王柏川索性发动汽车，转脸专心开他的车。樊胜美依然盯着王柏川，她不禁想到曲筱绡嘲讽她的话，她当初反对安迪与包奕凡，以致事情闹得很大，安迪留宿朋友家不愿见她，回来后也没主动与她说话。安迪能不记着此事？现如今，安迪怎么可能强力帮助王柏川。连曲筱绡这局外人都至今记恨她，关雎尔这个局外人至今看见她也不自在，安迪怎能不记恨。

樊胜美如此一想，心中透亮了。"安迪不会帮你，能不落井下石已经不错。

她对我记恨。王柏川，你实话实说，你的生意没谈成，安迪没帮你。就这样，是不是？你们合起伙来骗我，是不是？我最恨你们骗我。我告诉你，是我初中同学，跟你不是一个初中的，我初中同学告诉我你的样品没通过。样品为什么没通过，不是你在现场盯着做的吗？你不是信誓旦旦跟我保证绝对没问题吗？是不是测试时被人做了手脚？"

"我在开车，让我停下再给你解释。你说的都是没影儿的事。安迪全力帮忙，非常够朋友。"

"真的吗？你敢用什么发誓？"

"胜美，你为什么不相信我跟你说的，反而要乱猜测呢？"

"你又为什么不发誓呢？"

王柏川心烦意乱，在红灯前差点儿踩错刹车，差点儿追尾。但樊胜美旁观冷笑，"心虚了？这辆车是不是又是租的？"

王柏川怒了，一拍方向盘，道："对，租的。我买不起。"

樊胜美一声哼，回身抓起后座的白玫瑰，趁红灯堵车，打开车门就走。王柏川想追，可又不能将车扔在路上。而且，他追上去说什么呢，他拿什么来发毒誓保证生意是成功的？总之樊胜美不相信他。王柏川非常生气。

怒气冲冲之下，王柏川给安迪打电话，通报进展，也就是不需要隐瞒了，樊胜美已经知道样品没通过检测。王柏川很愤怒地道："为什么她从来只有居高临下的指责？生意不成，我也很难过，有些事非人力能及，我也需要安慰。你仅仅是朋友的邻居，你都愿意帮我另想办法，筹划出路，为什么她立刻确立所有责任，并将所有，甚至是莫须有的责任都栽到我头上？都是赤手空拳出来打拼，何必如此轻贱我？她家一堆破事，我又何尝说过她什么，一向她有需要就帮忙解决，即使是她的责任我也从来不指责，为什么她这么对我？"

安迪也堵在路上，倒是很有耐心听王柏川爆发的怒气。估计若不是被气得跳脚，又正好遭遇下班大堵车，王柏川应该不会找她诉苦。等王柏川告一段落，她微笑道：

"背一句哈耶克的名言给你：在那些没有信心靠自己的奋斗找到前途的人们当中，很难找到独立的精神和坚强的个性。小樊非常需要你，你或许是她能依赖的唯一，你能理解她？"

"她其实外强中干？她这么做是鞭策我？"王柏川想了好久，才问。

"呵呵，需要你自己结合上下文去理解了。我等的电话进来，不好意思。"

安迪并没有给王柏川太多的诉苦时间，正好有电话进来的提示，她就结束了交谈。王柏川却是想到，樊胜美前脚疑心安迪，安迪后脚为樊胜美开脱，这事儿……

王柏川一直回味哈耶克的那句话，甚至趁车子不能走，将这句话背出来写在手背上，以便更能领悟。他越看越觉得有意思，决定冷上一天，让自己平静下来，明天找樊胜美道歉。原来谁都是身不由己。

安迪手机上的来电是谭宗明打来，谭宗明的声音充满欢笑，非常亢奋的样子。"安迪，有人调查你。哈哈，你未来婆婆。结果别人误以为我们被客户调查信用，好心来通报我。"

"调查什么？包太太？"

"对。她调查你跟魏先生的关系。恭喜你，这说明你真正融入国内生活了。哈哈。"

"她？包奕凡不是跟她说明了吗。这么暗中调查，也不怕我生气？"

"她大概觉得她儿子独一无二，你再生气也不影响大局。不少企业家太太有太后脾气，你得留意着点儿，不要一味理智，这种美德对太后不适用。"

"难怪魏太太找到她，我还说魏太太怎么不找包奕凡而是找她，原来找她才闹得起来。"

"开窍了。"

讨厌！安迪心中不快。她正想着要给包奕凡打电话，让包奕凡阻止包太乱打听。不料，包太适时来电。

包太才刚被丈夫劝导，有老姐妹来电邀她到海市聚会，见几位头面人物。包太当即飞奔机场，与老姐妹会合。她想，聚会是明天的事，那么今晚完全可以利用起来。她打电话，要求与安迪见个面，希望旁敲侧击，或者捞到点儿真相，或者侧面警告，总之她无法放任不管。而且，她或许还可以要求安迪接机。

可惜，现在安迪拿眼睛白她都还嫌累呢。

"囡囡啊，下班了？"

"是啊，包太，您好。正路上堵着呢。"

"我这儿倒是快起飞了。我飞海市，来看你。今晚你有空吗，我们喝喝茶。我才几天没见到你，就想你了。"

安迪心里一连串的"我呸我呸我呸呸呸"，才明白包奕凡为啥总阻止她与包太过从太密，原来那是个口蜜腹剑的。"真不好意思，我今晚有业内人士饭局，估计会谈到比较晚。"

"哦，那饭局很要紧？"

"嗯，看再多报告，有时还不如参加一次饭局。"

"呀，我可以听听吗？你们在哪儿聚会？我把酒店定到那旁边去。即使旁听不了，或许你们散场时间不晚，我们娘儿俩还可以见个面。"

安迪将地址告知。那边包太飞机要起飞，她也正好结束这种不情愿的通话。既然包太自己要来，那么她也不用去麻烦包奕凡。看包太那架势，似乎不见到她誓不罢休。那么来吧。安迪虽然讲文明懂礼貌，可到底从小不是在常规家庭长大，对于什么母子亲情之类的属于家庭才有的东西并无切肤感受，只觉得包太这人太蛮横，太越线，决定疏远。

可包太并不愿疏远，安迪可以跟她疏远，她儿子可是她十月怀胎生出来的，事情不搞定，她寝食难安。因此飞到海市，别的老姐妹入住后早早休息，包太却辛辛苦苦地打一辆车，直奔安迪所说的饭店。她必须去。她首先必须搞清楚，安迪究竟是不是参加什么同业聚会，其次她要顺便摸底，单飞的安迪夜生活究竟是否健康，是不是对得起她痴心的宝贝儿子。她还得现场看清楚，那些同业聚会，会不会像她常见的那些老板们的聚会，一帮中老年男子中间夹杂着穿得很少的小狐狸精，说是聚会，其实是无遮大会。儿子忙，鞭长莫及，她必须帮儿子管起。

包太拎着个爱马仕包，穿着巴宝莉的羊绒大衣，围巾印满LV，都是标志明显的衣服，因此她在饭店里畅行无阻，想找谁有人帮领路。很快，她就站在一间包厢门口，透过包厢门的玻璃，看见里面一张大圆桌边坐满了人，菜大概已经吃饱，大多不是喝饮料就是喝酒，大家像开会一样地聊天，并无勾肩搭背。包太一眼见到安迪，穿着一套深蓝西装和长裤，跟桌上其他男子穿得一样黑沉沉，又是个短发的，若不是包太眼尖，还很难一眼辨认出来。安迪倚在椅背上，一手拿着桌上的一杯饮料，不是倾听，就是说话，与旁人一样的参与其中，并无二致。包太这才略为放心，原来安迪没骗她，而且这种聚会蛮健康。

正好，在安迪一段有点儿长的发言之后，有眼镜男笑着站起来，殷勤地给安迪倒饮料，并俯身说了几句话。那眼镜男英俊潇洒，脑门上隐隐有"精英"两个字浮现。在包太眼里，该眼镜男形象当然是比她儿子差点儿，但包太依然大为紧张，忍不住拉开门，探入脑袋一枚。

这脑袋探入得太突兀，大家都惊讶地看向包太。安迪也抬头，看到是包太，差点儿晕眩，她怎么找上门来？安迪无奈起身，携包太到走廊说话。包太依然是热情如初，一声"囡囡"，拉住安迪的手。安迪照旧毛骨悚然，但这回心中并无暖流席卷，而是觉得包太很假。

"包太，我这边会议还没结束，您请自便，账记我名下。"

"啊，不用，我只是过来看看你，没看见你心里牵挂。不如我进去里面做家属列席吧。"

"不方便。"安迪招呼服务员过来，"请领包太去雅座喝茶，吃点什么，账由我来结。"

包太微笑，但坚定地道："不用，既然进去不方便，我就在门口等你。你去忙，不用管我。"

安迪略惊，但立刻答应"好的"，吩咐服务员取椅子来给包太坐，她说声"不好意思"，回去包厢依然开会。

包太料不到安迪竟然敢扔下她，如此慢待，惊得好一会儿没回过神。服务员搬来椅子，细声细气地请她坐，包太闷哼一声，拂袖而去。回头，当然是气得打电话向儿子告状。先是不把她飞海市专程探望当回事，再是乱接受聚会男同胞献殷勤，然后是她闯进去打断被难看掉。结论是，怎么连最基本的尊重长辈的道理都不懂。

包奕凡先是责怪妈妈不该擅自前去探望安迪，又像一个无知老太似的乱闯安迪的公务聚会，可听说安迪对他妈一点儿不留情面，他又心中不快。到底，这是他的妈妈，怎么都得给点儿面子。他只能给安迪留个短信，让安迪忙完了给他电话。

安迪看到短信就知道恶人先告状了。她没觉得有什么大不了，如旧聚会完毕，跳上自己的车子，才给包奕凡去电。

"刚才你妈找过来，我正忙，请她坐别处喝茶，等我这边结束出来，已经不见她。请帮我道歉。"

"嘿，她生气了。"包奕凡发现两个人说的不一样，可不知为什么，他更相信安迪说的，因为一贯人品使然。"我也跟她说了，不该去打扰你的工作。可她见你心切，你知道的……"

"我知道的肯定跟你说的不一样，她对我并不善意。我讨厌她到处打听我的隐私，个人资信调查不是这么做的。尤其因为她是公司的客户，有人因此替我们担心，告诉我们当心资信，也有人因此怀疑我们是不是做了对不起客户的事。我虽然不怕拆台，可我极端反感。有什么事，我们不是彼此公开的吗，需要这么偷偷摸摸吗？今天这么来见我又是为什么？进饭店后不打一声招呼，就在门外闷声不响看着，她又是什么意图呢？"

包奕凡想不到安迪竟然已经知道他妈向人打听隐私，心说这下问题严重了。他如风箱里的老鼠，两头受气，两头赔笑，"她不会是恶意，她是我妈，对我们的关系关心过度，对有些现象解读过度，有点风声鹤唳。"

"对我跟魏国强关系的解读，你不是说已经跟你妈解释了吗，我是纯技术型，没必要跟魏国强那种人勾搭，即使勾搭也是属于老谭的分工。再过度解读就是恶意解读，侮辱我的人格，我生气。那么她是不是也过度解读今晚的聚会？如此解读，还有底线？难怪探头进包厢的时候一脸警惕，我还想为什么呢。"

包奕凡本来不想说，此时也只能解释："她倒不是解读无底线，是她看到有人向你献殷勤，她替我吃醋了。"包奕凡尽量说得和缓，温柔，无棱角，因为他两头的女人都很聪敏，都不好惹。他原以为解释得挺平和，不料等半天没有回复，不禁问："安迪？怎么了？说话啊。生气了？对不起，我替我妈道歉。对不起，对不起，请接受道歉。"

包奕凡不知道，安迪最忌讳在男女关系上不清不楚，她妈是别人眼里的花痴，她是美女，男人喜欢接近她，她几乎是病态地回避绯闻，就怕也落下个花痴的名声。"一种公开场合，公开的人际交往，被解读成这样，我不想说话，免得口出恶言。"

"你想多了。"

"我没多想。这是相当清晰的逻辑关系。魏太太造谣，她信，并采取行动。你解释，她不信，并未停止行动。一切都出自她独特逻辑下的解读。那么顺此类推，我说跟同行聚会，她解读成与男人聚会；同行跟我说几句话，她解读成献殷勤。并不意外。你没来电之前，我还没想到如此猥琐。"

包奕凡无法反驳，因果关系如此清楚，他否定就是强词夺理。理性的女朋友原来这么难糊弄。"请原谅她纯粹出于母性的独特逻辑。比如动物界，带崽的母老虎看见有异物接近，不由分说就出击，母老虎设想所有的异物都将危害虎崽的安危。我妈……在保护儿子的问题上，也呈现极端的动物性。呵呵，请谅解啊。"

"是不是也包括认为所有的年轻女子都是狐狸精？"

"这个心态也有。原因我以前告诉过你。甚至有点儿过度反应，我和爸爸常深受其害。"

"好吧，我谅解。"

"宝贝儿，我知道你最体谅我的苦衷。现在哪儿？"

"一直车库待着呢，等电话打完上路，这条路我不熟悉，得小心着走。"

"还不很晚，拐过去，跟我妈喝杯茶，好吗？我打电话让我妈下来大堂等你。"

"不。即使谅解，我依然不喜欢她。如果不巧遇见，我会以礼相待，但不会主动示好。她最多只是 Mother in law, in law 而已，我会遵守这个 law。"

"为了我，好吗？"

"这已经是为了你了啊，要不然连谅解都没有。"

包奕凡终于见识到安迪隐藏得很深的骄。是，一个天才，一个美女，他一见就追着不放的人，去哪儿都是众星捧月，犯得着对不善意的人忍气吞声吗？但问题是这两个女人都是他生命中最重要的女人，他不能让两人如斗牛一样相对。两人以后得见面，得是一家人。他只能劝慰了安迪，再给妈妈去电话。说到底，矛盾完全是妈妈惹出来的。

包太一接通儿子的电话，先问一句："道歉了吗？"

"道歉个什么啊，让你不要打听不要打听，你呢，打听了，还这么蹩脚地没藏好尾巴，泄露了，传得沸沸扬扬。安迪有头有脸，你自家人出面诋毁她，让别人看着怎么想。还好意思要人道歉，从一开始就是你不对。"

"我偏听偏信她的一面之词才是对的？你有没有血性啊。什么叫无风不起浪，嗯？人家为什么别的人不找，就找准安迪？她如果行得正，正大光明凭验血继承遗产，人家有那么多怨言？你还想过没有，那么大一笔遗产，谁见了谁眼红，哪个人都不是雷锋叔叔，谁会不起一点儿私念？有几个人肯为了一个死去的人的托付，将所有巨额遗产交给一个完全不相干的人，甚至不惜与妻子闹翻离婚？再说了，魏太太说的，遗书就是在魏先生授意下写的，要不然一个躺在病床上的人想不出写那么精细的遗嘱。你说这又是为什么，这说明魏先生不知出于什么意图，非要把遗产塞给安迪，背后是什么原因，你还想不到吗？你啊，完全是被狐狸精迷住眼，还以为你全知道，你到底知道个啥啊。"

"我的事，你别插手好吗？我不是小孩，我知道真正的原因。但原因牵涉太大，不便公布，连魏太太都不知道……"

"你信吗？人家是夫妻，魏先生却不告诉魏太太。你跟安迪还不是夫妻，安迪却告诉你？骗谁呢。你彻底鬼迷心窍。"

两人都很有理，而且在独特情形下无可辩驳。包奕凡被两头挤逼得无可奈何，只能哀叹："随便你们。以后安迪跟我是一回事，我跟家里又是一回事，两件事不交叉。你们都去坚持己见，我两头跑，累死我好了。"

"宝宝，不要说气话。妈妈又不是故意为难你的那个人，可是那个人骗你，妈妈不能袖手不管啊。"

"我知道是怎么回事。你怎么不相信我，更愿意相信那个乱七八糟冒出来的魏太太？人家是恶意，是有意把水搅浑。说定了，以后你跟安迪王不见王，省得麻烦。"

"安迪不愿意自己出面跟我解释吗？我毕竟是长辈，是你的妈。懂事的女孩子应该知道怎么做，不能尽为难你。"

"妈，别自以为是了好不好？是我追她，我苦苦追她，好不容易追到手。你这一辈子挣的几个钱她才不放在眼里，我跟她纯粹只讲感情。你认清现实，别为你的钱担惊受怕了，我知道你担心她究竟担心的是什么，完全是无稽。你就别破坏我跟她之间唯一的维系了，我很喜欢她。你掂量着吧。"

"她要是跟你感情好，她应该尊敬我。"

"得了，她自己妈都不知道在哪儿呢，你就别跟她充妈了。人家从小出国，思想全套西式，跟你合得来就合，合不来一句话都不跟你说，以后孙子也不让你见。你自己斟酌。"

"你支持她？你扔掉你妈？"

"我说了，我辛苦一点儿两头跑。你们都不妥协我能怎么办。再说事情完全是你闯祸，你逼上门……"包奕凡没说完，包太气愤地挂了电话。儿子被狐狸精魅惑了。

第 39 章

　　王柏川一夜饱睡后怒气平息，不仅没有随手机闹钟起床，收拾一新去接樊胜美上班，反而在温暖柔软的被窝里一想到樊胜美，便产生冷热两个极端的对比。他终于安静而冷静地自问，他究竟能不能承受得了樊胜美投注于他身上的期盼。如果樊胜美没信心通过自己的努力获得提升，那么樊胜美对他的期盼将是多么强烈，这是不是樊胜美总是埋怨他做得不够好的原因？

　　樊胜美自昨晚从王柏川的车子里冲出来，便哪儿都没去，直奔她的小黑屋。从街道，到地铁，再到欢乐颂小区，那么长的一段时间里，樊胜美心里有个理所当然的期盼。但是这个期盼在她不受任何干扰地走进小区，甚至走到大楼电梯口，便宣告破裂。王柏川当时不能扔下车子便罢了，竟然没冲过来道歉讲和。他是不是还以为欺骗她是有道理的，而她的责怪反而不对？

　　因此，樊胜美更加珍而重之地将陈家康送的白玫瑰好好插起来。陈家康送玫瑰的手笔很大，樊胜美用了两只大花瓶才够插得下。樊胜美不禁想到刚开始追求她的王柏川也是送玫瑰，送的是红玫瑰，也是如此大捧。男人！得不到的是最好的，得到的便是豆腐渣。连欺骗她这种事都做得出来，而且做得如此得心应手。

　　一整晚时间，樊胜美都在等待王柏川的消息，可一晚上到天明，连一条短信都没有。

　　清晨，揉着眼睛起床的邱莹莹一看见樊胜美屋里肥硕的白玫瑰，不禁惊叹一声："哇，好漂亮。王总真大方。我们应勤说了，他更爱送我巧克力，说鲜花没几天就谢了，不像巧克力吃进肚子里长肉。而且开放在枝头的鲜花更美丽。你说他多没劲。"

　　樊胜美却文不对题地问："小关昨晚没回来？"

　　"她还在睡，昨晚比我还晚回家。樊姐，看你们谈恋爱真漂亮，我怎么只知道吃烤串吃零食呢。真郁闷啊。"可邱莹莹眼若有憾，心实喜之，一段儿话让她说得言不由衷。

　　樊胜美却是真愤懑地道："这花是酒店客人送的。王柏川嘛，他需要寻思的事儿太多，顾不上我这一头了。"

　　"哇，客人真大方啊。是哦，住得起你们酒店的客人，都是有钱人呢。安迪又锻炼回来了，这么冷的天，她真能坚持。"樊胜美往门外探头一看，果然是安迪锻炼回来了。安迪见屋里的人关注她，就打了个招呼。但见樊胜美脸色不善，她忙道歉，"小樊，对不起。"

　　"你不用说对不起。我们如今算是扯平了。我不该背着你透露你的行迹，你也不该与王柏川合伙儿骗我。"

　　"没错。"安迪不欲多说，转身回2201，又留下一句，"没错。"这边，邱莹莹奇道："安迪和王总一起骗你？樊姐，怎么回事？"樊胜美恼火地道："骗我就是骗我，为了混我的感谢，不惜欺骗。什么意思。现在我和王柏川分开了，大家都开心了。"

　　"什么？不会的。"但樊胜美没有回答邱莹莹，拎着包冲出去上班了。若不是玩儿完了，借王柏川一百个胆儿都不敢昨晚至今一声不吭。被她戳穿了，生意又失败，还有比此更让王柏川丢脸的事吗？王柏川哪儿还有脸见她。对！就是这么回事。若是一开始就承认失败，不瞒着不藏着，失败就失败了，她最多教育几句。如今，至于吗。

　　被外面激愤声音闹起床的关雎尔睡眼惺忪地出来问邱莹莹怎么回事。邱莹莹也不知道，但邱莹莹很有信心地道："我相信樊姐的魅力，相信王总对樊姐的感情。回头我问问安迪是怎么回事。如果……我可以找王总去说明。"

　　关雎尔眨眨眼睛，"还是我问吧。"

　　"不管怎么说，合起伙来骗樊姐，总是不对的。他们怎么合起来的呢？哦，昨天王总生意的事儿？"关雎尔的脑子还没醒，只是茫然地摇摇头，钻进洗手间。上班路上，关雎尔强打精神问安迪，樊姐说的究竟是怎么回事。安迪道："王柏川送样品到包奕凡公司，检测没通过。王柏川担心说出来会被小樊批评，影响两人感情，希望我瞒着不说。我答应了王柏川。我确实做得不对，有悖一向不干涉私事的原则。与当初小樊对我的事自作主张如出一辙。"

　　关雎尔听了无语。人家都已经承认成这样了，她还有什么话可说。但关雎尔还是忍不住道："你是为他们好吧。"

　　"出发点不能成为借口。我不对就是不对。不过据王柏川的说法，他打算今天情绪平稳后找小樊道歉。我乐观其成吧。"

　　关雎尔几乎是一粒一粒地调动依然处于睡眠状态的脑细胞醒来，"我不乐观。王总不知得受多少揶揄，才能取得樊姐的原谅。哦，我明白了，你答应王总的原因也在此吧。"

　　"这是我的一时感情用事，确实有错。但我的道歉到此为止，没有更多。"关雎尔沉默良久，道："安迪，这话切不可跟樊姐说。你的强势容易引起她的误解。"

　　"我不在乎她的误解，我已经放弃与她的友谊。我的道歉只是承认我的错误，而不是试图挽回什么。"关雎尔无语了。她虽然没说什么，但她心中则是迅速做出一个决定，那就是站在安迪的这一边。虽然这个决定可能被人误以为趋炎附势。

　　站立那么几天下来，樊胜美从最初的腰酸背痛，到现在的稍感不适，总算稍微挺了过来。工作不是请客吃饭，怨声载道解决不了问题，唯有实打实地做。但下班第一件事打开手机，却无来自王柏川的短信，也没有来自王柏川的未接来电。樊胜美心中像打翻了五味瓶，一脸不痛快。

　　曲筱绡却意外收到王柏川的传真。她才刚看清楚传真是谁发来，王柏川很快一个电话打到她的手机上。

　　"小曲，传真收到了吗？我一客户问我打听谁家做这种产品。我记得在你仓库里见过，来问问你做不做。"

　　曲筱绡脑袋里警示灯一亮，连忙道："等我十秒钟，我看传真。"王柏川果然在电话一端保持沉默。曲筱绡将传真浏览一遍，也不知是几秒钟，反正看完就对着电话道："王大哥，还在吗？"

"在。是你做的产品吗？"

"没错。谢谢王大哥，请把客户介绍给我，我给你按比例拿提成。"

王柏川笑道："举手之劳，朋友间帮忙总要的。我客户今天正好在海市，跟我谈笔生意。晚上我请客，不如你也过来。这位客户跟我是多年关系，我在场对你应该更顺利。"

"哈哈，多谢王大哥了，太好了。你说个地址时间，我一定准时到。提成这事儿，一则亲兄弟明算账，王大哥帮忙，我感激不尽，当然不会让王大哥吃亏，还希望以后王大哥多多提携呢。二则王大哥听多了樊大姐的枕边风，对我不一定有好感，我还是别考验王大哥的兄弟情啦。王大哥麻烦再传真个吃饭地址和时间给我吧。不会是樊大姐的酒店吧？"

"我哪敢放到胜美的酒店去。我发电邮给你，晚上见面再说。客户是一个老板，男，四十来岁，粗通技术。一个采购，也是男，三十来岁……"

曲筱绡仔细听王柏川介绍客户喜好特征，赶紧拿笔记录下来，以免出错。放下电话，她便有了打动这两位客户的主意。但首先，她拿着传真找工程师开会，研讨完整的方案。

因此，王柏川当然没有了晚上接樊胜美下班，并赔礼道歉奉上大餐的时间。他心里想着，他得工作，他得努力赚钱，免得樊胜美看不起。本想发个短信告知今晚有应酬，可又怕不是见面亲口告诉而只是短信会轻慢了樊胜美，更招樊胜美的怨，他一时有点儿不知所措，索性做了鸵鸟，一言不发。

樊胜美下班没接到来自王柏川的音信，低头闷声不响地看着手机专心走出饭店，哼，如果王柏川此时来个什么惊喜，她准备当作没听见没看见，大义凛然地只管直行，不理他。可是，一直等她走到地铁口，都没人拦住她。樊胜美抬起走路看手机看得眼花了的眼睛往四周一看，也没见到任何一个熟人正悄没声地讨好地跟着她。她心里更怒。她离开地铁口，干脆走几步去逛街。

可是心中不快，看什么都不顺眼，什么都没买，什么都没吃，蔫蔫儿地回家了。

应勤今天晚上开会，邱莹莹没约会，去了一趟菜场，拎回一大包荤素，可以做她和应勤好几天的中饭便当。邱莹莹回家一看见樊胜美比她更早回家，知道大事不妙。早上关雎尔与她通气说王柏川今天会道歉，可看样子王柏川不知为什么没做到。邱莹莹赶紧偷偷发短信问关雎尔是不是出错，关雎尔让邱莹莹耐心观察，一天还远未到头，谁知道或许半夜一个电话呢。邱莹莹想着有道理，遵照关雎尔的嘱咐，不敢吱声儿。但她做好美味的骨头青菜汤，一定请樊胜美吃了一碗，以示心中对樊姐的精神支持。

一整夜，邱莹莹一直支棱着耳朵听屋外发出的任何一个声音，她最希望听到樊姐的手机叫，然后，最好是樊姐踏着高跟鞋踩着清脆响亮的步点，漏夜出门。可是，直等关雎尔直着眼睛回来，她的愿望依然没实现。她跟着关雎尔钻进关雎尔的阳台房间，问关雎尔怎么办。"要不要让安迪出面把王总叫来？"

"安迪昨天已经要求王总了，既然无效，说明她的话不管用。现在，我看是两个人赌气彼此不主动。怎么打破僵局呢？"

邱莹莹眨着眼睛，想了会儿，就得出绝好主意，"我为樊姐牺牲自己。这件事宜早不宜迟，我明天请客，提供机会，正式把应勤介绍给你们，你们必须出席，而且带上男朋友。我负责通知王总。当着一桌人的面让他们坐一起，两个都是爱面子的人，应该能解决问题。"

"好办法。我明天说什么都出席。不过你最要紧还是搞定王总，他确定出席才是主要。"

邱莹莹赶紧发短信给王柏川，写了长长的一条理由，问王柏川明天有没有时间出席她的饭局。

王柏川正与曲筱绡坐在同一个饭局，他收到短信，笑着给曲筱绡看，"哈哈，我们明天又得一起吃饭了。"

曲筱绡却笑道："我赌小邱一定不敢请我。不信明天赌一瓶威士忌。"

王柏川一笑，发短信回答一定准时出席，请提前半天告知吃饭地址，他愿意请客以贺。他心里清楚，邱莹莹找借口拉拢他和樊胜美呢。他求之不得，当着那么多22楼的人，樊胜美应该不会让他下不了台吧。当然，他没把这些隐衷告诉曲筱绡，以免曲筱绡捣乱。曲筱绡很有自知之明，不仅他害怕曲筱绡捣乱，想必邱莹莹也是一样的意思。真想不到，做起生意来，曲筱绡倒是十足江湖规矩，一点儿都不含糊，将他和客户都打点得欢欢喜喜。

安迪下班接到魏国强电话，让她到何云礼那套未装修豪宅办理财产交接。安迪想不到魏国强说做就做，行动如此迅速，因此心中更有怀疑。但怀疑归怀疑，她还是下班就准备过去。

事不凑巧，包太聚会后放弃回程机票，到安迪公司逮安迪说话。安迪急匆匆出门便见到包太，头皮一紧，只能迎上去。但她开门见山就把话说了。"请问包太住哪儿？我送您过去。"

"我儿子说他两头为难，我想，还是我主动上门解释误会，不让他为难影响工作休息。我请你吃饭，我们谈谈。"

"不巧，我晚上有约。请进电梯。"

"哦，又已经跟人约饭局了？我过去附近吃一点儿，等你吃完，我们再聊天。唉，我儿子怪我，我今晚得道歉了才心里踏实。"

"嗯，不方便。不好意思。"

电梯人多，包太暂时不语。直至上了安迪的车，她才道："囡囡，我跟你啊，一个是中国传统思想，一个是西方年轻人的思想，我昨晚想想吧，我们两个的想法对不上榫，才会有矛盾。你可能不知道，我们这边娶媳妇呀，双方家长见面不说，两个小的还得让算命先生对八字，对上了才能保证婚姻长久。整个过程里，什么都是透明的。现在我们两个因为思想不同起冲突，最为难的是我儿子。我……唉，人说母爱是天底下最无私的，谁说不是呢，为了儿子，我愿意转变思想。我们往后多交流，有交流我才会知道你们年轻人喜欢什么想什么。"

安迪心说，这完全不关中国传统西方现代什么事儿，这完全是包太心怀恶意。可她总不能直接指责包太恶意，只得道："包奕凡说起要跟我结婚吗？我们从没商量过这件事。"

包太震惊了，瞪着安迪问："你跟我儿子谈恋爱，不为结婚为什么？"

"啊，这个……又中西方冲突了，要命。我该怎么解释呢，一解释非常规问题我的中文就不够用。请您回家问包奕凡好吗？或者，我说英语，会不会失礼？"

包太则喃喃地几乎是自言自语，"你们……不结婚？"这个结果完全出乎包太的意料。女孩不想嫁给她儿子？真的假的？

"结婚很麻烦。比如财产问题。婚前财产需要厘清，签署结婚协议。我有依然放在国外的资产和国内刚继承的遗产，清点列表工作需要雇专门会计师完成，以示无欺,但这总归是有限度的工作。包奕凡则不然,你们是家族公司,而不是上市公司,你们一家的财产混在一起。包奕凡婚前财产是多少,不知。婚后他的收入将与我共有,这里将产生两个问题,一是我要求必须明确包奕凡的资产份额以及收入,而且不能是作为经理人的收入,必须包括资产增值部分。二是你们未必愿意让我外人平分包奕凡婚后收入,必然设置万全之策,当然我会拒绝歧视性婚前协议。所以干吗结婚呢,不结婚大家轻松。"

包太心中最担心的事儿,全被安迪说了出来。而她所最最担心的,却是安迪所轻易弃权的。但她随即醒悟过来,"结婚,你有保障得到我儿子的财产,即使我们不放手,你多多少少总能得到不少。不结婚,你一点儿都得不到,而且名声也不好听。这是明眼人都看得清的选择,图图,你不会是欺负我老太婆脑袋不灵光吧。"

安迪笑道:"您可以问问包奕凡,我有没有欺负您。结婚于我,只能是感情的归宿。而如果被人为附加太多条件,让感情变得不纯粹,我宁可不结婚。"

"你没有一纸婚书,男人……说变就变啊。你这话如果是二十来岁时候说出来,我信。现在这年龄还说这话,我不信。"

"说起来,您还真别不信。这就是我们今天的中西方观念交流。"

包太满心不是滋味。说到这会儿,她开始发现手中似乎一丝筹码都无。她下车之前跟安迪道:"我等着看你跟我儿子结婚时候怎么说。"

安迪则回以"不变"两字。

等送走包太,安迪心中又补充一条,若是结婚,摊上这么个因婚姻而得来的亲属,以后甩不掉挣不脱,她还得遵从传统打老鼠忌着玉瓶儿,太影响生活质量。宁可不要结婚也不给包太名分。

很快到了与魏国强交接的豪宅。安迪意外发现,房间已经安装双重铁门以及警报设施,行动不是一点点的迅速。而室内只有魏国强一个人在,手中拿着一张清单。安迪敲门进去,与魏国强冷冷对视一眼,便扭头看满屋子的家当。

当时看遗产清单时候,安迪已经需要打开谷歌,将那些陌生名词翻译成英语,才能回忆起来,那些个什么木什么石之类的东西在博物馆里接触过。而今面对一屋子的什么木什么石,安迪依然难以将记忆中的博物馆印象与实物对照起来。眼前黑沉沉的匠作古老的木器家具让她眼花缭乱,而她可怜的审美并不觉得这些乌漆麻黑的旧东西有什么美感。

在安迪审视的时候，她即使不回头都感觉得到魏国强在注视她。这种注视让她不舒服。现在如此关注她，早三十年前他死什么地方去了？或许当年的历史大环境是魏国强遭遇的不可抗力，他有苦衷。但这并不代表她得替历史负责，需要背起历史的包袱，原谅魏国强，接受魏国强，她何德何能。

因此魏国强等她回头，将清单备份递交安迪的时候，安迪道："不用核对了。如果你有心昧下，这些就不会出现在我眼前。钥匙全部交给我就行了。"

魏国强并不反对，但笑得意味深长，很有赞许并欣慰的意味。等掏出所有钥匙交给安迪，才道："小钥匙是那只铝箱的，我建议你把铝箱放到银行保险箱或者你家里的保险箱。文件袋里是所有已经办理好户主转移手续的各种文件，其余的我会陆续快递给你。"

安迪看看那只跟她平时用的旅行箱一样大小的铝箱，再看看魏国强，却感觉玄机重重。她这回没有轻忽，走去将铝箱打开了。里面是密密麻麻大大小小的式样古典的锦盒或者特征明显的首饰盒。安迪从层层叠叠中抓出一只标志性明显的小蓝盒，打开，里面是一对蒂梵尼的钻石耳环。"这个不在清单内。是不是你偷渡了什么东西给我。"

"清单里有，珠宝首饰十九件。"

安迪一边将一只只珠宝首饰盒打开，一边狐疑，"老先生拥有这些现代东西？"

"老先生下半辈子害怕结婚，但红颜知己还是有几个的。这些只是还没送出去的东西。不过更多时候他送锦盒里的玉石古玩，清单也有列出数量。"

安迪将信将疑，她打开几只锦盒，果然是古色古香的玉石。有只里古怪的动物半透明石雕线条上有深色污泥状东西，安迪下意识地拿指甲去刮。魏国强看见忙阻止："别刮。古董上面的锈迹包浆之类的东西，不能清除。"

古董？难怪让藏入银行保险箱。安迪不禁看看清单上含混一气的珠宝首饰若干件玉石古董若干件的字样，再看看铝箱里不知价格的东西，心中警钟长鸣。她掂起一把看似不大，实则非常沉重的小机子递给魏国强，自己又拿一把坐下，"对不起，我反悔，我们必须办理正式移交手续。所有只列出数字的部分，我们必须做一份清单附件详细描述我今天实际接收的物品。"

魏国强皱皱眉头，"好吧。下面还有名表，一并清点一下。"

安迪中文水平不够，记录工作由魏国强主笔。现代首饰倒也罢了，那些古玩玉石的名字稀奇古怪，什么貔貅之类的，魏国强写出来，安迪还得小心谨慎地上网查一下形状是不是类似，才肯放行。相比安迪的紧张谨慎，魏国强的神情就舒展得多，拿出那些古玩玉石，他还有暇摩挲欣赏一番。安迪则是不懂，尤其是看到玉香炉上的陈年污垢居然被称作包浆而不能去除，她都不想用手接触，嫌脏。

魏国强断断续续地告诉安迪，他原本对这种东西一点儿都不懂，是从小出生于大富人家的何老先生带他入门。何老喜欢这种东西，卖画挣的钱大多转手换了各色古玩，耐心地将空旷的家一间一间地布置起来。可据说这么一屋子的家具，都难复原何家旧貌，只聊以寄托思念而已。

安迪不肯搭腔，魏国强再怎么说，她都不接一句话头。但中途一个电话，打断了魏国强的兴致。魏国强只是"嗯……嗯"连声后，说了句"知道了"，然后变得寡言少语。安迪依然不理他，也当然不会关心一下。

但沉闷了大约半小时后，安迪饿得肚子叽里咕噜了一下。这在静默的房间里显得特别响亮。魏国强抬眼看安迪一眼，忽然打破沉默，"我前妻被双规了，这下不会再来骚扰你。"

安迪闻言，两眼却看向铝箱里的林林总总，又想起闹得轰轰烈烈的离婚，和莫名其妙给她何云礼的所有遗产。但她依然不开口，即使满腹疑问，她也只会去问老谭。

魏国强却自言自语："很笨，跟着笨蛋抠门上司一起搂钱，做了枪手还只啃点儿骨头。抠门的人哪儿摆得平方方面面，跟那种人怎么做事，早警告她迟早出事，不听，哪来的骄狂自信。"

安迪继续只是看看魏国强，一声不吭。而魏国强依然嘀咕，仿佛憋了满肚子的话，终于憋不住溢出来了。于是安迪听了一脑子的内情。原来魏国强离婚是为了撇清，家里财产全交给前妻宁可净身出户，就是为了丢卒保车。安迪心说当然，何云礼的遗产全交给她，省得离婚时候落入前妻名下的那一半被充公。只是，离婚真能撇清自保？安迪怀疑未必。要不然她可能没那么轻易得到所有遗产。但更多怀疑，安迪也想不到。她能想到的只是谨慎自保，别被魏国强那边的事儿伤及无辜。

在疑神疑鬼中，安迪与魏国强完成遗产交接，各自签名认可。

安迪原以为任务完成，不料魏国强临别前跟安迪道："我查了一下包家。资产状况没问题，扩张非常稳健。只是听说创始人夫妇相当精明，格局不大，我怕你吃亏。包家第二代能追上你，是他们的福气，你得心有底气。"

安迪目瞪口呆。包太偷偷摸摸调查她，原来魏国强也在偷偷摸摸调查包奕凡。这帮人怎么个个都有一双闲不住的手。安迪打开两扇铁门，清清楚楚给魏国强一个字，"滚！"

魏国强一脸尴尬地走了。安迪在一屋子的老家具中间徜徉，由于魏国强的简单解释和上网搜索，她总算对这些老东西有了些了解，可依然欣赏不了。她走来走去，估计魏国强走远了，才两手空空离开。并没带上那只魏国强视若性命的铝箱。她还害怕自己被谋财害命呢。

因为聚餐与应勤的工作起冲突，邱莹莹将聚餐时间顺延到后面一天，然后群发短信给大家，要求大家确认出席。她没给曲筱绡发，曲筱绡却看到王柏川手机上的短信自己摸上门来，清早特意闹钟将自己闹醒，宁可少睡一个小时，也得将邱莹莹逮住问个清楚："听说你要介绍男朋友给大家？为什么不告诉我？排斥我？"

"你历史记录不好，不请你。但我会打包好吃的给你。"邱莹莹果断回绝，但忽然想到一个问题，"谁告诉你的？"

"谁要你打包好吃的。我就要现场去吃。说，时间地点。"

"你告诉我谁告诉你这件事的，我再考虑要不要告诉你。"

"嘿嘿，不告诉你。既然你这么不讲情面，我先警告你，要是让我查出来时间地点，不放过你。你等着手机被我黑吧。"

但曲筱绡感觉身后辫子被谁揪了，尖叫着回头一看，正是锻炼回来的安迪。

"嘿，安迪你别先处罚我，你评评理，整个22楼都参加聚会，看臭臭新男朋友，为什么不叫上我。我需要解释。"

邱莹莹毫不畏惧："谁给你解释。你需要反省，为什么大家都理解我不叫上你。再给你一个戴罪立功机会，到底是谁告诉你的？"

"你男朋友！哈哈，我既然看到他的车号，就联系得上他的人。哼。你不告诉我时间地点，我就再去黏住他问他。不是叫应勤吗？哼。"曲筱绡将辫子一甩，头一扬，还不忘给身后的安迪做个鬼脸，才耀武扬威地回自家屋里去了，非常得意。

邱莹莹急了，脱口而出，将晚上聚会的地址和时间全告诉了曲筱绡。于是，曲筱绡在屋门口尖叫一声"耶"，大功告成，骗局得手。

邱莹莹赶紧问大家："怎么办？小曲又去捣乱怎么办？"心里则是悲哀地想到，

她早先不该将这次聚会说成为樊姐牺牲，而今不幸言中，她果真要牺牲在小曲手里了。

"别怕，我们都在，我们替你管住她。"樊胜美挺身而出。而安迪与关雎尔也一致跟进，一定帮助管束曲筱绡。

曲筱绡其实偷偷留了个门缝在偷听，听到大伙儿个个一本正经，她笑得在屋里打跌。这帮人，太可爱了，太死板了，比她那些同学老友好玩多了。

樊胜美不疑有他，一下班就赶往邱莹莹预订的饭店，那家饭店与邱莹莹工作的地方很近，与她工作的地方不近。但她打开手机，就看到有家里来电。她得好好深呼吸几口，才接通家里的电话。

樊母在电话里道："亲家回来了。说是有钱能判轻一点儿。"

"哦，知道了。你看着办。"

"我要你看着办。你要是还抓着钱不放，等你哥放出来，我告诉他，是你害他坐牢。看他怎么找你。"

樊胜美悲欣交集，起码，往好里想，她上礼拜一狠心，她妈讨了两天饭，总算知道不能把活命的钱交出去了。而听到她妈将在她哥面前进谗言，可想而知，她哥以后必定伺机揍她讨还公道。她无语了，默默挂断妈妈的来电。

安迪则是在车上接到包奕凡的来电。包奕凡一句"我妈早上回家了"，安迪就知道大事不妙。"嗯，你妈特意来找过我，我没向你汇报，因为知道她会转告你。"

"这事见面再谈，电话里谈容易争执伤感情。我感冒了，听得出来吗？鼻子塞住了，闷声闷气。"

"还好啊。你一向跟我说话用鼻音，好像没什么区别。要紧吗？"

"我以前那叫撒娇，今天这叫感冒。一感冒就更想你了，怎么办？"安迪只能笑，"今晚有没有应酬，要没有就早点儿休息。"电话里传来一串喷嚏，好不容易喷嚏止歇，包奕凡才回来说话，"已经回到家里，躺在被窝里想你。打算睡他个十二小时，肯定好。要是你在身边就好了，我多需要精神支持啊。"

"你挂电话，我查查有没有两三个小时后的航班。"

"嘿，别别别，别我感冒好了，把你累坏了。宝贝儿，你一说要来，比什么药都灵，我一只鼻子通了。"安迪心中灵光乍现，"是不是我跟你妈说了我们还没谈结婚，你吃药了？"包奕凡哈哈大笑，"我真感冒，听我妈一说，更郁闷了。唉，我俩的事，我妈一定要插手，真拿她没办法。我妈，我又不能吼她，不能给她吃点苦头，只好忍了。谢谢你没跟我妈吵架。"

"扯平了。魏国强也偷偷调查了你们，估计调得更详细。我不要听，请他滚。"

"他怎么说我？"

"我说了我不要听，请他滚了，连跟他说话我都嫌烦。别以为给了我一段DNA就可以到我跟前指手画脚。"

包奕凡不禁想到，她妈更是连DNA都没给安迪。人家能忍着不喊滚，已经仁至义尽。包奕凡只能对调解婆媳关系这种事儿表示出绝望。两边一样，都是有主见的极强悍女人。

曲筱绡下班跟赵医生打个招呼，反正赵医生值夜班，她今晚放假。但出门就接到王柏川电话。王柏川提前给曲筱绡打预防针。

"小曲，有事儿麻烦你。我跟胜美……今天你无论看见什么异常情况，都请手下留情，放胜美一马。你要是忍不住，可以揶揄我，我受得起。"

曲筱绡有点儿莫名其妙，她是22楼唯一不知道樊胜美与王柏川已龃龉数天的人。"什么情况？不过王大哥你放心，规矩我懂。"

"那就好，那就好。情况我就不剧透了，你回头桌上看热闹，省得为了答应我而闲得慌。"

"哇噻，今晚好戏连台，我恨不得飞去饭店。又红灯，啊……我急死了。"

王柏川给曲筱绡打过招呼，便心中淡定。见识过曲筱绡的江湖规矩，知道曲筱绡今晚一定不敢对他和樊胜美出格。

只有邱莹莹一直提心吊胆。虽然关雎尔说已关照曲筱绡不得对应勤起歹念，可邱莹莹想，曲筱绡肯听谁的话了？她满心忐忑地先迎来樊胜美，然后迎来安迪。好在没等曲筱绡到，王柏川持鲜花一束，英俊神武地进入包厢。樊胜美本来就心烦意乱，一见王柏川来，立刻扭过脸去，但心中了然：这个饭局，乃是邱莹莹为撮合她和王柏川而设。

王柏川却将鲜花交给邱莹莹，先说了几句恭喜，才赔笑坐到樊胜美身边。"胜美，我这两天忙得……"

　　曲筱绡尖尖的俏俏的声音却横插而入，"胜美，我这几天忙得屁滚尿流，可我睡觉前必须先想你，祝你三遍福如东海，寿比南山，才能睡得着，睡得香，睡得梦里都是你，至于梦里跟你在干什么，我不告诉你，哼。胜美，亲爱的，我想你，你数数我的白发，都是这两天长的，也都是为了你……"

　　曲筱绡一抒情，安迪就将脸埋入手掌窃笑，应勤则是惊讶地看着曲筱绡笑，邱莹莹刚想笑，但一看应勤的笑脸，心中立刻紧张了，警惕地提醒应勤："樊姐气死了，你别笑。她果然一来就捣乱。"

　　樊胜美当然是愤然怒视曲筱绡，而王柏川想不到曲筱绡竟然违背诺言，一来便大肆搞怪，也怒目而视。两个人同仇敌忾，毅然走到同一抵抗阵线，一致对外。曲筱绡扭啊扭地若无其事地坐到安迪身边，装作耳语，其实清脆响亮地道："两个老没良心的，都贴在一起了，还在生我的气。哼。"

　　安迪更是只能将脸埋入臂弯，才能避免笑出来，惹恼此时该极端尴尬的樊胜美。王柏川虽然也一脸尴尬，但立刻趁机拉住樊胜美，低声道歉。至此，樊胜美除了瞪王柏川一眼又一眼，却没挪开，木已成舟，顺水推舟。于是关雎尔气喘吁吁地冲进包厢的时候，发现世上已无事，凉菜已上桌。关雎尔先被邱莹莹拉着与应勤打了招呼，才坐在曲筱绡身边。曲筱绡却问："要不要跟你换个位置啦？你是安迪跟屁虫，你要不要坐她身边啦？"关雎尔问："你是不是不惹事浑身骨头都不自在？小邱，给她一个熊抱。"安迪道："她一进门早把坏事做绝了，要不然哪坐得住。"邱莹莹见大伙儿一边倒，也乐得补充一句："对，小曲是22楼的麻烦精。"曲筱绡溜着眼珠子听人家的控诉，脸上笑嘻嘻的，仿佛甘之若饴。可等了半天，都没等来樊胜美的控诉，她只能开腔了，"对待成精的大麻烦，你们说该怎么办呢？我看你们送对童男童女给我吃，我保证吃了可以安耽一整年。"说着，她便转向关雎尔，十指如九阴白骨爪，龇着牙齿扑去。

　　关雎尔尖叫一声逃走，躲到樊胜美与王柏川的身后，"原来你今晚对付我，招你惹你了？"曲筱绡当然不会轻易放过，笑嘻嘻追上去，"我们22楼只你一个童女，吃掉你一个，我可以安耽半年。你就牺牲一下吧，你是好人，你是童女……"

　　"我是红领巾。"关雎尔嘴上玩笑，脚下一点儿不含糊，赶紧逃到安迪身边。安迪果然伸出两枚筷子，抵御住了曲筱绡。

　　但是众人很快就觉得气氛不对劲，寻找之下，便迅速发现，问题出在应勤的脸上。应勤满脸错愕地看着邱莹莹，谁都不知道他是什么意思。曲筱绡一看不妙，立刻溜到自己位置坐下，"小关，你还不坐下。应先生你怎么了？我们一向这么闹的，你别见怪啊。"

应勤却起身，急促地对邱莹莹道："我们外面谈一下，请。"众人惊讶地看着邱莹莹跟应勤出去，然后目光集中在曲筱绡身上。曲筱绡奇道："我？跟我无关。"

"我想你这个成精的可能懂得应勤怎么了。"安迪解释。曲筱绡转了几下眼珠子，摇头。

但大家不需要猜多久，很快，邱莹莹满脸通红，眼泪汪汪地回来了。身后，并无应勤跟上。

"小邱，怎么了，跟樊姐说。"樊胜美几乎是扑过去，将邱莹莹抱在怀里，柔声安慰。

"他……他问我是不是处女……"

"靠！真跟我有关。"不等邱莹莹说完，曲筱绡拍案而起，旋风似的冲出门去。安迪不放心，连忙跟了出去，感觉曲筱绡是去闯祸。

果然，两人跑得飞快，很快在饭店门口追上应勤。曲筱绡扑上去，一边大喊着"打死你这混账王八蛋"之类的话，一边将九阴白骨爪完全落实到应勤脸上脖子上手背上，只要是露肉的地方，她不顾手指甲做得美妙绝伦，非招招见血不可。

安迪小时候也常打架，大了早已生疏，但知道什么叫拉偏架。她一边做中立劝架之语，一边处处阻拦应勤反扑。

应勤说到底是个书生，应对失措。而饭店里别人以为男女朋友吵架，再说打架的是两个衣着华贵的美女，谁都立马偏心了两个美女。保安也过来拉了几秒钟的偏架，才将打架的人拉开。但曲筱绡愤然脱下半靴，往鞋底吐口痰，冲着应勤扔过去，将痰黏在应勤身上才肯作罢。

"他妈的傻王八羔子，土老冒，猥琐男……"曲筱绡叉腰金鸡独立站在大厅中央，直将应勤骂出门，才肯穿上安迪奉上的半靴。

另一边，赶来与保安一起平息打架的王柏川盯着应勤出门，上车，离开，才放心回来。见曲筱绡正由安迪扶着费劲地穿鞋，他看着曲筱绡只会猛笑。22楼真是个物种丰富的好地方。

一行人回去包厢，正抱着痛哭的邱莹莹劝慰的樊胜美与关雎尔见安迪与曲筱绡头发凌乱，衣衫不整，惊讶不已。樊胜美问王柏川："怎么回事？太缺德了，难道还打女人？"

"小曲跟安迪把小应收拾了，小曲主打。"

"不能打应勤！"邱莹莹猛然从樊胜美的怀抱里撑起身，正好一头撞樊胜美下巴，磕得樊胜美眼泪直飚。邱莹莹都来不及揉揉撞得刺痛的头顶，哽咽道："是我的错，不是他的错。"

刚从包里摸出化妆镜准备整理头发的曲筱绡闻言就竖起脖子，"你有什么错？不是处女怎么了？"

"反正我不跟你说，反正你不能打应勤，我没让你打他。"

"我又不是为你出手，我又不是你家雇的打手，你管得着吗。"

"小曲，你别再气我了，好不好？我早说过不欢迎你来，你偏来。你来干什么啊！"邱莹莹大吼。

曲筱绡再次拍案而起，但被安迪抱住，摁着坐下。但曲筱绡依然拍着桌子以压倒一切之势说明她的理由。"我告诉你，我知道一个男人，跟老婆结婚一年，离了，因为老婆不能生育，老婆伤心出国，跟我认识。那贱男一离婚就找新人，找到第一个，把人小姑娘迷得五迷三道，又扔了，说是上床验证不是处。那小姑娘伤心得出了车祸。后来那男人又找了几个，都因为人家不是处，上床了再扔。最终找到一个处，先上车后补票，把人肚子搞大才上门求亲。你说，这种男人，是人吗？到底爱的是人，还是那片膜？那种男人把女人当什么？我早发誓，遇到这种男人，见一个打一个，宁可赔死医药费。正好，姓应的连个面子都没有，跟你邱莹莹没交代，跟我们一桌人没交代，就这么无情无义说走就走，我打的就是他，贱人。"

曲筱绡说着又要跳起来，安迪只能再摁住她。但曲筱绡说完，便扭头对安迪道："我回家。省得招人骂。"安迪只能放开曲筱绡。曲筱绡冲出去，正好与送菜进来的服务员相撞。她刷地抽出一百，拍给服务员赔盘子，头也不回走了。众人都哑然看着这一幕，好一会儿，樊胜美才对王柏川道，"你自己随便哪儿去吃点儿吧，你在不方便。"

"好。我单独跟你说两句话，两分钟。"王柏川听话地站起来。见樊胜美也站起来，他放心了。两人走到走廊，王柏川首先表态："我不支持小应的态度。"

"知道了。都什么年代了，还那思想。小邱明摆着不是放浪的人，小应怎么可以这么作践小邱啊，没良心男人。"

　　"是的。胜美，我前两天真的很忙，又不敢见你，再说小邱提前两天跟我通了气，我耐心等待时机，可心里一直想你，你帮我谢谢小邱，谢谢她的心意。这顿饭是小邱帮我请的，等下我出去会把账结了，别再让小邱有损失。"

　　"唉，你做事一向最周到，我知道了。"

　　"别再生我气了，天地良心，我出发点是为讨你欢欣。只要你笑，让我扮小丑都愿意。"樊胜美点头，这回没说"知道了"，而是低头好一会儿，才红着眼眶道："我对你是严了点儿，可我只有你了。"王柏川只听得热血沸腾，柔情万丈，可最终只说得出三个字，"我知道。"樊胜美与王柏川依依惜别，旋回包厢，见安迪一个人若无其事地吃饭，关雎尔依然抱着哭泣的邱莹莹。樊胜美对安迪挺无语。她径直又坐到邱莹莹身边，"小邱，王柏川让我谢谢你的帮忙。"

　　"唔，不用谢。樊姐帮我问问王总，把应勤打得怎么样了。"安迪这才插嘴："如果小曲的指甲是猫爪，我现在得建议小应去打破伤风针。"

　　"啊？"几乎是所有的人都惊讶。邱莹莹更是大惊失色，忘了哭泣。"完了，应勤更不会原谅我了。"安迪欲言又止，忍住不说。关雎尔道："处不处女的，你没错，不需要应勤来原谅。"王柏川走了，关雎尔才敢讲有敏感词的话，她可没曲筱绡的泼辣。

　　邱莹莹也是王柏川和曲筱绡都走了才敢说出心里话，"可是，我喜欢他。我知道他刻板，可他人实诚，对我也实诚。是我有污点，我本来想相处久了，感情很好了，再跟他说明，他会原谅我。可是……都让小曲给搅了，这下我连道歉的机会都没有了，应勤还不恨死我啊。"

　　樊胜美柔声道："小邱，樊姐这次要批评你一下，你不要妄自菲薄。你是个好姑娘，那种事不是污点。应勤要是因为这么件小事跟你分开，我们鄙视他。这件事今天也只能这样了，回头我去找应勤谈谈。他是个比较单纯的人，我看他是突然获知异常，受打击了，举止失措，不知怎么应对才好，只好跑掉。你别太担心了。"

　　"真的吗？可是他是男人呢，男人被女人打了，咽不下这口气的。"

　　"又不是你打的，而且不是你授权的，你尽管理直气壮起来。"

　　"唔，拜托樊姐了。应勤是我找得到的最好的人，我真喜欢他，真的。"

　　"樊姐知道，应勤除了今天做得不太对，缺风度，平时都是个好小伙。我们不能只看一点否定其他。你也不要用一件小事否定自己，你也是个好姑娘呢。谈恋爱呢，谁不是吵吵闹闹的，你看我跟王柏川不是也刚闹过，现在已经好了？小吵怡情，反而把心底的想法逼出来，更容易沟通交流呢。你说呢？"

连安迪都在心里说对，本来她还彻底鄙视应勤呢。不禁对樊胜美刮目相看，心里更是回想与包奕凡的相处种种。

邱莹莹更是抱着樊胜美道："樊姐，你真好。"

"我们不好，谁好呢？来，吃点儿，再不吃都凉了。王柏川已经把账结了，你不用担心。"

除了安迪，其他人都没心思吃，菜剩了一大堆，打包了一大摞。

第二天，樊胜美下班就特意打车赶去应勤公司一楼电梯口等候。等应勤出来，她立刻迎上去，可一看清应勤脸上纵横交错的划痕，她知道事情要糟，曲筱绡下手毫不留情。樊胜美为了邱莹莹，鼓足勇气老着脸皮打招呼，"小应，你们下班可真准时，今天不用加班吗？"

应勤走过来，浑身都不自然，两手不知道摆哪儿，最终缩进口袋里。"樊姐，你来，为小邱的事吗？"

"是啊，我向你道歉来了。昨晚上，唉，你知道小曲这个人的，小邱一直忌惮她。本来我们没请她来，就是怕她捣蛋……"

"跟小曲无关，如果有个朋友肯为我这么出头，我跟他结拜兄弟。小邱那儿，请樊姐跟她说，希望她没忘记家乡的习俗，人在做，天在看。"

樊胜美见应勤一边说，一边作势欲走，不顾矜持，上前拉住应勤，拖到空旷地儿，但手依然不放松，"小邱那件事，我跟你说明一下情况，她那次非常悲惨。她一向是个实诚姑娘，为人非常单纯，以前那个人以为都可以谈婚论嫁了，才跟那人在一起，结果很悲惨，那人一看见小曲又美又多金，被小曲勾引了。为此小邱连工作都丢了，整个人消沉了好多日子。你想她那么活泼的姑娘，竟然经常发呆不说话。跟你在一起后，我才看到原来开朗的小邱又回来了。本来，我真替你们高兴。你和小邱都是心思纯真的人，你们在一起真是绝配。唉。"

应勤听着，低下头去。樊胜美以为劝解有效了。可应勤低头思索了会儿，就抬头道："我回忆了一下，小邱心思不纯真。她一直口口声声跟我说传统啊传统的，而且她知道我是个认真严肃的人，不到结婚不会乱来。她是不是想骗我到领了结婚证，生米煮成熟饭，才让我知道？"

"不会啊。小邱那孩子就是心里太传统，一直以为这种事是污点……"

"就是污点。她没坚守住，很不应该。而且她平时都是直爽的人，心里想什么说什么，怎么唯独瞒住这么重要的事？她处心积虑。"

"容我说句粗话，小邱要是会处心积虑，母猪都会爬树了。"

"不。"应勤说了这个字，就不再有解释有反驳，随便樊胜美怎么解释，都不说话，只低头站着，看自己的两只脚。樊胜美无奈，只得破釜沉舟，问出最容易被说"不"的问题。"小应，对一个爱你的人，而且也是你爱的人，不能宽容原谅吗？"

"一个不自爱的人，怎么可能爱别人，别人又怎么爱她？"

"对不起，你难道认为婚前性行为是不自爱？"

"樊姐，你跟一个不相干男人说这种事，不害臊吗？"樊胜美完败，完全不在同一思想体系上。她快快告辞。路上，她还得构思回家与邱莹莹说的话，怎么才能减少邱莹莹所受的打击。但是，再婉转的言语，都无法掩盖一个事实，邱莹莹和应勤的关系崩了。

春节越来越接近，邱莹莹这下无顺风车可搭，只能去买火车票。可是一进火车站售票大厅，不是乌泱乌泱的排队人群，就是显示牌上不断刷新的无票状态，这种时候才买票，哪儿还买得到。

邱莹莹垂头丧气出站，信步竟然来到赵医生工作的医院。曲筱绡的男朋友赵医生在这家医院，她知道。赵医生叫什么名字在什么科，她并不知道。但她很容易就在专家介绍那儿找到赵医生的照片。她咬着嘴唇仰脸看着赵医生，将简介一个字一个字地输入到手机，短信发给曲筱绡。再发一条短信补充：你走着瞧，你做过的破事我都记着。

曲筱绡此时正跟赵医生并排腻着吃饭，一看见短信就笑了，顺手将手机递给赵医生。"那傻妞，我说没错吧，她肯定又怪我头上了。你走着瞧，赵启平，你会发现我有九条藏起来的狐狸尾巴。"

"哈，不如你先坦白吧。"

"自己坦白就不好玩了，让小傻妞给你点儿惊喜。要不然你都麻痹大意得以为我是良家妇女了。"

"有多惊喜？跟我在一起的时候，还有一个或多个备胎？"

"跟你在一起的时候我哪有精力看别人，你才是男狐狸精。明知故问的，也不嫌恶心，想骗我说几句甜言蜜语蒙混你？没门儿。"

"那还有什么惊喜？"

"我再怎么混，也不会混得没惊喜吧？你等着，我这么有意思的人，你想不惊喜都难。可是我也不知道小傻妞会给你什么惊喜。"

"你真是一枝有意思的芦苇。"

"什么典故？"于是赵医生用他美妙的磁性声音娓娓动听地掉书袋，曲筱绡一脸崇拜地倾听。她现在已经发现了，只要赵医生说出那种让她云里雾里的话，保证有典故可听。幸好，现在赵医生拿她做需要启蒙的童生，赵医生讲的她都听得懂，而且转手就活学活用。她就是那么一枝有思想的芦苇。

邱莹莹怎么都想不到，她所非常在意的东西，有人完全不在意。

第 40 章

　　眼看周末团聚的时间来到，包奕凡早将旅行箱收拾好，各种礼物也准备好。可这几天包太为儿子的事情伤神，夜夜失眠。近六十岁的人一夜睡不好已经够呛，两夜三夜下来，在床上躺着睡不着，人却只能萎靡在床上起不来，非常痛苦。包奕凡得知消息便知端的，心疼妈妈为他操心若此，赶紧前去探望。

　　包太听到儿子的声音，就扭过脸去，不看儿子。

　　包奕凡进屋，见妈妈平常保养得很丰润的脸皱得满脸是折皱，脸色更是可用"灰败"两个字来形容。他坐在床沿，温言规劝："妈，你一向说我知人识人，你这回也相信我一次，我心中有数。你尽管放心，我知道怎么做。"

　　"你知道什么。她根本不把你放眼里，才会那样对我。她跟我说得明明白白，她嫌烦，不想跟你结婚，跟你在一起就是玩玩，没结果。你还要我怎么说你才能明白？"

　　"这是我们跟你们两个年龄层的代沟。你一直骂我不正经不肯结婚，你说，要是安迪也有亲妈跟着，看见我这种人岂不担心死？我跟她，先恋爱，享受恋爱，如果一直享受，可以考虑结婚。"

　　包太脸上变色，更是灰败，无精打采的人却伸出一只有力的手，抓住儿子的胸口，"你！还不给我结婚？我会被你气死。你不用装孝顺来看我，你懂我担心的是什么，药方都在你手上。"

"药方是我跟安迪结婚？"

"决不能是她，一个不清白又装得很清白的女人太有心计，我怕你离婚。"

"她没有不清白，都跟你说几遍了，我有数。我见过的人会比你少吗？"

"你见的都是恨不得把你扒了跟你生个孩子好嫁到我们家的女人。这回，你遇到的是装作让你扒的人，你上了当。让一个有身份有手腕的妻子拿她无计可施，只能到我这儿告状的有心计女人，你玩得过她？我真是为你操透了心。你看我管过别人的闲事吗？你是我儿子，我才会为你担心死。我一想到你跟那种女人在一起，我心里揪得痛。你这辈子都不会明白做妈妈的心，怀胎十个月，养你到这么大，你就是妈妈的心肝，想到你被人骗，妈妈怎么放得下心啊。"

包家母子又兜回到了老路。包奕凡见妈妈中气不足，又亢奋地雪亮着眼睛，灰败脸上露出两坨病态的红晕，话说多了就气喘不已，可依然坚持说个不停，说到后来眼泪都下来了。包奕凡取纸巾给妈妈，终于还是松口了。"那魏先生，安迪是他私生女，这事不便公开，才会连魏太太都误会。"

包太惊呆了。

活力很快如气功般注入恢复清醒之后的包太身上，她有力气坐了起来，而且脑袋运行正常而富有逻辑。"啊，安迪这个年纪，往上倒推一下，不用说了，《孽债》，电视上早放过不知几遍。一帮知青给发配到农村，没人管着，血气方刚什么事干不出来，等回城文件一下，孩子一丢回去考大学。年纪一大，才想起要寻同儿女，什么遗产也都交给那些从小吃苦头的儿女。作孽。安迪弄不好还可以找到她妈妈……"

"你想干什么？"包奕凡感觉到自己打开了潘多拉的盒子。

"我正要提醒你。人要脸，树要皮，越是高位的人越要脸皮。你可千万别仗着与安迪的关系多嘴。问安迪也就罢了，要是问到魏先生头上，被他知道了，你看他怎么收拾我们。千万记住，人最犯忌的是被揭短。"

"太势利了。我去海市，你可别一再来电转体180°跟安迪攀交情，给我留点儿脸面。人要脸，树要皮。别让安迪连我也瞧不起。"

"去吧去吧，这下再也不干涉你们。早点劝安迪结婚，别玩什么享受感情那套，结婚才是正经。"

"妈这下身体没事了？"

"没关系了，我等下喝点儿粥就睡觉。你快走，别赶不上飞机。"

包奕凡站起身，看了他妈妈一会儿，见妈妈果然精力恢复大声喊保姆开饭，他放下心来，扔下话让妈妈别对外乱说，泄露出去便意味他与安迪关系完蛋，等他妈保证了才赶紧出门。对于妈妈的这个保证，包奕凡很放心。当年爸妈离婚大战闹得妈妈连杀人的心都有，妈妈都不曾公开公司偷税漏税的事儿打击爸爸，甚至连威胁都不曾，因为在利益面前，妈妈最拎得清。

但包太兴奋过度，自以为身轻如燕了，谁都不喊就跳下床找鞋子，不料头一晕，一头栽地上，好一会儿起不来，也作不得声。保姆进来看见才扶起她。但包太说什么都不让保姆打电话给儿子，要打也只能打给老包。而丈夫赶回来，包太第一件事便是商议该如何拴住这个儿媳妇。但老包坚决不参与，在家兜一圈换上休闲衣服，听包太又说刚刚摔跤的事儿，观察会儿觉得不可能是中风，便叮嘱了保姆，自己出门应酬去了。包太只能无奈地打电话给正在路上的儿子，问父子俩为什么都不理她，都冷落她。

包奕凡道："你早知道的，早该克制自己。"

"我是为我们家好，为所有人好。你们两个都太容易轻信别人，你们怎么都让我管所有支出签名呢？我替你们把关啊。"

"我们都不傻。妈，管好你自己，周末找点儿事做，别待家里。"

包太几度欲说出自己摔跤的事儿，可一想到这就可能阻止儿子上飞机，只能忍了。

邱莹莹回到2202，见整个2202只有她一个人。关雎尔在出差，周末还得加班，其他人毫无疑问都约会去了。一个人踩在地上，都能听得见回响，什么叫凄凄惨惨戚戚，这就是。邱莹莹非常想哭，更想的是给应勤发短信问好。可是樊姐都说了，人家那儿有硬杠子，硬凑上去只有招人轻贱。邱莹莹将手机捏得火烫，依然下不了决心要不要给应勤打电话。

正好，安迪从机场接了包奕凡回来。两人走出电梯，撞见邱莹莹低头狠命捏手机，安迪欲走避，可也知道人家肯定看见她了，只能打招呼。"小邱，周末好。"

"不好，怎么会好，都没人理我，都嫌我，都嫌我。"总算有人了，而且安迪还亲切地发问，邱莹莹鼻子一酸，终于流出眼泪。但她稍一低头，就看见包奕凡紧紧挽在安迪腰间的手。她觉得刺眼。

"那种人的话你当真干吗，据说被傻逼嫌弃，是一个人最高的荣誉。"

"应勤不是傻逼！"邱莹莹当即愤怒纠正，"应勤不是傻逼。但你最好引以为戒，我的血泪教训，你一定要引以为戒，一定要跟你的第一个男人结婚。"包奕凡听得一头雾水，更是莫名其妙，皱眉看邱莹莹一眼，手臂一使力，挽起安迪就走。"我很饿了，我们赶紧吃你炖的鸡汤。"安迪也没阻止，冲邱莹莹摆摆手说再见，与包奕凡一起进了家门。关门，安迪就问："我没说给你炖鸡汤啊，你怎么知道的？"

"我这几天感冒，然后你昨天又说谁送你土鸡三只。你没炖只鸡汤给我治感冒？"

"早有文章批驳鸡汤治感冒没科学依据……"包奕凡笑着深吻，他寻开心，安迪从来就当真。"外面那女孩，就是你前两天说刚失恋的？这说的是什么话。你肯跟我结婚我高兴都来不及，可绝对不是这种理由，什么年代了，这都。要封建也封建得远点儿，干脆去母系氏族玩儿。"

"她若是肯定我，我才有麻烦了。我不多管闲事，她每次失恋时候仿佛都有点儿走极端。你来看看我阳台上种的菜。"

"种菜？哦，你花粉过敏。你这人温室种菜真是余热利用啊，哈哈。"

"你上回来，嫌我这儿没装饰，还说没生气。以后等菜长大了，我到处放上一盆叶子肥大的菜，总行了吧。"

"我没嫌你，你做的所有事都正确。只是我心疼你清教徒一样的简单生活。十二盆？泥土是你自己搬上来的？"

"用了一晚上时间，照着书上说的调配泥土。种的时间还不如后面打扫卫生用的时间长。很有成就感呢。就等着种子发芽了。我种的有青菜、生菜、菠菜，不知道能不能长大，以前从没玩过这个。你看我这样种行吗？"

"我没玩过。家里的院子从来不是我打理。明天要不要再帮你去搬些泥土回来？我们把阳台种满，再把你东窗边上也种满。我们充分利用每一缕阳光。以后我每次来，就能吃你炖的土鸡汤下你自己种的菠菜。"

"你总能给我找事。好吧，我现在就查怎么炖鸡汤。你这个麻烦精，跟小曲可以媲美。"

包奕凡簇拥着安迪离开阳台，他想直接奔卧室，安迪却问他包太到底要怎样才罢休。包奕凡只能哀叹一声，两个都是不屈不挠的女人。"她这几天为我们的事失眠，她固执起来谁都拿她没措施。"为了对话顺利，包奕凡紧紧拥抱安迪，只能再次色诱。"几天下来已经面无人色，下不了床。我爸……对她感情淡薄，只有我关心她。非常可怜。"

"她是不是在你爸那儿得不到感情，就把全部关注倾注到你身上？"

"应该是你说的这个意思，但我不便多评论。刚我来前去看她，她奄奄一息躺床上，又不肯去医院，即使去了，照旧失眠，跟不去医院没什么不同。我只好跟她说了实情。"包奕凡明显感觉到安迪欲挣开他，他只能抱得更紧，只能利用男人本钱耍无赖了。"要不然我都无法过来看你。她答应我决不再插手。"

"我怀疑她现在已经开始查魏国强的联络方式，明后天就与魏国强联络上，然后两人合谋干涉我的事。但这只是建立在推理基础上，只要没发生，我按理说无法据此生气。可我非常生气。我的事，她凭什么越界？这不是尊重人的表现。而且我很讨厌她一再花样百出在我的事上玩手段。"

"所以我得跟你面谈。我早说过，我们两个的事不要去管其他人的想法。可是，你想想，她是我妈妈，女人怀孕十个月很辛苦……"

"人家大象还怀孕二十个月呢。这不是理由。"

"当时我爸跑业务基本上不着家，只有她一个人带我，更辛苦，那时也没什么保姆钟点工，全她一个人操劳。我上小学有次晚上发烧，她背起我这么个大个子跑去医院打针，到了医院就累倒在地，血吐了一地，这一幕一直在我记忆里。我虽然猜测她失眠有一半可能是苦肉计，可我依然没法眼看着她萎靡下去，她是我亲妈啊。我已经警告，她自己也知道惹不起魏先生，以后不会有事了。"

"我已经不再相信。而且，我很肯定，只要我跟你交往，她一定会横亘于我们之间。我完全彻底拒绝别人干涉我，零容忍。"

"宝贝儿，为了我，稍微容忍她，好吗？我会克制她，不让她接近你。她已经答应不干涉我们。"

"她心中没有是非，只有利益计较。我如果容忍她，必然受她得寸进尺的算计。她的承诺完全没信用。"

"安迪，不可以这么说我妈。"

"我已经对她很客气，只说实话，不出恶语。但她对我了解更多，必然闲不住对我更多干涉。我们只有两个选择可以解决问题，一个是你划线，另一个是我划线。"包奕凡盯住安迪的眼睛，一脸不置信，虽然双手依然紧抱，"你划线，是划在你我之间？"

"你如果不肯划线，除此还有什么办法阻止她干涉我？你别激动，我并不是让你跟她断绝母子关系，而是让你坚壁清野，不让她捞过界。"

"你有没有想过，我已经在非常努力地做，希望可以处理得圆满，修复你俩的关系，我也不愿我妈干涉我们的私生活。可你拿你我分手来逼我，你让我很伤心。你说出划线时候，有没有想过，我很爱你，你在伤我？"

"当你说让我稍微容忍她的时候，你已经决定让她伤我。你这不是爱我的表现。我不做开门揖盗的事儿。"

"不能说得这么绝对。人跟人之间有妥协，有牵制……"

"我又不是孩子。你妈不是隔壁小邱那种人，小邱只会说不会做，我跟她话不投机可以走，走了就完事。你妈会做，会紧追不舍。"

"很简单，她去找你，你不见。她电话你，你不接，不就行了嘛。"

"这种招数只能用来对付小邱之类心中没恶意的人。你妈呢，即使她现在不出现，我们两个依然为她伤神。她有的是办法无孔不入。"

"你只要有稍微的容忍，就可以对她施展的影响视而不见。"

"我为什么容忍她？一个对我恶意的人？"

"我说了，她是我妈，你看我分儿上，稍微容忍。我知道你是天之骄子，一向只有别人容忍你。所以我只要求你稍微容忍，只在我面前，允许我提起她，我的妈妈，可以吗？"安迪闭目，好好回味包奕凡的每一句话，心知只要跟他在一起，按他的意思，是撇不开他妈了。而她又是拥有如此难堪千疮百孔的人生，她敢让他妈无孔不入吗？何况他妈已经知道了魏国强。"我不是因为天之骄子而不能容忍你妈，这一点需要声明。然而我可以合理推测，你妈对我的恶意，必将最终极大伤害我。为自保，你走吧。"

"你说什么？我没听清。"

"你走。"安迪试图脱离包奕凡的怀抱，但没成功，包奕凡的手臂如钢箍般圈住了她。

包奕凡完全想不到安迪会说出让他走。他也完全清楚，这不是有些小姑娘撒娇，而是真话。"你忍心为了这种小事断绝我们的感情？"

"在我面前很多事都是小事，唯独这件事，对我是大事。为这件事，我可以放弃你。请相信我说的是真话。"

包奕凡想来想去想不通，多大的事儿，怎么轻易说放弃就放弃他，仿佛他无足轻重，他的爱更是不值一提。他哑了。发了半天愣，将安迪扔在原地，独自走进卧室，将浑身衣服脱得满地都是，一声不响上床睡觉。

安迪只是满心复杂地看着包奕凡走进卧室，也不吭声。她绝不松口。这件事上面，她不能作任何妥协。她没有任何资本可以让她在这件事上妥协。

邱莹莹寂寞得挠墙。好不容易见到有人影子在22楼出现，可安迪基本上淡漠以对，那个包奕凡更是不给她任何说话的机会，抓着安迪就走。她原本就没想打扰安迪，没想拖住安迪多说，可安迪如此冷漠，而安迪与包奕凡如此当着她的面亲密无间，让她改挠墙为撞墙。屋里是再也待不下去了，她又无处可去，今晚说什么都不愿肿着通红的眼皮去推销咖啡，她想来想去，穿上最厚的毛衣，套上羽绒服，决心连夜去火车站排队，豁出去周末两天时间买回家的火车票。

天，又黑又冷，邱莹莹从没觉得海市的冬天竟可以如此肃杀。她茫然地钻进地铁，在地下迷宫里绕来绕去，终于又来到人头攒动的火车站预售票处。排到队伍里，邱莹莹才想到一个严重问题，她忘了带小板凳来，她忘了带干粮和水，她怎么撑得住在寒冷冬夜里伫立通宵。

她只能退出已经有两人跟在身后的队列，去附近购买一应物品。上回半夜来火车站是与22楼邻居们一起找樊姐的爸妈，有人做伴，并不觉得夜晚有多可怕。一个人在火车站穿行时，才忽然感觉遍地可能都是坏人。邱莹莹紧紧捂住背包，跑步到最近的小店高价买到吃喝的，却买不到板凳，只能买一份报纸凑数。

夜，异常的冷。

曲筱绡与赵医生约会，即使接近春节，饭店依然高朋满座，一座难求。曲筱绡今晚谋不到雅座，身边总是人来人往，甚至有菜盘子从头顶险险飞过，可她只要有赵医生在身边，其他什么都是浮云。甚至赵医生主动提出与她换个位置，她都非常贤良淑德地拒绝，她又不觉得难受，而且她不舍得菜盘子在赵医生头顶飞过。

可如此良宵，却有不长眼的朋友来电，而且来电讲的又是令曲筱绡异常心动的八卦，她那个已经结婚的异母大哥居然包养了一个唱歌的，在外面租着一套两室的酒店公寓做小公馆。而大哥此时正酒后留宿小三的小公馆。朋友问她，要不要捉奸在床？

当然要！曲筱绡忍痛看着身边英俊的赵医生，撒了一个谎，"有客户需要立刻报价，我得回办公室去做，呜呜，客户也不看看今天是什么时间，都春节了，还周末呢。人都回老家了，谁现在还有闲心做这些啊。你先回家吧。"

"去吧，总是我被医院电话叫走，这回轮到我独自回家。"

"你去我家好不好，我很快就完。"

但赵医生吻吻曲筱绡的脸，"我在家看书，你要是结束时间早就过来。"

曲筱绡好生依依不舍，但她有更要紧的事儿要做。

车到酒店公寓，曲筱绡才抓着喉咙电话她爸爸，她装作气喘吁吁的样子，拉着长音，拖着舌头，结结巴巴地道："爸爸，我在短信给你的地址，我喝多了，好像有人往酒里加了什么，现在浑身难受。你快来接我回家。别让妈妈知道。"

曲父二话没说，吓得立即结束手头应酬，出门打车往酒店公寓的地址赶。而曲筱绡则好整以暇，悠悠闲闲地卜楼，选择一个最佳地理位置，笑眯眯地埋伏起来，等待爸爸上门厮杀。

果然，曲父很快气喘吁吁地赶来，不仅他来，还拖来公寓门口的保安。曲父救女心切，才敲门三下不见有人答应，就毫不犹豫踹门进去。气势之刚猛，令曲筱绡叹为观止，这才是她的老爸，最爱她的爸爸。曲筱绡心头对爸爸的不满因这一踹而消散了不少。她连忙蹦出去，没等她喊爸爸，就听她爸爸一声咆哮，"怎么回事？"

曲筱绡从爸爸肥厚的背脊探出头，一眼就看到只披睡衣的大哥，睡衣下面疑似真空。曲父不知身后有人，见出来的居然是儿子，更是吓得魂飞魄散，直奔内室试图阻止乱伦。曲筱绡赶紧跟去，果然，床上猫着一个人，那人钻在被子下不肯露面。曲父于是进也不是，退也不是，总不能上去掀开被子做捉奸在床状，那下面可能是他被下药的女儿啊。他愤怒转身找儿子问话，不料，却一眼看见闪着贼溜溜大眼睛的女儿就在他身后看好戏。

"噢，怎么回事？"曲筱绡伸出手指头往大哥一点，"奸夫！"再往床上一指，

"淫妇！"曲父差点儿被自己的口水噎死，才知又上了女儿的老当。好在这辈子他不知上了曲筱绡多少回当，早已虱多不痒。只惊讶了一小会儿，就回过神来，"你回去，这儿爸爸处理。"

"爸爸，你一个人处理这种事不方便，算什么话，让外人一看就觉得不正经。要么我这就打电话请妈妈来。"曲筱绡说话时候瞟了一眼大哥，见大哥浑身紧张，一脸窝囊，却又趁爸爸不注意对她凶相毕露，她心中说不出的快活得意。曲筱绡完全没有听爸爸的话挪窝的意思，她当然知道，她爸更不可能让妈妈来，妈妈一来，肯定直接就借此废了大哥的前途。

曲父冲儿子大吼一声："还不穿上衣服出来，都出来。"将儿子喝将进去，见儿子关上腰门，曲父就低声怒问女儿："你设计的圈套？"

"他包二奶，我怎么设计得了。我只是今晚听说有这事，赶紧通报爸爸一声，免得他在歧途越走越远啊。"

"你也没安好心。"

"那是肯定的。要是这种事都不积极，还有什么事能让我积极得起来。那里面的是个酒吧唱歌的。"

"你自己今晚又在做什么？"

"我跟赵医生在一起，正当约会，赵医生是正经人。我来这儿帮你，他就回家看书了。爸爸，我这几天也跟着赵医生看书呢，都是正经书。"

"帮我！说的比唱的好听。"曲父闷哼一声，曲筱绡回以调皮一笑。曲父拿女儿没招。而当然，他眼下火气集中在儿子头上，才结婚的小东西，居然就敢在外面包二奶。这一年分管的工作不见成效，原来心思都花女人身上了。相比之下，他女儿才回国几个月已做出不差的利润，这等成绩他连做梦都没想到过，他怎能不对亲手苦心培育的儿子失望。"看什么书？"

"台湾人写的《巨流河》，好厚一本，不是言情哦，讲历史的，我却看得掉眼泪。看不懂的就问赵医生，他好像什么都懂。"

曲父眨巴眨巴眼睛，没听说过。他于看书方面，实在是有限得很，越是有限越发觉得看书是非常崇高的事儿。因此只能大而无当地道："看书好，你现在越来越走正道。"

"什么走正道，好像我以前老犯错似的。我坐牢了吗？让你丢脸了吗？从没。

我还报名 MBA 呢，等我邻居小关出差回来，一起填报申请，用英语的。他们怎么还不出来，还要化妆还是怎的。"

曲父当然知道是为什么，但按住女儿，耐心等待。曲筱绡却等不住，抓起一只水杯就飞砸腰门。瓷杯应声而裂，没多久，一男一女哭丧着脸出来。但曲筱绡一看见那女孩，心中竟然生出我见犹怜的感觉。那女孩不是最漂亮，眼睛不大，但是弯的。嘴巴圆圆的如一只樱桃。脸有点儿婴儿肥，不是那种专属狐狸精的锥子脸。那女孩抓着裙摆坐那儿，那种娇柔的样儿，谁见了都油然生出保护欲。不仅曲父，连曲筱绡心里都生不出诡计来。曲筱绡心说，她要是个男的，她也愿意包养这女孩子。

因此，曲父都没问为什么发展出这种关系，为什么对家室不忠，非常通情达理。而是直奔另一个主题，"你哪来的钱租这种房子，付包养费？你的工资收入都上交你老婆，你做生意至今没利润没提成，你上哪儿找额外的钱支付这一头的额外开销？"

曲筱绡连忙轻轻地在爸爸耳边一声赞叹："爸爸真英明。"曲父只能皱皱眉头，知道女儿这是火上浇油。

曲大哥自然是回答不上来。他的钱还能从哪儿来，当然是公款私用了。于是曲父一条一条地提问，应该给客户的几笔回扣是不是自己昧了，昧了哪几笔，昧了多少；拿到公司报销的发票有没有实报实销；问公司拿的备用金是多少；跟承销人有没有私签暗度陈仓拿回扣的协议，等等。曲父的生意完全是亲自胼手胝足拼将出来，因此所有陋规心里都清楚，曲大哥被逼问得一条一条地回答，曲父又从回答中顺藤摸瓜，找出纰漏。曲筱绡眼看着豆大的汗珠从大哥额头滚下来，砸到地毯上，她仿佛能听到最美妙的叮咚声从地毯传来。

于是曲父当场决定，剥夺曲大哥现有职位，降级待用，再不给接触钱的机会。今天起，先暂停工作，春节后再说。曲筱绡不禁同情地看一眼大哥身边的美女，该美女得另找饭碗了。

曲父处理完愤然出来，曲筱绡一溜儿小跑跟上，还好心地替如泄气皮球的大哥掩上被踹烂的房门。但等走进空无一人的电梯，曲筱绡当即尖叫了，"我冤枉啊，爸爸冤枉我啦。"

曲父郁闷地道："别玩恶人先告状把戏啦。知道你现在心里最高兴。"

"我就知道爸爸生我的气，你气我兄妹不亲爱，处处找哥哥们岔子，处处给你出难题，是吧？爸爸，你好好想想，我今晚如果报告的是妈妈，不是你，结局会怎样？你心里要是再有一丝生我气的意思，我这就打电话给妈妈，举报你恩将仇报。哼。"

曲父当然知道女儿心思，但到底还是感谢女儿跟他讲义气没报告到老婆那儿去。他当即对女儿许以好处，以堵住女儿的口：成倍追加注册资金。

曲筱绡心里开心得乱唱饶舌。爸爸妄图蹭她的车，她将爸爸载到门口，毅然将爸爸扔到出租车上，直奔赵医生家会情郎去了。半路遇见红灯才想起来，最应感谢的是给她通风报信的朋友。于是她车头一转，找到朋友正夜生活的酒吧，投入到朋友们的阵营。人，可不能重色轻友。朋友帮了她的大忙，她就得识相地结了朋友今晚的酒账。再说，赵医生风流不下流，她才不担心赵医生独守空房会做出对不起她的事情来。

虽然包奕凡在卧室里不声不响，安迪却心烦意乱得无法做事。她稳守住她的底线，但她受不了包奕凡拉下脸生闷气。

三心二意地看了几个报告，估摸着包奕凡应该睡着，她走进去瞧。见大大小小的衣服扔了一地，她反而笑出来，这公子哥儿可真会发脾气。她将地上的衣服一件件捡起来，才刚准备出去，包奕凡就在床上闷闷地喊了一声："牛郎不许偷织女的衣服。"

安迪愣了一下，回头见包奕凡眼睛亮亮地看着她对她伸出两只手。安迪不由自主地走过去，坐到包奕凡身边，伸手让包奕凡握住。两人在夜灯昏暗的光线中默默对视。

良久，包奕凡才道："我回家处理，让我好好想想。你给我一个月时间。"

安迪忍不住大大地点一下头，表示同意。心里却分明看得清楚，她也不愿真的失去包奕凡，她很愿意给包奕凡一个月的缓冲期，期待他有所作为。

邱莹莹在寒冷中硬撑着排队。人越来越冷，肚子却越来越饿。这倒不是难题，邱莹莹当即打开一包旺旺雪饼啃起来。雪饼松脆，邱莹莹每啃一口，总有一个睡眼惺忪的人睁开眼不耐烦地看看她，仿佛被打扰。同是天涯沦落人，邱莹莹只好再打开矿泉水，与雪饼一起吃，这样响动就小了些儿。可寒冬腊月喝冷水，没几口下去，邱莹莹就捧着小腹痛苦地弯下腰去。小腹锥心地痛，仿佛孙猴子在里面扯着子宫打秋千。

邱莹莹原想撑过去，忍痛在原地踏步给全身取暖，以活血化瘀，她觉得自己身体强壮得很。不料后来痛得根本挪不开步子，反而虚汗在背脊凉津津地蔓延，头脑也开始晕眩。邱莹莹开始慌了。周围没有一个熟悉的人，万一栽倒，可怎么办。她摸出手机，第一反应就是给樊胜美打电话。可是很不巧，樊胜美与王柏川小吵怡情，今晚浓情蜜意地到另一城市度周末去了，根本是鞭长莫及。

樊胜美一接到电话就慌了，虽然她是被邱莹莹从梦中吵醒，但她还是强打精神让自己清醒过来，赶紧给应勤打去一个电话。谢天谢地，应勤没关机，被她吵醒。"应勤，我在其他城市。邱莹莹一个人在火车站买票，身体出事了，我半夜三更找不到别人，只能找你帮忙。请你去救救她。无论如何，我相信你男子汉大丈夫，即使你看不起小邱，但你不会置她安危于不顾。"

"樊姐你言重了。我还不是那种见死不救的人。"

樊胜美松一口气，心里则是升起一个小小的希望。身边的王柏川也是有点儿想不到应勤竟然答应得爽快。

但樊胜美又有点儿不放心，她见识过不少将胸口拍得砰砰响，但最终什么事儿都不做的男人。她无法放心再睡，过了十分钟，实在忍不住，又打电话给应勤，"小应，不好意思刚才把你从睡眠中吵醒，疲劳驾驶，一定要注意安全哦，要不要我跟你讲讲话解解乏？"

"不用，我要留着注意力开车。我开车不利落。"

听应勤果真出车，樊胜美再松一口气，吩咐应勤找到邱莹莹后来个电话。

应勤本来有点儿怀疑这事儿来得蹊跷，可能是什么苦肉计。但樊胜美第二个电话打消了他的疑虑。

邱莹莹则是打安迪电话，关机睡觉；打曲筱绡电话，没人接，因为曲筱绡还在热热闹闹地夜生活，没听见手机叫响。正当她绝望的时候，一个熟悉的声音在远处一声声地呼唤她的名字，似乎是应勤的声音。但邱莹莹怀疑是幻听，她也没力气抬头分辨是不是幻听，她反而在熟悉的声音里散了精气，再也撑不住了，一屁股坐到地上。应勤喊了半天没人应答，就问有没有个女孩子似乎病倒。问了几遍，终于邱莹莹身边有人喊应勤过来辨认。

应勤终于找到邱莹莹。而邱莹莹早痛得冷汗将脸都濡湿了，看见应勤眼睛只是恍惚着，说不出话，眼泪却决堤似的奔涌出来。应勤瘦弱，见此忙掏出钱请人帮忙一起将邱莹莹扛到车上。他的车上很温暖，他又一坐下就将暖气开足，只是他开不了口，不知怎么问坐在后排的邱莹莹。想了想，才道："我送你去医院。"

在温暖中，邱莹莹的痛感稍微缓解，脑袋似乎也不太空白，她挣扎着大口大口地喘着粗气，道："旁边……饭店……热粥……姜汤……都行。"

应勤得令，连忙冲出车去，跑向最近的一家饭店。没找到热粥姜汤，但他捧来一碗滚烫的牛肉面。为了尽快救人，他跑得飞快，热汤洒出来，烫得他乱跳如猴子。好不容易钻进车里，问题又来了，邱莹莹双手捂住肚子呢，他得喂邱莹莹喝汤。为了救人，应勤豁出去了，大力扶起邱莹莹，将面碗凑到邱莹莹嘴边。

邱莹莹感受到的温暖是双重的。她喝着又烫又辣的牛肉面汤，眼泪也忍不住地滴滴答答全落在面碗里。

应勤将邱莹莹的眼泪都收于眼底，他试图避开不看，但他端着面碗喂食，不看就对不准位置，只能不断闪避着目光，尽量不要与邱莹莹的眼睛对上。直至喂完面汤坐回驾驶位，而邱莹莹躺在后座浓重的阴影里，他可以视而不见，应勤才耸耸差点儿僵硬的肩膀，恢复清明。

邱莹莹喝了热汤，虽然虚汗依然如浆，肚子却慢慢平歇下来，不再闹她。

她依然无力地躺在后座，攒足精神说了句："应勤，谢谢你不计前嫌。"话音不高，良久未得应勤回复，邱莹莹差点儿以为应勤没听见，正想再说一次，前面应勤总算回答了："没什么。"于是邱莹莹都不知接下来说什么，两人沉默了一路。

到了欢乐颂小区，应勤将车停在楼下，往后看看，见邱莹莹依然蜷伏在后座，就说："到家了。你要是起不来，我还是送你去医院吧？"

邱莹莹一想到医院，就联想到巨额医药费开销。她连忙支撑起来，强打精神道："到了？哦，谢谢你。我好多了，不要紧，真的不要紧。"

应勤想既然她说不要紧，那就肯定是不要紧了，他下车打开后车门，让邱莹莹出来。但邱莹莹双脚才落地，身子才挺起来，就双臂吊在车门上，摇摇欲坠。邱莹莹连忙解释："真没什么了，肚子已经不疼，可还是没力气，睡一觉能恢复。"

"我……扶你上去，并不是想占你便宜。你请放心。"应勤小心翼翼地扶起邱莹莹。虽然动作僵硬，可邱莹莹依然觉得他好温柔，她的头正好靠在应勤的肩上，不由得趴在应勤的肩上流泪。应勤更是说什么都不敢动一下，硬是将自己幻想成木柱子。上行的电梯里，唯有邱莹莹轻轻的啜泣声。

打开2202的门，果然空无一人。应勤小心地将邱莹莹扶到床上，便远远地跳走，站在距离床最远的对角线上，背着手问："你还需要什么？"

"帮我倒杯水，冰箱里有一块生姜，最好切切碎，扔到热水里，再放一勺糖。麻烦你。"

"好，我试试看，你等着。"

邱莹莹泪眼看着应勤走出去忙碌，心里顿生无限希望。她忙伸手抓来床头纸箱上搁的镜子，将头脸整理了一下，可怜她连自己看着都觉得现在的自己巨丑无比。她擦干泪水，正对着镜中苍白如鬼的脸色束手无策，门外传来熟悉的尖叫声。是曲筱绡兴尽回家，从敞开的2202大门看到应勤在厨房忙碌，顿时惊呆了，以为见鬼。而应勤一看见曲筱绡，立刻条件反射，想到房间里是孤男寡女，想到如今正是深夜，他跳进黄河也洗不清了。他手上一松，菜刀应声落地。

曲筱绡勇敢地站在门口，但一只手伸进包里，捏住防狼喷雾。"你怎么在这儿？小关出差，樊大姐度蜜月，只有你和小邱？哇噻，你这个色狼，趁机来占小邱便宜？靠，前儿还非处女不要，原来嘴上一套心里一套，伪君子。"

应勤急了，他担心的，正好全让曲筱绡给抢先说了出来。他唯有竭力解释："小邱生病，我从火车站把她接回来，现在给她煮姜汤。不信你问樊姐，是樊姐打电话给我。"

"小邱一定不是生病，是被你这色狼糟蹋了。"

"没有，你诬蔑。"应勤捡起菜刀，心一急就挥着菜刀说话。吓得曲筱绡连忙蹦走了。她好汉不吃眼前亏，刚才完全真的是诬蔑应勤，见应勤真生气，那她赶紧溜。但溜的时候她还是扔下一句话，"半夜三更，你们孤男寡女说不清了，应勤你要为小邱的名声负责。他妈的，怎么今天净碰见奸夫淫妇，我要长针眼了。"曲筱绡等钻进2203，觉得安全了，又探出半张脸，大叫："我拍照了，看你怎么赖。"

应勤哪儿是曲筱绡的对手，等他想分辩，曲筱绡早跑得没影儿了。应勤气得肺部欲裂，极想一走了之，但想到邱莹莹气息奄奄的样子，他怎能不负责任地走开，只好忍气吞声继续剁生姜煮姜汤。

曲筱绡回到屋里就给邱莹莹打电话，"你能啊，这就把人找回来了？恭喜。这下不用恨我了吧。"

邱莹莹刚才虽然没力气大声说话帮应勤辩解，可听得清清楚楚，忙道："我真的不舒服，在火车站排队买票喝了太多凉水，肚子痛得抽筋一样。幸好应勤去火车站救我。他现在是给我煮姜汤。你向他道歉。"

"啊？真病？那书呆子怎么不送你去医院？"

"医院贵，谁看得起啊。你赶紧道歉，算我求你。"

曲筱绡听到这个答案惊呆了。邱莹莹竟然为了看病贵而宁可挨着痛。她发了会儿呆，找出她吃冰激凌吃得肚子疼配来的药，又找出一盒巧克力，给邱莹莹送去。2202的门依然开着，她走到门口，看见应勤，连忙道："我道歉，我刚才误会你了。你放下刀，我给小邱送药来。"

应勤赶紧放下刀，垂首贴料理台肃立。惹谁都不敢惹这大小姐。曲筱绡进来，却见到案板上一堆黄乎乎的东西，"不是说煮姜汤吗？这是什么？"

"生姜，我剁细一点儿，应该药性更容易出来。"

"奇怪，我喝的姜汤，生姜好像是一片一片的。"曲筱绡更是个肉糜，她拿药进去，倒水给邱莹莹，"怎么我一天不管你，你就搞得鬼一样的？生姜汤怎么煮？剁碎还是切片？"

"切片，天哪，别煮了，热水冲一下，加糖就行。"

曲筱绡赶紧传达出去。应勤连忙照做。邱莹莹才终于喝上生姜水。曲筱绡知道没大碍了，伸个懒腰，不怀好意地扔下一句话，"困死了。应勤你看着小邱，要是情况又转坏，打我电话，我们一起送小邱去医院。我睡觉去了，撑不住，真快要死了。"

等曲筱绡一走，应勤正为难于曲筱绡的嘱托，邱莹莹就虚弱地道："谢谢你，你回吧，我差不多开始好转了。"

邱莹莹这么说，应勤怎么都走不开了。"没关系，我经常熬通宵。你睡吧，我看着你。我就在厨房坐着，会半个小时进来看你一次。请放心，我不会乱来。"

应勤无视邱莹莹泪光闪闪的眼睛，离开门口。邱莹莹不知道该说什么。虽然应勤离她这么近，可她反而觉得更加落寞。她怔怔地看着应勤离开后的门框，她真想厚着脸皮告诉应勤，其实她更需要应勤的怀抱。可她怕这么一说更被应勤鄙视，只能默默地脱去羽绒服草草睡觉。

安迪清早没去锻炼，给包奕凡煮土鸡汤为底的阳春面。包奕凡也不是个赖床的，他去阳台将花盆巡视一番，回来失望地道："菜都还没发芽。我都等它们一晚上了。"

安迪噗的一声笑了，哪有这么快。她笑着拿起手机，趁空档给曲筱绡发一条求救短信。"起床请回我个电话，有个人问题需要求助，你应该有独特思路。"她拿给包奕凡看看，才发送出去。"我也不愿离开你。小曲一贯剑走偏锋，我希望她能帮助我。"

"那小坏蛋即使想得出主意，我们两个做得出来吗？何况这种事最好去问结过婚的，家里有个难伺候婆婆的人。"

"你妈，连我这么不传统的人都吃不消，除了找小曲帮忙，我还真想不出别的办法。理智上说，对你一个月的尝试不抱信心。"

两人话音未落，便传来啪啪啪的拍门声，那声音显然是用两只手大力拍出来。"这么快？"安迪惊讶地去开门，却见曲筱绡披头散发，睡衣外面罩大衣，一脸激动地扑进来。

"哇，我说谁大清早的发短信把我吵醒，一看是你求助，天啊，机会太难得了，你居然求助。兴奋，兴奋死了。什么事？啊，包大哥……你转过身去，当没看见我。"曲筱绡一边尖叫，一边跺脚，但低头就发现自己穿得严严实实，便改口道："没关系，让你看，幸好我不保守。安迪，说，说，是不是问我该怎么勾引包人哥？"

曲筱绡一进来就叽叽喳喳兴奋地霸占了所有的话语权，等她终于情绪稳定，也不再发送扰人尖叫，包奕凡才敢接近，送上一杯咖啡，安迪则将她按到沙发上。

"他妈，很强势，喜欢插手我们的事。而我一点儿都不想让她管我。包奕凡阻止不了他妈……"

曲筱绡一听，就开始笑了，好精彩啊，值得牺牲睡眠。听到这儿，就笑得狐狸精一样地问包奕凡："怎么会阻止不了？举例说明。我来对症下药。对付婆婆我没经验，对付爸妈，哼，你们问对人了。"

包奕凡一脸为难地看着安迪，勉为其难地将最近一次妈妈失眠让他心软说了出来，只是回避了具体对话。安迪这才明白原因，换她，即使对方并无血缘，也心有不忍。而曲筱绡听到一半就恨不得阻止包奕凡说下去，完全是看在还有生意需要包奕凡帮忙的分儿上，才没奉送一个哈欠。

"明白了。包总你是让你爸妈欺负大的。爸妈都最不讲理了，他们什么道理都不讲，就要我们服从他们，凭什么？我跟你讲，包总，你要比你妈更不讲理，她对你一哭二闹三上吊，你干脆跳过前两步直接奔上吊。你本来明天后天回家，是吧？我劝你现在就打包回家，回去就闹失恋自杀。一般人只要让你闹一次，就顺服了。强悍一点儿的，闹两次三次，以后你指东她不敢向西。我爸妈就是这样被我收拾的。"

"这种方法……并不是从根本上解决问题，而是强力压制其行为。若是靠闹一次让他妈不敢再提，可他妈依然怀揣心病，又失眠生病地身体萎靡下去，包奕凡总不能见死不救吧。"

曲筱绡冷笑一声，"你们小看爸妈们。他们混那么多年，什么大风大浪没见过，心理都皮实着呢。以前血本被人骗得精光都死不了，现在更死不了。他们只是贪心，企图控制你们。只要他们自己不想闹，谁闹得死他们。你们下决心掐了他们的贪心，大家反而相安无事。我跟我爸妈的规矩已经做下了，安迪你看，我们家正常吧？"

包奕凡本来对曲筱绡的主意颇不以为然，他心中也有安迪一样的疑问，强压下去只能解决表面问题。可一听曲筱绡说父母们经历大风大浪心理皮实，他心头豁然开朗。可不是，他妈连离婚都经历过，他这儿没影儿的小事怎么闹得死妈妈。完全是妈妈自己想折腾自己，要折腾给他看，让他顺服。"狭路相逢勇者胜。"

"就这句话，谁狠，谁老大。包大哥开窍快，但明白道理并不表明你做得到，像我们樊大姐一直想不开。人啊，要不使点儿杀心，黏黏糊糊什么事都干不成。"曲筱绡说完，就利索地将原本盘在大衣下面的光脚伸出来，落到地上的小丸子拖鞋里，"安迪，昨晚我想个坏主意害应勤在2202过夜呢，你说，孤男寡女，一晚上还不天雷勾地火？我给你出了这么好的主意，没别的要求，你陪我一起捉奸去，我怕应勤又跟我抢菜刀。既成事实，我捆也要把两人捆作一堆，哼。"

果然剑走偏锋。包奕凡只会笑。他跟着同样也是嬉笑的安迪出去"捉奸"。曲筱绡却不满地看着他，"包大哥，我其实跟安迪有体己话要说呢，你跟来我还怎么说。"

"我给你们两位女士做保镖。"

曲筱绡一个鬼脸，"安迪，包大哥擅长嬉皮笑脸，我也常拿嬉皮笑脸打诨，你可别上当哦。"她一边说，一边敲响2202的门。她知道包奕凡不会拿这种话当回事。

不料，应声而开的门里面走出来的是衣着严实，拿着一本书的应勤。曲筱绡看着应勤晕了，脱口而出："看一晚上的书？没奸情？"

应勤眨巴眨巴疲倦的眼睛，"君子不欺暗室。从今早三点半开始脸色恢复。你去看看。我走了，这儿移交给你们。"应勤说完，还真是将书搁到料理台上，走出门来。

大伙儿都自觉让开一条道，让应勤通过。等应勤走进电梯，安迪与曲筱绡才面面相觑，无比惊讶。应勤如此洁身自好，他们还真难苛责他的高标准严要求。

见事情变得越来越不好玩，曲筱绡呼啸跑回自己家去了，寒冬腊月的走廊快把她冻死。邱莹莹当然是扔给安迪照料。安迪进去看看，邱莹莹脸色正常得很。她便拿了2202的钥匙回家。包奕凡进门就道："我查查明天的机票，今天说什么都不走。"

"吃了早餐就走。我送你去机场，陪你等机票。"包奕凡无奈，被安迪逼着上路。但等安迪送走包奕凡回家，曲筱绡探头探脑地又摸进来。"安迪，我够朋友吧？我把赵医生扔家里，刚才有些话当着包总的面不方便说。让包总这种人跟他妈一哭二闹三上吊，要有两个条件。你想过没有？"

安迪微笑，"想过。一个条件，你已经暗示过我不要被他的嬉皮笑脸迷惑，是我必须强硬坚持，绝不妥协。另一个条件是，我值不值得他回家对他亲妈施展强硬手段。前者我做得到，后者我没把握，我不知道我们之间有多少黏滞力，才能胜过他妈妈这么多年的爱。"

"咦，全中。但我最不担心的是后者。凭包总上哪儿找比你条件更好的？他是成年人，经历不比我少，他心中早有计较。而且他心里最清楚，他爸妈那儿，他无论怎么折腾，他永远是他爸妈的独生儿子。所以我相信他回家会怎么做。只要你心狠手辣，他什么任务都会完成。你一点儿都不要心软，那边父母不是你亲爸亲妈，你不欠他们。"

安迪闻言有点儿惊愕，但她从来就不是个做梦型的人，被曲筱绡的思路一拐，就明白了原因。所有的事，讲究的就是个平衡。

于是等曲筱绡告辞离开，她就电话打给包奕凡。她从机场回来这一路，正好够包奕凡从海市飞回家。不是面对面，她说话可以理智许多。她并未打算与包奕凡结婚，因她并不适合带着出身的秘密与包奕凡结婚，那对包奕凡不公平。既然不结婚，她就不便让包奕凡牺牲太多，以致与他生母作对，那对包奕凡依然是不公平。对包奕凡如此不公，安迪于心不忍。

Chapter 41

/

第 41 章

　　但包奕凡为女友与母亲的关系提心吊胆了一晚上，睡得不好，上飞机倒头便睡，还是空姐把他叫醒，才起身顺手打开手机，拎行李离开。还在睡眼惺忪呢，安迪的电话就赶着进来，包奕凡一看显示就心头一紧，条件反射地想到安迪是否又要加码。挤迫在他两头的女强人，个个都是意志超强的，而且个个都是手段锐利的，令他有些儿头大。但他还是毫不犹豫地接起电话，赶紧一声"宝贝儿"。

　　这一声"宝贝儿"听在安迪耳朵里又是另一番光景，才刚睡醒的包奕凡哑哑地低低地吐出这三个字，似有一股回肠荡气之闪电沿无数电波发射塔飞奔而来，一举将安迪打个正着，安迪当即心颤了。"你到了？我也到家了。"想说的许多要紧话都塞在嘴边说不出来，反而说了最无聊的。

　　包奕凡忙赔笑自觉地道："到了，全身每一块肌肉都进入战备状态，准备开始实施计划。"

　　"别……我想你还是别假装自杀了……"安迪吃惊地听到自己说出完全口是心非的话，不仅她自己吃惊，她也听到包奕凡那一头传来"呃"的一声，显然包奕凡也吃惊。她在一秒钟之内迅速审视一下自己的内心，发现她说出此话后内心轻松不少，便顺杆子爬了下去，"考虑到你妈妈是精明人，你假装自杀要骗到她，吓到她，你得做得非常逼真才行。我非常担心万一，万一你在过程中伤到自己，即使只是擦破一点儿皮……算了，这个计划结束。我另想办法，我这边想办法。"

　　包奕凡更是目瞪口呆，安迪这么轻易放过了他，只为非常担心他可能在实施过程中擦破点儿皮？他这一辈子有无数的理所当然，他多金，长相好，偏偏功课也好，能力更是出众，他也非常卖命工作让自己与常人眼中的富二代脱钩，他一向是社交圈里理所当然的重心，唯有遇到安迪，安迪是第一个对他不买账的女人。即使追求到手，他心中依然不踏实，安迪说翻脸就翻脸让他走的态度是他的心病。总算，今天可不可以作为两人关系的拐点？安迪愿意为了他，主动放弃原本非常坚持的主张，是不是说明他现在可以对两人之间的关系心中踏实了？于是他非常心甘情愿地道："宝贝儿，你放心，我来，我会约束我妈。"

　　"别假装自杀，真的不行。"安迪心中千言万语，可能说出来的唯有干巴巴的几个字，许多话无法说出口，哪里还讲求什么平衡。

　　"你放心，我这种人即使真自杀——只要没断气——都无法取信于人，不是这个气质。我考虑其他途径，小曲给了我思路。我会时刻记着，这件事，是你的大事，我必须做到。相信我。"

　　包奕凡既这么说，安迪听了忍不住叹息，还能说什么呢。"很难让有些人明白，隐私背后是隐痛，打听隐私是血淋淋地揭人伤疤。唉，拜托你了。唯有这件事，我承受不起。拜托你。"

　　包奕凡好一阵子的无语，他不清楚安迪的隐私背后是多大隐痛，也不敢乱问，但安迪向来不是虚张声势危言耸听的人，她既然已经说到这等地步，说明事态非常严重，严重到仿佛将一条命交到他手上，任由他凭良心处理，只为了一念之差选择与他在一起。而不是走一条更简单的路，离开他，与他一刀两断，更省心省事地维护隐私避免受伤。那一念，便是对他包奕凡的爱。包奕凡才知，原来安迪不仅仅是有点儿爱他，而是很爱。包奕凡心头酸楚，又兼狂喜。"安迪，你不会所托非人。"

　　除了老谭，安迪这辈子还不曾信任过谁，尤其是在有关出身的大事上。但此时她也只能耸耸肩，起码口头表示相信，而且放下电话后还得做点儿事，让自己不去揣测包奕凡下一步的动作。此刻，她一向保持克制的心充满烦躁，因她理智地看到自己愚蠢地选择了一条畏途，却无力自拔，唯有冷静地看着自己走向沦陷。她有生以来第一次骂自己是蠢货，愚不可及，可她的心却固执地继续做蠢货，不肯再打一个电话向包奕凡施压。她发现继续纠结下去她得精神分裂，只能找点儿事情做做，装作鸵鸟埋头于沙堆。

安迪去敲曲筱绡的门，约曲筱绡一起到 2202 探视邱莹莹。不料，出来开门的是赵医生。赵医生当即被安迪捉了差，现成的医生，正好可以看看邱莹莹究竟犯了什么病。曲筱绡也非常同意赵医生出马，她耳边还心酸地回荡着邱莹莹昨晚说看不起医生去不起医院的话。

曲筱绡一马当先，开门进 2202。未到邱莹莹卧室，就听里面邱莹莹虚弱地问："应勤吗？"

"应勤早走了，我看着他走的。安迪，大概是几点？我那时刚睡醒，没看时间。"鉴于邱莹莹很虚弱，曲筱绡没打算取笑邱莹莹，只是大大咧咧地说着实话进去卧室。但她一接触到邱莹莹的眼睛，就发现大事不妙，邱莹莹披衣而坐，对她怒目而视。"你干吗这么看着我？吃人啊？"

邱莹莹一开口说话，眼泪就唰唰地下来了，"你为什么见不得我好，非要大清早地再次把应勤气走？你上次气走他还不够吗，他好不容易才又搭理我，我们的关系很脆弱，你干吗又来插一杠子？"

安迪紧接着探入一颗脑袋，闻言道："小曲今天没气应勤，我可以作证。"

"应勤是正经人，小曲说他有奸情，他怎么受得起，还不得赶紧逃走自证清白？"邱莹莹压抑了两个小时的忐忑换来的是失望，她愤怒得差点儿尖叫。"他跟你不是一样的人，你干什么，你干什么？"

"啊，你当时醒着听见我们说话？"曲筱绡并不当回事，也懒得解释辩白，"我男朋友赵医生也来了。嘿，你进来吧，小邱现在没露点。"

对于曲筱绡的不正经，安迪只能耸耸肩与赵医生对视一笑，退到外边，让道给赵医生。可邱莹莹无法容忍曲筱绡一再以不正经的态度对待她，仿佛她很不正经，而这正是她的心病。她怒吼道："不要你看病，我已经好了。"

赵医生什么样的病人没见过？他无视两个女孩子的吵架，拿出平常看病的架势，微微俯身道："你脸色还不行，不能大意。我是外科，不过你可以跟我说说昨晚发病时候的情况。"

邱莹莹更被激怒，为什么大伙儿都无视她的愤怒，都不拿她的话当回事，仿佛她是个被人看不起的不正经人，因此她无足轻重。她见赵医生俯身下来，似乎有坐到床沿之势，忙道："你别坐，这是我的床，别坐脏了。"

赵医生一愣，曲筱绡却笑嘻嘻地跳过去，一把压住赵医生的肩膀，将赵医生强行压到床沿坐下。"坐，偏坐，他早换过居家服了，我新添置的，好看吧？别废话了，有病看病，早看早好，看完我送早餐给你。"

赵医生的坐下令单人床一震，震得邱莹莹差点儿惊跳起来，一个男人，曲筱绡竟然压一个男人坐上她的床，拿她当什么了，真是彻底当她不正经了，尤其是，如果应勤折回来看见又该怎么想呢。一急之下，她脱口而出："你添置的才更脏，你男女关系混乱，谁敢碰你的东西，别染一身病给我。"

一室皆惊，赵医生赶紧跳起来，离床三尺远，正好与曲筱绡撞一起。连邱莹莹自己也惊了，忍不住道："对不起，我不是这个意思，不是……"

"喵的，你去医院调查赵医生，还说要向他揭发我的破事，我都没跟你计较，你还真来劲了啊。好，算我今天瞎眼，我们走。"曲筱绡拉着赵医生就走。赵医生只够跟安迪说句有事尽管找他，跟着曲筱绡离开。

安迪吃惊，想不到曲邱之间还发生了这么多事，她默默看着曲筱绡离开，才勉强自己回到邱莹莹的卧室。邱莹莹抢着问："我是不是说错什么？可是我真的很生气很生气，小曲凭什么？她凭什么？"

安迪早已认定邱莹莹的思维逻辑充满怪异，她也早已放弃尝试与邱莹莹沟通，在狂骂自己是蠢货的今天，安迪看邱莹莹并不顺眼，只不过她在邱莹莹面前够有定力，能够克制。"我不知道，等小樊回来，让小樊说说。我那儿有鸡汤，你想不想吃鸡汤菜心面条？或者饺子，三明治？别摇头，你总得吃点儿什么才有力气跟我去医院看看。有病不能拖，去医院排除一下才放心。"

邱莹莹继续摇头，"我不是病了，我是……"她被安迪牵走了思路，将昨晚买票排队肚子痛的情形说了出来。

"春运？"

"是的。本来说好跟应勤一起回家，他开车，我跟车。"说到这儿，邱莹莹的眼泪又掉了下来。"可现在我们黄了，我肯定不能再厚着脸皮跟他走。可现在才开始买火车票，只能碰运气，等加班列车票放出来。我原指望周末两天两夜排队总能希望大点儿，或者能轮到我一张票，可我真不争气……呜呜……"

安迪当即想到鸡蛋不能放在一个篮子里等古训，但没说出口，多事的曲筱绡才刚被揭发呢，邱莹莹一向很有主见。安迪自打第一次苦口婆心劝邱莹莹别看成功学被怒拒后，就不再尝试向邱莹莹灌输自己的见解。"不管怎么说，先吃饱再想办法。你刷牙洗脸，我去给你煮鸡汤面，你赶紧过来吃。"

"你跟小曲那么好，你不怪我刚才揭发小曲？"邱莹莹没动弹，犹豫地看着安迪。

"你一说我倒想起来，我得去看看小曲有没有跟赵医生吵架。你们之间似乎有矛盾，谁对谁错我不知道，我不作判断，你也不用关心我的态度。"

邱莹莹迷惑地看着安迪走出去，这话算是什么意思？

安迪没有贸然去敲 2203 的门，她回到自己家里，一边做面条，一边给曲筱绡打电话，幸好，曲筱绡立刻接起手机，让安迪松一口气，起码说明两个人没处于水深火热的吵架状态。"你跟赵医生没事吧？要不要我替你伪造个说明？"

"讨厌啦，真讨厌死了，我不是个善茬，他又不是不知道，可他现在竟然不要脸地跟我吃醋，哪有这种出尔反尔的男人。哎哟，我屋里现在住不来人，满屋子醋味，敢情医生是拿醋消毒，不是拿酒精消毒。安迪你替我证明，我跟你认识以来，我到底领几个男人回家。我开免提，我光明正大。"

"赵启平，刘欢华，就这两个。"

"再想，再想，才两个，其中一个还是他，叫我怎么拿得出手。别他凑足十三香小龙虾，我连五香茶叶蛋都凑不齐。"

安迪听得眼冒金星，这算什么状况？"你……你们在干什么？小邱的气话别太当真。"

"当真的是傻瓜，是弱智，是脑残。"曲筱绡有点儿气急败坏，全然不是平日里笑嘻嘻地眼珠子乱转的游戏态度。但赵医生很快接了腔："小曲正在当真。我才问她一句到底有几个男朋友，她就开始倒打一耙逼我招供跟几个女人有过皮肤接触。这么彪悍的女人，她只会理亏，不会吃亏，你不用替她担心。"

安迪喷笑，赵医生果然浑身酸气，不过不是吃醋惹出来的，而是臭文人的酸，正好可以克敌制胜，惹得肚子里墨水不多的曲筱绡暴跳如雷，无力招架。听着电话里传来的曲筱绡的嗷嗷大叫，安迪只会笑，放心地搁下电话，专心煮面。心情立刻好了许多。心里略略有点儿明白那冤家似的一对怎么会走到一起，而且走得这么热乎。

一会儿邱莹莹苍白着脸摇摇晃晃地进来，安迪正好煮出一碗面条放到邱莹莹面前。"你不用担心，小曲他们没吵架，我刚打电话过去问，他们好像正就你的揭发在打情骂俏。"

邱莹莹大惊，瞪着安迪问："为什么？赵医生怎么可能不在乎？男人即使嘴里不说，心里可在乎着呢。当面不说，转身就翻脸不认人。"

"照你的理论，你刚才当着赵医生的面揭发小曲，你就不怕他们两人因此分手？"安迪实在忍不住侧面打击了一下。邱莹莹噎住，低下头去，"我后来不是道歉了吗。"

"道歉了就好。你给我一下应勤的电话和邮箱地址，我也打算向他道歉。"邱莹莹一愣，一口面塞在嘴里忘了咀嚼，"你干吗向他道歉？"

"我揍错了，既然错了就得道歉。"邱莹莹莫名其妙，顺手拿笔将应勤的手机号码和邮箱写在手背上，交给安迪看。安迪当即趁邱莹莹吃面，飞快拟出一份电邮，发给应勤。邱莹莹继续莫名其妙，捧着碗将内容看下来，不仅继续莫名其妙，更是看得头昏脑涨，有这么道歉的吗。

邮件是这么写的：

1. 有一种人，他们注重贞操，但他们只苛求别人，自己却无所不为。古往今来这种心口不一的伪君子不少，必须鄙视。

2. 另有一种人，他们注重贞操，他们严于律己，也以此条件寻找配偶，他们知行合一。我认为这可以看作是一种信仰。对于信仰，我无意臧否，尊重选择。

3. 我原以为你是1，今早的现象表明你可能是2，如果我猜测得不错，说明我原先对待你的态度有错，我向你道歉。你可以索要合理赔偿。

4. 我的错误在于想当然，因为在当今世上，遇见1的概率极大，而遇见2的概率接近于零。当然，我这么说并非为自己找理由。提出4，并非否定3。

5. 因为4，可以推测你在接触小邱之时也犯了想当然的错误，你凭地域接近凭相处态度断定小邱是严格的2，因此未于接触之初声明你的信仰。导致小邱付出感情，感情受伤严重。既然是你的错误导致小邱感情受伤，你得向小邱道歉。

6. 因为遇见2的概率接近于零，因此小邱与你接触之初，不必声明她的所有背景。你必须认识到，生活中的口头契约不等同于法律文书，无法细究到接近零的概率。在你未声明你是2之前，小邱只可能以普遍态度对待你。相信你也在这一段感情交往中受伤，但小邱不必为她不是2而向你道歉。你指责小邱不是2，甚至隐瞒不是 2 的事实，此行为有逻辑错误。你得继续向小邱道歉。

7. 如果你是严格的 2，你对人对己应有相同的处世态度。请参考 3，严肃思考 5、6。如果你否定 5、6，便等于否定你是 2，你属于 1。那么以上 3、4、5、6 作废。

8. 欢迎你来电声张 3。我不监督与要求你就 5、6 对我表态。

9. 欢迎辩驳与补充。

安迪发出邮件，就写短信提醒应勤接收。邱莹莹才有机会捞回理智，提醒安迪，应勤的手机总是第一时间提醒他有电邮，不用另发短信提示了。安迪赶紧收手，她最头痛在小小的手机上打字。

邱莹莹喝下一口面汤，喃喃地道："明明是我的错，怎么被你一写，反而都是他的错了？"

"这就叫强词夺理啊。"安迪懒得解释她并未整体判断邱应两人感情的对错，她只是解剖过程，指出程序瑕疵，并在此基础上明确彼此需要就瑕疵承担的责任。这种一码归一码的判断，岂是小邱逻辑混乱的脑袋理解得了，但她相信做程序的应勤应该看得懂。而她费力写那么一份邮件，当然事出有因。她此时心情不好，看邱莹莹不顺眼，极其不顺眼，可邱莹莹虚弱得如风摆杨柳，她只能迁怒于思想僵硬的应勤，给应勤设了个带点儿智商的圈套，不怕有点儿智商优越感的应勤不钻进去。

"可是这样不好，应勤是本分人，不应该这么对待他。"

"我没要求他一定要向你道歉，我在第八条里写明了，我只是指出一种事实，而不是责备，至于他怎么做随便他。"安迪将鼠标拉到第 8 条，让邱莹莹自己阅读。邱莹莹看着 5、6，心说你明明责备了，怎么说不是。但她被安迪的 1、2、3、4 威慑住了，发现自己无法拿出同样 1、2、3、4 的理由来反驳，于是底气不足，退缩。但心里选择否定安迪的电邮，樊姐说得那么在理，都能在应勤面前吃瘪，安迪的强词夺理又怎么可能见效。

可偏偏邱莹莹吃完去洗碗，她的手机在口袋里叫响了。她连忙将湿手在衣服上一擦，掏出手机看显示。安迪却瞅着邱莹莹羽绒服上明显的水痕溜了一圈眼珠子。邱莹莹看清显示就大叫："是应勤，难道他真的道歉？安迪，你帮我接，帮帮我，就说我还在昏迷不醒。求求你。"见安迪接了手机，邱莹莹赶紧道："我不需要他道歉，他只要回到我身边就行。"

安迪心说，道歉是一码事，重修旧好又是另一码事，如果应勤承认贞操是他的信仰，他怎么可能轻易改变信仰，因为一个需要道歉的行为回到邱莹莹身边。她打开免提。"我是安迪，小邱还在昏迷不醒，我替她接一下电话。抱歉。你可以选择等会儿再打来。"

"你……你也一样，你可以帮我转达。我看了你的电邮……"应勤干咳了一声，异常尴尬，有点儿说不下去。但安迪既不会像其他人那样指出应勤应该先有礼貌地问问邱莹莹好不好再说其他，也不会心急地搭腔，只是"嗯"了一声，耐心等应勤说下去。

"请……请替我向小邱道歉，就是那第5第6条，而且参照第3条，我请小邱提出赔偿条件。"

"咦，我果然没看错，你是个有信仰的君子。我向你道歉，非常非常对不起，那天吃饭时候对你误解，协助小曲对你大打出手。我希望当面向你道歉，也希望可以奉上一些小小心意，稍稍挽回你的损失。"

"这个算了算了，是我有错在先。你说得没错，身心合一坚持第2条的人凤毛麟角，我没事先声明是我的失误，你不用道歉。"

邱莹莹听得两眼圆睁，什么，安迪连道歉都可以赖掉？怎么可以。安迪只是弹了弹眉毛，第3条只是她欲擒故纵的诱饵，只要应勤的思路被拐入她的逻辑，必然得出她不需要道歉的结论。她只是想不到应勤这么君子，竟然主动提出她不需要道歉，让她开始觉得不该迁怒应勤了。可问题是这恶事儿她还得做下去，除了迁怒去自己心头块垒之外，她还有第二个目的。看着傻邻居邱莹莹为了一张春节回家的票备受折腾，不仅无果，甚至差点儿搭上小命，她总得施以援手。"我真有点儿不好意思了。谢谢你的体谅。不过我还是该为误打好人道歉。你的5、6两条，其实也不是大不了的事，我会尽快将你的道歉转达。只是我考虑到因为你们两个事先沟通不当，已经耽误小邱抢购春节回家的火车票——你知道春运的——我希望你弥补一下，你如果买火车票回，帮小邱也买一张，我会要求小邱自己支付票款。你如果自驾回，请捎上小邱，你们平摊费用。如果是机票，小邱可能支付不起，你也不想给人施舍的感觉吧，最好你别提机票。"

应勤沉默了，安迪的要求合情合理，可他难以实施。邱莹莹则是热切期待回复。安迪心中笃定，应勤这样的傻君子只有一个选择，那就是自驾捎上小邱。买火车票几乎难于登天，机票不能提，那么应勤还能有什么选择。

　　安迪将邮件发出的时候，也CC了关雎尔与曲筱绡。关雎尔正加班呢，一看见这种1、2、3、4的文体就笑了，她想到不久前曲筱绡征集赵医生回眸一笑的答案时，安迪也是如此答复。她一边笑一边看，可越看越晕，看了后面忘前面，短短一篇电邮，翻来覆去看了好几遍才理顺。好不容易才看明白电邮，因此即使思路毫不犹豫地就被电邮里的逻辑牵了进去，还很是扬扬自得于自己破解了达·芬奇密码。她当即发短信问应勤道歉了没有，赔偿了没有，若是没有，鄙视应勤。

　　安迪正好与应勤通话结束，就给了关雎尔一个电话，"应勤道歉了，具体让小邱跟你说，有谁敲我门。"

　　邱莹莹正找不到人说话呢，安迪对她爱理不理的，说是正考虑下一步怎么走，邱莹莹不敢打搅安迪，只好将一肚子话瘪憋着。此时正好拿着电话跟关雎尔大讲特讲，顺便讨论应勤将作何回复。关雎尔不知道，也不敢胡乱猜测，只是叮嘱邱莹莹："你千万不要自作主张，打乱安迪的步骤。"

　　"我根本插手不上啊，应勤在电话里跟安迪说他放下电话就去想办法，务必保证我大年三十之前回到家。离春节放假都不到一星期了，除了他自驾带我走，还有什么办法？关，你说……一路上，我们总得说话吧，我们能恢复关系吗？"

　　关雎尔被邱莹莹一提示，恍然大悟，"原来安迪设计的1、2、3、4，目的是把你和应勤凑一块儿，给个鸳梦重温的机会。原来这样。既然是安迪设计的，那可能性一定大。但你最好跟樊姐打听打听，一路上该带些什么吃的用的，有什么要点必须避免，提前计划周到点儿，避免路上产生摩擦。"

　　得到关雎尔的肯定，邱莹莹更加激动，"关，我一定把握这次机会，一定要……"

　　安迪将手机扔给邱莹莹后去开门，扑面而来一只红唇，在她脸上左右各印一个香吻。安迪顿时全身僵硬，不知所措，而曲筱绡松开手左右欣赏一下，拍手道："这下像我最爱的小丸子了。安迪，赵医生让我用实际行动表达一下对你的崇拜。好了，我可以回去交差了。"

　　安迪如木偶般行动迟缓地往脸上一抹，手背果然有殷红的口红痕迹。一阵晕眩飞速袭来，安迪仿佛看到很多年前那熟悉而不堪的一幕，一个女人疯疯癫癫地撕来红纸往脸上抹胭脂，抹得两腮两坨红晕，透着病态的喜气洋洋。

　　曲筱绡不知就里，她看到安迪脸色大变，冲去客卫洗脸，她开心地乱扭，她终于在安迪面前阴谋得逞了。她这才有时间插嘴邱莹莹的电话。大清早被邱莹莹在赵医生面前摆了一道，她岂能咽下那一口气。"哈，应勤要的是黄花大姑娘，你要个什么要，现在要已经晚了，你早不是黄花大姑娘了。你这样的人还说什么要不要，就像贱女人抱着男人娇滴滴喊'官人我要'……"曲筱绡一边嘴里嘀嘀呱呱地说，一边一手托腮，扭着身子再娇滴滴重复一句"官人我要"，抛着媚眼问邱莹莹："这像谁？像不像上海滩长三堂子出来的红牌阿姑？女人倒贴到这分儿上，更让应勤看不起。"

邱莹莹气得说不上来，抓起抹布就摔了过去。曲筱绡一闪躲开，"就知道你干得出忘恩负义的事儿。你忘了昨晚是谁给你药的？你忘了昨晚是谁设圈套留应勤陪你一夜的？你知不知道我早上去敲你门是关心你？我一晚上才睡几个小时，我起来关心你我容易吗？你要是没好转，应勤一个人又对付不了你，我大清早去敲门正好帮应勤送你去医院。你要是好转了，又跟应勤一夜情了，我扯上安迪去捉奸正好帮你留个人证，让应勤死活赖不掉，谁不知道你这傻妞让人吃光了都不知道留证据讨还公道，我这是帮你，帮你，帮你，知不知道？你发短信威胁要到赵医生面前揭发我，我大人不计小人过，知道你脑子犯浑，算了。可你别总看不到我替你做的好事，只看到我调戏你几句不好听的话好不好？朋友，做人动动脑筋，好不好？整个 22 楼没人害你，我也不害你，不是我良心好，是我懒得跟傻妞计较。应勤不要你完全是因为你不是黄花大闺女，跟别人无关，无关。撒泡尿照照你自己，你要恨只能恨你自己，你恨死了只能打自己耳光，跟别人不相干。跟笨蛋住一起的女人你伤不起啊，有木有，有木有，亲？"

曲筱绡一口气急风暴雨一般地说完，一边调动浑身肌肉准备迎接邱莹莹的攻击，可说半天都不见邱莹莹有动静，她一口真气泄了，狂咳不已。眼看罩门大露，她赶紧扭身逃回 2203 去了。好汉不吃眼前亏。

安迪原本让两坨口红闹得在洗手间里心惊肉跳，可耳边源源不断被灌输曲筱绡的歪理，她怎么都无法集中心神怨叹身世，被动地听曲筱绡滔滔不绝地将邱莹莹骂得闷声不响。等曲筱绡大咳，她才发现脸上已经洗净，她连忙出来打算调停，免得她的家变成战场，可她只够眼看着曲筱绡妖娆的身影一闪湮没在门背后，而她的客厅里是目瞪口呆的邱莹莹。安迪担心自己一张嘴，就被从来就是逻辑很有问题的邱莹莹迁怒，她只好闭嘴，朝曲筱绡遁去的方向看着，装傻。她第一次发现装傻是一件挺吃力的事，她的脑袋无时无刻不在接受外界传递来的信息，她也随时随地对信息做出迅速反应，让她呆着不做反应，那需要极大的定力。

幸好，樊胜美的电话打到邱莹莹的手机上了。老好樊胜美的声音让邱莹莹如沐春风，邱莹莹不知不觉流下委屈的眼泪。

"樊姐，我没事了，嗯，在安迪这儿吃了一碗很好吃的鸡汤面，差不多恢复了。"

"刚才给你打电话，一直占线，一大早电话就热线了？应勤好吗？"

邱莹莹一听到樊姐提起应勤，更是呜呜地哭出声来，"应勤先走了，把我交给安迪。樊姐，我是不是很傻，是不是个恩将仇报的人，为什么什么事儿到了我手里总不成功呢……"

安迪听到这儿，蹑手蹑脚地又躲回客卫了，她开动洗衣机，开始洗衣服。

樊胜美不知 22 楼发生了什么，还以为邱莹莹病后情绪低落，忙安抚道："你性格直爽，没有坏心眼，我们都爱你啊。你怎么会是恩将仇报的人呢，我遇到困难的时候，永远是你坚定地站在我身后支持我，帮助我，你不知我多感激你。小邱，应勤先走不是你的错，他心里有疙瘩，你不能勉强他心里带着疙瘩对你笑。等他想通了，消化了心里的疙瘩，他自然会回到你身边。你别想着这是你的不成功，谈恋爱这种事，哪有一直一帆顺风的。听樊姐的，笑笑，吃饱了晒晒太阳，看本言情小说，不要胡思乱想。"

"没有没有，应勤被安迪一封电邮劝回来了，他向我道歉，说他不应该怪我不是处女，还保证一定送我回家过春节。我正要问你该做些什么准备呢。回家这一路开车要一两天时间，我都不知道该怎么跟应勤说话呢。"

安迪一听邱莹莹又成功地抓不住重心转移话题了，她才从洗手间脱身出来，上网专心做事。对于邱莹莹的大力表扬，她充耳不闻。

樊胜美则是专心听邱莹莹给她读电邮，听到第五条开始，就乱了。她只好耐心将全部听完，小心地道："怎么像小时候编的计算机程序？"

"是啊是啊，所以应勤一看就听进去了，安迪说什么，他答应什么。"樊胜美嘘一口气，原来不是她劝解应勤的水平不好，而是她的锅没配上应勤的盖，所以应勤接收不良，反应不佳。

两人约好，明天周日晚上见面详谈，都挺快乐地挂机了。曲筱绡在 2203 也很快乐，她将大清早受的闷气速战速决了，回头便可一身轻松地与赵医生好好出去玩儿，多爽快。在她的人生字典中，从无忍气吞声这四个字。

只有安迪不快乐，邱莹莹那边的絮叨才结束，她手机显示有包太的电话进来。接还是不接？难道包奕凡这么快就开始做他娘的思想工作，而包太这么快就有了反应？她还是硬着头皮接起来了。

包太如今是加倍的热情，当然更是开口就喊"囡囡"，若不是怕肉麻死了安迪，反而惹安迪反感，她一准在"囡囡"面前加"宝贝"两个字。"囡囡，我到海市了，哈哈，没想到吧？我来看你，顺便办一件小私事。现在是十一点多点儿，我们一起吃个饭吧？我儿子也在你那儿吧，让他听个电话。"

"包奕凡他清早离开，这会儿可能已经飞到家了。"

"啊？你们……怎么了？他要是欺负你，你跟我说，我骂他。这臭小孩……嗯，我跟人抢出租车。"安迪不知怎么编派包奕凡回家的原因，正好见好就收，"您忙，我等您坐上车再给您电话。"

两人心照不宣地结束通话，包太立马一个电话搜儿子去了。安迪也猜到如此，她就不给包奕凡打电话了，转而跟邱莹莹道："小邱，我这儿有点儿事要处理，你回 2202 好不好？"

"好嘞。安迪，今天真的非常非常感谢你，你帮了我太大的忙。回头应勤再打电话过来，我会记得用你的办法应付。"安迪微笑点头，愣是克制住自己不说话，免得问邱莹莹她的应付办法究竟是什么，邱莹莹究竟学到几成。等邱莹莹一走，她又跌回烦躁状态，敢情刚才那些散心的事儿都白干了，只要事情一涉及包太，她怎么都淡定不起来。包太没让她多等，很快，电话又抢在包奕凡面前，钻进她的手机。可这一回，包太一张嘴，"安迪……"便没了下文，电话那头传来克制的呜咽声。安迪吃惊，她千算万算，穿上层层铠甲准备迎接来自包太的挑战，想不到，包太一上场就丢盔弃甲，溃不成军了。安迪一时有点儿应对不过来，发了一下愣，才道："怎么了？"

"安迪，我们娘儿俩好命苦啊。你道我来海市干什么？我老公比我早一班飞机飞海市，有人说他进了女人的门，我要亲自过来看个明白。这种事儿我都没脸跟儿子开口，在儿子面前还得装出他爹妈感情很好的样子，免得他急起来跟他老爹没完，我儿子是最重感情的人。想不到我还是给他闯了祸了，安迪啊，我对不起你了，我只晓得老母鸡一样护着我儿子，想不到伤到你身上了，我好后悔，我该怎么向你道歉才好呢。唉，呜呜呜……"

安迪被包太哭得手足无措，可又不能说她不在意，她要是不在意，就不会一早赶包奕凡离开了。她还在纠结，就听电话那端一声惊呼。"嗳，怎么了？"

"我撞车。"

安迪只能眼睛一闭，吐出一口气，"要紧吗？"

"追尾了，吓人。哎哟，我行李还在后备厢里。"

安迪眼睛朝天翻着，"赶紧报警，我去接您。说个周围显眼的建筑给我吧。"

包太挂着眼泪含笑让完好无损的出租车停到路边一家显眼的宾馆，她拎行李站到路边，给了司机双倍车资。寒冬腊月虽然冷，可她不怕，她终于赚得安迪心甘情愿给她做司机。

即便是包太哭诉来海市捉奸的事无法向儿子开口，安迪却一边披外套，一边打电话向包奕凡如实汇报包太的来龙去脉，请教该如何应对。她才不自作多情地替包太向包奕凡保密，可以向她这么个外人透露的事必然不是秘密，她这么认为。

包奕凡一听，头皮都炸了，他觉得妈妈此行必然有诈，可又无法阻止安迪去接妈妈，万一是真的出车祸呢。而捉他爸爸的奸？包奕凡在安迪面前差点儿无地自容。他只能语无伦次地劝阻安迪千万不要参与捉奸。可包奕凡无法打电话去责问妈妈，因为他正需要上演与安迪分手的大戏，此时不能穿帮。

安迪根据包奕凡的指示，戴上墨镜以回避包太探询心灵窗口。也领了包奕凡的指示，凡是他妈提到包家的事儿，她只以一句"我已经与包奕凡分手"以不变应万变。本来安迪挺头痛包太的大驾光临，一看包奕凡比她更头痛，甚至毫不回避地连连叹息，她便不头痛了，显然，包奕凡很清楚她妈妈是什么样的人，那么包奕凡更应该懂得怎么做。

安迪出发，包奕凡焦躁如热锅上的蚂蚁。安迪仗着包太不认识她的车，先行经包太一次，观察一下包太的动态，给包奕凡打电话汇报他妈看上去并无伤痛，才绕了一圈再转回来，将车停在包太身边。

早在绕行一圈时，安迪已经看清，包太带着一只大行李箱，神情淡漠，心事重重，看样子前面说的话不像是做戏。安迪停下车，便自觉直奔行李，打算替包太拎行李上车。可包太早提前一步孔武有力地拎起大箱子。两个女人一起将手落在行李箱上，包太不禁一笑，"囡囡，我自己来。我们苦出身，不像你出国留学细手细腿没做过苦劳力。"

安迪微笑，与包太一起将箱子扛到车上。箱子倒是不重。等安迪绕到驾驶座，包太就给安迪一张字条，上面写着一处地址，"很晚了，我们去这家饭店吃点儿。好像离这儿不太远。"

安迪一看，是她曾经去吃过的一家店，比较高档。但她再好记性也得再查一下GPS，背下道路之后才能出发。可她才刚上路，包太就石破天惊给她一句实话，"囡囡，我朋友说，我老公领着个二十几岁小姑娘在那家饭店吃饭。不知道我们赶过去还来不来得及。"

安迪不知如何应对，索性不吱声。但包太体贴地道："我晓得你怕尴尬，不用担心，我自己也不会露面撞破他们好事。我只是要看个清楚，不想做别的。都一大把年纪了，想激动也激动不起来。"

安迪耸耸肩，依然不吱声。幸好一路上包太不再纠缠于这个问题，而是开始念叨安迪穿衣服太素。安迪担心了一路，可包太一直不提包奕凡，令她肩头压力不知不觉地消失了，她连一句"我已与包奕凡分手"都不用说。仿佛身边坐的不是包奕凡的娘，而只是一个普通女性长辈，而且这个女性长辈见多识广，言语活泼，善解人意。最棒的是，包太竟能指路。

因此安迪几乎是不费吹灰之力将车开到包太要求餐厅楼下的地下停车场。时间已经很晚，很巧，正好见老包手挽一个年轻女孩走出电梯，寻觅车了。车内小小空间里的空气趋于凝重，安迪只有继续闭嘴。可暗淡光线下，安迪看到包太偷偷低头抹泪。可见即使年纪大了，依然是会激动的。

车内空气一直沉闷到老包驾车离去。老包与那女子拉拉扯扯，嘻嘻哈哈，有点儿为老不尊，因此磨磨蹭蹭了好一会儿才上车，这几分钟，煞是煎熬。那辆车子是奔驰S500，"这辆车子，我认识。"安迪没话找话。那车子是包奕凡第一次见她时用的车子。

"嗯，我们放在海市的车子，我也经常用。"包太擦干眼泪，抬起头，就一脸若无其事的样子。"我们上去吃点儿，折腾一上午，饿死了。"

安迪无语跟上。进了电梯，包太见左右无人，感慨道："囡囡，我真喜欢你这么有教养的女孩子，遇到这种事情，不说话才是最体贴。"

"我不知道该说什么。"

包太深深地看看她，无语。两人一起进了饭店。安迪想不通，包太何以非要到这家刚刚丈夫幽会过其他女人的饭店吃饭。换她，一定是远远地躲开这家饭店，永不再见。甚至她都有些怀疑，她们两个落座的双人位，可能正是刚才老包与小三坐的位置。看看包太泰然入座，掏出小化妆镜稍稍补妆，安迪继续不知所措。

包太专心补妆，但不忘随时插嘴点几样她想吃的菜，正常得令人发指。等服务员走开，包太才停止补妆，感喟道："刚才让你笑话啦。我一会儿说老了激动不起来，一会儿又掉眼泪，真是出尔反尔。我们这一代，做什么都不爽气，以前是因为穷，没钱做什么都不成。现在不穷了，反而更束手束脚。不像你们年轻人，自己经济独立，不喜欢就直接说，唉，我真羡慕你们。"

安迪心说这与时代不相干，当年魏国强说离开就离开，才没把与她妈妈的感情当回事。而包太后面一句似乎说的是她和包奕凡。安迪只能笑笑，"我们刚才点的菜全是荤的。"

"哈哈，是吗？真开心你也喜欢吃荤的，我最讨厌小姑娘吃得跟鸟一样多，一说吃荤的，跟杀她们头一样。囡囡，我现在在想他们吃完……"包太说到这儿停住，唰唰抽出两张面纸，紧紧捂到眼睛上，不说话了。安迪真想向包奕凡求救，可面对人精似的包太，她不敢轻举妄动，只能闷声不响作陪。

等第一道菜上桌，包太才挪开面纸，眼圈红红地道："老鬼以前跟我闹过一场离婚，我死活不离。别人只道我放不下家财，实际上呢，他们说得全对。可不是我放不下，而是我替儿子放不下。我要是答应离婚，即使儿子判给老鬼，等新人一进门，生下一男半女，老鬼立马忘记大儿子。历史上废嫡子立贵妃儿子的事儿还少吗？我不能图自己清静，让儿子吃亏。只要我霸定位置，我儿子就不会吃亏。其实这几年我早已把婚姻这种事看淡了，可亲眼目睹，还是伤心，还是伤心。"说到这儿，两张面纸又回到脸上。

安迪心说，难怪包太在儿子的事上操心那么多，而且几乎是死缠烂打。她不便评论人家家事，只挑了个最安全无害的点肯定一下，"嗯，母爱啊。"

"没错。"包太这回果断移开面纸，往桌上一拍，力拔山兮气盖世，"古人老话，宁要讨饭娘，不要做官爹。做娘的即使讨饭，也会先让儿子吃饱。当爹的……嘿嘿，精虫上脑，什么事都干得出来。儿子算什么，妨碍做爹的迎新人回家，做爹的会亲自一脚踢开儿子。我不怕离婚，我最怕的是儿子拿不到该拿的。我不计前嫌照顾老鬼开刀，几天几夜不睡觉，我告诉自己，我为的是儿子。老鬼总算被我感动，总算不在我眼皮子底下找外遇，可我为啥这么犯贱，非要赶到海市来看个清楚呢。"包太一边说话，一边再次将面纸捂到脸上，而且流泪不妨碍她将话说痛快。

安迪心底深处一直有一个疑问，她妈妈是疯子，又是个要饭的，她究竟是怎么活到三岁的。为什么没饿死，没冻死，没病死，没被车来车往撞死，也没被人拐卖，至今看看，身上也找不到小时候留下的伤疤。除大难不死之外，还有什么其他解释？包太"宁要讨饭娘，不要做官爹"一言既出，安迪惊呆了。记忆中所有残存的片段清晰掠过脑海，安迪懊悔地发现，原来她记取了太多疯癫的片段，却将那些叫作"母爱"的互动漠视了。稀缺的有关母爱的记忆中，似乎都是妈妈喂她吃东西，好吃的都给她吃，而那个时候妈妈的脸是正常的，妈妈的笑容也是正常的，妈妈的眼里只有她，看不上野男人。还有，她记得一床破被子，她和妈妈经常钻在破被子里晒太阳捉虱子，非常温暖。原来她也享受过母爱，因为这天性，她得以存活下来。原来疯妈妈依然是好妈妈。

包太收敛住了激动，挪开面纸，却发现对面的安迪愣愣地看着她，脸上两行眼泪如泉涌一般。包太以为安迪为她难过，感动地将手中面纸盒挪到安迪面前，拍拍安迪的手，让她擦拭眼泪。这一刻，安迪看包太越看越顺眼，包太以为安迪替她难过得落泪，心一软，也看安迪越看越顺眼，两人执手相对泪眼，竟无语凝噎了好一阵子。吃完出门，两人并排肩并肩走到了一起。

包太住在包奕凡常住的酒店，安迪这回心甘情愿地护送到酒店，看着包太登记入住，一直送入客房。此刻本应告辞，可她竟有点儿流连，略微不适地问包太接下来有什么安排，需不需要接送。包太激动了，脑子转开了。儿子正因分手闹得跟她吵，看起来她有希望帮儿子抓回女朋友。她当即借口去洗手间洗漱，赶紧给儿子发短信告知最新情况，问儿子有什么要求。包奕凡有点儿不信，赶紧先短信问安迪究竟发生了什么。得到安迪的肯定答复，包奕凡惊呆了。两个针尖对麦芒，全都性格非常强硬的女人，怎么走到一起了？

无论包奕凡怎么惊呆，两个女人走到一起了，而且出门逛街去了。可包太嘴上说老公的事儿不影响她什么，一路上却三句里面倒是有两句是愤怒地提到那不要脸的小妖精，她最爱的是安迪不多嘴，点头听她说，还陪她流泪。这种事儿，好强的包太不敢多跟儿子说，也死要面子不愿在亲友面前说，她宁可天天戴着电灯泡似的钻戒装糊涂。即使有一两个死党，她实在忍耐不住的时候说上几句，对方只要一口头表示同情，她就受不了：她一悍妇，怕过谁来，她自得其乐着呢。于是，她今天话特多。

只是，眼下，安迪与包奕凡的关系被设定为吵架分手状态。因此包奕凡非常烦恼，必须鬼鬼祟祟地给两个亲爱的女人发短信，才能避免穿帮。而这两个女人又精明异常，他为此绞尽脑汁，大打时间差。包太自以为高明，得知安迪的衣服大多来自阿玛尼，便竭力要求去阿玛尼逛逛，进去就大手笔地给安迪买衣服。等安迪进去试穿，她就赶紧给儿子发短信打电话地传达最新消息。一看安迪出来，她立马放下手机，或者嗯嗯啊啊找个借口说是别的人。安迪看出蹊跷，当作不知，任包太继续努力穿梭作业。

包太忙碌得很辛苦，两个小的也忍得很辛苦。

但包太忙碌不忘正事。她不断发指令给属于她辖下的财务总监，究竟问题出在哪儿，让她老公手头有闲钱包养年轻美女。尤其是购物结束，她又拿出纸条让安迪去纸条上的地址拐一趟，在一处五星级酒店附属的豪华酒店式公寓门前，她意识到老公从公司挪用的钱必定不少。漏洞究竟在哪儿？是她审计出现疏漏，还是财务与老公勾结到了一起？都有可能，都非常严重。包太甚至不回避安迪在场，不断严厉对赶到公司加班的财务总监提出疑问，更让她亲信的小会计现场监督总监有无与老包通气。

空闲下来，包太不忘传授一招秘诀，"管住男人的钱包，男人就出不了幺蛾子。与其自己气死气疯，不如让男人急死急疯。做女人得想明白。"

联想到妈妈的遭遇，安迪非常实心实意地认为全对。

她们将车停在酒店公寓的地下停车场，包太在车上指挥若定不到半个小时，只见老包急匆匆出现，而且是一个人，跳上车子就飞速离开。包太坐车上冷笑，"他一准儿去我住的酒店开房，然后假惺惺拿房间座机给我来个电话报平安。安迪啊，今天你受累了一天，等下你送我去路口上出租，我自己回酒店，不能连累你。看我回去怎么收拾他。"

"我送你去酒店对面的马路，你走过去，省得大冷天打出租。"

"唉，你真是好孩子。其实我儿子像我，对人好，就一根筋好到底。哪天你要是做了我儿媳妇，我不知会多欢喜，晚上睡觉做梦都会笑出来。你还是送我到路口就回去吧，他爸也是老狐狸，保不准酒店接待跟他说了我也住在那酒店，他会在门口埋伏，看我哪个朋友在帮我办事。"

安迪忍笑，包奕凡换了那么多女朋友，早已证明不是一根筋的。而包太与丈夫的对决，那真是强强对决啊。她真想化作隐形，跟去看两人如何狭路相逢。将包太送走，安迪跟包奕凡说，他爸妈两个有麻烦了。

包奕凡这一天，真是抓破头皮，却事事都鞭长莫及。可等安迪问要不要帮忙，包奕凡却严肃地道："你继续扮演我前女友，千万不能表现出对我心软的样子。我妈，不容易对付。"

安迪惊出一身冷汗，对了，她光顾着看乐子，光顾着在专卖店抢着结账，不让包太为她花钱，却忘了，包太手段如此了得，既然能用得到丈夫身上，自然也用得到她身上。只是，在心底深处，她却再也强硬不起来。包太将自己比喻作讨饭娘，一语击中安迪的软肋。

第 42 章

　　曲筱绡小时候不学好，读书读得三心二意，毕业后更是将数理化丢回给老师。如今她跟着赵医生补课，主要还是补英语和语文。赵医生找了许多中英文填字游戏让曲筱绡玩，曲筱绡做得求死的心都有。可钞票是她的第一生产力，帅哥是她的第一原动力，左手钞票的诱惑，右手帅哥的诱惑，逼使曲筱绡埋头背单词，做阅读题，跟赵医生用英语对话。一个周末过得严肃活泼，端庄风流。

　　可即便曲筱绡如此努力，依然忘了物理上有云，有多大作用力，便有多大反作用力。被她坏了好事的同父异母大哥岂能善罢甘休。她大哥在海市的交际面不如她，可笨鸟只要多飞，总能找到出路。曲大哥采取亲自盯梢的措施，用一个周末的时间，摸清楚小妹倒贴了一个男人，与男人接连鬼混了两天，同进同出。

　　樊胜美与王柏川兴尽晚归。王柏川依依不舍，在欢乐颂门口下车后拉着樊胜美不肯放，可寒冬腊月冷得很，两个三十岁的人不可能学邱莹莹他们愿意兜着手在院子里喝西北风。王柏川提出附近吃个夜宵再走。樊胜美下巴一扬，骄傲地道："我晚上从来不吃东西，何况半夜。你也早点儿回吧，明天上班，春节长假前那么多事需要费力处理呢。而且，这是你作为老板面对的第一个春节长假，处理的分寸可能成为以后每年的规矩呢。我可不能扯你后腿哦。"

"你早点儿做老板娘，分寸还不都你定？去吃点儿吧，我们再说一个小时的话，只要一个小时。"

"一分钟也不行。"在王柏川面前，樊胜美可以随心所欲，她仿佛懂得王柏川的七寸，王柏川在她面前没有脾气。她一边说，一边骄傲地如天鹅般转身，往小区里面走。

王柏川被樊胜美拖着走，非常不情愿，只好半走半停，两个人嘻嘻哈哈拉拉扯扯地往里走。可有三个男人从后面夹带着冷肃之气超越了他们。那三个男人衣光颈靓，一个中老年，两个小年轻，越过樊胜美与王柏川之后，竟然与他们同路。

樊胜美不由得跟王柏川道："看上去像是香港电影里的黑社会。"

"别是讨债公司的，哈。明天你从顶楼走到一楼瞧瞧，谁家门口刷红漆了。"

两人正调笑着，后面又有一人匆匆越过他们。但这位越过他们的回头看一眼，惊道："樊姐王总？"

樊胜美一看，便直起了腰，不再半挂在王柏川身上。"哟，小关，这么晚才回来？周末两天都出差了？"

"是啊，悲剧。你们慢走，我先回去抢浴室。"上回两人吵嘴之后，见面一直有点儿尴尬。不是樊胜美尴尬，樊胜美待人接物老练得很。而是关雎尔，关雎尔总觉得脸上挂不住。她找个借口就快走一步了。虽然知道这也快不了多少，弄不好两人还得在一起乘电梯，面对面大眼瞪小眼。

可关雎尔快走，却赶上了前面三个黑色大衣男子。她迟疑地跟着走，想不到一跟竟然跟着刷卡进大楼。好在她隐约认识其中年长男子是曲筱绡的父亲，才收起恐惧。但她不敢黑夜里独自与三个男的一起进电梯，宁可等待下一轮。顺便，她发一条短信给曲筱绡，告知她爸爸来访，准备接驾。

曲筱绡看见短信想不信，却知关雎尔不爱寻开心。她才说出一句："我爸来干什么？我妈怎么没跟我说。"门被大力敲响。若不是赵医生在场，曲筱绡早尖叫一声，抽高尔夫球棒大力抽门反震死门外的任何人。谁敢大半夜的如此惊吓她，她绝对以牙还牙。她相信门外肯定不是她爸，她爸对她从来和风细雨。她从门洞往外一看，果然，爸爸正训斥她的异母大哥。

赵医生则依然大刺刺地捧着书坐沙发上，只抬眼看向门边，脸上挂着讥笑。

"真是令尊？火力倒是都有曲家风范。"

　　曲筱绡白赵医生一眼，猛打开门，叉腰堵在门口："干吗？"她硬是将"你们也想捉我的奸吗"吞进肚子里，免得在赵医生面前失分。她是狐狸精，可不是金毛狮王。可赵医生看她威风凛凛地叉小细腰堵门，还是扑哧一声笑了。

　　外面曲父还未发作，曲二哥大叫起来："在里面，野男人在里面。就那儿，爸你看。"

　　曲筱绡一听，脸都绿了，"什么？凭你也敢来我这儿捉奸？你妈的你们活腻了。"她盛怒之下，不顾风度，抽出高尔夫球棒，一脚踢开门，劈头盖脸抽过去，都不怕抽到她爸爸，但当然稍稍偏离准头。她要是个能顾忌的，她爸早不怕她了。一招力劈华山，先抽肿曲大哥的脑袋，再一招横扫千军，抽歪曲二哥的脖子，等两位哥哥痛醒反扑，曲父已经挡在中间，将曲筱绡挡在门里面。而赵医生一看动真格的，忙跑过来，护住曲筱绡，但缴了曲筱绡手中凶器。

　　曲父大喝一声："都干什么，住手。谁动我抽死谁。"曲父一回头，深深看赵医生一眼，才道："你手中棍子给我。"

　　赵医生将手里球棍递出，但曲筱绡立马动手又抽出一条握在手里。见她爸拿眼睛瞪她，她强词夺理地道："外面两个孙子，里面只有我一个男朋友，我不拿条武器，难道还指望你？你敢领俩孙子上门，我还敢指望你？"

　　赵医生听得脑子很混乱，智商跟不上曲筱绡的胡言乱语。这对话里又是爸爸又是孙子的，还有他这个野男人，究竟一帮人辈分是怎么排的。此时曲父回头对曲筱绡道："你让开，坐那边沙发上。"

　　曲父眼神很凶，曲筱绡知道这样子的爸爸不能惹，她一拉赵医生，悄悄持棍退到爸爸指定的沙发上坐下，顺便告诉赵医生来者何人，所为何事。赵医生只觉得哭笑不得，怎么都想不到，竟然在这种情况下与曲父见面。

　　而曲父则是用球棍如驯兽师似的驱两个儿子坐到远远的沙发上。然后曲父持棍站中间巡视一圈，以他而今盛怒之下能挤出的最大尺度的和蔼问赵医生："你就是筱绡提起的医生？"

　　赵医生站起来："是，我姓赵。您好。"

　　赵医生显然是曲父见过的最有人样的曲筱绡男朋友，他非常满意，更加和蔼地问："你们这么晚还没休息，做什么？"

　　"我看本专业书，小曲在做英语阅读练习。"

赵医生回答的时候，曲二哥大叫一声："他穿着睡衣，还能干什么好事。"曲父闻言立即挥棍子喝止。

听赵医生说完，曲父到赵医生原先坐的位置，拿起沙发上的书，一看全是英文和看不懂的示例图。再看旁边一本书，也是看不懂的英文，但有看得懂的插图。他便将棍子夹在胳膊下，拿起两本书猛力推到两个儿子面前。"看见没有？知道我为什么答应你们来筱绡家吗？你们以为你们妹妹跟你们一样荒唐？你们以为我会跟你们做荒唐事？看看，他们看的书，你们哪一个看得懂？让你们向筱绡学，你们不服气，今天让你们看清楚，让你们突袭来看，筱绡在干什么，你们平时又在干什么。筱绡一手撑起公司，已经盈利，你们还在吃干饭问我拿钱。你们以为都是我偏心帮筱绡，看看这本书，嗯？读！你们以为是个人都能做生意？筱绡跟老外的谈判，啃的 GI 说明书，以前我也给过你们机会，你们都扔开不会做不要学。再看看这本书，你们下辈子都赶不上小赵医生……"

曲筱绡最先听得直眨巴眼，什么，爸爸这算是什么意思，而且，爸爸真有本事掐准她和赵医生在一起是看书？显然不是，以她一贯品行，爸爸绝对打破脑袋都想不到她会赖不过赵医生，乖乖在应该最美最疯狂的晚上看书。显然是爸爸圆滑，见机行事，趁机教育两个儿子。也显然，爸爸也不是好东西，原先打上门来的动机绝对不对劲。但她此时狠狠配合爸爸，娇滴滴地唱歌给爸爸配音："爸爸，爸爸，好爸爸，乖爸爸，你是我的臭爸爸……"

赵医生忍笑忍得非常辛苦，以致面目扭曲。曲父的脸上也纠结得很，真想回头喝止女儿，可又知道理亏，只能隐忍。最遭罪的是曲筱绡的两个哥哥，又是被爸爸骂，又是被曲筱绡调戏，闷气得几乎七窍喷血。曲父无奈，只能怒喝一声："滚！不学好的东西。"

曲筱绡等两个哥哥一走，就伸手向爸爸："交出门禁卡。我相信你们，才交一张卡给你们，你们辜负我的信任，门禁卡没收。"

曲父干咳一声："爸爸刚才不是已经说了吗……"

曲筱绡忽然发现她不能反驳爸爸，因为有赵医生在，她不能给赵医生她本应该在家淫荡的感觉。"算你有理。拿来。要不然我告妈妈去。"

曲父见女儿忌惮着赵医生，大喜，赶紧伸手握住赵医生，如抓住救命稻草。

"我是筱绡爸，刚才让你见笑了。"但是曲父又忍不住瞅瞅赵医生身上穿的居家服，心里泛酸，可今晚这种情况，他什么都不敢说。

　　曲筱绡白眼看她爸对赵医生矫揉造作，赶紧披上一件大衣，道："不缴你的门卡，我送你出去。"

　　连赵医生都看出曲筱绡不怀好意，"不早，我也该走了。需不需要我送伯父一程？"

　　曲父赶紧答应，但曲筱绡尖叫："你们！只能走一个！"但见赵医生进去换衣服，她只能对爸爸怒目而视。"高兴了吧？有你这么对女儿的吗？让赵医生怎么看你？"

　　曲父连忙道："你真的星期天晚上在看书？"

　　曲筱绡竟然脸上一红，说什么都不肯承认。"才不。我要告妈妈去，今晚你存心要我好看。"

　　"我知道你跟赵医生在一起，人家是医生，你们坏不到哪儿去，才敢放心领你两个哥哥来，谁让你先对他们使坏，我总得一碗水端平。你果然很好，不负爸爸对你的期盼。这下我明天可以名正言顺处理这俩坏小子。让他们吃点亏才会长进。"

　　"哼，看明天怎么处理，要是不让我满意，我还是捅到妈妈那儿。"

　　"筱绡，你大度点儿，爸爸已经不知多偏心你，你即使装也要装出点儿大度，让爸爸两边容易做人。明天没收他们两个的车子，每人每月只领一万死工资。满意了吧？"

　　"有效期？"曲筱绡本来还想说，一瞥见赵医生出来，立刻收声。但她爸还是轻轻给了她"一年"两个字。曲筱绡表示满意。只是，无奈目送赵医生回家了。

　　曲父却是看着穿戴整齐的赵医生，越看越满意。他甚至怀疑，女儿如今走正道，全拜赵医生所赐。于是，曲父走进电梯，一脱离曲筱绡的势力范围，立刻提出夜宵的邀请。他想好好认识认识这个赵医生。

　　但赵医生不傻，他做出一脸惊恐，道："谢谢伯父。不过不向小曲预先递交申请，会被小曲抽筋剥皮。"

　　曲父只能放弃。这个理由非常成立。他只能爱惜地一遍一遍看赵医生，看得赵医生毛骨悚然。而且在赵医生送曲父回家的路上，他被不对等地问了许多问题，几乎从出娘胎问到眼下。幸好，赵医生的历史清白过硬，曲父满意得无以复加，恨不得连夜绑女儿与赵医生领证成亲。如此优质青年，哪儿找去。

　　曲筱绡送走爸爸和赵医生，转身拐入2202，找到拿一叠衣服准备洗澡的关雎尔，大力一个拥抱。"够姐们儿。"

　　"那时你正做坏事？"关雎尔与樊胜美上来时候，正好见2203门口大打出手，曲筱绡勇不可当。关雎尔倒也罢了，樊胜美惊呆了，曲筱绡竟然真敢下手，原来以前跟她们几个吵架闹事还算是文戏。她感觉站走廊看戏一准得罪曲筱绡，赶紧拉关雎尔进门，但她们敞着门听了个饱。

　　"我什么时候做过好事，切。关关小宝贝，我欠你一个大人情。你随时可以讨还，不设有效期。"

　　"举手之劳，什么人情的。我洗澡……"

　　"我观摩！哈哈。干吗这么瞧着我？"

　　"刚才你们不是在吵架吗？你没激动？"

　　"这种吵架算什么，没让你看见我从小真刀真枪打群架呢。好奇了吧？哪天请我喝酒，我告诉你。"

　　关雎尔愣愣盯住曲筱绡看三秒钟，忽然一个箭步窜入浴室，躲门里面大声喊："你这狐狸精。"

　　曲筱绡哈哈大笑，藐视樊胜美与邱莹莹的卧室门一眼，千娇百媚地扭回自己的家。可虽然她一脸满不在乎，心里着实担心赵医生与爸爸说些什么。时机未到，她还没灌输更多蜜糖迷死赵医生，就被爸爸撞见了赵医生，究竟是祸是福？她当然不担心爸爸的态度，她就怕赵医生看爸爸不顺眼，尤其是上演了今晚这种荒唐捉奸大戏。

　　因此回到家后，就隔几分钟给赵医生打个电话，赵医生正开车与应付曲父，看是她的，就掐了。直到送走曲父，赵医生才接通曲筱绡电话，但未语先笑，他快憋死了。

　　听赵医生在笑，曲筱绡心中大石落地。"你笑什么，你笑什么？"

　　"爸爸，爸爸，好爸爸，乖爸爸，你是我的臭爸爸……哈哈哈……你想气死人啊，太邪恶了。"

　　"嘻嘻，我又没骂人，不算邪恶。爸爸问你些什么？"

　　"你爸爸考古了我一下……哈哈，我跟你说话就想笑，不安全，很快就到你那儿。别睡着了。"

　　"你也邪恶，刚刚还跟我爸撒谎说你回家了，哼。"曲筱绡放心地在屋里乱蹦，她爱死赵医生了。当初，一听他声音就知道跟他是一路，果真。

曲筱绡一放心，便有力气做别的，她在屋里等不住，又跑去2202。可惜此时2202已关门。曲筱绡才不管里面等待她的可能是白眼，举手敲门。正好关雎尔洗澡，樊胜美卸妆，只有邱莹莹有空来开门。邱莹莹看清是曲筱绡，就道："反正你也不是找我，不给你开门。"樊胜美在里面听得扑哧一笑。

曲筱绡也在外面笑："我就找你，找你打架，你怕了？"

"谁怕你？"邱莹莹刚要激动，里面樊胜美轻声提醒"别上当"，邱莹莹连忙将放门上的手撤回。"君子不与小人斗。不理你最凶。"曲筱绡又哈哈大笑，"好吧，你最凶，你是灰太狼，整个22楼就你最流氓。你是个不折不扣的女流氓，女无赖。女光棍。"

"你才女流氓女无赖，男人随便往家里领，连你爸爸都上门捉奸，你是女人中的败类。"邱莹莹虽然说自己最凶，可被曲筱绡顺杆子说成女流氓女无赖，她挂不住跳起来了。

"我再败类，也比被男人用过当垃圾扔掉的强，更比男人用都不要用的强。"

"都闭嘴！"2202里面淑女也疯狂，关雎尔的尖叫声飘出洗手间，直插曲筱绡耳朵。于是曲筱绡也运足中气，站走廊上大声尖叫："关关小宝贝，我找你找你你……"过不久，关雎尔头发湿漉漉地蹿出来，出来就将门合上，将曲筱绡与邱莹莹隔绝，"什么事，你上门准闹乱子。"

"要紧事，正经事。我想起来，你上回说找学跳舞的地儿，找到没有。我也要跟着去。"

"找到了。这几天事儿多，明天稍微有空，打算过去与私教会一下面，跟一节课试试。"

"我明天跟你去，你管体验，我管谈价。你我安迪三个一起买卡，怎么都得跟他们议议价。"

"啧啧，细脚伶仃的圆规说过，越富越吝啬。"

"不吝啬富不起来，不爱钱的没财运。关关小宝贝，再让我深情地看你一眼。"曲筱绡一边说，一边出手捏着关雎尔肩膀贼笑地端详，等关雎尔麻晕后苏醒，拍翻她的手，她才大笑逃回自己的屋里去了。

关雎尔追骂一句"女流氓"，从最隐秘的口袋掏出钥匙，开门进去。但站在樊胜美小黑屋门口的邱莹莹看见关雎尔进门，就扭开脸去，装没看见。关雎尔明白邱莹莹生气她没站稳立场，与曲筱绡说说笑笑。关雎尔已经走过了两步，本想当作没看见，不在邱莹莹气头上与之说理，但又走出几步后，退了回来。"邱，有句话说，敌人的朋友不一定是敌人，敌人的敌人不一定是朋友。你要是把我跟曲筱绡绑一起，我今晚会伤心得睡不着觉了。"

"可是你当着我的面跟她友好交谈，就是助长她的得意扬扬。"

"我不是一开口先说她闹乱子，最后骂一句女流氓吗？当中才是谈正经事。你也不看看我平时怎么待你，你冤枉我了。"

邱莹莹默然，不禁想到昨天曲筱绡大骂她恩将仇报，"我好像真的是恩将仇报的人耶。"

"唔？"关雎尔不解，拿眼光向樊胜美求救。樊胜美才道："昨天小曲骂了小邱一通，将责任推得干干净净。这事与你无关，你不知昨天闹了这一出，今天小邱心里很有气。"

"哦，对不起。我关黑屋自省去，晚安，姐姐们。"关雎尔心里没趣，道歉走人，不再辩白。

邱莹莹看着关雎尔离去，喃喃自语："我这几天很反常，一定很反常，狗都嫌。樊姐，问题出在哪儿？"

"唉，你是真性情，直肠子，掩不住喜怒哀乐。最近你遇到感情问题心情不好，坏脾气都发到朋友头上。可朋友们不是树洞啊，再好脾气，听多了也会不耐烦。像小关这样的真朋友呢，会跟你当面指出，还有别的真朋友呢，一声不吭忍了，继续帮你。换作脾气差的，就一边帮一边骂了。可其实我看着大部分都是为你好。你先别急着表态，等心情平静下来，才慢慢找时间反省。人遇到穷途末路了，走极端总有的，所以朋友间要多体谅，别等关系破裂了才事后弥补，很难的。"

不仅是邱莹莹听了连连点头，连关雎尔也竖起耳朵，一字不落地将樊胜美说的全部听完，忍不住重重点头认可。即便是樊胜美自己，说完也忍不住叹一声气。有些话说时容易做时难，人得修炼到什么程度，才能将情绪操控自如呢。

而曲筱绡回到屋里，立刻热切地打手机找人。"喂，找到女朋友了没？……真没？OK，姐这儿有一个，完全符合你的要求，淑女，工作好，人勤快，教养也好，会拉小提琴，还很有主见，姐刚刚还替你深情地看她一眼，长相虽然没我好看，可绝对耐看。……好像二十四五吧……什么？我的朋友……放屁，我朋友蛇鼠一窝，比如你就是，她是我邻居。……对，不许嚣张，文气一点儿，人家看人只看内涵，我看看你好像是我蛇鼠朋友里面稍微端得上台面的……明天后天都傍晚开始留出时间，我到了给你地址。……有个重要警告，只许认真，不许玩弄。要是被我知道你有玩弄人的想法，当场做死敌。"

2月4日，立春。这个带着"春"字的节气，清早出门锻炼需要极大勇气，几乎是一出家门便灌入一嘴冷气。

安迪戴着绒线帽和手套坚持出门锻炼，才刚走出大楼，就有人迎面而来，"安总，生日快乐，我是小包总的司机。"

安迪一愣，对，今天是她护照上的生日。"哦，谢谢你。大清早，这儿等人？要不要我替你上去找？"

司机未语先笑，"我奉包总命令送生日礼物来，怕在这儿等太久弄坏礼物，把礼物放在车里。安总请等我一下，我立刻去取来。"

"我跟你一起去。"安迪跟着司机前去，见到那辆包家放在海市的奔驰S500，忍不住想笑，这车上的故事可太多了。包太与老公在宾馆会合后，两人第二天就是乘着这辆车一起奔机场回家。

司机从车里取出东西，很奇怪的，竟然是一只大大的保温袋，而不是精巧的首饰盒子。"保温袋里是今早请在海市的我们老乡大厨刚做出来的蟹粉小笼和我们那儿特有的米糕，小包总说是您喜欢的口味。"

"哟。"安迪接了东西，心里好一阵子温暖。包奕凡记得她的生日是一回事，这么有心为她过生日又是一回事。她笑着将保温袋很没样子地抱在怀里，谢了司机往家走。她倒是想给司机小费的，可出门锻炼什么都没带，只好口头表示来日请吃饭。进门第一件事，当然是打开保温袋，取出依然热烘烘的美食，叼嘴里给包奕凡打电话。这个钟点，包奕凡也起床了。

包奕凡接起电话，就精力十足地道："嗨，生日快乐。"

"真惊喜。我想都想不到，而且没拿这个日子当生日，你昨天也不提一句。我吃小笼包呢，真好吃。"

"长假前事情相当多，我真的走不开，非常非常抱歉，等春节我们去欧洲补过生日。现在用工越来越难，人工往内地流失也越来越多，我得安排好员工长假前能由公司统一安排车辆回家，长假后统一由公司接回来，还得开大会小会，鼓动员工爱公司，对公司专一，呵呵。"

"没关系，我……"

"哈哈，你在加油吃？你喜欢就好。尽管吃，你只要留出耳朵听我说话。我妈回家后一改原样，追着我说你的好，对我发毒誓保证绝不再对你我的事乱伸闲不住的手，保证再不找人打听你的隐私，保证……"

安迪一边吃，一边听，又是开心又是欣慰。直听了包太有点儿夸张的十来个保证之后，她才鼓起勇气道："其实，今天真不是我生日，我生日应该在六月的不知哪天。今天是我生母祭日，生活对她而言非常艰难，她对我不离不弃，一个人养我到三岁。即使去世那天，她身体虚弱，破被子最厚的那块儿依然是裹在我身上。我还模模糊糊地记得那一夜。那夜之后我被福利院收养，他们把这个日子登记为我的生日。今天最该说对不起的是我，我有生第一次，在今天这个日子提起她。是你妈妈对你的强烈母爱启示的我。谢谢你和你妈妈，你们给了我很多。"

包奕凡在电话那端沉闷了好一会儿，才道："非常想不到。啧，做工厂的真麻烦，身不由己，我今天应该在你身边。感觉你心情不大好。"

"我心情不坏，跟你说了这些，我心里很轻松。而且还有这么好吃的早餐。当然今天想起她……有些难过。"

"通常，我们会在先人忌日点上三炷香，摆一桌酒菜祭奠。我等下问问具体怎么操办。"

"不用了，记在心里。I love you。"

包奕凡再度惊讶得吊起眉毛，以前，怎么诱导都不肯说出那三个字，今天怎么了这是怎么了。而那端又传来说话声，"米糕太好吃了，我想冷的也不会难吃，你给我快递点儿过来吧。多点儿，多点儿……"包奕凡觉得安迪似乎有点儿变得温暖起来。

资深 HR 做思想工作的效果自然不是盖的。由樊胜美感同身受，叹着气，娓娓地劝说下来，邱莹莹即使躺到床上了，依然在思考，做梦都在想自己是不是对不起朋友了。可她还身处其中，满腹委屈，想不通自己做错在哪儿。但她很单纯地信任樊姐，既然樊姐这么说，以樊姐的旁观者清，自然不会糊弄她。她想，如此说来，她不该怀疑关雎尔，可能，也冤枉了曲筱绡。

邱莹莹是爽快人。她想，既然如此，可能是她错了，那么去认错，去道歉。她想，即使她可能判断错误，曲筱绡可能真的有意捉弄她，可以前曲筱绡对她还是帮助良多，她……不管怎么样，主动道歉去吧。别像樊姐说的，朋友要是伤心了，以后弥补起来就难了。

邱莹莹一早起来先去敲安迪的门，因知道安迪是最早起床的。安迪啃着米糕出来开门。邱莹莹一看见就低头挺不好意思地道："安迪，樊姐昨晚教育我了。我这阵子情绪很失常，脑子犯糊涂，到处冒犯朋友。请你原谅。你有什么看不惯，以后尽管直接骂我，我……我尽量全听你。"

安迪惊讶地看着邱莹莹说完，一口米糕塞在嘴里都快变僵了，差点儿噎死她。"好，那我说两条很不中听的，你最好选择完全相信。第一，你和应勤的关系中，你没错。第二，应勤观念保守，即使你们春节一起自驾回家，即使你再努力，非常大可能他依然不会改变对你的态度。"

邱莹莹圆瞪着双眼，愣愣地听安迪说，又傻了好一会儿，眼珠子慢慢轮了一圈，才道："你……一定……良药苦口……"说话间，豆大的泪滴成串地滚下，邱莹莹泣不成声，掩面而走。她还想一早上赶紧地都道歉了，可如今功亏一篑，她被安迪的第二点击溃了。

安迪默默看邱莹莹走出去，可她无能为力。

樊胜美也无能为力。她跟应勤单独谈话后便知，两个活在不同世界的人很难再交集到一起。即使清早时间极其紧张，她还是在邱莹莹"是不是真的"的询问中，抱住邱莹莹，让邱莹莹痛哭时有可以依傍的肩膀。不一会儿，被吵醒的关雎尔也出来，三个人再度拥抱在一起。

安迪接到应勤电话，说是送票过来。安迪那时候正忙，建议应勤不如直接送票给邱莹莹。应勤不答应。安迪只能与应勤约了中午见面。

应勤这个 IT 技术人员斜背着一个帆布包站在晶亮的金融区高楼大堂里，显得格格不入。因此安迪一走出电梯便一眼捕捉到应勤。反而安迪的形象在这个区并不显眼，安迪走到应勤面前，应勤才看到。

"火车票？说好不能飞机票。"应勤摸出火车票递给安迪。安迪不认识火车票，但相信应勤不会拿假票糊弄她。安迪收了火车票，"一起去吃个饭？我请客。"

"不了，我赶紧回去。你收到我就放心了。"

"一起吃吧，让我道歉一下。我今天生日呢，不信你跟我上去看护照。"应勤的嘴唇一会儿方，一会儿圆，心理斗争了会儿，答应吃饭。路上安迪掏钱包，将车票钱交给应勤。"不是说火车票买不到吗？"

应勤将钞票推回。他的手掌落点和发力都很准，正好手推在纸币上，省得与安迪男女授受不亲。"想办法总能买得到。车票钱不要了，我有错，这张票送给小邱。"

"不会是买的黄……黄牛票？会不会实际支出比飞机票还高？我这下是害你了。其实你们自己开车回去更方便。"

"如果分手了，即使心里再难过，最好还是一刀两断，对谁都好。一辆车回去很不方便，路上我要怎么跟小邱说话呢？不现实。我考虑过了，宁可多支出点儿钱。"

"很可惜。"应勤耐心等下文，可等了好一会儿，"很可惜"后面没有再多一句废话。应勤反而忍不住问："哪一点显示比较可惜？"

"我三十多岁了。一个月之前，我这三十多年一直鄙视性，虽然不反对别人如何如何，但我自己绝对跟异性保持距离，甚至跟同性也拒绝发生碰触。期间无数人劝我不理解我，我全部反驳回去，我有自己的理论体系。相信你也一样。你是不是以为我打算劝你？我不打算。"

"我相信你的理论体系一定很强大。我觉得你会用你强大的理论体系来说服我回到小邱身边。"

"推己及人。以前没人说服得了我，今天我也不会尝试说服你。在我身上证明不可能的事我不会对别人做。我的观念改变是遇见一个爱人，又在前两天遇到一件对我触动很大的事，让我彻底推翻三岁时期形成的一种观念。事后我认为，看一个人最重要的应是看心，而对有些事选择宽厚以待。这种改变很微妙，我还在总结，无法用文字表达给你。抱歉。不过我很庆幸，没有因为我的原有思想体系错过我的爱人。其间我嫌这嫌那，制造很多事端，幸好他够有勇气。幸好。否则可能多年以后，我会对今天的我说一声可惜。"

"你刚才对我说过'很可惜'，与这个'可惜'，是一样的意思吗？或者你在暗示什么？"

"仅此而已。"

"可是我感觉你好像在曲线救国地试图说服我。"

"是你自己试图找人说服你，又下意识地不敢承认。你追着问我为什么，问我是不是尝试做什么。换我是你，从'很可惜'开始，就换话题了。"

"呃，我没有，绝对没有。藕断丝连是对双方都不负责任的行为。"

"我也想想不应该，目前为止找不到足以支撑的论据，只是凭一种直觉。嗯，不大科学，我收回前面一句话，对不起。"

"我接受。"

两人进入饭店后，不再就此议题进行对话。尤其是应勤更不敢说，怕给安迪一种错觉。可越是克制，越是抓耳挠腮地想起这事。应勤这顿饭吃得很纠结。安迪倒是没什么，她推己及人，真的没试图劝说应勤。

曲筱绡快下班时，确定自己晚上有空，便打电话问关雎尔要了健身中心地址，两人约定碰面时间。转手，曲筱绡就把时间地点转发给朋友，敲定朋友出现的时间。一切准备就绪，曲筱绡非常满意自己的办事能力，便拎起蛋糕飞奔找安迪庆生去了。半路上才想起来，又打一个电话给关雎尔，"你知不知道安迪今天生日？"

"不知道，她没说，我没敢打听隐私。"

"我们那次送樊大姐爸爸回老家，我看到过安迪的护照。我买了个蛋糕，算我们俩的。你干脆等到安迪公司大楼去，我们索性凑一起吃顿晚饭。不过我怀疑她晚上肯定有生日饭局，我们把蛋糕送上喂她吃一口就行了。"

"要不，算上小邱和樊姐？"

"行行行，就你事儿妈，闲人马大姐。"

关雎尔于是一边收拾出门，一边分别给樊胜美与邱莹莹打电话告知此事。

安迪拿到火车票后，一直头痛该怎么交给邱莹莹。显然，邱莹莹将从火车票背后看出很多内容。早上，邱莹莹因她一句话哭得那么伤心，如果火车票证明了她的观点，邱莹莹会不会更伤心？安迪想来想去，决定将此事交给资深 HR 樊胜美。樊胜美是做人思想工作的行家里手。

想不到樊胜美先一步打电话来跟她说生日快乐。安迪赶紧问樊胜美怎么办。

樊胜美听了道："看来是真没一丝希望了，应勤把所有的门都封闭，此路不通。你回家把火车票交给我，我慢慢跟小邱说。"樊胜美心里有一丝高兴，安迪又回头找她讨要对策。

"OK，小邱回家你留住她。我今晚请客，我们小区附近撮一顿，培养点儿气氛。"

樊胜美是接到关雎尔电话，便立刻找安迪说生日快乐。邱莹莹在路上接到电话，她想回家当面说。等她说的时候，22楼五位姑娘已经在小区附近饭店齐聚一堂。五位姑娘又欢乐地坐到了一起。

饭后，其实樊胜美很想跟着关雎尔一行去考察肚皮舞，她也打算锻炼。狠心掐断对哥哥的供给后，她现在手头也有了些余粮。可她眼下还有更重要的任务需要完成。她与关雎尔她们告别，亲热地挽起邱莹莹，一起回家。

樊胜美装作若无其事地说起网上看到的一个笑话。老婆给当程序员的老公打电话："下班顺路买一斤包子带回来，如果看到卖西瓜的，买一个。" 当晚，程序员老公手捧一个包子进了家门。老婆怒道："你怎么就买了一个包子？！" 老公答曰："因为看到了卖西瓜的。"

邱莹莹听了笑，但笑了三声就止住了，"唉，好像那谁也差不多。"

"应勤？不是差不多，而是完全一样。安迪跟应勤说你耽误了小邱提前买火车票，你赔。结果应勤果真排除万难，给你买来火车票，就放着我屋里呢。那脑筋就压根儿没往自驾跟你一起回家那条路上拐一下。真奇怪，程序员脑子是怎么想的。安迪把票拿给我的时候一直想不通。我跟她一说这个笑话，她悔死，说早知道应该把应勤往自驾那儿引。这年头买火车票多难的，多少人宁可顶风冒雪骑摩托车回家，都不敢去火车站买票。应勤啊，我们想当然害死他了，他不知在火车站排了几十个小时的队。这张软卧票可真来之不易，小伙子不仅说话算数，而且……对你还是不含糊的。"

樊胜美七拐八拐，邱莹莹太相信樊胜美，压根儿就没往应勤不敢惹她这条路子上去考虑，她听得又是失落又是心疼，还心里微微感受到一点儿暖意。是的，情况一定像樊姐说的那样。回到屋里见到樊胜美递来的火车票，邱莹莹只是叹了几声气，心里觉得非常可惜，失去了与应勤一起回家的机会。

樊胜美见此大大松了一口气。

三个人因为一场预算外的聚餐耽搁了时间。到健身中心的时候，曲筱绡的朋友已经等了半个多小时。曲筱绡走进门就看见朋友，装作惊讶地道："呀，海市真小，我遇到一个朋友耶。喏，那边，帅哥，唐虞允。我去打个招呼，很快回来。"

曲筱绡蹦跳过去，都没走近唐虞允一米线范围，就尖叫一声反弹回来，果真是打个招呼就飞快回来。"唐虞允，你怎么浑身骚臭。你搞什么脑子。"心里早就认定，这次相亲玩完，一方先表示出毫无诚意了。

唐虞允连忙将手臂放到背后，"不好意思，兔尿，公兔尿。我有点儿急事来这儿会个朋友，都来不及换里面的衣服。今天一只母兔生小兔，公兔在边上笼子里急得直转悠。趁我蹲地上照顾母兔，公兔不知怎么将笼子挪到我身边，屁股一撅，跳起来就尿我一身。等我醒悟，已经不知尿了我几身，衣服都给浸透了，哈哈哈。换身外套都刹不住这身尿骚味。对不起，对不起，你离我远点儿，别熏着你。"

唐虞允一边说一边哈哈笑，率真而有感染力，惹得安迪与关雎尔也笑。曲筱绡笑道："反正你预先不通知我不能接近，臭气已经冲撞我了。你赔，你赔。"又忍不住好奇地问，"兔子怎么生孩子，一窝生几只？"

"我拍了录像作记录。这儿事情办完了，我去换身衣服，等下过来接你们去看看？小兔子很有趣。"

"行。你留个地址，一个小时后我们摸上门去。"

唐虞允答应。他告辞时候经过安迪与关雎尔身边，带来一身刺鼻的臭气。但两位女孩都未做出曲筱绡那种夸张姿势，与他微笑礼貌地告别。

曲筱绡则是捂着鼻子，离开大厅才肯放下手。安迪才问："你喂养那么多流浪猫认识的兽医朋友？挺好玩的。"

"好玩吗？唐虞允是我以前邻居中最正经的，人家学的是电机，才不是兽医。可他现在水平不会比兽医差了。他们家以前做塑料玩具出口，开个小厂，日子过得蛮好。结果他爸去澳门赌博，输得人都失踪不知哪儿去了，扔下一堆债给母子俩。唐虞允原本不想子承父业，看妈妈被逼债的各种威胁，他很男子汉地放弃读硕，回家替他妈扛起一身债。其实一点儿不好玩，很辛苦的，只是他性格好。"

安迪与关雎尔都想不到看上去这么率真的人竟然经历曲折。关雎尔好奇地问："那他现在改经营牧场了？"

曲筱绡真想跳起来欢呼一声"有门"，但她依然若无其事地道："我呸，关关小宝贝你看海市哪来的牧场。他们不是做塑料玩具出口吗？其中也做宠物玩具啦。唐虞允这个人做什么都钻进去做，他为了做那种仓鼠笼子，仓鼠知道吗？小小的，白的花的都有。他特意养了一窝仓鼠看它们爱怎么玩，习性怎么样，做了厚厚一本观察笔记之后才设计那种两三层的迷你迪士尼乐园似的笼子。反正他做什么养什么，家里热闹得不行，听说去年才把他爸的赌债还完了。真不容易。两年没去他家玩了，不知他家现在有多少动物。好向往。"

"等下我们跟你去行不行？"

安迪忙道："我要回去看报告。"

曲筱绡急了，怕关雎尔这个安迪的跟屁虫也临阵退缩，让她功亏一篑。她忙道："你去，你去，最扫兴了。关关宝宝儿，你会陪我去吧，要不然我一个人晚上去男邻居家不方便耶，某些人手术台下来会吃醋嗒，你得给我做挡箭牌。"

曲筱绡一边说，一边扭股糖似的黏到关雎尔身上，关雎尔只能投降答应。

曲筱绡这才罢休，又开始说说笑笑。"你们知道唐虞允为什么一开始先做仓鼠玩具吗？因为以前被我陷害过。仓鼠可会繁殖了，眨眼就生一窝。我高中时候另一个邻居移民去澳大利亚，养的两只仓鼠不舍得处理，知道唐虞允这人可以放心托付，那邻居临走前委托我把仓鼠转交给唐虞允。本来那两只仓鼠都是雌的，我一拿到手就偷偷跟别人换了一只雄的，等唐虞允回来，他接手的变成一雌一雄。然后，他家仓鼠成灾喽。他被我害得对仓鼠不知多熟悉，哈哈哈。"

安迪与关雎尔相视而笑，这是独特的曲筱绡式恶作剧。

三个人与私教接触，并商谈上课方式的时候，曲筱绡接到唐虞允电话。她一看显示就走开去，方便自由说话。

"怎么样，感觉怎么样？"

"很不错，而且果然如你所言，教养很好。我一身臭气经过她，你是早已捂住鼻子的，她没有当场捂鼻子，我走出几步后再回头看，她依然没有做出夸张动作。"

曲筱绡心里好生得意，"我看人怎么会错。现在后悔浑身骚臭来相亲了吧，幸好我抖机灵，好好给她讲几个故事，讲得好像你不知多完美，她对你也有兴趣了。等下我谈完价，就把她拉过去你那儿看你的动物世界。千万打扫得干净些，别进门一股骚臭味。"

"我还真不是故意骚臭，一看时间来不及，我一向不喜欢迟到。你的意思是，她对我也有感觉？还好还好。什么感觉？我总觉得她眼界应该很高，她一眼扫过来仿佛可以通透什么。而且她大约跟我同龄？"

曲筱绡一愣，"嗳，你说的是哪位？高的，还是跟我差不多，比我稍高的？"

"不是高的吗？"

"呸，高的比你大五岁，脑子逼空了吧，那个已经轮不到你了。我说的是另一个，怎么样？"

"那个……没留意。"

"一点儿印象都没有？再回忆回忆。"

"一点儿印象都没有。抱歉，回头我好好看。"

曲筱绡好一阵子无语。"还看个毛。你洗洗睡，我们不来了。"曲筱绡果断中止这次相亲活动。一次见面，说了几句话，面对面作了介绍，却连一丝印象都没有，还继续个什么。曲筱绡别的不担心，就担心唐虞允没上钩，关雎尔却落了网，她做好事反而害了关雎尔。

曲筱绡回去就跟关雎尔与安迪道："我们不去唐家了。那小子回家竟然把那只尿他的兔子就地正法，说是正做香辣兔丁等我们去吃，太残酷了，我立马告诉他三年内都不认识他。"

关雎尔听得目瞪口呆，"怎么可以这样。那最早生了一窝又一窝的仓鼠，最终他是怎么处理的？"

曲筱绡本想把唐虞允小小抹黑一把，省得带关雎尔去唐家。可关雎尔举一反三，她一时难以回答了，眨巴眨巴眼睛才道："不知道啊，我后来也出国去了，没问。"

关雎尔没再问什么。整个过程中，她都没察觉出曲筱绡的策划。曲筱绡的朋友就跟曲筱绡本人一样，一会儿非常好玩，一会儿又很不好玩，可见物以类聚。

回去 22 楼，大家都很关注邱莹莹的情绪。关雎尔开门进去，大家却看到邱莹莹正站在厨房做明天中午的便当，没什么高兴的，但也没眼泪汪汪。众人心照不宣地走开，安迪好生佩服樊胜美的游说水平。

春节长假了，22 楼的姑娘们依依惜别。

安迪半夜驱车送邱莹莹上火车。邱莹莹背了许多从淘宝买的花花绿绿的吃的用的，整整装了两只双肩包。为了上车方便，她前胸挂一只，后背背一只，手里还拎着一只拎包，前呼后拥的，若不是安迪凭着这种高贵的软卧火车票买到春运期间几乎被禁止的站台票，在邱莹莹上车时推她一把，她几乎被两只双肩包压得跳不上去。

邱莹莹上车后，安迪隔窗看邱莹莹通过长长的走廊走进一处包厢，她便四周张望，火车站似乎与她印象中的没什么区别，就是火车新了许多。而不远处的硬座处，只见人仰马翻，喧嚣异常，人们扒着挤着抢着上车，小孩闹大人哭，兵荒马乱。显得这边的软卧车厢异样的宁静祥和，似乎不是一个世界。安迪忽然意识到，或许，应勤那天追着问她"很可惜"什么，并非无缘无故。

安迪回头，见邱莹莹放好行李出来跟她摆手，让她回去。但邱莹莹才摆了两下，手背就朝着眼睛去了。安迪一愣，这有什么好哭的，回家团圆几天，又不是从此不见。可不知怎的，她竟也有点儿眼睛涩涩的。想了想，她拿出手机给里面的邱莹莹发去一条短信，"我想，应勤可能是可以期待的。等你节后回来。"

"真的吗？"邱莹莹看到短信，嘴巴夸张地重复问。她开心坏了，不仅樊姐肯定地这么说，连安迪这个原本一口否定应勤的也这么说了，可能真的还有盼头。她双手开心地乱舞，眼泪却更多。

樊胜美，自然是与王柏川一起走的。因为不用挤车，不用等站，樊胜美打扮得漂漂亮亮，最后还往身上喷了香水，仿佛不是走辛苦的长途，而是去郊游。王柏川当然是一直接到 22 楼，一手拖樊胜美装满衣服的硕大行李箱，一手再拎一只装满路上吃的零食水果饮料的塑料袋，全包。

正好此时，关雎尔的妈妈大清早地来到 22 楼。刚接了妈妈上楼的关雎尔与樊胜美拥抱道别。而关母站在旁边微笑，祝福樊胜美一路顺风。

樊胜美不赶时间，问："伯母昨晚上来的？专程来接小关啊？真体贴哦。"

关母微笑道："昨晚下班已经来不及了，银行年底很忙。呵呵。今早天没亮赶过来的，我一个人还从没开过这么远的路，又是没睡好，有点怕。早点儿来，收拾一下，晚上还可以赶回去。在家多休息一天是一天。"

"伯母一路这么辛苦，休息会儿吧。小关的屋里收拾得很齐整的，是最不用操心的姑娘。"

"呵呵，做妈的就是不放心啊。你赶紧上路，天日短，等天黑了车子很难开。"

樊胜美又与关雎尔拥抱一下，手里挽着一只包，与大包小包的王柏川一起走了。等樊胜美一走，关母道："打扮得满脸都是重点。她婆家的人能看得惯吗？那小伙子倒是个看上去精明能干的，怎么看上小樊的。"

"他们是高中同学。妈妈里面说。"关雎尔将门关上。但关母偏不说了,直奔关雎尔的卧室。

"嗯,里面一股气味,这房子通风不好,上回来的时候天气热,你们可能还经常开窗通风。今天的味道很不对劲。下次我拿个空气净化器来。"

"妈,东西我都收拾好了,你睡一觉,我们吃了中饭再走,来得及。"

"不睡了,你看看你的被套……"

"不脏的,我经常换洗。"

"房间闷气,趁春节人都不在,拆洗一遍,长假回来全用干净的,新年新气象,图个吉利也好。有些衣服我也帮你洗一下,你总是领口袖口洗不干净。哪个地方晒得到太阳呢?这几天被子都放窗口,晾晒霉气。行,就这样。你找个地方待着,别来烦我,我很快收拾完。"

关雎尔吐吐舌头,钻进隔壁邱莹莹的房间里坐下上网。这是家中一贯的规矩。不一会儿,门被敲响。关雎尔赶紧过去开门,而关母也暂时停止忙碌,从洗手间探出头来瞧。门外是两个人,曲筱绡与安迪。曲筱绡早飞快地扑过来,与关雎尔拥抱,嘴里喊着的关关小宝贝即使看见关母也并不降下一个音调。在拥抱住关雎尔后,就趴在关雎尔身上,伸出手与关母握握,大喊:"关伯母新春吉祥,拜个早年。"

关雎尔对付曲筱绡早熟能生巧,她在曲筱绡制造的噪音中问安迪:"你们一起去机场?航班这么接近?"安迪哭丧着脸,"这家伙死皮赖脸地买了同一班机票。关伯母好。"

"死定了,她想当你们的电灯泡。"

"爱当当呗,看她哪天闷到吐泡。包子行程中安排看几家公司,又不好玩。"但安迪还是翻翻白眼,"怎么不跟赵医生去值班啊。"

曲筱绡这才脱离关雎尔的怀抱,"他爸妈来了,麻烦,想见我。我不溜走怎么办。我都还没学会怎么走淑女台步呢。等节后回来,我跟关关小宝贝苦练一个月再说。你们说,不投靠安迪投靠谁?她和包子合起来能讲半个八国联军的语言呢,我跟着他们即使做白痴都走不丢。"

连关母听着都笑,只有安迪依然愁眉苦脸。这本来是她和包奕凡自由放飞的行程,这下挤入一个曲筱绡。曲筱绡笑着主动拉过安迪的包背上,"但我会替你背包。是吧?"当然,她不会接手安迪的大行李箱,她也没力气。关母主动问:"飞长途用的吃的都带足了吗？"

"伯母放心，你看，美瞳没戴，假睫毛没戴，高跟鞋没穿，脸上不化妆，上飞机舒舒服服睡一觉，到了。我们走喽。"曲筱绡小小地一扭，便越过关雎尔，也与关母拥抱了一下，热烈地挥手等电梯去了。而关母更热情的挥手告别是给安迪，因为她早从女儿口中得知这个人，女儿以后还得跟着安迪学很多很多。

曲筱绡钻进电梯后，就贼兮兮地笑道："其实我还有黑丝没穿，胸垫没垫，美女出门八大件只戴了墨镜。Hiahia。要这也说出来，关关小宝贝今天就得被她妈妈逼着搬家啦。"安迪只会耷拉着脑袋无可奈何地白曲筱绡一眼。昨晚曲筱绡耐心等她送走邱莹莹回来，递上所有票证，她就知道这个长假完蛋了。

樊胜美上路没多久，就收到闲着没事干的关雎尔发来的短信，告诉她曲筱绡硬是插足安迪与包奕凡的旅欧行程，看上去安迪很不情愿。樊胜美大为紧张。王柏川得知后却满不在乎地道："你别替安迪紧张。小曲很懂分寸，她很胡闹，但她不敢惹安迪。"

"我知道小曲不敢惹安迪。但施瓦辛格跟女佣生下孩子，你说，能相信男人的自制力吗？"

"别一棍子打死人，别一概而论，我是好人。"

"你别代入，你又不是包子。"

"人家包总是有身份的人，放心，不会乱来。"

"施大爷难道没有身份？对手可是小曲那样的狐狸精呢。"王柏川投降，不敢惹樊胜美争论。跟樊胜美争论时候，他必须秉持一个原则：凡是樊胜美说的全对。

樊胜美拿着手机想发条短信提醒安迪，22楼已经有两个有男朋友的人吃过曲筱绡的亏。可安迪不同于邱莹莹，在邱莹莹面前，樊胜美连腹稿都不需要打，临场发挥就可以说得邱莹莹服服帖帖，可对安迪，樊胜美怕说错话。而且此时安迪与曲筱绡在一起，樊胜美担心曲筱绡看了安迪的手机，对她记恨在心。不怕贼来偷，就怕贼惦记。樊胜美就怕被曲筱绡惦记上。

王柏川犹豫了好一会儿，才道："你放心，那三个都是聪明人。你最多提醒一下安迪小心小曲就行了，不用多说。"

樊胜美摇摇头，想了半天，才发出去一条很简单的。"小曲喜欢跟我们的男朋友玩游戏，你请留意。新春愉快。"

安迪在红灯时候才看短信，一看是樊胜美的就转过屏幕，避开曲筱绡。打开来，果然敏感。但她只能皱皱眉头，无计可施。曲筱绡自己买票跟定她，她能怎么办。如果出了国境，她更不好意思扔掉曲筱绡，不够仗义。

两人到机场，与刚从家乡飞来的包奕凡相遇。包奕凡本以为安迪说笑话，真看见曲筱绡不怀好意地笑嘻嘻地跟在安迪身边，脸都绿了。

"小曲下飞机后怎么安排行程？"

"跟你们走啊。你们谈生意，我睡觉。你们谈恋爱，我闭眼睛。你们不用管我，只要给口饭吃就行了。"

但包奕凡不同于安迪，他正色道："不行。你得自己安排行程，我不允许你跟着。不是不给你一口饭吃，而是我定力不够，怕非礼美女你，怕安迪看见生气。"

"我完全，无条件，支持包子。"

"现在安排还哪儿来得及啊，包大哥你不能这么狠心到了异国他乡把我扔下。"曲筱绡简直是痛苦欲绝，捶胸顿足。但不到三秒钟就翻脸大笑，"真讨厌，你们。想调戏你们都调戏不成。喏，看我的行程安排，我得去拜访我的 GI 供货商，顺便考察几家有过接触的商家，看看有没有可能谈意向。放心了吧？"

这回，轮到安迪疑虑，"你行吗？你的破英语。"

"怕什么，我还在美国读过书呢。再说，美女只要会微笑就能走遍世界。哼！你们又不肯带上我。"安迪将信将疑。曲筱绡却全无畏惧。她岂止留学美国，她还跟与她水平差不多的同学暑假畅游世界各地呢。现在地图就在手机里，人随时可以在地图上定位，资料随时可以上手机查，怕什么。

安迪斜睨曲筱绡那张臭美的脸，心里愤愤。等洗手间一趟回来，道："我得给赵医生去条短信，提醒他，你春节出逃了。"

曲筱绡一愣，随即笑道："他当然知道我出逃。他作为年轻光棍骨干医生，春节大量值班需要他担当，让有家有口的老同志先休息多休息，他早已恨得吐血。你去提醒他吧，准三刀六洞，刀刀戳心，刀刀见血。"

"哦？赵医生已经知道？那我放心了。刚才促狭给赵医生发了条短信，发出后想想又有点儿悔，别害得赵医生跟你闹矛盾。幸好你们早有沟通。"安迪一脸抱歉。

曲筱绡又是一愣，"你到底发了没有？"

"发了，本来就是捉弄你玩儿，最初没考虑后果。想我们一路结伴来机场，我接了包子多少电话，你手机上没一个电话是赵医生的，我看着心里有点儿怪，所以才怀疑你私下出逃。不好意思，没影响就好。"

"丫的，糟。"曲筱绡跳将起来，飞快摸出手机，狠狠关机。但转念一想，又将手机掏出来打开，"我得坦白从宽去。"曲筱绡擦过安迪，准备去别处打电话，走出几步后一扭身退回来，"你笑什么？"

"调戏成功。"

"哎哟，太过分了，不带这样儿的，你会害死人。真没发短信？没发就好。"但曲筱绡立刻想到，安迪这是不动声色地报复她刚才调戏安迪和包奕凡呢，用的就是她的套路。她有点儿哭笑不得。"拜托，我上飞机前你们千万别跟赵医生公开，他即使自己赶不过来，也会用尽一切办法找他的旧病人把我赶出机场。那自大狂，早把我的春节假期规划好了，几乎天天要跟他爸妈吃顿饭，我可没那么三从四德。"

包奕凡本来一直旁观，不插嘴两个女生的调戏与反调戏，到这儿终于忍不住问："这么怕见他父母？"

曲筱绡耷拉了一脸的五官，"等我努力用功一年再见他们。他们都是高知啊，太恐怖了。"赵医生的父母不是高校的教授就是高级工程师，曲筱绡一听说他们来海市，就想起不久前在那女总工手下吃的亏，她即使现在已经想不起来女总工姓什么，可女总工不屑的嘴脸历历在目，她死都不会忘记。高知们挑剔媳妇只有比挑剔客户更刻薄，她对自己的实力太有"信心"，不敢，万死不敢去经历那一遭，不敢拿与赵医生的关系作赌注。

安迪才想劝几句，曲筱绡虽然学识不够，可街头智慧充裕，并不草包。再转念一想，有着优秀儿子的赵医生父母未必这么想。比如包太，对她横竖挑剔，各种手段，她也想逃，只是碍于包奕凡而已。将心比心，安迪得出一个结论，"你很爱赵医生。"

"本来嘛，就是我倒追他他才有今天。总之我下飞机后得给他打个电话，找个紧急理由搪塞过去。"包奕凡道："说实话不行吗？"

"实话是什么？我从小没说过。"曲筱绡翻个白眼，郁闷地抓抓头发，"包大哥，我在某人面前也有形象耶，但不多，糟蹋不起。"包奕凡还在哭笑不得，安迪却感同身受，"糟蹋得起也不能乱糟蹋，支持你。"曲筱绡便模仿邱莹莹，想给安迪一个大熊抱，安迪连忙躲到包奕凡身后去了。

第 43 章

  曲筱绡千辛万苦地出逃，为的是逃避赵医生的父母。樊胜美也遇到差不多的难题。与王柏川一起回家的路上，王柏川郑重提出一个问题，两人怎么在这个春节假期里与双方父母见一下面。22楼的姑娘们几乎出自同一师门，樊胜美也是一口拒绝。

  樊胜美无法跟王柏川说，放在别人的眼里，她与王柏川有多门不当户不对。她有个长期卧病在床毫无意识的爸爸，有个没有退休收入的妈妈，有个不学无术除了替她惹事就是向她求援的哥哥，有个看样子以后得由她抚养长大的侄子，而她却不是小富婆，她只是个都市小白领，领着可怜巴巴，都抵不过通胀的死工资。她的美貌，只有在王柏川眼里才是加分，而在别人眼里不仅什么都不是，弄不好还被当作狐媚子而减分。只要与王柏川家人一见面，所有美丽的泡泡都会被立刻戳穿，让她在王柏川面前怎么做人。她怎敢放心大胆地见王家的人。

  王柏川见樊胜美将头摇得拨浪鼓似的连说"还不是时候"，连忙解释道："我没有借机逼你跟我结婚的意思，你说让我做出成绩，拿着成绩来向你求婚，我一直记在心里呢。我的意思是，我爸妈他们肯定春节又想给我安排相亲，你只要亮个相，让他们一看就知道我有多钟情你，你有多美，他们以后不会再唠叨我。"

  樊胜美依然摇头："不是时候。你尽管去相亲，我当不知道。"她才不傻，与王家父母见面并不仅仅请客吃饭，肯定伴随而来的是明察暗访。

王柏川只能道："我怎么能真去相亲呢，排除万难也不能背着你去相亲。胜美，只是见一面，一面，喝喝茶，不到一个小时，行吗？我非常希望你跟我爸妈认识认识，拜托，拜托。"樊胜美摇头再摇头，只是脸上一直保持着笑容。"我怕嘛，好不好。别看我在你面前气壮山河，可我怕到你爸妈面前一站，立刻变成一戳就破的纸老虎，话不敢说，走路都不会走了呢。你得再缓我几个月做心理建设。这可不是见别人，而是见你的爸妈，关系重大啊。"

王柏川只听得心神荡漾，即使被拒绝个彻底，依然浑身从心肝儿到发尖都舒舒服服。王柏川不再提起见面，樊胜美终于舒了一口气。

曲筱绡下了长途飞机，便立刻给一整天收不到她音信的赵医生打去电话。她的借口是 GI 公司紧急召见。赵医生将信将疑，信者偏多。赵医生怎么都想不到，张扬泼辣的曲筱绡出逃的真实原因竟是心虚。

出了机场，曲筱绡果真与安迪他们分道扬镳。但安迪有些儿不放心，老母鸡跟小鸡崽似的看着曲筱绡买好飞目的地的机票，才放心与包奕凡租车离开。

在车上，安迪告诉包奕凡："小曲连英语都臭，拿着个翻译通买票，看得我急死。但我死忍，亲眼看着小曲比画手势，硬是买对了票，才肯放心。当时真想松口气跟她说句鼓励或者别的什么话，但那小家伙一回头就又变得一脸欠揍，算了，异国他乡，算我再死忍她一回。"

包奕凡笑道："你在这儿担心她，她恐怕早一头扎进免税店投入战斗去了。她有她的智慧，不用担心她。"

"对。我跟她非亲非故却这么担心她，一路她多的是办法找到跟我类似的人。"

而曲筱绡在安迪面前装得无所不能，一脸欠揍，真等安迪一走，她恓恓惶惶了几分钟，毕竟这是她第一次一个人身处非英语国家，下一个目的地依然不是英语国。可一转身，她又活跃起来，她倒是没扎进免税店，而是拉着行李满世界晃悠，寻找新奇。因为她早已通过网络找好下一目的地的翻译，一名留学生。她是真的什么都不怕。

唯有在与外商洽谈中需要联络国内同事，才是曲筱绡最头痛的事。大过年的，有人不开机，有人不接电话，有人即使接了电话可手头没资料，说不出个子丑寅卯。

连王柏川这个私人老板，接到电话也是推三阻四。

　　曲筱绡见一家客户也在进口王柏川做的那种货物，当即热心地打电话给王柏川，让他立即报个价过来。此时正是大年三十晚上六点，王柏川与家人团聚，饭店包了一桌，一家三代聚一起吃团圆饭。王柏川接到电话就笑道："我这会儿还真没法给你报价，我没做过外贸，得找家做外贸的工厂了解一下，核算个退税后才能做得出的价格给你。你最好再等三天，让人过个春节再说。"

　　"不行，三天后我已经跑下下个城市了。你一定要今天给我个报价，我当面跟老外容易谈。我们还是老规矩，经手有份，你有份。"

　　"小曲，真没办法。国内这个点都在吃年夜饭，大小姐！你看看时间。我没法给，我的客户们也一样没法给你报价。"

　　曲筱绡干脆地说了声"OK"，但挂下王柏川的电话，却立即接通樊胜美的。"樊大姐，跟你汇报个事儿。"她在电话里将生意来龙去脉跟樊胜美一说。"你看，这么保险的生意，我家的老客户，王大哥却推说大年三十不接客。什么个屁大年三十，我家这么有钱，我最有资格混吃等死，我都还拎着行李满世界找生意，安迪跟包总也在与人家企业洽谈呢，过年又怎么了，有赚钱机会，过年什么的都是浮云。你说怎么办吧，我最后一个机会甩给你，你要是跟王大哥一个鼻孔出气，这笔生意到此玩儿完，以后再也不谈。"

　　樊胜美听得直瞪眼，"什么，大过年的，你和安迪都在工作？"

　　"对啊，要不是春节长假，我这阵子内贸都忙得要死，怎么有时间拜访国外客户。既然都上门拜访了，不把客户潜力挖掘个透底，不是白劳碌了？我到哪儿就是问，我手头还有什么什么，你们以前没做过，现在看看需不需要。我当然捎带上王大哥做的产品。安迪也刚给我打过一个电话，问我有个产品有没有做过。大家都是熟人，熟人容易沟通。樊大姐你是明白人，做生意靠的是比别人多勤快多动脑筋。总之你看着办吧。我等到北京时间凌晨两点就要转移阵地去下一站，没有什么三天后。"

　　樊胜美有些将信将疑，发个短信向安迪求证，曲筱绡是否真的在春节长假做事，会不会又是对她玩恶作剧。安迪看着短信就想笑，曲筱绡在 22 楼已经做坏名声，不仅她一再怀疑曲筱绡话语的真假，显然樊胜美也对曲筱绡不信任居多。她发短信认证。

　　安迪认证的时候，包奕凡正坐在咖啡店的柔软沙发里，给他爸妈打电话算作年夜饭到此一游。等安迪发完短信，包奕凡就将手机递给安迪，他爸妈要跟安迪说几句话。包太和老包在电话里对安迪都很好，让安迪有什么委屈就跟他们说。包奕凡光是看安迪的神情就知道他妈又在花言巧语。等电话结束，包奕凡见安迪还没回过神来的样子，滚过来靠着安迪笑道："是不是让他们的恩爱劲儿吓坏了？"

安迪还真是被包家夫妇的恩爱劲儿弄糊涂了，前几天不才上演一出捉奸吗。"我不知道。"

"明天家里会来很多人拜年，男主外女主内，非常喜庆，非常和谐。年年都那样。"安迪疑惑地看着包奕凡，他干吗嘴角挂着讽刺说这些。但包奕凡很快转开话题，"你要不要也给谁打个年夜电话？"

"魏国强？免。而且据说这几天正被频繁找去谈话呢。前儿给我一条短信，让我有事没事，三个月内都别找他，不知什么意思。"

"免得牵连到你吧。人很矛盾，明明知道父母对我有种天然的单向的爱，可有时很排斥。看上去很没良心吧？我也为此常很内疚，只好眼不见心不烦，跟小曲一样出逃。"

"你的意思，魏国强对我……"见包奕凡点头确认，安迪连忙道，"那我绝对排斥。好吧，支持你对你妈的态度。"

"哈哈，我又没让你支持我，我只是有感而发，在你面前憋着不让我说，多不痛快。我在你面前可单纯了。"

"你单纯我都透明了。呃，第二排第五只蛋糕，可能是什么味道？"

"奶酪加杏仁？那服务员怎么看不见我冲她飞媚眼？"

"你去一趟嘛。"

"唔，起不来，沙发太软，坐得我腰酸背痛，内力涣散。"两人最终又是将手伸到咖啡桌下，偷偷比画剪刀石头布，输掉的人去拿吃的。包奕凡的工作安排得不紧张，两人有的是时间懒散。安迪起初有点儿不习惯，但，包奕凡是个会耍无赖的不要脸男人。

樊胜美得到安迪的认证，才对曲筱绡放心了点儿。她才要给王柏川打电话，门口却传来"笃笃"两声轻轻的鬼鬼祟祟的敲门声。樊胜美心头一股寒气渗出，看她妈一眼，用眼神示意知不知道外面是谁，她妈摇头。她便走到门边，但离门有一米远，"谁？"

"我。"

樊胜美听不出外面是谁，她妈也摇头。"你是谁？再不说我报警了。"

"我们……你嫂爸妈。"

"我们都睡了，你们请回吧。"

"没那么早睡的。你开门，我们商量个事儿，你们打算把你哥你嫂怎么办。"

樊胜美原打算骂回去，什么怎么办，活该，最好牢底坐穿。但大过年的，她忍了忍，离开门边，招呼妈妈与雷雷都去她的卧室，关上卧室门，随便外面怎么说话都不理。她还有更要紧的事要做，那就是给王柏川打电话。

王柏川说的也表明曲筱绡这回真不是寻开心。于是樊胜美严肃地道："既然有这么好的机会，为什么不抓住呢？给你几个客户打个电话，又不费劲。"

"这种时候，客户也都跟家人团聚，吃饭喝酒，谁高兴接我电话。"

"那倒未必，越是生意做得好的，越是没有什么节日概念。你看小曲，人家二世祖都节假日加油工作呢，你才刚生意起步，怎么就托大到放弃送上门来的生意？"

"不是我托大，可小曲去的是国外，老外不过春节。这边不一样，有些老板传统观念重得很，这个时候电话过去会被骂死。就像我这边，现在爷爷奶奶都在桌，怎么好扔下他们不管，一年才团聚这么一次啊。那些客户们也一样。"

外面樊胜美兄嫂的父母见里面不搭理，便撕破脸皮，对着防盗门又踢又打，真是欺负上门。樊胜美听得心头火气，不免对王柏川口气重了点儿，"嗯，有些老板传统观念重，有些未必，你赶紧打电话找。我等你回复。我今天非得听到你的回复才睡觉，才有年可过。"

"胜美，而且你知道现在老板们讲迷信，吃完饭是跑寺院守夜去敬头炷香，谁肯现在理你。"

"不管理不理，你反正必须打电话，不尝试怎么知道理不理。机会是你的，也是我的，我等你回话。我从现在开始，隔一刻钟给你一个电话，你要是没在打电话，只顾着吃喝玩乐不顾我们的将来，那我跟着你没有将来。"

樊胜美说完，便果断结束通话，也不跟妈妈解释电话那端的是谁。她打开卧室门侧耳听外面动静，听外面依然打门大骂，她冷冷瞅着妈妈道："他们来干什么？"

"前几天他们问我要钱，说是寄给坐牢的你哥嫂，我没有，搜给他们看，真没有。我跟他们说，你春节会回家。"

"呵，原来是里应外合，一起逼我要钱。他们是谁，我是谁，你怎么亲疏都分不清楚。"

"他们拿钱给你哥去。"

"省省吧，给他们自己都来不及呢，连阿嫂也轮不到，还给我哥？做梦去。看来不能客气。"樊胜美说着愤愤走出去，看着铁皮做的防盗门，真想通一根电线搭门上，让外面的人触电。可她对此不内行，怕弄得不好电死两个人。她忽然想起几天前看曲筱绡打得门口曲父等三个男人落花流水，曲筱绡行，她为什么不行。樊胜美在屋里喘着粗气地转悠，寻找凶器。到厨房掂起一把菜刀，别说挥舞了，想想心里就寒战战的，赶紧放下。又操起扫把，可外面是两个人，其中一个是精力犹存的男人，她一个人一根扫把对付得了吗？尤其是，若下手重了，会不会打死打伤？她可既赔不起也坐不起牢啊。樊胜美颓然扔下扫把的同时便想到，外面两个敢如此嚣张，欺负的就是她这个手无缚鸡之力的女孩。可偏偏王柏川又如此不给力，大好机会上门却不珍惜，还得她三催四促。难道他不知道她每天得面对门外一帮无赖吗？他没想过好好努力，赶紧把她解救出去？樊胜美恨从心底起，飞脚踢向防盗门。她在里面一踢，外面就沉寂了几分钟，但很快就恢复打骂。

樊胜美又回去厨房团团打转，寻找凶器。她攒了一盆冰冷的水，准备去泼外面两个，她妈赶紧过来，哀哀苦求："你别干蠢事，你要是泼水，他们明天会来泼粪。我们惹不起，谁让你爸躺床上动不得呢。就算你今天赢了，等你回去工作，在家苦熬的是我和雷雷，我们还得活命。你让他们敲吧，忍忍，他们又不是神仙，敲不了一夜。"

樊胜美一听，还真下不了手，只能呼哧呼哧地喘粗气。忽然想到该给王柏川打电话查他究竟有没有给客户去电，她火冒三丈地冲进卧室摔上门，一肚子发不出的闷气都发泄到手机上，捏面团似的拨打王柏川电话，好不容易，里面传来女声提示，正在通话中。樊胜美哼一声，不知那边是不是真的在通话，还是拿通话逃避她的检查。她愤怒地发去一条短信，"第一次一刻钟检查，你在通话，很好。第二次，第三次……我会一直查到你给我回复。"

王柏川被迫给客户去电话，果然很遭客户埋怨，但总算有一位客户愿意配合。王母一直坐儿子旁边，电话都听得清清楚楚，儿子稍歇的时候就问："sheng mei

是谁？"

"高中同学。"王柏川谨守对樊胜美的承诺，暂时不跟父母多说。

王母点点头，没有追问，让儿子继续忙碌。高中同学，同幢大楼里就有个儿子高中同学，一打听还不是全都知道了。

家宴结束的时候，王柏川还没结束到处询价与听客户埋怨。可又知道，只要他敢放下电话，樊胜美冷冷的催促就会立即上来。他只能继续，连送年迈爷爷奶奶回家都暂时做不到，开车不可一心两用，只能让爷爷奶奶与父母一起等着他。

好不容易终于给曲筱绡发出一份报价，又向樊胜美发短信报告已经报价，王柏川回头看爷爷奶奶已经坐在饭店大厅打瞌睡，他爸妈没地儿坐，累得身子打晃。王柏川请父母上车时，接到樊胜美一个短信，让他稍晚再睡，等曲筱绡那边回复。王柏川看看这条全无温柔的短信，嘟了下嘴唇。

曲筱绡接到报价却哈哈大笑，果然，只要通过樊大姐，总能治得了王柏川，即使是大年夜这种皇历大字标注不宜经商的时间。她将报价拿给客户，客户颇有兴趣，与曲筱绡确定规格，付出一张支票，要求样品于期限内空运。

曲筱绡拔下一城，不顾劳累，立刻转战下一站。生意只要有成，她总是因此精力旺盛，什么时差，什么八小时睡眠，她都扛得过去，半年前为了玩，她还三天三夜不睡呢。在火车上，她给爸妈发一条短信，用生意的进展，作为送给爸妈的新年礼物。然后，她就发现有帅哥冲她抛媚眼了。

对于帅哥，曲筱绡来者不拒。虽然她有最最亲爱的赵医生，可并不妨碍她与金发碧眼帅哥眉来眼去调情一路。

等最终结果发到王柏川手机上，王柏川赶紧打电话向樊胜美汇报。这时王柏川已经到家，而樊家门外依然水陆大会，热闹非凡。樊胜美一听，烦躁地道："那好。你休息两天，赶紧去盯着工厂出样，新年开门好运。以后自觉点儿，别等我催。"

王柏川噎住，这才听见电话那端好生嘈杂，"你那儿怎么了？这么吵。"

"我哥丈母娘打上门来讨钱，我不理。还能怎么办，又不能冲出去打架。"

"哦。我过去帮你。"

"别过来了，晦气。你管好你自己，只要你做事不用我操心，这边的我能对付。别过来，这帮人全都晦气，不能影响你明年运程。他们已经打累了，我看他们坚持不了多久，你别节外生枝。"在樊胜美不容置疑的权威下，王柏川不敢过去。过会儿，樊胜美来电，人走了。樊胜美真想哭，可是不。她强打笑容，以很勉强的笑，在与王柏川的通话中，迎接新年的到来。

零点的鞭炮声响得炒豆子一样，热闹了足有半个小时，才渐渐消停。而樊胜美结束与王柏川的通话后却不敢上床睡觉去，她打开电视胡乱转台翻看，免得一个人静下心来就委屈得想哭。可是她的注意力怎么都无法集中到电视上，她的头扭来扭去，最终视线落在爸妈的卧室。樊胜美不禁自问，除了因为平日里帮忙照顾爸爸的亲戚春节需要休息，雷雷寒假无法上学，需要有人手在家照料，因此她不得不请假提前回家帮妈妈干活，否则，她干吗要上赶着春节回家，这个家对她有何吸引力？她也能像安迪与曲筱绡一样春节照样工作，不仅落得上司青睐，还可大赚节假日双倍工资。可是她身上负累太重，她的人生没有选择。

精疲力竭，樊胜美才睡了一会儿，直到被雷雷冰冷的小手伸入脖子冻醒。她觉得似乎才睡了一会儿，可打开手机看，却已是早上十点。穿戴下床，妈妈早已将爸爸和雷雷收拾一新，桌上有给她留的早饭。早饭虽然价格不贵，可面食做得花色繁多，透着节日的喜气。樊胜美不禁看看妈妈这半年来苍老了许多的脸，再看看雷雷这半年来略微萎缩的胖脸，心中叹息。她不能不顾家啊。

手机收到许多短信祝福，22楼的所有姐妹都有发来短信，连曲筱绡都有份。樊胜美以短信下饭，一条一条地翻看下去，这些短信给她温暖。

没人来樊家拜年，免得樊家开口诉苦伸手要钱。樊胜美也阻止樊母出去拜年，免得遭人白眼。吃完早饭，便开始准备年初一的中饭。打开冰箱，乏善可陈，每周寄出的几个钱哪儿买得来像样的年货。樊胜美索性领着雷雷，踩上自行车去附近的超市买菜。她挣得不多，无法满足一家人的索取，但可以多买几斤肉多买几条鱼，改善生活，补充营养。在超市里，樊胜美每往购物车里扔进一样食物，雷雷总是一声欢呼，就像喜儿为一条红头绳跳舞。樊胜美恻然，这叫过的什么生活。

正月初三一大早，樊胜美在被窝里给王柏川发一条短信，提示他可以安排去工厂赶样品了。

樊胜美原以为王柏川得很晚才能回短信，那家伙这几天休息，还能不好好睡个懒觉。不料短信很快回复，王柏川说很想见她，约定中学门口见面可否。樊胜美也想见王柏川，正好见面说说话。她提出十点见面。那个钟点，她已经帮妈妈做完家务，午饭又暂时还不用着手。

不料，樊胜美准时到中学门口，迎面而来一位严肃的中年妇女。中年妇女张口就问："你是王柏川的中学同学樊胜美？我是王柏川妈。短信是我发的，我想跟你见个面。"樊胜美大惊，却也意识到即将发生什么。她挤出标准的职业微笑，道："新年好，伯母。"

王母对着樊胜美细细地打量，盯得樊胜美浑身不自在。"小樊，我只有一个儿子，做妈的要求不高，不求儿子出人头地，只求儿子生活舒坦。我刚打听到你的家庭。小樊，你这么漂亮，外面大把富翁会帮你养家，我儿子事业才起步，养不起你家。你若跟我儿子，你受委屈，我儿子一辈子苦不到头，两败俱伤，何苦呢。求求你放过我儿子，有什么要求，你跟我提，我尽量满足。"

樊胜美无言以对。这些话，她比王母想到得更早。因此她并不觉得受伤害，这就是现实，无非以前她遮瞒着，而现在被王母揭开疮疤，至多有些尴尬，有些恼羞成怒，更多的反而是无力。她想了会儿，道："只有一个要求，您回家跟您儿子说一声，我就不再叨扰您儿子了。我又不想害他，我也希望他好。再见。"

樊胜美扭头就走了。即使听见王母在身后还说什么，她也听得模模糊糊，并不真切，听力忽然变得异常的差劲。

走着走着，樊胜美忽然咧嘴一笑，一脚踢开地上的炮仗头。"他妈的！"她开口骂一声。除此，依然无话可说。只是一路傻笑着走回家去，肩背笔挺。

关雎尔从大年初一到初三一直跟着爸妈扑来扑去地拜年吃饭吃喜宴。大家都很好奇关雎尔的工作，坐下便七嘴八舌地很多问题。可关雎尔几乎一句都不用说，自有她妈妈为主爸爸为辅替她全部回答了。她平时几乎隔天打回家的电话，原来爸妈都牢牢记着，此时全都派上了用场。关雎尔只要与妈妈坐在同一张单人沙发里，钻在妈妈身后微笑便完成任务。

直到在一个亲戚家吃完中饭，关雎尔才有自由活动时间。她一边上网玩，一边习惯性地发短信问邱莹莹在忙什么。邱莹莹却大方地一个电话打来，大着舌头告诉关雎尔，她就是忙着吃啊吃，大鱼大肉大酒，吃完拉出卡拉OK机，在家与亲戚一起K歌，家里好热闹。关雎尔知道邱莹莹最近一直处心积虑地存钱，而眼下看似已经喝醉，等醒来发现手机又是漫游又是长途，还不得心疼死话费。于是关雎尔自觉地强行打断邱莹莹的喋喋不休，结束通话。原来邱莹莹的春节过得很开心。

　　给樊胜美的短信却无回音。关雎尔并不在意，照旧一条一条地看微博。曲筱绡发的是各地风物，一个接一个的火车站，无数的帅哥，和无数曲筱绡的自拍照，大多数时候穿的是职业装，人模狗样的，但关雎尔知道曲筱绡有一肚子坏水。安迪这几天也是勤快更新微博，但一如其本人，从微博很难看出她是什么人，有什么背景。安迪的微博展示的全是简约而实用的瑞典设计作品。只有熟悉她的人，才能从图片中看出这些设计对她的胃口了。

　　关雎尔也好想出去玩，可今晚还有饭局，她得跟着爸妈去吃。她都吃得口腔起泡了。天才暗下来，妈妈已经催她换下居家服，准备出发。关雎尔往微博上"狠狠"上传一条，"烦死了，每天吃，每天吃，每一个笑话都已经重复三遍了，还得去吃去说。"可她并无反抗举动，不做这些无聊事，又怎么能叫作春节呢。

　　坐上爸爸的车子，樊胜美的短信回复才姗姗而来。"每天忙家务事，亲戚绝踪，倒也清静，反而有很多时间看书看电视，才发现荧屏上有许多明星叫不出名字，我都落伍了。"这回轮到关雎尔打电话过去，"樊姐，开始做晚饭了吗？吃些什么呢？"

　　"真想不到春节的菜市场还那么热闹，以前以为春节只有超市才开着呢。下午领雷雷出去逛街，买了许多菜回来。晚上做虎皮鹌鹑蛋烧肘子，既然开了油锅，再炸一盘茄盒。呵呵。"

　　"真能干。我也想学烧菜，可我妈不让，嫌厨房太小，塞不下第二个人。其实我才占多少体积呢，而且我还可以帮忙。反正明天我家请客，我又不用做事，只要客人来前去买几束花，把花瓶里的花重插一遍就行。"

　　关母听了不满地道："要肯做菜，明天整桌菜都让你做，我乐得不管。你们父女，只会耍嘴皮子，谁肯真做家务了？"

　　关雎尔吐吐舌头，不作反抗。但将手机偷偷掩住，免得妈妈的声音传出去。

　　樊胜美道："不是我做菜。你会插花？我也学过，只是住租屋，人都腾挪不开呢，无法学以致用。这像不像古人学屠龙之术？我真好高骛远啊。"

　　关雎尔听了笑，"哪是屠龙之术啊，以后总会用到，很快呢。"关雎尔一边说一边笑，都听说王柏川今年中期打算买房子，那还不是很明显的表示啊。但关雎尔没挑明。"好想你们哦。中午小邱喝多了，电话里说话口吻那个豪放。小曲一睡醒先往微博发一个昨晚遇见的帅哥，也不怕她男朋友吃醋。安迪那边也是大清早，居然早餐就是各种贝壳。现在又听见樊姐声音了，今天太圆满了。樊姐晚上做……呃，樊姐你怎么了？"

关雎尔隐约听到手机那端传来啜泣声。原来，樊胜美从大年夜硬挺到初三，到现在，被 22 楼熟悉的温暖一打动，再也忍不住了，情绪如决堤的大坝，伴随着眼泪哗啦啦倾泻。关雎尔除了一声声地喊樊姐，无计可施，樊胜美只是哭，也不说究竟受了什么委屈，关雎尔都无从劝起。等关雎尔一家到了目的地，樊胜美还没停止哭泣。关雎尔只能让爸妈先上去，她站在楼下陪樊胜美哭。

樊胜美终究没有哭个不停，她不是邱莹莹，很快理智又回到心中，她止住哭泣，哽咽道："小关，麻烦你今天的事别说出去，尤其别跟小邱说，小邱管不住嘴，会在 22 楼之外说漏嘴。"

"是，樊姐，我跟谁都不说。"关雎尔隐约意识到，樊胜美不想让王柏川知道这事，"你也请往宽里想，没有过不去的坎，时间可能最容易解决一切问题。"

"嗯。活的时间越长，我越相信命。小关，你忙去吧，别让我的事影响心情。"

"好。樊姐，你一定往宽里想，我会一直开着手机，你随时发短信打电话给我。"

但结束通话后，关雎尔一直很不安心。那边究竟发生了什么，让樊胜美在她面前痛哭失声，如此反常，必然不是单纯的家务事。可是她不敢电话王柏川。难道事情与王柏川有关？关雎尔真担心樊胜美的状态。唯一可资安慰的是，哭出来总比不哭出来的好。

樊胜美哭完，抹抹眼泪，晚饭都不吃，毅然去找帮忙的亲戚商量明天就来帮忙。初七之前，每天工资翻倍。亲戚答应了。可见，只要用钱就可以解决这世上很大一部分的问题。其间有王柏川发来短信，说是与几个生意朋友聚餐，今晚可能会喝醉。从短信可见，他妈还没找儿子谈话。

王柏川喝醉后，不敢打电话惹樊胜美责备，但接二连三地发短信，表达无数的思念和爱。樊胜美只看不回，后来看都不看，只顾着收拾行李。明天，她准备清早去火车站，买了票就走。还不如回去上班清静。班组里有人被排班在春节加班，正为此苦闷呢，她愿去顶班。

打包好行李，樊胜美才拿起手机，一条一条删除王柏川的短信。才发现关雎尔在十点钟也发来一条短信。短信里闲闲列数今晚吃的几个特色菜，最后才问一句"樊姐好吗"。樊胜美的眼睛又湿润了。才知这姑娘平日里与人淡淡地保持着距离,可心里周到温暖着呢。樊胜美就回了一条实话,"我心里不舒服,打算明天就回海市,家里的一切眼不见为净。你不用担心我,我不会想不开。晚安,早点睡。我也早点睡,明天赶路。"

关雎尔此时已经躺床上,蒙眬间被短信提示吵醒,打开一看,只觉得短短几个字后面蕴含的是无限悲凉。她更能猜测得到,明晚当樊胜美一个人出现在空空荡荡的 22 楼,伴着足音的回响开门进屋,迎接她的唯有黑暗与阴冷。那还不是透心的凉啊。她明天更要记得时时打电话发短信给樊胜美了。

樊胜美天未亮就拖行李离家,她妈倒是没说什么,雷雷竟然哭得惊天动地。

她这几天在家花钱买好吃好喝,雷雷这么快就被她收买了。

角角落落犹有残雪,白天看着又黑又脏,清晨借着淡淡的天光,那雪倒是美丽起来。在雷雷的哭声中,樊胜美嘎吱嘎吱地踩着碎冰离家,没人接送,一个人费力地将行李箱拖到车站,上了空空荡荡的公交车进城。车上很冷,樊胜美裹紧围巾,望着窗外发呆。渐渐地,天色亮起来。车窗外的景物变得清晰,而车上的人也稍稍多了几个。但那些都与樊胜美不相干。樊胜美忙着逃离。

很运气,因为才是初四,去海市的火车有票,而且有座。此时,王柏川的电话才姗姗来迟。

"哈,胜美,我刚醒来,太阳都照到床头了。昨晚忘了拉窗帘,太阳晃得眼睛难受。我昨晚是不是给你发了许多短信?喝多了,对不起对不起,没胡说八道吧。我一喝多就心里全是你,不行,我今天一定要见你。你说个时间吧,我们去市里吃个中饭,我想死你了。"

樊胜美重重叹一声气,"我上火车了,这就回海市。"

"怎么回事,我昨晚喝醉是不是乱说什么,唔,给我机会说话,别上车。要不我去下一站堵你。"

"你少安毋躁,等你起床,你妈会跟你谈话。我关机了,总算跟你有个交代。"

"胜美,欸,胜美,别关,到底怎么回事?我妈怎么找到你?我没跟她说起过,真的,我守口如瓶。"

"我耻于启齿,也不愿得罪。拜拜。"

　　樊胜美关掉手机，绝无迟疑。现实如此，她无力改变。她能做到的，不过是走开点儿，免于羞辱。只要是她能做到的，她一定尽力。

　　从初四起，邱莹莹才总算稍稍空闲下来。她想在县城扫街，推销她管理的咖啡网店，但被邱父死死阻止。邱父对外宣称女儿在大城市海市坐办公室，是个娇贵的女白领。女白领怎么可以沿街叫卖咖啡呢。虽然邱莹莹而今的工作收入比过去强，已经不需要邱父每月一次提供资金援助，可在邱父眼里，站柜台这种工作，显然不如以前大公司办公室的文员有体面。在爸爸的管束下，邱莹莹闲得发慌。

　　物极必生妖。对应勤的思念与期盼同时在邱莹莹心里发酵。她想，据说分手依然是朋友，也有说即使分手也要以礼相待，那么此时发一条短信去祝福新年，应该于情于理很说得过去。邱莹莹既然为自己找到理由，便毫不犹豫拿出手机给应勤发去一条短信，祝福新春佳节。然而，五分钟过去，一刻钟过去，半个小时过去，一个小时过去……从上午等到下午，应勤一直没有回复。邱莹莹忽然想到，应勤此时会不会正忙于相亲。她一回家，妈妈便唉声叹气地跟她讲，周围都找不到年龄能与她匹配可供相亲的男人，她这年龄在家乡早已超龄，她留在家乡的女同学这回春节相见，都已抱上了孩子。可应勤应该不一样，应勤是男孩子，年龄大一点儿无所谓，而且应勤自身又有出息，相亲队伍里不知有多少水灵灵的处女呢。

　　对了，应勤不回电，可能就在忙着相亲，甚至已经相亲成功，忙着与水灵灵的姑娘约会。邱莹莹非常焦躁，在家开始坐立不安。可她回程的火车票买在初六，她还得在爸妈眼皮子底下克制两天。而且她不知道应勤家的具体地址，无法找上门去看个究竟。

　　快到傍晚，邱莹莹已经无法消化心头焦躁的堆积，不得不发条短信问樊胜美，她该怎么办。

　　樊胜美买了两份厚厚的报纸上火车。一个人谁都不搭理，闷声不响地看报，连广告都看完，抬眼，已是下午。车窗外，太阳已向着地平线滑落。樊胜美一早出来并没吃什么，此时却不怎么觉得饿，她只是无精打采，什么都提不起兴趣。即使她深知王柏川接了她电话后肯定找王母谈话，谈完肯定跟她有话要说，接不通电话则是短信。但樊胜美将手机塞在包里，没有拿出来打开的兴趣。

　　她过了春节就三十一岁了。过往她不是没找到过好男友，那时候她还年轻，可人家一上门，便权衡再三，放弃了她。早年她还问个为什么，妄图争取一下各种可能。可现在，跟王柏川说什么呢。都是成年人，都心智成熟，该知道的理儿都知道，完全可以心照不宣。她懒得开机懒得彼此探究个明白，太多不堪，不想提及，不想再痛，爱谁谁。有诚意，就拿出行动，她不再需要语言。因此，樊胜美也没收到邱莹莹的短信。她晚上辛辛苦苦到了海市，打车回到欢乐颂。走进22楼的2202的小黑屋，她竟有回家的感觉。反而，是这里最安静，最熟悉，最温暖。

　　收拾好行李，樊胜美终于可以舒舒服服地坐在最熟悉的梳妆镜前，细细卸妆。奔波了一天，镜子里的脸依旧很美。但时至今日，樊胜美已经无法否认，她的眼睛与22楼的其他姑娘完全不同。她的眼睛里，藏着太多故事。谁敢接近眼睛里有太多故事的女人呢。如应勤，连有过经验的那么单纯的邱莹莹都还不要呢。

　　直到铺被上床，樊胜美才打开手机，收看王柏川的短信。她面不改色地看，即使看到王柏川的叙述表明王母可能对儿子有撒谎，她也不动气。换她做王柏川的娘，她也会那么做。直到打开最后一条。

　　"我最终决定先不回海市找你，而是去大年夜询价的公司落实样品的赶工，对不起。只要我的收入富富有余，我妈的担心便可成为多余，你也不需要再为之生气。我今春一定更加努力，你继续督促我。我出发了。"

　　樊胜美慢慢地咬紧嘴唇，她微笑了，她也哭了。透过蒙眬的泪帘，她由衷地给王柏川发去一条短信，"你原本不需要承受这么大的生活压力，你妈说得没错，我连累你。谢谢你，谢谢你理解我，解脱我。"

　　"我爱你。我已经爱了你半辈子。我乐意。"王柏川很快发回短信。但王柏川发出短信后才意识到他犯傻了。既然樊胜美手机已开，何必还纠结着发短信，当然打电话过去最简单。他立刻拨通了樊胜美的手机。

　　春节后，22楼的姑娘们陆续回归。除了已经代班两天的樊胜美，最早回来的是邱莹莹。她乘夕发朝至的列车回到2202，见屋里一个人都没有。她也无所谓，扔下行李，第一件事是打开电脑痛快上网。父母家没电脑，老家的网吧烟雾缭绕，几乎生人勿近。她馋网络好几天了，手机哪儿满足得了。

　　第一件事，邱莹莹几乎同时打开应勤的微博与博客，查看有无更新。想不到应勤的微博沉寂一个长假后，在昨晚更新了一条。"见到 Q，一位美丽单纯的女孩，是那种在海市已经很难寻觅到的清纯，即使她全身裹着厚厚的羽绒服，她给我的印象依然是白衣长裙头戴花环徜徉于青山绿水。"

邱莹莹傻了。

关雎尔没打算让父母送，她家离海市比较近，跳上长途车，一路走高速，很快便到。出口便是地铁，转一站就回 2202，很方便，不需要劳烦爸妈。

可初六接到林师兄电话，问要不要搭车一起回海市。春节前林师兄也来电询问过，那时关雎尔推说妈妈正好来海市出差，顺道带她回家，林师兄才作罢。这回不好意思再推托。跟爸妈一说，妈妈反应激烈。十一长假见过林渊上门，关母不算太认可这个年轻人。她家不稀罕公务员做女婿，她家也不认可林家那么普通的家庭。想不到，在有关林渊的问题上，关母的意见与丈夫出奇一致。关父身处公门，天天接触同类，林渊一上门，关父扫上两眼便知此人品性，他反对女儿与之接触。

因此，初六开始，关父就做女儿的思想工作，深刻揭批同门年轻公务员的种种弊病，以期提示女儿。但这种思想工作很难做，关父有点儿小封建，说话不是很直接，直奔婉转系而去，圈子是绕了一个又一个。

关雎尔听半天车轱辘话，才醒悟过来，爸爸的思想工作与林师兄有关呢。她忙道："我跟林师兄不可能，我怕他。他给我感觉是那种挺能弄权的人，挺能将手中的权力发挥到极致，而且在熟练掌握规则的前提下，利用权力谋取他所需要的东西。从他和找他帮忙的校友之间的对话可以听出来。不像爸爸，有朋友找上门，你是倾心指点程序，他是那种说不出来的不一样，给我感觉很不好。"

关父舒一口气，"你一点儿没看错，他就是那种人，跟你见过的爸爸同事老裴老华差不多，爸爸没少在家里唠叨他们。找男朋友首先看人品。人品好……"关父小心地看一眼正在厨房忙碌的妻子，压低声音继续道，"家庭条件只要差不离儿，就行。我们家不看重那些，我们自己的生活很过得去。"

关雎尔听得很不好意思，但连忙轻而有力地答应。她跟爸爸想得一模一样。父女结束谈话，关父进去厨房，与老婆做个眼色，表明在他的思想工作下，女儿答应不搭理林渊。于是关家皆大欢喜。当然，关母怎么都想不到，父女俩私下达成一个将她排除在外的秘密协定。

　　关雎尔得到爸爸的肯定，上了林师兄的车，便表现得更加疏远。到了海市，林师兄完全不再客套，将关雎尔送到欢乐颂大门口，便不再有接下来的活动安排。关雎尔松一口气，等林师兄的车子一走，她才发现自己这一路坐得腰酸背痛，脖子都快僵了，仿佛九死一生。到了2202，正在做饭的邱莹莹看见关雎尔亲得不行，关掉煤气灶就跟着关雎尔走进去。可忍不住的，邱莹莹第二句话就是告诉关雎尔，应勤可能找到中意的女朋友了。正好樊胜美下班，樊胜美大气地道："小邱，咱新年新开始。"但门外，曲筱绡的声音响起，"新什么新。樊大姐，王总开始做样品没，你得帮我盯着，只能提前，不能延误。"

　　"他早就出发啦。你放心，这一产品他做得很熟悉。"

　　"哟，比王总妈还好使嘛。那就拜托樊大姐啦。各位，我给你们都带了礼物，但，我又累又饿，却还得赶去医院接还在动手术的男朋友，你们谁有从老家带来的好吃的，请放在门口，我等下出来捎走路上吃。拜拜，新年快乐。"

　　"安迪没跟你一起回来？"关雎尔知道他们一起走，便问了一句。"她还在机场跟包子依依惜别，哭得跟水里捞出来似的，我直接宣布不认识她，丢不起这人。"

　　"嗨，只信前半句。你赶紧回屋去吧。"

　　"爱信不信。"曲筱绡拉着行李就走。邱莹莹摇头，"我不信，安迪最多流三滴眼泪，每只眼睛三滴，一滴都不会多。"樊胜美甚至认为安迪一滴眼泪都不会有，肯定是淡淡地笑着送包子上飞机回家。可这回，曲筱绡说的是真话，当然，稍有夸张。等曲筱绡洗漱出门，见2202门口方凳上果然摆满吃的。她欢快地尖叫，"我太爱你们了，我太爱你们了。"她毫不客气地兜起所有美食，奔回2203她自己窝里收藏起来，冲出来时，正好电梯开门，她打着飞吻冲进电梯，欢快的尖叫声有些儿哑。

　　唯有樊胜美贡献不出家乡特产，她只是微笑旁观。她心里想，换作是她，她刚飞了十几个小时回来，她会不会开车或打车去接加班做手术的男朋友，还是稍事休息等待同样辛苦的男朋友自己打车过来。樊胜美觉得她能做到的是后者。如此可见曲筱绡对赵医生的态度。这个认知，让樊胜美颇感意外。这真是肆无忌惮的曲筱绡的态度？还是曲筱绡又是嘴巴跑马，其实出门去的是别处？樊胜美倒宁愿相信是后者。

　　曲筱绡带来的曲旋风刮过，邱莹莹忍不住大叫起来："帮我看看啦，看看啦，新年是什么新开始，给我个明确说法吧。"

樊胜美走过去看应勤的微博。"应勤知道你看他的微博吗？"

"知道。他已经取消对我的关注，可我还关注着他，他也没拉黑我。"

樊胜美头痛了，看应勤的微博，显然应勤厌烦邱莹莹的一再试探，放出他名花有主的信号，让邱莹莹死心。可春节前她才凭一张应勤千辛万苦买来的火车票说服邱莹莹，说应勤还对邱莹莹有心，以便邱莹莹过个快乐的春节，如今，又该怎么跟邱莹莹说呢。樊胜美才想长痛不如短痛，可抬眼一对上邱莹莹急迫的眼神，她又退缩了，怎么忍心打击邱莹莹。"小邱，这种没头没脑的一句话，能说明什么问题？即使他想说明什么问题，你也别可劲儿自己瞎猜啊，回头见面了问一声就全解决了。电影电视里那些误会都是怎么来的？都是瞎猜出来的。行了，别瞎猜了，赶紧继续做晚饭。你明天还得带便当上班呢。"

邱莹莹想想也对，可心中依然忐忑。但在一边儿看着的关雎尔道："小邱，我说说我的想法。如果我站在你的位置上，我会放弃应勤。如果一个人跟我相处了那么久，他依然不看重我的内在，而只在乎我的外在，我认为没必要再跟那个人有一生一世的想法，我不想委屈自己。我的意见仅供参考，你请根据自己情况斟酌决定。"

樊胜美听了心中偷笑，这小家伙从书中学到对话的诀窍，可惜运用得不熟练，听起来好生硬。不过说得倒是很有道理。

邱莹莹道："应勤不是坏人，也没委屈我……"

"对不起，我表达不够全面。我并没有说应勤是坏人。我的意思是，两个好人也可能不适合，性格对不上呢。不过我说的只是我的立场，仅供参考，是我性格不好受不了委屈，我是个挺各色的人。不好意思。"

"完了，我是不是又心急犯错了，关关你性格好得不得了，你哪儿各色了。好吧，我好好考虑你的立场。但是两个好人真的不能在一起吗？不对，我有过错，相比应勤，我还是不如。我好好修炼。但，我不放弃应勤。"

关雎尔忙道："有梦想总会有奇迹。坚持。"

樊胜美也忙适时地插嘴："那首歌唱的是北京欢迎你，有梦想谁都了不起，有勇气就会有奇迹，被小关一浓缩，反而更贴切呢。小邱是不是，我记得就是这歌词，你查查。"樊胜美一边说，趁邱莹莹去查歌词，给关雎尔一个眼色。关雎尔领会，赶紧溜走。邱莹莹一遇到感情问题就钻牛角尖，看来不是说改就能改的。樊胜美开始替邱莹莹发愁，怎么让邱莹莹从无望的感情里拔出来呢。

第 44 章

春节过后，22 楼又恢复原本的状态，日出而作，日落而息。唯一的改变是，曲筱绡跟樊胜美变得不再敌对了。曲筱绡春节马不停蹄地跑了一趟业务，虽是新手上路，可她有个异于常人的好处，就是不怕碰壁，不怕丢脸，吃亏得起，敢于装傻。于她不利的那些话，她就当作语言障碍听不懂，换个角度继续厮缠。她此行的主要目的是逃避赵医生的父母，为此打出节日亲自出面替爸爸拜访客户的旗号，可想不到一来二去，还真被她又找来几条新的路子。

既然初次出马就小有收获，曲筱绡心中便开始不安分。她该把跑来的生意交给爸爸呢，还是跑到爸爸面前提要求，从此她打算插手出口这一块，然后跟爸爸谈如何插手。她当然不甘心永远守着她的小公司，她必须将手指伸向爸爸的领域，直至最终让两位异母哥哥在她爸她妈创下的江山里无立足之地。这是她放弃学业回国的目标，虽然她的学业并不怎么重要，可她的目标从未放弃。因此，把跑来的生意交给爸爸的想法只是冒了一下头，就被曲筱绡自觉掐灭。她坐到她爸爸的办公室里，而且坐在爸爸大办公桌的对面。

"爸爸，外贸好像不可怕哦。"

"前几年外贸容易做的时候，爸爸差点儿放弃内贸。你打算怎么处理你跑来的几单小生意？”

"小生意？有赚的就不是小生意。我本来想扔给你，我忙我的内贸，可想想还是有始有终吧。爸爸你指派个专门的老手指导我，我把这几单生意从头到尾亲手做一遍。算是新手入门。我发现外贸和内贸可以互补耶，爸爸你是不是因为这个才当年不放弃内贸的？"曲父眼睛一亮，"筱绡你绝对是爸爸的宝贝女儿，一点即通。当年你妈还想不通，我辛辛苦苦做内贸，天天泡酒店里做三陪，干吗不完全扔掉内贸做外贸呢。我当年也是这么跟你妈说。做生意不能怕苦，做生意最怕的只跟客户单向联系，有个三长两短他剪一刀就关系全没了，客户跟你怎么做都不会安长长远远的心。我得跟客户有来有往，他离不开我，我离不开他，这么一来，我的事就是他的，他的事就是我的，我把事情扔给他就可以放手，我可以做更多的事。好处大家得，生意自然越做越大，对不对？爸爸支持你的决定，人手嘛，爸爸亲自辅助你。"

"我指挥得了你吗？你哪有那么多时间？还是给我个专人。"

"专人跟爸爸怎么一样。你以后要继承爸爸的位置，爸爸教你的，是让你怎么从这个位置……"曲父拍拍所坐的椅子，"从这个位置的角度处理生意。一单怎么联系另一单，外贸怎么结合内贸，即使在我们手里结合不了，我们有哪个朋友可以联手。听得懂爸爸的意思吗？"

"怎么听不懂。"曲筱绡的眼睛也亮了。爸爸认准她能继承位置？

耶！于是她拍了一个小小的马屁，"难怪我说我怎么有做生意的天赋，原来我是爸爸生的。好，开始，我们一单一单地来。"

外面的天色渐渐暗下来，曲筱绡刚分心想一下要给赵医生一个短信，说明自己有工作，两个小时后见，正好赵医生的电话心有灵犀地进来了。

"蛐蛐儿，小的请安。"

"平身，嘻嘻。正打算找你呢，我得迟两个小时才下班，你先自己吃了吧。"

"哟，我也是来找你请假的。一个病人，我不忍心看他再熬一夜，打算今天做掉他。既然你也有事，我找麻醉师去。"

"做掉他，哈哈，我看行。我回头去接你。别忘了吃点儿巧克力和饼干再上阵哦。"曲父在一边羡慕忌妒恨，但曲筱绡才放下电话，曲父就争着献媚，"要不要换辆好点儿的车，去小赵那边医院镇住那些巴望着嫁医生的小护士。"

"不换。我担心别人说他泡有钱妞做小白脸，他爱面子。"

"也好，也好，不过这不是长远之计。不如今晚我们一起过去，叫上你妈，我们请小赵吃个饭。"

"还不是时候，你上回表现太差了。那种事，只有泼妇才做得出，爸怎么听了那俩孙子的唆使。你叫我怎么好意思介绍赵医生给你。等他忘了那件事再说。"

"唉，那天，你俩哥哥搬出你奶奶来下命令。你奶奶封建，不像我看得开。现在她一听说你找的对象是医生，对象爸妈也是知识分子，她总算满意了。以后不会有这种事了，你跟小赵解释一下，别让他以为我是那种人。"

"有那俩孙子在，奶奶难保什么时候又做出什么来。哼。爸爸，你见过这么恶心的事吗，我在这儿拼命工作挣钱帮爸爸支撑家业，那俩孙子不做事不说，反而拼命在背后中伤我。爸，要不是看在那俩孙子是你儿子，我早叫人半夜做了他们。以后奶奶有什么事，你让她自己跟我说。她只敢在你面前喊自杀，下次让她到我面前喊喊看。从小对我重男轻女，要不是我有外婆养，要是我小时候扔到奶奶家，早被她折磨死了。我生下来怎么这么不招人待见啊。"

"你有爸爸嘛，爸爸多疼你一些就行了，奶奶毕竟离得远。好了，乖，我们看下一条。"

"算了，不说那俩孙子。我先打个电话给关关，今天不能跟她一起去健身房了。"

曲母等大伙儿下班后，有些不放心父女俩，见同事们都已下班，便偷偷在门口听了会儿，听父女俩一个"儿子"，一个"孙子"，这对话竟然也协调得很，不禁开笑。

安迪下了班，便去找关雎尔会合，一起去健身房。但车上竟然接到老包来的电话。安迪迟疑了一下，才接起来。她一声"包总"说出口，把旁边的关雎尔吓了一跳，还以为安迪跟包奕凡是不是闹僵了。

老包没包太那么多客套，他只是提了提，"还叫我包总吗？呵呵。这两天你资金上有两个大动作，我了解一下可以吗？"

"应该的。"安迪将这几天的操作跟老包解释了一下。老包一直"嗯，啊"地听着，等听完，才道："原来这么回事。还有件事啊，你爸爸那儿的事，你别跟我见外，如果遇到难题，可以直接找我商量，官场上的事情，有些未必是法律法规能解释的，你刚从国外回来，不一定清楚，连包奕凡也不大清楚，都是我在指点。"

"谢谢。不过，我……那啥……跟那边没联系。随便他。"

"你没听说他被双规了？"

"唔？没听说。还是随便他，不打算跟他有牵扯。"

"噢，这事我太太一直在关注，刚刚跟我说，我还有些半信半疑，来跟你提醒一下。你如果有需要找人帮忙什么的，最好问一下信得过的人，别自己瞎撞，找不到人不说，还撞到骗子。不要跟我见外，我虽然挪不出时间关注你爸，不过我懂办事的套路。"

"谢谢。不过非常冒昧，请您太太停止对那边的关注。她对我有过这方面的承诺。"

"噢？不是你认可她关注？"安迪心中郁闷得想狂喊，忍住了才道："我强烈要求她别关注。"

"噢！她这性格。我跟她谈谈。"安迪气愤地结束通话，若不是关睢尔在场，她早伸出拳头砸车了。说好了彼此信任，结果包太又背着她乱伸手。此人全无信用。

关睢尔虽然听了全程，却完全不知安迪在说些什么，只看得出安迪很愤怒。到了健身房，安迪让关睢尔先上去，她在车里打电话找包奕凡。关睢尔当即走开，谁都有秘密。即使安迪压抑了愤怒，包奕凡接到电话依然出离愤怒了。他妈也口口声声答应过他，想不到依然瞒着他背后作调查。若不是爸爸今天有事找安迪，顺便好意提个建议，他还傻傻地被蒙在鼓里。但这回，包奕凡道："我先跟爸爸谈谈。你晚上别等我回话，可能会闹到很晚。你相信我会做好。"

"我……我……她究竟想干什么？"

包奕凡叹了声气，他知道他妈究竟是为什么，可真没脸说出来。"我已经无地自容了，这事一定要彻底解决。已经不止关系到你我的感情。你消消气。今晚不是说跟小关一起学肚皮舞？好好开心，把这事丢给我。跳完去吃个夜宵，捡最贵的吃，账单让我付。"

包奕凡不问都知道，他妈最初是想绕开安迪，直接与魏国强接触，搭上关系。他妈才不会安迪说不理魏国强，他妈就真舍得放过这么强大的官亲。可天有不测风云，等他妈通过他人才刚接近魏国强，才发现几天不见，魏国强竟然被双规。估计他妈现在大受震惊，找他爸商议怎么办。而包奕凡同样猜得到他妈此时的想法，没了做官的爹的安迪又跌回民女身份，不配做包家儿媳妇了。他妈的这些想法若是告诉安迪，不等安迪做出什么反应，他自己先撞墙自杀算了。他妈怎么闹一次婚变之后，变得越来越肆无忌惮，什么都想紧紧抓在手心里。

这一回，包奕凡对他妈深表失望，知道通过正常渠道无法抑制妈妈克制不住的手，他只能先找爸爸商谈。

关雎尔先上去大厅等，很巧，一会儿见到唐虞允背了个双肩包也进来。一想到雄兔子冲着唐虞允撒尿，他恨得回家就杀了兔子，关雎尔不禁很没原则地想笑。但关雎尔不习惯主动跟人招呼，她坐在休息区沙发，只在唐虞允眼睛扫过来时候微笑一下。可很不幸，唐虞允对关雎尔完全没印象，直着眼睛过去了，去服务台办手续。关雎尔以为唐虞允没看见，也就罢了。

安迪随即上来，依然怒气冲冲，见到关雎尔就道："包子妈擅自做了我公开反对的事，明知故犯。我非常生气。"

"我妈也经常做我很反对，但她认为是为我好的事。我已经习惯了。只要看看樊姐爸妈对她的态度，我觉得我什么都能原谅我妈，起码她出发点是为我好。"

安迪噎住，"妈妈们都这样？"

"我觉得都一样，只是程度不同而已。安迪，你可能得适应哦。在我家，我妈什么都想管，我跟爸爸联合起来违背她。有时候我们得逞，有时候我妈得逞，没得逞的生几天气就罢了，至今还是一家人。"

安迪顿时瞪大了双眼，什么，难道还是她的错？

唐虞允回头一眼认出安迪，就走过来招呼。他意识到旁边那个不起眼的女孩大约就是曲筱绡打算介绍给他的人。这回，他终于留意了一下。当然，谁都看得出安迪此时心情不佳。安迪此时完全没心情搭理唐虞允，她打个招呼就去服务台。关雎尔只能留下，微笑问："唐先生也在这儿锻炼？"

"上回过来见朋友，发现这儿不错，而且离家近。小曲没来？"

"小曲有加班，回头还得我们给她补课。不好意思，我们跟私教约了时间……"

"小曲还有加班？好吧，麻烦你转告她，我愿意把那只撒尿个性兔奖励她。不耽误你们，请。"

"那撒尿个性兔不是被你红烧了吗？"安迪回来，愣头愣脑问了一句。"好像有误会。"唐虞允道。大家都想到曲筱绡肯定又嘴巴跑马了。关雎尔笑道："可能有误会，我回去就转告给小曲。我们这边走了。"

　　曲筱绡结束向爸爸的取经，赶紧去医院等赵医生。这等取经与别的听课很不同。对于一笔生意，曲父指出，可以怎么做，为什么这么做，那么做的后果是什么，但换种经济状况却又有另一种思路，等等。曲筱绡此时已非刚回国时的吴下阿蒙，她听得懂，甚至问得出问题，她跟得上她爸的思路。这一切，完全拜她努力所赐。她不甘心做傀儡总经理，却听不懂同事说的话，她从来最爱骗别人，自然猜得到同事也肯定很爱骗她，所以她不得不沉下去，将工作的所有流程都跟一遍，摸清楚门道，甚至熟能生巧，才能转换优势，又轮到她骗别人，而不上别人的当。当然，举一反三，她也因此能听懂她爸厚重的经验之谈。

　　才到医院，唐虞允的电话就追了过来。唐虞允一说红烧兔，她就大笑了。这个谎言终于被戳破了。但曲筱绡随即警告："不许不三不四惹小关。小关是正经人，惹不起。"

　　"我刚跟她说了几句话。果然挺好的姑娘。跟她在一起的高个女孩好像在生气，我不知道等她们私教结束会不会赏脸一起去喝杯咖啡。"曲筱绡敏锐地问："你究竟想约的是哪位。"

　　"小关。这位姑娘让人想到和煦的冬日阳光，我想跟她接触接触。"

　　曲筱绡眼珠子溜来溜去，思考片刻，"我必须在场。等我见了男朋友给你回话。你不许私自约小关，我严重不放心你。"

　　唐虞允忍不住笑。先是听说曲筱绡居然改邪归正有加班了，再看曲筱绡如老母鸡护小鸡似的护着成年人小关，最后竟然需要跟男朋友商量了之后才能给回话，而今的曲筱绡是怎么了。"好好好，答应你。你快点儿。"

　　曲筱绡才转身，见赵医生已经走过来，她便哧溜钻回车里，省得挨冻。但她偷懒，进一步钻进副驾驶座。

　　赵医生却也钻到副驾驶座，硬是与曲筱绡挤在一个位置上。"累死我了。蛐蛐儿，你开吧。你看我两只手……"

　　曲筱绡一看，赵医生的两只手竟然是神经性地抽搐，显然累瘫了。她只能贤惠地钻回驾驶座，也不说别的，先给唐虞允打电话将约会推后。"小唐哥，我看今天不行。小关平时没锻炼，今天跟着私教做下来还不累瘫了。即使给我面子跟你喝杯茶，难道让人家奄拉着脸强打精神？换我累的时候，看谁都讨厌。回头我另外安排时间。"

　　唐虞允一听，有理，便答应下次。

赵医生听着，在一边奓拉着脸皮嬉笑，知道曲筱绡为了他找理由推掉别人，偏又能说得万分在理。"太好了，你饿了吗？我饿得前胸贴后背。我们去那家虫……"

"蛔虫面，哈哈，以为我怕你。吃就吃，谁怕谁。"

那家面店是曲筱绡发掘出来，真材实料，价格贵而好吃。面条粗圆，类似乌冬面，第一次领赵医生来吃时，赵医生挑出一条两头尖的面条在曲筱绡面前晃来晃去，晃得曲筱绡终于领悟那像什么，差点儿把嘴里的都吐出来。可曲筱绡偏爱这种恶趣味，此后有朋友吃简餐就往这面店带，每次都不怀好意地将赵医生的动作重复一遍，直吃得她的朋友们哀鸿遍野。而曲筱绡自己早已免疫。

但曲筱绡想错了。在医生面前，你永远不知道还有什么更恶心的冷笑话等着你。曲筱绡将面条晃来晃去，才得意扬扬地吃进嘴里。赵医生则是不动声色地看着，等他吃完，而曲筱绡也已经吃了一半，赵医生才悠笃笃地道："看到那揉面的师傅没有。我们吃的面条里，都有从他手心脱落的角质层细胞。为什么不同的揉面师傅做出的面条味道如此不同，因为他们每一个人角质层细胞的 DNA 都独一无二。"

曲筱绡一愣，筷子停在半空。"手皮？"看赵医生的嘴笑出一个美丽的弧度，曲筱绡的胃渐渐变得沉重，手上的筷子重如千钧。一时吐又吐不出来，可再也没胃口吃面条，曲筱绡哭丧着脸，在桌底下猛踩赵医生的脚。

回去从 2202 敞开的房门看到樊胜美，曲筱绡就在门口大喊了一声，"樊大姐，帮我问问明天早上九点王大哥有没有空，跟他把合同谈一下。还打算跟王大哥谈谈以后的合作意向。行吗？后天开始我要出差几天，不谈一下合同大家心里都没底。"

樊胜美很快探出脑袋，"行，明天他在海市。"

"拜托你，就知道找你最便当了。"曲筱绡在走廊里冲赵医生咧开嘴做个鬼脸，赵医生不懂。两人走进 2203，曲筱绡才解释："我直接找王总约时间，可能未必约得到明天。但找樊大姐，准是约几点就几点，一分钟都不会差。否则樊大姐会担心我误会她指使不动男朋友，她爱充好汉，最怕丢这个份儿了。"

赵医生听了就笑，"你永远在使坏，从未被超越，我那什么角质层细胞之类的怎么跟你比。坏蛋。"

"你也坏蛋，你好歹劝我几句啊，你还欣赏呢，你跟我就是……"

"狼狈为奸，沆瀣一气，蛇鼠一窝。"赵医生打着哈欠将这几个成语写在纸上，让曲筱绡今晚学习。自己精神涣散地洗澡休息去了。他这一行的高度精神紧张与种种内心纠缠，曲筱绡可能未必体会得到，但与曲筱绡在一起的时候，就像走进另一个天地，工作在那边，生活在这边，严谨在那边，随性在这边。人这才是活着的完整的。

安迪与关雎尔大约是私教见过的最头痛的组合。

安迪极其精准，她能记住老师的每一句话，她又平日里形体锻炼不辍，因此她能轻松而精准地将她的手脚运送到老师要求的方位。但她跳的那不叫肚皮舞，她跳的是听话的小学生才做得出来的严肃刻板的广播体操。她却很自得于自己的一学就会，本该如此，理应如此。

安迪的快速掌握严重影响了关雎尔。就像一个中等成绩的孩子考试时候不巧坐在成绩很好的孩子身后，只见前面的孩子下笔如飞，顷刻翻过一页又一页，后面的孩子却不时面对难题，速度迟缓，前面孩子的快速翻页便构成后面孩子心头的巨大压力，后面孩子一时连正常思考的能力都被压抑了。关雎尔于是超低水平发挥，越学越错，脑子乱成一团糨糊，一团红晕从脸上一直蔓延到全身。

这两人完全不在一个节拍上，私教顾此失彼。一个课时结束，私教绝望地建议她们以后分头上课。安迪倒也罢了，关雎尔异常绝望。私教这不是暗示她笨她学不会吗。她一个普通大学出身的女孩挤入人才济济的公司，经过拼命努力，好不容易一年期新人考核通过，给她增加了一点儿自信，不料，一节肚皮舞课就让她看清自己与聪明人的差距，她的自信又跌到历史新低。

安迪对于关雎尔的慌乱倒是习以为常，跟她一起上课的人经常会被她的接收速度打击到崩溃。等私教离开，安迪对关雎尔道："我有个建议，你回去找老师，再练一个课时，我在附近找个地方喝咖啡上网做事，等你下课。"

"这叫笨鸟多飞吗？"

"大言不惭地说，这叫找错参照系。"

"倒也是，可你学得也太快了。好吧，我再学。你回家吧，我经常加班晚归的，叫辆出租车就好。"

安迪挥手作别，洗澡出门。她一顿子手舞足蹈下来，情绪恢复不少。却见唐虞允坐在大厅，见她出来，就起身招呼。

"你们也结束了？我刚才临走时候想到，要不要护送小曲的两位朋友回家。还有一位小关呢？"

"唔，小关精力好，还打算加练一堂课。我去隔壁喝咖啡等她。谢谢你关照，我有车。"

唐虞允尴尬地无言以对，与安迪告辞。

等关雎尔再上一节课出来，关雎尔虽然很累，却变得神态轻松。她终于掌握那一节课的要领，私教看着很满意。安迪也很满意自己的表现，回到家里放起音乐，换上舞衣练上一段，录像传给包奕凡。

包奕凡一直对安迪从春节前开始说起的肚皮舞课程深表好奇，他收到短信提示时，正与他爸约在他家，严肃讨论他妈乱伸手的问题。但他当即顺手打开电脑下载文件。等他下载结束，就道："爸，你要不要去外面吸支烟？"

"什么事？"

包奕凡呵呵地笑，但这事真不方便说。再说，他对他爸深深敬畏。但老包看看儿子，起身吸烟去了。包奕凡舒一口气，赶紧打开文件来看，一看，差点笑倒在地。这么一本正经的比画也叫肚皮舞？看动作，什么扭臀之类的倒是都很到位，只是浑身的气质说不出的……一丝不苟，偏一张脸满是牛皮烘烘很是臭屁得意。果然不出所料，他听到肚皮舞时候就已经深表怀疑了。

"跳得……一团正气。"包奕凡实在忍不住在通话时表达一下讽刺。

"怎么会，怎么会，动作不是全到位了吗？身体柔软度也够啊，我以前学跳芭蕾呢，舞蹈动作全都训练过。哪儿不对？"

"动作太积极，缺乏一种慵懒。眼神最欠缺，不，脸上的神情最欠缺，不信你端起镜子一边看录像一边看你自己的脸。"

"要我挤眉弄眼？"

"你想象眼前只有一个我，不是别人看着你。你怎么用舞姿挑逗……"

"有难度。"安迪当即打断包奕凡嬉皮笑脸的话。但随即想到，她当初报名学肚皮舞，图的不就是指望这种舞的百媚横生，来化解自己的不解风情吗，"唔，不跟你说了，我干活，干活儿，我要看公告。"

包奕凡继续不怀好意地笑，想象得出那边是如何的尴尬。他忍不住跳起身走到爸爸那儿，可又无话可说，隔着阳台门等爸爸吸完烟。明摆着安迪是个心思单纯的人，可妈妈一再无视，一再试图挖掘出一些什么来，这叫侮辱，谁都不愿领受这种一而再的侮辱。连他旁观着都受不了，妈妈侮辱的是他保护下的女人。

因此，包奕凡开始谅解他爸过去的所作所为。愿意并开始与他爸商谈如何阻止。

这一切，安迪并不知情，她正满脸纠结地站在镜子前回忆录像里的舞女如何的百媚横生。她有能力将所有的动作分解到最细，可她总是在临门一脚之时，生出一丝儿心理障碍。

曲筱绡心疼赵医生，不舍得折腾这个累得稀软的人，便攒着浑身精力出门去折腾别人。她敲开 2202 的门，但来开门的是邱莹莹。邱莹莹如今发誓不记小人过，但虽然大人大量地给曲筱绡开了门，却忍不住一声"哼"。于是曲筱绡也叉腰挺胸一声"哼"。哼完了，才尖叫，"关关小宝贝……贝……贝……"

邱莹莹不屑地看着曲筱绡紧身毛衣下玲珑浮凸的身材，灵光一闪想到樊胜美曾经的揶揄，"哼，不知垫了多少胸垫。"

曲筱绡叉腰挺胸抬下巴一气呵成，道："如假包换，爹妈有钱，从小营养好，哼。"里面樊胜美听得笑死，死忍着不抢话头，也不给邱莹莹支招。

邱莹莹正要说，关雎尔蔫蔫儿地出来，"小曲，没力气教你，而且安迪学得更好，你找她学去。"

"找谁学都不能找安迪，你看她那样儿，我要是学不会，她还不在心里骂我傻逼。你这儿房间小，去我……我那儿也不行，赵医生在。还是去安迪那儿，让安迪不许看着，不许插嘴。"

关雎尔第一次对曲筱绡产生强烈的认同感，于是帮曲筱绡补课成了她义不容辞的责任和义务。她回屋拿来光碟，与曲筱绡一起去敲响 2201 的门。

曲筱绡其实学得并不快，而且她平生除了吃喝玩乐，才不强身健体，高抬腿对她而言是极高难度，可即便是如此，当曲筱绡的小纤腰扭起来，学习快速动作精准的安迪与笨鸟多飞勤学苦练的关雎尔都气得满地吐血了。妖精是天生的，肚皮舞这玩意儿生来就是为曲筱绡这种人而设。很快，曲筱绡后来居上，居然连动作都还没找准，开始做起安迪与关雎尔的教练。

等关雎尔跟着曲筱绡一走，樊胜美就对邱莹莹道："小邱，你上网找找肚皮舞教材？"

"行啊，到底她们跳些什么啊。"邱莹莹飞快搜索，很快就找到教程，"咦，很简单啊，我也行。"

　　樊胜美看着屏幕上的动作，跟着活动了几下，发现教程上的动作不难，当然做得好看就有难度了。"哦，原来是这样，蛮好玩。"她忍不住跟着教程活动起来。

　　邱莹莹动了几下，就道："要不我们也跟去 2201，她们也是从头开始学起呢。"

　　樊胜美摇头，人家那是花钱请私教学习，她怎么好意思去掺一脚，不是蹭人便宜吗？但邱莹莹扭了几下，觉得有意思，不顾樊胜美摇头，欢呼一声："我要跟她们学，她们总说我做事没个女孩子样儿，等我学会跳肚皮舞，总有样儿了吧。我要学，樊姐，一起去吧。"樊胜美依然摇头，"不去了，我以后还不知有没有空呢，只怕开个头，学到一半扔了，反而不好。你去吧。"

　　其实樊胜美还没说完，邱莹莹早等不及，一步窜出去了。樊胜美一笑。但她独自儿对着电脑上的教程认真学起来。

　　2201 里面，群魔乱舞。但当曲筱绡回眸一笑，顿时六宫粉黛无颜色。曲筱绡面对一屋子没灵性的邻居，颇有独孤求败的感觉。她心里冒出一个可能与她匹敌的人，那就是樊胜美。但她才说出要不要把樊大姐找来一起学，就被邱莹莹否定了。

　　曲筱绡只能转溜着眼珠皱眉看最认真的关雎尔和次认真的安迪，心中哀叹。

　　王柏川一看见曲筱绡就大叫，"曲大小姐，你以后可不可以别让胜美传达圣旨？她逼得我今早不到五点起床，飞车整整四个小时啊，大小姐，你有话直接跟我说嘛。"

　　曲筱绡装傻，"呀，昨晚经过 2202，既然看到樊大姐，就顺口说一声了，反正你们每天肯定睡前要打电话甜言蜜语的是不是。捎带把我的口信也带到，多方便啊。你要是赶不来，说一声不就是了。"

　　王柏川欲言又止，吞吞吐吐，最终还是说了出来，"哎哟，她比拿摩温还管得严，她心里有我的行程表，只要她插手，准给我安排得满满的，让我连跟客户洗个脚的时间都没有。这还叫谈生意吗？"

　　"嘻嘻，樊大姐忌妒人家小姑娘摸你的脚。人家樊大姐吃你的醋，你还不感恩，还敢背后反抗？"

　　王柏川有苦难言，樊胜美岂止是吃醋，她是盯着他加油做事，赶紧进步。当然，这是好事，可是，总不能让他一点儿娱乐都没有，甚至连见樊胜美亲个小嘴儿的时间都被占用了吧。他的行程已经在樊胜美的督促下安排得满满当当，好在他偶尔可以捏造一个子虚乌有的工作给自己腾挪出一个空档。可加入曲筱绡的事情后就不一样了，曲筱绡与樊胜美几乎天天见面，他无法隐瞒与曲筱绡相关的事，他只能赶命了。

好在，曲筱绡同时也带来诱惑。曲筱绡将找来的新生意委托给王柏川寻找加工企业。两家的业务有点儿相近，王柏川一看这是机会，一口答应。两人将业务展开来好好讨论了一个多小时，就细节衔接好好商量出个子丑寅卯。因为是第一次类似合作，两人都不敢怠慢，所有能考虑到的，都丑话说在前头，以免以后节外生枝。

王柏川做生意的年头久，曲筱绡即使是手头握着生意的主动方，却也并不摆臭架子，你王柏川说得有理，那就听你的。只是曲筱绡丑话说前面，不许骗人，否则没后续合作不说，这种小生意只是她的练习之作，她家亏得起，若是得知受骗，宁可吃亏也绝不放过谁。王柏川当然知道曲筱绡宁为玉碎的脾气，虽然曲筱绡这话不中听，可实话说前头，总比往后捏着应付款明一句暗一句给他上套的好。

两人从此开始合作。讨论结束，曲筱绡亲自送王柏川等电梯，不怀好意地问一句："怎么样，我没骗樊大姐吧？樊大姐就是为你好。"王柏川无奈，只能接受这个事实。随着往后与曲筱绡的工作联络越来越多，他会被樊胜美管得越来越死。这种甜蜜的管束有时也并不容易消受，尤其是对于野惯了的业务员而言。

22楼的姑娘们很快都知道了曲筱绡与王柏川的合作。大家都很惊讶，因为不久之前，樊胜美与曲筱绡还是死对头。是什么让这曲筱绡选择王柏川作为合作伙伴。

安迪私下问曲筱绡，为什么选择王柏川。曲筱绡惊讶地问安迪："你忘了我们送樊大姐爸爸回老家那次了吗？就是他喝多了溜到外面把酒勾出来，回去再喝那次。现在都独生子女，很少有人愿意像王柏川一样拼命。他压力大啊，他和樊大姐年事已高，等着买房结婚的钱都得靠他一个人赚出来呢。我当然可以把生意交给爸爸集团出口公司的人去做，可那帮大爷吃得多拉得少，出来的活儿也不会有王柏川这种个体老板负责任，随时都需要我盯着才不会出事。不如拉王柏川一把，互惠互利。"

安迪以为这就是标准答案。理论上，分包的好处就是责任层层分配，利益随责任分割。但等与包奕凡说起此事，包奕凡却另有一套想法。"小曲这家伙，从小家庭熏陶得多，懂得舍弃一点儿小利益，让别人冲前头，吃拳头，拿零头。跟工厂接触的那部分是最烦琐最啰唆最费劲的一环。"安迪听得目瞪口呆，"老天，我还是跟我的数字打交道的好。你们这帮家学渊源的狐狸精。"

　　包奕凡笑道："我才没那么聪明，我做工厂，就是吃拳头拿零头的傻帽儿。但我这不是见多识广吗，我厚道，知道了也未必去做。"

　　"嘿嘿，你厚道？"安迪替开车的包奕凡检视叫响的手机，"你妈。总之，我不跟她吃饭。"

　　包奕凡接起手机，却道："知道了，我跟安迪先去开个会，局里发函的，完了就回家吃饭。"

　　安迪惊讶地看着包奕凡，等他放下电话，立即道："我说不去。"

　　"正要跟你商量这件事。我至今没跟我妈说起你反感她又去调查魏先生的事，今天也不想让她知道。我打算今天送我妈一个惊喜，送她豪华游轮一月游作为生日礼物。这一个月期间，打算把她和她的所有影响力从集团清除。我和爸爸合作这么做有集团发展方面的考虑，我妈对财务的管理已经大大约束集团财务对集团管理的影响力，诸如统计预测等方面非常落后。另一方面也有我的私人考虑，我妈手头没有那么大的权，没有可以灵活取用的钱，她就无法策动许多人为她服务，到处乱伸手。我妈对我爸多疑，但对我送出的生日礼物，她会毫不怀疑地接受。剥夺她的权力，并不意味我不认她是我妈，我以后会更好孝敬她。你今天帮我若无其事去吃饭即可。"

　　"一家人，不能好好谈谈吗？"但话才说出口，安迪就自我否认了，"呃，谈不了。"想到包太需要控制财务以达到控制丈夫的目的，想到包太对她身世调查方面的不屈不挠，指望好好谈谈就让包太交出财务控制权，无疑是天方夜谭。

　　"我爸跟我讨论后，我思想斗争一礼拜了，你看看我的脸，上火发出来的痘快满天星了。心里老想到四个字：大逆不道。唉。还有很多很多不便对你说的想法，我家的家务事儿。我很敬佩我爸，可以前都是我阻止爸爸。唉。"

　　包奕凡欲说还休，安迪无法插嘴。两人一路沉默。到了会议所在的宾馆门口，周末清晨的停车场上空空荡荡，包奕凡握住安迪的手，"有好几个朋友羡慕我跟你纯粹地谈恋爱。我非常非常珍惜我们的感情。"

　　安迪心中平添一层不小的压力，包奕凡决定协助他爸架空他妈，其中一个主要原因是她厌恶包太对她私生活的插手。可关雎尔说妈妈们都是如此，是不是她没享受过家庭待遇，对父母辈的人太不宽容。可她想了一会儿，便当机立断支持包奕凡的决定。"我中午吃饭会克制情绪，配合你。"

　　包奕凡手上不觉紧了紧，深深地点了下头，但又长叹一口气。他拿出手机给他爸讲，就今天了。早知开会一定不会集中心力，不料这会议却是挂羊头卖狗肉，是一家外资银行理财部不知怎么买通机关发函通知一些富商开的理财宣讲会。包奕凡一怒之下堂而皇之地起身离席，丢下一屋子尴尬的人。

安迪感觉得到包奕凡握着她的手异常大力。

包家自己做房地产，当然会在自己势力范围内建造一座符合自己意愿的别墅。安迪还是第一次来，看到的是别墅区中有一处用一人多高约半米厚度的浓密绿篱隔出的院子。包奕凡将车停在院子外面，安迪下车往左右瞧，却见别墅区外是高层林立，再浓密的绿篱也阻挡不了高楼住户探视的眼光。所谓别墅的私密性纯粹是个笑谈。

但安迪很快就发现包奕凡还没下车。她扭头一看，见包奕凡在车里扭着手发呆。安迪才想拉开车门跟包奕凡说话，就见大门开启，包太笑容满面迎了出来。安迪当即大力拍一下车门，提醒包奕凡回魂。她自己则是勉强挤出微笑。

包太满脸堆笑，伸出双手亲切地喊着"囡囡"直奔安迪而来，比以往更亲密更热情，似乎是因为两人有了一次海市的患难之旅。安迪一想到这个装得比亲人还亲人的女人背转身却是冷血地毫不犹豫地对她私人领域大肆侵犯，心中如同吞了一只苍蝇，面对那两只几乎触碰到她的雪白胖手，她忍不住一阵反胃。可包太所向披靡，一把抓住安迪的手，亲亲热热地道："你可终于来了，我们等这一天等好几年了。快进去里面，外面冷，可别冻着。我早听见你们车子的声音，这破车子开起来杀鸡一样地叫，难听得厉害。我还想呢，你们怎么还不进来，难道是别人的车子？"

安迪强忍反胃，勉强笑笑，只能看向包奕凡当作调剂。"某人在车里磨蹭。"

"呵呵，某人是谁啊。这个某人，一直挡着不让我们见你，好像我们见你一次会蹭掉你一块肉似的。护得真紧。"

"我们进去说吧。"包奕凡转过来，从老娘手里捞走安迪。但安迪看得出，包奕凡脸上也不自然。走进院子后，包奕凡笑道："奇怪，安迪大考，我替她紧张什么。"

"我考什么？"包太听了大笑："我们囡囡这么聪明害怕考试吗，每次考试恐怕都是囡囡耀武扬威的时候啊。"包奕凡这才忍不住笑道："习俗对第一次上对方家门很重视，犹如大考。不过我们早已彼此认识，不用太当回事。"

"我好像上当了。"安迪只是轻轻嘀咕一句，进屋见到老包就不说了。看看包家三口，外人不知道还以为很是光鲜，谁想得到背后许多阴谋阳谋。包太则是微笑道：

"这一回我有特殊要求了，安迪啊，是不是该改改称呼了？"安迪真想扭头问问包奕凡，是不是魏国强放出来了。她只能装傻问包奕凡："照规矩我该怎么说？"

"妈，别制造麻烦啦。安迪，洗手间在这儿，房子设计得大而无当，第一次来的人都找不到洗手间。"安迪趁两人单独相处，才轻问："是不是魏国强解除双规了？"

"没听说，解除双规有这么容易？"包奕凡对他妈的态度也不自信，如此亲热的背后必有原因，偏偏他想的与安迪一致。让他无地自容的是，后来一问爸爸，魏国强真的刚出来了。包奕凡跟安迪说的时候，眼睛都不知往哪儿放。

但安迪还是理解半顿饭吃下来，包奕凡依然没提出送妈妈豪华游轮一月游。自打她发现她的疯妈原来很爱她之后，她就开始有意识地克制自己回忆妈妈疯癫的场景。包奕凡怎能不犹豫。即使老包已经开始拿眼色向儿子提问。

安迪不会使筷子，她也从不打算费劲学习使用，到了包家照旧提出要刀叉。只是这顿饭吃得很不舒服，需要装作不知道包家父子有阴谋，这倒罢了，关键是包太坐她对面，亲热得让她腻味之极，胃酸反常地一阵阵地冒出来。蒸鱼上桌，不知是不是保姆做得不好，一股鱼腥味扑鼻而来，偏生包太还伸过手来拍拍安迪放桌上的手背，提醒她这鱼很不错。安迪终于忍不住反胃，捂住嘴连对不起都没时间说，冲去一楼洗手间了。

外面包家人面面相觑，包奕凡看他妈一眼，也跟了过去，只听里面猛烈呕吐声。他忽然意识到了什么。过了会儿，呕吐声止歇，他的手机提示短信。他打开一看，"估计是怀孕。所有迹象都符合。别紧张。"

包奕凡看着"别紧张"只会笑，等安迪打开门出来，他紧紧拥抱住，又想想不对，会不会压到什么，赶紧松了手，轻轻圈住，两人对视而笑。"真的？"

"好像是真的！"

"宝贝儿……"两人都有点儿不知说什么好，相对着傻笑，不时轻吻。这一刻，两人感觉彼此之间又添加一条新的纽带，似乎关系中有了轻微的质变。

包太见两人离席这么久，又是出于过来人对捂嘴冲出去的敏感，小心翼翼走去求证。见两人那样子，便满面笑容地放下心来。有了！这下这儿媳妇是逃不掉了。她轻咳一声提示她的存在。但包奕凡被轻咳声打断，回头看见是妈妈打断专属他和安迪的幸福时刻，他终于痛下决心。必须阻止妈妈，从现在起，他必须更好地保护好安迪和他的孩子。

对于包奕凡此时终于提出送妈妈生日的环球豪华游轮一月游，安迪与老包都无惊讶，而包太开心地接受了儿子的孝敬。虽然老包提出这一个月他走不开让包太的妹妹陪着去，是唯一美中不足，但包太也不计较了。所有的预谋都顺理成章，所有的意外却喜气洋洋。谁都为自己的行为找到了合适的理由。

邱莹莹这个周六一大早，天还没亮呢，就浑身披挂得厚厚实实地冲去火车站了。还太早，地铁都还没开行，她只能走好远的路搭乘通宵公交车。大街上几乎没人，连环卫工人都还没上街打扫，只有亮了一夜的路灯照着沙沙作响的树叶，投下一地斑驳，也闹得邱莹莹一路走得疑神疑鬼。但她心中再害怕也绝不退缩，她有强烈的目标。昨晚看到应勤在微博里说，他的仙女乘夕发朝至列车来了，就在周六。邱莹莹一查，有两趟列车符合要求。她当时就毫不犹豫地决定必须去火车站看个明白。

邱莹莹虽然设了手机闹钟，可她几乎一夜未睡，不等闹钟闹醒，她已经起床，蹑手蹑脚地洗漱后出门。她虽然汲取上回买票教训穿得厚实，可配饰却一点儿不马虎，都是昨晚缠着关雎尔帮忙搭配。当然她最指望的是高手樊胜美，可是昨晚樊胜美没有回宿舍。

车子有暖气，熏得邱莹莹昏昏欲睡，她只能拉开领子透气降温，将手放在冰冷的车窗上刺激神经。车子渐渐地接近火车站，而路边开始有了锻炼的人。天却依然暗着。

邱莹莹即使再想睡，也依然牢牢地记着昨晚打算的计划。那就是决不能大摇大摆地等在出口处被应勤活捉，而是先机警地找到应勤，然后悄悄躲在别人背后，站不远处盯住应勤的一举一动。因此，一下车，邱莹莹便借着各种掩体，在黑暗中小心摸索着前进。她都忘了，在人流复杂的火车站，一个年轻女孩子最应该走在亮处，才能避免危险。

不幸，邱莹莹的鬼祟举动被巡逻警察盯上了。而邱莹莹只顾着盯人，压根儿没想过反侦察，她欣喜地发现靠近出口处的广场上有一还未开门的报亭什么的东西，她就巧妙地学着电影里间谍的步伐蛇形过去，躲在暗处，正好，这视角可以扫描所有出口区域等候的人。邱莹莹守株待兔。她坚信，应勤一定会来接站。

但值班警察不耐烦了，悄悄走近，在邱莹莹身后低喝一声："干什么？"

邱莹莹吓得跳起来，她想不到有黄雀在后，只一根筋地盯着前面。等她落地，见身后威风凛凛的两个警察。她吓得连忙摊开手，"我不是坏人，我什么都没干，我来这儿找人。"

"找人有你这么偷偷摸摸的吗？身份证拿出来。"

"我没带啊……我急着出门，你们看，我连包包都没带。哎哟……"邱莹莹忽然福至心灵，找出理由，"我来捉奸。我收到线报，我男朋友偷偷来接一个女人。我得捉现场。"想到今天的首要任务，邱莹莹便顾不得跟警察周旋，赶紧转回脸去，一一排查进入出口处区域的男人。灯光将人们照得妖魔鬼怪似的，邱莹莹不得不左右上下地扭转身子调适角度。

值班警察当然不愿信邱莹莹的理由，可看着这女孩子竟然能扔下他们不顾，够愣。"必须带身份证出门，这是常识，不知道吗？既然没带，跟我们到派出所走一趟。"

"等等，千万等等，这班车到站后，还有一个半小时是下一班车到，我不知道那女人乘哪一趟，反正那一个半小时我可以跟你们去一趟，现在真不行，求求你们。这是我手机，不行你们拿去先扣着，我等会儿去拿。"

警察哭笑不得，正要说话，邱莹莹却灵活一跳钻进阴影里，"来了，果然来了。靠，果然来了。你们尽管拿走手机，千万别暴露我。"

两个警察相视而笑，真没见过这么"专注"的人，其中一个嘱咐："你一个女孩子站这里不安全，弄不好被人拐卖了知道吗。你去那边灯柱后面，知道灯下黑吗？那儿最不容易引起注意，我们经常利用那灯柱守候扒窃者。"

"啊，好办法。"专注的邱莹莹压根儿没接收到警察的恐吓，但她迈出一步，才想到，"你们不抓我了？"

"去吧去吧。"邱莹莹欢呼而走。两眼始终不离应勤一步，看都不看警察一眼。两位警察从业以来第一次遭受如此严重的冷遇，身心遭受重创。

而邱莹莹随即也被打击了。躲到灯柱后面不久，出口处门开，应勤接到一个女孩。那女孩穿着紧身羽绒服，一脸……那不叫纯洁，那叫无知好不好？邱莹莹在心中呐喊，可是她只能眼睁睁看着应勤接过女孩的双肩包，虽然两人没有携手，但是说说笑笑迤逦而去。邱莹莹心碎了，愣愣地跟在那两人身后，这回忘了躲闪，径直跟着他们，不闪不避。

进停车库前，一直左顾右盼的女孩终于发现有异。应勤被提醒，回头发现是邱莹莹，不禁一下挡在女孩面前。这个动作深深刺激了邱莹莹，她愣愣地站住，面对着应勤，无遮无挡地落下眼泪。

　　应勤本想指责，见此只有闭嘴，赶紧拉着女孩钻进地下车库找车去。

　　樊胜美正睡得香呢，手机却扰人春梦，将王柏川也一起叫醒。"谁啊，周末这么早找你……"

　　"咦，应勤怎么会，打错了吧。"

　　"神经病，也不看看时间。"王柏川转个身，闭上眼睛拱回樊胜美身边继续睡。樊胜美也恨不得开口骂应勤几句，但接起一听那边不是打错，只得怨愤地问："小应一大早什么事啊？"

　　"对不起，樊姐，邱莹莹一大早盯梢我。你能不能跟她说说，我们……我跟她已经结束了。"应勤也是气急败坏。"哎哟，我还真不知道，回头我问问她。你还有什么事？"

　　"没了。对不起。"应勤老老实实地挂了电话。

　　樊胜美回不过神来，盯梢？"小邱大清早盯梢？她怎么还放不下应勤？"樊胜美慢慢地清醒过来，发现坏了，当初应该言语间不给邱莹莹一点儿希望，现在好了，揣着希望的邱莹莹终于做出离谱的事儿来了。连王柏川都惊醒了，"小邱盯梢？疯了。"樊胜美瞅着王柏川，"怎么办？走火入魔了，前阵子还刚劝过她呢。"

　　"赶紧问小邱在哪儿，这么早做那傻事，会闯祸。问清楚了，我们去接她。"

　　樊胜美皱着眉头打邱莹莹的手机，可邱莹莹怕盯梢时候手机突然叫响，出门时候就把手机关了，樊胜美打不通，只能去问应勤，想不到应勤担心邱莹莹失去理智电话找上来，也将手机关了。樊胜美无计可施，只能继续睡觉。可哪儿还睡得着。

　　王柏川道："不如我们租个大点儿的房子，你搬来一起住吧。你那儿人多口杂，麻烦事多。"

　　樊胜美摇头。同居比结婚更惨，这是现代女性们早已自发达成的共识。如果没房子就同居，那更别想催男人买房子结婚了。但她只是婉转地道："懒得搬家了，等以后……一次性搬吧。"

　　王柏川清楚樊胜美说的是有房子才结婚，结婚了再说搬家。"一定加油。"这句话，王柏川现在几乎每天都要对着樊胜美说一次。樊胜美终究是不放心，她犹豫再三，还是决定不道德地叫醒可能还在熟睡的关雎尔。果然，关雎尔在手机中传过来的声音气若游丝。"小关，有很重要的事要麻烦你。小邱在家吗？你知道她在哪儿吗？"

"小邱……没在睡觉吗？"

"糟糕，刚刚应勤打电话给我，说小邱对他盯梢。我当时睡得迷迷糊糊也忘了问在哪儿盯梢，然后两人电话都不通了，不知道发生什么事。你帮我想想小邱可能去哪儿了，有没有对你透露什么消息。如果她回来，你立刻告诉我。"关雎尔强迫自己醒来，可她是出了名的特困户，再怎么掐自己都清醒不过来，她只能问："樊姐你告诉我，我现在最该做什么吧。我脑子还没醒。"樊胜美不禁笑了，当即发出明确指示："你披上厚衣服，整个房间里转转，看小邱在不在，被窝热不热。"

关雎尔依言下床，冻得哆哆嗦嗦地转一圈，同步播报："没在，被窝也是冷的。"

"搜搜小邱房间，看有什么标识物表明她去了哪儿。"关雎尔拼命眨眼睛，让自己视觉清晰，她的哈欠声早通过电波传到樊胜美耳朵里了。"没有啊，什么都正常。唔，电脑前有张涂鸦，通宵 5 路车或 200 路车，京华大厦上车……什么意思？"

"嗯，小关你回去继续睡，我查查这两路车共同目的地是哪儿。"樊胜美下床，拿王柏川的笔记本上网查询公交线路。王柏川也跟着起来，见樊胜美查询结束，又插入一只 U 盾上招行网转一周的生活款到妈妈账户，才退出。"咦，你宿舍电脑坏了？"王柏川在身后看着问。"以前那台辞职后还给公司了，新的还没买。"

"噢，既然我们起得这么早，不如一起去吃广式早茶，然后转出去挑台笔记本。"

樊胜美笑笑，不说好，也不说不好，不愿显得像捞到小便宜就欣喜的浅薄人。"可能没时间去吃早茶，我怀疑小邱去火车站盯应勤，可……怎么找哦。"她想了想，给关雎尔发去一条短信，让及时通报邱莹莹回 2202 的消息。她打算与王柏川一起先去火车站转一圈。

而关雎尔受樊胜美指示又懵懵懂懂钻进被窝睡觉，经过一段时间的自然苏醒，她忽然翻身而起，对了，小邱闯祸了。她连忙穿衣下床，又满屋子搜了一遍。天此时终于亮了，明亮的 2202 里显然只有关雎尔一个人。犹豫了一下，关雎尔打开邱莹莹的电脑，寻找蛛丝马迹。既然两个人的手机都打不通，关雎尔就从收藏夹里找出很明显应该是应勤的微博，又用自己电脑上网，在应勤微博留下一条私信，请求应勤协助找人。

像应勤这样的 IT 人几乎没几分钟是离开网络的，等关雎尔洗漱出来，已经有私信回复：盯梢发生在火车站，现在应勤已离开火车站，不知邱莹莹下落。至此，关雎尔已经弄清楚究竟发生了什么，她坐在电脑前思考一会儿，毅然决定放弃努力。出不了大事，帮忙只会让邱莹莹更人来疯，吃点儿教训更容易让邱莹莹恢复清醒，犹如上次对白主管。

而樊胜美既然上了王柏川的车，王柏川就由不得樊胜美，他将樊胜美载到一家最近刚火爆起来的广式早茶店，拉樊胜美进去吃早茶。

除了邱莹莹，22楼其他人都有自己的周末生活安排。曲筱绡虽然出差劳累，可她考虑到满院子野猫随着春天临近，必然又会乱生小野猫，便约了同道，今天给所有雄性野猫做结扎，她提供自己干干净净的家做手术室，而她与她那给人做手术的男朋友赵医生充当护士，替猫消毒。

关雎尔从外面吃早餐回来，见2203热热闹闹，人来人往，猫进猫出，不知发生什么事。关雎尔不凑热闹，径直进了2202。但过会儿曲筱绡一看到唐虞允过来充当志愿者，便来敲响关雎尔的门，将正死宅在家看书的关雎尔拖去一起做护士。

其实十来只雄野猫，熟练的宠物医生只两三分钟就能结扎掉一只，麻烦的只是事前事后处理。等关雎尔进门，只见笼子里一只只已经结扎好的带着伊丽莎白圈的猫还处于麻醉状态，看人时候媚眼如丝。曲筱绡塞一只电吹风给关雎尔，那些猫做手术前都被扔进曲筱绡的大浴缸里洗了个澡，用了杀虫的宠物沐浴露，如今一只只湿漉漉的，需要吹干，也需要扒开毛毛寻找昏迷的跳蚤掐死，以免暂时寄养这几只太监猫的2203跳蚤成灾。

关雎尔虽然经常帮出差的曲筱绡喂流浪猫，可抱起那些猫吹风捉虫，还是第一次。她小心翼翼从笼子里抱出一只看上去最迷迷糊糊的麻醉猫——曲小五，小心地搬运到亮堂的窗口，膝盖垫上报纸，将猫放在膝盖上处置。又小心地冲也坐在窗边帮忙的唐虞允一笑，还有小心地目光避开接触自告奋勇也亲手结扎一只猫的赵医生。

唐虞允见关雎尔手势非常别扭，就知道她没接触过宠物，于是耐心教关雎尔怎么取悦猫咪，一边抚摸一边吹风，猫咪才不会被吓得乱来。唐虞允帮忙的时候，不免看到关雎尔伸出来的纤长玉手。曲筱绡一直眼观六路，见此情形，笑眯眯的不予点破。但她很快看到关雎尔一脸恐惧，将膝盖上的猫视作烫手山芋。"小关怎么了？"

"跳蚤黑黑的，还会动耶……"关雎尔见满屋子的人闻言都笑，便赶紧将"好可怕"吞进肚子里，脸上瞬时红成一片。唐虞允忙道："这玩意儿初接触是蛮恶心的，你做我助手吧，我们分工合作，捉跳蚤的事交给我。"

曲筱绡却不依不饶："小关，那你怕不怕蚊子？蚊子可比跳蚤大多了，也一样吸血。"

"越小越可怕呢，比如曲筱绡（小小）肯定比这一屋子的人都危险。"

偏偏一屋子的人都认定曲筱绡是个出了名的坏蛋，都看着曲筱绡笑，曲筱绡也忍不住地笑，"小关你太坏了，宁可露点也不露怯，非得把我搭上一起陷害。"她说话间一眼看见邱莹莹失魂落魄地回来，便尖叫道："小邱，过来帮忙。"

关雎尔想阻止已经来不及，只能拿出手机给樊胜美发短信，通知邱莹莹已回。那边，赵医生得意扬扬地做好缝合，背手细细欣赏自己的手艺。邱莹莹在走廊上面对 2203 发了会儿呆，却开门进 2202，什么话都没说。

"小关，小邱这是怎么了？"

"应勤的事儿还没想通。今天应勤新女友从老家过来，她闻风去火车站盯梢了。"关雎尔尽量说得轻，可难免被近在咫尺的唐虞允听到。说完，久久听不到回复，抬眼一看，见曲筱绡强忍痛楚的样子。"你又怎么了？"

曲筱绡看看不远处的赵医生，"要不是我投……投鼠忌器……我受不了了……"她终于还是尖叫出来，"这叫犯贱，犯贱，我现在开始可怜应勤，别跟我争论，我这人没有是非，只有好恶。"唯有赵医生处变不惊，"盯梢又怎么了，你不是经常翻我手机吗。不过一个手段原始，一个手段现代，你们女人做什么反正都有理。"关雎尔低头而笑，而且越想越好笑，自己也觉得不对，赶紧将怀里的猫交给曲筱绡。"我还是去看看小邱。不好意思。"曲筱绡等关雎尔走后，轻轻跟唐虞允道："她对你好像没感觉。"

"慢慢来，不急。"

"不急也是没感觉，我呸。你们的事以后我不管了。"曲筱绡一甩手，走去送志愿者朋友回家。其实，唐虞允正一筹莫展呢，赶紧抓了手边一条稻草："赵兄，你高手，帮我想想办法。"

"他是拒绝高手，不是追求高手，你问错人。"曲筱绡跑回来拿志愿者遗漏的东西，不忘赶紧替赵医生拒绝不合理要求。赵医生抱臂而笑，一脸臭屁。唐虞允郁闷不过，抓赵医生一起捉跳蚤。赵医生这两只动手术的巧手，抓跳蚤竟也比唐虞允来事儿，唐虞允更加郁闷。

第 45 章

　　关雎尔才进2202，邱莹莹就黑着脸要出门。"你干什么去？呃，我跟你一起去。"邱莹莹没好气地将手中身份证给关雎尔，"一个警察跟来查我，让我拿身份证下去给他看。烦死了，我又不像坏人。"关雎尔接了身份证，"你洗洗脸，披头散发的很不堪，我替你下去。长什么样儿的。"

　　"大冷天穿很少的，戴墨镜，好像……忘了，反正你一看就知道。"关雎尔将邱莹莹推进洗手间，拿身份证下楼。到一楼大厅，一看见大厅中间站着的一个挺拔的年轻男子，戴着墨镜背着双肩包的样子看上去不像警察，倒是像时尚青年。但关雎尔认定那就是要查邱莹莹的警察。她小心走过去，壮着胆儿问："请问是警察先生吗？"

　　那警察扭头，拿墨镜对着关雎尔："你是？我就是。"

　　"我跟邱莹莹住一个单元，我送身份证下来。她情绪不大好，我让她休整休整。"警察看看身份证，就还给关雎尔，"与她口述的一致。也没什么大事，我看她在火车站广场乱哭乱走挺危险，正好我值夜班下班，找个借口送她回家。我也感觉她状态不大好，想折腾她几下，让她忘记关注的那前男友，免得死心眼做出不计后果的事情来。既然她有朋友在，我就交差给你啦。今天你得小心盯住她。"

关雎尔惊讶，"咦，小邱真幸运呢。谢谢你。这么辛苦的……不好意思……"

"哦，这个不用不好意思，让她以后小心安全就是。我给你个电话，要是你盯不住你的朋友，尽管来电呼我，我披张虎皮能解决不少问题，嘿嘿。你也给我一个吧，等我睡醒再来问问，了却一桩心事。"

关雎尔听着觉得非常在理，拿出手机与警察交流了号码，送他出门。只见警察跳上一辆外地牌照的小破车，回头冲她摆摆手，呼啸而去。曲筱绡正好送走志愿者回来，见此奇道："帅哥？怎么搭上的？"

"小邱搭上的，我帮她收拾残局。"

"嘿，没天理，这样也能搭上帅哥。嗳，小关，你看唐虞允怎么样。"曲筱绡终于没耐心了，不如直接发问。"什么怎么样？"曲筱绡看清关雎尔的眼神，只能翻个白眼，"我帮不了啦。关关小宝贝，你到底喜欢什么样的男人？我咋越来越觉得你像个修女，对男人一点儿兴趣都没有吗？那些追求你的人都看不上吗？"

"你……你……唐……"

"没错，我就是想给你做媒。"关雎尔连忙摇头，"NO。没感觉。"曲筱绡尖叫："你到底要什么样的啊？"

"不知道，还早呢。"曲筱绡翻着白眼，跺着脚狠狠而走。关雎尔跟着走出电梯，既然得知曲筱绡的阴谋，她就不再去2203凑热闹，回头盯紧邱莹莹不让做傻事才是第一要务。不久，接到警察来电，"没事儿吧？"

"没事儿呢。我劝她睡了。谢谢。"

"嗯，那就好，我也睡了。听得出我的背景音乐吗？呵呵。"

"黑金属。"

"啊？你听得懂？自杀黑金属，你听这毛茸茸的瘆人吉他声。听着这个刷牙，你道什么效果？哈哈。"关雎尔也忍不住笑了，"牙好，胃口就好，身体倍儿棒。"警察哈哈大笑，"就是啊。我姓谢，小警察，以后有需要我的尽管电话我。"关雎尔犹豫了一下，"我姓关，小会计。"

"小关，今晚音乐节有我很心水的后朋克乐队IDH的现场，有没有兴趣？非常难得。我五点去接你，随便吃点儿，然后就是一晚上的啤酒和音乐，怎样？"

关雎尔错愕，却不由自主地应了"好"。等电话结束，她不禁先冲过去邱莹莹的房间，对着里面蜷着睡觉的邱莹莹发呆。回过来，才直着眼睛回到自己房间，打开电脑查 IDH 究竟是什么。

　　包奕凡午饭后被人约走去市中心谈正经事。包太在饭桌上一听就提出安迪可以跟她在一起，她会照顾好安迪。安迪赶紧脚底抹油，蹿上包奕凡的车子。第一次，包奕凡开车稳得堪比拖拉机的速度。两人到了市中心，安迪去附近逛店。才走没几步，包奕凡就追过来，摸出一把零钱。"我昨晚看你包里除了卡，好像没零钱。这些带着，随时买矿泉水小零食用，别渴着自己。"

　　"嘿，到处都是 ATM 机。"包奕凡自己也笑，"快进去，别外面冻着。走累了就坐。"安迪不语，看着包奕凡直笑，甚至笑得有点儿不怀好意。等包奕凡一走，她打车去医院，先弄清楚是不是怀孕再说。她哪有包奕凡以为的那么弱不禁风。结果，不出所料。安迪又打车，回去包奕凡的住处。进门，她先一个电话打给谭宗明。谭宗明听到这个消息，更多的是意外。他以为讲科学讲遗传的安迪可能不敢要自己的孩子。他这样的圆滑人竟是闷声好久，才道："恭喜……恭喜！你在哪儿？为你庆祝一下。"

　　"我在包奕凡家。老谭，我是深思熟虑的。"

　　"既然已经有了孩子，打算怎么处理与小包的关系？还这么挂着？他能不提出结婚？如果结婚你是不是打算跟他开诚布公？"

　　"这是个难题。也是我一直不敢正视怀孕现实的原因。"

　　"打算怎么办？我的态度你反正知道，不管你作什么决定，我都支持你。"

　　"不知道，但我离不开包子。"安迪说到这儿，不禁想到刚才包奕凡拿零钱给她，她叹了一声气，"我只想跟他开心地在一起，多一天是一天，不想以后。我知道这种说法不负责任。"

　　"但你现在的每一个决定，必将影响到孩子。成年人能承担的，孩子不行。我必须提醒你。"

　　"老谭，不能让我没心没肺地多快乐几天吗？"

　　"你自己想好了，小包会一天紧似一天地对你逼婚。你眼下没有理由再拒绝。"

　　"再说吧，兵来将挡，还能怎样。"谭宗明表示莫名惊诧，这种不负责任的说法不是他熟悉的安迪的态度。可再设身处地替当事人想想，安迪又能怎么做呢？要么自私，要么自残，两选其一，别无第三条路。只是，才刚结束与谭宗明的通话，魏国强的电话不期而至。安迪皱着眉头看显示，看了好一会儿，才接通。又迟滞了会儿，才放到耳边。"刚刚接到你男朋友妈妈的电话。很替你开心。恭喜你。"安迪心里堵了千言万语，没好气地道："我都不敢开心，你们都开心什么。"

"你敢于走出这一步，我替你高兴，你是准备好担当了，这一步走得不容易。担当这两个字，我这辈子曾经很敢说，却没做到。现在不敢乱说，却是计算风险后的保证。我替你加个砝码，无论如何，发生什么情况，你大人小孩都有我可以依靠。"

这是安迪自知道怀孕后最想听的话，可这样的话却来自魏国强之口，她真是有溺水的感觉。"这方面，我不会给你自赎的机会。我今天接你电话的原因是，我刚得知我男友的妈妈千方百计高攀你，看样子是高攀上了。如果你不搭理她，不给她兴风作浪的机会，我会感激你。"

"嗯。我最近赋闲，打算多看些书。看到不错的会打包给你。对那些商人妇不必大动肝火，看你的书，做你的事，占据你的主动，偶尔给她一块糖吃，她就不会多事。她要是越界，你打电话给我。你总之还是坚持你的，合得来的才是亲人，合不来的再近的血缘也是路人。"

安迪差点儿噎死，她的所作所为本来还挺自以为是的，被魏国强一说，怎么听上去净是笑话。"所以，滚。你们两个我不待见的再联合到一起也不会负负得正。"

而魏国强还没滚的时候，安迪坐在关着门的书房里已经听到门口保姆与包太的大声对话。安迪不禁皱眉作束手状，看来这是不得不正视的现实，想跟包奕凡在一起，尤其是有了孩子之后，只能连带着接受包奕凡的各种关系，买一送一，买一送二，买一送不知多少……连魏国强都有隙可钻，好烦！

可是，偏偏，对付正在客厅吩咐保姆炖什么煮什么的包太，魏国强的建议最有用。看她的书，做她的事，将包太当耳边风，以不变应万变。直到包太的脚步声渐渐接近书房，然后不知怎么在门口停顿了会儿，才敲门，但不等安迪应声就进门。安迪这才起身。

"囡囡啊，快坐下，快坐下。好点儿没有？我还以为你在逛街了，就过来看看，吩咐保姆做清淡的汤水。要不要去医院看看？我联系城里最好的医生，你以后都在这儿做产检。"

"哦，麻烦您。我已经去医院做了检查，都没猜错。等再长大一点儿，我打算去美国做一下全面检查。"

　　包太挺尴尬，显然人家看不上你这二线城市的医院。她当然不知道安迪说的全是真话，安迪需要给未出生的孩子做目前科学能达到的最完备的筛查，并无歧视她推荐的医院的意思。包太心里挺不舒服。"呵呵，我忘了你是美国公民了。想吃什么？尽管跟我说。"

　　"好，谢谢关心。"

　　包太讪讪的，再顺着这话题说下去，就显得她没资格了。可这儿是儿子的家，她没有一走了之的道理。她就是不走。"你们……打算什么时候结婚啊？既然有孩子了……"

　　"这件事我正打算跟包奕凡谈。我所受教育不怎么中国传统，婚姻在我眼里是条神圣的契约。如果不结婚，即使有孩子，大家依然是自由身，来去自由。如果结婚，我必须对包奕凡有言在先，他若违背契约，我必追究，不惜两败俱伤。

　　所以我无法给您答案，这取决于包奕凡愿不愿意跟我谈。"

　　包太彻底无语。面对一个不惜两败俱伤又拥有强大火力的女人，哪个男人求婚前都得三思的吧。尤其是包太作为过来人，她还真少见哪个有点儿钱的男人能在一世婚姻中不出点儿轨。正好包太繁忙的电话此时应景地响起，包太便借口告辞了。出去后越想越没意思，这女人想仗势骑在他们包家三口头上吗？她一个电话打给儿子，将对话原原本本传达过去。

　　安迪送包太出门，回来给22楼的姑娘们群发短信，"我怀孕了，恭喜我吧。"顷刻，短信回复如潮，各种祝福，各种询问。

　　包奕凡赶着回来的时候，安迪正回短信回得手指抽筋，一见包奕凡就道："我是孕妇，多用手机不利胎儿健康，你帮我回复短信，我口述。"

　　包奕凡接了手机，一一回复："包子回来了，我要重色轻友了。"安迪哭笑不得地看着。这招很有效，短信暂告段落。

　　"你妈来过。"

　　"她都告诉我了。你干什么去？"

　　"书房拿化验单给你看看。她好像生我气，她不敢真诚，我不能造假，两人面对面僵了。"

　　"你说去美国检查？"

　　"嗯，她这也告状？等胎儿稍大些，我去做个染色体检查，做出最大可能的排除，可以放心啊。我记得有专利壁垒，国内有些可能查得不够全面。这也不对？”

“哈哈，难怪她理解不了。我听她那么一说，还以为你打算美国检查美国生产，以后孩子竞选美国总统时候免得受出生地困扰，受奥巴马提示啊，我还想你考虑得够远大的。”

“你妈有没有告诉你，她第一时间报告到魏国强那儿去了？魏国强显得很得意啊。”

包奕凡只能一脸无奈，借着换家居服，暂时躲避尴尬。等换好衣服，手里拿着化验单，包奕凡才道：“我妈，如你所言，不敢面对真实，她只能虚张声势。从她对我告状的口气看，她在你面前很吃亏，虽然你本意并没有怎么样她。你对婚姻的态度，吓到她了。”

“你别这么看着我，既然她已经传达到，我就不说第二遍了。你也知道这是我一贯态度。再接下去，只有讨论细节。但这只能发生在我们其中一位求婚之后。”

“孩儿妈，我们两个还有婚前婚后财产问题，我的部分需要跟我爸讨论后定，基本上……这回送我妈出游，也是我跟我爸财产的划分，这时间无法由我拿捏。求婚前我必须把自己的一块弄清楚，才能有诚意地跟你讨论进一步的细节，不会害你吃亏。我相信如果我现在什么都没做好，就愣头愣脑跪下求婚送上戒指，你会拿眼白翻我，这不符合我们两个的风格，也遗患无穷。我想你会理解我。”

“以前你妈妈反对我跟你交往，绕过你来找我的时候，我已经跟她提起过，其实我跟她总说实话，她却总生气不相信。我说你们家财产很难分割，而我则要求婚前财产公证，以保证婚后财产共有，即我不占便宜，但也不放弃权益。依你们家的情况，怎么共有？所以让她不用担心我们会结婚。你别担心，我清楚着呢。”

这回，轮到包奕凡向包太学习晕眩。“你从来就没打算跟我结婚？”

“不切实际啊，我能做到的我会去做，你能做到的我也会要求你做到，但我不能要求再搭上你父母，这太强人所难，而且看上去你妈很有意见的。我又没说错。为了结个婚搞得相处不愉快，何必？结婚如此不愉快，结婚后又怎么愉快得起来。不如现在这样大家都开开心心，我没意见。有孩子也不会改变什么。”

“你说结婚是为了什么？”

“是啊，干吗结婚，一纸契约而已。”

“不，我的意思是结婚是爱情的归宿，我们必须往结婚那一步走……”

　　"以证明爱情？不需要法律约束，两个人相爱一辈子，不是更能证明爱情的纯粹？"

　　"不是证明，爱情意味着独占欲，我们用婚姻宣示所有权，你是我的，我是你的。向彼此宣示，也向世界宣示。是社会人与这个社会的约定俗成。"说到这儿，包奕凡停顿，想了会儿，道，"你等我十分钟。"

　　安迪笑道："偷偷上网搜索怎么反驳吗？"

　　包奕凡大笑走进卧室。"我需要吗？"

　　安迪当即放弃孕妇害怕手机辐射的信条，对着手机上跳跃的时间为卧室内的包奕凡踊跃读秒。精确地读到十分钟，她便欢欢儿地跳跃到卧室门口，克制地敲了三下，"网速不行吗？哈哈。"

　　"伤停补时五分钟。"

　　安迪很开心地坐回去，等待包奕凡出糗。不到五分钟，卧室门开，却出来一个衣冠楚楚的包奕凡。穿得非常正式，一身黑西装，雪白衬衫，领结，脸面头发都重新收拾过，俊帅逼人。安迪倒是不解了。忽然眼皮一跳，他这身郑重打扮是准备求婚？她顿时紧张地坐直了，她没准备。

　　包奕凡走到安迪面前，却忽然掏出墨镜戴上，合着音乐的拍子很酷地开始摆造型。或站或走，或卧或坐，一边还甩着头发问怎么样。安迪张口结舌地看着，"干什么？客串名模？"刚刚还在严肃讨论婚姻，忽然开始走娱乐路线，这个跳跃有点儿大。

　　包奕凡兴致勃勃地摆起了POSE，最后俨然有斧头帮舞的一丝风采，安迪看得大笑，"你……你……要不要我跳肚皮舞给你伴舞？"

　　"哟，不敢劳动您大驾。"包奕凡这才一个滑步，溜到安迪身边坐下，自嘲地道，"刚才被自己说的话打动了，说到婚姻宣示所有权，你的是我的，我的是你的，顿时一激动，打算换上全套郑重其事向你求婚。但对着镜子练习练习'从此我的全是你的'，才意识到不对，'我的'边际在哪里？不能提出明确的边际，便有拿甜言蜜语蒙你的嫌疑。只能半途而废。但显然，我还是比较帅，打扮一下更帅，是不是。"

　　"哈哈，你显然一直走偶像路线的。会不会你觉得我脑袋不够浪漫，以对待合同的方式对待婚姻？"

　　"我也正问自己这个问题。如果年轻十年，我一激动早在遇见你那天就求婚了，求婚词可能就是'从此我的全是你的'，但年轻的我未必觉得那是欺骗。你那时候也年轻，可能也头脑一激动就答应，我们激动地等着年龄一符合就结婚了。反而那时候什么都好办，办了就完了。"

"然后你妈嫌我没身家，处处防贼一样防我挪用你家的钱。我在你家最适合的位置可能是财务，可被你妈发配到完全不适合的销售部。每天回家跟你龃龉不断。"说到这儿的时候，安迪隐隐约约想到什么。

"以前不懂担当，乱承诺。现在懂了担当，不敢承诺。想起来有点儿不安。血性呢？再过十年又会怎样？"

"哎哟，我想起来了，魏国强刚才也跟我说类似的话。"安迪怔怔地看着包奕凡，"但我不打算理解他原谅他。"

"这年头找个让自己恨的对手不容易，大多数是让人厌烦鄙视的。留着他，干吗原谅他。"包奕凡微微直起身，脱下西装扔一边，又舒舒服服地躺回来，拆着袖扣，"然后一想，我们都真大逆不道啊，我那么对我妈。"

安迪伸手帮包奕凡拆袖扣，又想帮拆领结，但不懂窍门，只能将包奕凡的脖子揪过来慢慢研究。"以前对于让我不快乐的，我两个办法，要么一声不吭走开，要么出手打得他满地找牙。现在发现那都不是本事，容忍才是最大本事，可我真做不到。对不起，我让你为难。"

"孩儿他娘……"

"你怎么又改称呼？"

"孩儿他娘好像更顺口，我这不是正在调适角色中嘛。我其实在卧室里准备了很多道歉，暂时没法诚心诚意向你求婚，我很无地自容的，怎么变成你向我道歉了？"

话题又回到求婚，安迪心里又泛起不安。她没资格谈婚论嫁，巴不得包奕凡不求婚，免得她必须面对自己的良心，究竟是向包奕凡承认身世，还是隐瞒。这也直接关系到她的快乐。想那奇点是从小经受磨难的，可自打知道她的身世后，两人之间便隐隐约约总有一线沉重的脉动，让人无法轻松谈爱。面对包奕凡的真心实意，她只能掩住自己的良心，继续隐藏她的这一致命现实，只说别的。"我没准备好。孩子来得很突然，求婚……我也没想过，我们真正认识才三个月，真正见面才几天，我巴不得你别求婚，应对不了。别看我好像挺镇定，我很慌。我虽然很高兴孩子降临，可一下子来得太多，魏国强，你妈，我快支撑不住了。我非常高兴你不求婚，松口气，就这样。我不跟你绕圈子了。我是孕妇，孕妇，我最大，你别再对我一本正经。"

包奕凡沉默了会儿，却"噗"的一声似是泄气，又像是克制不住地笑，然后就真的笑了起来。"我也紧张坏了。天，忽然成了孩儿他爸，无论如何得给孩儿他妈一个态度，可我什么准备都没有，完全举止失措，你不怪我就好。安迪，我爱你，非常非常爱你。你相信我，下半辈子托付我，我不会让你后悔。我保证。"

可是安迪根本不敢去想象未来，尤其是孩子出生之后的未来。她心中有鬼地笑，笑得歪鼻子歪眼的，全是勉强。

邱莹莹虽然被关雎尔按住了睡觉，可她怎么都睡不着，脑子里一遍又一遍地重现火车站那一幕。可她又困得昏昏沉沉，猫在被窝里不愿起来。吃中饭时候，关雎尔过来轻轻呼她一声，她不出声，装睡，她不想动，她万念俱灰，什么希望都没有了。

樊胜美与王柏川慢悠悠喝完早茶，终于等到商店开门的时间。两人进去买了一台笔记本电脑。王柏川喜欢名牌，在财力允许范围内，他总买最好最亮眼的牌子。因此他们进店就义无反顾地直奔 ThinkPad 专柜。面对陈列的一台台笔记本电脑，王柏川自然是问樊胜美喜欢哪一台。樊胜美看来看去，环肥燕瘦，最终无非是落实到一个价格，看王柏川愿不愿意掏钱。因此她不愿表态，只摇摇头道："你替我决定，我不懂电脑。我只要能上网，普通玩玩就行。"

王柏川想想女孩子嘛，玩电脑肯定不懂电脑。可他也没调查过最近时兴哪一种，在店员熟练推荐下，王柏川挑了一台适合女孩子的样子轻薄小巧的，麻利地刷卡付款，新电脑立刻到手。

樊胜美非常开心。关雎尔有一台公司给的电脑，功能最强大；邱莹莹有一台老掉牙的二手机，上网简直是牛拉车似的，内存显然不够用。可樊胜美每周要寄钱给家里一次，她下意识地不大乐意借用关雎尔的公家电脑，而最常用的就是邱莹莹的电脑。在邱莹莹那儿，她可以招呼都不用打，走进去开机操作，操作完了就关机，如果事后忘了跟邱莹莹说一声都没事。邱莹莹就是这么友爱。

可樊胜美并没表现得非常雀跃，她即使穷，也不愿显露出小家子气。她很得体地亲了下王柏川的脸，轻轻说声"谢谢，真开心"，便罢。

王柏川的工作没有休息日，只要客户有需求，他就得做事。客户其实已经呼唤了好一阵子，王柏川买好电脑，就赶去办公室找资料，计算报价，查询下家。樊胜美也跟着去。她闲着没事，办公室又没别的员工，她就顺手替王柏川整理整个办公室。这事儿她最在行，以前她工作的一项就是监督同事们办公桌的整齐有序。她一边收拾，一边找一张纸记录需要添置的文具，也记录可以改进的部分，等会儿可交给王柏川斟酌。王柏川办公室里的装备本来就是由她开天辟地一手配置，她当然熟悉应用，因此在小小办公室里如鱼得水。

等王柏川的手头工作告一段落，她拿出记录，与王柏川商议改进。她这一刻觉得很有成就感，她可不是白吃白喝王柏川的拜金女，她真心实意地帮王柏川考虑与做事呢。在她提议下，他们草草吃了中饭，就奔文具商店，回来将办公室装备得焕然一新，樊胜美才满意放手。王柏川虽然觉得小公司没必要如此规矩讲究，但既然樊胜美高兴，他就依着，他也高兴。再说，樊胜美还不是为了他。

忙碌一下午，王柏川实在有重要客户需要三陪，才依依不舍将樊胜美送回欢乐颂。樊胜美端庄了一整天，下车拎着新电脑走到拐角，确信王柏川看不见了，才欢快地蹦起来，一把将电脑抱进怀里，跳跃着往宿舍走。直到走出电梯，踏上22楼的地界，才又稍微收敛了点儿。不是为了端庄，而是考虑到邱莹莹此刻正伤心，她不能在伤心人儿面前太出格。

樊胜美才刚打开门，就见关雎尔轻轻走过来，冲她使个眼色。樊胜美便将关雎尔迎入自己的小黑屋，掩上门，轻问："小邱怎么样了。"

"一位好心的巡警把她送回来，失魂落魄的，一直躺床上，我试探性跟她说说话，她都没应声，不知是不是睡着了。本想找曲筱绡商量，那家伙刚做完好事，养了一屋子刚成为太监的野猫，忙着呢。幸好樊姐回来了。"

"小曲对猫倒是一往情深。小邱回来后没说别的？"

关雎尔摇头，"万念俱灰的样子。我推着她，她才能洗脸洗手睡觉。我一整天都守着她呢，没戴耳机，一直没听见她房间里传出动静。不过她起太早，休息一下也好。"

"小关，你真是个好姑娘。我去看看。"

樊胜美放下电脑。可关雎尔虽注意到，却不是个好管闲事的人，不爱乱打听，樊胜美如果不主动说，她就不乱问。樊胜美未免有点儿小失落。她轻轻开门走进邱莹莹的房间，柔声道："小邱，睡醒了吗？愿意跟樊姐说说话吗？"

邱莹莹这才意识到，她一直在等待樊姐回来，樊姐的这一句如大旱甘霖，浇得她一头清醒。她连忙转过来，哑着嗓子道："樊姐，我好难过。他这么快就能在老家相亲了一个女孩子，这么快就领来海市，说明他没爱过我，一点儿都没有，这么快就把我当空气了，看见我跟看见鬼一样。不是说他是好人吗？好人怎么这么绝情？"

关雎尔已经憋一整天了，听见此问，立刻抢在樊胜美之前，道："应勤要找一个结婚对象，正好你在合适的时候出现，他找你。等他发现你不符合硬件，他退出另找。其中无关感情。如果你意识到这一点，你才会发觉整个过程都很合理，并非我们以为的不可理喻。"

但邱莹莹拿眼睛看着樊胜美，非要等樊胜美表态。樊胜美点头，"小关说得有道理。应勤不能说是坏人，但他不懂感情。你俩，真遗憾。忘掉他吧。"

"真的没有希望了？可是我陷进去了，我喜欢他。我真鄙视自己，都是我自己不好，我要是……"

"小邱，别这么说。你是个好姑娘，我们都这么说。有句话叫甲之熊掌乙之砒霜，你跟应勤只是不合适。你这么开朗善良的姑娘一定能找到更好的男朋友，樊姐对你有信心。"

"可是，明明是我不够格，我以后还是不够格，谁还要我呢。"

"胡说。樊姐比你大那么多，找了那么多朋友，总算找到王柏川，还常常磕磕碰碰的呢。你起来，向前看，大不了找到樊姐的岁数，你肯定能找到比王柏川更好的。"

"嗯，对啊。小邱，你应该想想，你起码还找了呢，我一个都没有，我才比你小一年，我一个都没有，你还说你不够格没人要，我怎么办，买块豆腐撞死去？听樊姐的，樊姐什么时候骗过你。你要是自己不站起来不争气，那才真的没人要你了。"关雎尔站在樊胜美身后，也是给邱莹莹鼓劲。"小邱，你都睡一天了，起来，跟我去跑步，流汗水代替流泪水，完了晚上一起去听音乐会。"

"对，小邱，起来，躺着永远解决不了问题。"樊胜美走向前，一把掀开被子，将邱莹莹拖起来，作势要给邱莹莹穿衣服。邱莹莹连忙自己穿。

正好安迪怀孕的短信群发过来，大家都找到了事儿做。安迪将肚皮舞课时送给邱莹莹。但邱莹莹依然皱着眉头，"可是我还是非常非常想念应勤，怎么办？我想跑去他家。"

"必须克制，告诉你自己，你们结束了。再去找应勤就是打搅别人的生活。"

"他怎么能说来就来说走就走呢，我怎么全无主动权呢？"

　　"爱情没有理由可讲。"

　　"可你们说的，他跟我讲的不是爱情。所以我要问他理由。怎么能没有交代就走呢，他抢走了我的感情。"

　　"可你想怎么办呢？你这么跟踪他，会被他看贱。"

　　"我不是跟踪他，我要弄明白，弄明白他究竟怎么对我。他这么狠心，换我肯定做不出来。你们都说了，我是好姑娘，他凭什么。"

　　"凭你不是处女，不符合他的标准。"

　　"可我不是青菜萝卜，他，去他妈的标准。"可邱莹莹语塞，她知道这标准事关重大，"总之，我不放弃。关，你留家里，我自己跑步去，我会站起来，但我不放弃。我要向曲筱绡取经。"众人大惊。樊胜美与关雎尔看着邱莹莹跑出门去，大眼瞪小眼。怎么办？

　　众人散了之后，2203剩下的活物为曲筱绡与赵医生，以及一屋子清醒过来之后长一声短一声惨叫得此起彼伏的十几只野猫。曲筱绡早已筋疲力尽，可经常在手术台边一站数小时的赵医生依然活泛儿。野猫们的惨叫叫得曲筱绡肝胆俱裂，不知该如何抚慰这些在笼子里乱窜的野猫，又得拿拖把时时清理野猫屎尿。而时常目睹人的生死，心理超强悍的赵医生则是冷静地上网寻找中止野猫惨叫的兽医文献。赵医生还没找到结果，曲筱绡等不及了，在猫猫们的大合唱中打电话寻求朋友们的经验援助，曲筱绡还打电话问她的钟点工，可不可以过来加班两整天，她愿意支付优厚酬金，可惜钟点工阿姨一听需要照料十几只猫，毅然拒绝上当。

　　相比赵医生娴熟地借助网上搜索之便利获取知识，曲筱绡则是人肉搜索的高手，她用一个个电话精准逼近事实的真相。可惜，当她将人肉搜索结果与赵医生商讨时，赵医生总是盯着屏幕给她两个回答，要不是"依据呢？"，要不是"理论上不可行"。曲筱绡试图不信邪，"人家宠物医院医生说的呢，怎么不可信。要不我照着做。"

　　赵医生镇定自若地答："你的每一个决定都关系到猫的痛苦。"

　　曲筱绡当即不敢实施打听来的办法，继续贤妻良母地照顾那十几只猫。当她发现她强悍的神经实在经受不住凄厉惨叫大合唱的时候，她沮丧地对依然专心于电脑的赵医生道："我出去透透气，吃不消了。顺便到附近中介所看看。"

　　"嗨，始作俑者，当初就跟你说一锅端肯定炸窝，你死活相信人有多大胆地有多大产，一定要一刀切。现在该不该拿出负责的态度来？"

"有你在，大主意都你掌握着，我只管泼皮耍赖，你说的。

耶！"曲筱绡才不跟赵医生讲道理，她欢呼雀跃着准备跳出门去，但最终还是被赵医生施以暴力，抓回屋里。正好，她接到安迪怀孕的短信，曲筱绡直觉这是愚人节的预演。"咦，安迪未婚先孕？ 22楼谁都能未婚先孕，也轮不到她啊，她理智得像一台机器。"

"真理智的机器才不会拿结婚当怀孕前提。你回复时候帮我提一笔，让她不用胡乱看什么书，回头我给她列书单，专业的，够培养出一个妇产科医生。"

曲筱绡心中警钟长鸣，"你特理解她？"

"嗯，你可以吃醋了。像她那样的智力机器，不向她推荐专业书籍，简直就是看不起她。有了，找到一个英语文献，我们看看怎么对付这些猫。"

"你推荐她专业书籍？你到底是害她还是帮她？"但曲筱绡顺手将赵医生的意思与恭喜一起发了出去。

赵医生没回答，专心致志看文献。而曲筱绡手机里则是接到安迪的回复，"正需要推荐。希望赵医生推荐英语的，可付费下载的。"曲筱绡看了惊讶，"还真是。"

"她那样的病人我偶尔有遇到，还没到医院，自己先上网查了个七七八八，结果门诊时候比我还话多，烦得要死，可又缺乏基础知识只是个三脚猫。干脆让她学系统的，省得她天天提心吊胆。我们腾出客卫，把笼子里的猫都放客卫去，让自由行动，它们会稍有安全感。这份文献有观察数据做支撑，可以信。关客卫的原因是客卫方便彻底洗刷尿屎。我们整理客卫去，你看看什么不用搬。"

曲筱绡这才放心了不吃醋，于是赵医生说什么她都能接受，只是她实在是娇小姐，进去客卫指点着江山说这个要搬那个也要搬，却翘着兰花指只拎出一瓶洗手液。赵医生看她翘着兰花指又不知要去客卫拎出什么来，索性将她轰出去，自己找一只纸箱将客卫收拾一空，又亲手平稳地将一只只猫都送入客卫，才一闪闪出客卫。

"行了，等会儿喂猫和探望的事儿都我来，你别搭手了。我怀疑不出一小时，里面得臭气熏天，你进去就熏死在里面。趁天还亮，我们去买雨靴、胶手套、口罩。"

"我被猫猫熏死，你会不会给我做人工呼吸？要不我们先演练演练？"曲筱绡眼睛一亮。

"行啊，我们真实情景再现。你被熏翻，跌了个嘴啃屎，于是我先替你擦屎，不嫌脏臭替你人工呼吸。周围群猫环伺。"

　　曲筱绡当然不会上当，拍手道："好啊好啊，这种模拟我从小就会。一客花生芝麻冰激凌加巧克力酱……嗲赵，你说我最该让混合冰激凌摔在哪个部位呢？"

　　赵医生挫败，只能拽起正拿眼睛放闪电的曲筱绡，出门采办去也。

　　回来，正撞上等候已久，满脸悲悲切切的邱莹莹。邱莹莹是搬把凳子坐门口等曲筱绡回。即使曲筱绡在电话里保证说肯定一个小时后回家，邱莹莹却坐立不安，非得等在门口，对着电梯门，她才能稍稍安心。曲筱绡察言观色，发觉邱莹莹眼睛里带着狂热，她见猎心狂喜，哈哈，22楼终于又有得玩了。但她绝不打无准备的仗，她借口要给赵医生开门，要与赵医生一起探望寂寞了两个多小时的猫猫，赶紧躲进她的2203，先给关雎尔打电话知己知彼。

　　"关关，臭臭怎么回事？竟然追着我要我解决人生大问题，我好怕怕哦。"

　　"她现在有点儿情绪，你请体谅。听她的意思，应勤春节回家相亲找到符合硬杠子的女朋友，今早乘火车来海市，她去火车站现场追踪了。她想征求你的意见，怎么不屈不挠地追回应勤。"

　　曲筱绡不禁偷偷看一眼赵医生，压低声音道："咦，这种事我可不内行，我一向身边猛男环绕，要谁有谁。即使不绕着我转的，姐勾勾手指头也准上钩，没见去年底我还发动大伙儿把猛男往外推吗。我只管勾不管追啊。"

　　关雎尔一下就想到曲筱绡顺利勾引白主管的彪悍往事，连连点头，"正好说明你有魅力，你教点儿给小邱也好，她现在只想找人说话而已。拜托拜托，千万出来跟她说说话，她现在相信你。"

　　曲筱绡心里总算有了底，跟赵医生拍胸道："嗲赵，我要做小邱的麻辣情医去了，你照顾好猫猫，这儿全拜托你了。"

　　"曲桑，珍重，再见。"

　　曲筱绡哈哈一声笑，踩着台步出门。走到门口，进出之间，对着邱莹莹大喝一声："小邱，天涯何处无芳草，何必单恋一枝花！"赵医生在里面莞尔一笑，却并不替曲筱绡操心，照旧坐在电脑前给安迪寻找专业书目录。

　　但邱莹莹并未将眼中的狂热转化为言语的激烈对抗，这让充满斗志的曲筱绡颇有一拳打入棉花堆的落空感觉。邱莹莹有气无力地道："我就单恋，就单恋。小曲，你最有办法，你说……"

　　"对嗒对嗒，你算是问对人了，整个 22 楼要说恋爱谁谈得最多，我不敢乱说第一，但要说恋爱谁谈得最成功，甩掉的男人最多，我，22 楼的老大。"曲筱绡踩着猫步，自信满满地走到邱莹莹身边，一只温暖的手搭在邱莹莹肩上，得意非凡地往 2202 门里面瞄了一眼。

　　邱莹莹不知曲筱绡此言乃是刺着樊胜美而去，不知樊胜美在屋里听得翻脸，她抓住曲筱绡温暖的小手，急切地道："你教教我怎么勾引到应勤，什么办法都行。"

　　"你这样的资质，这样的长相，除了将应勤灌醉，骗到房间反锁，第二天光着身子哭着喊着要他负责，不从就威胁报警，还有什么办法？"

　　赵医生闻言，做好了抢救女朋友的准备，这不是侮辱人吗。2202 里面，关雎尔急了，"小曲，别胡说，也不看看场合。"

　　邱莹莹却沉默了会儿，问："怎么请他出来喝酒？需要开房吗？他要是不认怎么办？"

　　"那还不简单，找个重要事儿，打个电话请他出来。等他一个转身，酒里面加点儿神马苍蝇粉树皮的，等他发作呗。"

　　"他看见我像看见鬼，很怕我的样子，好像我要害他。哪请得出来。"

　　"这就是你的不对了。做事儿最怕的是什么？唉，你这智商，能活着已经不容易，我还是别考你了，直接告诉你怎么做。耐心！你这傻不拉几的太没耐心，我告诉你，动物世界里狮子盯上羚羊，要怎么做？肯定是耐耐心心等在一边，装打哈欠打盹，其实两只眼睛一直瞄着羚羊。你呢，也别接近应勤，离他一定距离，只有你看得见他，他看不见你。比如微博，你取消粉他，让他放心以为你消失了，但收藏他的微博，随时进去看。比如找上他家去，但你别敲门，你只能躲在角落看他进进出出，不能起身不能喊，懂吗？"

　　邱莹莹不知道曲筱绡葫芦里卖的什么药，但动物世界里的狮子确实是这么捕捉羚羊，再说曲筱绡说的都是实例，上手就可以操作，似乎挺通俗易懂，又正是她想做的，她只能点头确认。

　　"现在开始拿纸记录。然后，你大概半个月左右，才给他微博留一句话。比如过几天的三八节快乐啦，还有什么母亲节问候母亲了没有啦，愚人节也可以用啦。反正不能少于半个月，时间越拖得长越好。等他以为安全了，回复你了，又当你是朋友了，你可以发动进攻了。话说回来，你每发一条，必须经过我的同意，要是打草惊蛇，我就没招了，知道什么叫前功尽弃吗？”

邱莹莹愣愣地点头，“为什么要这么做？”

“你总之要么全听我，要么一句不听，你要是有怀疑，立刻滚蛋，我才不高兴帮怀疑我的人。什么都别问，就照我说的做。第一条，三八节发，只有这么几个字：三八节快乐哦。最多加个笑脸。前面不要有为今天的事道歉，后面不要解释为什么要祝福男人三八节。记住了吗？”

邱莹莹又是点头，“可是……”

“可是个毛。”

“我不是质疑你。我是说，应勤既然可以这么快地才一个春节就相亲成功，春节到今天才不到一个月女孩子就过来探望，万一再不到一个月，我才发出一条短信呢，他就结婚了，怎么办？”

“我问你，你还有其他办法吗？如果没有，听我的。如果有，你另请高明。就这样。我照顾我家野猫去了。”曲筱绡毫无留恋地回 2203 了，掩上门，问赵医生：“你是不是在偷听我们闺蜜说悄悄话？”

“我才明白你为什么拖了那么多日子才第一次见我。”

“哈哈，你多疑啦。我那次是真的出差，不信我们立刻赶去我公司查机票给你看。我这么对小邱说，是因为小邱是个大糊涂。我是谁越压着我，我越跳得高，她是压着她，压着压着她就忘了，事情不就解决了吗。”

“最初想的是怎么寻衅闹事吧？”

“是啊。可她打不还手，骂不还口，我没劲死了，逼得我做了一次好人。奇怪，一个没劲透了，另一个也没劲透了，这两个怎么撞到一起，话都没法说，幸好分开，两人都还有做活人的机会。”

“默契的一对不是凑一起有说不完的话，而是即使一天不说一个字，也不觉得无聊尴尬。”曲筱绡一阵心虚，“那不是说我们两个背对背看一整天的书吗？话可以一句不说，但手不能不动一下。”她说着摸摸赵医生的脸，如轻风柔柔吻过赵医生的唇。“不，我们两个是低级趣味的一对，我们关注的是下三路，屎尿屁。”

“我嗅到有什么不对劲。你跟我说吧说吧，我怎么啦。”

“没怎么啦，你怎么回事？想哪儿去了？”曲筱绡眨眨眼睛，但说不上来。她总觉得有什么不对劲。

第 46 章

　　樊胜美站在小黑屋门口，无言看着邱莹莹自言自语地端着凳子回到卧室，心中无端地不爽。她抬眼一看，关雎尔也抱臂倚在墙角，怔怔发呆。两人都是放弃睡眠，耗费一整天的时间为邱莹莹担心，为邱莹莹苦口婆心，可当邱莹莹认为她们无法帮助解决问题的时候，就完全不把她们放在眼里，把她们交给曲筱绡践踏。

　　一会儿，关雎尔也抬头，见樊胜美看着她发愣，她扭头看邱莹莹一眼，见邱莹莹正拿纸笔记录曲筱绡的教训，便轻轻走到小黑屋边，"晚上我不陪着了，有个朋友请我去听黑金属现场。"

　　"嗯。赶紧收拾一下，天都暗了。虽然快春天了，晚上出去还是戴条厚点儿的围巾。"

　　关雎尔应了一声，闷闷不乐地回自己卧室取围巾，再次经过小黑屋，樊胜美收起自己的情绪，微笑轻声道："小邱心地很好，只可惜不大注重方式方法，偶尔容易伤人。你别放心上。"

　　关雎尔"嗳"了一声，愣了一下，才道："我没觉得啊。唔……"她心里意识到，这是樊胜美借劝她而劝樊胜美自己呢，"我只是在想，我们究竟是不是在助长任性。"

　　樊胜美一时有些尴尬，忙笑道："人生能有几次任性。别想太多啦。"可正说话呢，只听邱莹莹屋里传出一声尖叫。若非大家都守在门口，一准误会是曲筱绡入侵制造尖叫。樊胜美一皱眉头，轻道："又怎么了？"但樊胜美还是走过去问："怎么了？"

"我……我……你看，樊姐，你看……"邱莹莹边说边哭了出来。

樊胜美一看，正是应勤的微博，最新微博是：女友要求房产证上加她名字，可不可行，要不要增加什么费用，费用多少。（附注：是指严肃交往的，近期登记结婚的女友。）

"他准备结婚了，这么快，准备结婚了。什么都不管用了。"邱莹莹放声大哭，扑进樊胜美怀里。

关雎尔洗完脸出来，隐隐听到樊胜美屋子里手机在惊天动地的哭声中微弱地叫响，她走进去看了一下，大叫道："樊姐，你手机响，显示是李经理。哟，不叫了。"

樊胜美一听，是她的顶头上司找。新近才入职，当然不敢拿乔，樊胜美连忙示意关雎尔来接手邱莹莹，关雎尔在走道里站得笔直，连连摇头，钻进她自己屋里涂护肤品。樊胜美无奈，只能与邱莹莹柔声道："我去回个电话。"但邱莹莹哭得昏天黑地，完全顾不得别人做什么，只死死抱住樊胜美不让走。樊胜美无奈，强力掰开邱莹莹的手臂，邱莹莹大哭："樊姐，你也不要我了吗？都不要我了吗？我不要活了啊。"樊胜美一愣，邱莹莹的手臂再次合抱。

关雎尔则是侧着耳朵又听见被她取出放桌上的手机提示短信，她跳出去问："樊姐，有短信，接不接？"

"你帮我看看。"樊胜美一边说，一边还得抚慰邱莹莹。

关雎尔打开短信，读给樊胜美，"小樊，有重要任务，请赶紧过来讨论接待计划。"

樊胜美不禁脖子一紧，重大机会啊，终于有机会参与重要客人接待计划讨论会，那是学习的极好机会。她腾出一只手示意关雎尔将手机给她。关雎尔过来交手机，但清清楚楚地道："樊姐，我晚上必去现场。是一位男孩子邀请我。"

樊胜美看看邱莹莹，又看看关雎尔，在目光交错中，她确认关雎尔不会留下。樊胜美拨通了李经理的电话。李经理当然听到电话中传过去的号啕大哭声，当即礼貌地问要不要紧。樊胜美连忙陪着小心说很要紧，朋友正寻死觅活中。李经理表示体谅，收回让樊胜美立即去酒店开会的要求。

关雎尔一直听着，看着樊胜美的一脸无奈，等到樊胜美说"谢谢李经理体恤"，她果断转回自己屋里，拿粗笔写一行字，回到邱莹莹卧室门口，展开给樊胜美看。樊胜美看到白纸黑字非常严厉地写道："你打算重复过去为家人牺牲自己一切时间一切金钱一切机会的忘我行为吗？"樊胜美震惊，一时忘了嘴里出声安抚邱莹莹，呆呆地看着关雎尔不知说什么才好。关雎尔则是当着樊胜美的面立刻将手中的纸撕得粉碎，揣进兜里，准备带出门去。也正好，她手机有谢警察来电，她挽起背包就走。

樊胜美愣愣地看着关雎尔的背影，看看手中的手机，可她最终没再拨打手机，也没离开正陷于水深火热的邱莹莹。她狠不下心。

包奕凡这个周末无法奔海市团聚的原因是他一个老同学好朋友也是而今的生意伙伴结婚。此刻见安迪懒懒地提不起劲儿结婚的样子，他感觉迫切需要用感人的婚礼来感化这个几乎前三十年不食人间烟火的家伙。原本安迪来时已经说过，她不喜欢鲜花很多的场合，容易过敏不安，届时让包奕凡自己去参加婚礼，她等在家里。可包奕凡此刻孤注一掷，他保证他不让任何鲜花靠近安迪一米，他竭力劝说安迪与他一起参加。为此，他不惜搬出激将法。

"今天去的宾客，有不少是老同学，其中也有当年的校花，班花，当然请帖上美女是不能落下的。猜猜我当年有没有追过校花？多年未见，不知道当年的校花长什么样儿了，有点儿期待这次见面呢。"

安迪斜睨，"现场实况播报。必须的。"

"当时闹哄哄的，怎么还记得起来。何况不好意思拍美女，别几年不见，却给人一脸猥琐相。一起去吧。"

"没带礼服啊。"

"最容易，现买。走。"

"我不会买衣服，不懂搭配。"

"我在。"

准点，安迪与包奕凡出现在举办婚礼的本城最豪华酒店的停车场。包奕凡提前预告程序，"有一条红地毯，虽然焦点肯定是新郎新娘，尤其是新娘，可我同学家有一定背景，婚礼必定名媛云集。进门亮相时，估计有不少女孩会跟你争奇斗艳，会有闪光灯对准你。别怕。"

"人家看的是包奕凡的女友，怕的是你，丢的是你的脸，与我无关。嗯哼，我只管你怎么关注校花班花。"

"你担心校花班花？"

安迪抿嘴微笑不语。是，她忽然感觉心里不痛快，想到那些人很可能是包奕凡的老情人，以前也曾卿卿我我，一想到那一幕就不痛快，可她不想长包奕凡志气。

包奕凡得知安迪怀孕后，就换了路虎。他不让安迪自个儿大跨步下车，非要抱下来才放心。早有他朋友下车招呼，有人递上一支烟想跟包奕凡说点儿事，他忙说外面冷，里面去说。安迪从小到大，从未被人如此细心呵护，只觉得其实什么独立什么强悍，都没什么大不了。

安迪以前一直离群索居，有同事什么的邀请她出席婚礼，她都以鲜花过敏拒绝。此刻进大厅，只见前方用鲜花和纱幔编织成如梦如幻的舞台，灯光在舞台上变幻，而一只宽屏电视上来回播放新郎新娘的浪漫镜头。安迪虽然因公出席过不少酒会宴席，可这样的婚礼还是第一次参加。包奕凡忙着与熟人打招呼，交际花一样，她闲着睁大眼睛好奇地四处张望。只有包奕凡提醒她，介绍朋友给她的时候，她才回过神来，三心二意地做一下包奕凡的女朋友。即使赵医生发来专业书目录，都无法让她收回好奇的目光。包奕凡在本地大小算是个名人，大家都在看他第一次带出来的女朋友，见此，都心领神会地想到，又是个攀上豪门的美丽灰姑娘。

反而是包奕凡感觉到了。"安迪，都在看你，评估你。"

"爱谁谁。校花在哪儿？"

"喏，边上那桌，穿深紫旗袍的。"

"吖，校花进来已经有十几分钟了，你都没去打招呼。"

"谁说……"

"嘿嘿。"安迪悄悄给包奕凡一个鬼脸，将心事放下。包奕凡这个人，只要他想见的，披荆斩棘都要冲过去。她又不是没领教过。因此校花早已成为历史了吧。只是，她看着周围一个个打扮精美的姑娘，有不少与包奕凡熟悉，她有点儿气不打一处来。

一会儿，音乐转换，司仪上台，婚礼正式开始。最初，安迪不过像看戏一样，看舞台上新郎新娘的表演。可等新郎发表爱的宣言，声情并茂地说起两个人的恋爱史，发誓永远爱新娘的时候，新郎自己情不自禁地哭了，新娘也哭。新郎哽咽着道：

"全场亲朋好友共同见证，今天，我们……"

安迪不禁扭头看向包奕凡，见他正认真地见证台上一个男人成为一个女人的夫，而一个女人成为一个男人的妻，她原以为恶俗不过的走过场似的婚礼，竟变得如此神圣。这一刻，安迪自惭形秽，她没有资格站在台上，正大光明理直气壮地宣布成为爱人的妻子，她从一开始就隐瞒，就抱着得过且过的心态与包奕凡交往，只是想不到越陷越深，竟至离不开他，竟至成了孩儿他妈。

台上有温柔的歌唱起，"我一定会爱你到地老到天荒，我一定会陪你到海角到天涯……"她心中难过得落下眼泪。她没有机会，她天生没有机会站在台上，请众人见证幸福。撕开她以美貌以才识装点的表皮，她是颗随时可能被触发的地雷，她只适合生活在阴暗和恐惧之中，她给不了爱人幸福。从未见识到这神圣一刻倒也罢了，现在只有心如针刺，还得擦干眼泪，掩饰伤感，面对包奕凡探询的目光。

包奕凡好笑地道："我那朋友，还真想不到他能说出这么情真意切的话来，我都快被感动哭了。你受他蒙蔽啦，改天让你看看嬉皮笑脸的真人。怎么？很感动？两三个月后，站在上面的就是我们。"

安迪愣愣地问了句："我行吗？"

包奕凡第一次见安迪脸上非常臭屁的自信消失，不禁大笑，"舍你其谁。"

安迪茫然，她再次看向舞台，无法不想象，如果她退出，而总有一天，包奕凡会和其他女子站在那台上幸福地大笑幸福地哭泣，就像如今台上的新人。

她要不要退出？是主动退出，还是真相败露之后的退出？如何退出？她压根儿就不去想，可以继续。但可以毫无疑问的是，何时退出，是有答案的。那就是在孩子出生之前。

谢警察遇见关雎尔的第一句话就是问："你那位同屋的好点儿了没？"

关雎尔无奈地摇了摇头，"可以不提吗？提心吊胆了一整天，饭都还没吃，我请你在门口快餐店吃个便餐可以吗？"

"我请你，我也还没吃。你那同屋爱钻牛角尖，这种人我们偶尔会遇到，想不开的时候什么都做得出来。幸亏你盯了她一白天，一天过去应该心情可以平静一点。"

"哎哟……"关雎尔走不动了，"会走绝路？"

"有这先例。也是个失恋女孩，我巡夜发现她跳江，把她扭下栏杆用了我们两个青壮年警察的力气，我还被咬了一口。劝了一晚上，一直僵着，等睡醒态度全变了，变成差点儿跪下向我们道谢。人就有那么一阵子忽然钻了牛角尖。"

关雎尔低下头去，想了会儿，"我不能走了。我室友刚又发现新线索，她前男友提到结婚，她又开始……唉。对不起。"

"没关系，是我嘴欠。要不要我陪你一起上去，跟她谈谈？你一个人可能对付不了钻牛角尖的人。"关雎尔嘟着嘴摇头，"我们室友三人，另一个大姐放弃重要工作也在陪她。不好意思，让你多绕了一圈来这儿。我请你快餐，回头音乐会我不能去了。"

"走，吃饭去。这是我的警民联系卡，可能过阵子就不能用了，我在基层锻炼结束要回刑大，你先拿着，如果你室友情绪不稳定加重，不用管我还在不在听音乐会，尽管电话我。"

"谢谢。"关雎尔收了联系卡，一眼就看清上面的名字，谢滨。她也拿出自己的名片，本来休息天她不带名片，可这回名片下意识地藏在包包的角落。"呵呵，中间这个字，幸好幸好，还能认识。"关雎尔听着憋住了不让一句话冲出口，但谢滨自己说了出来，"小时候写小情书时候用过啦，哈哈。铭记在心，想不到再见，缘分。"关雎尔的脸唰地红了。幸好天已暗，别人看不出来。"正要请教呢，我听国外的重金属比较多，国内的却一个不知，给我扫盲好不好？"

"咳，真可惜，今天国内玩黑金属的重要人物几乎一网打尽，本来可以现场看图识字。不过一看你就是个从不泡吧的，我们……从万晓利说起？"谢滨显然很熟悉那些国内乐队，他一说起有些人的绝活，简直眉飞色舞，恨不得端起桌上的餐盘当电吉他，也凌空耍酷一把。关雎尔从小是个好孩子，这些事儿几乎闻所未闻，幸好，她学小提琴，还能听得个七七八八。光是听谢滨讲，关雎尔已经向往不已，那仿佛是个不一样的坦荡自我的世界，最关键的是，如果探索那个新世界，她可以找谢滨，这个可靠的警察。可时间不等人，音乐会开场尤其不等人，2202的僵局也不等人，两人只能匆匆吃一顿快餐，匆匆分手。

看到关雎尔没多久就出现在2202门口，正抱着默默流泪的邱莹莹的樊胜美一愣。关雎尔将打包的快餐放料理台上，"樊姐，吃点儿。小邱，不管发生什么，饭不能不吃。我给你打包了排骨。樊姐，你的只有凉皮，知道你晚上不多吃。"

"你不是……"

"不去了，以后有机会。樊姐你走吧，你的，机不可失，时不再来。这儿的，我今晚不会走开。"

樊胜美看看关睢尔,谁都看得出关睢尔眼中的情绪。但她没说什么,低头轻声劝诱邱莹莹吃晚饭。关睢尔欲言又止,抱臂站在一边儿看着。过会儿,邱莹莹终于支起身子,关睢尔立马将饭盒递过去,打开,让热气腾腾的红烧排骨亮相在邱莹莹眼前,邱莹莹一整天没吃饭了,她不信邱莹莹就不受诱惑。果然,邱莹莹拿起了一次性筷子。

樊胜美叹声气,拿纸擦干邱莹莹脸上的各种液体,起身走过关睢尔身边,轻轻拍拍关睢尔的肩,"这儿交给你了,谢谢。"

关睢尔点点头,默默看樊胜美换件衣服,匆匆出门。其间邱莹莹连声叫了几次樊姐,樊胜美只能当作没听见,关睢尔也当作没听见。等樊胜美一走,关睢尔默默凝视嘴里鼓鼓囊囊地含着一口饭的邱莹莹。邱莹莹见樊胜美义无反顾地离开,发了会儿愣,转而对关睢尔道:"小关,我完了。"

"嗯,我看你也快完蛋了。春节后你只顾着发呆,不再出去跑生意,很快,就凭你拿点儿上班死工资,没有提成,物业费你快付不起了,下季度的房租也快付不起了,若不又厚着脸皮向你爸爸伸手,你还得节衣缩食。我们只是赤手空拳在海市打拼的小白领,靠天天辛苦做事才有衣食住行,爱情这种东西你奢侈不起。放下吧,好好想想,你该干活了。"

"你说的道理我也懂,可我现在哪有心情。"邱莹莹说到这儿,委屈地一瘪嘴,又眼泪纷纷。

"小白领没有资格讲究心情。想想你上一次,回忆回忆你上次丢工作时期的失魂落魄,谁下手辞你的时候跟你讲过感情?谁管你心情如何?珍惜眼下得之不易的工作吧,你折腾不起。"关睢尔顿了顿,不得不说得再详细点儿,"你必须在最短时间内将应勤封存,在明天一天时间里调整好精神状态,后天一早精神抖擞地去上班,去挣活命钱。你没有其他选择。"

"小关,你几岁啦?这么残酷。我……"

"你慢慢吃,吃好了赶紧看看自己身处的位置。时不我待,物业费房租费公交卡饭钱电费水费,你算算吧。"关睢尔说完,回去自己房间了。邱莹莹愣愣地看着关睢尔走开,不禁自言自语:"你咋这么冷血。"关睢尔当没听见,忍了。过会儿,邱莹莹吃完,拿出抽屉里的零钱,凑足盒饭价,拿到关睢尔屋里,又重复一遍,"你真冷血。"

关雎尔这回忍不住了，跳起来道："邱莹莹你说话前请三思好不好？我哪冷血了？我天没亮开始为你的事忙碌，我推掉今天跟朋友第一次听音乐会来陪你，我还给你买来晚饭，我哪儿冷血？你不知道出口能伤人吗？你凭什么如此轻易地伤我，你拿我当朋友来平等对待吗？我又不是应勤。"

邱莹莹被骂了个劈头盖脸，可自己也意识到说错，她才一愣，关雎尔就挥手道："知道你荒唐了就好，求你别再荒唐了，好好反思，好好过日子，靠自己，你只有靠自己。别道歉了，跪安。"

邱莹莹吃惊地看着愤怒得满脸通红的关雎尔，心中有滚滚说辞骂回去，可话到嘴边都咽下了。关雎尔也直瞪着邱莹莹，心里不由回忆起曲筱绡话不投机照着脸摔上门的决绝，可是她做不出来。两人只能互相瞪视。

"我原谅你，你是小朋友。"

"不需要你的原谅，我无过错。责任追究抓源头，你才是源头。"

"我怎么了？我失恋，我被人踹了，被人当垃圾一样踹了，我不能愤怒？"

"你爱愤怒愤怒去，不奉陪了。"关雎尔真的忍不住了，伸手想关门，但被邱莹莹死死顶住，不让移动分毫。

两人再度愤然瞪视，两张年轻的脸间隔更近，不到一尺。两人都在门板上使劲，两张小脸瞬间都死死憋得通红。

对峙良久，邱莹莹却噗的一声笑出来，可眼泪也随着一声扑又掉了下来。关雎尔也呼的一声，一口真气泄了。两人不约而同收回落在门板上的劲儿，傻傻地对视了会儿，邱莹莹点点头，"我明白了。今晚开始，不上微博了。"

关雎尔点点头，但没说。只怕自己张口就问"能坚持几天"。两人默默相对了会儿，邱莹莹回去自己屋里。斗室之内，她无法不直面充满诱惑的电脑。在要不要上网删除微博关注，甚至删除微博地址的考虑面前，邱莹莹徘徊良久。最终，只能又回到关雎尔屋门口，"小关，帮我删掉电脑里他……他的痕迹。"

关雎尔二话不说，走去邱莹莹的屋子，一把将邱莹莹关在门外，动手飞快删了所有应勤的痕迹。再度打开门，她伸手向邱莹莹，"手机也拿来。"

邱莹莹不禁拉出一张哭丧的脸，可磨不过关雎尔，只能交出手机。关雎尔便将手机上的所有痕迹也除去。回到自己屋里，关雎尔索性斩草除根，发短信告诉应勤，她已帮邱莹莹删除电脑和手机上的联络方式，她希望应勤懂得自保，如果方便，换手机卡，换各种上网ID。很快，应勤就回复，说除了手机卡明天天亮才能办，其余都已办妥。自此，邱莹莹所有联络应勤的渠道都被封闭，除了最原始的人肉堵。

为此，邱莹莹愣愣站在关雎尔屋门口一声不响，一不怕苦二不怕累地站到樊胜美开会回来。

关雎尔被盯得心里起毛，完全无法看书，只能窝在屋子里上网猛搜黑金属。小小2202，一时充满鬼哭狼嚎声。

包奕凡的朋友在婚礼结束后，又邀请最亲近的朋友一起去新房玩。安迪想不去，可考虑到结婚的新郎是包奕凡的密友，她断无拉后腿的道理。此时的她已不能全然以自己的好恶为进退标准了，她自觉考虑包奕凡。

新房在别墅区，门口泊名车，往来富二代，茶几上早已摆满法国名庄葡萄酒。在场的人几乎都彼此认识，除了安迪。因此他们闹得很凶，安迪素来性寒味甘不会闹，唯有旁观，包奕凡陪着，偶尔替安迪挡住各种冲击。

"为什么心事越来越重？"

"有吗？"

"都写在脸上。"包奕凡伸手比画热闹的人群和他们两个，"繁华——落寞，繁华——落寞，繁华——落寞。对比鲜明。"

安迪讪笑，她不是隐藏的料。"怕。"

包奕凡不禁笑了，"别怕，我跟你共担。"

安迪摇头，"回去跟你说。"

包奕凡还是笑，能说什么呢？无非是新妈妈的焦虑，不焦虑才怪了。这种事即使天才也未必能顺利应付。他与新郎耳语一番，领安迪与众人告辞。追在他们身后的是大伙儿的狂叫，"下一个轮到你们！"包奕凡兴兴头头地将安迪抱上车，关车门前笑道："想好怎么说，我们开始。"说完，小跑绕到驾驶座，跳入，"想好了没有？"

"早已……"安迪话还没说全，驾驶座的门呼啦被拉开，被剥得只剩衬衫短裤的一位朋友大声喊："包子给我作证，他们说我不会踢足球，说我毕业后就没踢一脚球。"

"凭你两条雪白的大腿？我才不作伪证。"后面跟出来的众人欢呼一声，"剥光！罚酒！"将衬衫短裤朋友活活捉回屋。

包奕凡看着大伙儿笑，等人都进屋，他才发动车子离去。"别误会，别看他们现在闹得肆无忌惮，干活起来个顶个的，大多挺不错。"

"想到曲筱绡了，也是那样。很好奇，你以前也是这么玩？在我身边岂不闷死？"

"怎么会闷，我对你一见钟情呢。打算跟我说什么？我打算明天静下来与你一起拉个表，我们先给你换个大点儿的房子，从这儿物色个靠得住的保姆去照顾你吃住。具体细节让我向已经有孩子的朋友打听一下，明天都筹划起来。"

"嗯，这些不急，等我看完曲筱绡男朋友赵医生给我推荐的书再定。回去后我打算跟你说说我的身世，我所知道的那些身世。如果你有疑问，我也回答不出了，我会给你魏国强的电话，你自己去问。"

"如果觉得往事不堪回首，不说也罢，我们都活在当下。我不会在意。"

"我在意。婚礼让我想到，两个人在一起，面对爱情，应该公开、透明，更应公平。"

"呵呵，别说得这么严重，你又不可能已婚，或者什么别的，你也不会在心里藏着另一个人，你藏不住，你一向在我面前坦白。还有什么，我的完美主义？"

安迪不说了。一直到车子在车库停住，熄火，安迪才道："跟你说说我妈，我刚刚去世的外公，不知是去世还是下落不明的外婆，还有我一个寄养在福利院的弟弟。除了外公，其余都是疯子。"

包奕凡试图控制自己的情绪，可他的眼睛还是克制不住地睁圆。

安迪心凉，虽然早知肯定是这一结果，她伸手欲打开车门，"我……我进去拿一下行李，麻烦你……麻烦你等下……送我……送送我去宾馆。"

包奕凡伸手阻止，可又欲言又止，神色不宁地看了安迪会儿，旋身下车。安迪看着包奕凡绕过车头，很快就如常打开车门。刚才前面几次，安迪是很自然地伸手扶住包奕凡的肩膀，由包奕凡半抱半扶出车门。可现在她的手胆怯地停在半空，无法按下去，仿佛包奕凡已经是与她不相干的人，她怎敢麻烦不相干的人。反而是包奕凡握住安迪的手，依然是温暖而热情的大手，两人默默对视片刻，包奕凡使劲，将安迪抱下车。落地那一刻，也同时落在包奕凡的怀里。

"我爱你。但我有一肚皮的问题要问你。"两人的脸近在咫尺，可谁都没有再移近一点儿的冲动，只默默凝视。

安迪过了好一会儿，才克制住心中的激动，"不用客气，尽管问。"

"上去说。这儿冷。"包奕凡迟疑了一下，放开安迪，两人并肩走向电梯，中间有明显的距离，犹如两人心中裂开的缝隙。安迪一向做事都是我没错我无须道歉也无须解释的理直气壮样子，可现在她什么都做不出来，她只一味忧虑地盯着包奕凡严肃得不同寻常的脸，看他眼睛里的千变万化，心中凉凉地猜测各种可能。

心里即使做好了最坏打算，可依然无法接受这一刻的来临。

包奕凡严肃地走进家门，先找去保姆室，请保姆回家去住。等保姆走后，才来到依然站立在门口的安迪身边。安迪不等他提问，抢先问："我从头开始说，还是你问我答？"

"我迫切需要知道一个问题，为什么选择这个时机告诉我。"问话的包奕凡严肃中甚至带着严厉。

安迪被区区一个问题问得阵脚大乱。而身上的厚重衣服又捂得她呼吸不畅，她只得微微侧身，先脱下大衣。才脱了一半，只感觉手上一轻，大衣已被包奕凡接了过去。她不禁惊讶回头，他这么做，是因为单纯的绅士行为呢，还是表明依然怜爱？包奕凡也看着她，两人的目光在半空中撞击激荡，千言万语。

"我不文过饰非，直奔主题吧。我对自己的精神状况一直警惕并怀疑；我用前一次似是而非的恋爱验证我最好单身到底；我并未试图与你恋爱，当然不必对你有所交代；然后我并未试图与你长久，也以为你未必对我持久，因此也不必有所交代；再然后我一直试图脱身，可又飞蛾扑火，那一段是我最伪善的时光；今天，孩子是个意外，也是必然，而你准备结婚准备跟我天长地久的行为让我必须说出真相，我不能结婚。对不起，让你镜花水月一场。我……很谢谢你带给我的美好。就这样。我打算走了。"

包奕凡目瞪口呆地看着安迪，久久不能说话。却在安迪无奈地耸耸肩，挪开身子准备去收拾行李时，他伸手，将人拥抱在怀里。安迪不解，想观察包奕凡的眼睛，可包奕凡将脸埋在她的肩窝，不肯挪开。

安迪又回到她贪恋的怀抱，她也不想走开。可她怎能不走。她伸手推包奕凡，但包奕凡抱得更紧。

"别动，你想想，推开我，谁来疼你？别动，你让我静静，让我抱着静静。我心里有点乱。"

安迪惊讶，慢慢地，她在包奕凡的怀里回忆着"推开我，谁来疼你"，眼泪止不住地落了下来。她终于也低下头，埋首于包奕凡的肩窝，让泪水静静地流淌。

"安迪，安迪？别站着，我们坐下说话。别生气，我刚才误会你了，怪我思想太复杂。坐，别哭，别哭。"包奕凡又是吻，又是手绢，手忙脚乱，"好吧，我检讨……"

"我错，你反应正确。"

"我……我承认，我最初想得邪恶了。我最初以为你其实并不爱我，我不明白你为什么在有了孩子的当天忽然宣布什么真相，我以为你找借口，也或者是以退为进，很多，各种乱七八糟的可能全冲上我脑袋，我当时猝不及防，我很失望，我想你怎么是这样的女人。我不应该怀疑你。"

"不是'什么真相'，是真的真相。"

"嗯。原本一直想不通，你这样的人，怎么会单纯那么多年一直等着我出现等我来爱你，是，你一直拒绝我接近你。我今天被你吓得脑袋有点儿迟钝。真相怎么了？为什么要为真相离开我？我们这几个月的感情，你说放就放？"

"因为我不知道哪天会发作，还有我的孩子，不知生出来是什么。不能连累你。你想想，我外公担负不起压力，逃离家乡，魏国强也是一走了之，事情发生的时候，你承受不住。"

包奕凡紧咬下唇，想了很久，才很是艰难地开口，"我刚才考虑了。即使有那么一天，在那天来临之前，我们珍惜每一天。起初会有点儿心理阴影，我会克服。"

"我做不到，明知害你，明知的。"

"可是你让我怎么离得开你，你在我心里。你问问你自己，你又走得开吗？你比我更不会做游戏。当初是我死皮赖脸非把你追到手不可，不怨你，你不用为了表明什么态度离开我。相爱就是在一起的唯一理由，别再说离开了，点头，答应我。"

安迪被包奕凡揭穿，是，她果真离不开他。即使刚才摊牌的那一刻，她心里依然不想离开，只有理智告诉她，爱他，就别害他。她也不想离开，她真的不想离开，包奕凡了解她。但她得摇头，她不能点头。可一边摇头，一边眼泪又夺眶而出。几十年的坚韧此刻全化为一塌糊涂的委屈，她当然想要有人爱，她当然希望有人疼，而且她希望坦荡地接受厚厚的疼爱，她什么都要，想找人撒娇，想找人依靠，想找人商量最私密的事，想找人分享发自心底的快乐或悲哀，她需要厚厚的胸膛，她要很多很多三十多年来从未属于她的东西，她已经接近天堂，她又何尝愿意离开，心甘情愿接受老天对她的不公。

可此刻，她伏在包奕凡的怀里号啕大哭。为这三十多年来的委屈。

包奕凡起初有点儿惊讶，渐渐才领悟到什么，也不再劝，让安迪哭个痛快。

直到哭声变为有一声没一声的哽咽，包奕凡才问一句："答应了？"

他的怀里终于传出一声"唔"。

晚上睡得很不踏实。半夜醒来，安迪发现包奕凡不在身边。她吃惊起身，眼睛在黑暗中适应了好半天，才看清卧室也没人。她全醒了，连鞋子都顾不得穿，赤脚走出去。可才走出卧室，拐个弯，就看到包奕凡了，他抱头坐客厅沙发上，一动不动，剪影犹如石雕。

安迪心中刺痛，包奕凡不傻，他当然清楚挽留住她意味着什么。她靠在墙上，默默看着，眼泪在眼眶打转。直到包奕凡抬起头，伸手取茶几上的酒杯，她才走过去，跳上沙发，钻到包奕凡的怀里。但，不，她再也不说离开了。

包奕凡显然吓了一跳，他放下酒杯，忙道："你怎么也起来？"

"要跟你在一起。"

"别担心，我只是在想些事，要当爸爸了，压力有点大。"

"我也压力很大，非常大。包子，我绝不考虑打胎。"

"想清楚了？"

"我想要亲人，你一个，还不够。"

"我们赌一场吧。"

确实，不是赌，是什么？至于连累你啊之类的客气话就不用说了，此后的事，唯有"担当"二字。

樊胜美抛下手头安抚大任，疾奔酒店参加重大突发接待活动筹备会，得到上司的赞许。

其实酒店接待大人物与以前公司接待大客户的宗旨一样，就是把 VIP 们不当人，当神，供着。不同的是如何因地制宜，将手中所有发挥到极致。可同时呢，别忘拿一只眼睛盯住客人可爱的钱包。樊胜美了然的是宗旨，缺乏的是实操。她在会议室只有听的份儿，没有说的份儿，即使最终老大点名每个总监表态，也没她插嘴的份儿。

　　开完大会，再开小会。总监安排布置工作。说到底，在场的人肯定被安排到比较重的工作，但一定不是最吃力不讨好的工作。樊胜美即使是新人，也被安排了不少组织协调的工作。即使她两个月下来已经自认为熟悉自己管辖领域的工作，可真等到分配工作到手，还是觉察到压力巨大，毕竟，这是管理工作的起步。

　　周日一大清早，关雎尔与邱莹莹都还在睡梦中呢，樊胜美就不得不起床在家做功课。下午就要开始工作，新人是不可能指望临场发挥的，唯有埋头做好预习工作。王柏川送的新电脑此时派上了大用场。樊胜美绞尽脑汁地一遍遍完善工作步骤。

　　邱莹莹昨天闹累了，沉睡不醒，还是 22 楼的特困生关雎尔先起床。樊胜美一看见关雎尔经过，就随口问了一句："昨晚小邱怎么怪怪地站你门口？"

　　"不知道耶，她总得找个宣泄方式吧。"

　　"她今天……"关雎尔全身一激灵，"樊姐，我半小时后出门，你有什么吩咐吗。"樊胜美一听，立刻灵光大开，"呃，我们一起出去。好像过去点儿的那家星巴克挺安静，网络也快。"半个小时后，关雎尔与樊胜美各背一台电脑，带点儿愧疚悄悄掩出门去。电梯里，两人不大敢直视对方的眼睛，心里有点儿不好意思。

　　清晨的星巴克挺安静，客人寥寥。可两人进去就发现一位熟人，曲筱绡的男友赵医生。关雎尔看见就恨不得避远远的到柱子另一头眼不见为净，樊胜美则是过去打了个招呼，才跟关雎尔走了。因此樊胜美看清，赵医生面前电脑屏幕上满屏的英语和看上去与学术有关的示意图。想到自己出门躲避到星巴克的原因，再遥想一下曲筱绡的闹，樊胜美不禁心中一笑。原来赵医生也是一大早躲清静来了。

　　不久，赵医生接到曲筱绡的电话。曲筱绡声音略带沙哑，很是小性感。"嗲赵，去哪儿了？医院一大早呼你？"

　　"呵呵，士大夫三日不读书，则对镜面目可憎了。我等会儿看完回去，你自己觅食。"

　　"我自己……哦，让我喂猫咪们吃饭呢，你还说都你管呢。好吧，我管就我管。"

　　"觅食，找吃的意思，不是喂猫。猫都喂了，你只管自己吃饭，别进客卫，你不习惯那气味。"

　　"哦。你在哪儿啊，不是说你已经猛到不用看专业书了吗？嘻嘻，吹牛了吧。"

　　"书当然可以不看，但文献必看，要不然追不上变化。这儿安静，不说了。"

"嗯，别挂。上回我介绍给你看病的那位兄弟今天中午一定要请客，他等会儿就到海市了，你可不能逃跑，我客户呢。"

"你去吧，告诉他我有急诊。以后有需要尽管找我，不碍事。"

"呜呜，人家要见的是真神你，他对你千恩万谢，我就可以跟他做生意了哇。嗲赵，算是帮我，去吧，去吧，求求你啦，我想反正你今天休息，已经答应他了。"

赵医生皱皱眉头，只能答应。那边，曲筱绡冲手机吐吐舌头，做个鬼脸。知道他肯定答应。

另一边，樊胜美接到王柏川的电话。已经在酒店工作几个月的樊胜美立刻起身，走到外面去接。她在酒店天天看那些客人在她面前走台，即使不用礼仪培训，也早领悟到，在安静的公共场合大声打电话是多么恶劣。别人怎么做她不管，轮到她的时候，她坚决不扰人。这就是酒店工作能学到的好处，有些看似假惺惺多此一举的举动，其实是方便别人的高贵行为。

"胜美，昨晚喝多了……"

"没酒后驾驶吧？"

"哪敢，抓住不得了。打车回家的，现在只好打车去取车。我们一起吃早饭？"

"嗯，我已经在吃了，昨晚去酒店开了个会，下午还得去加班，这会儿忙着做预习呢。你忙你的，别理我了。昨晚喝醉，今天干脆睡懒觉？"

"想你。不如我们找个安静地方，你忙你的，我看你。"

樊胜美低头甜甜地笑，"唔，睡懒觉吧，我跟小关一起在星巴克忙呢，晚上忙完我给你电话。"

等挂了电话往回走，樊胜美忽然意识到，两人想见面还得去外面找安静地方才行，要不，不是她的小黑屋，就是王柏川的摆满简易家具的单身公寓，连一张舒服点儿的沙发都找不到，两个人若想依偎在一起静静看会儿书，床是唯一选择。可上了床哪儿还做得了其他事。于是两人想情调，唯有出门找地方。

这真是悲剧。若是换作几年前，她并不会在意，还觉得到处晃荡挺好玩。可三十了，连个静静看书的角落都没有，那就是悲哀了。樊胜美想到这儿，无端生出点儿闷气来。

正好手机又响，樊胜美一看显示是邱莹莹，就掐掉了，换作发短信过去，"在工作。"于是邱莹莹不再打扰。

关雎尔却收到一条来自谢滨的短信，谢滨正上班呢，发了一个女孩子的正面相过来，说是巡逻看见，看着很像关雎尔。关雎尔却看来看去觉得不是，尤其是觉得那女孩打扮举止皆恶俗，与那女孩相像简直是一种耻辱。难道她在谢滨眼里的形象就是这种？她忍不住将手机递给樊胜美，"樊姐，这个人像我？"

"除了头发差不多长，没一处像。"

关雎尔松一口气，还好，她果然不像手机里的这个女孩，如此了解的邻居这么说。又心里有点儿烦，难道她给谢滨的印象是那种？她不禁对着电脑发呆，苦苦回忆昨天两次见面，她究竟哪一处的举止粗俗了，会给谢滨留下那样的印象？

犹豫许久，关雎尔才发回一条短信：这个女孩不像我。少少的七个字，关雎尔翻来覆去看了好几遍，才发出去，确保没有错别字。

但很快，谢滨就发回短信，"气质跟你差远了，但我们认人有专业要求，你看那人的脸部五官比例，不信你拿出镜子对照对照自己的。"

关雎尔早上本就没事，只是为了躲避邱莹莹才跟樊胜美一起逃出来，见此短信，兴趣大增，忙举起手机对自己照一张，发邮件到信箱，然后在电脑里将头像 PS 成同样大小，并列对比。一比，果然如谢滨所言，好神奇。她索性继续深度 PS，给那女孩画上与她一样的刘海，这一看，就更像了。关雎尔窃笑，照了张 PS 后的对比图，发给谢滨，指出哪儿哪儿的比例都对，唯独鼻孔不对。等提示短信已发，她才意识到做了错事，她把自己的照片发给不很熟悉的男子了。

樊胜美眼观八方，这是她眼下的职业要求。她直觉关雎尔有异常，便开始偷窥关雎尔的神色。见关雎尔对着电脑一会儿笑一会儿沉思一会儿发呆，感觉这妮子有动静了。

一会儿，关雎尔手机再次提示短信，樊胜美连忙从茂密眼睫毛下偷窥，果然见关雎尔神色慌张地接收。短信上写的是"耶，你的照片，今天最灿烂的阳光"，樊胜美只见关雎尔脸一红，似笑非笑，却连短信都没回就急急将手机塞进包里。樊胜美忽然想到昨晚关雎尔本来说是要与人去听音乐会的，后来为了释放她，拎着盒饭又回来了。原来关雎尔没说谎，关雎尔放弃的比说的更多，关雎尔放弃的是一场约会。樊胜美本就感激昨晚关雎尔旋回来将她替换走，此时更无言感动。

22 楼的女孩无一例外地忙碌在手机上，即使远离海市的安迪也不例外。她折腾了一夜，睡足平时习惯的六小时，就醒来了。可一醒来就想到昨晚的事，有点儿不想睁开眼，免得需要面对包奕凡的眼睛。她总是有点儿心虚。

可她的手机却在床头柜上震动。一看，竟然是老谭的朋友严吕明打来的，不知什么事。她正要轻轻起身下床接听，包奕凡伸手过来搂住，"我醒了，你尽管躺着接听。"

安迪依言躺回去，但严吕明的第一句话就把她震住了。"刚刚秀媛院长打来电话，说是一帮人来院里要接走你弟弟。"

"什么？三十年前偷走我弟弟的那帮人？可不可以报警？"

"不是那帮人。来人是一个男……精神病人的家属，挺潦倒的吧，那帮人自称那男精神病人是你弟弟的生身父亲。如今要把你弟弟接回去养。"

"什么？还有这种事？问题是那男的有能力抚养我弟弟吗？"

"问题就在这儿。他们要求秀媛院长把你每月寄去的钱转交给他们。在农村，这笔钱够一家子过得很不错了。他们估计是从哪儿听到风声，上门认回儿子，争夺你的月供。从秀媛说的来看，你弟弟长得确实像那男精神病人，发病的样子也差不多，就是痴呆。这事你看怎么办，从安全角度，最好你别直接接触，交给我来处理，农村人认强力，女人说话没人听。而且我看你也不方便出面。"

包奕凡也听得清清楚楚，不由得鼓鼓腮帮子，克制住自己不说话。

而安迪却一脸缤纷，难道弟弟的病不是遗传自她妈妈？她心中不知该不该欢喜，根据她历年学习积攒的遗传知识，这消息对她无疑是重大利好。她情不自禁脱口而出："好事。"又立刻发现失言，忙道："对不起，老严，我说的不是那件事。这事还真得托付给你。我的意见是，只要确认两人有血缘关系，我认可将弟弟交给他爸爸及其家属。既然弟弟已经找到直系亲人，我也就不承担抚养责任了。你觉得这样可行吗？法律上应该说得过去。我想他们这么多年知道有这么一个亲人却不认，现在却打上门来，无非图的是我那几个钱，只要我收回月供，他们眼看一分钱都拿不到还得倒贴，扔出人都来不及呢。我舍得把弟弟交给他们几天，只要不饿死，我想还不至于饿死我弟弟，大家拼耐心了，我赌一把。"

"只有这种办法，只要你忍得住。你最近最好也别去探望，被那些人揪住当面问你要钱要什么，或者找到你的线索找到海市，你就避不开了。"

"我一直没敢去。谢谢老严提醒。"

安迪打完电话，回首看包奕凡，"你好像有什么话要跟我说。"

"把你弟弟领来，我找个地方让专人照顾他，远离那边的是非。"

"我早先找到弟弟也是准备这么做，但把他养大的敬老院院长秀媛是个很好的人，弟弟也非常依赖她，我感觉弟弟跟着秀媛更幸福，就每月寄去一万做生活费。说是多出来的就顺手在敬老院里用，算我做慈善，其实即使秀媛院长拿去自用我也无所谓，没有她就没有我弟弟了。"

"大小姐，你的办法从原理上来说没错，但你知道一万元在农村的分量吗？那帮人不会甘休的。最后折腾死你弟弟为止。我告诉你，我这儿无技能青壮年农民工苦苦做一个月才一千五，扣除来回老家的路费和生活费，你算算一月能攒下多少，你这一出手就是一万啊，让人疯狂啊。"

"真的？"

"我管理工厂那么多年，管着几千号人，一半是外来务工人员，你说我能不清楚吗？有人来应聘的时候饿得眼睛碧绿，只求混口饭吃，等吃饱饭，穿上保安制服，从公司预支一星期饭菜票，却转身找个借口跑了，过几天被抓住，说是觉得簇新保安制服能卖个好价钱，饭菜票也能兑现。你说那种人看到一万会怎样？你和那位老严接触的圈子最穷的也有万把块一个月，不会理解。你早年就不该把你弟弟留在那儿，一万够那院长跟你出来带你弟弟了。"

"真的？"

"不会多问几个字吗？哈哈，还从没见过你这么傻。你给我地址，我去一趟，把人接来，顺便也看看那个你弟弟亲生父亲的症状。"

"不，都别去，交给老严。弟弟接到海市。你不用插手，关键是我不想让你妈妈知道这件事。"

"不去……亲眼看看你弟弟亲身父亲的症状？"

"我怕。但这个消息已经减少我……概率。我决定做鸵鸟。"

但包奕凡躺着想了会儿，斩钉截铁地道："我还是去一趟，亲眼看了比较了两个人才心里有准数。你跟老严打个招呼。"

安迪看着包奕凡，忽然有点儿不知所措，心里有一团沉甸甸的胖胖的乌云缓缓掠过。

"想什么呢，这么严肃，理都不理我。还没给我早安吻呢。"

"想得很乱，在回想弟弟与一院子老人们很融洽的关系，他在那边生活得很快乐，应该不宜把他从敬老院连根拔起，或许还有其他办法？"

"只要人过去，现场可以随机应变，那帮人又不是什么高明人士，也不会有背景。早安吻呢？"安迪不由得哭丧了脸，"我没法当作什么事都没发生过，你让我适应几天。"

"你再这么下去，是不是意味着以后家里我是绝对家长，全都听我的？"安迪一脸为难，"别逗我了好不好？让我自己脑子扭过弯来。"

"我来帮你，我们互帮互助……"

"啊，你干什么，我怀孕……别……"但包奕凡从来信奉恋人之间不讲道理的原则，心理障碍之类的玩意儿是生存的奢侈品，手忙脚乱的情况下，谁还顾得上奢侈？

Chapter 47

第 47 章

　　中午饭点到时，樊胜美与关雎尔在附近饭店味千拉面一人来了一大碗。樊胜美担心吃多了汤水腰部发胀，她总是适可而止，留下一大碗汤。关雎尔看看樊胜美，看看自己碗里充满诱惑的面汤，最终忍不住喝掉大半。

　　樊胜美不急着走，看着感慨："真羡慕你们吃不胖，不过得克制着点儿，人到了三十，喝凉水都长肉。我最初比你还能吃，经常半夜还转着圈儿去大学附近找夜宵，等发现这样不行的时候，克制起来就难了。"

　　"我已经克制了啊。再加上锻炼的。"

　　"你这哪算克制。我是不知多想喝面前这碗汤，喉咙里都长出小手了，可就是不敢，一顿都不敢怠慢。悲惨啊。"

　　"真的吗……对，同事也这么说，中午吃得不多，下午饿惨了，拿出一块饼干，也只敢小小啃一口。一包饼干据说基本上与蟑螂一起分享。"

　　"竟然敢吃饼干这种含黄油的东西，要吃法棍，只有盐和酵母面粉做出来的法棍，其他面包也不行。哎哟，我最眼红怎么都吃不胖的人了，他们的胃肠肯定有特异功能，比如安迪，想起她的吃相和身材，心酸！痛心疾首！我们啊，年轻时候还能靠天资，等到了三十，长相就全靠自己努力了。"

关雎尔一愣，"我从来没天资，世上最大的杯具。高中，大学，又一向是女多男少的文科班，从来是丑小鸭。"

"你现在已经不是，你修炼得很好，让人一看就觉得恬静高雅温婉。真的。"

"谢谢樊姐。"关雎尔脸一红，可又非常开心，很不好意思地笑了。

"但也得提醒你，男人与女人的欣赏角度不一样，遇到真正能欣赏你的男人，态度要坚决哦。"

"樊姐……"关雎尔极其不好意思，可心里承认，这一点确实很要紧。这么多年来，多少男人是抱着实用心态接近她，接近她的目的倒是都很单一且纯洁：结婚。可她就是意难平。樊胜美的话，让她心中更是乱蹿谢滨的影子。

曲筱绡看准时间，就坐到梳妆镜前化妆，顺手给赵医生发去催促短信。即使眼睛最需要盯着镜子的时候，她还不忘念念有词，背诵即将见面客户的背景资料与自己能提供客户的产品特征。人与人之间的关系除了有限几个，比如爹娘，其余都需要费心经营，以利益以爱好以各种各样的可能来加强关联。只要关系好了，这世上什么都可以谈。

等听见门一响，曲筱绡就欢叫着道："嗲赵，猫猫归你喂，猫猫归你喂。"

赵医生先走过来看一眼，一张脸便如大牙疼一样扭曲了，"不许穿这件出去，你的腰全露了，你是去谈生意。"

"不，就不换，平常一个人出去谈生意才要穿得像死老太婆，今天有你在，有主的女人可以随便穿。啊，好不容易才有机会穿这件，你不能阻止，不能阻止。啊……"

赵医生盯住曲筱绡的腰，很快一脸云淡风轻，"有个词，叫'货腰'。等我有时间慢慢跟你讲。喂猫去了。"

曲筱绡一激灵，伸手摸摸自己露在羊绒短毛衣外的小蛮腰，对着赵医生消失的门口眼珠子溜了几圈，终于还是心虚地钻进衣帽间恨恨地将此性感衣服换下。她预感，那"货腰"两字绝非好词，她猜得到，当赵医生看着她的一圈雪白蛮腰解释这个词的时候，眼睛里一准儿流露出对她低级趣味品位的蔑视。曲筱绡最怕这种无声的蔑视。

过了会儿，赵医生戴着口罩手套穿着一次性雨衣出现在门口，见曲筱绡换了衣服，即使挨了曲筱绡一个白眼，还是得意扬扬地收拾自己去了。

赵医生通常以休闲服打发自己，可他不逆反，遇正式场合，他收拾自己的时间并不比曲筱绡短。他刮胡子洗脸打领带，曲筱绡就在他边上念叨："男人三件宝，刘海美瞳内增高。我帮你吹刘海吧，让我吹吧，我一定吹得很好很帅，最帅。"

赵医生点头，曲筱绡欢呼一声，趁赵医生穿衬衣打领带，她拉着赵医生的刘海让俯身下来，她才够得着。曲筱绡见多识广，果然给赵医生吹了个很好的刘海，她得意地拉着男友一起照镜子，"你是不是从来没这么帅过？"

"这种男人，若放到古代就是个妖孽，得多少和尚道士追着挥桃木剑啊。"赵医生对着镜子吹一声口哨，"当然，像你这样的女人到了古代，法海要绞尽脑汁喂你雄黄酒了。也——不错，哈。"

曲筱绡听得郁闷吐血，"我们一起到路边站着数人头，看我的人多还是看你的人多。"

赵医生伸手紧紧领带，但笑不语。可令曲筱绡沮丧的是，他们才刚出门，就遇见从电梯里走出来的樊胜美与关雎尔，那俩女的一看见赵医生就花痴了。于是赵医生一进电梯，就鼓励道："别气馁，你，也，不错，哈。"

曲筱绡见电梯里无人，大做鬼脸，"得意什么，人家都把你往马赛克里意淫，不，往无码里使劲意淫，切，你就是徐锦江二世。"

赵医生喷笑，投降认输。幸好有这一插曲，他才比较犯贱地坐到他的病人曲筱绡的客户的饭桌上。按照惯例，病人即使已经成为前病人，一到医生面前，再高身份的人也会亲热有加。于是曲筱绡就抓住这个机会，脑袋里回放着一早上背的背景资料，与客户猛套近乎，终于将客户对赵医生的注意力完全转移到她的头上。而赵医生不屑与人抢话题，投机了喝酒说话滔滔不绝，不投机了就懒得说，有一口没一口地喝年份不错的武当。曲筱绡说曲筱绡的，他则是神游到早上看的文献中去了。他搭桥任务完毕，此时不过是道具。

但前病人不会忘记恩人，三不五时就凑过来，要跟赵医生说话，碰杯。赵医生完全不用担心前病人总照顾他，很快，曲筱绡就强力插入，将客户抢了回去。曲筱绡做生意之时有万夫不当之勇，只要看到金钱在前面招手，她曾经为此不断推后与赵医生的第一次见面，推后得差点儿都快忘记赵医生的音容笑貌。当前，眼下，曲筱绡依然身手彪悍，此时，她无暇照顾男友的情绪了。

赵医生被多次打断，只能无奈地看着曲筱绡谈生意。他还是第一次见到曲筱绡做生意，他以前一直设想这么不正经的妖精怎么跟人谈生意，放电眼麻翻客户吗？这一直是他心中最大疑惑。今天见到了，但赵医生很不适应。他喜欢看曲筱绡玩无伤大雅的小诡计，却不喜欢曲筱绡没皮没脸地玩大的，见曲筱绡一边口是心非地奉承客户，一边两眼闪着贪欲拉他做道具利用客户的感恩心理催客户点头，他的心里开始承受压力。

赵医生给病人看病的时候，更喜欢站在权威的角度，单纯以一个医生的态度对待病人。而现在，曲筱绡把他当初对病人的负责演绎成对客户的另眼相待，令他感觉自己当初好生小人。有人货腰，他似乎在货医技，不，医德。听着曲筱绡一再发挥引申他给客户看病这件事，赵医生快无地自容了，他才见识到，生意场上的商人原来与各种带有贬义的描述差不多，与他平日里家常遇到的商人则完全不一样。

赵医生终于中途出去，给朋友打个电话，让过二十分钟发短信来说有急诊。他回席又坐了二十分钟，等朋友短信一来，他便很有借口地溜了。走到外面，正是难得的早春艳阳天，他呼吸一口清爽的空气，往身后的饭店看一眼，拔腿就溜。

而这一切，平日里百般伶俐的曲筱绡完全没留意。她正应付正经生意呢，自顾不暇，哪儿还管得着赵医生。

但赵医生溜走后，并未去别处，而是很没志气地回到2203，清理一下客卫里的猫屎猫尿，继续看文献做笔记。

曲筱绡却不同，她送走客户，一想反正赵医生在医院动刀子，她正好有自由时光，赶紧约了好友喝咖啡晒太阳逛街，享受百无禁忌的好时光。等到日落西山，才很贤惠地发条短信给估计正在忙碌的赵医生，报备她在什么地方吃晚饭。不料，赵医生却发一张照片给她，表明他在家里。又很快电话打来。

"报告，我其实没急诊，是借口溜掉。你继续玩吧，我把文献看完。这篇文献很有趣。"

曲筱绡愣了，"你当着我客户面撒谎？人家可是成精的。你答应我的事怎么能中途溜掉……"

"你客户吃完就打电话给我了，他说会帮你，让你不用太心急。他早知道我是借口溜掉，我已经向他道歉，他谅解。"

"他当然嘴上说谅解，可你借口溜掉是不给他面子，越是有身份的人越是讲究身份。唉，算了算了，不怪你，我想想怎么挽救。"

"不用麻烦。我已经跟你客户说了十二分抱歉，他也说他因为很谅解才饭后特意给我一个电话，让我不必挂心上。我还挺内疚的。"

"那是他会做人。好吧，他晚上走，我赶紧问我爸借车，送他去机场。"

"猫，不用这么着相……不用表现得太刻意，人家未必接受得了，你又太刻意委屈自己。我在治疗他的时候拿出十二分认真负责来对他就 OK 了。以后他还得经常咨询我，我会……"

"不一样，你跟他是医生跟病人的关系，我跟他是生意关系。像他这种老板都是被下人们捧得自以为神仙再世，在他面前表现得再恭谨都没错，少表现一点儿恭谨就出问题了。我不跟你辩论，你不会理解生意人。不，你只要看看你们医院行政人员对院长的态度，一个样。我不跟你吃晚饭了，我送他去。"

赵医生没阻拦。只是想到曲筱绡又得回去对他的前病人曲意逢迎，就跟他们院里那些不在编制里的内勤人员见到院长一样，心里便不舒服。那种态度是他从小就反感的。他只能扔下文献，将流浪猫一只只地捉出来，仔细观察伤口愈合情况，及时作适当处理。那些猫可不同于人，才不认他为权威，一个个肆意挣扎，因为没助手配合抓猫，赵医生身上的毛衣作废，手背满是血痕。赵医生哭笑不得。随便曲筱绡啦，以后他总之坚决抵制与曲筱绡一起出现在生意场合，就像绝不再做兽医，他对付不了各种各样的猫。

曲筱绡结束通话，才收起好态度，狠狠低吼，连尖叫都免了。她的朋友好奇地问："怎么了怎么了，谁敢让我们蛐蛐儿生气了？你男朋友太牛逼了，回头叫出来，我们一起培训他。对女朋友要三从四德，知道吗？"

"呜呜呜，姐不争气，姐要给他擦屁股去了。"

"别回避啊，答不答应？你要疼他，我们大不了拍轻点儿。再说了，打雷那么多天，该领出来让我们看看了。"

"呜呜呜，姐来不及了，回头再说，我爱你们。"曲筱绡与姐妹们拥抱而别，可就是咬紧牙关坚持原则。出来上车，心里喃喃自语，他奶奶的，老子让嗲赵吃定了。

樊胜美七手八脚忙了一下午，腰酸背痛，比第一天站总台还辛苦。幸好她为人圆润，即使主办方的人与酒店协调得肝火旺盛，到了她的手里，主办方人员便心静自然凉了。当然樊胜美得为此替主办方多做点儿事。

　　可正忙着的时候，陈家康登记住店，顺口问总台樊胜美在不在。总台的当即一个电话打给樊胜美，樊胜美只能掏出镜子整理一下妆容，飞速走出来与陈家康见面。

　　陈家康一见面就抢先道："樊小姐好久不见。春节后一直忙，总算有点儿时间，提前赶来海市，早上预订，你们只让我住一夜，说明天有什么重大活动。樊小姐，我特意提前来看你，不能不给面子吧。随便帮我安排一个房间？"

　　"确实有个重大活动。陈总稍候，我看看有没有可以调剂的。"樊胜美早知道房间因重大接待而紧张，如果不是两天前的预定客，内定就是不再放行任何其他客人。但当着客户的面，她还是得进去总台，装作认真查一遍，又轻声与同事商量一下，才满脸歉疚隔着柜台跟陈家康道："对不起，陈总，真的没办法了。如果您嫌一天后换酒店麻烦，不如我现在帮您联系其他酒店？"

　　"这个我自己会定。明后天的会议室呢？餐厅呢？"

　　"会议室也没了，明天开始三天。餐厅有，只是可能比较闹。"

　　"我不是三天内没机会见你了？"

　　樊胜美只能尴尬地脸红。陈家康却笑笑，从背包里拿出一只包装精美的盒子，递给樊胜美，"我真是严重的拖延症患者啊，不过现在说还来得及，樊小姐新年快乐，小小新年礼物，不要拒绝。"

　　樊胜美客气再三，才收下。陈家康没逗留，拉行李走了，樊胜美送到门口，又返回来热火朝天地工作。

　　下班累得快不会动，不过王柏川已在赶过来的路上，樊胜美只要等一会儿就行。她坐在更衣室拆开礼盒，她原以为盒子不重，该是巧克力之类的东西，想不到拆开一看，竟然是燕窝，同仁堂的礼盒装。樊胜美对店里衣服的价格了如指掌，对燕窝却没有认识，只觉得盒子异常精致，估计价格不菲。

　　很快，王柏川就打电话来，说是快到了，请樊胜美移步到路边。樊胜美略一思索，看看自己不大的包，便将燕窝扔进更衣柜，免得王柏川看到贵重物品生出疑心。

　　到路边等是樊胜美的意思，为了避免王柏川为了等她不得不缴费进入酒店停车场，她让王柏川算了算路线，提前十分钟打电话给她，她接到电话才出来到路边等车，方便省钱。

　　很快，王柏川的车子蹭着她停下，等她上车。一整天没见，王柏川看看左右前后没警察，想伸过脖子吻一下，樊胜美闻到气味就避走，"臭，昨晚上喝白酒？而且喝得很醉？"

王柏川往掌心呼一口气，闻闻，"不臭啊，我闻不到。客人自己带酒，真正的烧刀子，喝进去就像火烧着喉咙到胃里去。没办法。客人自己也喝桌底下去了。我们……"

"啊，我累死了，哪儿都不想去。送我回家吧，我喝口水就睡觉。"

"欸，这个……"

"怎么了？抓耳挠腮的，别想出什么让我跟客户一起吃饭的馊主意，别的时候行，今天你看看我。"

"不是，我约了两个岗位应聘的，本来想请你帮我见一下，约好一个小时后在公司面试。今天周末，方便他们那种骑马找马的。你要是不在，什么三金五金的我都不知道怎么跟他们谈。"

樊胜美听了只能翻个白眼，"好吧，好吧。"

"为什么不表扬我生意规模迅速扩大，不得不扩充人手？"

"你别想在我面前蒙混过关，你跟小曲合作多出一些出口生意，就这样。"

"哈哈，我这儿什么都蒙不过你，所以你说，人手当然要经你看一眼，加一道保险。"樊胜美推开王柏川又想凑过来的脸，哼了一声，当然有点儿得意。可樊胜美还是被王柏川蒙混了，她后来才发现，她累得听错了王柏川的话，王柏川说招两个岗位的人，她误以为招两个人，等面试的人一个接一个地进来，樊胜美硬撑出来的元气面临灭顶之灾。可这是王柏川公司的事，而不是王柏川的私事，她不能随随便便撂挑子，也不能不负责任乱做一气，她只能调用吃奶的劲儿继续支撑，绝不做砸王柏川公司场子的事儿。

等王柏川终于说没人了的时候，樊胜美呜呼一声，瘫在椅背上。王柏川连忙上来扶住，免得椅子倒下。"我抱你回家，去我那儿吧，让我伺候你洗漱。明天一早送回你那儿换衣服。"

樊胜美有气无力地哼了一声，"你那屋子，你醉到现在，臭！不去。送我回我那儿。"

"回去立刻开窗通风，你先泡浴缸里，我换被套褥子，行吧？我不舍得你这么累还得自己倒水喝自己走路，你哪还有力气。"

樊胜美听着舒心，可三十岁的女人有个原则性的大问题，睡前必须用各种油啊霜啊彻底卸妆清理，否则明天就得大花脸，可她那些油啊霜啊都放在2202的小黑屋，她今晚没福气享受王柏川的伺候。只能否决。

路上王柏川休息一天，依然精力充沛，总是找话说，樊胜美懒得搭腔，闭着眼睛有听没听的。忽然想到她经常跟朋友们提起的戒条：不能嫁小生意人。若是永远不发达，女人不仅得自己辛苦工作一同养家，还得业余时间帮忙打理公司，若是终于苦拼出点儿成就，女人已经熬成黄脸婆，而这世上，多少掘金女闪着贪婪的眼光等着撬有钱男，男人在鲜嫩脸庞面前不堪一击，黄脸婆的劳苦功高完全不占一点儿砝码。而现在，她樊胜美不正埋头在通往黄脸婆的康庄大道上飞蹿吗？樊胜美不得不在心中暗叹一口气。命也。

幸好王柏川体贴。车到欢乐颂，王柏川一定要背起樊胜美。其实王柏川好几年没做重活，而樊胜美也并不娇小，怎么说都有九十来斤，王柏川背着人起身的时候直晃。总算他没晃倒在地，迈出沉重的第一步。

虽然，樊胜美觉得宿醉之后的王柏川全身都是臭味，但此刻她趴在王柏川背上，全身心地托付给王柏川扛着，她疲倦地闭上眼睛，心懒懒地随着王柏川的脚步一起一伏。

"王柏川，我要你以后每个月都背我一次。"

"嗯，强烈要求一星期一次，我明天开始举杠铃。"

"嘻嘻，哪有这么讨价还价的，君子国呢。哀家恩准，一个月一次够了。"

"我恨不得一天一次呢，一直背你到头发雪白。胜美，你即使头发雪白了，也一定是最美的老太太。"

"我不要最美，我只要那时还是你心里的宝。"

"别的不敢保证，唯有这件事，我大声发誓，樊胜美从十五岁开始，一直到……"

樊胜美伸手掩住王柏川的嘴，"别说不吉利的话，我懂了。王柏川，你回去再洗个澡，太臭了，用我给你买的沐浴露。知道吗？"

"好。我回去先整理一下今晚面试的记录，综合比较一下，打算今晚就给他们发出最终结论。明天开始又没时间了。说起来，最近忙是真忙，可越忙心里越开心呢。"为了让樊胜美高兴，王柏川特意再将自己说得积极点儿，语调更慷慨点儿，虽然他真的回去有事要做。

"嗯，应该的。你好好做，我看着比什么都高兴呢。"

但樊胜美是有原则的，再高兴，等王柏川又想以吻作别的时候，她连忙一手推开，臭，此事万万不可容忍。

曲筱绡亲自开车将客人送到机场，又陪着吃了一顿死贵死难吃的机场晚饭，等延误的飞机终于喊可以检票，她才回家。她将车子换给父母，自己打车回家，累得蔫蔫儿地走进欢乐颂，就看到前面屎壳郎背牛粪似的一对儿。她将手插在裤兜里耐耐心心地跟着，听着两人假装很隐私的亲密话，一边不屑地做鬼脸。王柏川好肉麻哦，什么叫最美的老太太？老太太还能好看吗？掉毛的凤凰比草鸡婆都不如。但跟到大楼地下，见一个急吼吼地想吻，一个假仙一样地推辞，曲筱绡终于不耐烦了，"你俩，拉肚子好过便秘，懂吗？别憋着，快吻快吻。"

曲筱绡一插手，两人只能分开。但曲筱绡不依不饶，"干吗不上了，怕我喊人捉奸抓你们浸猪笼？"

王柏川只能道："两个人手找好了，过几天上岗，以后你别再急死鬼一样催命了。"

曲筱绡哈哈一笑，伸个千娇百媚的懒腰，"我等的就是你这句话，我先上了，你们慢慢磨蹭。这前戏够长的。"

樊胜美只能当没听见，她再伶牙俐齿，也不愿往下三路走，尤其不能在王柏川面前乱说。"我也上去了，王柏川你回吧，还有那么多事要做。小曲你有什么要跟王柏川说的？"

"有，但不能当着你的面说。王总，我明天找你去，咱关上门单独亲亲热热地说。"

"那我等下跟帅得惨绝人寰的赵医生说一下，看他愿不愿意。"樊胜美拼出最后的力气，给王柏川使个眼色让走，自己挽住曲筱绡进大楼。

"他太愿意了，他恨不得扔掉我。你们不知道都是我倒贴他，他每天找人假装打急诊电话才能摆脱我，好像他是他们医院最牛逼医生似的。"曲筱绡边走边与王柏川挥手告别，与樊胜美一起进了电梯。

但曲筱绡再怎么说，都没人信她的。往往人越是敢说自己丑事，越意味着心中十拿九稳。

电梯门将关未关之际，有人呼啸着冲进来。三人相对，都有些吃惊。进来的是邱莹莹，樊胜美一下子头皮炸了，今天没地儿发泄的邱莹莹是不是又出去找应勤的碴儿去了。可她今天真的无力再管其他事，因此只简单招呼一声："小邱这么晚回来？"

曲筱绡则拿眼睛斜睨一下邱莹莹，顺着樊胜美的话发挥开去，"是啊，没男朋友的人怎么这么晚回来？"说完才想到昨天邱莹莹闹的事，掩嘴已来不及，便翻一个白眼，面不改色悠悠地说下去："可竟然还有人把男朋友反锁在家里，自己这么晚回家。这就是我。人为什么要工作呢？要是每天混吃等死多好。"

邱莹莹都还没来得及反应过来，就被曲筱绡后面一句话拐了过去，她急急地与樊胜美打个招呼，忙辩解道："等你到我这一天，你就会发现有工作多好，心烦的时候才有地方可去。"

"你去你们店里了？"樊胜美小心求证。心里直念阿弥陀佛，希望就是这个结果，可千万别又是盯梢去了。

邱莹莹摇头，"我去推销咖啡了。可惜……唉，我最近是不是运气特背，今天咖啡店里的人看见我都挺不耐烦。"

几句话时间，电梯直上22楼，曲筱绡在电梯门开的当儿，像是自言自语，"我们最好走廊里放一面落地镜，进门出门都照照，是不是一张晦气脸。"

"你说我晦气脸？"邱莹莹很快反应过来。

樊胜美心有余而力不足，无力隔在两人中间做缓冲墙。索性心一横眼一闭，任她们闹去，她回2202洗漱睡觉。

"自己照镜子呗，出门做生意挂着个晦气脸晚娘脸，谁耐烦理你。不过，理解。"

难得曲筱绡表示理解，邱莹莹忙诉苦："是啊，我心里很难过很难过，我也想笑的，可笑不出来啊，我今天都不知走了多少冤枉路，腿都走断了，不挂晦气脸还挂什么？"

"我以前还真不理解你，要钱没钱，要色没色，还到处对人使脾气。自从我公司招来一个文员，弄堂小家子出身，我都不知道她哪来的胆，从不怕饭碗被我敲掉，让她做什么都得看她脸色，我才开始理解你。"

"我什么时候对你使过脾气，你怎么不说你从来都刁难我们？"

"对，你没脾气，你真性情。"曲筱绡懒得再说，果断取消走廊培训班，打着哈欠回2203。

2202里面，关雎尔哧溜钻进被窝，关上台灯，睡觉。她的卧室门口一片黑暗。

樊胜美无法装睡，她还得勉强支撑着卸妆。等邱莹莹嘀嘀咕咕地回来，她便放弃克制，一个接着一个地打哈欠，表明她非常累。邱莹莹本来一肚子话要跟好不容易见面的樊胜美说，见此只能放弃，樊姐连眼睛都睁不开了呢。她还特意提示了一句，"樊姐，洗手间你先用，我等你用完再上。你怎么累成这样儿啊。"

樊胜美垮着脸说了声"谢谢"，叹口气，摇摇头。迟早，得变成黄脸婆。

邱莹莹回自己房间去，见最里面关雎尔的房间已经一片黑，她很是失望，将包一扔，埋头趴在桌上，什么都不愿想。工作有个好处，被迫面对他人的时候，她没法想那个人。而现在，她跑业务累得脚底酸痛，欲想而无力，脑袋无法深入思考。可又怎么可能不想呢。闭上眼睛，都是他。

樊胜美出小黑屋去洗脸，一眼就看见邱莹莹埋头桌上，她愣了会儿，硬下心肠走开，却不由得落下两行眼泪，冲开乳化后的卸妆乳，留下一道浅痕。一个人离乡背井出来打工，与朋友可以同甘，却不可同苦。即使朋友有心帮忙，可朋友照样自顾不暇，又能帮得了多少。总有一天，邱莹莹得明白这个道理。她今天真的心有余而力不足了，她自顾不暇。

曲筱绡站到2203门口，忽然头皮一紧，不晓得赵医生会拿什么话等着她。而她，今天已经没力气了。

曲筱绡硬着头皮开门进去，见书房灯亮，她期期艾艾地挨了过去。但一道黑影也沿着书房门板移出来，旋即赵医生跟着黑影出现在门口。

"猫，这么晚回来？飞机又误点？"

"这年头飞机正点起飞才是异常。哆赵，我要抱，累死我了。"赵医生将曲筱绡抱进书房，又张罗一杯水给嗓门有点儿沙哑的曲筱绡喝，才一起坐书房唯一沙发上。但曲筱绡先发制人，"我不要听批评，我很累。你看我的死鱼眼。"

曲筱绡做出眼睛翻白的姿势，将空杯子放下，摔进赵医生怀里。摔得赵医生满是内疚，这不是他离席害的吗。于是本来想辩论的话都缩进肚子里。"对不起，我离席害你多奔波半天，我道歉。以后……尽量你别让我参加这种答谢宴，我也不给你添加麻烦，行吗？"

"我让你参加答谢宴是给你添加麻烦吧？"

"麻烦倒是不怕，我怕的是观念冲突，影响我们关系。小猫，你鲜活灵动，我一直在心里阻止自己出手改造你，你，也别勉强我。别扭来扭去，我们说正经事呢。"

"你才不正经呢，早上是谁不让我穿露腰的衣服？还说不改造我。有些人做了不说，最阴险。"

"那事不一样，那属于主权问题，没有商量余地。嘻嘻。"

"可你每天假装正经，我只好假装不正经，我牺牲多大你知道吗。要不你以后嘻哈，不信你试试，亲身体验一下，为了一个人的正经，装不正经的另一个人承担可大压力啦。"

"你总有歪理。"

"这不是歪理，这是你说的什么独立之精神，自由之思想。你才想不开呢。

说好了，以后我继续性感如花，你……"

"你做如花？"

"你才如花，你才如花……"赵医生被曲筱绡攻击，不禁笑道："你跟那帮流浪猫一模一样，我下午给流浪猫做检查，挨了不知多少爪子，不得不去医院打破伤风针。你看。明天有人问起，我说是你抓的。对了，我放走所有公猫……"

"嗳，怎么放了，要多休养几天。嗳，我要把它们找回来。"

赵医生不得不揪住曲筱绡，"听着，是结扎，不是阉割，创口不大。两天消肿，可以自由活动了。你这态度太羞辱一个医生了。两只母猫还留着，拆线后再放。"

曲筱绡愣了一下，确实，人家医生呢。但她依然强词夺理，"你是赵医生的时候，我当然信你。但你是嗲赵了，我就不信你了，古人老话，男人没一个好东西。"

看着赵医生又是被她的歪理噎死，曲筱绡得意扬扬地想，虽然费了点儿劲，可好歹她扳回一局了。

周一的大清早，22楼的上空照例是弥漫着"不想上班"的逆反。樊胜美被闹钟闹醒，钻在被子里拳打脚踢好几下，才将五官挤成一团，钻出被窝，但等她双脚一落地，即使穿的只是平底拖鞋，她立刻自然而然地收腹挺胸，姿态之自觉，仿佛活在狗仔队眼皮底下的明星。

随后，是邱莹莹起来。邱莹莹见洗手间门关着，就顺手打开2202大门。正好见安迪拎着一袋菜从电梯回来。邱莹莹惊呆了，安迪不是应该拎面包的吗。转了一下脑袋才想起，安迪怀孕，大概要关注营养了。"安迪，你还这么早起？你怎么总是精神焕发的样子啊？"

　　安迪看看自己，她满腹心事呢，怎么焕发了。只能顺口道："你也容光焕发。"

　　"我才不，我什么劲儿都提不起来。四肢软绵绵的，就想倒下不动。"

　　"哦，立刻找个体温计测量一下温度，你可能感冒了。多喝水，多吃水果。"

　　"我不是感冒，没病，我只是伤心。我身上好像什么动力都没有了，不想笑，不想工作，好像也不会饿，只想睡觉。"

　　安迪不知道邱莹莹心里闷得慌，现在只要逮着一个人就滔滔不绝地诉苦，她认真想了想，"你试试对镜子笑，像平时开心的笑，笑出声来，持续十分钟，听说是很好的减压办法。我以前的同事爱用。"

　　"啊，真的吗？我立刻试试。安迪拜拜。"

　　安迪回家快速上网查了一下笑的功用，觉得功效可能未必针对，但多笑应该也无妨。她便开始烧丰富的早餐。冰箱里有包奕凡昨天一天搜罗来的信得过的肉禽蛋鱼虾，以及包家出钱请人专门种的无农药蔬菜，由包奕凡派人送来。安迪自己又去菜市场买些绿叶菜，她得开始孕妇生活。好吃不好吃无所谓，只要营养满足就行。于是，她煮出一锅含有鳕鱼片、牛肉丝、大虾、菠菜的荞麦面。鳕鱼早已融化在面汤里，汤色很是混浊，可有大虾与菠菜撑着门面，照样有红有绿，很是勾引食欲。味道？很好！当然是安迪自以为是的好。

　　几乎是吃一口，内心祈祷一句，希望这些后天的营养能帮助她变出一个健康正常的宝宝。孩子三岁之前，她将一直揪心。而她，愿意舍弃自己无牵无挂的生活，整整揪心这三年零九个月。工作照做，而工作间隙，她换作大量阅读妇产专业书籍及营养学书籍。

　　但安迪传授给邱莹莹的对镜大笑治愈法害惨了关雎尔。邱莹莹虽然心中觉得安迪高不可攀，对之一直敬而远之，可只要安迪传授的方法，她立刻奉为圭臬，回屋都不急着洗脸刷牙，展开镜子便开始练习。她找出电脑中存着的照片，找出笑得很灿烂的，放大到全屏，看一眼镜子，看一眼电脑，认真模拟真实的笑。可她不是演员，又加心头郁积，她的模仿笑便透出丝丝诡异来，吓得刚刚睡醒的关雎尔毛骨悚然。

　　关雎尔赶紧穿好衣服，偷偷下床找到樊胜美，"樊姐，小邱没事吧？"

　　樊胜美也是被邱莹莹笑得浑身起鸡皮疙瘩，在邱莹莹再度响起的洪亮笑声中，她担心地瞅瞅邱莹莹为隔音关上的卧室门，一边画着眉毛道："我赶着上班，时间来不及了，你赶紧去敲门，我还能看她一眼，如果不行，立刻请隔壁赵医生。"

关雎尔胆寒，蹑手蹑脚地走到门边，才刚举手欲敲，忽然门里又传出"哗哈哈哈哈"的大笑。关雎尔吓得赶紧逃回樊胜美身边，"我还是去敲2203。"

"去吧，唉，我去敲，你都还没洗脸呢，快洗脸。"

樊胜美放下画了一半的眉毛，跑去2203敲门。赵医生起得不晚，他一听说隔壁有情况，赶紧睡衣外面套上风衣。而里面的曲筱绡一听急了，让赵医生慢点儿，她要一起去看邱莹莹究竟怎么发作。她都来不及换下性感真丝内衣，直接拉开衣帽间套上羊绒大衣，跟着赵医生冲出去。在走廊里，他们就听见又一阵怪笑声爆发。即便曲筱绡都严肃起来，难道前天盯梢是发疯的前兆，而今天正式发作？赵医生牵头，后面三女将跟随，终于敲响邱莹莹的门。邱莹莹打开门就惊住了，"我真没感冒，安迪跟你们说什么了？"赵医生道："你刚才笑得很有意思，让我想到一个医疗案例，你能不能再笑一个？"曲筱绡忙将赵医生拉后一步，以免靠邱莹莹太近。樊胜美与关雎尔都躲在赵医生身后，担心地打量邱莹莹。

邱莹莹不由得扭捏了。对着镜子笑可以，对着赵医生这个男人笑却很有障碍。正好抬眼看见赵医生被曲筱绡捣蛋扣乱了的睡衣纽扣，她不由得多留意了一下，心说这人怎么纽扣都扣不好。她对着赵医生伸手，正准备指出睡衣纽扣的谬误，曲筱绡以为邱莹莹失心疯，当众对她的嗲赵动手动脚，顿如母豹出山，猛扑上去，将邱莹莹双手拗到身后，成功保护了她的嗲赵。痛得邱莹莹一声号叫。而曲筱绡大声喊："都别站着，给我绳子，长筒袜也行。不绑住她路上麻烦。"

樊胜美直觉不对劲，忙上去抱住又是痛骂又是乱扭的邱莹莹，"小邱，认识樊姐吗？赶紧说一声。告诉樊姐你心里不舒服，为什么笑。"关雎尔已经跑进她的房间找长筒袜，手忙脚乱地打翻一只抽屉。

邱莹莹腾出痛骂曲筱绡的嘴巴，快速解释："我当然认识你们，你们想干吗？安迪刚刚教我这么笑，怎么啦？你们都疯了吗？"

"安迪教你？什么时候教的？"

"就你还在洗手间的时候，她买菜回来。"樊胜美一脸尴尬，"还真是。我隐隐有听到声音，但听不真切。"曲筱绡一听，赶紧撒手，"靠，以后别这么笑，还以为你失恋失疯了。靠！

但无论如何，我最勇。"

"毫无疑问。"赵医生倒是不怕当着大家的面奉承曲筱绡。于是曲筱绡踩着猫步扑进赵医生怀里，两人缓缓退场。邱莹莹捏着疼痛的肩膀，愣愣地看着大家，"到底怎么回事？"樊胜美才想起她上班在即，都来不及解释，抓起包换上鞋子就冲出门去。浑然不觉脸上还有一条眉毛没画。烂摊子扔给关雎尔收拾，但关雎尔此时接到谢滨的电话，谢滨说外面下雨，要不要他接送上班。关雎尔的脸在邱莹莹的注目下，红了。

好几个现实问题在关雎尔脑海中一闪而过：安迪义务送她上班半年多，她不可以在不事先与安迪讨论的前提下就上别人的车；她的公司上班时间不早，也经常不需要准点，而谢滨的不知如何，这需要事先讨论；她所居住的欢乐颂在谢滨上下班路线上，可以顺路，还是谢滨需要绕一大圈才能接上她，若是后者，显然不能麻烦谢滨绕远路。即使她也想到樊胜美说的"态度要坚决"，依然很遗憾地对谢滨说了抱歉。

邱莹莹一直在旁边看着，如此重大新闻都让她差点儿忘了大家刚才把她当疯子看待，等关雎尔通话一结束，她就忙不迭地问："同事？血泪经验告诉你，不能发展办公室恋情。"

"不是同事……"

"同学！像你这么宅的人，除了这两种人，还能找到谁，你又不肯相亲。"

"不是你说的那种关系，只是普通熟人。"

"你我不是樊姐那样的美女，才没有普通熟人愿意大清早送上门来让搭车。也不是安迪，人家是有求于她。总之人家不会没目的，你也脸红了。刚才为什么你也拿我当疯子？"

"对不起，可你笑得太可怕了，我连敲门问你一声都不敢。我去洗脸刷牙。"虽然关雎尔明知自己不是美女，也手中没权，可被邱莹莹这么说出来还是怏怏的。本来她想道歉的，这下放弃。

"是安迪教我的，安迪应该不会……"

关雎尔只能止步，连忙抢断："安迪当然不会无缘无故害你，你回忆一下她有没有让你恐怖大笑。"

"好像没有，她只是让我对着镜子笑，我就找到笑得最酣畅的照片来模仿了。好吧，误会，误会。得，洗手间又被你后来居上了。但好像还真有点儿效果哦，本来一直有气没力的，现在活泛了许多。我再去笑会儿。"

关雎尔对着镜子只会翻白眼。

跟着安迪上车时，关雎尔收到樊胜美发来的短信，让她提醒安迪，习俗是怀孕三个月之内别到处宣扬。关雎尔读给安迪听，安迪先问一句："有什么依据？"

"我早知道你肯定问这句，但比我设想中少了'科学'两个字。嘻嘻。我问问我妈。安迪，这包小零食送你上班吃，我有个同事也是孕妇，我看她无时无刻不在吃东西，我想你可能也需要。"

"啊，太好了。我今早也看到孕妇贪吃这一条，还准备晚上去采购呢。谢谢。你们都真好。"

"小邱早上……听说是照着你的说法，对着镜子笑，笑得很可怕，我们都以为她疯了，小曲最猛，扑上去就要把小邱捆去医院，幸好后来说明白了。还好小邱不是个计较的人，也没怎么放心上。"

"她最近又走火入魔了。希望她早点儿走出来。还有几个有关怀孕的问题请你帮我问问你妈妈，包括习俗。我已经整理了发到你的邮箱里。本来应该问包奕凡的妈，可他妈太爱插手。"

关雎尔担心地道："我妈是文科中专生，可能她的答案有很多不科学的内容，甚至迷信的，要不要紧？"

安迪的脸红了，"我现在什么都愿相信，原则是用科学指导做什么，用习俗指导避免什么。我现在允许自己软弱一下，怪力乱神一下，因为我正面对一个最大的不可知。我需要用尽一切办法填补心虚，只要是力所能及。"

关雎尔当然不知道安迪最大的心虚是什么，"也是哦，关系到宝宝的一生呢，谁都不敢大意。要是包总在身边就更好。"

"他还是不在身边最好，要不然我压力更大。"

"不会啊，两个人分担压力才好呢。你是独立惯了，大家都说，女人怀孕是最需要大家关怀的时候。"

"我大概是普遍性之外的特殊性。"安迪终究是不敢说出来，拿话盖了过去。

曲筱绡却在这个时候接到包奕凡打来的电话。她有点儿想不出为什么包奕凡主动打电话给她，即使有什么事，让安迪转告一下就行，打电话给老婆的闺蜜是忌讳，包奕凡不会不懂。所以一般这种莫名其妙的来电绝无好事。因此曲筱绡接通电话，便正大光明地抢先打招呼表明关系，"哈，包总，早上好。恭喜要当爸爸了，什么时候让我们吃糖啊？"

"谢谢，呵呵，求你帮忙来了。我暂时不可能陪在安迪身边，希望你帮我照看着点儿。"

"这是应该的，我家赵医生也已经给安迪找了几本专业书籍，我也在使劲想呢，怎么帮助才好。要是包总有指示就更好，我可以偷懒了。"

"怎么敢指示啊。我想请你帮我通风报信。你知道安迪很独立，反感我拿怀孕来阻止她出差，弄不好一声不吭就跑出去了。可现在她身体不允许啊，我得看着她点儿。请你帮我个忙，每天知会我一声她在不在海市，发条短信就好。非常非常麻烦你，可我真是没办法了才出此下策。"

"行。这次为了安迪，不敲你竹杠。今天就开始，早上安迪把我们 22 楼搅得鸡飞狗跳，杀伤力太强悍了，哈哈哈。"

曲筱绡跟包奕凡说完电话，却忍不住好奇地问正开车的赵医生，为什么包奕凡担心安迪出差，难道孕妇如此折腾不起？赵医生道："等你有了我也不让你乱出差，旅途上很多事不可控。而且，包总应该还担心飞机上的 X 射线吧。"

"听上去好甜蜜哦，包总是个豆沙包呢，甜心。但！我更不敢怀孕了。什么都可以，被你们管是万万不可以的。"

"我会很科学，不会让你觉得束缚。"

"科学的更要朕命！"而安迪才到办公室不久，正跟助理说事儿呢，桌上座机响起。她拿起来一听是包奕凡，就说了声"我五分钟后打给你"，挂下继续做事。等助理走后才用座机打电话到包奕凡手机。"你还真查岗？"

"不放心，就怕你忽然想不开，又不肯找我分担，只钻着牛角尖想着跟我分手，一个人逃回美国去。到时候我还怎么找得到你。"

"昨晚在机场已经答应你好几遍了，让你别担心，我不会离开，我欠老谭的人情大了，不能说走就走。"

"好吧，但你也得答应我，记得时时跟我分担。别大事小事都自己消化，你现在不是一个人，而是三个。我们三口之家。明白吗？"

"明白。您老还有什么吩咐？"

"早上有不舒服吗？吃什么？没再去跑步吧？"

"跑步改散步，散步去菜市场，来回正好四十五分钟。烧了一碗面，你还没看微博吧，我都发在上面了，包括配方。很好吃，营养也很全，一点儿没孕吐。"

早上时间紧，两人说会儿就结束了。安迪盯着座机想了会儿，致电谭宗明手机。果然，谭宗明的手机占线。安迪很怀疑，这个占线电话正是包奕凡所打，包奕凡应是找老谭勾兑，解决他的揪心问题。可安迪不禁苦笑，她还真是抱着偷偷潜逃的心呢，她真的不敢面对，尤其是不愿让包奕凡出现在孩子降生的第一时间。她怕。包奕凡真懂得围追堵截。

而关雎尔才到办公室，就收到谢滨的短信。"兴奋啊，需要告诉朋友一同分享。上班接到通知，我被临时调到刑大，参加一个重要行动，终于让我参战了！我这就要出差。本来是打算今晚一下班就守在你们公司楼下，请你一起去酒吧听歌，看来只能拖后。我将听着 The Protagonist 的 Zoroaster，揉一团黑暗世界的乌云为隐蔽，一拳一拳摧毁邪恶。请祝我凯旋。"

关雎尔很想也用一首曲子来祝谢滨凯旋，可一时怎么都想不出合适的曲名，无数文字在脑袋里闪回，从小学了那么多听了那么多，此时着急要用却一个都不愿蹦出来。想了好一会儿，又怕那边等急了，草草写了一条，"恭喜得偿所愿。等你回来，请你去我小区附近的酒吧喝庆功酒。"那酒吧，是谢滨前天吃晚饭时提到过，据说很不错，关雎尔记在心里了。关雎尔清楚这是许诺，但她坚决地许诺了。

Chapter 48

第 48 章

  酒店的重大活动接待如急风暴雨，来得猛也去得快。活动结束，贵宾退房，从下午开始，酒店开始趋向清静。樊胜美与同事们都累得如急风暴雨后的花草，几天的辛苦随着活动结束而形之于色。王柏川瞅着时机给樊胜美发来短信，问今晚上可不可以见面了。樊胜美当然也愿意见王柏川，但她考虑到以前公司如此重大活动后，部门都会来个团队建设，比如聚餐和唱歌，她还得打点精神应付晚上的团队建设，恐怕没时间见王柏川。她回短信拒绝了王柏川的见面要求。

  临近下班时分，总监召集主事者开了个总结小会，才二十来分钟，还都是站着的。一场有重要人物参加的活动就这么结束了，总监完全没有提起什么聚餐唱歌之类的后续。樊胜美才恍悟，对于一家好酒店，这种忙碌恐怕乃是常态。

  樊胜美本想去电王柏川，要求见面。可不知怎的，她不愿主动，也可能她是真的累了，她换好衣服起身的时候一阵眼冒金星，看看同部门的二十几岁同事却还在尖叫着约逛街，她不得不咬牙将手机收回包里。她不要做黄脸婆，她得自觉抓紧时间保养自己。

  更衣柜里的燕窝还在，樊胜美将燕窝收进包里，慢腾腾下班回家。路过电器店，她进去买了一只炖锅。天开始返暖，街上的橱窗开始姹紫嫣红。樊胜美喜欢这样的下班，出门便是闹市，沿着橱窗秀走一段才钻进地铁站，简直是最好的休息。当然，看着喜欢了，拐进去亲密接触一下，那是樊胜美不怕苦不怕累的最大爱好。

因此，回到欢乐颂的时候，天几乎暗了。樊胜美在电梯里遇到同样是下班的安迪。是樊胜美先看见安迪，因为安迪拿着个电子书正埋头攻读。樊胜美没打扰，本打算到 22 楼的时候提醒一下，但电梯一报 22 楼，樊胜美就见安迪抬眼看显示。她才在一同出门的时候招呼了一声，"安迪，下班了？看什么呢，这么专心。"

安迪这才看见樊胜美，"哦，你好，好几天不见。看妇产科有关知识。前几天谢谢你提醒我怀孕三个月内不能告诉别人。还有好建议吗？"

"哪是什么好建议呢，只是一些习俗，就怕你笑话我不讲科学呢。"

"要的就是习俗啊。从小没人教我这些，出了国就更不接触了，要不是你提醒，我才想起请小关找她妈妈讨教习俗，想不到一下子收集到好几条，得好好记住了。咦，你似乎有什么事有口难开的样子？来我家坐坐吗？"

"呵呵，不打扰。你最近有好多准备工作要做呢，时间不够。"樊胜美顿了顿，"听说不少人怀孕后每天吃燕窝，你打算吃吗？"

安迪笑道："我在行为方式上遵照习俗，在生理介入上遵照科学，嘻嘻。"

"你真是十足的投机分子。不过应该的啦，谁都想给宝宝一个最好的出生条件，最多的祝福，在这件事上，准妈妈怎么投机都不为过，只要不伤害别人啦。"

"啊，是啊是啊，你说得真好，我也是这么想。我都不知道怎么办才好，不懂的人连问题都不知道怎么问，幸好有你们伸手帮我。再次拜托你哦，有想到什么，请务必第一时间提醒我。"

樊胜美还是第一次看到安迪一脸烟火气一脸无知，而不是过去的臭牛逼。她与安迪告别，开门进 2202 的时候，不由得又看一眼安迪的背影，见她果真乖乖地穿着柔软的平底鞋，衣服也已经提前宽松，似乎是攒足了劲儿要做个好妈妈，可力气用得过火了，姿势有点儿笨拙。她不禁想到安迪与众不同的身世，一个孤儿，别人怀孕大多有经验丰富的妈妈保驾护航，安迪还真得全靠朋友和书本了。这种时候，婆婆顶什么用，关键时刻最能体现亲妈与假妈的不同。

樊胜美不禁推己及人地替安迪心酸，进屋洗刷炖锅泡发燕窝时，一直在想自己刚才欲言又止的提醒，那些个涉及隐私的提醒会不会说了反而吃力不讨好。根据经验，这几乎是一定要得罪人的。樊胜美收起心中的冲动，在空无一人的 2202 独自上网。她每天都要将 22 楼所有人的信息浏览一番，顺便将 22 楼姑娘们的男朋友的微博也浏览一番。这是她 HR 多年养成的本能。

应勤的微博是应勤自己告诉樊胜美的。赵医生与包奕凡的微博则是樊胜美通过细心比对，分别从曲筱绡与安迪的关注人口中挖掘出来。樊胜美一等拥有自己的笔记本电脑，第一件事便是将这些人的微博都关注起来。三个人的微博各有不同，应勤最话痨，什么都敢拿到网上请教，因为他的朋友跟他一样宅，他们的最佳联络方式就是电脑。于是樊胜美看到应勤最近在为结婚对象的一个个经济要求而烦恼。而赵医生的微博几乎是读书笔记影评和乐评，唯一的私事是点评小猫，比如小猫又有什么文字方面的意外但令人拍案叫绝的解读。包奕凡的微博则是几乎不涉及私事，话也不多，只偶尔上传一瓶樊胜美从来说不上名字的酒，或者一辆罕见的车。因此樊胜美最喜欢关注应勤的微博，即使此人已与 22 楼脱钩。

安迪才刚进家门，就打电话给包奕凡。刚才在路上接到包奕凡短信，让她到家后给个电话。包奕凡开口第一句话就把安迪震得赶紧找沙发坐下。"我已经到黛山县城。跟秀媛院长谈了一下，你弟弟已经被接走，那家人拒绝秀媛院长探视，因此你弟弟的情况不明。我借了辆车，打算连夜过去摸清情况。"

"老严在不在你身边？晚上去不熟悉的村庄不安全。"

"老严跟我的时间有冲突，不过我在这儿有客户，多年老交情，你不用担心。"

"不行，我不希望事情扩散，被更多人知情。你回吧。"

"都已经到了，起码也得过去看看。你不担心你弟弟的处境？何况我又不会透露什么，我只说我去探望这几年的慈善结对对象。"

"好吧，看了就回，不要有任何行动。"

"我会看着办。"

包奕凡显然不肯答应看了就回不做任何行动，于是安迪陷入忐忑，不知道包奕凡会怎么做。她只能拉下脸，"我说了不要有任何行动，我不愿在我怀孕期间有任何节外生枝。你别替我自作主张。"

这一回，包奕凡总算无奈地回以"好吧"。但放下手机后，安迪依然不安，她不知道包奕凡会看到什么境况，听说什么过往。她心里其实非常非常反对包奕凡来做这件事。她坐立不安了会儿，开始打开菜谱准备做菜。樊胜美这时敲门进来。

"安迪，我资深人事的毛病犯了，救救我。"樊胜美是换掉高跟鞋才来的，可还是进屋就倒在沙发上，她这几天太累。

"还有资深人事这种病？怎么从没听说？"

"唉，这种病典型的就是找钱没本事，找碴儿一找一个准。刚看了一下应勤的微博，那小伙子找的新对象太贪，要在他房产证上加名字，要十万聘金，要全套头面首饰。"

"相亲嘛，既然不是以感情为基础，那么好好谈婚前利益保障并无不可。既然应勤看重人家处女身份，他总得为之付出相应利益代价吧。"

"所以说嘛，我看应勤的朋友一边倒地反对他对象的条件，说万一结婚第二天就离婚，是不是一半财产全打水漂？现代人啊，没有感情基础的婚姻，什么做不出来。"

"如果真有第二天离婚这种事，那也是他为他的观念付出的代价。人各有志，愿赌服输。"

樊胜美一愣，过了会儿才道："嗳，那倒是，可见我有些婆婆妈妈，不忍心。应勤那小伙子本质还是不坏。"

安迪狐疑地看樊胜美一眼，可她这会儿心事重重，没空陪樊胜美打哑谜。她直截了当地问："小樊，你该不会专程来谈应勤的吧。"

樊胜美只得道："我当然不会这么无聊。本来想提醒你世俗成见不能忽视，未婚先孕会受到不少世俗成见。但看你对待应勤这件事的思维，你应该有理性承受力的，我不用多嘴了。"

虽然安迪不喜欢樊胜美绕着圈子说话的风格，但想到这可能还真是资深 HR 据说做思想工作的风格，她也就忽略了，而是只留心樊胜美的提醒。可是，"唉，我也不想挑战世俗啊。可我真不想结婚，真不想结婚，真不想结婚！"

樊胜美错愕，三次"真不想结婚"，一次比一次纠结，这种事出现在一向冷静的安迪身上，说明有大事了。可樊胜美再资深 HR，也不敢贸然向安迪提问，只谨慎地道："其实生活在大城市里，不结婚也没什么，你经济条件又好，多花点儿钱买得到服务的……"可樊胜美安慰不下去了，她不愿对一起风雨半年多的邻居作违心之语，"唉，还是直说吧。这世上做人吧，随大流最舒服，标新立异最累，要是不得已而标新立异，更累。你是强势的人，我说句心里话，该妥协的还是妥协吧，别做非主流。你一个人的时候，你能力强，腰板硬，你怎么想怎么做都行，撞破头也在你承受范围内。有孩子就不一样了啊，孩子，那么小那么柔软。"

安迪不由得停下手头的切菜活儿，认真听樊胜美讲完。可心头更是撕裂。并非她想标新立异，而是她没办法，没条件啊，她都说不出口。或许真的需要妥协，在她坚持的一些方面作一定的妥协。

樊胜美见安迪操刀停在砧板上发呆，一脸无法做出决定的样子，可又不知道安迪究竟遭遇什么，无法深度帮忙。

正好，包奕凡的电话又进来。可能身边有人，他全部用英语说，"安迪，看到了。看长相，得看仔细了才能发觉有点儿像，表情动作却几乎是一个模子刻出来的。对有外人探视，有手电光扫射，都没什么反应。两个人一起被关在焊着铁门铁窗的小石屋里，屋里恶臭不堪，估计屎尿都在屋里，看来并没受到好好照料。"

那不是跟猪牛一样的圈养吗？但那种境况安迪并非不熟悉，从小看到大。那些送到福利院的，又是永远无人领养的智障脑瘫什么的孩子，也是差不多，几乎一辈子坐在固定木车里，屁股下永远是一只马桶。那几个特殊的房间也是很臭。有什么办法，既然那家人要恶意抢回去养，只能那样了。"既然已看清楚，你回来吧。看来他们应该是父子。既然他们养了父亲那么多日子，他们就继续养着另一个吧，他们有经验。"

"请收彩信。你忍心吗？"

"不需要发彩信，我小时候看多了。要不然你能怎样？非法劫持？付钱买断？"

"我会处理。"包奕凡在那边先结束了通话。但安迪立即警惕回拨。"这是我的事，你别自作主张。请你尊重我的意见。"

"你的事不是我的事？我会处理，我在现场。我不想你哪天后悔今天的决定。"

"你的主张不是我的主张。请你就此罢手。"

"你看看彩信，你忍得下心？"

"我忍得下。你请回。"

樊胜美最先以为安迪讲工作，语速飞快，反正她听力跟不上。可越往后，越发现安迪是在跟谁争论。她连忙做手势表明她走了，然后赶紧开门溜之大吉。而此时安迪也吵完了，看着樊胜美离去的背影，放下手中的手机。即使短信提示，她也不看。最好的结果是送到秀媛那儿养着，其他都一样。可那家子如此大动干戈，岂能轻易放过，又岂会不出尔反尔。不如顺水推舟，黑着良心赌那家子先承受不起，迟早把人送回。而包奕凡显然不忍心这个赌局。

可她鞭长莫及，包奕凡又很有主张。妥协？难道如樊胜美说的，她该对生活作些儿妥协？可问题是她的周围全是零和游戏，稍不慎便是她最忌惮的身败名裂，她无法妥协。她一刀一刀地慢慢切菜，非常理智冷静地避开手指，但完全心不在焉。等一碗面条熟时，包奕凡电话再来。"我已经带你弟弟离开，上路。很抱歉，他反抗，我只好绑他上车。"

"去哪儿？"

"显然不能回秀媛院长那儿。我会安排。"

"我放句话在这儿，我会被你这个决定害死。我跟你说过我所有的担心，我的恐惧，我有预感，这一切很快都会到来。"

安迪说完，冷冷地关了手机。想不到包奕凡这么擅作主张。她桌面的座机很快响起。她拿起电话，听都不听就挂断。这时，发现手开始颤抖，脑袋开始混乱。她陷入深深的恐惧。她慌乱地拿座机打电话给谭宗明，告诉老谭这件事，让老谭帮忙将弟弟从包奕凡手中抢断，务必领回海市。

老谭问："包公子未必肯把人交给我，除非……你不怕包公子跟你绝交？"

"绝交就绝交，我已经承受不起两人在一起的压力了。他爱自作主张，我无法整天提心吊胆。老谭，不惜代价，人放到自己手里才放心。"

"要不要相信包公子？他毕竟也是做事的人。"

"不相信。他跟他妈之间没界限。"

"好吧。你别担心此事，我来处理。"

安迪发现，至今，她唯一相信的还是只有一个谭宗明。等谭宗明说出"我来处理"，她才能抱臂坐在沙发上，慢慢地冷静下来，慢慢地止住浑身的颤抖。

可清醒的脑袋想出更可怕的可能。在如今交警遍地抓酒驾的大环境里，夜晚开一辆载有四肢被捆的残疾人的车上路，将有多大概率被半路拦截检查，最终说不清楚那个四肢被捆的残疾人的怎么回事，而被送入警局。那么，什么都暴露了。安迪更加坐立不安，在房间里团团打转，如热锅上的蚂蚁。而且，夜晚行车长途奔袭，恐怕遭遇的不只是酒驾检查吧，那么出事的概率将更大？

2202门口，关雎尔与跑推销生意的邱莹莹几乎一起回家。可才走出电梯口，就见安迪魂不守舍地直着眼睛飘到2202敲门，完全没看见旁边的两个人。关雎尔与邱莹莹都惊了，不知道发生了什么事。等樊胜美来开门，两人都不约而同做出劝架的准备。可安迪却在门口小学生背书似的道："小樊，刚才接电话，忘了向你道谢。非常感谢你给我提的建议。"

樊胜美看看脸色失常的安迪，再看看安迪身后两个惊讶的室友，也是惊讶地道："不用客气。可安迪你怎么了？怎么看上去失魂落魄的？"

安迪心惊，失魂落魄在她眼里几乎可以导向失心疯，她忙摇摇头，摆出一脸正常，硬是挤出微笑，道："没什么，没什么，我锅里的面条得凉了，我得赶紧去吃掉。明天见。"

但此言行落在大伙儿的眼里，连邱莹莹都看出不正常。与安迪最亲近的关雎尔忙道："安迪，我有三个英语词汇要请教你，我摸不准那是什么意思。会打扰你吃面条吗？"

安迪强装什么事都没有，继续强笑道："不会，你问吧。"

关雎尔与樊胜美交流一下眼神，跟安迪去2201，她不放心这样的安迪落单。樊胜美心领神会，当即将刚才所见所闻发给关雎尔参考。关雎尔看了依然一头雾水，但无论如何，她得赖在2201。

关雎尔借口上网找那三个词汇，尽量拖延时间。安迪则是度日如年，愣了会儿，终于打开手机，收看短信。包奕凡的短信还在不断发来，安迪从头开始看，第一条短信，就是手电照射下的弟弟，傻傻的都不知道看灯光源，头发蓬乱，一身衣服早已斑驳得看不出颜色，而更糟糕的是屋子里另一个男的，得相比之下，才能得出结论，弟弟全身上下都是如此白净整洁。而如果那家人走火入魔不放弟弟，总有一天她弟弟也是另一个男人的模样。

第二条依然是照片，是上车后的照片。弟弟坐在后座，眼睛里满是惊恐，却没有聚焦。文字说明是：他很不合作。

第三条，"与秀媛姐联络，邀她同行，连夜赶路。她答应开始收拾行李。我赶去敬老院与她会合。"

第四条又是照片。却是手脚恢复自由的弟弟站在敬老院门口，脸上满是欢喜，竟然少了点儿傻气。

第五条是最新的，还是照片，沐浴中的弟弟很开心。弟弟肩膀那边多出一只拿毛巾的手，安迪认识那只手，手的主人为了突破高尔夫90杆，痴痴练得手指关节有点粗壮突起。

安迪不知说什么好，满脑子乱麻，对着最后一张照片的傻开心发呆，有两滴眼泪溢出眼角，似坠非坠地闪烁。早忘了屋里还有个关雎尔，而关雎尔即使已好不容易找出那三个单词，却静静待在一边儿，不去打扰。

一会儿，谭宗明打来电话，将安迪从神游中惊醒。

"我跟包公子谈了一下，他打算一劳永逸地解决问题，说是已经联络疗养院。我比较婉转地建议他把人放到海市来，我去年联络过的地方，各方面条件都不错。但他现在有脾气，既然人在他手里，我也不打算跟他闹僵，我打算过阵子再给他打电话。不过我建议，如果你冷静下来了，还是你亲自对他提要求比较好。"

"我不想跟他联系，我越来越承受不了来自他的关爱，承担不起，无以为报，自惭形秽。也承受不起各种猜测，害怕变故，担心未来。需要考虑的事太多太复杂，已经超越我的承受能力，我无法设想，无法设想，怎么办？现在一深入思考，就混乱，很混乱，发现前面一团黑，最大的不可知不可测就是他，只想逃避。"

安迪忘了屋里还有一个人，关雎尔则是听得目瞪口呆，安迪说的难道是与包奕凡的关系？她咳嗽提醒，可安迪浑然忘我，根本听不见她的提醒。

"你还是继续冷静吧。"谭宗明想了好一会儿，又道，"别为难自己，实在不行就逃避，没什么大不了。"

"太差劲了，我实在太差劲了。我继续冷静。"

安迪打完电话，关雎尔又轻咳一声提醒。这回，安迪全身一震，回头怔怔看着关雎尔，一时说不出话来。关雎尔沉着地道："我什么都没听见，也不会外传。"安迪只是愣愣地看着关雎尔，无法出声。其实心里憋着一团子的话，可无法说。一向觉得自己可以一句闲话都不说地度过一生，可今天焦虑如此之多，她心中已快爆发，极想伸手抓住眼前的关雎尔诉说，可是，说什么呢。一个秘密，如果连自己都守不住，就别指望别人能帮你守住了。还是憋着，即使憋到爆。

关雎尔还是第一次看到如此无助的安迪，她壮起胆子，断然道："安迪，你有一个朋友，我。总之我帮亲不帮理。我今天什么都不做，陪着你。我很担心你的状况。你放心，我什么都不问，什么都不外传。"

安迪依然愣愣地看着关雎尔，过会儿，点点头。但在便笺上写下一个电话号码。"如果我情绪很混乱，请打这个电话。"关雎尔收起纸条，"你赶紧吃面条吧，别饿着，你是孕妇呢。"安迪点点头，可心思全集中不起来，面条更是食之无味。时光闷如长河，听不出流水溅起的步伐。等一碗面条勉强下肚，短信又来。

安迪忍着些许的恶心感觉，赶紧抓起手机来看。是秀媛院长与干干净净的弟弟站在敬老院院子里，大包小包地等待出发。去哪儿？怎么走？安迪满腹疑问。可就是不肯主动打电话问。

曲筱绡开会与同事讨论技术问题。与其说是讨论，不如说是同事培训她和其他销售人员。中途，赵医生打电话来，她开的是震动，看一眼就挂断，发个短信过去，让有事发短信，她正忙。一会儿，赵医生发短信来，说是刚出发，准备接她下班。曲筱绡回信，她这儿起码还要半个小时。

书到用时方恨少，曲筱绡听技术培训，基本上就是死记硬背，不求甚解。她理解不了，要理解得从初高中物理开始学起。但因为掌握不掌握技术与销售过程中的沟通很有关系，曲筱绡对技术保持敬畏，一点儿不敢怠慢地像个好学生似的做笔记。即使技术人员口才很差，好多问题表达有问题，甚至颠来倒去都说不清楚，她也耐心听着，忘记时间飞逝。

等技术人员终于口干舌燥结束培训，曲筱绡一看时间，不妙，已经是晚上七点多，都不知赵医生在地下车库等了多久。

她连忙回办公室收拾东西，可飞快跑出她的总经理小办公室，却见同事收拾得慢腾腾。她哗啦哗啦地操弄着大门钥匙，在这儿，她是总经理，她无法尖叫着催促大伙儿赶紧滚回家去，她得求着这些大爷公主天天滚来上班呢，哪敢让他们滚走，滚走就不回来了。好不容易大伙儿收拾走人，她才能关灯拔插头，尽心尽责地做好世上任何一个小老板都该做的事，但等关上大门，进入走廊，她就不是什么老板了，她尖叫着给赵医生打电话，"嗲赵，对不起对不起，刚结束。我在等电梯了，很快。啵。你听见我在跑吗？我上气不接下气了。啊……啊……抢到电梯！很快见到你。"

虽然很晚，可下行电梯很快挤满人，曲筱绡只能结束通话，耐心看着电梯显示楼层慢慢下降。等一到地下层，她拨开人群，灵活地第一个钻出去，即使电脑包被后面两个人卡住，稍微迟滞了一下。她很快冲到慢慢滑过来正好接住她的车子，飞跃进门，还没坐稳呢，就先亲了赵医生一下，一气呵成但气喘吁吁地道："开会，害你久等，今晚任杀任剐。嗲赵，你即使坐在车里都显得高大威猛，帅毙了。但我现在很糟糕，别看我哦，我下班就走，还没来得及补妆呢，看我会后悔的哦。我开始画皮啦。"

赵医生好不容易找到机会，插上嘴。"我妈来出差，就坐后面呢。我们找个地方一起吃个晚饭。"

曲筱绡惊得跳起，猛回头望，果然见黑暗的后座，有两粒眼镜片反射着幽幽的光。在她曲筱绡最不设防的时候，赵医生的妈竟然来了。更让她无地自容的是，她竟然被赵医生的妈妈抢了先，赵母先不慌不忙地伸手招呼。"小曲你好，听说你一直很忙碌，很上进，真想不到，真人是这么伶俐年轻漂亮的小姑娘。"

曲筱绡连忙伸双手捧住赵母伸过来握的一只手，大力握手，"伯母好，真不好意思让您久等，哎呀，真不好意思，太不好意思了，太不好意思了。早知道……呃，早知道应该早点儿结束会议。"

赵医生不禁扑的笑出声来，还是第一次见曲筱绡词穷。曲筱绡听到笑声恨不得下绊子，可碍于车小，做什么都落在赵母眼里，她只能将仇恨埋进心底。

"我让启平别打断你工作。听说你很能干，一个人主持一家公司。真看不出，难怪春节都不休息，跑出国谈生意。一分耕耘一分收获，这么年纪轻轻就独当一面。"

曲筱绡依然紧紧捧住赵母的手，一脸实诚地道："伯母过奖，过奖，这全靠我爸妈给我铺路，我顺着路走就行，不像嗲……赵医生全靠自己一刀一刀走上手术台做主刀。我最佩服赵医生了。"

"别肉麻。"赵医生笑嘻嘻地插一句。

曲筱绡脱口而出："我吃素。"说完忙收起滴溜溜转的眼珠子，依然实诚地面对赵母。见赵母笑，她也忙笑一下，"其实我荤素不忌的。我一紧张就说错话，伯母请千万千万原谅我年轻不懂事。哎呀，看我一直抓着伯母的手，害您都没法靠着坐。伯母来出差几天，我看看能不能安排出时间给伯母当专职司机。"

"啊，不用，不用，你忙，我只要看看你们就行，明天一忙就没时间了。"

进入两人常去觅食的饭店，赵母问洗手间在哪儿，曲筱绡连忙抢在赵医生之前指点。等赵母离去，曲筱绡拍拍胸口："嗲赵，突然袭击啊，你想吓死我啊。要早知道你妈来，我起码中午多背几个成语多背几个单词，也好心里有底。我吓得胸闷，要求人工呼吸。"

赵医生笑道："都是装老实装累的。"

曲筱绡扑哧一笑，"死赵，不许再逗我，我容易吗我。可其实，你妈穿得好像尼莫哦，哈哈哈……"曲筱绡实在忍不住了，钻到赵医生背后偷笑。

"再笑我就出卖你了。我妈是实诚的高工，比我爸还实诚，你可别滑头，我看着呢。"

"不会，哈哈，你让我笑舒服，等她一出来我就正经。"

"来了。"

曲筱绡一抹脸，立刻止笑，换上比赵医生更一本正经的脸。那速度真是堪比翻书。反而是赵医生忍不住笑，面部表情有点儿诡异。

一行找位置坐下。这家餐馆价格偏中等，性价比较高。菜单上来，曲筱绡立刻用双手捧给赵母，但赵母转手就给了儿子。赵母对曲筱绡认真地道："女孩子减肥以不吃少吃晚餐居多，我也挺认可。不过我明天需要过量用脑，今晚不节食了。你尽管随意，不用以我为念。"

曲筱绡在下车时候已经看到赵母身材依然轻盈，闻言忙道："难怪伯母身材这么好。谢谢伯母体谅，那我就不用装好胃口了。"她做了个鬼脸，想不到赵医生的妈妈如此直率，好事。

赵母看着曲筱绡的鬼脸，笑道："小姑娘真是做鬼脸都好看。真遗憾春节那次没见着你，可这回我比较忙，没时间与你多聚聚。"

赵医生笑道："应该是'没时间与你们多聚聚'，除了你儿子，谁稀罕跟你聚聚啊。妈，这回我攒了五个字。"

赵母则是不慌不忙地拿出一张纸条，"我攒了三个，虽然数量不如你，可字字冷僻。"

母子两个交换字条。曲筱绡不知这是怎么回事，忙乖乖地凑过去瞧赵母手中的。居然是五个异常冷僻的字，五个字不认识曲筱绡，曲筱绡也不认识五个字，彼此陌路。她真想不到赵家母子还玩这种游戏。她连忙收回眼光，当作没看见，不关心。而母子两个笑嘻嘻地考来考去，曲筱绡完全插不上嘴。

但幸好，两人彼此取笑了几句后，话题又回到桌面上。菜开始上了，围绕着吃的菜说话，曲筱绡的精神立刻回来了。

不是应酬饭，不喝酒，一顿饭吃的时间不长。曲筱绡真担心赵家母子饭后还拉她喝茶聊天，她忙很乖觉很大方地道："等下吃完我打车走，赵医生你送伯母回酒店，多陪陪你妈妈吧。"

赵母很开心地跟曲筱绡说谢谢，显然是想与儿子单独多待会儿。曲筱绡心花怒放，赵母真容易打发，她很快自由。

但曲筱绡长了个心眼，她在赵医生结完账去洗手间的时候，找借口一把抓出赵医生外套口袋里的手机与各种纸，在装模作样嘀嘀咕咕中，将赵医生的手机与她的联通，才又若无其事地将手机放回赵医生口袋。

于是，曲筱绡一与赵家母子分手，便一手捂住另一只耳朵，开始偷听母子俩的谈话。而母子俩的谈话也果然不负所望地直奔曲筱绡这个主题。

赵母说："小曲是个很有个性的好孩子。"曲筱绡一愣，非业务相关的长辈说她是好孩子？这还是开天辟地头一遭。她这一辈子，除了爸妈看她怎么看怎么好看，其余长辈也会说她有个性，可要是说她好孩子，一定是假惺惺。可她觉得，以赵母的性格，赵母这句话应该不是假惺惺。

在赵医生一声"是"，又几声听不清楚的嘀嘀咕咕之后，赵母又道："我只提醒你一点，激情过后的婚姻生活很漫长很枯燥。你要有点儿远虑。"曲筱绡听了心里想，这话是什么意思，她会不会听错。但她牢牢记住这句话，回头再好好分析。而毫无疑问的是，看样子赵母把她当作准儿媳看待了。但，结婚？曲筱绡被这两个字吓了一跳。结婚？对，如赵母所说的很漫长很枯燥的结婚？曲筱绡忽然有结束联通赵医生电话的冲动，结婚，太可怕了，那简直是再没有风流指望的坟墓一样的生活。

可务实的曲筱绡还是坚持听了下去。她听到赵医生说："我有考虑。既然两个相差很大的人能走到一起，以后也……虽说人无远虑，必有近忧，可人不像病理，连病理都有时千变万化，人更是个大变量，太依赖远虑可能走错方向。"

"我也想到你应该有考虑，白提醒你一下罢了。总之别害了人家好姑娘，这个社会对女性相对苛刻一些，女孩子做人做事都不容易。"

"知道了。"赵医生回答得有点儿不耐烦，如同任何一个家庭里被母亲絮叨的大男孩。而曲筱绡却愣住了，赵母为她说话？这是不是站错立场了？

然后赵家母子开始谈别的。曲筱绡虽然好奇得要死，可良心发现，将手机挂断了。她一个人静静坐在出租车上，仔细回想赵家母子的谈话，几乎不敢相信，她竟然撞到这么讲道理的人。更不敢相信的是，讲道理的人说她是好孩子。

回到22楼，她和身扑到2201的门上，大声拍门。她要把这么不可思议的事与人分享。

可门开，出现在门口的却是关雎尔，关雎尔而且做出嘘声的动作，让曲筱绡很是不满，"我来报告喜讯，怎么了？"

关雎尔犹豫了一下，闪开，于是曲筱绡一闪而入。曲筱绡见安迪坐在电脑桌前做事，疑惑地看关雎尔一眼，轻道："干吗？你想独霸安迪？看包子答应不答应。"

"别提包奕凡，烦。"

曲筱绡目瞪口呆地看着爆出一句话后继续盯着屏幕做事的安迪，却是忍不住扑哧一笑，觉得好玩，她挑逗一脸认真的关雎尔："你又板着脸做啥？好吧，不惹你们。我告诉你们，赵医生的妈真是天下第一讲理的好人。真叫作不是一家人不进一家门，跟我就是有缘。"

关雎尔道："真对不起赵伯母，但跟你一家人的会是讲理的好人？"

"嘿，我得活得多低调啊，您居然没发现我这么讲理。好吧，安迪，有事您说话，我可会讲理了。你们慢慢玩儿。"曲筱绡在缩回门外之前，眼珠子绕着安迪的侧影滴溜溜地转了一圈，才与关雎尔伸伸舌头，翻个白眼，"你们真遗憾啊，你们没能分享我的喜悦。"走了。关雎尔没挽留，总觉得今晚发生的事儿，人越少知道越好，省得有人大舌头传出去，对安迪不利。但曲筱绡岂是省油的灯，她回到2203，电灯都来不及开，就一个电话拨给包奕凡，说是每天一次报告安迪行踪，实则刺探敌情。"包总啊，每天一次汇报。今天汇报晚了哈，安迪在家，就是不大高兴。"

"哦，有多不高兴？为什么？"

"包大哥，呵呵，甭装傻了吧。像安迪就很直接……"曲筱绡捏出安迪的口音，"别提包奕凡，烦。"

"她在做什么？你是不是刚从她那儿出来？"

"是啊，她不让我多待，连我这么好的朋友都被她赶出来了，你说吧。可我才不出卖安迪呢。我跟你讲，我准婆婆刚刚饭桌上跟我讲，这社会对女性相对苛刻一些，女孩子做人做事都不容易，对女孩子好点儿不过分。何况我们安迪还怀孕着呢。你说你怎么道歉吧，我替你传话过去。"

"你怎么知道该我道歉？"

"你是男同学啊。真不要脸哦，这种问题也问得出来。要不要我替你编啊？要什么桥段，你选一个。"

曲筱绡听到包奕凡很明显地叹了一声气，过了好一会儿，都没声音传来。于是曲筱绡又大无畏地道："包大哥，不管什么事，忍忍吧。即使你是大老板，可你也得忍着你们公司怀孕的女工，是不是？你都能忍女工，为啥不能忍安迪呢？你们是人越正经越傻冒呀，道理这么简单就是看不开。我刚才说我是最讲理的人，可她们都不认，切。"

包奕凡终于道："好吧，有请你做信使，去告诉安迪，即使我前面发的短信她都没看见，总之她只要知道一条，我们三个星夜兼程直奔海市。让她的人做好准备吧。"

"我怎么像听天书一样的？"曲筱绡眨巴眨巴眼睛，试图挖出更多消息。可惜，被包奕凡识破。包奕凡不肯再说更多。

曲筱绡心说，你不说，我还有安迪。安迪可比你容易对付多了。她衣服都没换，又跑去2201，拍门求见。面对来开门的歪鼻子歪眼表示不满的关雎尔，曲筱绡得意扬扬地道："这回我身份不一样了，我是包大哥的钦差，奉命传达圣旨来了。"

"我给你两个选择，一，有话快说，有屁快放；二，打出去。"关雎尔想不到曲筱绡会这么大胆联络包奕凡，她赶紧放曲筱绡进门，但不忘损两句。

"哼！"曲筱绡大人不计小人过，挺胸扬手摸一把关雎尔的脸，而入。关雎尔猝不及防，被曲筱绡猥琐地摸了个正着，大喊"流氓"，但曲筱绡嘻嘻哈哈地早远遁了。

但来到安迪身边，她就压低声音，与安迪耳语："包大哥让我向你道歉，说他公子哥儿脾气发作了，很不对很不对。他这就与其他两个人，对，是这个意思，三个人连夜赶来海市。说让你的人做好准备，怎么回事，打算揍他一顿出气？那加上我们赵医生，其实我打架也很不错，我还可以帮你叫到很多哥们儿，个个实战经验丰富。"

安迪一听，扭头看向曲筱绡，但又打开手机看一眼，见没有新的短信。"他真这么对你说？"

"真的呀。我看你不高兴就心疼死了，骂他去了。他被我一骂，投降，还真乖。"

"谢谢你，小曲。他还说了什么？"

"哦，差点儿忘了这条，他还说不管你前面有没有看短信，好像是这么说，反正他连夜赶来海市了。要不要我帮你看着短信一起分析？"

"谢谢你小曲，你一点儿没传达错。但能不能告诉我，你是怎么骂他的？"

曲筱绡发现，这两人的嘴巴都死紧，什么都挖不出来，连捕风捉影都休想，她只能作罢。"太简单了，只有你这种聪明人不会。"曲筱绡这才站直了，"关关小宝贝，你也看着听着，这种办法我寻常人是不教的，对付男朋友老公最有用了。都看着啊。"

曲筱绡双手握拳放胸前，做出一脸窒息状，随即，尖叫响起。"啊，可我是女人，我是女人，我是女人……好了。"

曲筱绡一来，安迪都忘了自己的情绪，此时只会怔怔地看着曲筱绡，又看看关雎尔，"女人怎么了？"

"你们！"曲筱绡痛心地看向关雎尔，见关雎尔也是摇头，不禁比关雎尔摇头的幅度更大，"你们这帮笨女人，难怪只知道傻做。以后记得吵架时候叉起腰板告诉你们男人：老子是女人，你们就得让着女人。还有你，安迪，你还是孕妇，你更不得。我闺蜜跟我说，她就靠怀孕做她男人的规矩，十个月把她男人治得让东不敢往西。"

"是不是哭几声效果更好？"关雎尔问。

"你开窍了。安迪呢？"

"你就靠这两句话让包奕凡道的歉？我是女人，我是孕妇，完了？"

这回，曲筱绡真的尖叫了，"啊，笨死了，笨死了。我受不了啦……啦……"

于是，安迪飞快在脑子里检索已阅读过的资料，点头道："孕妇这条理由可以成立。怀孕期间体内激素起伏较大，做出各种不合理要求情有可原。"她虽然开玩笑时候用过"我是孕妇"，可难道遇到大事也可以祭出这等宝器？"可逻辑上总得说得过去啊？"

曲筱绡更是捂住耳朵尖叫，她都说得这么明白了，居然还不开窍。她都没力气再说了。在她的尖叫声中，安迪打电话给老谭，如实报告。"就两条，我是女人，我是孕妇，然后包奕凡投降了，然后车头一转，开往海市了。莫名其妙。"

"这么处理就对了，你总算开窍。好，我安排一下。你让他别赶，再怎么也得明天早上他们上班后才能入院。这事你这么处理很正确，两个人不用太讲理，但你一定要自己出面，自己跟他讲。包公子还算心胸宽的，要换别人早被你气死了，太不信任他。"安迪"嗷"了一声，只会怔怔地看着曲筱绡，很不明白，这招究竟好在哪儿。曲筱绡白眼以对。安迪于是好声好气地请教曲筱绡，"我该怎么跟包奕凡说，谢谢他，最新发展如下？发短信。"

"打电话！"

"发短信！"

"打电话！必须的！喂～～～"

安迪看着曲筱绡一声"喂"说得千回百转，顿时头皮发麻。就这样？那不是欠包奕凡更多？关雎尔指点迷津，"卧室去说，我们都听不见。"曲筱绡恨得扑上去卡关雎尔的脖子，大好机会，好不容易安迪乖乖听话，居然被关雎尔破坏。

其实这个电话并不像安迪想的那么难打。她才接通，还没说"喂"，那边包奕凡早自动接腔了。刚才的拧巴都不用解释，她退而接受第二选择，不再与弟弟家人强硬博弈，最终将弟弟放回秀媛院长那儿去，而是放到海市，以后与秀媛院长分离。包奕凡则退而放弃他的脾气。

但曲筱绡无法得知内幕，那真是百爪挠心，她趁安迪进去卧室打电话，眼珠子滴溜溜转向关雎尔。"关关小宝贝，你看，解决了！你有没有问题要问我？"关雎尔一脸疑惑，"可是我想问也问不出来啊。我还想问你怎么解决的呢，怎么知道就说一句我是女人就行了？"

"这小狗腿子，嘴巴这么严实。以后你要是反了你公司，我手里所有位置随你挑。"关雎尔白了曲筱绡一眼，"轻骨头，经不起表扬。"

"哈哈，我今天可轻骨头了，要是贴两根鸡毛肯定飞了。我现在越想越觉得赵医生妈说得没错，我就是个讲理的人。我要是不懂道理，怎么猜得到安迪与包总吵什么呢？男人跟女人，还能吵什么。吵到最后吵什么不重要，最重要是态度问题，懂吗？学着点儿。樊大姐要是有我的聪明，早少奶奶当起来了。你看看，明摆着的，我做对了。"

关雎尔无言以对，只知道痴痴地看着曲筱绡。曲筱绡却敏锐地看到安迪打完电话出来，依然脸上无喜色。"怎么了？包老大应该蛮男人的嘛，不肯退让？"

安迪唉了一声，对不得不退而接受第二选择，表示极大的无奈。有句话叫长痛不如短痛，她差点儿做到，包奕凡却把整个局破坏了。这要是工作，她一定当场砸矿泉水瓶。可家事，只能砸被子。

关雎尔道："别问了，你们两个脾气不一样，你手机叫。"曲筱绡取出手机一看，"我故意不接，拖着他。"但嘴硬归嘴硬，说完，就立马接通，"嗲赵，什么，你不陪你妈了？好吧，我回去等你。"

　　"嗯，二十分钟就到。"

　　曲筱绡隐隐觉得这话味道不对，侧着头皱眉想了想，"好像我家也有大事要发生，拜拜，有问题尽管找我，没问题今晚别理我。"她说完就发足回 2203 去了。关雎尔看着曲筱绡的背影消失，这回，曲筱绡怎么提赵医生她都无所反应。

　　随即回头问安迪："没事了？"安迪摇头，"我有预感，没完。"

　　"要不要想办法阻止？"安迪再次摇头，想了会儿，道："无从下手。小关，你回去吧，今晚没事了，谢谢你。这件事，恕我无法告诉你，唉。"关雎尔忙道："今晚没事就好，说不定一觉睡醒就事过境迁了呢。那我走了。"安迪强打笑容，送关雎尔回 2202。她破例站在门口看着关雎尔进了门，才回屋关上自己的门。

　　在 2203，曲筱绡迎来面色并不愉快的赵医生。"怎么了？挨你妈训了？训就顶嘴呗，这么早逃回来太不给你妈面子了。"

　　"我有没有挨训，你应该最知道嘛。"曲筱绡一愣，可明明手机是她主动停止联络的，似乎赵医生知道了？但她绝不主动招认，"你一张臭脸，不是挨训了还有什么？"

　　赵医生看着曲筱绡，轻轻摇了摇头，"做事稍微有点儿底线好不好。红灯时候我本来要给你一个电话，请你帮个忙，结果手机拿出来一看，你在窃听。我妈好意，让我什么都别动放回去，别让你不好意思。可惜。"

　　曲筱绡一想，难怪他们母子好好的本来在议论她，可没议论几句就转向了，原来是发现了。赵医生看着曲筱绡，原以为她多少会解释几句，可发现她脸上并无不好意思，倒是眼珠子滴溜溜转来转去不知在想什么。想到第一次差点儿分手，就是因为不喜欢曲筱绡不学无术又不择手段，可那次是打牌游戏时候的不择手段，情有可原，这回，太无底线。赵医生想跟曲筱绡好好谈谈此事，可他清楚曲筱绡是个惫懒的，随随便便跟她说，她也就随随便便敷衍。他得好好想想，组织一下。

　　曲筱绡知道偷听的严重性，可如此严重的问题，赵医生只是淡淡陈述一下事实就去洗手间，可就大大不妙了。她跟过去，被赵医生关在洗手间门外，但她不会被吓倒，在外面大声喊："人家担心死嘛，你妈妈是高工耶，我心里没底死了，就怕你们在背后笑我没文化。喂，说句话啊，我可是后来一听你们说别的就挂断了，才没打算偷听你们说别的呢。你可以查通话时间，不信明天我们一起去移动查。"

曲筱绡在外面说得振振有词，赵医生在里面噎得都尿不出来，差点儿憋死。可曲筱绡还趴在洗手间门上拍打，"出来啦，躲洗手间干吗，你不是想训我吗，说啊。我又不是恶意，我只是担心，担心，在我心里我们两个的关系最重要。要不是你嗲赵，我跟谁费过那么大力气啊，喂，你好歹说一声啊。"

赵医生见曲筱绡没完没了，终于收起斯文，爆吼一声："让我尿完。"

曲筱绡醒悟，憋不住笑了。这才退走。

赵医生过会儿快快地出来，看着曲筱绡，什么都说不出来。曲筱绡一拍脑袋："完了，这下你妈再也不会说我讲道理了。你干吗那时候想到给我打电话呢。"

赵医生词穷，看了曲筱绡好一会儿，"会不会，我不出手结束通话也是我的不对？"

"就是嘛，你当初就不该给你妈看到，当机立断终止联通，什么事都没有。我只是关心嘛，你说的，关心则乱，要不是揪心得要死，我哪有那么空嘛。"曲筱绡一边说，一边腻到赵医生身边，她才不会像安迪那样讲什么身段，她耍赖打滚样样都来。

"我很不喜欢，以后不要再做这种事。你有什么疑问，问我……"

"你不一定跟我说实话。可这种重大关头，我一定要知道你们说的每一个字。"

"你知道我当时的感觉吗？恶心！现在看你强词夺理，我很失望。你真没觉得你做错？"

"我错也是为了我们在一起嘛，谁让你们一上桌就拿出冷僻字比拼，你怎么就不想想我在场耶，不是纯让我难堪吗？我那时一句话都没法说，我怕你妈不知怎么小看我呢，我心虚，我有什么办法。你为什么不说你先做错了？"

赵医生再一次被噎住，"好吧，我认错。因为我知道我妈不是个轻易小瞧人的轻狂人，也就没在意。我早点休息了，明天两台手术。"

"那我也认错，而且我道歉，我道歉了耶，你笑笑嘛，别再板着脸了。"

"谢谢你的道歉。以后我会留意场合，也请你做事留意一个度。"曲筱绡挑挑眉毛，没等她答应，赵医生又进去主卫关门洗漱去了。曲筱绡心里觉得，赵医生真的在生气。她此时宁愿赵医生闹出来骂出来，也好过反而"被迫"承认错在先。可赵医生不说了，不说而放在心里，才是最大的问题。曲筱绡后来花九牛二虎之力，都没能让赵医生再提此事。

第 49 章

　　樊胜美原以为劳累好几天下来，只要睡足十个小时便可恢复。不料过了三十就是不一样，等被闹钟闹醒，她扶着额头起来，却觉得从头到脚都是沉重，恨不得再一头栽入被窝大睡。因此她毫不犹豫拿起手机准备发短信让王柏川来接她上班。拿出手机一看，王柏川却在昨晚十点多来过一个电话，她睡得真沉，竟然没听见。樊胜美怕王柏川睡懒觉也不会听见短信提示，索性坐在被窝里给王柏川打电话。可想不到，王柏川从来是 24 小时开启的手机竟然今天没开。

　　樊胜美忽然想到，王柏川与她一起过夜的时候，晚上也经常特意将手机关了，便于尽兴。樊胜美疑神疑鬼地想，他，难道……可再想，应该不会，明天就周末了，再说，王柏川是如此爱她。

　　尽管樊胜美为王柏川关手机想了许多理由，可她一早上还是扶着沉重的额头做着颠三倒四的事儿，洗面奶差点儿当作牙膏用。即使大门外的敲门声将她混乱的思维打断，她对着门外有点儿焦躁的曲筱绡依然有些茫然，全然忘了面对曲筱绡必须打叠十二分的警惕。

　　好在今天曲筱绡也有点儿魂不守舍，赵医生一早被急救电话吵醒喊走，害得曲筱绡也早起。她本来已经忘了昨晚的事儿，被无辜吵醒她总得耍几下赖，要赵医生拿行动赎罪一下。可赵医生只蜻蜓点水似的吻吻她的额头，就抢着投胎一样地跑了。曲筱绡这才醒悟过来，不好，赵医生对昨晚她偷听电话的事显然耿耿于怀。这么一想，曲筱绡再也睡不着。上一次，赵医生说走就走，绝不拖泥带水，曲筱绡还印象深刻，心有余悸，上一次，曲筱绡费了九牛二虎之力才将赵医生的心和人一起扳回。这一次，她可不能冒这个险。

侯 2202 一有动静，曲筱绡就拍上门去，视樊胜美如不见，直着眼睛往里看着，问："关关起床没有？"

"她还睡着，你起码半小时后再来。别去吵她，她即使被你吵醒，这半小时里面脑子也不管用。"

"哦。那你见了她跟她说一声，我找她，十万火急。拜托拜托。"

樊胜美见曲筱绡如此，放松后知后觉才架起来的警惕，悄声问："最近王柏川忙什么？怎么晚上老喝酒？"

"做生意嘛，男人不靠喝酒怎么拉拢感情。你们家王总算肯吃苦的，早年我爸那一代才肯做那种喝了抠掉奉陪到底的辛苦差事，你家王总也敢做。去年送你爸回家那晚上，在你老家，我路边撞见他这么做，开了一天的车这么辛苦还肯这么做，就知道这人肯花力气做事。怎么啦，害你夜夜没人陪？"

"他？酒喝进去再抠掉？"樊胜美还是第一次听说王柏川这么做，那不是过去泥腿子生意人的活计吗。

"怎么啦，又怎么啦，脏还是怎么啦？这叫没办法。钱不好赚，没家底的只能拿命搏。你不是蛮贤惠的吗，煲汤养养男人，别总让人陪着你接送啦，人家赚钱不容易。别忘了跟关关说哦。"

樊胜美哑然看着曲筱绡蹦回屋去，好一会儿才回过神来，也是，曲筱绡说得没错，看来王柏川并不是口头说说，而是真的在努力为两个人打造未来的窝。樊胜美悄悄打消了叫王柏川送上班的念头，改为往他手机里发一条短信，让他好好休息。回头对着镜子化妆的时候想，周末见面，要不要给他煲汤呢？这等行为会不会太黄脸婆？

樊胜美还没想通呢，身后邱莹莹带着瞌睡的声音响起，"我没听错吗？刚才到底是曲筱绡还是安迪？小曲这么早？"

"曲筱绡，来找小关的，据说有急事。"

邱莹莹毫不犹豫热情地大喊："小关，小曲大清早找你，不知什么急事。"

　　樊胜美阻止已来不及，而曲筱绡听见大叫则从刚打开门的2203旋回来，探头探脑地问："醒了？这么喊还能不醒，那我进去找她。"说着就自说自话地进了2202，又自说自话地打开关雎尔的卧室门。樊胜美于是促狭地轻轻告诉邱莹莹，曲筱绡一定有重大要紧事，要不然不会这么急。邱莹莹好奇，跟了过去。

　　曲筱绡进了关雎尔的房间，就急切地轻喊，"关关，关关小宝贝，睁开眼睛看看我。"关雎尔在睡梦中隐隐听得是曲筱绡，便下意识地一头扎进被窝，只露出一个头顶。曲筱绡不得不伸脖子过去，估摸着关雎尔耳朵所在的部位，大声问："你是喜欢音乐的人，你听音乐时候最大的梦想是什么？"关雎尔被这问题问得茫然地从被窝伸出脑袋，依然闭着眼睛，迷迷糊糊地慢腾腾地道："知音啊。"

　　曲筱绡被这个答案打击得浑身没劲，暂时放下本来想要的答案，小心问道："是不是所有爱音乐的人都这么想？姐这种五音不全的花时间陪喜欢音乐的人听音乐会，人家是不是还挺不待见的？"

　　关雎尔没睡醒，反射弧有点儿长，好不容易又回答："是啊，是啊。"

　　曲筱绡一时哑了。想到她经常豁出去两只耳朵，打扮得美美的陪赵医生去听各种并不好看的音乐会，过程中恨不得拿两根牙签支开眼皮，原来人家未必待见。她发了好一会儿呆，反而是关雎尔终于眨眨眼皮睁开眼睛，迷惑地问："还有问题吗？"

　　曲筱绡愣了一下，"有，你刚才没回答我的，我要问的是你现在最想要的听音乐用的东西，比如音响啊之类的东西。"关雎尔这次倒是毫不犹豫地道："好耳机。"曲筱绡眼睛一亮，果然问对了人，前阵子赵医生发工资后，给他自己换了一个据说很不错的耳机。但是，"耳机还是便宜，贵点儿的，要花多点儿钱的，比如五万，十万，十几万……你现在买不起，但你很想要……"

　　"你不是说了吗，好点儿的功放啊。最好还有个听音室。最好还有投影屏。但现在好多音乐是网上下载的，还是耳机最实用啦。"关雎尔终于被逼醒，话才开始多了，"你问这个干吗？"

　　"有数了，好设备还得配好碟，是不是？我拍赵医生马屁用，多谢你。回头去问一下朋友哪儿买，再请你帮忙。"

　　关雎尔一听到"拍赵医生马屁用"，顿时全醒了，愣愣地看着扭身出去的曲筱绡，这家伙连头发都还没梳呢，就这么急匆匆跑出来找她询问，只为了取悦赵医生，那个热爱音乐的赵医生。关雎尔开始同情曲筱绡。

曲筱绡跳出关雎尔的卧室，一把抓住闪避的邱莹莹，"哼"了一声，"出息！"就放手走了。邱莹莹脸一红，等曲筱绡离开，就赶着去向樊胜美汇报。"蛐蛐儿跟赵医生闹矛盾了？原来是她倒追赵医生啊，真想不到。看她以后还怎么在我们面前嚣张。"

关雎尔在里面听得清清楚楚，想到赵医生，再想到曲筱绡的倒追，她佩服死了曲筱绡的勇敢。忙穿好衣服跳下床，追去 2203，告诉曲筱绡，她最想做的，其实是买一辆普通的代步车之后，换上全套好音响，买几张好碟，让上下班的路程不再漫长枯燥。这比家里装修一个听音室更实在而迫切。

曲筱绡如得雪中送炭，感激拥抱关雎尔，"关关，我早知道你最好，一点儿不会看错人。你真的认真考虑考虑唐虞允吧，我推荐给你的人不会错，我看人一向很准。"

关雎尔摇头，"不考虑。唐先生看的是安迪。"

曲筱绡郁闷，想不到关雎尔心里这么有数。"那好吧。再帮我个忙，看见有什么好的碟片，不用替我客气，果断下手帮我买。唉，你进来，我先放五千在你这儿。"

"哟，不用，我网购了让你自己付。不进去了，不方便。"

"他急诊去了，只有我一个人。"

关雎尔笑笑，转身告辞。曲筱绡在她身后给了个飞吻，很是满意。她完全不担心关雎尔可能买得太多或者买得不好，只是非常相信，托付给关雎尔的事情，应该不会错。

只是关雎尔在回到 2202 门口的时候还在发呆，她？给赵医生买碟？即使是帮曲筱绡。她忽然觉得答应得荒唐。她都没留意安迪一大早收拾妥当匆匆出门。反而是曲筱绡关门前看到，联想到安迪昨晚与包奕凡吵架，就尖声招呼道："安迪，这么早出门？要保镖吗？我行！"关雎尔这才醒神，一看安迪也是刚醒神的样子。安迪勉强笑笑，先按下电梯，"赶去郊区办点儿事，早去早回。今天怎么一大早都在外面？"

"我跟樊大姐说起上回去她老家看见王总抱着树抠酒呢，安迪你给作证，那天你也在。"

"很久之前的事，怎么提起？"安迪记得樊胜美喜欢场面好看高贵，当初她还关照曲筱绡保密。樊胜美在里面应道："我了解啦，小曲，你可真会帮王柏川说好话。"

"那是，咱现在跟王总是合作关系。你当好王总的后勤，我这边手头也顺利，是吧？"

安迪看看曲筱绡，不懂她干吗提那茬，电梯来了就走，不问。总觉得曲筱绡对樊胜美总有点儿不怀好意。但樊胜美慌忙拎包冲出来，挤入安迪的电梯，电梯门一关就问："曲筱绡说的是真话？"

"呃，是，那天我跟小曲晚上无聊，出去正好撞见小王。还好，没抱着树，只是作为旁观者觉得这么喝酒一定很辛苦。做生意真不容易，小曲还说那是正常的。"

"国内这叫应酬，按说……是这样的。是，我也应该想到王柏川得这么应酬客人。只是每天衣冠楚楚地约会，都忘了他还有应酬那茬。昨晚他可能又喝酒了，连手机都关机，很反常，一早打不通他手机。"

"别担心，你们中午想见就可以见面呢。我跟你一起去门口招出租，去郊区，我不认路。"

"还……真有些担心，怕他酒后出事，最怕他酒驾被查。以后得好好劝劝他了。"

"小王挺自律的啊，你不用太替他操心。"

"怎么能不操心。他是我男朋友啊，我当然得对他要求多点儿。告诉你一条经验，你看着，一男一女走过来，如果女的板着脸一脸不耐烦，对旁边男的多有训斥，那说明两人不是夫妻关系就是已经接近夫妻关系。"

"好好的干吗要……哎哟……"安迪不禁想起，昨晚上她对包奕凡也是万分严厉。如果换成普通朋友，她哪会如此态度僵硬？肯定会好好讲理。她不禁讪笑起来，"我好像也是呢。"

樊胜美与安迪相视而笑，仿佛交换了一个小秘密那么酣畅。"其实，我也知道王柏川挺不错，可我跟他接近啊，越近越发现他小毛病多，恨不得一天里面就让他变完美。你说，换别人，谁耐烦为王柏川操这个心呢？好吧，他那么辛苦，我明晚上不让他累着了，不出门，就家里待着。我煲汤给他喝，我就做个烟火气十足的黄脸婆吧。"

安迪眼珠子转来转去，"好像……我最不合格呢。"她岂止是不合格，她还一肚子问题，准备见了包奕凡扔过去呢，"我得改改，这种态度对他不公平。"

"改什么，女孩子骄纵点儿，又没几天能骄纵了，等生下孩子就开始做牛做马了。"

"小曲也这么说，有时候你们两个真是同性相斥。"两人在大门口分手，安迪打车走了，樊胜美去地铁站。才走出几步，樊胜美就接到王柏川打来的电话。

"嗳，对不起对不起，胜美，我昨晚喝酒喝多了，也不知怎么就关了手机，这个时间……我接你已经来不及，你打个车吧，你这几天累着了，别赶地铁了。"

"说什么接我不接我，你车子在你楼下吗？"

"呵呵，被你猜到，停在昨晚吃饭的地方。等下开始要找昨晚喝酒的人求真相求回忆了。我怎么会把手机给关了的。"

"Face 还在吧？有没有丢？"

"Face 应该在，刚数数钱包里的钱没多出来啊，哈哈。"樊胜美听了笑，立即原谅了王柏川。"说说明天想吃什么吧，我买来到你公寓做。可别想得太复杂，我不会。"

"真的吗？胜美！只要是你做的，我什么都爱吃。我怎么这么幸福，胜美，胜美……"王柏川在手机里飞吻，樊胜美捂着听筒听得真切切，低头独自窃笑，头也不痛了。而安迪却一路头痛，越来越心烦。

清晨车少，出租车司机上了高架就一路飞奔，仿佛可以不看路，很快就到指定地点。安迪发现她还不是最先到的，比她早到的包奕凡并没有坐在车里，而是倚着车头低头不知在想什么。而车里，弟弟靠着秀媛院长正打瞌睡。他们半夜赶到海市，不知在哪儿睡了几个小时，清早来到这儿。

安迪轻轻走过去，喊了一声包子，包奕凡立刻抬头，迎过来，似乎很理所当然的，将安迪抱住。纵然安迪此时心中有很多顾虑，昨天还想着远远逃避，只要见了包奕凡，什么都不考虑了。

"我昨晚对你挺苛刻。对不起。"

"我理解，你心急。我们回头慢慢谈，我在海市住到下周一才回去。来见见秀媛姐和你弟弟。"

但两人见面的浓情蜜意止于与秀媛院长的交谈，秀媛不愿意放弃家庭和老人院的老人们来这儿长陪着安迪的弟弟。包奕凡很无奈地告诉安迪，他跟秀媛院长谈了一路，动之以情，当然也许之以金钱，当然只要金钱足够，交易必成，只是太过冷血，太过违逆人性，他选择放弃。

然而，选择放弃是有代价的。当安迪的弟弟发现再次被从秀媛院长身边拉走，他大叫大闹，一反常态，院方出动三个壮年男子才挟持住他。安迪心中刺痛，更是仿佛看到自己以后的某种可能，转身不看。但她好歹克制住了自己，能够慢慢地不动声色地喝水，犹如常人。

包奕凡看着于心不忍，请求秀媛院长："秀媛姐，你能不能留一星期陪陪他？"安迪当即打断："长痛不如短痛，该怎么样就怎么样。让院方处理，他们专业。"

"秀媛姐陪着适应了环境，可能你弟弟更容易接受这儿。"安迪只能无视包奕凡的再度心软，他上一回的心软已经破坏她的布局。但她想到清早与樊胜美的对话，此时尽量婉转地道："你们昨晚没睡足，不如先去休息休息，这儿我看着。回头我去找你，包子，好不好？"

"你回头看看，他们专业得使用器械绑住你弟弟。"安迪不回头，"既然来这儿，这是必经的环节。"最不忍心看的是秀媛院长，她早哭了出来，"我领回去，我领回去，他们这是把孩子当精神病人对待，我们孩子是最乖的，不用这样子。我跟他们说去。"

安迪喝口水，伸手一把扣住秀媛院长，冷静地看向包奕凡，"除非再送回他自己家，让他们家人终于不耐烦地打发回养老院，要不然他是回不去养老院了。既然你昨晚认为我的原定计划不行，那还是死心塌地留这儿吧。总有个过程，没办法，你们别看着就行。"

包奕凡噎住，气急。而秀媛院长一把抹掉安迪的手，怒道："你是他亲姐，当然我没法反对，你爱怎么处理怎么处理，我不看了，我不看了。当我没养过他这么几年。没见过这么狠心的人，没见过。你弟弟虽然不懂事，可他是人哪，是大活人哪，你下得了手？"

安迪不语，再喝一口水，依然背对弟弟进去的那扇铁门。包奕凡见秀媛院长神情激动，忙扶她进车里，以免秀媛院长对安迪动粗。等包奕凡绕过车子，经过安迪身边，安迪偏了偏头，问包奕凡："我还能怎么办？这是最直截了当的第二选择了。"

包奕凡欲言又止，叹了声气，"我送秀媛姐去机场。你……慢慢来。"

安迪点点头，走到秀媛院长坐的车窗边，但秀媛院长看见她就挪开去，也不看她。安迪只隔窗说了句"对不起"，她也不会什么花言巧语，仅此而已。她看着车子毫无眷恋地离去。再回头，弟弟已经消失于重重铁门中。她跟着工作人员进去办手续。她又从随身的包里掏出一瓶水，她得用水压住阵阵袭来的恶心。

只是这回不运气，她忍不住吐了。怀孕以来第一次凄凉地孕吐。

吐了之后，全部自己动手，擦干净嘴，擦干净地，挣扎着办理一切手续。因是受老谭所托，内部人士对安迪比较客气，有位姑娘问她要不要请医生来看看，安迪说只是孕吐，无所谓。姑娘顿时激动了，家人怎么能让孕妇一个人来办这么大的事，必须痛斥。但安迪看着姑娘的激动却觉得有点儿莫名其妙，这有什么可激动的，是孕吐又非晕眩，为什么不能出来做事。于是姑娘的脸上很是哀其不幸恨其不争。

办完手续，安迪再去看弟弟。弟弟住得不错，单人间，朝南，装饰干净简洁，有自己的卫生间。与寻常病房不一样的是窗户和门都是铁制。而弟弟虽然四肢被钢圈扣住，依然不快地怒喝。种种有违常人的举止，逼得安迪肾上腺素大量分泌，一身冷汗。此时无法回避，只能硬着头皮看着，与刚刚赶来的护理人员交流。安迪面对温和微笑的中年女医生，将弟弟最近的经历详细交代一下，再问她可以怎么做。

"他害怕，所以我暂时考虑不用药。你是他的亲人，请你尝试稳定他的情绪。"

"我与他素不相识，我的安抚作用与你们的一样，你们只有更专业。而且即使我暂时安抚了他，等我离开，他又会反复，不像你们一直在这儿上班。他又不可能理解他有亲人可以依靠，即使不在眼前也不用惊慌。有没有其他良策？"

医生倒是点头表示理解，"那就不指望你了。有没有想过与他培养感情？现在正是时候。"

安迪认真想了会儿，摇头，"如果是一个月前，可能会。现在不尝试，我怀孕，比较脆弱。他的种种不正常反应很容易激发我的联想。我又恰好有强大的家族精神病基因，又多年生活在被激发的边缘，我不敢在自身脆弱的时候挑战自己。凡事有个优先，总得留下个正常的赚钱支付各种庞大开销，让大家都活得舒服点儿。没办法。拜托医生。"面对着专业人士，安迪才敢畅所欲言，不免啰唆了点儿。

医生听了只会笑，"行，你尽管门口看着，我来。"

医生过去，抓住弟弟的手，轻言细语，辅以各种手势。不仅弟弟的呼喝声渐渐小了下去，连安迪在一边听着都觉得心中宁静，光风霁月，一身冷汗仿佛渐渐消失。果然是专业的，老谭找的地方不会有错，当然，钱更是好东西，物尽其用。此时，安迪才敢仔细看弟弟的脸。

女医生回头看见，温和地道："你要不要过来说说话？"

安迪摇头，"我跟他素不相识，又不专业，没有效果。"

"为你自己，不妨做些毫无意义的事情，让自己心安。"

骗自己心安！安迪在心中如此解读。但她还是摇头，她不相信自己能接受挑战，再说孕吐后身体并不舒服，她从身到心都无准备。她尴尬地面对女医生眼中流露出来的可惜，但她骗自己，她这回好歹能面对弟弟的疯态了，虽然坚持在现场有点儿困难。她在医生巡视去别个房间的时候，依然站在门外看了好久，见弟弟虽然依旧四肢被固定，可情绪不再激烈，整整持续安静了一个小时，然后才又开始喊叫挣扎。她没有追问医生这种情况还将持续多久，可不可以放开弟弟让自由行动，她相信专业，让专业的人自己解决问题。她也想到，如果有那么一天，她可以放心地来这里。这里还不错。若是哪天落到行为无法自制，还能有多高要求呢。在医生再次安抚弟弟的时候，她离开了。走出大楼，面对周围绿油油的草坪和还没绿起来的大树小树，安迪看看耀眼的太阳，放心了。既来之则安之。

只是偏僻地儿叫不到出租车，安迪又不愿叫熟人来这种地方接她，只好等好久，攀上一辆公交车回城。若非公交车上的柴油味人肉味熏得她想吐，她也不会抓住正好找她有事的曲筱绡问有没有空来接她一下。

曲筱绡很仗义，针眼里挤出时间赶到安迪下车的地方接人。安迪一看车子陌生，奇道："你征用同事的车？你这老板真做得出来。"

"不是啦，这是赵医生的，我刚骗出来，我的车换给他了。我要送他一套车载音响，给他一个惊喜。"安迪听了不禁微笑，"你真是每天活得活色生香。"

"讽刺吧？"

"看我像刻薄鬼吗？"

"真没觉得我无聊我低级戴上草帽就是农民？"

"真没觉得，反而蛮羡慕你总能精力充沛地把生活过得活色生香。"

"你觉得赵医生也会这么想吗？我总觉得他心里其实看不起我没文化，你们都是嘴上涵养，心里鄙视。我超心虚，拼命想讨好他。"

"唉，说到心虚，我比你更心虚。"

"那倒是。你们两个两地分居，这种情况能拖垮爱情。你还真别太相信男人的定力。我也不相信伟大的爱情能靠自觉来维持，所以我要想尽一切办法，哼，绑也要把他绑在我身边。今天一大早他就有急诊，又有两台手术，下班肯定又累得面条一样，心情也不会太好，我晚上一定得带他出去开心，我要让他离不开我。"

"换我，如果逼得太紧，我会跑掉。我习惯有很宽广的个人空间。"

"哪个光棍过来的不想个人空间啊，可他是我的人，他已经是我的人，我们既然住在一起，我们的个人空间也得在一起。就要，就要。我就要查他手机通讯录，就要偷看他的短信，他也可以看我的，这才是真一对儿。别装什么清高，我就要，就要。"

"怎么哭了？你昨晚也跟赵医生吵架了？"

"嗯，安迪，我跟他在一起压力好大哦。我都不知道怎么让他真正的高兴，我总觉得我表面上把他逗笑了，可他心里在嘲笑我的低级。嗷……"曲筱绡泼辣，将车一停，让自己哭个痛快尖叫个痛快。引来后面喇叭乱鸣。

安迪只能下车，将曲筱绡的驾驶位替了。"这么不痛快，还不如分手。"

"不行，我就要跟他在一起，就要，就要，我爱他，爱死他了。不痛快也愿意。"安迪听着摇头，如此不可理喻。"需要我帮忙吗？"

"你帮不上。你只要把我说的保密就行了。嗷……我爱他……"安迪进一步觉得不可理喻。但心里相当佩服曲筱绡敢说敢爱。起码，她一遇到难题就想逃避。是不是该学学曲筱绡？

曲筱绡送走安迪，眼泪一擦，将车子送到朋友开的车行。朋友亲自赶来接待，一看赵医生的代步车就笑了，"扔掉，换辆新的，你改的音响都值这车价了。不高兴改这种车。你看看这儿满场子的车，轮子都比你的车价高。"

"朋友，低调，侬懂伐？做隔音，换音响，就这样。账单我来，速度要快。"

"男朋友的？很帅？"

"没错。我好爱好爱他哦。"

"干脆给他换辆车，你又不是换不起。宝马3系起档，让人家帅哥也风光风光。"曲筱绡一脸色迷迷地飘走，"不换，宁可把买车钱都花在改装小破车上也不换，他喜欢那调调儿。"曲筱绡的朋友莫名其妙地看着曲筱绡的背影，吩咐接待员，只要不是曲筱绡来提车，千方百计扣住人，第一时间通知他来围观帅哥。

邱莹莹正上班呢，眼睛偶尔开个小差，竟然瞥见应勤的身影。邱莹莹大惊，下意识地揉揉眼睛，往橱窗外再看，果然是应勤，双手插裤兜里，在街对面彷徨，两眼一直看着咖啡店。邱莹莹怀疑自己白日做梦，赶紧过去捅捅店长，问店长对街是不是有个穿棕色外套的年轻男子。店长一看，认识，"你男朋友？"

　　"真是他？不是我看错？"

　　"没错啊，现在脖子缩缩走了。吵架了？"

　　"分手了。人家都已经找到新结婚对象了，商量着结婚呢。"

　　"哦，那还来找你干吗。臭男人！吃着碗里盯着锅里。这年头是男人都想养小三儿了。"

　　"是哦，他不是见我像见鬼一样的吗。"

　　邱莹莹百思不得其解，但心中有股暖流开始盘旋，会不会，应勤发现那个对象不好，开始想起她的好来了呢？会不会，应勤回心转意了呢？

　　虽然关睢尔帮忙，删了她手机里应勤的号码，可那个号码早已镌刻在她的记忆，怎么抹得掉。邱莹莹毫不犹豫地拿出手机，给应勤发去一条短信，"你找我吗？"

　　可她不知道应勤已换了手机号码。短信发出后，如石沉大海，直至下班都无回复。邱莹莹这一天班上得精神恍惚，魂不守舍，多次做白日梦，仿佛见到应勤又出现在窗前。

　　邱莹莹不敢去请示樊胜美，因为担心，樊姐会果断命令她不许跟应勤联络，甚至还可能像店长一样，痛骂应勤一顿，他们都将应勤视作敌人。唯有她不觉得。邱莹莹只能将今天的事保存在心底，对谁都不敢说。但她心中的希望之火死灰复燃。下班路上，她精神焕发，即使应勤没有回电，可他人出现了，没再像躲鬼一样地躲她了，邱莹莹有信心。她进去咖啡店推销的时候，脸上又有了自然焕发的笑容，虽然她自己并不知道。

　　说来，应勤真是她的幸运星。应勤只是在店门口出现一下，她的生意运又回来了。

　　包奕凡送走秀媛院长，回到安迪的 2201 睡觉。睡醒过来，他隐隐意识到，他这回的作为在安迪心里可能是大错特错。只是，安迪容忍着他。容忍！这两个字眼儿让包奕凡如百爪挠心。尤其是当他现在置身事外，再冷静回头看昨天发生的事，作为一个每天都在运筹帷幄的决策者，他自己也意识到昨天的感情冲动破坏了事情的整个布局。想想昨天的一意孤行，包奕凡有点儿汗颜。带着点儿汗颜回想今早与安迪相见，人家一句都没怪他，仿佛事情本该如此，而在现场如手术刀一般干净利落地处理善后。而那时他却再次不冷静，冲动地领着同样冲动的秀媛院长离开现场，将安迪一个人，一个孕妇，丢在现场处理他造就的烂摊子。

包奕凡浑身发烫，躺不住了。他自视甚高，而他昨天到今天的表现，让安迪直接就无视了他，安迪那表现很明确地表示：她不指望他，只要他不捣蛋。这就像他平常对那些傻缺的态度。包奕凡在床上坐立不安，尤其是他想到了安迪的智商。而今天他领教了安迪异乎寻常的理智。他在安迪眼里，究竟是什么角色？包奕凡恨不得挖个地洞钻进去得了。

打开手机，接通电邮，忙碌让包奕凡渐渐平静。可心里那一朵心虚的小火苗始终不曾熄灭。他稍作休息，上厨房给自己做点儿吃的时候，安迪来电。包奕凡看着显示又是一阵汗颜，竟然轮到安迪主动打给他。他只能撒了个小小的谎。"安迪，我刚刚醒，我们可真心有灵犀。这会儿不忙？我过去找你喝下午茶？"

"我这儿刚刚告个段落，大约一个小时之后可以结束。你下楼取车来接我可以吗？早上坐一趟公交才发现孕期对各种气味有点儿不适应。"

"你早上坐公交？"

"是啊。打车的味道也不好受。最近比较脆弱。"

"我是问，你早上坐公交去的？"

"坐出租去的啊，那地方偏僻，你知道我路痴的。回来等不到出租车，只能上了公交。晚上回家不想打车了，既然你在，捉你当差，可否？"

包奕凡再度汗颜，他早上竟然没留意安迪没开车来，反而冲动地驾车离开，将安迪扔在冷僻角落，不得不坐公交回城。像她那种还没显身形的孕妇，估计上车都没人让座，得一路忍着孕吐辛苦罚站。

包奕凡心知，要是他家女亲戚遇到类似情况，他一准义愤填膺地说，要那种男人何用，拗断。可今天，他成了那种向来被他鄙视的男人。而听安迪的语气，竟然并未觉得有什么不妥，反而与他好好商量晚上去接她，仿佛早就看死他就是那种没用的男人，不能强求。而且，在安迪心目中，他恐怕还是惹事的没用男人。那种形象，市面上又叫小白脸。

包奕凡遭遇这辈子前所未有的自信危机。

他满心忐忑地开车上路，一路在想，要买束花吗？要开口道歉吗？晚上怎么安排？……他一向花样百出，此时竟有些脑袋僵化。最终，他什么都没做，蔫蔫儿地开车到安迪所在大楼门口，等他看到拎电脑包在路边等候的安迪，不禁心虚地看看时钟，确定自己确实没迟到，没有因为心不在焉与出门换装洗漱而迟到。他发现自己没自信得像个小媳妇。

但他毕竟是包公子，他很利落潇洒地下车，给安迪打开车门，护送她坐入的时候，很漂亮地送上一吻。以往他自信满满地会想到他们郎才女貌如此般配做什么都漂亮，但今天他越发感觉自己的举止如此白脸。幸好坐进车子的时候，安迪是脸上带笑的。

"实地看了一下，那儿各方面都不错，可以放心了。"安迪怕包奕凡内疚，抢着说在前头。

包奕凡却被安迪的体谅搞得更惭愧，"非常不好意思，都是我惹出来的事。而且我居然扔下你一个人处理，非常无赖。"

"早上还幸亏你引开秀媛院长，面对着她的指责，我很拿不定立场，于情于理，在弟弟的安置上，她更有决定权。我只是占了血缘的便宜。你把人引开我才方便理直气壮地做主。有你在真好。近来虽然觉得除了孕吐好像没什么大的影响，可最近总下意识地觉得上一天班下来有点儿累，最好在办公室休息会儿再回家，幸好你来接我，今天下班最轻松了。"

包奕凡惊愕，好一阵子说不上话来，才让安迪一个人唱独角戏唱了一大段。到红灯处才能停车问："你会不会觉得要这种男人有什么用？"

"昨晚还真生气来着，这人怎么净添乱，哈哈，也是我脾气过大。今天这么处理也挺好，虽然有段过程，但那边护理可靠，适应期过后应可以保证我弟弟从此安居乐业。只要我这儿不出岔子，他的终生大约就这么定了。也好。虽然没有亲情，可标准化的生活也可无忧。"

包奕凡看着安迪都不知说什么才好。终于忍不住嘀咕出来，"女人，不要这么强悍好不好？你让我，一个男人，无地自容。"

"没有因果关系啊。"

包奕凡难堪地闭嘴。安迪看看包奕凡，不知道他急躁什么，想了会儿，才小心地提出："昨晚你在黛山县的事儿，你帮我回想一下，最好扫清所有尾巴，别把事态扩散开去。我不希望太多人知道此事。"

包奕凡忙道："你放心，不会再给你惹祸。这几天我在海市打算把保姆房确定，保姆准备请我老家熟悉的，会做菜又聪明听话的。我在海市设立的分公司儿，我让他以后接送你上下班。这些你不用操心，我都会安排好。对不起，我缺席太长时间。"

"呀，小曲那小人精说的还真对，以后我猛打孕妇牌，什么都让你帮我做好，最开心了。正愁呢，本来还想再开一次 22 楼会议，让她们帮我出主意怎么迎接孩子出生。我看了妈妈网，发现无穷的准备工作，正准备开单子给老谭呢。"

包奕凡喃喃地抹冷汗道："幸好你还没开，要不然我真可以跳楼去了。我不跳谭总也会把我拍死。你以后得学会一件事，只要学一件事，就是开单子给我，你老公。求你别再去麻烦谭总了。"

安迪心里飞快冒出一大串的反驳：你昨天的事就给我办岔了，你至今还被你妈乱插手私事……但这些话安迪都不敢说出来，只能微笑地说出另一条理由："怕亏欠你更多。不像老谭，我给他拼命制造利润呢。"

包奕凡猛翻白眼，终于领悟过来，"你还是没打定主意嫁我，是不是？你一直存着一拍两散的打算，是不是？"

"觉得……很配不上你，真不敢拿我这么个大麻烦耽误你，可又不愿离开你。我对你最矛盾了。"

包奕凡隐隐想到什么，可正开车，不敢分心。直到车入地库，才想明白，安迪在弟弟的事儿上不麻烦他并非看不起他的水平，并非无视他的存在，而是不敢总麻烦他以致亏欠他太多。他这才一颗心落地，自信又回到身上。他下车接了安迪手中的电脑包，紧紧将安迪揽入怀中，边走边解释："一直没时间跟你说。你可以宽心了，昨晚亲眼看到父子两个，举止活脱脱就是一个模子刻出来的，显然……"

边上有其他人走来搭电梯，包奕凡止住，相信安迪也理解后面的意思。安迪点头，"其实说到那位血缘上的父亲是那个，我已经放心许多，但我不敢亲眼去观察对比，我鸵鸟，你帮我去看了，更让我放心。"

"不是帮，再次纠正你的用词和观念，已经是一家人，你的事就是我的事。我也揪心，我应该去做。只是……现场太让人不忍心。"

安迪听了微笑。如此恳切的言辞，如此有力的臂膀，多有说服力，她懒得运用逻辑思考，好吧，就听他吧。包奕凡也感觉到安迪放下板扎的身段，将一半体重依靠到他的身上，脸上的笑容也温柔模糊了，他忍不住俯身亲吻安迪的脸。

电梯到一楼，樊胜美下班进电梯，一眼就看到这一对儿当众亲昵。她微笑进去，并不出声，当作没看见。但安迪看见了她，将包奕凡推开。包奕凡看樊胜美一笑。

樊胜美心说，妈的，又帅又有钱，不知害死过多少姑娘。也难怪，冰人一样的安迪会融化在他手心里。

"小王今天忙？"

"我回家换件衣服，等他下班过来。我们约了看电影。不想让他太累，还是坐着看电影省事，我想出来的。一起去吗？"包奕凡插嘴："我们今天要说很多话，下次有空再与你们约。"安迪问："我们不是刚才都说明白了吗？"包奕凡道："没有，我们要开始立家规。"樊胜美扑哧一笑，抢出电梯，"我真受不了你们，等晚上见了王柏川，要狠狠折腾他去。"但在两人进入 2201，就在门口激吻的时候，一只不屈不挠的电话打断包奕凡的激情发挥，尤其是他掏出来一看显示是他妈妈。

"我下午坐着没事给几个老客户打问候电话，咦，老沈怎么说你去了他那儿，还问他借车借司机什么的，还连夜跑到海市，接走两个莫名其妙的人？"

包奕凡一听脸色大变，当时只是借车去探视，想不到于心不忍花钱将人接了出来，后来都来不及与老沈细细嘱咐，想不到被妈妈歪打正着打了个时间差，事情就有这么巧。"嗯，有这事，回头跟你说。"此时安迪正贴在他身上，手机里传出的声音听得清清楚楚，她的脸也黄了。

"到底是什么事？你怎么跟一个疯子搅一块儿，你连夜把人接到海市干什么？妈妈不放心啊，你这么重视这件事，我越想越糊涂呢。"

"我资助那孩子多年，有点儿感情。这回那孩子得病，我索性把他妈妈带上，一起到海市看专家门诊。这几天我会住在安迪这儿，顺便趁机把安迪的生活安排好。妈你不用替我担心。出去玩的行李准备好没有？一定要准备几套礼服。"

"知道了。你现在跟安迪在一起？"

"嗯，准备吃晚饭。家里开饭了吗？"

包太沉默了一会儿，道："你们吃饭吧。"就果断挂了电话。

安迪这才敢出声，"全完了。"包奕凡也皱起眉头，他熟悉妈妈的脾性，从妈妈不拖泥带水地挂断电话来看，妈妈起疑心了，而且矛头直指安迪，必定追问到底。

"完了，我昨晚说过，我会被你把人带走的决定害死。我还是百密一疏，百密一疏……"说到这儿，安迪还是理智地止住，但满脸惊惶地看着包奕凡，所有的责备都已写在脸上。就是因为包奕凡昨晚那个愚蠢的决定。

"你先吃饭，我立刻联系老沈。"

"不用了，你妈肯定已经从老沈那儿了解到所有，要不然她不会打草惊蛇。我只有一个主意，你回去你妈身边吧。要不然她迟早会把我抽筋剥皮。为了你她什么都做得出来。"

包奕凡很想说，事情交给他，相信他。可他说不出口，这件事本身就是他搞砸，不管安迪信不信他，他也没脸说出要安迪相信的话。"给我三天时间，处理这件事。你暂时别作其他决定。好吗？"

"我完全不指望你妈能偃旗息鼓。她完全不可能接受我，一个疯子的女儿，疯子的外孙女，还可能生出你的小疯子儿女。她会想尽一切办法击退我，让我身败名裂，把我赶出我赖以生存的业界。而且，我不排除她会把我逼疯。并不一定是她有意把我逼疯，而是我本身脆弱，不堪一击。我不会拿这件事冒险。"

"给我三天。如果三天内解决不了问题，我……会做最有利于你的选择。"

"三天……"安迪茫然，"一个小时就可以天翻地覆，何况三天。你走吧。这屋里凡是你的东西都带走，我躲阳台上等你离开。请原谅我的不堪一击，这是遗传，我除了过度自保，别无他法。"

包奕凡已经感觉到安迪全身的颤抖，他抱紧她，不让她走开，她的颤抖她的担忧和害怕，他完全感知。这个一向太强悍的女人，此时才让他有真实的感觉，让他感觉到自己的爱不再彷徨无依。"我这就订票，明早回。我爱你，我会竭尽全力弥补我的过错。一定给我三天，别逃跑。求你。"

"如果我说，我要用这辈子剩余的优质生命来赌你的要求，你还敢求我答应吗？我又敢跟你赌吗？你还是走吧。"

"从我们交往第一天起，你一直在把我往外推，我一直以为我哪儿做得不对，今天我才明白你一直害怕有这么一天。我刚才在车库跟你说，你要学会开单子给我，我们现在开始着手做这件事。我们坐下来谈，你对此事考虑得比较多，我们将如今面对的最大难题拆分，寻求最优解。我的目标只有一个，在一起，也是我们的共同目标。"

安迪根本听不进去，极度焦虑如三昧真火，烧得她焦头烂额，"水，放我喝水。再透个底，我一向神经质，一紧张就离不开水。行了吧？放开我吧，对你最好。"

包奕凡只知道安迪手不离水，越紧张喝得越多，想不到也有讲究。但他没放手，他知道这一放手就意味着永远放手。他将安迪拥到厨房，看着她大口大口贪婪地喝水，忍不住伸出另一只手托住杯底，担心安迪那两只发抖的手捧不住水杯。他终于见识到安迪失控的一面。那么苍白，那么柔弱无助，令人彻底心疼。"你需要我！"包奕凡肯定地说，将空杯从安迪手中拿开，放桌上，又倒满水，"你需要我！"他像一个慈父抚摸婴儿，耐心地安抚等待，等待安迪情绪平复。

安迪又抓起水杯，她养了三个多月的头发垂下来，遮住她脸，垂入她的茶杯。她极端不耐烦地甩头想甩开头发，可越甩越乱。包奕凡伸手，帮她将那缕不听话的头发发到耳朵后面。安迪扭头，几乎是阴恻恻地直勾勾地看着包奕凡。包奕凡哭笑不得，"我这么不值得你眷恋，动不动就可以轻易放弃我？"

"你这话诛心，我迫不得已接受你，迫不得已放弃你。"

"OK，刚才是激将法测试题，测试结果表明你已恢复平静。别走开，我到阳台打个电话，跟我妈谈谈。"包奕凡施出人肉包子大法，握住安迪脸深吻半天，才拉开阳台的窗帘，但关闭通往阳台的落地门，两眼关注着屋里安迪的动静，给妈妈打电话。他是妈妈的儿子，当然不愿成为妈妈的敌人，他得尝试将两个女人拉到同一阵营。

安迪没动，两眼碧油油地看着包奕凡走去阳台。他要赖在她身边，千方百计，她完全没有办法赶走他。可他在身边，意味着包太绝不会停止斗争。她得如何赶走他？那家伙安营扎寨似的，舒舒服服坐在阳台椅子上，两腿伸得老长，像是在晒月亮。只是，闲散的姿势没维持多久，很快，腿收了回来，人离开椅背，过会儿，手臂开始有力地做出各种姿势，显然，肢体语言表明，母子谈判不顺。

安迪早知包太不是个容易说服的人，结果完全在意料之中。意料之外的是包奕凡打完母子谈判电话，却不回屋，而是再接再厉打其他电话。而包太的电话却追到了安迪手机上。"安迪，我对你个人并无恶意。我对你的态度，完全取决于我儿子……"

"呃，我正头痛这件事，我在与你儿子谈结束关系，你有事请找你儿子吧。"

"既然如此，我只问一件事，你肚子里的包家孩子怎么办。"

"我非常诚恳地建议你劝说你儿子，我愿意签署任何法律文书，中心思想我先想到的有两条，包家任何人不得探望孩子，孩子不继承包家任何财产。"

"好。我咨询一下律师，看怎么草拟文件。"

"我忘了一条，孩子成年后不承担赡养包家任何人的义务，包家无处置孩子任何财产的权利。不好意思，可预见的将来，我的财产会超越包家，我不得不提防。

请你让律师以绝不拖泥带水为宗旨，草拟条款。"包太那儿反而沉默了。好久才问："你弟弟怎么是疯子？你家还有几个兄弟姐妹，都在做什么？"

"很抱歉，我不知道有几个兄弟姐妹，也不知道他们都在做什么，目前找到的只有这一个，很不幸是限制行为能力人。"

"你妈妈……"

"你去问魏国强，我三岁已经在孤儿院，没记忆。"包奕凡打了另一个电话后进来，惊讶地见到安迪与他妈镇定自若地聊天。他不知道两人之前都谈了些什么，但已足够他惊出一身冷汗。"你年轻人忙，我可以帮你去找出身世。"

"不麻烦你，我们已经一刀两断。行了，你儿子进来，你自己跟他说吧。"将手机交给包奕凡，安迪长喘一口气，倒在沙发上。但与包太的交谈却让她稍微镇定，包太似乎了解得不多。也是，关键是他们的客户老沈了解的也不多。那以此为原点止损还来得及。她跟包太说的是实实在在的诚恳话，相信包太也听得出，因此后来彼此不为难。

包奕凡又返回阳台。安迪不知道这对母子又将谈什么，总之，她果断止损。

这回，她好整以暇地看包奕凡在阳台表演皮影戏，几乎暴跳如雷。都不需要动什么脑筋，以包太一贯的作为，估计在要求儿子偷偷深入调查，如果没异常就千万挽回感情。

包奕凡返回，一脸愤怒的红。他克制着，对安迪道："我前面一个电话已经吩咐老沈闭嘴，老沈跟我有业务，他懂得跟紧谁，不会再跟我妈有瓜葛。这事，到此为止。基本上不会再有波折。"

"虽然我本人无数瑕疵，但你妈变脸几回了？吃不消。"

"安迪，今天这件事解决了。其他的我一个个解决。而且你们两个又不在同一城市，你别在意了。"

"我刚才那句话的意思是，我本人虽然无数瑕疵，但你妈数度变脸，已经非常伤害我。你难道不觉得？那么你也可以走了。我虽然无数瑕疵，但我不接受伤害，更不接受你容忍你妈对我肆意伤害的态度。我竖个中指告诉你们母子，你们算什么。"

包奕凡被噎得脸色由红转青，好不容易才回过神来，"你缓过气，就想到换个激将的办法赶我走？你以为我傻？"

"你跟你妈一个德行，自我感觉好得不得了。你有没有想过，我烦了！我不愿再让你们母子打着爱情的旗号来烦我。我收回，你自便。孩子出生后你爱管，我们一人一半责任。你不愿管，我最乐意。就这样。你走吧。"

"哈哈，你不可以烦了。"包奕凡完全不当回事，扑上沙发，将安迪挤到他的腿上，但下手之际，却发觉刚才拉开的阳台窗帘未拉回，只能起身去拉。安迪喊一声"流氓"，跑了。

曲筱绡晚上无应酬，她一听说赵医生还奋斗在手术台上，这台之后还有一台已经准备，她立马在她的朋友群里大呼谁晚上有活动，她求投靠。曲筱绡是个出了名的好玩儿的，她一呼百应，很快几台活动随便她挑，她跷着脚女王似的挑了一家有跳舞的酒吧。她虽然爱赵医生，跟赵医生在一起如登极乐，可几天猫儿不食腥，她脚底痒死。她给赵医生发去一条短信，很贤惠地交代她在哪儿玩，与什么朋友在一起，便下班与朋友呼啸出发。

这家酒吧才是她的家园。她与女友一起下去跳，高手伸伸手便知有没有，不到三分钟，边上就围来一群男高手，摩肩擦踵蹭臀，跳得嗨了。

赵医生做完手术，今天的手术都异常顺利，他洗完澡换好衣服，兴冲冲地开着曲筱绡换给他的 Polo 车，去短信说的酒吧接曲筱绡。他当然不指望曲筱绡能听到手机，索性自己进去找。等眼睛适应黑暗，半杯威士忌下肚，他终于看到以极其挑逗姿势与几个男人共舞的曲筱绡。他不得不看一眼，扭过头去消化一下，再回头看一看，着实反复了好几眼，才能渐渐适应。可他心里清楚，那才是真正的曲筱绡。

曲筱绡跳舞时候自然不会死心眼，她活络的眼珠子满场子乱转，既勾引人，也寻觅值得勾引的帅哥。等她终于发现吧台那儿竟然出现一个叫赵医生的帅哥，曲筱绡差点儿被自己的超高高跟鞋绊倒。她连忙拨开众人，但往下拉拉衣服下摆，往上拉拉衣服领口，扭到赵医生身边，和身靠上去。"你怎么来了？不是说还有一台手术吗？"

"今天非常顺利，想不到提前了。你去玩吧，我等你。"

"你来了我还怎么跳得下去，要不你跳，我教你。但你不是说你也会吗？别坐着，下去吧。"

曲筱绡的女友见曲筱绡纠缠一个帅哥，不知内情，也冲上来扑到赵医生身上，与曲筱绡姿势相同，挂在赵医生右边。"帅哥，来酒吧装逼要被雷劈，知道吗？"

曲筱绡一看大叫："靠，不许非礼我男朋友，人家正经人。"但此话说出口便知有差，这几乎是已经向赵医生坦白，她和女友平时就是这么在酒吧勾引帅哥。

女友笑嘻嘻地跳开，"靠，藏那么多天，终于放出来，原来是真帅。跳吧跳吧跳吧，也让我们揩揩帅哥的油。曲曲不可以私藏帅哥哦。"

酒吧音乐声音很响，赵医生又不会像曲筱绡一样地尖叫，只能俯身对曲筱绡笑道："我很累，清早到现在连做四台手术，站也站得累死。你们玩，我旁边等你们。"

曲筱绡犹豫了会儿，拉走女友，沮丧地道："他玩不起来，我先走了，你们继续。进场到现在的账我去结了，你们……"

"去，瞧不起姐们儿的钱包吗？去吧去吧，重色轻友的，真没劲。"

"嗷，我改天借口出差，跟你们玩通宵。"

在女友们的调侃尖叫中，曲筱绡拉着赵医生走了。两人都不敢开车，站路边等车。可即使赵医生帅得人神共愤，刚刚玩得昏天黑地的曲筱绡抱着帅哥的胳膊还是觉得没劲了，为美好而疯狂的夜晚被提前终结而郁闷。她不禁自问，究竟谁的生活比较有趣。

赵医生走到外面，周围清静了，才能方便说话。"你再回去玩吧，我自己回去。本来想接你回家的，结果害你玩不好。"

曲筱绡伸出手指在赵医生额头画圈，"我再回去跳，你这儿怎么想？"

"不会乱想。"

"得，泄露天机了吧？还不会乱想呢，早已经在乱想了。你究竟怎么想的？"

赵医生微笑，"我真是一个假惺惺的动物。"

曲筱绡斜睨，忽然一把将赵医生的胳膊扛肩上，使劲往酒吧里拖。赵医生也没推托，但进去，就被曲筱绡猛灌一满杯威士忌。仗着酒胆，赵医生放开了。只是，依然不习惯跟别的女孩磨蹭。下意识里，他心中保守的弦绷得很紧。曲筱绡见此，不知是放心好，还是郁闷好。但既然赵医生不再提昨晚她偷听的事儿，又与她欢儿地玩在一起，曲筱绡巴不得此事不提，引导赵医生喝好玩好，回家一头栽倒。

曲筱绡自己也是喝多了，跳累了回座，却不忘将身体隔在赵医生与女友们之间。虽然早知赵医生是正经人，可即使是唐僧都有女妖贴上来，曲筱绡岂敢大意。于是赵医生被她推坐在最外面。夜深，有服务员过来结账，理所当然地将账单递给坐最外面的男人赵医生。赵医生理所当然地接了，但仔细一看，却吓了一大跳，想不到这几个人一夜消费这么多。可既然已经拿了账单，赵医生唯有掏腰包拿出信用卡，让透支。

曲筱绡醉眼迷离地背对着赵医生没看见，她的女友们却是看见了，有人一举扑上来，以高难度动作抢了赵医生手中的账单，看都不看，就将银行卡塞到服务员手中。赵医生忙道："我来，我是男士。"

抢付女友却道："姐付是姐们儿嫖你，你付是你一个人嫖这么多姐，不行。"

赵医生顿时给炸晕了，曲筱绡听得哈哈大笑，贴着耳朵对赵医生道："让她付，她这几天赚得很不错，今晚本来就说她请客。"

"怎么好意思。"

"再怎么不好意思也不用你付，我来。这种地方的消费……你这个月不想按揭了啊。"赵医生笑得挺尴尬，可这是现实，这世道门诊费都不如医院门口的停车费高。曲筱绡即使喝多，也看出来了，捅捅赵医生道："别在意，今天我们姐们儿聚会，本来就不会让男客付。"

曲筱绡以为如此一笔带过便算数了，不料大家见曲筱绡对赵医生是真心，走到外面纷纷或豪迈或体贴地告诉赵医生，他们都佩服专业人士，可专业人士反而收入少，他们理解，以后出来玩别把账单当回事，尽兴最要紧。曲筱绡只能躲在赵医生背后做手势喊停，这种理解赵医生是说什么都不会喊理解万岁的。

虽然闹哄哄玩了一夜，曲筱绡早累了，可她不得不强打精神收敛醉意，留意赵医生的状态。即使赵医生一脸满不在乎，可曲筱绡在乎，她不觉得赵医生会真的不在乎。可又觉得说什么都可能反而是火上浇油，不如不说，只以行动的柔情似水表达她的不在乎。

第 50 章

邱莹莹跑完生意回到 2202，打开门见黑灯黑火，她全不放在心上，关上门便眉飞色舞地打开电热水器，又插上电茶壶烧水，顺手将电脑也开启，查看订单。没几分钟，灯光晃了几下，暗了。邱莹莹在黑暗中呆了一下，赶紧用手机当手电，冲出屋子，去一楼找物业。可物业挺不愿搭理这种群租房的人，告诉她电工不在，就把邱莹莹打发了。

邱莹莹实诚，以为人家这么说，就是电工真的不在，而且也没再问一下电工手机怎么打，就灰溜溜回来了。举目只有 2201 亮着灯，她便毫不犹豫敲开 2201 的门。

是包奕凡来开的门。只穿着居家厚恤衫的包奕凡一笑便性感扑面，邱莹莹连忙避开眼去，羞答答地瓮声瓮气地道："安迪在吗？我屋里停电了，我记得安迪会修。"

"哦，什么原因停电？"

"我也不知道啊，电灯暗了亮了几下就没电了。"

包奕凡本想问是不是保险丝断了，但想到安迪还自闭在卧室，就请邱莹莹进来，他去敲卧室的门，"安迪，你邻居家没电了，问你会不会修。我怀疑是保险丝断了，你手头有没有备用的？"

安迪在里面扬声道："别想调虎离山。"

"还真不是。"包奕凡示意邱莹莹自己说。邱莹莹才一开口，安迪就打开门出来，但飞快地先白包奕凡一眼，跟邱莹莹去2202查看。包奕凡也跟了去，当然，最后是包奕凡动手。

听着安迪详细询问断电前各种现象的时候，包奕凡忽然想到什么，因此换好保险丝回到2201，先不急着找安迪修复关系，而是打电话给安迪老家的客户老沈。

这一回的电话就是两个字，"细节"，还是"细节"，犹如他在管理中的一再强调。他这回不是说几句就结束，而是跟老沈仔细确认，包太问起这句话时你怎么回答，问起那句时你又该怎么回答。

因为他觉得以他妈的性格，绝不可能放弃今晚找到的蛛丝马迹，等醒悟过来，回头一定再找老沈。他得放下脸皮，家丑外扬，与老沈细细统一口径。幸好，他很放得下脸皮。

安迪听包奕凡做这事，便在他对面茶几上坐下来，翻出纸笔随时提示。包奕凡便假装看着费劲，一步一步地挪到安迪身边，继续施展他的肉包子魅力。这回统一口径用了不少时间，等放下电话，包奕凡道："饿不饿？我们去吃夜宵。我常去吃的几家铺子，你肯定不知道。"

安迪斜睨硬要黏在她身边的包奕凡，"你好讨厌。"

"这句话基本上是你专利，没人这么说我。我怎么讨厌了？"

"我挺自得其乐地过日子，你非要挤进来，还给我带来这么多麻烦，还赖着不肯走……我对你又下不了重手。我烦都烦死，烦死了，不跟你去吃夜宵，不去，我要在家等通告。"

包奕凡听着却笑出来，他装模作样地捂住胸口，捏着嗓子伤心欲绝地道："噢，你这残忍的小东西，我对你的爱是不为世俗所容的吗？你为什么要折磨我，你令我心痛欲裂。"

安迪惊愕，又哭笑不得，除了反反复复"你讨厌，你好讨厌"，无话可说。与包奕凡在一起确实很开心，可包奕凡带来的烦恼也是无法回避的，对她而言是灾难性的。在应对包太的场合，她完全陷于被动，她总是想不到包太如此能屈能伸，如此厚而且黑，她仿佛精锐装甲兵陷入热带雨林沼泽，完全应付不了黑暗丛林那乱七八糟全无章法的手段。而且，她看得出，连包奕凡都不是包太的对手。因为她和包奕凡遵守承诺，而包太完全可以翻手云雨，不讲规矩，甚至破坏规矩。与包奕凡在一起，不知得面对包太多少匪夷所思的手段。

可是与包奕凡牵手出去吃夜宵是一种前所未有的感觉，仿佛双脚迈出去的每一步都是踩在云端上。而更多的，是一种踏实的感觉，她身边有个人，一个怎么使劲赶也赶不走的人。

这个人与她一样有些嫩，有些骄狂，脾气也很大，都很会自作主张，但这个人是她随时可以打扰的人，是她可以放心交底的人，是个彼此之间能够彻底认错的人。安迪想到赵医生曾经提起过的"有趣"两个字，她在烧烤店门外面对着大街的简陋圆桌边对包奕凡说："越来越觉得你是个有趣的伴儿。"

"还想着赶我走吗？"安迪摇摇头，"像有勇气面对肚子里的孩子一样，决定以后拿出勇气面对因你而来的问题。以后脑袋里只考虑面对，不再考虑逃避。"

"说话算数！"两人碰了碰啤酒杯，包奕凡一干而尽，安迪喝了小小一口。两人如此决定了。

关雎尔起床就看到手机里两条短信，一条居然是曲筱绡发来。曲筱绡说她的车换给赵医生用了，而赵医生的车被她送进改装店，她要蹭安迪的车，让关雎尔上班时叫上她。另一条则是有些意外，竟然是据说出任务的好几天失去音信的谢滨发来，谢滨在凌晨三点的短信里说，他终于踏上海市的土地了。关雎尔的脑袋里当即跳出第一反应，呀，今天是周五。周五的早上往往充满快乐的期待。

关雎尔也不知是不是她戴上了彩色眼镜，她发现比她稍早起来的邱莹莹也是一改最近一阵子的沉闷，脚步欢快得像是跳舞。难道肚皮舞教程对邱莹莹这么有效？关雎尔打着哈欠与邱莹莹擦肩而过的时候，随口问："什么事这么高兴？"

邱莹莹强忍冲动，"我真的很高兴，可我真的没法跟你说。"关雎尔的眼睛睁大了半圈，什么高兴事是不能跟她说的呢。"哟，那我偷偷地晚上问樊姐。"

"樊姐也不知道。嗯，其实我也不知道。我只是……就是高兴。"关雎尔大清早本来就蒙眬，这下听得更糊涂，她直着眼睛进去洗手间，"好吧，不说，我不问。等你想说了再说。"

"我……"邱莹莹心痒难忍，忍不住跟着关雎尔到洗手间门口，若不是被半闭着眼的关雎尔关在门外，她真冲动地不顾一切地说出来了。她早上稍晚起来就是为了避开樊姐，免得见了樊姐就管不住嘴。

关雎尔根本没想到太多，她哪知道邱莹莹在外面想说又不能说，纠结得跺脚呢。她只是在里面问一句"你知道小曲起床没"，邱莹莹就蹦去 2203 亲自验证。很快就来汇报："赵医生说，小曲昨晚喝酒跳舞，估计起不来。"

关雎尔将牙膏吐了，"她昨晚还发短信要搭安迪的车的，叮嘱我千万叫她。"

"我再去传达。"邱莹莹又浑身是劲地蹦出去了。一会儿回来报："曲曲起床了。大喊大叫的，要你千万叫她一起走。咦，她不会打车吗？干吗非要跟你们一起走？"

"我哪知道啊。总之你们不说的，我都不问。"

"欸，小关，我实在太想说了，但你千万别问我，我不能说。你帮我守住啊。"

"我，难说。"关雎尔心中越发好奇，心中冉冉升起应勤的形象，难道与应勤有关？但她很快自我否定了。宁愿相信邱莹莹很快走出失恋低谷又遇上新人，也不愿相信邱莹莹与应勤又走到一起。但关雎尔即使心中万分好奇，等与曲筱绡一起上了安迪的车，却绝不透露一句。

今天安迪的车上，关雎尔不再是特困生，特困的是曲筱绡，钻在后座打哈欠。但只要有曲筱绡的场合，想冷清是不可能的。

"安迪，包总走了没？"

"还在，他今天在海市有点儿事要处理。又没人管你考勤，你起这么早干吗？"

"郁闷，想找你们说说。你们最好给我打气，我快支撑不下去了。"安迪知道是怎么回事，昨天曲筱绡接她的时候提起过。关雎尔则是全无头绪，"我一直觉得小曲活力充沛呢。"曲筱绡没接关雎尔的话，而是问安迪："你跟包总的问题解决了？"

"解决了。听你的，既然相爱，就要千方百计在一起。遇阻挡，见神杀神，见佛杀佛。"关雎尔与曲筱绡闻言都惊讶，曲筱绡先问出来："你们两个这么般配，还有谁阻挡你们？包总的前人？"

"他妈。"

"哦，那就麻烦了。"

"你觉得他妈最大麻烦是什么？会怎么做？"

"噢，停车。"关雎尔却忽然大叫一声，吓得安迪赶紧踩刹车。

"怎么了？"

"我，我……对不起，我下车，门口遇见一个……"关雎尔伸手指指大门口门卫边上站着的一个英挺小伙子，"你们先走。别等我。"

"嗷……"曲筱绡顿时来劲了，以高难度姿势蹿往前座，伸长脖子看关雎尔下车后找的那个男孩子。可小区车道狭窄，后面的车子被堵住，急得按喇叭，安迪连忙将车开走。"谁啊，谁啊，你见过吗？"

安迪摇头，"不认识。也不知道。"

"长得还可以，不过站着的姿势真赞，笔挺，人一下就英俊了。难怪不肯要我介绍的唐虞允。小关有眼光，哎呀，我应该跟着下车的。这破双门车，真不方便。"

"22楼所有人的男朋友你都调戏过一下，这回能不能放过小关的？"

"嘻嘻，这个再说。你跟包总的妈怎么了？"

"她为了不让我跟包子在一起，会做到什么地步？你别问为什么，原因太一言难尽。"

"原因不知道，我怎么知道她会做到哪一步啊。反正你小心他们那种人，跟你这么说吧，我爸妈那代人做生意做出来做大的，基本上哄吓骗拐什么都玩过，我跟他们玩玩还差不多，你差远了。弄不好他们那种人把你卖了，你和包总还一起帮他们数钱呢。你说，包总妈怎么你了？"

"目前还没下手，但你说的没错，跟我昨晚的感觉合拍了。我就觉得他们像热带丛林沼泽里无序生长的物种，做事底线很低。行，我知道了，让我再想办法。不行就请教你。你和赵医生呢？"

"唉……"曲筱绡前所未有地叹气，"我看得出，他也很努力地忽视我的缺点，一直在逗我开心，甚至自动陪我去泡吧让我玩得开心。

可真不是我多心，我觉得我们在一起越来越累，很累啊，我都笑不出来了，还得假笑。可能我这回闯祸闯得有点儿大，我心虚他不开心，才会这样。希望我送他的礼物能让他激动起来。我这两天一直想逗他开心呢，我从小到大就没这么巴结过人，我都是看着他的脸色做人了。我最怕的是再这么拖两天，我得累垮，他再帅也没法让我坚持下去。可我心里想坚持下去，我认定他了。我就是喜欢他，想巴结他，霸占他，他什么都好。唉……"

安迪听曲筱绡竟然不尖叫了，而是唉声叹气，知道问题是真的非常严重。"简单点儿说，你觉得跟他在一起累。我昨天跟包子也有这感觉。但今天目标确定，再困难也不会视作累。你也试试，找出解决问题的目标？"

"我知道目标在哪儿，但这辈子追不上了。他那么完美，我这么草包。"

安迪无计可施。这算什么状况？

"你是不是调整一下你的心态？你不是草包，你有你的智慧和魅力。"

"可你们读书人真的看得起我吗？我说话用错一个词，你们哪个没斜眼看过我一下？"

安迪认真解释："斜眼有两种可能，一种是完美主义，对于身边的错误无法漠视，但也仅仅只是眼皮挑一下的原始反应而已。另一种是不包容，看人片面。赵医生应该不是后者。而你可能夸大前者。"

"瞧瞧，瞧瞧，就是你们这种人，说话巴不得用最少的字，你们自己偷懒痛快了，什么前者后者，我们听着的可累了，还得动脑筋想什么前者后者。话就不能好好说吗？我要是这么说话，早被客户打死，哪还轮得到生意。

你们就是仗着你们是专业人士，人家一定要听你们，所以说话个个玩玄的，最好人家只能听懂一半，显得你们高明。你们讨厌，好讨厌。"

安迪不得不眼皮挑了又挑，"你们两口子吵架，关我什么事啊。做人要专一，讨厌人也得专一。讨厌你的赵医生去。"

"我爱他，不能讨厌他，连想一下讨厌都不行。你就委屈做一下替死鬼吧，我不是有意的。可你真不是好知心姐姐，我跟你吐苦水你还跟我计较，以后我找樊大姐去。"

"很好，我最乐见你找小樊。"

"嗷，我早知道你不愿听我抱怨。其实樊大姐可爱听我找她数落我们赵医生了，可她整一个平常人，自己还正拼命装高级呢，又仇富仇精英，又巴不得是富二代和精英，我要是找她诉苦，你说她该怎么摆正位置嘛，骂我好呢还是骂赵医生好？她连自己的还搞不清楚，我找她能找出什么花头来？不像你，又富又精英，一上来就骂我心态不对。好吧，你一定是对的。"

安迪又是直挑眼皮，"这是什么逻辑？我听不懂你的意思。"

"靠，又是逻辑，我最恨赵医生眨巴眨巴眼睛问我这是什么逻辑。难道你跟包总说的每一句话都彼此能领会？"

"逻辑又不是万能。比如你的'我是女生我是孕妇'就把包奕凡一举降服，我就赶不上你。所以你只要调整心态就行。不是你不行，而是你以为自己不行。如果赵医生认为你不行，那就是他的错。

　　另外，你需要调整一下态度，不要随意伤人。今天到现在为止小樊都与你没交集，你随意出口伤她是你的不对，如果你在赵医生面前也那么做，他应该不会一笑置之。

　　比如我经常很欣赏你的率性，但很头痛你对他人有意无意的伤害。要知道，你对自己率性是性格洒脱，对别人率性就是作恶。这点一定要区分清楚。好吧，我题外话说得太多，打住。你继续诉苦，我保证一只耳朵进一只耳朵出，不打断你，但保证没法帮你解决问题，你情商比我高多了。"

　　安迪自以为说了题外话，曲筱绡却被说得发愣，"可是，我只是背后消遣樊大姐几句，樊大姐身上又不会少块肉，你干吗这么严肃。好吧，你们这些读书人，就是条条框框多，真麻烦。"

　　"我那是题外话，你尽管继续诉苦。"

　　"没法跟你诉苦了。你这人真讨厌，你就不会装糊涂点儿，我说什么你都同情一小下下，立刻说赵医生做得确实不对什么什么的。你干吗要说得清清楚楚呢，被你一说，我更加觉得他什么都对，我什么都不对，他肯定在看不起我。"

　　"好吧。不过我不能如你所愿，我现在深刻同情赵医生。你们平时是怎么对话的？你对他也是这么胡搅蛮缠的吗？我投降，适应不了你上一刻还在认可，下一刻立刻换种方式否定的流氓逻辑。你前天对我说，恋人之间只问态度不问对错，可能不一定适合所有人群。你不妨反省。"

　　"我讨厌你，臭安迪，臭赵医生，臭虫，都是臭虫。你们都太不好玩了，没法跟你们玩了。干吗做人这么死板啊，嗷……"

　　但令曲筱绡失望的是，无论她如何尖叫，安迪最多是打开窗户放出声波，却一路保持四平八稳地开车，完全不为所动。这种尖叫若是换到她爸妈身上，她爸妈早不问是非，只给态度了。而安迪将她送到公司大楼下，还不要命地给一句临别赠言，"事情的最终解决需要靠理智，而非态度。"

　　"靠，前晚包总到底怎么惹爆你的？我要问他取经去。"曲筱绡只能一脚将车门踢上，算是泄愤。安迪算是她遭遇过的最差的耳朵，可回头一想，安迪却完全解决了她心中的疑问。

　　她很肯定，赵医生想的与安迪差不多。可答案让曲筱绡心中压力倍增。要她用理智解决与赵医生之间的矛盾？怎么理智？

　　毫无疑问，她的理智只能达到被赵医生斜眼取笑并不值一驳的高度，让她怎么敢在赵医生面前理智？曲筱绡摇摇晃晃地进去大楼搭电梯上班，她发现做个总经理都比做赵医生的女友容易。

　　关雎尔几乎是奋不顾身地跳下安迪的车站稳之后，才发现自己失态了，她把自己的情绪乱暴露了，尤其是暴露在了曲筱绡面前。不知晚上肚皮舞课遇见曲筱绡，曲筱绡该如何借题发挥。可关雎尔几乎没法多思索此事的后果，在看到谢滨一瘸一拐地走过来时，她红着脸忙迎上去，其余什么话都让位给关心，"怎么了？负伤了？"

　　"学艺不精。不过还是厚着脸皮出来见人了。还好，只是皮肉之伤，并没有伤筋动骨。"

　　"这边小区门禁挺严的，你要找谁，我替你进去通知。"

　　谢滨一边往双肩包里掏什么，一边笑道："我就是找你，想你上班肯定应该经过大门，试着赌一下运气，你会不会看见我。我运气真好。这小东西跑哪儿去了啊。"谢滨终于丢下脸皮，头钻进双肩包里翻找，找出一只小小盒子，"送你一只当地产的火山石雕滚滚，任务紧，都没时间逛街，路边随手捡便宜的……嘻嘻，别骂我。"

　　"谢谢。"关雎尔接了小盒子，打开，是一只黑黝黝的雕刻得很大众的熊猫，可只要是熊猫就是可爱，尤其这是出任务出得腿受伤的谢滨的心意，很不容易，可并不随手呢，"真可爱，我要把它放桌上做镇纸。可你好像才睡了不到四小时？"

　　"没办法,同事受伤最重的在当地住院,轻的回海市住院,我只能轻伤不下火线,赶紧上班开会讨论下一步的审讯。我送你上班,可别害你迟到。我的小破车在那边。"

　　"你腿伤，也能开车？"

　　"轻伤，忍忍就过去了。"

　　"我替你开，虽然技术不怎么样，总之你放心。"两人朝谢滨的小破车走去，关雎尔很想伸手扶一把，可她害羞得伸不出手，只能看着谢滨单腿跳着走。两条腿到底是比一条腿跑得快，关雎尔先小跑到车门边，替谢滨打开车门，又扶住车门，伸手挡在车顶，免得谢滨腿脚不便，头撞车顶。于是，轮到谢滨的脸红了，大男人被女生这么照料，算什么好汉呢。

　　"我来这儿就是自己开车的，真的可以。只是被马刀擦了条小伤口。你坐这儿，我跳到驾驶座去。"

　　"嘿，你坐进去啦。我带着驾照呢，要不要给你看看？又是伤，又是睡眠不足，你就是不该开车上路。上车！是不是看不起女生的驾驶技术？"

"没有。嗳，你别看着，我自己会坐进去。"谢滨面红耳赤地硬是不肯在关雎尔的注视下坐进去，关雎尔只能有点儿赌气地放开手，绕去驾驶座。偷眼看谢滨坐下，一条腿的人果然行动不便，靠两只手使劲。可受伤嘛，谁还不是一样，有什么可不好意思的。谢滨在钻进车位之前见关雎尔在对面关心地看着他，只得做个鬼脸。

关雎尔坐下后，才问："冒昧再问，是不是受伤的不止一处？"

谢滨面露尴尬，等关雎尔上路，才吞吞吐吐地道："对不起，我并不是故意隐瞒，我们刑警这行还真是高危。屁股那儿挨了一拐棍，不过也没造成骨折。同事都说我狗屎运。"

"可罪犯被你捉回来了啊。这就是胜利。"

"这叫惨胜。而且在定罪之前，他们是犯罪嫌疑人，还不能叫作罪犯。后续工作更麻烦，需要拿出铁的证据，面对律师的各种质问。你开车不看后视镜，呃，对不起。"

"等你们可以公开了，能不能给我讲讲你亲历的这个案子？真敬佩呢。这条路是不是去你们市局的路？"

"行，一定讲最详细的。是这条路，可应该先去你那儿，别耽误你上班。我会……"

"不能知法犯法，带伤驾驶，疲劳驾驶，都是违规。我没关系，最近加班多，不要求准时上班。"

"你真是我见过的最……好的……姑娘。"谢滨如做贼似的吐出最后两个字，脸色大红。

关雎尔也大大地脸红。两人都严肃地目视前方，不敢看向彼此。车厢内是如此的狭窄，再容不下多一点儿的暧昧。

好不容易，关雎尔又壮起胆子问："容我再冒昧问一件事。你刚调去新部门，与同事关系还不熟，不便开口麻烦他们。晚上下班需不需要我接送你一下？虽然我可能被要求加班，下班时间没个准。如果我能准时下班，会提前给你发短信。"

"我好像更不敢开口麻烦你。但……要！我今天一定会忙到下班后，谢谢你。等下不如你把我放到市局，你开着这车上班去吧，上班高峰打车不易呢。"

"车放你那儿，我乘地铁去。免得万一你可以早点儿结束工作，我又要加班到很晚，你没车回家。今天你是伤员呢，一切以你为重。"

"天，不知道有没有仙丹，让我一天之内恢复。只要不痛就行了。我真快没脸到家了。"

关雎尔微笑。而谢滨偷偷地看关雎尔，真不敢相信，自己能遇上一个如此好的女孩。关雎尔却也意识到谢滨在偷看她，她想硬撑着继续微笑，可实在太辛苦，终于还是开口："您请帮我看路，我不熟悉这条路。"

"呃，对不起，对不起，继续直行。对不起……"

两人都是脸红红的，越来越不好意思说话，打破小车厢里的尴尬局面。直到进了市局地下停车场，关雎尔将车子停到电梯门口，放下谢滨，自己又找地方将车停好，跑回来将车钥匙交给谢滨。谢滨真觉得自己粉身碎骨都无以回报。"怎么好意思"成了他挂在嘴边的口头禅。

关雎尔上了一楼，与谢滨分手出来。她赶紧着心无旁骛地找地铁去公司上班。可一路看到进出的制服警察，不由得想到她还没见过谢滨穿警服的样子。心里很是乱乱的。挤入地铁车厢，她不禁想到，作为一个女孩子，她会不会太主动太巴结，会不会被人瞧不起呢。

曲筱绡在安迪那儿诉苦，越诉越乱，但这不妨碍她还有闲心管闲事，她冲入自己的总经理小办公室，第一件事就是打电话给关雎尔，打听详情。可一听到手机传来的吵闹背景声音就犯疑了。"你……刚才那位帅哥没开车送你？"

"自己有手有脚，坐地铁很方便啊。"

"嗯，帅哥要是没车，fire，帅哥要是有车却不送你，更 fire。本姑娘金玉良言。连小邱都要找个有车有房的应勤，你更应该找更好的。你放心，我不会破坏你的事儿，我拿你当自家妹子。你要有什么问题，尽管问我。别问樊大姐，她那一套只适合嫁不出去的剩女吊着卖，不适合你。"

"他……他是个刑警，刚刚出任务受伤了，就在腿上。我挺那个的，开他的车送他上班。而且我其实才与他见过两次面，加起来时间不足一小时。这次是第三次。会不会太随便啊？"

"关关，我要是个男人，你这么对我，我下辈子做牛做马回报你。但我告诉你哦，你送他上班，送他下班回家，都可以，但你不能送他进他家门，不能给他做家务，尤其是晚上，一定要注意保持距离哦。你不是我，你脸皮嫩，一定要懂得拒绝哦。如果那警察是好男人，他在海市肯定有朋友，有些事可以让朋友帮他忙，凭你们的交情他还不能求你帮忙。如果他求你帮他进门怎么怎么，他不是不安好心就是没好朋友，这种人直接 fire。懂了吗？"

"懂了。"

"脸伸过来让姐捏一下。"

"才正经半分钟！"

"姐这几天压力大啊，你总之想到讨好赵医生的办法就告诉我，我刚才问安迪要方子，反而被她教育。呜呜，姐下午还得出差，越是人家周末的时候越方便我找上去拍马屁。命真苦哦。关关，你说，你要是被赵医生看不起，你会怎么办？"

"我……我理解你的压力很大了。"

曲筱绡无语，知道再问也是这个结果。她转而打电话问车子改装得怎么样了。朋友竟然说，既然是她曲大小姐的事，那么紧赶慢赶，加班加点，当然是今天下午保证取车咯。曲筱绡一想，下午她已出差，要不拖到她出差回来，再与赵医生一起去取车，当场当面看他的惊喜。

可又一问朋友装得如何，朋友拍照过来，显然是名贵喇叭一看就非常拉风，连曲筱绡这个外行的看着都激动，她真等不到出差回来了，当即给赵医生打电话，提醒他下午就可以取车。赵医生只知道车换给曲筱绡就出了点儿事进了车行，既然已修好，当然需要第一时间取回。他与车行约了取车时间。

曲筱绡与赵医生都想不到，世上竟有如此多的好事者。曲筱绡的车行朋友添油加醋地跟朋友们一说，有那么一个曲筱绡拼命巴结的男人，肆无忌惮的曲筱绡如何忌惮那个男人的感受，那男人将于何时去车行取车……于是，车行门口准点准时，出现好几辆豪车，等着围观赵医生。赵医生提前下班打车来到车行时，只见此车行装修高贵得不像修车的地儿，倒像是什么会所。而门口停的几辆跑车更是加深赵医生的怀疑。他的家用车放到这儿修理？不过曲筱绡做事常不循规矩，赵医生也不往心里去。

赵医生走进自动玻璃门，一眼就看见好几个人指指点点地围着一辆貌似就是他的车。再走进看见车牌，可不就是他的车。可怎么变得相见不相识了呢？难道被曲筱绡撞得面目全非？若那样，曲筱绡也得受伤住院了，可曲筱绡昨晚看似什么问题都没有，正常活泼好动得很。

赵医生疑惑地走过去，见围观车子的人们忽然目标一致看向他，作为一个几乎每天被病人围观的人倒也不在意人多眼杂，对其中一位看上去对他有话要说的男子道："我姓赵，我来取这辆车。"

那位男士正是老板，闻言笑道："赵？噢，小曲都没跟我们提起你贵姓，她保密工作一流。钥匙在车上，你看看整得怎么样。我放了一张原声碟在里面，你关上车门试试那效果。"

赵医生更是一头雾水，"我看看维修清单可以吗？"他说着坐入自己的车子，依然是似曾相识的感觉，椅子没变，顶棚等却面目全非，不仅装饰材料变质感了，音箱喇叭也变了。那老板则是自说自话地坐进来，点火打开 CD，耳朵对音乐异常挑剔的赵医生顿时发现车载音响也焕然一新。他没再问，而是定睛看住老板。老板则是很干脆地对赵医生道："小曲买单，你把车子开走就好。"

赵医生莫名其妙，"我看看维修清单，即使有人买单，我也得清楚改了些什么。"

车窗外有人阴阳怪气地道："难怪小曲砸钱给他换音响，而不是新买一辆宝马三系。碰到个又要做婊子又要立牌坊的，还真难为小曲想出这种改装小破车的主意。还装雏儿呢，年纪又不小了。"

赵医生立刻循声看去，见是一个长得挺好的小伙子，只是似乎与他有过节，一脸不屑与愤怒。赵医生想来想去，记忆中没有这么个熟人。"你什么意思？"赵医生下车，与那小伙子面对面。

另有围观者道："姚滨，算了，跟不相干的人争什么闲气呢？小曲给他买劳斯莱斯也好，换音响也好，关你屁事，又不是花你的钱。"

原来阴阳怪气的小伙子正是曲筱绡刚回国时的临时男朋友姚滨。姚滨不屑地看着赵医生的帅脸，"看见小白脸，人人都有义务啐一口浓痰。"

赵医生听到这儿才终于有些明白是怎么回事。

显然这些人以为他傍了曲筱绡这个富婆。有伙计终于送来明细，赵医生一看更是哭笑不得，大约也就曲筱绡这种人才做得出花十五万改装新车才值十二万的旧车子。"车漆没列在上面。"

"你看看周围，你这车漆真叫惨不忍睹啊，我免费给你喷一道，看小曲的人情。以后记得多上蜡。"

姚滨大声道："还装模作样看明细呢，我赌他一分钱都不会掏，全让小曲来付。"旁边不少人表现出看好戏的神秘笑容。

　　对于姚滨刚才的挑衅，赵医生还可以漠视，因为清者自清。但姚滨这句话扔下来，等于是逼他用买单来表态，赵医生顿时窘了，他当然拿不出钱，这不是上回在夜店，咬咬牙，信用卡上透支一下，总能对付过去。

　　可赵医生也冤，这消费他事先未知，完全是曲筱绡瞎搞，如今被人当众取笑，赵医生年轻骄傲，岂肯灰溜溜吃瘪，被惹毛了，照样大声反问回去："关你什么事？你是谁啊？"

　　"行不改名坐不改姓，姚滨，不靠一张小白脸混饭吃的姚滨！跳什么跳，你自己付了改装费，老子立刻改口，摆桌敬酒赔礼道歉。你要是掏不出，说什么小曲买单，你就是小白脸，想赖吗？靠一张白脸赖着小曲吃饭的小白脸。小白脸，小白脸，姓赵的小白脸……"

　　赵医生被叫嚣得火大了，一拳抡了过去，与姚滨扭打在一起。众人笑看热闹，车行老板却不愿自家地盘上出事，连忙吩咐伙计将两人扯开。姚滨很是吃亏，挣扎着大叫："这孙子练家子，拳头阴损，哎哟，快送我去医院，验伤，我肯定骨头断了。你们抓住他，别让这孙子跑了。"

　　"孙子，挨几拳喊成这样，不是男人。我陪你去医院，要是断一根骨头，我翻三倍赔你。要是没断，我保证让你在海市每家医院骨科生不如死。"

　　老板赶紧打电话给曲筱绡，问怎么处理前、现两位男友的矛盾。曲筱绡在机场候机，正班机延误得火气十足呢，听到电话惊呆了，想不到会弄巧成拙，马屁拍到马脚上，这下赵医生肯定彻底恼火了。"你让我男朋友走，抓住姚滨，我立刻回来处理。"

　　老板则是发动汽车，将赵医生塞进车子，"兄弟，抱歉，你先走一步。这儿我处理。"

　　赵医生被几个大汉塞进车子出不来，气愤地冲依然骂骂咧咧的姚滨挥挥拳头，但还是做了件善事，跟老板交代一下他是骨伤科医生，姚滨只是被他揍到痛处，过会儿转为酸麻就会好，没伤筋骨。老板有些啼笑皆非，回头立刻跟曲筱绡说人走了一个。

　　曲筱绡想赶紧给赵医生打电话，但拿着手机竟是满心忐忑，气头上去电，赵医生会不会一言不合提出绝交。毕竟事情是她惹出来的，她是罪魁祸首。曲筱绡无奈，只能打电话过去先骂姚滨多事。

　　但听姚滨一说起小白脸长小白脸短，曲筱绡更是满脸变色，完了完了，男人什么都能忍，小白脸这个称号是说什么都不会认的，这不，一向斯文，从来君子动口不动手的赵医生居然出手打人，可见气坏了。

　　而罪魁还是她曲筱绡。

　　正好此时，通知可以登机。曲筱绡纠结万分，两腿却心虚地挪向登机口，因为她不敢回去面对暴怒的赵医生，宁可等赵医生自己平静下来，再有话好说。

　　但曲筱绡必须找个朋友安抚赵医生，她不放心。

　　她致电安迪，告知来龙去脉，希望安迪能居中调和。安迪正坐在包奕凡身边被堵车，他们正准备赶赴包奕凡的一个聚会，那是一个同乡聚会。安迪听完曲筱绡飞机起飞前急匆匆的托付，疑惑地问包奕凡，这种事该如何解决。

　　包奕凡不由得想到自己前天差点儿自卑得崩溃，那可是连安迪都不肯告诉的。"这种事情无解，要是有解，小曲早转回来自己解决了。如果你跟赵医生是好友，还可以坐一起喝个烂醉，听他倾诉，帮他散心。你跟他不熟，你现在怎么跟他说？他巴不得知道此事的人越少越好呢。能惹他动拳头的，必是他绕不过去，又不欲为人知的隐痛。"

　　安迪想到自己坚守的不欲为人知的隐痛，任何人如果贸然赶来劝她宽心，她都不会因此宽心，反而更不宽心。"好吧，帮不了忙。今晚22楼会有谁在呢？"

　　安迪给最可能周末留守22楼的邱莹莹打去电话，希望邱莹莹随时汇报赵医生的进出动静。可邱莹莹接到电话就说，她晚上跑咖啡店找业务，不在22楼。安迪无奈，又问关雎尔加不加班。关雎尔此生第一次恨加班，电话里怨声载道。安迪只能指望她们门口安装的摄像头了。

　　安迪以包奕凡女友的身份出席聚会，又因为是个美女，在场诸人便理所当然地心领神会地不再打听安迪的身份工作等等，她的身份很简单，就是包总女友，而且谁知道能做几天呢，没人有耐心了解更多，只要当场敷衍好了便罢。安迪还是第一次感觉到作为女友出席应酬的感觉会如此不同，除了包奕凡，其他人除了吃喝时候礼节性地招呼她一声，其余时候当她是只透明的花瓶，她可以连一句话都不用说，只需要偶尔微笑一下便打发所有过程。于是安迪吃饱了干脆拿着手机处理电邮。

　　但凡事总有例外，等到一位美女单独一个人进场，气氛就变得诡异起来。安迪最初尽责地做好包总的女友，不管风吹雨打，她自没心没肺地玩她的手机，等她也感觉到全场气氛有异的时候，抬头，只见一个美女坐在她的对面。

而那美女竟然不拿她当花瓶，而是专注地拿两只美目扫描她。安迪便以为美女可能是久闻她大名的人，这种情况太常见了，又泰然低头处理手机里的邮件。

此后，安迪听到包奕凡似乎在与美女对话，彼此询问近况如何，她也懒得多管闲事，只管专注地做她的事，早做完，省得回家与包奕凡单独在一起的时候有工作夹在两人中间。但过会儿，包奕凡拍拍她的手，"人家要跟你交换名片。"

安迪抬眼，见美女已经笑容可掬但笑容并不单纯地走到她的身边，双手递名片给她。

她只能也摸出名片站起来交换。不知自己怎么忽然超脱包总女友的身份，被人重视了。等美女看清她的名片，眼神变得更加复杂。站着的安迪低头看向包奕凡，却见他诡谲地笑，笑得很隐蔽，但安迪看得出来。她也看名片，没看出什么，一个陌生女白领，除了幸会，还能说什么呢。美女怏怏地走了。

安迪才能坐下问包奕凡："笑什么？发生什么了？"

包奕凡附耳道："她是我高中同学，成绩很好，人很美，又非常骄傲，她只与男生竞争。可今天她很沮丧地发现在场有比她更狠的女生。"

安迪"哦"了一声，终于忍不住很给面子地"哈"的一笑，"想到赵医生了。每个人都有不为人知的隐痛。我不招惹，免得挨揍。"但看到包奕凡对着她一脸的无可奈何，她终于醒悟过来，"你跟她……不会……"

"对。原本今晚名单上没有她，估计是谁看到你在场，给她发了条消息，她临时赶来观摩你。何必呢。"

安迪看看包奕凡，再看看在场其他男士，对谁都没感觉，唯独对包奕凡情有独钟。"换我也放不下你。哟，若是你哪天离开我，我会不会比她更变本加厉？"安迪毫不犹豫想到妈妈的变疯，不禁一个寒战。

包奕凡却看着安迪的担心，心花怒放，"宝贝儿，我怎么可能离开你，除非你不要我，即使你不要我，我也得厮缠着你不放。你还没领教够吗？"

"对哦。"安迪这才放下心来。虽然对面有包奕凡前女友的注视，她依然故我。

可很快，一个给包奕凡的电话打破她的平静。客户老沈来电，包太带人去了黛山县。两个人的脸都黑了，想不到包太如此不屈不挠，甚至亲自前往调查。这下，包奕凡与老沈昨晚对的口径都只能作废了。

　　包奕凡当即起身，找个借口与安迪一起离开。安迪多事，忍不住回头看一眼前女友，果然见前女友眼神失落地看着他们。安迪心里很同情，高中到今天，这得多深的爱恋，才能十几年放不下，至今当众袒露牵挂，这需要多么强悍神经。她可做不到如此镇定，比如现在，她就被一个电话打得手足无措，追问包奕凡，还有什么办法阻止他妈。

　　包奕凡坐进车子，扶着方向盘想了好半天，"只有……有请魏先生了。"

　　"魏国强？"

　　"对。你如果不愿出面，我来。我妈不会怕我威胁脱离母子关系，但她怕……不，是我们所有私企的人都怕官，尤其是能抓得住我们死穴的官。"安迪立刻扭开脸，"不找魏国强。"

　　"她如果一个人去黛山，可能查不到什么，但她带去的人，不会只是一个简单的旅伴。她会查到所有。"

　　"然后？"

　　"天翻地覆。很不好意思地说，她比我和爸爸都更看重包家的荣誉和未来，虽然她不姓包。唯有魏先生能压制她。"

　　"不找魏国强。"安迪虽然重复一遍，可心里完全没底。以前有一次，包太已经不管不顾地找到她与同行聚会的地方，那是她都还没怎么样，包太只是捕风捉影，就已经为了维护包家什么都做得出来。若是知道她有那样不良的家传，不，只要去了黛山县，目标明确，包太必定摸清楚她的家世。

　　包太都会亲手操刀灭了她吧。安迪不禁连着打了好几个寒战。可是，找魏国强？"不找魏国强！"安迪再重复，这回，更是说给自己听。

　　"好吧，我再找我妈做一下绝望挣扎。"

　　安迪无语，她闭上眼，索性将此事当作工作来筹划，思考究竟她还有什么资源可以利用。车子上路，两人都没说话，都在思考。半路上，安迪睁开眼问包奕凡："我自己找你爸，行不行？"

　　"我来吧。但我爸一向比我更逃避我妈锋芒。没有指望。"